KARL MAY

Old Surehand

NEUES LEBEN

KARL MAY

Old Surehand

1. Band

Verlag
Neues Leben
Berlin

Diese Ausgabe erscheint unter Zugrundelegung der 1894 im Verlag Friedrich Ernst Fehsenfeld herausgegebenen Originalfassung Karl Mays

ISBN 3-355-00141-4

Lizenz Nr. 303 (305/301/86)
LSV 7603
Reihengestaltung des Einbands: Peter Nagengast
Bildmotiv: Jörn Hennig
Typografie: Walter Leipold
Schrift: 9 p Garamond
Gesamtherstellung: Karl-Marx-Werk Pößneck V 15/30
Bestell-Nr. 644 166 1
01850

ERSTES KAPITEL

Old Wabble

Auf meinen vielen Reisen und weiten Wanderungen habe ich, besonders unter den sogenannten Wilden und Halbzivilisierten, sehr oft Menschen gefunden, die mir liebe Freunde wurden und denen ich noch heute ein treues Andenken bewahre und bis zu meinem Tod weiter bewahren werde. Keiner aber hat meine Freundschaft in dem Grad besessen wie Winnetou, der berühmte Häuptling der Apachen. Alle meine Leser kennen ihn, den edelsten der Indianer; sie wissen, wie ich mit ihm bekannt geworden bin und daß meine Anhänglichkeit für ihn mich immer wieder, selbst aus dem fernen Afrika und Asien, zu ihm hinübergetrieben hat in die Prärien, Wälder und Felsengebirge Nordamerikas. Selbst wenn meine Ankunft drüben nicht vorher bestimmt war und wir uns also nicht hatten verabreden können, wußte ich ihn bald zu treffen. Entweder ritt ich in solchen Fällen zum Rio Pecos, zu dem Zweig der Apachen, dem er entstammte, und hörte dort, wo er sich befand, oder ich erfuhr es von den Westmännern oder den Indianern, die mir begegneten. Winnetous Taten sprachen sich sehr schnell herum, und sooft er sich irgendwo sehen ließ, wußte man das bald in weitem Umkreis.

Oft aber konnte ich ihm bei einem Abschied sagen, wann ich wiederkommen würde, und dann wurden Ort und Zeit unserer Zusammenkunft vorher genau bestimmt. Ich richtete mich dabei nach dem Datum, während er sich der indianischen Zeitbestimmung bediente, und so unzuverlässig diese zu sein scheint, er war stets auf die Minute an Ort und Stelle, und es ist nie geschehen, daß ich auf ihn warten mußte.

Nur ein einziges Mal schien es, als ob er nicht pünktlich sei. Wir trennten uns hoch oben im Norden an dem sogenannten Conteau und wollten uns vier Monate später unten in der Sierra Madre treffen. Da fragte er mich: „Mein Bruder kennt das Wasser, das Clearbrook - Heller Bach - genannt wird?“

„Ja.“

„Wir haben dort miteinander gejagt. Besinnst du dich auf die Lebenseiche, unter der wir damals des Nachts lagerten?"

„Ganz genau."

„So können wir uns nicht verfehlen. Der Wipfel dieses Baums ist verdorrt. Wenn um die Mittagszeit der Schatten der Eiche fünfmal die Länge meines Bruders hat, wird Winnetou dort ankommen. *Howgh!*"

Ich hatte das natürlich in unsere Zeitrechnung zu übersetzen und war zur bestimmten Zeit dort. Weder Winnetou noch eine Spur von ihm waren zu sehen, obgleich die Schattenlänge der Eiche seiner Angabe nach entsprach. Ich wartete mehrere Stunden lang; er stellte sich nicht ein. Ich wußte, daß ihn nur ein Unfall hindern konnte, ein gegebenes Wort nicht zu halten, und wollte darum schon besorgt um ihn werden; da kam mir der Gedanke, daß er bereits hier gewesen sein und einen triftigen Grund gehabt haben konnte, nicht auf mich zu warten. In diesem Fall hatte er mir gewiß ein Zeichen hinterlassen. Ich untersuchte also den Stamm der Eiche, und richtig! In Mannshöhe steckte ein kleiner, verdorrter Fichtenzweig. Da eine Eiche keine Fichtenzweige hat, mußte er mit Absicht angebracht worden sein, und zwar schon vor längerer Zeit, weil er völlig vertrocknet war. Ich zog ihn heraus und mit ihm ein Papier, das um sein zugespitztes unteres Ende gewickelt war. Als ich es aufgerollt hatte, las ich die Worte: „Mein Bruder komme schnell zu Bloody Fox, den die Comanchen überfallen wollen. Winnetou eilt, ihn rechtzeitig zu warnen."

Die meiner Leser, die Winnetou kennen, wissen, daß er sehr wohl lesen und schreiben konnte. Er führte fast stets Papier bei sich. Die Nachricht, die ich hier von ihm erhielt, war keine gute; sie machte mich um ihn besorgt, obgleich ich wußte, daß er jeder, selbst der größten Gefahr gewachsen war. Auch um Bloody Fox wurde mir bange, denn er war sehr wahrscheinlich verloren, wenn es Winnetou nicht gelang, ihn vor der Ankunft der Comanchen zu erreichen. Und was mich selbst betrifft, so war auch meine Lage nichts weniger als unbedenklich. Bloody Fox hauste auf einer, und zwar der einzigen, Oase des öden Llano Estacado, und der Weg dorthin führte durch das Gebiet der Comanchen, mit denen wir oft aneinandergeraten waren. Wenn ich in ihre Hände fiel, war ich sicher für den Marterpfahl bestimmt, zumal die Comanchen vor längerer Zeit die Kriegsbeile ausgegraben und mehrere viel Beute einbringende Raubzüge unternommen hatten.

Unter diesen Umständen wäre ein anderer wohl zunächst auf seine eigene Sicherheit bedacht gewesen und hätte es wahrscheinlich für geraten gehalten, der Aufforderung Winnetous nicht zu folgen; mir aber kam dieser Gedanke nicht. Winnetou hatte sich mir voran unbedenklich in dieselben Gefahren begeben, die mir bevorstanden, wenn ich ihm jetzt folgte. Sollte ich weniger Mut zeigen als er? Als er seine Aufforderung in den Eichenstamm steckte, war er überzeugt, daß ich ihr sofort nachkommen würde. Sollte ich dieses Vertrauen enttäuschen? Konnte ich ihm jemals wieder ruhig und offen in die Augen sehen, wenn ich mich jetzt feig aus dem Staub machte? Niemals!

Ich war zwar allein und auf mich selbst angewiesen; doch ich hatte gute Waffen und ein ausgezeichnetes Pferd, auf das ich mich verlassen konnte. Auch kannte ich die Gegend genau, die ich zu durchreiten hatte, und sagte mir, daß es für einen erfahrenen Westmann leichter sei, es allein zu schaffen als in Begleitung von Leuten, auf die er sich nicht völlig verlassen kann. Und hätte es außerdem noch irgendein Bedenken gegeben, so wäre es hinfällig geworden, weil sich Bloody Fox in Gefahr befand, er mußte gerettet werden. Ich stieg also aufs Pferd und folgte dem Wunsch meines roten Freundes und Bruders.

Solange ich mich in der eigentlichen Sierra befand, hatte ich weniger zu befürchten; es gab da Deckung genug, und ich war gewohnt, gut aufzupassen. Dann freilich gab es kahle Plateaus, auf denen man schon aus sehr weiter Entfernung bemerkt werden konnte; sie waren von steilen Schluchten und tiefen Cañons durchschnitten, deren Vegetation nur aus spärlichen Aloen und Kakteen bestand, hinter denen sich ein Reiter nicht zu verbergen vermochte. Ich konnte in einem solchen Cañon auf Comanchen treffen; dann war ich nur dadurch zu retten, daß ich schnell umkehrte und mich auf die Ausdauer meines Pferdes verließ.

Die gefährlichste dieser Schluchten war der sogenannte Mistake-Cañon – die Irrtumsschlucht –, weil er den am häufigsten betretenen Indianerweg zwischen der Ebene und den Bergen bildete. Er hatte seinen Namen einer unheilvollen Verwechslung zu verdanken; man erzählte sich, daß ein weißer Jäger da seinen besten Freund, einen Apachen, an Stelle eines feindlichen Comanchen erschossen hatte. Wer dieser Weiße und wer die beiden Roten gewesen waren, das wußte ich nicht.

Auch abgesehen von seiner sonstigen Gefährlichkeit wurde der Cañon seitdem von abergläubischen Westmännern gemieden; man erzählte, daß es selten einem Weißen gelang, ihn ohne Schaden zu passieren; der Geist des erschossenen Apachen führe jeden ins Verderben.

Dieser Geist machte mir natürlich wenig Sorge; solange ich auf keine menschlichen Feinde traf, mochte er mir immer begegnen. Aber lange bevor ich ihn erreichte, bemerkte ich die Spuren mehrerer Reiter, die von der Seite her kamen und in meiner Richtung weiterführten. Ledige Pferde, Mustangs, konnten es nicht gewesen sein, weil es hier keine gab. Als ich abstieg und die Fährte untersuchte, stellte ich zu meiner Beruhigung und zugleich Verwunderung fest, daß die Pferde beschlagen gewesen waren; die Reiter hatten also nicht zu den Roten gehört. Wer waren sie, und was wollten sie hier?

Ein Stück hin war einer von ihnen abgestiegen, vielleicht um den Sattelgurt fester zu schnallen, und die andern waren inzwischen weitergeritten. Ich betrachtete die Stelle genau und erkannte links von seinen Fußspuren mehrere kurze, messerrükkenschmale Furchen. Wovon? Hatte dieser Reiter einen Säbel getragen? Dann hatte ich Soldaten, Kavalleristen, vor mir. War etwa Militär gegen die Comanchen ausgerückt, um sie wegen der erwähnten Raubzüge zu züchtigen? Auf die Beantwortung dieser Frage höchst gespannt, folgte ich der Fährte im Galopp und entdeckte dabei, je weiter ich gelangte, je mehr Spuren, die aus allen Richtungen kamen und in alle führten. Nun gab es keinen Zweifel mehr darüber, daß sich Soldaten vor mir befanden, und als ich nach einiger Zeit um den Ausläufer eines dichten Kaktuswaldes bog, sah ich ihr Lager vor mir, das, wie ich auf den ersten Blick bemerkte, nicht für kurze Zeit bestimmt war. Das Kaktusfeld sicherte vor jedem Überfall von hinten und der Seite, und nach vorn beherrschte das Auge eine so weite, offene Fläche, daß eine feindliche Überraschung unmöglich war. Freilich hatte man meine Annäherung von Westen her nicht bemerkt; es wäre hier selbst am hellen Tag ein Posten auszustellen gewesen, und daß man das unterlassen hatte, war eine Nachlässigkeit. Wie nun, wenn an meiner Stelle eine Indianerschar gekommen wäre! Jenseits senkte sich das Gelände in einen Cañon hinab, der sehr wahrscheinlich das nötige Wasser lieferte. Die Pferde lagen oder liefen frei umher. Die Soldaten hatten zum Schutz gegen die Sonne Leinwandtücher über Kaktusstangen gehängt; ein großes Zelt war für die

Offiziere bestimmt, und in dessen Schatten schienen die Proviantvorräte untergebracht zu sein. In der Nähe lagerten acht oder zehn Männer, die nicht zu der Truppe gehörten, sondern wahrscheinlich bei ihr übernachten wollten, weil der Tag nun bald zu Ende ging. Ich war entschlossen, dasselbe zu tun. Ich hätte zwar noch weiterreiten können, dann aber allein lagern müssen und dabei wegen meiner Sicherheit nicht schlafen dürfen. Hier fand ich die Ruhe, die mir für meinen morgigen weiten Ritt so nötig war.

Als ich bemerkt wurde, kam mir ein Unteroffizier entgegen und brachte mich zum Kommandanten, der, durch Rufe aufmerksam gemacht, mit seinen Offizieren aus dem Zelt trat. Während ich abstieg, musterte er mich und mein Pferd und fragte dann: „Woher, Sir?"

„Von der Sierra herab."

„Und wohin?"

„Zum Pecos hinunter."

„Das sollte Euch schwer werden, wenn wir die Schufte von Comanchen nicht vertrieben hätten. Habt Ihr Spuren von solchen Kerls gefunden?"

„Nein!"

„Hm! Scheinen sich südlich gewandt zu haben. Wir sitzen nun fast zwei Wochen hier, ohne eine Nase von ihnen vor die Augen zu bekommen."

Esel! hätte ich ihm ins Gesicht sagen mögen, denn wenn er die Roten haben wollte, so mußte er sie suchen; es würde ihnen nicht einfallen, ihm hier in die Hände zu laufen. Hatte er nicht erfahren, wo sie waren, wußten sie jedenfalls genau, daß er sich hier befand. Es war anzunehmen, daß das Lager des Nachts von ihren Spähern umschlichen wurde.

Als ob er einen Teil meiner Gedanken erraten hätte, fuhr er fort: „Es fehlt mir ein tüchtiger Scout, auf den ich mich verlassen und der mir die Comanchen aufspüren kann. Old Wabble hat hier übernachtet; der wäre der richtige Mann für mich gewesen, habe allerdings erst, als er fort war, erfahren, wer er war; der Schurke mochte so etwas ahnen und nannte sich Cutter. Und über eine Woche ist's schon her, da traf eine Streifpatrouille auf Winnetou, den Apachen; der wäre noch besser gewesen, hat sich jedoch schleunigst fortgemacht. Wo der sich sehen läßt, da ist Old Shatterhand nicht weit, wie man mir sagt; ich wollte, der liefe mir ins Garn. Wie heißt Ihr, Sir?"

„Charley", antwortete ich, ihm meinen Vornamen nennend,

der ja auch mein Familienname sein konnte. Ihm zu sagen, daß ich dieser Old Shatterhand war, fiel mir nicht ein. Ich hatte weder Zeit noch Lust, hierzubleiben und mich als Spion verwenden zu lassen. Dabei musterte ich die an der Erde lagernden Zivilisten; zu meiner Beruhigung befand sich kein mir bekanntes Gesicht darunter. Freilich konnte ich durch mein Pferd und die Gewehre verraten werden. Es war bekannt, daß Old Shatterhand einen Bärentöter und einen Henrystutzen besaß und einen schwarzen Hengst ritt, den Winnetou ihm geschenkt hatte. Glücklicherweise war der Kommandant so bescheidenen Geistes, daß er das nicht bemerkte; er kehrte in das Zelt zurück, ohne seine Fragerei fortzusetzen.

Worauf er nicht gekommen war, das konnte einer der Zivilisten erraten, die sehr wahrscheinlich alle Westmänner waren; darum schob ich den Henrystutzen in das Lederfutteral, so daß sein eigenartiges Schloß nicht zu sehen war; der Bärentöter war weniger auffällig. Nun sattelte ich ab und ließ den Hengst frei. Gras gab es hier freilich nicht; dafür standen zwischen den Riesenkakteen genug Melokakteen, die Futter und Saft in Fülle lieferten. Mein Rappe verstand es, diese Pflanzen zu entstacheln, ohne sich zu verletzen. Als ich dann die Zivilisten um Erlaubnis bat, mich zu ihnen zu setzen, antwortete einer von ihnen: „Kommt immer her, Sir, und eßt mit mir, wenn's Euch gefällig ist. Ich heiße Sam Parker, und wenn der ein Stück Fleisch übrig hat, kann jeder brave Kerl davon essen, bis es alle ist. Habt Ihr Appetit?"

„Will es meinen."

„So schneidet davon herunter, soviel Ihr wollt. Wir sind lauter Westleute, Sir. Und Ihr?"

Er schob mir ein wohl acht Pfund schweres kaltes gebratenes Stück Fleisch hin; ich schnitt mir davon ab und antwortete: „Ich treibe mich zuweilen auch diesseits des alten Mississippi herum, weiß allerdings nicht, ob ich mich einen Westmann nennen darf. Es gehört viel dazu, einer zu sein."

Er schmunzelte befriedigt und sagte: „Habt recht, Sir, sehr recht! Freut mich, einmal einen bescheidenen Menschen zu sehen, der sich nicht gleich, wenn er Nachtwächter geworden ist, für den Präsidenten der Vereinigten Staaten hält. Solche Leute sind heutzutage selten. Euern Namen haben wir vorhin gehört, Mr. Charley. Welche Arbeit tut Ihr denn im Westen hier? Jäger? Fallensteller? Honigsammler?"

„Gräbersucher, Mr. Parker."

„Gräbersucher?“ rief er erstaunt. „Das heißt, Ihr – sucht Gräber?“
„*Yes.*“
„Wollt Ihr uns foppen, Sir?“
„Fällt mir nicht ein.“
„So habt die Güte, Euch zu erklären, wenn ich Euch nicht mein Messer zwischen die Rippen geben soll. Nasführen lasse ich mich nicht.“
„*Well.* Ich will erforschen, woher die jetzigen Indianer stammen. Vielleicht habt Ihr einmal gehört, daß Gräberfunde dabei gute Dienste leisten.“
„Hm! Habe freilich einmal gelesen, daß es Menschen gibt, die alte Gräber aufwühlen, um da drinnen Weltgeschichte oder so was zu studieren. Dummes Zeug! So ein Mannskind seid Ihr also auch?“
„*Yes.*“
„Also ein Gelehrter?“
„*Yes.*“
„Gott stehe Euch bei, Sir! Ihr könnt leicht selbst mit der Nase ins Gras stolpern und tot drin steckenbleiben. Wenn Ihr nach Leichen suchen wollt, so tut das in einer Gegend, wo Ihr Eures Lebens sicher seid. Hier aber pfeifen die Kugeln und Tomahawks nur so in der Luft herum. Die Comanchen sind los. Könnt Ihr schießen?“
„Ein wenig.“
„Hm, kann es mir denken! Habe auch einmal gedacht, ich könnte schießen. Werde es Euch vielleicht einmal erzählen. Wie ich sehe, habt Ihr da eine alte Pulverbüchse, mit der man Mauern einrennen kann; das läßt tief blicken, Sir. Und dort das andere Gewehr in dem Etui, das ist wohl so eine richtige, echte Sonntagsrifle?“
„Weiß es nicht.“
„Wird schon so sein! Ich sage Euch, Sir, es ist gefährlich, hier nach Toten zu suchen. Macht Euch fort! Ihr könnt Euch uns anschließen, da seid Ihr sicherer, als wenn Ihr allein reitet.“
„Wohin wollt Ihr denn?“
„Auch hinunter zum Pecos.“
Er ließ einen halb wohlgefälligen und halb ironischen Blick über mich gleiten und fuhr dann fort: „Ihr seht gar nicht übel aus, ganz wie aus dem Ei geschält; doch das taugt nichts für diese Gegend, Sir. Ein richtiger Westmann sieht anders aus. Dennoch gefallt Ihr mir, und ich lade Euch noch einmal ein,

mit uns zu reiten. Wir werden Euch beschützen, denn so ganz allein wie bisher kommt Ihr nicht durch. Ihr seid ja auch beritten, wenigstens was man in den Oststaaten so zu nennen pflegt. Habt wohl Euer Kutschpferd mitgebracht, he?"

„Es mag so ähnlich sein, Mr. Parker", antwortete ich, innerlich belustigt darüber, daß er meinen indianischen Rassehengst, mit dem nur noch Winnetous Rappe zu vergleichen war, für einen Kutschengaul hielt. Er gefiel mir wenigstens ebenso wie ich ihm. Wenn ich mich ihm anschloß und er dann erfuhr, wer ich war, so waren komische Szenen zu erwarten. Dazu kam, daß mir diese Begleitung, wenn auch nicht später, aber jetzt durch den Mistake-Cañon nützlich werden konnte, und darum entschloß ich mich, auf seinen Vorschlag einzugehen.

„Habe es mir gedacht", fuhr er fort. „Das Pferd sieht ganz so proper aus wie Ihr. Man sieht es ihm an, daß es ebenfalls nach längst begrabenen Leibern gesucht und sonst weiter nichts zu tun gehabt hat. Also sagt, ob Ihr mitwollt! Wir brechen morgen mit dem frühesten von hier auf."

„Ich nehme Euer Anerbieten dankbar an, Sir, und bitte ganz ausdrücklich um Euern Schutz."

„Den sollt Ihr haben, und ich denke, daß Ihr ihn brauchen werdet. Will froh sein, wenn wir von hier fort sind; muß ja gewärtig sein, daß der Kommandant mich oder einen andern von uns als Scout zurückbehält. – Meinst du nicht auch, alter Jos?"

Diese Frage war an einen älteren Mann gerichtet, dessen sympathisches Gesicht einen melancholischen Ausdruck zeigte, als ob er tief innen einen Gram mit sich herumtrug. Jos ist die Abkürzung von Josua; der Mann hieß, wie ich später erfuhr, Josua Hawley.

„Bin ganz derselben Meinung", antwortete er. „Es fehlte grad noch, gezwungen zu sein, für diese Uniformen die Kastanien aus dem Feuer zu holen und sich die Vorderpranken dabei zu verbrennen. Hätten sie doch Old Wabble festgehalten; der war der richtige Mann dazu. Mich bekommen sie nicht. Will froh sein, wenn ich hier fort bin und den Mistake-Cañon im Rücken habe."

„Warum? Fürchtest du dich vor dem Geist des erschossenen Indianers?"

„Fürchten? Nein, aber aus dem Sinn geht er mir nicht. Dieser Cañon ist eine ganz infame Gegend für mich. Habe dort etwas erlebt, was nicht jeder erlebt, und dabei Gold gefunden."

„Gold? Im Mistake-Cañon?"

„Yes.“

„Unmöglich! Dort gibt es keins.“

„Es muß doch welches dort gegeben haben, weil wir es gefunden haben.“

„Also wirklich? Ihr habt es wohl durch einen Zufall entdeckt, alter Jos?“

„Nein. Ein Indianer hat es uns gezeigt.“

„Das ist ja nicht zu glauben. Ein Roter entdeckt so etwas niemals einem Weißen, selbst wenn er sein bester Freund wäre.“

„So ist mein Fall eine Ausnahme gewesen. Es war sogar derselbe Rote, der dort aus Versehen erschossen worden ist. Vielleicht erzähle ich Euch die Geschichte, wenn wir den Cañon morgen zu sehen bekommen. Jetzt habe ich keine Lust dazu; wollen darüber schweigen. Gib das Fleisch her; ich will essen. Es ist zwar nur Antilope, aber es muß dennoch schmecken. Ein Stück Büffelhöcker oder Lende vom Elk wäre mir lieber.“

„Elk? Ha, Elk, das ist richtig!“ rief Parker, indem er mit der Zunge schnalzte. „Das ist der feinste und saftigste Braten, den es gibt. Wenn ich an Elk denke, fällt mir immer der Westmann ein, der mich eigentlich zum Jäger gemacht hat.“

„Wer ist das gewesen?“

„Sein Name wurde vorhin genannt. Old Wabble meine ich.“

„Was? Wie? Old Wabble? Den ebenso sonderbaren wie berühmten Alten? So hast du ihn gekannt?“

„Ob ich ihn gekannt habe? Welch eine Frage! Unter seiner Leitung habe ich mein erstes Abenteuer im fernen Westen erlebt, ein Abenteuer, das ... Ja, ich will es euch erzählen, obgleich ihr mich dann tüchtig auslachen werdet. Es handelte sich nämlich dabei um meinen ersten Elk.“

Er räusperte sich bedächtig, machte ein sehr verheißungsvolles Gesicht und begann dann folgendermaßen. „Er hieß eigentlich Fred Cutter, wurde aber wegen seines wackelnden Ganges und weil ihm der Anzug so schlottrig am dürren Leib hing, stets nur Old Wabble genannt. Er war früher da unten in Texas Cowboy gewesen und hatte sich so an die dortige Kleidung gewöhnt, daß ihn selbst hier oben im Norden niemand dazu brachte, sie abzulegen und mit einer andern zu vertauschen.

Noch sehe ich ihn vor mir stehen, lang und überschmal, die Füße in unbeschreiblichen Shuffles und die Beine in uralten Leggings steckend. Über dem Hemd, dessen Farbe ich lieber nicht erwähne, hing eine Jacke, deren einziger Vorzug eine allgemeine Offenherzigkeit war. Brust und Hals blieben unbedeckt; dafür trug er unter dem zerknüllten Hut stets ein um die Stirn gewundenes Tuch, dessen Zipfel auf die Schulter niederhingen, im Gürtel das lange Bowiemesser, an den Ohrläppchen schwere Silberringe und in der großen, braunen, knochigen Hand die stets glimmende, unvermeidliche Zigarette – anders hat ihn wohl selten ein Mensch gesehen.

Das kostbarste war sein altes, wetterhartes, faltenreiches und stets glattrasiertes Gesicht mit dicken Lippen, langer, spitzer Nase und scharfen grauen Augen, denen, obgleich die Lider stets halb geschlossen waren, nicht so leicht etwas entging. Mochte dieses Gesicht ruhen oder in Bewegung sein, es hatte immer und immer den Ausdruck einer Überlegenheit, die absolut durch nichts aus dem Gleichgewicht zu bringen war. Und diese Überlegenheit bestand zu vollem Recht, denn Old Wabble war trotz seiner Schlotterigkeit nicht nur ein Meister im Reiten, im Gebrauch der Rifle und des Lassos, sondern es fehlte ihm auch nicht eine der andern Eigenschaften, die ein richtiger Westmann besitzen muß. *‚Th'is clear'*, das war eine ständige Redensart, die bewies, daß ihm oft das Schwierigste als leicht und selbstverständlich erschien.

Was mich betrifft, so war ich unten in Princeton so etwas wie Bauschreiber gewesen und hatte da so viel verdient, daß ich mich ausrüsten und meinen ursprünglichen Plan, als Goldgräber nach Idaho zu gehen, ausführen konnte. Ich war ein Greenhorn, ein völliger Neuling, und nahm, um die erhofften Reichtümer nicht mit vielen teilen zu müssen, nur einen Begleiter mit, Ben Needler, der den Wilden Westen ebensowenig kannte wie ich. Als wir in Eagle Rock den Wagen verließen, waren wir ausstaffiert wie Stutzer und bepackt wie Lastesel, mit lauter schönen, guten und glänzenden Dingen, die nur leider die Eigenschaft hatten, daß sie nicht zu gebrauchen waren. Und als wir nach einer Woche am Payette Fork ankamen, sahen wir aus wie echte Vagabunden, waren fast verhungert und hatten unterwegs die überflüssigen Gegenstände unserer Ausrüstung, das will heißen, alles außer den Waffen und der Munition, von uns geworfen. Ich will euch aber aufrichtig gestehen, daß ich für ein gutes Butterbrot auch noch meine ganze Armierung hingegeben hätte, und Ben Needler dachte gewiß ebenso.

Wir saßen an einem Buschrand, hielten unsere wund gelaufenen Füße ins Wasser und sprachen von allerlei Delikatessen, von denen keine Rede gewesen wäre, wenn wir sie gehabt hätten, von Rehkeulen, Büffellenden, Bärentatzen und Elkbraten.

Ja, Elks sollte es hier in dieser Gegend geben, fast so schwer wie Bisonstiere.

Eben meinte Ben, indem er mit der Zunge schnalzte: ‚*Good luck!* Käme jetzt so ein Kerl in die Nähe, ich knallte ihm mit einer wahren Wollust meine beiden Kugeln zwischen die Hörner, und dann ...'

‚Und dann wäre es aus mit euch!' sagte jemand lachend hinter uns im Gebüsch. ‚Der Elk würde euch mit dem Gestänge zu Brei verarbeiten. Man schießt so ein Tier nicht zwischen die Hörner; denn Hörner hat es überhaupt nicht. Ihr seid wohl drüben in New York als Schoolboys aufgeflogen und nun hier aus der Luft gefallen, Mesch'schurs?'

Wir sprangen auf und sahen uns den Sprecher an, der sich jetzt aus den Büschen, in denen er uns belauscht hatte, hervorarbeitete. Da stand er vor uns, wie ich ihn euch vorhin beschrieben habe, Old Wabble, mit einem für uns gar nicht ehrenvollen Ausdruck im Gesicht und einem nachsichtig überlegenen Blick aus den halbgeschlossenen Augen. Das nun folgende Gespräch will ich übergehen. Er examinierte uns wie ein Lehrer seine Buben und forderte uns dann auf, mit ihm zu gehen.

Ungefähr eine Meile vom Fluß entfernt lag auf einer kleinen, rings von Wald umgebenen Prärie eine Blockhütte, die er seinen Rancho nannte. Hinter ihr gab es einige offene Ställe, bei schlechter Witterung für die Pferde, Maultiere und Rinder bestimmt, die jetzt im Freien weideten. Old Wabble war nämlich aus einem Cowboy zu einem selbständigen Viehzüchter geworden. Seine Leute bestanden aus Will Litton, dem weißen Aufseher, und einigen Schlangenindianern, die von ihm als Vaqueros bezeichnet wurden und ihm sehr treu und anhänglich waren. Wir sahen diese Leute beschäftigt, einen leichten Wagen mit einem Zelttuch und andern Gegenständen zu beladen.

‚Das ist etwas für euch', sagte der Alte. ‚Ihr wollt Elks schießen, und dort trifft man eben die Vorbereitungen zu einem Jagdausflug. Will mal sehen, was ihr leistet; ihr sollt mit. Seid ihr brauchbare Jungens, könnt ihr bei mir bleiben. Vorher aber kommt ins Haus, denn *th'is clear,* ein hungriger Schütze schießt in die Luft.'

Well, uns war das recht. Wir aßen und tranken, und dann wurde aufgebrochen, da es Old Wabble nicht einfiel, unseretwegen den Ausflug aufzuschieben. Wir bekamen Pferde und ritten also mit, zunächst zum Fluß. Dort gab es eine Furt, die wir passierten. An der Spitze des Zuges befand sich der Alte, der gewollt hatte, daß ich mich an seiner Seite hielt. Er führte ein lediges Maultier neben sich am Halfter. Als wir hinüber waren, sahen wir die andern uns folgen, nämlich Ben Needler auf einem Braunen und Will Litton auf einem Schimmel, hinter ihnen der mit vier Pferden bespannte Wagen, den einer der Indianer lenkte. Dieser hieß Paq-muh, Blutige Hand, sah aber in seinem zivilisierten Anzug gar nicht so blutdürstig aus, wie sein Name klang. Seine Stammesgenossen waren, da sich der Alte auf sie verlassen konnte, auf dem Rancho zurückgeblieben.

Jenseits der Furt ging es ein kurzes Stück durch den lichten Wald und dann in ein baumloses grünes Tal hinein, das sich auf eine grasreiche Savanne öffnete. Als wir nach einigen Stunden ihr jenseitiges Ende erreichten, wo das Gelände anzusteigen begann, hielten wir an, um zu kampieren. Der Wagen wurde abgeladen und das Zelt aufgeschlagen. Während man an dessen hinterer Seite die Tiere anband, wurde vorn ein Feuer angebrannt. Hier wollten wir einen Tag bleiben, um auf Gabelantilopen zu pirschen oder vielleicht gar auf Büffel zu treffen; denn daß hier zuweilen Bisons vorüberkamen, sahen wir an einigen umherliegenden Gerippen. Ein in der Sonne gebleichter Schädel fand sich in der Nähe unseres Zeltes, das unter der Aufsicht von Blutiger Hand hier stehenbleiben sollte, während wir Weißen hinauf zu einem Hochmoor wollten, wo es viele Elks gab, wie Old Wabble behauptete.

Leider ließ sich weder an diesem noch am nächsten Tag ein jagdbares Tier sehen, was den Alten wütend machte, mir aber nicht unlieb war, da ich in Beziehung auf meine Geschicklichkeit im Schießen sein scharfes Urteil fürchtete. Auf dreißig Schritt einen Kirchturm zu treffen, das traute ich mir damals ganz gut zu, doch daß ich ein großes Loch in die Natur schießen würde, falls man von mir verlangte, auf sechzig Schritt eine schnellfüßige Antilope zu erlegen, das war sicher.

Da kam Old Wabble auf die unglückselige Idee, unsere Geschicklichkeit im Schießen zu prüfen, indem er uns aufforderte, auf einige Aasgeier zu zielen. Diese Vögel hatten sich ungefähr siebzig Schritt von uns auf einem Büffelgerippe niedergelassen, und ich sollte als der erste meine Kunst zeigen. Nun, ich sage euch, die Geier konnten mit mir zufrieden sein, denn es kam genauso, wie ich gedacht hatte: Ich schoß viermal, ohne zu treffen, und es fiel nicht einem der Aasfresser ein auszureißen. Diese Tiere wissen nämlich genau, daß es keinem vernünftigen Menschen einfällt, auf sie zu schießen; ein Schuß lockt sie vielmehr an, statt sie abzuschrecken, da ihnen von jedem erlegten Wild wenigstens das Gescheide überlassen wird. Ben schoß zweimal fehl; erst seine dritte Kugel tötete einen der Geier und trieb die andern fort.

‚*Eximious incomparable!*' sagte Old Wabble und lachte, indem er seine schlotterigen Glieder schüttelte. ‚Mesch'schurs, *th'is clear,* ihr seid grad und genau für den Wilden Westen geschaffen; habt keine Angst um euch! Ihr seid gemachte Männer, denn alles, was einmal aus euch werden kann, das seid ihr schon jetzt, und höher bringt ihr's nie!'

Ben nahm dieses Urteil ruhig hin; ich dagegen fuhr zornig auf, was freilich keine andere Wirkung hatte, als daß mir der Alte antwortete: ‚Schweigt, Sir! Euer Kamerad hat wenigstens beim drittenmal getroffen; für ihn ist also Hoffnung vorhanden. Ihr aber seid für den Westen ein verlorener Mann; ich kann Euch nicht brauchen und gebe Euch den guten Rat, Euch baldigst aus dem Staub zu machen.'

Das wurmte mich gewaltig, denn es fällt kein Meister vom Himmel, und das Pulver, das ich bis damals verschossen hatte, wog gewiß kein ganzes Pfund. Ich nahm mir vor, auf jeden Fall die Achtung des Alten zu erzwingen.

Am darauffolgenden Morgen brachen wir zu dem Hochmoor in den Salmon-River-Bergen auf. Proviant, Kochgeschirr, Decken und anderes wurden dem Maultier aufgeladen; der Wagen, der im unwegsamen Gebirge nicht gebraucht wurde, blieb beim Zelt zurück. Na, ihr kennt das Land, und ich will euch also den Ritt nicht beschreiben; er war oft geradezu lebensgefährlich, besonders an der Stelle, wo der Snakes-Cañon einen scharfen Winkel bildet, man steil zur Tiefe muß und dann jenseits auf den offenen Wihinashtpfad gelangt. Rechts himmelhoher Felsen, links der schwarze Abgrund und dazwischen der kaum zwei Ellen breite Reitweg; ein wahres Glück, daß unsere Pferde solche Wege gewohnt waren und ich nie zum Schwindel geneigt habe. Wir kamen glücklich hindurch. Bald aber zeigte sich eine andere Gefahr, die nur ich allein nicht erkannte.

Als wir nämlich den Wihinashtpfad emporritten, begegnete uns ein Trupp von acht Indianern zu Pferde, von denen vier mit Häuptlingsfedern geschmückt waren. Sie schienen über unser plötzliches Erscheinen nicht im mindesten zu erschrekken und betrachteten uns im lautlosen Vorüberreiten mit jenem melancholisch-gleichgültigen Ausdruck, der den Roten eigentümlich ist. Einer der vordersten, der einen Fahlschimmel ritt, trug einen sonderbaren, langgeformten, mit Federfransen geschmückten Gegenstand im linken Arm. Ich fühlte mich von der schweigsamen, schwermütigen Begegnung mit diesen einstigen Herren dieser Gegend eigenartig berührt. Sie kamen mir gar nicht gefährlich vor, zumal sie keine Kriegsfarben trugen und unbewaffnet zu sein schienen, doch kaum waren wir um die nächste Höhe gebogen und ihnen aus den Augen, hielt Old Wabble an und sagte, indem er einen grimmigen Blick zurückwarf: ‚*Damn them!* Was wollen diese Schufte hier? Es sind Panashths, die mit den Schlangenindianern, zu denen meine Vaqueros gehören, in Unfrieden leben. Wohin wollen sie? Ihr Weg muß sie an meinem Rancho vorüberführen. Welch eine Gefahr, da ich nicht daheim bin!‘

‚Sie waren ja unbewaffnet!‘ warf ich ein.

Old Wabble blitzte mich aus seinen halbgeschlossenen Augen verächtlich an, beehrte mich mit keiner Antwort und fuhr fort: ‚Mit unserer Elkjagd ist es aus, wenigstens für heut und morgen. Wir müssen zurück, hinunter zum Zelt und vielleicht gar zum Rancho, um ihnen zuvorzukommen. Glücklicherweise kenne ich einen Pfad, der nicht weit von hier hinabführt, freilich nicht für Reiter, sondern nur für gute Bergsteiger. Vorwärts, Boys! Mein Entschluß ist gefaßt. Wir nehmen sie vor unsere Gewehrläufe, *th'is clear!*‘

Es ging im Galopp weiter, fünf Minuten lang, links in die Felsen hinein; dann gelangten wir in ein kleines Hochtal, dessen Boden aus Moor und Wiese bestand; an den steinigen Rändern wuchsen hohe Schierlingstannen, und ein Wasser rieselte mitten hindurch. Old Wabble sprang vom Pferd und sagte: ‚Dort am Ende dieses Tals führt der Weg hinab. Wenn wir uns beeilen, sind wir noch vor den Roten unten beim Zelt. Einer muß hier bei den Tieren bleiben, nämlich der, den wir am leichtesten entbehren können, und das ist dieser famose Sam, der viermal fehlgeschossen hat; er würde eher uns selbst als einen Roten treffen.‘

Na, der ‚famose Sam‘ war natürlich ich, Samuel Parker, vormals Bauschreiber unten in Princeton! Ich widersprach ärgerlich, mußte mich aber fügen. Die drei andern nahmen ihre Waffen und rannten fort, nachdem mir der Alte befohlen hatte, die Tiere gut zu versorgen und das Tal nicht zu verlassen, bis er zurückgekehrt sei.

Ich war wütend vor Zorn. Mußte ich mir das gefallen lassen? Diese armen Indianer sollten erschossen werden und hatten doch so ungefährlich ausgesehen! Durfte ich das zugeben? Nein! Sie waren Menschen wie wir; und ich wollte mich rächen wegen der Beleidigung! Ich kannte den Wilden Westen nicht und gehorchte meinem Unverstand. Ich band das Maultier und die drei ledigen Pferde an die nächsten Bäume und ritt im Galopp den Weg zurück, den wir gekommen waren. Die mir aufgetragene Pflicht wollte ich erfüllen, vorher aber die Indianer warnen. So schnell wie möglich ging es den Wihinashtpfad hinab und in den Snakes-Cañon hinein. Da sah ich die Roten vor mir; sie hörten mich kommen, blickten zurück und hielten an. Die Schlucht war hier noch breit genug dazu. Ich parierte mein Pferd und fragte, ob einer von ihnen Englisch verstehe. Der auf dem Fahlschimmel, welcher den länglichen Gegenstand trug, antwortete: ‚Ich bin To-ok-uh, Schneller Pfeil, ein Häuptling der Panasht-Schoschonen. Mein weißer Bruder ist zurückgekehrt, um mir eine Botschaft des alten Mannes zu bringen, dessen Herden da unten von den Schlangenindianern bewacht werden?'

‚Du kennst ihn also?' fragte ich. ‚Er hält euch für Feinde und ist euch zu Fuß voraus, um euch zu töten. Ich dagegen habe es für meine Pflicht gehalten, euch zu warnen.'

Der Blick seiner dunklen Augen bohrte sich förmlich in mein Gesicht, als er sich erkundigte: ‚Wo sind eure Tiere?'

‚Sie stehen jenseits des Wihinashtpfads in einem grünen Tal.'

Er sprach kurze Zeit leise mit den andern und fragte mich dann, indem sein Gesicht einen freundlichen Ausdruck zeigte: ‚Mein weißer Bruder ist erst kurze Zeit in diesem Land?'

‚Seit gestern.'

‚Was wollen die Bleichgesichter dort oben in den Bergen?'

‚Wir wollen den Elk jagen.'

‚Ist mein Bruder ein berühmter Jäger?'

‚Nein, ich schieße jetzt noch stets daneben.'

Er fragte lächelnd weiter und weiter, bis er alles wußte. Ich mußte ihm sogar meinen Namen nennen, worauf er sagte: ‚Samuel Parker ist für einen roten Mann schwer zu merken. Wir werden dich At-pui, Gutes Herz, nennen. Wenn du länger hierbleibst, wirst du vorsichtiger werden. Deine Güte konnte euer Verderben sein. Freue dich, daß wir nicht auf dem

Kriegspfad wandeln! Siehe, dieses Wampum' – dabei zeigte er mir den fransengeschmückten langen Gegenstand in seiner Linken –,enthält eine friedliche Botschaft an die Häuptlinge der Schoschonen. Wir kommen ohne Waffen, um es zum Rancho des alten Mannes zu tragen, dessen Indianer es dann weiterbringen sollen. Wir haben also nichts zu fürchten; aber unsere Dankbarkeit ist ebenso groß, als ob du uns vom Tod errettet hättest. Wenn du Freunde brauchst, so komm zu uns. At-pui, Gutes Herz, wird uns stets willkommen sein. *Howgh;* ich habe gesprochen.'

Er gab mir die Rechte und ritt dann mit seinen Leuten weiter. Ich rief ihm nach, mich dem Alten ja nicht zu verraten, und kehrte dann um, sehr zufrieden mit meinem Erfolg, aber nicht mit der Klugheit, an der es mir gänzlich gemangelt hatte. Ich war im Gegenteil höchst unvorsichtig gewesen.

Im Hochtal angelangt, nahm ich dem Maultier seine Last und band die Pferde los, um sie grasen zu lassen. Die mir dann zu Gebote stehende lange Muße benutzte ich zu Schießübungen. Ich hatte ein gefülltes Pulverhorn, und beim Gepäck gab es auch eine ganze Büchse voll. Als mein Horn leer war, konnte ich zu meiner Genugtuung sagen, daß ich einen Kirchturm nun schon auf zweihundert Schritt treffen würde.

Gegen Abend kam Old Wabble mit Ben und Will zurück. Sie waren unten beim Zelt mit den Roten zusammengetroffen und erzählten mir als etwas ganz Neues, daß diese die friedlichsten Absichten gehegt, das Wampum der Blutigen Hand zur weiteren Beförderung übergeben und dann sofort den Rückweg angetreten hätten. Ich schwieg natürlich über das, was ich getan hatte.

Wir blieben die Nacht in dem Tal und ritten dann am Morgen zu dem nicht mehr weit entfernten Hochmoor.

Dieses lag in einem weit größeren Tal als in dem von gestern. In der Mitte gab es einen kleinen See mit sumpfigen Ufern; weiterhin Busch und Wald mit trügerischem Boden, und dann folgten die hohen, kahlen, vielfach zerklüfteten und zerbröckelten Felsmassen, die das Tal einschlossen. Dieses war gewiß zwei Wegstunden lang und genauso breit.

Nachdem das Maultier entlastet war, wurde ein Feuer- und Lagerplatz hergerichtet, wo ich zurückbleiben sollte, um auf die Pferde zu achten. Dann gingen die andern auf die Suche. Bis Mittag, da ich einige Schüsse hörte, blieb alles still; später kehrte Ben Needler allein zurück. Er hatte zu früh auf eine

Elkkuh geschossen und war von dem darüber erzürnten Wabble fortgejagt worden. Dieser stellte sich mit Litton erst in der Dämmerung ein, erbost über den Mißerfolg, den es gegeben hatte.

‚Fährten gab es genug', räsonierte er, ‚aber nicht nur von Elks, sondern auch von Roten, die vor uns hier gewesen sind und das Wild vertrieben haben; *th'is clear!* Auf eine einzige Kuh stießen wir; da krachte dieser Needler seine beiden Läufe zu zeitig los, und sie verschwand; das hat man davon, wenn man sich mit Greenhorns einläßt. Ich will aber den Weg nicht umsonst gemacht haben und bleibe noch einen Tag oder zwei Tage oder so lange hier, bis ich einen schweren Alten niedergestreckt habe.'

Er sprach mit uns beiden kein Wort weiter und behielt diese Stimmung auch am nächsten Morgen bei, und er erklärte, daß er mit Litton allein jagen werde; die beiden Greenhorns sollten im Lager bleiben, damit sie nichts verderben könnten. Nun, er hatte das Recht, zu tun, was ihm beliebte; wir allerdings nahmen im stillen dasselbe Recht für uns in Anspruch. Als die beiden fort waren, führten wir aus, was wir während der Nacht verabredet hatten. Wenn die Elks vertrieben worden waren, so befanden sie sich nicht mehr im Tal, sondern außerhalb. Dort mußte man suchen. Da unsere Pirsch bis zum Abend dauern konnte, nahmen wir zum Tragen der uns nötig erscheinenden Gegenstände, vielleicht auch kleinerer Beutestücke, das Maultier mit.

Wir wanderten aus dem Tal hinaus und in ein anderes hinein. Da gab es weder See noch Moor, aber gewiß auch keine Elks, denn es waren auch schon Menschen da, Menschen, die einen Maulesel bei sich hatten. Die Menschen sahen wir zwar nicht, desto deutlicher dagegen den Maulesel, der sich ohne Zaum und Sattel in ziemlicher Entfernung rechts von uns im Gras gütlich tat. Wo waren die Menschen? Ich mußte sie finden. Während sich Ben gemächlich hinüber zu dem fremden Maulesel trollte, schritt ich mit unserm Maultier geradeaus weiter. Der vermeintliche Esel fraß weiter, bis sich Ben ihm auf hundert Schritt genähert hatte; da bekam er ihn die Nase, hob den Kopf, warf sich blitzschnell herum und floh in weiten Sätzen auf mich zu, wohl aus Sympathie für seinen Verwandten, an dessen Seite ich mich befand. Aber, was war denn das? Das war beileibe kein Maulesel; das war ein Stück Wild. Soviel sah ich, obgleich ich ein Greenhorn war. Ich kniete schnell hinter meinem Maultier nieder, legte an, zielte und drückte ab. Die fremde Kreatur tat noch zwei, drei Sätze und brach dann zusammen. Ich rannte hin; Ben kam auch; der Schuß war ins Blatt gedrungen, und wir beide wurden uns darüber einig, daß ich eine Hirschkuh erlegt hatte. Sie wurde auf den Packsattel des Maultiers gebunden, und dann ging es weiter, doch nicht lange, und wir hatten das Ende des Tals erreicht. Rechts und links unersteigbare Wände, vor uns eine ziemlich steile Höhe, die eine Art Sattel zu sein schien, hinter dem ein zweites Tal war. Unser Maultier war ein guter Kletterer, also beschlossen wir, geradeaus zu steigen.

Wir gelangten nach einiger Anstrengung hinauf und sahen, daß wir uns nicht geirrt hatten, denn vor uns senkte sich das Gelände wieder tief hinab. Dort gab es in der Ferne einen eigentümlichen Lärm, der von menschlichen Stimmen hervorgebracht zu werden schien. Wir mußten wissen, woran wir waren, und also nach einem Lugaus suchen. Zu beiden Seiten des schmalen Bergsattels gab es zwar hohe, aber schräge Wände, die man leicht ersteigen konnte. Wir arbeiteten uns also links hinauf, um von dort in das jenseitige Tal hinabzublicken. Unser Maultier ließen wir einstweilen stehen. Oben angekommen, wollte sich Needler weit vorbeugen, um besser sehen zu können; da er wegen seines helleren Anzugs leicht bemerkt werden konnte, schob ich, der ich dunkler gekleidet war, ihn zurück und schaute hinab.

Was im Vordergrund des zweiten Tals vorging, konnte ich nicht sehen, da mein Standort dazu nicht hoch genug war; aber im Hintergrund sah ich sieben indianische Reiter, die eine breite Linie bildeten, aus vollem Hals schrien und langsam vorwärts rückten. Dieses Geschrei kam näher und wurde so stark, daß unser unten stehendes Maultier höchst bedenklich mit den Ohren zu spielen und mit dem Schwanz zu wirbeln begann. Ich schickte darum Ben hinab, um es zu beruhigen.

Da fiel mein Blick auf die andere, jenseits des Sattels ungefähr vierzig Schritt von mir sich erhebende Wand. Dort saß mir zu meinem Erstaunen ein Indianer gegenüber. Es war To-okuh, Schneller Pfeil, der mir bedeutsam zunickte und dann die rechte Hand auf den Mund legte, bei den Indianern das Zeichen des Schweigens. Wie kam er hierher? Warum sollte ich schweigen? Vorgestern war er unbewaffnet gewesen, und jetzt hatte er ein Gewehr quer über seinen Knien liegen. Während ich darüber nachdachte, war der Lärm noch näher gekommen;

ich hörte unter mir Steine rollen und blickte hinab. Himmel, was für ein Ungeheuer ließ sich da sehen! Unter lautem, zornigem Schnaufen kam es aus dem jenseitigen Tal zur Höhe des Sattels geklettert. Am Widerrist über zwei Meter hoch, mit kurzem plumpem Leib und langen Beinen, breit überhängender Oberlippe und struppigem Kinnbart tauchte es funkelnden Auges auf der Höhe des Bergsattels auf. Als es dort Ben Needler und das Maultier dicht vor sich sah, warf es den häßlichen Kopf mit den breiten, gewaltigen Schaufeln nach hinten und brach nach meiner Seite aus. Needler, als er seinerseits diesen Behemoth nur sechs Schritt von sich entfernt wie aus dem Erdboden erscheinen sah, stieß einen Schrei des Entsetzens aus, warf sein Gewehr weg, drehte sich um und rannte, nein, kollerte Hals über Kopf von der Höhe in das diesseitige Tal hinab. Das Maultier zeigte nicht mehr Mut als sein Herr; es tat einen ebenso schnellen Satz zurück und schoß, glücklicherweise auf allen vieren, wie ein Schlitten den Bergsattel hinab.

Ich hatte keine Zeit, aufzupassen, ob beide glücklich unten anlangten, denn der Behemoth hatte sich ja nach meiner Seite gewandt und bemerkte nicht, daß der Weg vor ihm frei geworden war. Er kam in weiten, gewaltigen Sätzen herauf, gerade auf mich zu. Ich war nicht weniger entsetzt als Ben Needler; das Gewehr entsank meiner Hand; Flucht, nur Flucht! Ich sprang von Stein zu Stein an der Felsenlehne hin, das Ungetüm mir nach. Da gähnte vor mir in der Steinwand ein großes Loch, und ich kroch hinein, so schnell, wie ich noch nie im Leben in einem Loch verschwunden bin. Die Öffnung verdunkelte sich, denn das Untier steckte den Kopf herein, so weit ihm das bei der Breite des Geweihs möglich war. Es schnaufte wie ein Teufel, und ich fühlte seinen heißen Atem im Gesicht. Aber die Angst des gehetzten Geschöpfs war größer als sein Zorn; es zog den Kopf zurück und wandte sich zur weiteren Flucht. Dabei bot es dem gegenübersitzenden und kaltblütig darauf wartenden Häuptling seine vordere Seite. Er zielte kurz, drückte ab und – der Elk brach zusammen.

Im Nu stieg To-ok-uh drüben herab und kam diesseits heraufgesprungen. Während ich sehr vorsichtig den Kopf aus dem Loch steckte, betrachtete er das gewaltige Tier und forderte mich dann lächelnd auf: ‚Mein Bruder komme heraus! Dieses Peere ist von deiner Kugel gefallen und also dein Eigentum.“

‚Von meiner Kugel?‘ fragte ich erstaunt, indem ich herauskroch.

‚Ja!' Er nickte mir listig zu. ‚Du bist At-pui, das Gute Herz, und hast uns retten wollen; dafür sollst du Ruhm bei den Deinen ernten. Die Krieger der Panashts haben ihr Wampum abgegeben und sind vor euch in das Tal der Elks gekommen, wo sie ihre Waffen verborgen hatten. Ihr werdet dort kein Wild gefunden haben, als nur das junge Kind des Elks, das ich auf dem Rücken eures Maultiers sah. Du warst so aufrichtig, mir zu sagen, daß du noch danebenschießt, doch mußt du das verschweigen, denn ich wünsche, daß deine Gefährten dich achten, wie ich dich liebe. Ich setzte mich auf den Felsen, um mir dieses Tier zutreiben zu lassen; da sah ich dich und beschloß sofort, es dir zu schenken. Es sei von deiner Kugel getroffen, damit du Ruhm hast, bis sie wirklich trifft. Dein Bruder hat mich nicht gesehen, und ich gehe, damit er mich nicht noch erblickt. Mein Auge wünscht, dich wiederzusehen. Ich habe gesprochen. *Howgh!*'

Er drückte mir die Hand, eilte fort und verschwand im jenseitigen Tal.

Das war die Dankbarkeit eines sogenannten wilden Mannes. Er überließ mir den Ruhm, der ihm gebührte. Sollte ich diese Gabe von mir weisen? Nein, ich war zu schwach, weil zu – jung dazu. Old Wabble hatte mich verhöhnt; gewiß, es war ein Fehler von mir, eine Lüge, mich mit fremden Federn zu schmücken, aber der alte Westmann sollte mich, das Greenhorn, beneiden!

Ich stieg in das diesseitige Tal hinab. Weit entfernt von dem Felssattel stand Ben Needler mit dem unbeschädigten Maultier. Ich winkte ihn herbei und führte ihn hinauf, wo der Elk lag. Mein Gewehr hatte ich natürlich wieder aufgenommen; der Indianer war von ihm nicht gesehen worden. es wußte überhaupt niemand, daß ich diesen kannte; Ben mußte also überzeugt sein, daß ich es war, der das Tier erlegt hatte. Man kann sich sein Erstaunen, seine Verwunderung und – seinen Neid denken!

Er tat mir leid. Darum und, wie ich aufrichtig gestehe, zur Erleichterung meines Gewissens macht ich ihm den Vorschlag, Old Wabble zu sagen, er habe das Schmaltier, das ‚junge Kind des Elks', erlegt. Darüber war er so glücklich, daß er mich umarmte. Ich mußte als Wache gegen die Raubtiere bei meiner Beute bleiben. Needler brach mit dem Maultier zu dem Moor auf, um Old Wabble und Litton zu holen; er brachte sie erst am frühen Nachmittag. Die beiden hatten heute nicht das Haar eines Elks gesehen. Der Alte stand verstummt vor meiner Beute. Endlich gestand er, noch selten ein so mächtiges Exemplar gesehen zu haben. Der Neid zuckte durch seine schlotterige Gestalt, daß die Glieder nur so durcheinander‚wabbelten'; dann maß er mich mit einem fast drohenden Blick aus den halbgeschlossenen Augen und sagte: ‚*Well,* ich weiß, woran ich bin, Sir. Als Ihr viermal die Natur durchlöchert habt, habt Ihr Euch mit mir einen Scherz erlaubt; *th'is clear;* aber ich hoffe, daß so etwas nicht wieder geschieht, wenn wir Freunde bleiben wollen!'

Nun, wir sind Freunde geworden und geblieben und haben manchen guten Schuß getan. Es war, als hätte das Geschenk des Häuptlings mir mit einemmal einen scharfen Blick und eine sichere Hand gebracht. Von jenem Tag an sind meine Kugeln so glücklich geflogen, daß es dem Alten nie in den Sinn gekommen ist, daß ich mit jenem Elk geflunkert haben könnte. Mit dem Schnellen Pfeil bin ich später oft zusammengetroffen und werde von den Seinen noch heut At-pui, Gutes Herz, genannt. Er hat das Geheimnis gut bewahrt, und heut ist es das erstemal, daß es verraten wird. Ja, Mesch'schurs, ich gestehe es in aller Jägerreue, daß mein erster Elk nicht mein erster, aber auch noch lange nicht mein letzter Elk gewesen ist. Ich habe gesprochen. *Howgh!*"

Er schwieg, und die andern machten ihre lustigen Bemerkungen über das, was sie gehört hatten. Ich war still. Jeder Westmann hat seine Lehrzeit erlebt. Es fällt ja kein Meister vom Himmel; auch ich hatte meine Lehrer gehabt, erst Sam Hawkens, den possierlichen kleinen Kerl, und dann Winnetou, den unvergleichlichen Meister in allem, was der Wilde Westen verlangt.

Was Old Wabble betrifft, so hatte ich sehr viel von ihm gehört, ihn allerdings noch nicht gesehen. Man wußte, daß er wirklich existierte, und doch lebte er in den Erzählungen wie eine mythische Gestalt, mit der die Gegenwart nichts mehr zu schaffen hat. Man berichtete hundert und aber hundert Schrullen und Taten von ihm, die bewiesen, daß er ein Original war, wie es kaum ein zweites gab, man wußte nicht, wo er sich jetzt befand und was er trieb, und wenn er plötzlich einmal hier und dort auftauchte, war es nur für kurze Zeit, und man hatte wieder eine schnelle, kühne Tat oder eine abnorme Sonderlichkeit von ihm zu erzählen.

In seiner Jugend war er „König der Cowboys" genannt worden; jetzt hatte er ein Alter erreicht, das man auf über neunzig Jahre schätzte, doch sollte er noch ebenso rüstig wie ein Junger sein, und nur sein langes schneeweißes Haar, das beim Galoppreiten wie eine Mähne wehte, verriet die Länge seines außerordentlich bewegten Lebens. Ich hatte seit Jahren den Wunsch, ihn einmal zu sehen. Nun war er vor mir hier gewesen und wahrscheinlich für einige Zeit wieder verschwunden.

Es war während Parkers Erzählung Abend geworden. Wegen der Comanchen durfte kein Feuer angebrannt werden, darum gab es keine Unterhaltung, und wir legten uns schlafen. Als wir am nächsten Morgen aufbrechen wollten, zeigte es sich, daß Parkers Mißtrauen nicht unberechtigt gewesen war: Der Kommandant wollte absolut einen der Jäger als Scout zurückbehalten, stieß aber bei ihnen auf so hartnäckige Weigerung, daß er endlich einsah, es sei besser, zu verzichten; ein mit Zwang gepreßter Späher hätte ihm voraussichtlich mehr Schaden als Nutzen gebracht. Da machte ich mir den Spaß, mich ihm anzubieten. Er wies mich mit einer verächtlichen Handbewegung zurück und sagte: „Reitet nur immer fort, Mr. Charly! Ein Mann, dessen Beruf es ist, nach verfaulten Knochen und Überresten zu suchen, kann unmöglich das, was ich von einem Scout verlange. Stochert also getrost in alten Gräbern herum; ich will mir mit Euch keine Last auf den Hals laden.“

Er hatte also erfahren, was mich vermeintlich in den Westen getrieben hatte. *Well,* mir war dieser Abschied recht. Um nicht etwa noch im Fortreiten durchschaut zu werden, hing ich so unbeholfen wie möglich auf dem Pferd und behielt das auch während des ganzen Tages bei, damit meine Begleiter ihre Ansicht über mich nicht ändern mochten.

Diese zehn Männer hatten sich auf der Route vom Rio Gila herüber zusammengefunden und wollten jetzt nach Texas hinab, der eine von dieser und der andere von jener Absicht getrieben; eine durch einen bestimmten Zweck zusammengehaltene Gesellschaft bildeten sie nicht.

Vom Lagerplatz der Soldaten bis zum Mistake-Cañon hatten wir vier Stunden zu reiten, die vergingen, ohne daß sich irgend etwas ereignete. Josua Hawley wurde unterwegs an sein gestriges Versprechen erinnert, und er versprach, es zu halten. Die wenigen Worte, die ich aus seinem Mund gehört hatte, waren mir genug; ich wußte, daß er der Weiße war, der den roten Freund infolge eines Mißverständnisses erschossen hatte. Das lag ihm noch heut auf der Seele, und daher die Schwermut, die mir gleich beim ersten Blick aufgefallen war.

Wir hatten uns bis jetzt auf einer felsigen Hochebene befunden, die sich nun allmählich abwärts senkte. Dann hielten wir vor einem tiefen Schlund, zu dem ein steiler Weg hinabführte. Wie ein von Gigantenfäusten in den Felsen gehauener Graben zog er sich von uns aus scheinbar endlos nach Osten, mit steilen Wänden, die mehrere hundert Fuß hoch waren. Unten rauschte ein Wasser, das von oben wie schwarze Tinte erschien. Da, wo wir angehalten hatten, standen vereinzelte Riesenkakteen am Felsrand. Das war der Mistake-Cañon, der sich vor uns öffnete und in den wir hinab mußten. Wer das Auge in den drohend emporgähnenden Schlund richtete, den konnte allerdings ein Grausen, ein Gefühl überkommen, als ob da unten die Stätte eines unabwendbaren Unheils sei. Ich hatte viele Cañons gesehen und auch viele durchritten, war aber von keinem, um mich des Ausdrucks zu bedienen, so zurückgeworfen worden wie von diesem hier.

Wir ritten den steilen Weg hinab, bis wir den Grund erreichten; dort ging es am Wasser entlang, das nun allerdings ein anderes Aussehen hatte. Wir gelangten an einen großen Uferstein, an dem sich die Wellen brachen; da hielt Jos sein Pferd an, stieg ab, setzte sich auf den Stein und sagte: „Hier ist der Ort, an dem ich mein Versprechen halten will. Steigt ab, Mesch'schurs! Ihr sollt erfahren, wie die Sage vom Geist des Mistake-Cañons entstanden ist."

„Geist? *Pshaw!*" Sam Parker lachte. „Ein Dummkopf ist, wer an Geister und Gespenster glaubt. Ein weißer Jäger hat irrtümlicherweise einen befreundeten Apachen an Stelle eines feindlichen Comanchen erschossen. Niemand kann sagen, wer es gewesen ist und wie so etwas möglich war."

„Ich, ich kann es sagen, ich allein", meinte Jos, indem er sich mit der Hand über die Augen strich.

„Ah, du? Du weißt es, wie sich diese unglückselige Geschichte zugetragen hat?"

„Ob ich es weiß! Hier von dem Stein aus, auf dem ich sitze, habe ich selbst damals den verhängnisvollen Schuß abgefeuert. Meine Augen waren um dreißig Jahre jünger als jetzt, aber doch nicht scharf genug, den Richtigen vom Falschen zu unterscheiden. Ich hatte einen Freund, wißt ihr, einen echten, wahren; er war ein Apache und hieß Tkhlisch-lipa, Klapperschlange. Er verdankte mir das Leben und hatte dafür versprochen, mir einen Ort zu zeigen, an dem Nuggets in Menge zu finden seien, wie ich bereits gesagt habe. Ich suchte mir also vier wackere Boys, die zu dem Unternehmen paßten. Wir mußten sehr vorsichtig sein, weil der Ort im Gebiet der Comanchen lag; darum nahmen wir Weißen keine Pferde mit, nur der Apache hatte auf seinen Mustang nicht verzichten wollen. Um keine lange Einleitung zu machen, wir kamen hier oben am Cañon an. Ihr seht am Rand einzelne Riesenkakteen stehen. Weiter zurück gab es damals einen ganzen Wald davon, an dessen Saum wir uns eine Hütte bauten, in der wir wirtschaften wollten, während der Arbeitsplatz hier unten am Wasser lag.

Tkhlisch-lipa hatte nicht gelogen; unsere Ausbeute war über Erwarten reich, obgleich nur vier Personen schaffen konnten, da einer die Hütte zu bewachen hatte, während ein anderer jagte, um für Fleisch zu sorgen. Das letztere hatte mit der größten Umsicht zu geschehen, da Avat-kuts, Großer Büffel, der Häuptling der hier hausenden Comanchen, nicht nur ein blutgieriger Mensch, sondern auch ein Virtuose im Spüren war. Es verstand sich von selbst, daß jeder neben Hacke und Spaten auch seine Waffen stets bei der Hand hatte.

Wir mochten wohl an die drei Wochen hier gewesen sein, als eines Tages der Apache den Dienst bei der Hütte versah, während ein Kamerad, der lange Winters, nach Fleisch umherstreifte. Während wir andern unten herzhaft arbeiteten, saß der Rote oben, sich langweilend, in der heißen Sonnenglut. Er hatte seine neue, wertvolle Santillodecke abgelegt und rieb sich den Körper zum Schutz gegen Insekten nach Indianerart mit Bärenfett ein. Da hört er hinter sich ein Geräusch. Er blickt sich um und sieht den gefürchteten Comanchenhäuptling, den er sofort erkennt, vor sich stehen, mit dem Gewehrkolben zum Schlag ausholend. Ehe er auszuweichen vermag, saust der Hieb nieder und trifft ihn so auf den Kopf, daß er die Besinnung verliert. Daß ihm nicht der Schädel zerschmettert worden ist, hat er nur seiner eigenartigen Kopfbedeckung zu verdanken, einer Mütze, die mit Fuchsschwänzen und Klapperschlangenhäuten verziert war.

Avat-kuts läßt ihn einstweilen liegen und tritt in die Hütte, um sie zu untersuchen. Er findet unsere mit Nuggets gefüllten Lederbeutel und hängt sie sich an den Gürtel. Wieder zurückgekehrt, wirft er seine alte Kalikojacke ab und vertauscht sie mit der Santillodecke. Auch die Mütze des Betäubten gefällt ihm, und er stülpt sie sich auf den Schopf. Dann pfeift er seinem starkknochigen Gaul, den er beim Anschleichen hinter den Kakteen zurückgelassen hat, herbei und findet, daß der in der Nähe grasende Mustang des Apachen bedeutend mehr wert ist. Nun soll der Feind skalpiert werden, und zwar bei lebendigem Leib. Der Comanche stellt sich also mit ausgespreizten Beinen über ihn, ergreift ihn mit der Linken beim Haar, um den Kopf emporzuziehen, nimmt das Messer in die Rechte, macht über die Ohren weg um Stirn und Hinterkopf einen Schnitt und versucht, den Skalp mit einem kräftigen Ruck loszureißen, was ihm aber nur halb gelingt. Klapperschlange erwacht von dem entsetzlichen Schmerz und faßt den Comanchen bei den Händen. Es beginnt ein Ringen, aus dem Großer Büffel unbedingt als Sieger hervorgehen muß, da der andere von dem herablaufenden Blut geblendet wird.

Indessen hat der lange Winters eine gute Jagd gehabt und ist mit der Ausbeute nach Hause zurückgekehrt. Er findet die Fährte des Comanchen, erschrickt und schleicht ihr nach, tritt um die Ecke des Kaktuswaldes und sieht die beiden kämpfenden Indianer und hält wegen der Santillodecke und der Mütze den Comanchen für den Apachen. Er legt schnell sein Gewehr an und schießt auf den blutenden Freund, trifft aber glücklicherweise wegen der großen Entfernung nicht. Der Comanche fährt, als er den Schuß hört, herum, erblickt den neuen Feind, reißt sich los, springt, sein Gewehr liegenlassend, zum Mustang des Apachen, schwingt sich auf und jagt davon. Klapperschlange, vor Wut und Schmerz fast wahnsinnig, wischt sich das Blut aus den Augen, gewahrt den fliehenden Gegner und dessen stehengebliebenes Pferd. Im Nu sitzt er auf und jagt ihm nach, das Lasso von den Hüften reißend, während der lange Winters verblüfft hinterdreinschaut, weil er sich den Vorgang nicht erklären kann. Da Winters den Weg nach rechts versperrt und links die dichten Kakteen kein Entkommen bieten, sprengt der Comanche dem Cañon zu, von dem er weiß, daß ein wenn auch gefährlicher Pfad an der fast senkrechten Wand zur Tiefe führt. Er ahnt nicht, daß sich vier Bleichgesichter da unten befinden.

Drüben, jenseits des Wassers, seht ihr einen Vorsprung, eine schmale, fortlaufende Kante aus dem Felsen treten und sich zur Höhe ziehend; das ist der erwähnte Pfad. Schon für den Fußgänger schwierig, ist er für einen Reiter geradezu gefährlich, und wir wunderten uns daher nicht wenig, als wir von oben herab den Hufschlag galoppierender Pferde vernahmen. Der Höhe wegen, in der sie sich befanden, konnten wir erst nur die Köpfe der Reiter sehen, doch je weiter sie herabkamen, desto vollständiger erblickten wir die Gestalten. Voran lief der Mustang des Apachen, dessen Reiter wir infolge der Mütze und der Santillodecke für Klapperschlange hielten. Er wurde von einem auf einem uns fremden Pferd sitzenden Reiter verfolgt, dem der blutige Schopf vom Kopf hing und der sich wegen der hindernden Felswand vergeblich bemühte, dem Vorausreitenden das Lasso über den Kopf zu werfen. Wir hörten die Stimme des Apachen unausgesetzt rufen: ‚*Hatatitla aguan, hatatitla aguan!* – Erschießt ihn, erschießt ihn!‘ Das galt natürlich uns, und ich griff zur Büchse. Jetzt erreichte der Vorderste die Sohle der Schlucht, dort, jenseits des Wassers, und sprengte weiter. Nun kam der andere. Hier konnte er das Lasso freier handhaben und schwang es zum Wurf. Ich drückte ab – ein Schrei, und er flog nach hinten vom Pferd, das reiterlos weiterjagte. Nach wenigen Sekunden standen wir drüben bei ihm. Denkt euch unsern Schreck, als wir in ihm unsern roten Freund erkannten! Meine Kugel hatte nur zu gut getroffen. Er deutete vorwärts und sagte mit brechender Stimme: ‚*Darteh litschane Avat-kuts.* – Dieser Hund war Großer Büffel.‘ Dann war er tot.“

Der Erzähler schwieg und starrte trüben Blickes zu der angedeuteten Stelle hinüber. Wir ehrten dieses Schweigen, indem auch wir nichts sagten. Erst nach einer längeren Weile fuhr er fort: „So wurde ihm das Gold, das er uns schenkte, durch eine Kugel vergolten. Wir haben die Schlucht den Mistake-Cañon genannt, und dieser Name ist ihr bis auf den heutigen Tag geblieben. Man hat die Geschichte oft in meiner Gegenwart erzählt; nie aber ist es mir eingefallen, zu sagen, daß ich selbst der unglückliche Held bin. Ich habe das im stillen mit mir abzumachen versucht. Heute jedoch, da wir uns an derselben Stelle befinden, soll es einmal vom Herzen herunter, und ihr mögt mir nun sagen, ob man mich einen Mörder nennen darf.“

„Nein, nein!“ rief es rundum. „Du bist völlig unschuldig. Aber wie ist's mit dem Comanchen? Er entkam?“

„Nein. Wir fanden ihn nicht weit von hier im Steingeröll, wo das Pferd gestrauchelt war und ihn abgeworfen hatte. Ihr könnt Euch denken, was mit ihm geschehen ist. Das ist das Gesetz des Wilden Westens; sprechen wir nicht darüber!“

„Und das Gold, die Nuggets! Wir wollen natürlich wissen, welche Schätze ihr damals aus dem Cañon mitgenommen habt!“

„Weit weniger, als der vortreffliche Anfang vermuten ließ. Es war, als hätte ein Racheengel das Gold tief ins Erdinnere verschwinden lassen. Seit meine Kugel den Apachen traf, wurde die Ausbeute von Tag zu Tag geringer und hörte endlich ganz auf. Wir gruben und arbeiteten noch wochenlang, doch vergeblich. Und was wir mitnahmen, das hat nicht lange vorgehalten; es ist bald alle geworden – beim Wein und beim Spiel. Nur eins ist mir geblieben und wird mich bis an mein Ende nicht verlassen, nämlich die Erinnerung an den Augenblick, da mein Blei den Roten vom Pferd riß. Dieses Bild schwebt mir immer und immer vor, und dazu gellt mir im Ohr der Todesschrei. Es schüttelt mich. Kommt, wir wollen fort! Ich mag den Ort nicht länger sehen!“

Er stand langsam und schwer auf und schüttelte sich, als ob er der bisher auf ihm gelegenen seelischen Last ledig werden wollte. Als er dann mit der Hand zum Zügel griff, um aufzusteigen, hielt ich ihn zurück und sagte: „Eure Kameraden haben schon ihre Meinung ausgesprochen, daß Ihr unschuldig seid; nun hört auch, was ich sage, Mr. Hawley.“

„Nun?“ fragte er in einem Ton, als ob er auch von mir nicht die geringste Erleichterung erwartete.

„Ich will Euch eine Geschichte, eine wahre Geschichte, erzählen, die sich drüben in Deutschland, in meiner Heimat, zugetragen hat.“

„Was kann mir Eure deutsche Geschichte nützen?“

„Vielleicht doch etwas; hört sie nur an! Zwei Schieferdecker hatten auf der Spitze eines sehr hohen Kirchturms eine neue Wetterfahne anzubringen; die dazu nötigen Leitern waren tags zuvor angelegt worden, ehe man die alte Fahne abgenommen hatte. Der eine Schieferdecker war ein alter, erfahrener Meister, der andere sein Sohn, der eine Frau und vier Kinder hatte. Sie stiegen höher und höher, von Sprosse zu Sprosse, der Alte voran, der Sohn hinterdrein, beide mit einer Hand sich festhaltend und mit der andern die schwere Wetterfahne tragend. Unten stand eine Menschenmenge, um lautlos, mit stockenden Pulsen und selbst fast schwindlig, der waghalsigen Arbeit zuzuschauen. Da hört man oben einen Schreckensruf erschallen; der Sohn hat ihn ausgestoßen; der Vater antwortet ruhig und ermahnend; der Sohn ruft wieder, und gleich darauf stößt die Menge einen einzigen vielstimmigen Schrei des Entsetzens aus, denn der Alte hat den Sohn, der ihn am Fuß faßte, mit einem kräftigen Tritt von der Leiter geschleudert, so daß er in die grausige Tiefe stürzt und dort zerschmettert liegenbleibt."

„Ist so etwas möglich! Der Mörder seines eigenen Sohns!" rief Hawley aus.

„Nicht vorschnell, Sir; hört weiter! Unten am Turm gibt es natürlich Szenen einer Aufregung, die nicht beschrieben werden können; oben aber steigt der Alte weiter in die Höhe, die Fahne nun allein tragend. Bei der Spitze angekommen, stellt er sich auf den Knopf und steckt die Fahne mit einer unglaublichen, wahrhaft riesigen Anstrengung aller seiner Kräfte auf die Spindel. Dann kommt er so ruhig und kaltblütig, als ob nichts geschehen sei, langsam und sicher wieder herabgestiegen, Leiter um Leiter über sich von den Haken lösend und in die Dachfenster des Turms schiebend, bis er im Schalloch der Glockenstube verschwindet. Vor der Turmtür wartet die wütende Menge, bereit, ihn zu lynchen; er kommt aber nicht. Man dringt in den Turm und findet ihn oben in der Glockenstube, wo er in dem Augenblick, in dem er den festen Boden unter sich gefühlt hat, besinnungslos zusammengebrochen ist. Er wird nach Hause gebracht und erwacht, phantasiert aber nun in hitzigem Fieber monatelang von dem entsetzlichen Augenblick, in dem er gezwungen gewesen ist, seinen Sohn in den Tod zu stürzen. Die Kunst der Ärzte und seine trotz des Alters kräftige Natur retten ihn; sobald die Beine gerade imstande sind, ihn zu tragen, geht er auf das Gericht, um sich dem Staatsanwalt zu überliefern. Was glaubt Ihr wohl, wie das Urteil gelautet hat, Mr. Hawley?"

„Wie soll es gelautet haben! Es gibt hier nur eine Strafe: für den Sohnesmord den Tod", antwortete der Gefragte.

„Ist das wirklich Eure Meinung, Sir?"

„Natürlich. Man kann ja gar keine andere haben."

„O doch!"

„Nein. Er hat seinen Sohn mit voller Absicht in den Tod gestoßen."

„Nicht etwa in der Aufregung?"

„Schließt das die Absicht aus?"

„In diesem Fall wohl nicht. Aber der Fall läßt sich noch ganz anders beurteilen."

„Möchte wissen, wie!"

„Er erregte natürlich ungeheures Aufsehen und wurde überall besprochen, mündlich und auch in den Zeitungen. In juristischen Kreisen war man der Ansicht, daß die Anklage wegen Mordes unbedingt aufrechtzuhalten und der Alte unbedingt zu verurteilen, dann aber der Gnade des Monarchen zu empfehlen sei. Das Publikum verweigerte dem Täter zunächst jede Entschuldigung, lernte freilich bald, als es die Gründe seines Handelns erfuhr, anders zu denken. Ja, er hatte die Tat mit Überlegung begangen, doch was hatte ihn dazu veranlaßt? Der Sohn hatte ihm plötzlich zugerufen, er sei vom Schwindel ergriffen worden, so daß sich alles um ihn zu drehen scheine. ‚Mach die Augen zu und halte dich fest, bis es vorüber ist; ich warte!' mahnte ihn der Alte, der an einen kurz vorübergehenden Anfall dachte. ‚Ich kann nichts festhalten, ich fühle nichts', schrie der Sohn, indem er die Fahne fahren ließ und den Fuß des Alten ergriff. Dieser erkannte mit Schaudern, daß es kein Warten und kein Vorübergehen gab, es war einer jener Anfälle, die den Betreffenden völlig lähmen, in denen Hilfe unmöglich ist; der Helfer wird nur selbst mit ins Verderben gezogen. In einem einzigen kurzen Augenblick vergegenwärtigte er sich seine fürchterliche Lage. Die schwere Wetterfahne in der Linken, mußte er sich mit der Rechten festhalten; am Fuß hatte er den Sohn hängen; er fühlte die zentnerschwere Last, die ihn von der Leiter weg und in die Tiefe ziehen wollte; er wußte, daß er das nur wenige Augenblicke aushalten würde und dann mit hinab mußte. Ja, hätte er unter dem Sohn gestanden, so hätte er ihn stützen und vielleicht retten können, so aber war dieser unbedingt verloren. Sollte der verhängnisvolle Schwindel zwei Menschenleben kosten statt nur eins? Sollte die arme Familie außer dem einen Ernährer auch noch den zweiten verlieren? War es nicht Selbstmord, sich mit hinabreißen zu lassen, wo er sich, freilich nur sich allein, halten konnte? Da rief der Sohn: ‚Herrgott, ich fühle die Leiter nicht mehr; ich stürze, ich falle!' Er hing nur noch am Fuß des Vaters. Da erkannte dieser, daß das Gräßliche nicht zu umgehen sei, daß es geschehen müsse; er stieß den Sohn mit einem kräftigen Tritt von sich und von der Leiter. Er hörte den vielstimmigen Schrei der Zuschauer; er sah nicht hinab; es flimmerte ihm vor den Augen; sein Herz wollte stillstehen; doch er mußte stark bleiben und raffte sich mit Aufbietung aller Kräfte zusammen. Wie im Traum, in einem Zustand seelischer Stumpfheit, kletterte er empor und vollendete seine Aufgabe.

So stieg er dann auch wieder herab und barg die Leitern, eine nach der andern; sobald er sich dann in der Glockenstube befand, verließen ihn die Kräfte, und er brach besinnungslos zusammen. Habt Ihr nun über seine Tat noch dieselbe Ansicht wie vorhin, Mr. Hawley?"

„Hm! Wie Ihr es erzählt, klingt es nun freilich anders."

„Das fühlten bald auch alle, die ihn vorher verurteilt hatten. Er bekam einen ausgezeichneten Verteidiger, und dieser tat seine Pflicht. Gelehrte, Sachverständige, Universitätslehrer mußten ihre Ansichten über den Schwindel und seine Wirkungen einreichen; eine ganze Anzahl von Dachdeckern, Zimmerleuten und andern Bauhandwerkern wurde vernommen. Essenkehrer, sogar ein Seilkünstler, meldeten sich freiwillig, um ihr Urteil zugunsten des Angeschuldigten abzugeben. Sie alle, ohne eine einzige Ausnahme, behaupteten, daß er nicht anders habe handeln können, daß sein Sohn unbedingt verloren gewesen sei. Kurz, er wurde freigesprochen und aus der Untersuchungshaft entlassen. Die, welche ihn im Augenblick der Aufregung hatten lynchen wollen, empfingen ihn jubelnd am Tor des Gerichtsgebäudes. Er lebte noch eine Reihe von Jahren, geachtet von allen, die ihn kannten; man sagt, er habe nie wieder lachen oder auch nur lächeln können; es war ihm unmöglich, die Tat, zu der er sich gezwungen gesehen hatte, zu verwinden, aber es hat keinen einzigen Menschen gegeben, dem es in den Sinn gekommen wäre, sie ihm vorzuwerfen. Was sagt Ihr nun, Sir?"

„Daß es ganz richtig gewesen ist, ihn freizusprechen", antwortete Jos. „Aber was hat mein damaliger Unglücksschuß mit diesem Dachdecker zu tun?"

„Das merkt Ihr nicht?"

„Nein."

„Und doch liegt es so nahe. Dieser Mann hat seinen Sohn, wie Ihr selbst vorhin sagtet, mit Bedacht getötet, während Ihr den Apachen aus Versehen erschossen habt. Der Dachdecker wurde freigesprochen; wie würde eine Jury wohl über Euern Fall urteilen?"

Hawley blickte nachdenklich zu Boden. Es war, als ob ein heller, froher Zug über sein melancholisches Gesicht gleiten wollte; dann reichte er mir die Hand und sagte: „Jetzt weiß ich, wie Ihr es meint, Mr. Charley. Es hat mir so lange auf der Seele gelegen, daß es nicht so schnell, wie Ihr wohl denkt, abzuwerfen ist. Ich danke Euch! Werde über Eure Erzählung nachdenken; vielleicht tut sie das, was Ihr beabsichtigt habt. Von hier aber treibt es mich dennoch fort, ich mag den Ort nicht länger sehen. Wollen machen, daß wir aus dem Unglückscañon kommen!"

Ja, ich hatte es gut mit ihm gemeint und sollte später erfahren, welchen Nutzen die Geschichte ihm und infolgedessen auch – mir brachte. Ich hatte einen dankbaren Freund gewonnen.

Wir stiegen zu Pferd und ritten weiter. Der Cañon war so lang, daß wir erst nach einer Stunde den Ausgang erreichten. Dort standen wieder mehrere Exemplare des säulenartigen Riesenkaktus, die Früchte trugen. Als Sam Parker das sah, hielt er sein Pferd an und sagte den andern, indem er auf mich deutete: „Ihr werdet zugeben, Mesch'schurs, daß es immer gut ist, zu wissen, wie weit man auf einen Mann, mit dem man reitet, rechnen kann. Dieser Mr. Charley hat sich zu uns gesellt und wird uns wahrscheinlich nicht so bald verlassen. Wir können in jedem Augenblick Comanchen begegnen und gezwungen sein, nach unseren Gewehren zu greifen. Meint ihr nicht, daß es da richtig ist, von ihm einige Probeschüsse zu verlangen?"

„Ja, ja, er mag schießen; er mag zeigen, was er kann!" wurde ihm zugestimmt. Nur Jos Hawley schwieg.

„Ihr habt es gehört, Sir", fuhr Parker fort, sich nun zu mir wendend. „Hoffentlich weigert Ihr Euch nicht, uns eine Probe von Eurer Kunstfertigkeit zu geben?"

„Nein", antwortete ich. „Doch setze ich voraus, daß ich nicht allein es bin, der sein Examen abzulegen hat."

„Wer denn noch?"

„Natürlich Ihr."

„Ich . . .?" fragte er gedehnt.

„Ihr und die andern Gentlemen auch, wie sich von selbst versteht."

„Von selbst versteht? Ich wüßte nicht, warum das so selbstverständlich wäre. Wahrscheinlich könnt Ihr nicht besser schießen als ich damals, als ich zu Old Wabble kam. Ich hätte schon gestern im Lager gern einige Probeschüsse von Euch gesehen, wollte Euch aber nicht vor den Soldaten blamieren. Jetzt sind wir allein und haben keine Zeugen, die gern lachen."

„*Well!* Auf welches Ziel soll geschossen werden?"

„Dort stehen Kaktuspflanzen, vielleicht hundertfünfzig Schritt weit. Sie tragen Früchte. Möchte wissen, ob Ihr von hier aus einen solchen Kaktusapfel trefft."

„Könnt Ihr das denn, Mr. Parker?"

„Wetter! Welch eine Frage! Zweifelt Ihr etwa daran?"

„Ob ich zweifle oder nicht, das ist gleichgültig."

„Oho! Ihr seid kein Westmann, sonst müßtet Ihr wissen, daß ein solcher Zweifel eine Beleidigung ist."

Die Sache machte mir natürlich Spaß. Old Shatterhand sollte zeigen, daß er schießen konnte. Ich antwortete lächelnd und in ruhigem Ton: „So scheint Ihr also auch kein Westmann zu sein."

„Ich? Kein Westmann? *All devils?* Sam Parker soll kein Westmann sein! Wie kommt Ihr auf diese Idee?"

„Weil Ihr auch nicht zu wissen scheint, daß ein solcher Zweifel beleidigend ist. Würdet Ihr sonst eine Probe von mir fordern?"

„*Pshaw!* Das ist etwas ganz anderes. Ihr reitet hier auf Euerm Kutschpferd herum, um nach Altertümern zu suchen; wir aber sind Westmänner."

„Ob ihr das wirklich seid, weiß ich noch nicht. Ihr verlangt eine Schießprobe von mir, weil ihr mich nicht kennt; ich kenne euch ebensowenig wie ihr mich und habe also genau dasselbe Recht, zu erfahren, wie ihr mit euern Gewehren umzugehen verstehte. Ich werde schießen, ja, aber nur dann, wenn auch ihr mir zeigt, was ihr gelernt habt."

Er sah mir eine Weile erstaunt ins Gesicht, brach dann in ein Gelächter aus, in das die andern sehr laut einstimmten, und rief: „Was wir gelernt haben! Das ist köstlich! Nicht wahr, Mesch'schurs? Sam Parker soll zeigen, was er gelernt hat! Das ist ihm noch nie widerfahren, niemals in seinem ganzen Leben!"

„Oho!" widersprach ich ihm. „Ihr habt ja gestern erzählt, daß Ihr vor Old Wabble eine Probe ablegen mußtet, damals, als Ihr auf dreißig Schritt wohl einen Kirchturm, aber keinen Geier treffen konntet."

„Ja, dazumal! Jetzt ist das anders. Jetzt hat es Sam Parker nicht nötig, sich wie einen Schulbuben examinieren zu lassen. Doch vielleicht habt Ihr einmal gehört, daß sich kein Westmann die Gelegenheit entgehen läßt, einen guten Probeschuß zu tun, und so wollen wir auf Euer Verlangen eingehen, so sonderbar es immer ist. – Seid ihr einverstanden, Mesch'schurs?"

Die andern neun Männer gaben ihre Zustimmung, und so stiegen wir von den Pferden. Ich nahm mir vor, recht schlecht zu schießen und mich tüchtig auslachen zu lassen. Später konnte dann ich über sie lachen. Wenn sie mich infolge meines Vorgebens wirklich für einen sonderbaren Kauz hielten, der nach alten Gräbern suchte, mußten sie als Westmänner doch Augen dafür haben, daß mein Rapphengst kein Kutschengaul war.

Die Pulververschwendung begann. Parker und Hawley schossen zwar nicht meisterhaft, doch gut, die andern leidlich. Meine drei Kugeln gingen fehl; sie trafen so weit vom Ziel auf den Felsen, daß ich allerdings ein überlautes Gelächter erntete und Parker in verweisendem Ton zu mir sagte: „Habe es mir gedacht! Wer seine Kugeln über zwanzig Schritt zu weit seitwärts fliegen läßt, der sollte nicht ein solches Großmaul sein, Sam Parker Probe schießen zu lassen! Nehmt mir dieses Wort nicht übel, Sir, aber blamiert seid Ihr im höchsten Grad! Ihr werdet weder ein Stück Wild noch einen Indianer treffen und könnt froh sein, daß Ihr uns begegnet seid. Ihr gefallt mir trotz alledem, und wir haben nichts dagegen, daß Ihr bei uns bleibt, bis wir in eine Gegend kommen, wo Ihr Euern Weg ohne Gefahr allein fortsetzen könnt."

Wir stiegen auf und ritten weiter. Es fiel mir nicht ein, ihm das Großmaul und die Ermahnung übelzunehmen; seine Ausdrucksweise war eben nicht übermäßig fein, und ich hatte es ja nicht anders gewollt.

Es waren zunächst einige durch Schluchten getrennte Hochplateaus zu durchqueren, und dann ging unser Weg zum Gebiet des Rio Pecos hinab, den wir, falls wir dieselbe Schnelligkeit beibehielten, morgen gegen Abend erreichen würden. Bald gab es hier und da eine grasige Stelle, dann Laubgrün, das aus Beerenranken und dergleichen bestand, und am Nachmittag trafen wir auf ein Wasser, an dem erst vereinzelte Büsche und dann dichter stehende Sträucher Nahrung fanden. Grad als die Sonne untergehen wollte, führte dieses Wasser durch ein Tal, das unseren Pferden fette Weide bot und mehrere zum Nachtlager gut geeignete Stellen zeigte. Es standen sogar Bäume hier.

Parker, der als unser Anführer galt, wählte einen Platz, der fast rundum von Büschen umgeben war und da, wo das Strauchwerk die einzige Öffnung hatte, von dem Bach abgeschlossen wurde. Diese Wahl war nicht übel getroffen, besonders da die Größe dieser Lagerstelle auch unseren Pferden Raum bot, die wir also während der Nacht bei uns haben konnten und nicht besonders zu bewachen brauchten. Als wir abgestiegen waren und wir andern es uns bequem gemacht hatten, ging Parker mit Hawley fort, um zu versuchen, frisches Fleisch zu schießen. Als sie kurz nach Sonnenuntergang zurückkehrten, sahen wir, daß sie Glück gehabt und mehrere Hühner geschossen hatten, die nun gebraten wurden. Dürres Gezweig zum Feuer gab es zur Genüge. Ich bekam meinen Anteil und zog mich dann, als ich ihn verzehrt hatte, vom Feuer weg an den Buschrand zurück, wo ich mein Pferd anpflockte und mich in dessen Nähe niederlegte.

Die andern unterhielten sich in der gewöhnlichen Weise der Westmänner, und da mir ihr Gespräch nichts Neues bot, zog ich es vor, allein zu sein. Ich hatte mich seit der Schießprobe meist allein gehalten, und nur Jos hatte einigemal sein Pferd neben das meine gelenkt, um einige Worte an mich zu richten, die freundlicher waren, als es sonst seine Art und Weise zu sein schien. Er saß jetzt still bei seinen Kameraden und warf nur zuweilen eine kurze Bemerkung in ihr Gespräch. Man sah ihm an, daß er sich mit einem Gedanken beschäftigte, den ich leicht erraten konnte. Dann stand er auf, trat langsam zu mir, setzte sich neben mich und sagte: „Darf ich zu Euch kommen, Sir, oder ist es Euch lieber, allein zu sein?"

„Bleibt hier, Mr. Hawley! Ihr seid mir recht."

„Das freut mich. Ihr scheint ein schweigsamer Mann zu sein, und ich werde Euch nicht mit Worten belästigen; bin auch lieber still als laut; aber Dank sagen muß ich Euch doch."

„Wofür?"

„Für Eure heutige Geschichte. Habe während des ganzen Rittes an sie gedacht. Bin auch jetzt noch nicht über sie hinweg, ich fühle allerdings, daß sie mir Erleichterung verschaffen wird. Es ist ein verdammt miserables Gefühl, der Mörder eines Freundes zu sein!"

„Daß Ihr das nicht seid, habe ich Euch schon vorhin gesagt, und das hat Euch dann auch noch meine Geschichte sagen und beweisen sollen."

„*Well!* Ich bin Euch Dank schuldig, und ich mag Euch auch. Ihr seid zwar kein großes Licht im Westen, aber Ihr habt so etwas an Euch, was mich zu Euch zieht, so . . ., so . . ., so, na, gradso, als wenn man rechten Durst hat und ein helles Wasser blinken sieht; so klar und hell ist Euer Gesicht. Man schaut gern hinein. Darum habe ich mich über Eure Schießprobe geärgert, um Euertwillen natürlich nur. Es wäre mir lieb gewesen, wenn sie besser ausgefallen wäre und Ihr Euch nicht gar so lächerlich gemacht hättet. Wurmt Euch das nicht auch?"

„Nein."

„Nicht? Hm, sonderbar! Es ist doch keine Ehre, so weit daneben zu schießen."

„Aber auch keine Schande."

„Doch, und zwar keine kleine."

„Die Gaben sind nicht gleich verteilt. Wer kein guter Schütze ist, der leistet wahrscheinlich in etwas anderem mehr."

„Mag sein; nur fragt es sich, ob dieses andere hier im Wilden Westen von Nutzen ist. Doch ich will Euch nicht weh tun, indem ich von etwas spreche, was Ihr nicht könnt, ich wünsche Euch vielmehr alles Gute und wollte, ich könnte Euch behilflich sein. Doch schweigen wir; ich bin kein Freund von schönen Redensarten."

Er legte sich nieder und streckte sich aus.

Die am Feuer unterhielten sich so laut, wie ich es sonst nicht geduldet hätte; aber da sie nicht wußten, wer ich war, hätten sie keine Weisungen oder gar Befehle von mir angenommen. Möglicherweise waren Comanchen in der Nähe, das wußten sie recht gut. Und ich, der ich den Zettel Winnetous gelesen hatte, wußte das noch besser. Eine größere Unvorsichtigkeit als ihr lautes Gespräch war die, daß sie ein Feuer angezündet hatten. Sein Schein konnte durch das Gebüsch dringen und uns verraten. Und wenn das nicht der Fall war, mußte eine geübte Indianernase den Geruch des Rauchs mehrere hundert Schritt weit bemerken. Ich nahm mir daher vor, Augen und Ohren offenzuhalten, bis das Feuer niedergebrannt sein würde.

So lag ich lange da, mit dem einen Ohr, um in die Ferne hören zu können, dicht an der Erde und den Blick unausgesetzt an den Büschen hin spazierenführend. Da sah ich, daß mein Pferd im Grasen innehielt und den Kopf in bezeichnender, mir wohlbekannter Weise zur Seite hielt. Es sog die Luft ein, schnaufte leise und drehte sich dann zu mir um. Es näherte sich jemand von der angegebenen Seite, und dieser Jemand war ein Weißer. Wäre er ein Indianer gewesen, hätte der Rappe nicht geschnaubt. Das gehörte zu der indianischen Dressur, die er erhalten hatte.

„Isch hosch!" sagte ich halblaut.

Das Pferd verstand den Befehl und legte sich nieder; es hatte mich gewarnt und gab nun sicher kein Zeichen der Unruhe mehr. Der, welcher sich uns näherte, sollte dem Hengst nicht ansehen, daß sein Kommen verraten war.

Höchstwahrscheinlich war es ein einzelner Mann. Er mußte unser Feuer gerochen haben und hatte jedenfalls sein Pferd zurückgelassen, um uns zu beschleichen. Zu befürchten war nichts von ihm, sondern es mußte im Gegenteil unter den jetzigen Verhältnissen einem jeden Bleichgesicht lieb sein, auf Weiße zu treffen. Es war demnach anzunehmen, daß er uns belauschen und dann sein Pferd holen würde, um sich uns anzuschließen.

Die Richtung, in der er sich befand, kannte ich also. Ich wandte mich ihr zu und schloß die Augen halb, um zwischen den fast geschlossenen Lidern hindurch die betreffende Stelle des Gesträuchs zu beobachten. Er sollte nicht sehen, daß mein Blick auf ihn gerichtet war.

Der Schein des Feuers drang zwischen den Blättern hindurch, deren Schatten er hell umsäumte. Ich sah eine leise Bewegung der Zweige. Der Mann kam langsam und höchst vorsichtig durch das Gebüsch gekrochen. Zu hören war nichts, gar nichts, zumal meine Begleiter noch immer laut sprachen. Jetzt hatte er den Rand des Gesträuchs erreicht; es war schwer für ihn, hindurchzusehen, weil grade diese Stelle dicht belaubt war. Er mußte etwas davon entfernen, wenigstens einen Ast oder einen Zweig. Abbrechen durfte er ihn nicht, weil wir das dadurch entstehende Geräusch hätten hören können; ich nahm also an, daß er ihn abschneiden würde. Und richtig, schon nach kaum einer halben Minute sah ich einen freilich sehr geringen Teil des Blattwerks verschwinden.

Als ich nun den Blick mit doppelter Schärfe zu der Stelle richtete, sah ich zwei wie phosphoreszierende Punkte; das waren seine Augen, die allerdings nur ein Westmann mit geübtem Wahrnehmungssinn erkennen konnte. Es gibt im Westen Hunderte von Jägern, die es niemals fertigbringen, des Nachts die Augen eines Spähers zu entdecken. Die Übung tut es nicht allein; sie ist zwar sehr nötig, aber es muß auch eine Gabe, also angeboren, sein. Über seinen Augen lag es wie ein hellerer Streifen, wie ein Schein von einem weißen Schleier. Der Mann mußte alt sein und schneeweißes Haar haben. Da plötzlich stieß er einen lauten Ruf aus, sprang im Gebüsch auf und kam hervor.

„Parker, Sam Parker ist da!" rief er. „Das ist ein alter Bekannter, da brauche ich mich nicht zu verstecken."

Die Männer am Feuer schnellten erschrocken empor; auch Jos sprang neben mir auf; ich blieb liegen.

„Old Wabble, Old Wabble!" schrie Parker. Da er nur den Spitznamen dieses Mannes genannt hatte, fügte er, sich verbessernd, hinzu: „Fred Cutter! Verzeihung, daß mir dieses Wort entfuhr, Mr. Cutter! Die Überraschung ist daran schuld."

Also Old Wabble, den ich so gern einmal hatte sehen wollen und von dem wir gestern noch gesprochen hatten! Ja, da stand er im Schein des Feuers, gradso, wie er mir beschrieben worden war. Seine Gestalt war lang und sehr schmal. An den Füßen trug er Sporen, deren Räder von außerordentlicher Größe waren; die dürren Beine steckten in Leggings, die wenigstens ein Jahrhundert alt zu sein schienen; das überaus schmutzige Hemd ließ Hals und Brust unbedeckt, und darüber hing in weiten Falten eine Jacke, deren Farbe kaum mehr zu erkennen war. Sein alter Hut hatte eine unendlich breite Krempe und saß ihm tief im Genick; darunter trug er ein Tuch, dessen Zipfel bis auf die Schulter niederhingen. An den Ohrläppchen sah ich große, schwere Silberringe. In dem Gürtel steckte ein altes, langes Bowiemesser, und mit der knochigen rechten Hand hielt er ein Gewehr umfaßt, dessen Konstruktion ich jetzt nicht erkennen konnte. Das Gesicht war genauso, wie es uns Parker gestern in Worten gezeichnet hatte. Am meisten fiel an diesem früheren König der Cowboys das weiße Haar ins Auge, das wie eine silbrige Mähne unter dem Hut und dem Tuch hervorquoll und ihm fast bis zum Gürtel hinabreichte.

Er warf einen schnellen, scharf musternden Blick umher, wabbelte mit einer überlegenen Bewegung seiner Glieder durcheinander und antwortete auf die entschuldigenden Worte Parkers: *„Pshaw!* Ich weiß, daß man mich so nennt, und habe nichts dagegen, daß Ihr das auch tut. Ihr seid verdammt unvorsichtige Kerls, ihr. Brennt ein Feuer, das man zwanzig Meilen weit riecht, und schreit, daß man es noch zehn Meilen weiter hört! Wenn ein halbes Dutzend Rote an meiner Stelle gewesen wären, hätten sie euch in weniger als einer Minute töten können; *th'is clear!* Es gibt Menschen, die im Leben nie klug werden. Wo kommt ihr denn eigentlich her, Boys?"

„Vom Gila herüber", antwortete Parker.

„Und wo wollt ihr hin?"

„Zum Pecos hinab."

„Das trifft sich gut. Kann euch dort brauchen. Habt ihr vielleicht das Truppenlager berührt, das da oben einige Reitstunden hinter dem Mistake-Cañon liegt?“

„Wir haben dort eine Nacht gelagert.“

„Sind die Uniformleute noch dort?“

„Ja.“

„Gut, sehr gut! Ich muß nämlich wieder hinauf zu ihnen. War schon einmal dort.“

„Das hörten wir.“

„*Well,* habe eine dringende Bitte an sie; brauche ihre Hilfe. Ich werde euch das erzählen, will aber erst mein Pferd holen, das ich weiter unten, als ich euer Feuer roch, angepflockt habe, um euch zu beschleichen. Bin in kurzem wieder da.“

Er sprang über den Bach hinüber und verschwand. Die zehn Männer standen noch da, fast starr vor Überraschung. Nun, da er fort war, ergingen sie sich in Ausdrücken der Verwunderung; ich schwieg wie bisher. Mein Pferd lag noch an der Erde. Da es so nicht fressen konnte, rief ich ihm zu: *„Schischi!“* Es sprang sofort auf und begann zu weiden.

Nach einiger Zeit kam Old Wabble wieder, sein Pferd am Zügel führend. Als er mit ihm den Bach übersprungen hatte, ließ er es grasen, setzte sich ans Feuer und sagte: „Diese Flamme ist eigentlich viel zu groß; *th'is clear!* Da ich aber erst jetzt gekommen bin und also weiß, daß die Gegend sicher ist, können wir es brennen lassen. Wie lange wollt ihr hier liegenbleiben?“

„Nur diese Nacht.“

„Werdet auch morgen und die nächste Nacht hier liegen.“

„Schwerlich!“

„Sicher! Sollt gleich erfahren, warum. Möchte nur vorher wissen, wer ihr alle seid. Sam Parker kenne ich, der damals seinen ersten Elk bei mir geschossen hat. Wer sind die andern?“

Parker nannte ihre Namen, deutete dann auf mich und fuhr in leichtem Ton fort: „Und der dort ist Mr. Charley, ein deutscher Gelehrter, der nach alten Indianergräbern sucht.“

Old Wabble richtete sein Auge auf mich, da ich ruhig liegenblieb, und meinte: „Nach Indianergräbern? Sonderbare Beschäftigung! Aber doch auch Westmann?“

„Nein“, fuhr Parker fort. „Er mußte heute drei Probeschüsse tun und hat über zwanzig Schritt weit gefehlt.“

„Hm, kenne das, habe solche Forscher gesehen, die in die Savanne kamen, um Bücher zu machen, Bücher über die Sprache und Abstammung der einzelnen roten Stämme. Bin ihr Führer gewesen und habe mich krank geärgert. Keiner von ihnen konnte das Messer oder das Gewehr richtig in die Hand nehmen. Die Gelehrsamkeit verdirbt den Menschen; *th'is clear.* Aber jetzt eine wichtige Frage an Euch. Möchtet Ihr einige Dutzend Indianerskalps haben?"

„Warum nicht! Von welchem Stamm?"

„Comanchen."

„Soll mir recht sein, Mr. Cutter. Ist es leicht?"

„Nicht allzusehr. Man kann dabei seine eigene Haut riskieren. Fürchtet Ihr Euch?"

„Das nicht; aber ich pflege erst dann zu spielen, wenn ich die Karten kenne. Ich halte es also für richtig, daß Ihr uns vorher sagt, worum es sich handelt."

„Habt Ihr den Namen Old Surehand gehört?"

Bei diesem Namen ergriff alle eine Bewegung der Überraschung, und Parker fragte schnell: „Old Surehand? Handelt es sich um den?"

„*Yes.* Ihr kennt ihn also?"

„Natürlich, alle, wenn wir ihn auch nicht gesehen haben. Er ist der beste Schütze im ganzen Wilden Westen."

„Das ist vielleicht zuviel behauptet. Seine Kugel geht zwar niemals fehl, daher sein Name; aber Winnetou und Old Shatterhand schießen wenigstens ebenso sicher. Ich habe Old Surehand vor einiger Zeit kennengelernt und Respekt vor ihm bekommen. Wir trennten uns vor kurzer Zeit, denn ich mußte in die Gegend von Fort Stanton hinauf, und er wollte zum Rio Pecos zu den Mescalero-Apachen, um dort nach Winnetou zu fragen und ihn und Old Shatterhand kennenzulernen. Kurz nach unserer Trennung erfuhr ich, daß die Comanchen die Kriegsbeile ausgegraben haben; er wußte das nicht, und da ihm sein Weg über ihre Route führte, befand er sich in großer Gefahr; ich kehrte also schnell um, ihn zu warnen, was nicht schwer war, denn ich kannte seinen Weg. Ich holte ihn auch richtig ein; aber der Satan hatte sein Spiel: Wir waren noch keine Viertelstunde beieinander, da wurden wir von einem Comanchenhaufen überrumpelt und überfallen."

„Alle Wetter! Waren es viele?"

„Über hundert."

„Und ihr nur zwei?"

„*Yes.*"

„Und seid trotzdem entkommen!"

„Ich wohl, aber nicht er", antwortete Old Wabble, indem er ein pfiffiges Gesicht machte.
„Ihr habt ihn allein gelassen?"
„Yes."
„Teufel! War das recht von Euch?"
Da richtete sich der Alte auf, machte ein unendlich überlegenes Gesicht und fragte: „Wollt Ihr etwa mir, Fred Cutter, den man Old Wabble nennt, Vorwürfe machen? Da seid Ihr nicht der Mann dazu. Merkt Euch das! Ein Gramm List ist oft besser als zehn Kilogramm Pulver; das weiß ich genau. Ja, ich habe mich aus dem Staub gemacht, warum nicht? Gegenwehr war nutzlos; darum ergab sich Old Surehand freiwillig. Ich habe gesehen, daß er nicht verletzt worden ist. Sollte ich mich auch ergeben? Dann wären wir beide gefangen gewesen, konnten einander wahrscheinlich gar nichts nützen, und niemand hätte von unserem Schicksal gewußt. Die Comanchen hätten uns am Marterpfahl abgeschlachtet, und es wäre erst nach unserem sanftseligen Tod ruchbar geworden, daß wir in ihre Hände gefallen und von ihnen mit einem Ticket zu den ewigen Jagdgründen beschenkt worden sind. Nein, solche Pudel schießt Old Wabble nicht! Ich machte mich lieber davon. Ihre Kugeln flogen mir zwar nach, haben mich aber nicht getroffen; *th'is clear,* denn sonst würde man die Löcher sehen. Nun bin ich frei und kann Old Surehand heraushelfen. Ist das nicht besser, als wenn ich mich mit ihm hätte gefangennehmen lassen?"
„Das mag richtig sein, Mr. Cutter. Doch man wird erzählen, daß Old Wabble vor den Comanchen geflohen ist. Wird Euch das lieb sein, Sir?"
„Einen Vorwurf kann mir nur ein dummer Kerl daraus machen. Ein gescheiter und erfahrener Westmann weiß, was und wie er zu denken hat. Was ist wohl leichter, sich ohne Widerstand ergeben oder sich den Fluchtweg durch hundert Rote bahnen?"
„Das letztere gewiß nicht."
„Also! Warum spracht Ihr da vorhin so albernes Zeug? Ich werde Old Surehand herausholen."
„Das traue ich Euch zu. Aber wie wollt Ihr das anfangen? Es ist eine schwere und gefährliche Sache."
„Das weiß ich; doch soll ich dieses braven und berühmten Jäger steckenlassen? Ich dachte sofort an die Dragoner, die da oben hinter dem Mistake-Cañon lagern, und ritt direkt herauf, sie zu Hilfe zu holen."

„Werden sie mitgehen?"

„Ich vermute freilich, daß sie sich weigern, weil sie es auf einen andern Comanchenstamm abgesehen haben, ich werde eben so lange bitten oder drohen, bis sie mir den Willen tun."-

„Wenn es dann nicht zu spät ist!"

„*Well,* es eilt freilich sehr. Der Überfall geschah heut im Morgengrauen. Hier muß ich mein abgetriebenes Pferd bis früh rasten lassen und erreiche die Truppe also erst morgen abend. Selbst falls sie gleich aufbrechen, dauert es zwei Tage, bis wir an Ort und Stelle sind, wo wir die Comanchen gewiß nicht mehr finden. Wir müssen ihnen also folgen, und es wird wieder zwei Tage oder länger dauern, ehe wir sie einholen. Inzwischen können sie Old Surehand den Garaus gemacht haben. Leider weiß ich keinen andern Weg, ihn zu retten. Ich rechne dabei auch auf Euch, Mr. Parker."

„Wieso?"

„Der Kommandant der Truppe gibt mir wahrscheinlich nur einen Teil seiner Leute mit. Ich bitte euch deshalb, hierzubleiben, bis ich übermorgen mit ihnen komme, und euch uns dann anzuschließen. Zehn Westmänner mit zehn guten Gewehren sind eine große Hilfe."

„Ich sage nicht nein, und wie ich meine Gefährten kenne, sind sie ebenfalls bereit dazu. Ich fürchte eben nur, daß wir zu spät kommen werden. Können wir den Coup nicht allein und ohne die Soldaten versuchen? Es würden dadurch wenigstens zwei volle Tage gewonnen. Überlegt Euch das einmal, Sir!"

Old Wabble ließ einen prüfenden Blick im Kreis herumgehen; das Resultat schien nicht sonderlich zu sein, denn er zog sein Gesicht in bedenkliche Falten und sagte: „Euer Anerbieten in allen Ehren, Sir; aber es handelt sich um ein höchst gefährliches Unternehmen. Sind diese Männer hier bereit, ihr Leben für einen Fremden zu wagen, selbst wenn es Old Surehand ist?"

„Hm! Fragt sie selber, Mr. Cutter!"

Als Old Wabble hierauf die Leute einzeln fragte, antworteten nur Parker und Hawley in bestimmtem, freudigem Ton; den übrigen war es, obgleich sie auch ja sagten, anzuhören, daß sie wünschten, das Abenteuer möchte weniger gefährlich sein.

„*Well*", sagte der Alte sehr ernst, „ich weiß, woran ich bin." Und zu mir deutend, fügte er hinzu: „Und der Altertümler dort, der zwanzig Schritt vorbeischießt, kann uns erst recht nichts nützen. Hätte ich nur eine Handvoll entschlossener und erfahrener Kerls, so wäre es gar kein so großes Wagnis; man muß sich nur auf die Leute fest verlassen können. Denkt nur, wie oft Old Shatterhand und Winnetou ohne alle andere Hilfe noch viel schwerere und gefährlichere Dinge ausgeführt haben! Ich hatte erst daran gedacht, Winnetou aufzusuchen; aber ich weiß nicht, an welcher Stelle des Rio Pecos sein Mescalerostamm zu finden ist und . . ."

Er hielt inne. Mein Hengst pflegte sich gern allein zu halten und kein fremdes, ihm unbekanntes Pferd in seiner unmittelbaren Nähe zu dulden; jetzt war ihm das Pferd Old Wabbles zu nahe gekommen, er biß nach ihm, es biß wieder, und sie gerieten zusammen.

„Was ist denn das für ein impertinenter Gaul, der da mein Pferd malträtiert", rief der Alte, indem er aufsprang.

Er eilte herbei und ergriff den Rappen beim Zügel, um ihn von seinem Klepper wegzureißen; der Hengst aber stieg vorn kerzengerade empor, riß ihn mit in die Höhe und schleuderte ihn zur Seite, daß er neben mir niederflog. Er sprang schnell mit einem Fluch auf und wollte wieder zugreifen; da warnte ich ihn: „Faßt Euer Pferd, aber nicht das meine; es gehorcht nur mir und würde Euch mit den Hufen zerschmettern!"

Der Hengst hatte sich wirklich schon in Positur gestellt und war bereit, ihm im Fall eines zweiten Angriffs die Hinterhufe an den Kopf oder die Brust zu geben; er wandte dabei den ausgezeichnet schönen Kopf zurück zu ihm und bildete so, vom Feuer beleuchtet, einen Anblick, der jeden wirklichen Pferdekenner in Entzücken versetzen mußte. Old Wabble hatte vorhin das prächtige Geschöpf gar nicht betrachtet; jetzt fuhr er einige Schritte zurück und rief erstaunt: *„Thunderstorm,* was für ein Tier ist das! Das muß man genauer betrachten!"

Er ging, sich respektvoll fernhaltend, um den Hengst herum. Als einstiger König der Cowboys war er gewiß ein guter Pferdekenner. Sein altes Gesicht nahm mehr und mehr den Ausdruck des Entzückens an.

„So ein Pferd habe ich noch nie gesehen!" gestand er ein. „Es gibt nur einen solchen Stamm, und der wird bei den Mescaleros gezüchtet. Von ihm stammen zwei Rapphengste wie dieser hier, deren Herren . . ."

Er unterbrach sich, trat zu mir, der ich noch immer im Gras lag, betrachtete mich genau, bückte sich, nahm meinen Bärentöter und den Henrystutzen, der noch im Futteral steckte, in die Hand, besah sich diese Gewehre, legte sie wieder hin und fragte mich: „Dieser Hengst gehört Euch, Sir?“

„Ja“, sagte ich.

„Ihr habt ihn gekauft?“

„Nein.“

„Geschenkt erhalten?“

„Ja.“

Da ging ein unaussprechlich pfiffiges Lächeln über das alte Gesicht; er nickte, seine Augen begannen froh zu leuchten, und er fragte weiter: „Habt Ihr den Jagdrock auch geschenkt bekommen und die Leggings, die Ihr tragt, Sir?“

„Ja.“

„Und Ihr forscht wirklich nach alten Gräbern?“

„Zuweilen, ja.“

„Und heißt Charley?“

„Gewiß.“

„*Well!* Ich kenne einen Weißen, oder vielmehr ich habe von ihm gehört, den sein Blutsbruder Scharlih nennt, und wünsche Euch, in Euern Altertumsforschungen recht glücklich zu sein. Verzeiht, daß ich Euer Pferd beinahe malträtiert hätte; ich werde es nicht wieder tun; *th'is clear!*“

Er kehrte zum Feuer zurück und setzte sich dort nieder; er hatte mich durchschaut und wollte mein Inkognito nicht verraten. Die andern begriffen sein Verhalten und seine Worte nicht und sahen ihn verwundert und fragend an. Als er ihnen ein gleichgültiges Gesicht zeigte und keine Antwort gab, nahmen sie, ohne sich über mich irgendwelche Gedanken zu machen, das unterbrochene Gespräch wieder auf. Ich erhob mich aus dem Gras und ging an ihnen vorüber, um den Lagerplatz zu verlassen, und zwar mit einer Miene, als ob ich keinen besonderen Grund dazu hätte. Ich wollte ihre Aufmerksamkeit nicht erregen.

Es gab wohl einen Grund, einen sehr triftigen, für mich, einmal fortzugehen. Old Surehand und Old Wabble waren überfallen worden; der letztere hatte die Flucht ergriffen, und sie war ihm geglückt. Er war einer der tüchtigsten, der erfahrensten und der schlauesten Westmänner; darum wunderte ich mich darüber, daß er sich so sicher fühlte. Es stand bei mir fest, daß er von den Comanchen verfolgt worden war. Sie würden sich sagen, daß er Hilfe für Old Surehand holen werde, und mußten ihn einholen, um ihn zu töten. Er war zwar sehr schnell geritten, aber ich nahm an, daß man zu seiner Verfolgung die am besten berittenen Krieger ausgewählt hatte, und so konnte der Abstand zwischen ihnen, also der Vorsprung, den er vor ihnen hatte, nicht allzu groß sein. Vielleicht hatten sie am Abend gelagert; da sie aber vermuten würden, daß er in dem leicht gangbaren Tal noch weitergeritten war, so war es sehr leicht möglich, daß sie dasselbe getan hatten. In diesem Fall konnten sie jetzt nicht sehr fern von uns sein. Mochte meine Vermutung das Richtige treffen oder nicht, ich wollte einmal suchen gehen.

Als ich über den Bach gesprungen war, wandte ich mich abwärts. Meine an die Dunkelheit gewöhnten Augen machten es mir leicht, mich zu orientieren. Ich wählte zum Gehen solche Stellen, die ein Reiter vermeiden mußte, und fühlte mich also ziemlich sicher. Dennoch hatte ich das Bowiemesser in der Hand und hielt mich zur Verteidigung bereit, denn die Roten konnten das Feuer gerochen haben und zu Fuß herangeschlichen kommen.

So lief ich unhörbar weiter und weiter, keinen Schritt eher wagend, als bis ich mich überzeugt hatte, keinen Feind unmittelbar vor mir zu haben. Als dann das Feuer kaum mehr zu riechen war, blieb ich stehen. Das war der kritische Punkt, die entscheidende Stelle, und ich setzte mich, um zu warten. Hatten sich die Verfolger gelagert, so kamen sie nicht, und wir mußten morgen früh auf sie treffen; waren sie trotz der Dunkelheit weitergeritten, würde hier der Rauch ihre Nasen treffen, und sie hielten wahrscheinlich an, um sich zu besprechen. In diesem Fall wollte ich versuchen, ihre Worte zu belauschen.

Als ich wohl über eine Stunde gewartet hatte, sagte ich mir, daß mein Weg vergeblich gewesen war und die Begegnung erst morgen erfolgen würde. Ich stand auf, um zurückzugehen. Da war es mir, als ob ich von unten her ein Geräusch gehört hätte; ich blieb stehen und horchte. Ja, es kam jemand. Sofort kauerte ich mich hinter einen Busch.

Das Geräusch näherte sich; ich vernahm den dumpfen Huftritt von Pferden in weichem Grasboden; es konnten nur drei sein. Jetzt sah ich die Reiter; es waren nur zwei, und zwar Indianer. Da sie im Sattel saßen, konnte ich gegen den Himmel ihre Gestalten deutlich erkennen. Sie ritten, ohne anzuhalten, an mir vorüber; ich huschte seitwärts hinter den Sträuchern neben ihnen her. Wenn ich dabei ein leises Geräusch verursachte, wurde es von den Schritten der Pferde übertönt. Übrigens brauchte ich ihnen nicht weit zu folgen, denn der eine hielt plötzlich an, sog die Luft laut hörbar ein und sagte in der mir geläufigen Sprache der Comanchen, die der der Schoschonen ähnlich ist: „*Uff!* Riecht das nicht wie Rauch?“

Der andere schnuffelte auch und antwortete dann: „Ja, das ist Rauch.“

„Der weiße Hund ist so unvorsichtig gewesen, ein Feuer anzubrennen.“

„Da er das getan hat, kann er kein berühmter Krieger sein, denn ein solcher würde nie so unvorsichtig gewesen sein.“

„Ja, er ist ein gewöhnlicher und unerfahrener Krieger, und es wird mir und meinem Bruder nicht schwerfallen, ihm den Skalp zu nehmen.“

„So hat es also genügt, daß nur wir beide ihm folgten. Mein Bruder wollte lagern, als es dunkel wurde. Wie gut, daß er mir folgte, als ich weiterritt! Wir holen den Skalp und kehren dann sogleich nach dem Saskuan-kui – dem Blauen Wasser – zurück, wohin unsere Krieger vorangezogen sind. Wir müssen aber hier absteigen.“

„Das braucht mir mein Bruder nicht zu sagen. ich weiß, daß man sich nicht zu Pferd anschleicht, um einen Feind zu überraschen.“

Sie schwangen sich von ihren Tieren und pflockten diese an; dann gingen sie behutsam weiter, ich hinter ihnen her. Sie richteten ihre Aufmerksamkeit nur nach vorn; ich war höchstens acht Schritt von dem zweiten entfernt. Sollte ich warten, bis sie sich bei unserem Feuer in die Büsche verkrochen? Nein; das wäre ein großer Fehler gewesen. Ich mußte sie jetzt angreifen und zauderte nicht, das zu tun. Ich steckte das Messer ein und zog den Revolver. Drei, vier schnelle, weite Sprünge, ich erreichte den zweiten und schlug ihm den Griff der Waffe so an den Kopf, daß er zusammenstürzte. Der Vorangehende hörte das, blieb stehen, sah sich um und fragte: „Was war das? Was hat mein Bruder . . .“

Er konnte nicht weitersprechen; ich war auf ihn zugesprungen, faßte ihn mit der linken Hand beim Hals und gab ihm mit der rechten einen Hieb, daß auch er zusammenbrach. Sie hatten Lassos bei sich; ich legte die Bewußtlosen mit den Rücken gegeneinander und schlang die unzerreißbaren Riemen so fest von oben bis unten um sie, daß sie sich nach ihrem Erwachen gewiß nicht bewegen konnten. Da es ihnen aber möglich war, fortzurollen, schleifte ich sie bis zum nächsten Baum und band sie an ihm fest. Nun konnten sie sich auf keinen Fall losmachen, und ich kehrte zu unserem Lager zurück.

Dort angekommen, sagte ich nichts, sprang über den Bach und legte mich da nieder, wo ich vorhin gelegen hatte. Old Wabble sah mich forschend an; den andern war meine lange Abwesenheit gar nicht aufgefallen.

„Ihr wart nicht da, Sir, und wißt also nicht, was indessen besprochen worden ist. Ich werde nämlich nicht hinauf zu dem Militärlager reiten", sagte er.

„Ist Euch ein anderer Gedanke gekommen?" fragte ich. „Vielleicht ein neuer Plan?"

„Ja. Ich hatte etwas vergessen, woran ich sogleich hätte denken sollen. Ihr habt doch von Old Shatterhand gehört?"

„Gewiß."

„Nun, dieser Jäger ist in der Nähe des Rio Pecos, und ich bin entschlossen, ihn aufzusuchen und um Hilfe zu bitten. Meint Ihr, daß er uns diese gewähren wird."

„Ich bin überzeugt davon."

„*Pshaw!*" fiel da Parker in wegwerfendem Ton ein. „Wie kann Mr. Charley wissen, was so ein Mann wie Old Shatterhand tun oder lassen wird! Er hat ja keine Ahnung, daß Old Shatterhand, wenn er will, ganz allein imstande ist, den Gefangenen zu befreien."

„Nun, so unwissend, wie Ihr meint, bin ich doch nicht ganz", verteidigte ich mich. „Wenn ich auch nicht zu den namhaften Westmännern gehöre, würde ich doch vielleicht nicht solche Fehler begehen, wie ihr sie begangen habt."

„Wir? Fehler?"

„Ja."

„Welche denn?"

„Ihr habt euch von Mr. Cutter überrumpeln lassen, ohne seine Annäherung zu bemerken."

„Habt etwa Ihr sie bemerkt?"

„Ja."

„Macht uns nichts weis, Mr. Charley!"

„*Pshaw!* Ich kann es beweisen."

„So tut es!"

„Sehr gern. Mr. Cutter, sagt einmal: Habt Ihr nicht, um besser sehen zu können, einen Zweig abgeschnitten, als Ihr dort im Busch lagt?"

„Ja, das ist richtig. Ihr habt es also bemerkt, Sir; das ist erwiesen, sonst wüßtet Ihr es nicht."

„Wenn Ihr es gesehen habt, warum habt Ihr es uns da nicht gesagt?“ fragte Parker.
„Weil ich das für überflüssig hielt.“
„Oho! Wenn es nun ein Roter gewesen wäre!“
„Ich wußte, daß es ein Weißer war.“
„Unmöglich!“
„Ihr wollt ein Westmann sein und wißt nicht, wie man in dunkler Nacht, und ohne ihn zu sehen, einen Weißen von einem Roten unterscheidet!“
„Wollt Ihr mich vielleicht belehren?“
„Nötig wäre es, daß ich es täte, denn Ihr habt einen noch viel größeren Fehler begangen als diesen. Ein solcher Fehler kann das Leben kosten.“
„Alle Wetter! Macht mich doch, wenn Ihr die Güte haben wollt, mit diesem lebensgefährlichen Fehler bekannt!“
„Auch diesen Wunsch will ich Euch erfüllen. Könnt Ihr mir vielleicht sagen, was die Roten zu tun pflegen, wenn ihnen ein Weißer entkommt?“
„Natürlich kann ich das. Sie reiten ihm nach, um ihn wieder zu fangen. Das weiß jeder!“
„Ihr scheint es nicht zu wissen.“
„Wieso? Ihr werdet beleidigend, Sir.“
„Ich will nicht beleidigen, sondern nur warnen. Mr. Cutter ist den Comanchen entwichen. Glaubt Ihr, daß sie ihn nicht verfolgt haben?“
„Zounds! Daran habe ich nicht gedacht!“
„An so etwas soll man aber denken. Die Indsmen werden schon um Old Surehands willen Mr. Cutter verfolgt haben, um ihn erneut in die Hände zu bekommen.“
„Thunderstorm!“ rief da Old Wabble, indem er sich mit der Hand an die Stirn schlug. „Das ist richtig, sehr richtig, Sir. Wie konnte ich diese Gefahr so ganz und gar außer acht lassen! Sie sind gewiß hinter mir her und werden alles versuchen, mich zu kriegen.“
„Und Ihr habt nicht einmal Wachen ausgestellt!“
„Das soll geschehen, sofort geschehen.“
„Genügt nicht.“
„Was noch, Sir? Sagt es rasch! Ich werde sogleich tun, was Ihr für nötig haltet.“

Jetzt war es für mich ein wirklicher Genuß, die Gesichter der andern zu sehen. Sie blickten erstaunt von ihm zu mir herüber und von mir zu ihm hinüber, und Parker fragte ihn, indem er große Augen machte: „Was dieser Master für nötig hält? Glaubt Ihr denn, daß Mr. Charley weiß, was in einer Lage, wie die unsre ist, zu geschehen ist?"

„Ja, das glaube ich", antwortete der Gefragte. „Ihr habt ja gehört, daß er auf unsere Sicherheit besser bedacht ist als wir selbst. Also, Mr. Charley, was ratet Ihr uns?"

Ich erklärte: „Wenn die Verfolger kommen, werden sie unser Feuer riechen. Vielleicht sind sie schon da, uns zu beschleichen. Ich an Eurer Stelle würde einige Späher aussenden, die den Weg so weit erforschen, wie der Geruch unseres Rauches reicht."

„*Well, Sir, very well!* Wir werden keinen Augenblick zögern, das zu tun. Mr. Parker, laßt drei oder vier von Euern Leuten gehen, um nachzusehen! Ihr werdet einsehen, daß das wirklich nötig ist."

„*Yes*", erklärte der Genannte. „Es ist wirklich sonderbar, daß wir nicht selbst und schon längst auf diesen Gedanken gekommen sind. Es ist eigentümlich, daß wir es uns erst von so einem Altertümler sagen lassen müssen, der gar kein Westmann ist. Werde selbst gehen und vier Männer mitnehmen."

„Die mögen aber auch die Augen aufmachen und die Ohren dazu, sonst sehen und hören sie nichts; *th'is clear.*"

Parker suchte vier seiner Leute aus und ging mit ihnen fort. Ich nahm an, daß sie die beiden gefesselten Comanchen und deren Pferde finden würden, und freute mich schon im voraus auf ihre Gesichter, die ich mir vorstellen konnte. Die am Feuer Zurückgebliebenen unterhielten sich einsilbig; ich lag still im Schatten der Büsche und wartete auf die Rückkehr der Späher.

Es dauerte weit über eine Stunde, ehe sie kamen. Voran ging Parker; ihm folgten zwei mit den Indianerpferden und zwei mit je einem der Comanchen. Parker rief, noch ehe er das Feuer erreicht hatte: „Mr. Cutter, seht doch her, wen und was wir bringen!"

Old Wabble sprang auf, starrte die beiden Roten an, die sich jetzt natürlich wieder bei Besinnung befanden, und rief: „Zwei Indsmen, zwei Comanchen, wie man an den Kriegsfarben sieht! Wo habt ihr die denn her?"

„Gefunden."

„Was? Gefunden?"

„Ja."

„Feindliche Indianer findet man nicht, man muß sie fangen!"

„Das habe ich bisher auch gedacht, ist aber nicht wahr. Wir

haben sie wirklich und wahrhaftig gefunden, wörtlich gefunden, aneinandergefesselt und an einen Baum gebunden, kurze Zeit darauf auch ihre Pferde."

„Wer sollte das für möglich halten."

„Ja, man sollte es kaum glauben. Doch was man mit seinen eigenen Augen sieht, daran kann man nicht zweifeln. Wer mag sie überwältigt und gefesselt haben? Es müssen Weiße in der Nähe sein, die es getan haben, ohne zu wissen, daß wir uns hier befinden."

Da warf mir der Alte einen kurzen Blick zu, nickte und sagte: „Ja, Weiße; es sind freilich nicht mehrere gewesen, sondern es war nur einer."

„Einer?"

„Yes."

„Einer? Wie kommt Ihr darauf?"

„Sind sie verwundet?"

„Nein. Von einer Verletzung ist nichts zu sehen."

„Also ist kein Kampf vorangegangen; sie sind überwältigt worden, ohne sich wehren zu können. Es gibt nur einen einzigen Menschen, der das fertigbringt. Ihr werdet ihn erraten."

„'Alle Wetter! Ihr meint Old Shatterhand?"

„Yes."

„Er hat sie niedergeschmettert und gefesselt?"

„Genauso ist es."

„Also ist er hier in der Nähe!"

„Ich bin überzeugt davon."

„Warum läßt er sich da nicht sehen?"

„Er wird seine Gründe haben; man sagt ja, daß er niemals etwas ohne Grund tut."

„So habt Ihr recht gehabt, als Ihr meintet, er befinde sich hier in der Gegend. Wir müssen nach ihm suchen."

„Suchen? Warum?"

„Weil wir ihn morgen früh schon brauchen, denn länger dürfen wir mit dem Aufbruch nicht zögern."

„Es wird wohl nicht nötig sein, nach ihm zu suchen. Er weiß gewiß, daß wir hier sind und auf seine Hilfe warten. Verlaßt Euch darauf, daß er sich zur rechten Zeit sehen lassen wird!"

„Ihr tut ja grad, als ob er allwissend wäre, Mr. Cutter! Man erzählt sich zwar Dinge von ihm, die unglaublich klingen und trotzdem geschehen sind; allerdings ist er auch nur ein Mensch und weiß nur das, was er sieht und was er hört."

„Oh, was das betrifft, da möchte ich wetten, daß er alles weiß, was Ihr gestern und heut getan habt und was hier geschehen ist."

„Pshaw!"

„Wartet es ab!"

„Wollen uns nicht streiten, Sir. Sagt uns lieber, was mit diesen beiden Gefangenen geschehen soll."

„Jetzt einstweilen nichts."

„Wann denn?"

„Sobald Old Shatterhand da ist."

„Das ist zu unbestimmt, es ist überhaupt nicht gesagt, daß er sich zu uns gesellt. Ich bin nicht so überzeugt wie Ihr, daß er kommen wird, und wir müssen unbedingt wissen, was wir mit diesen Kerls zu machen haben. Ihr meint doch nicht etwa, daß wir sie mitnehmen? Das wäre eine Last für uns und überdies nicht ungefährlich."

„Hm! Kann es nicht bestreiten."

„Freilassen können wir sie auch nicht."

„Das würde eine Dummheit sein; *th'is clear."*

„Also eine Kugel vor den Kopf; das ist das allerbeste; da sind wir sie los, und sie haben es verdient."

„Nur nicht vorschnell handeln, Sir! Ihr werdet gehört haben, daß Old Shatterhand nur dann einen Roten tötet, wenn er unbedingt dazu gezwungen ist."

„Das geht mich nichts an. Erstens ist es noch gar nicht sicher, daß er sich hier befindet, sodann sind die Halunken nicht seine Gefangenen, sondern die unsern, und drittens . . ., na, drittens werden wir jetzt über sie beraten und das Gesetz der Prärie sprechen lassen."

„Macht, was Ihr wollt!"

„Ihr tut doch mit?"

„Nein. Diese Indsmen gehen mich nichts an."

„Ihr seid es, den sie verfolgten!"

„Meinetwegen! Bis jetzt haben sie mir nichts getan."

„Hört, Sir, wer so lange warten will, bis ihm diese Schurken etwas tun, der ist verloren. Also, wollt Ihr der Jury, die wir bilden werden, beitreten?"

„Nein, doch zuhören, das werde ich, wenn ich darf."

„Habe nichts dagegen. Mag's also beginnen!"

Die beiden Comanchen lagen gefesselt an der Erde neben dem Feuer, an das sich die Weißen setzten, um die Beratung zu halten. Ob die Roten Englisch verstanden und wußten, was gesprochen wurde, war ihnen nicht anzumerken. Um es kurz zu machen, die Beratung dauerte nur einige Minuten, und ihr Ergebnis war, daß die Gefangenen erschossen werden sollten, und zwar sogleich. Nur Jos Hawley hatte gegen dieses Urteil gestimmt. Parker machte auch wirklich kurzen Prozeß; er trug dreien seiner Leute auf, die Exekution in der Nähe auszuführen, und befahl ihnen, die Gefangenen fortzuschaffen. Da hielt ich es für angezeigt, endlich auch ein Wort zu sprechen.

„Halt, Mr. Parker! Wartet noch ein Weilchen!"

„Was wollt Ihr, Sir?" fragte er.

„Bei Euerm Savannengericht ist ein Fehler vorgekommen, der das Urteil ungültig macht."

„Was versteht denn Ihr von Savannengericht!"

„Mehr als Ihr, wie es scheint, sonst hättet Ihr diesen Fehler nicht begangen."

„Welchen Fehler meint Ihr denn?"

„Es sind eigentlich mehrere. Erstens hat einer nicht mitberaten, der mitzusprechen hatte."

„Mr. Cutter wollte ja nicht."

„Den meine ich nicht."

„Nicht? Wen denn sonst?"

„Mich."

„Ah, Euch? Das ist wohl Spaß. Ihr seid doch kein Savannenmann."

„Was ich bin oder nicht bin, das ist hier gleichgültig; ich gehöre mit zur Gesellschaft und darf nicht von einer so wichtigen Verhandlung ausgeschlossen werden."

„Was Ihr nicht sagt!" Er lachte. „Ihr gehört keineswegs zu unserer Gesellschaft, sondern Ihr steht unter deren Schutz, so ist das, Sir. Wenn wir die Hand von Euch ziehen, seid Ihr keinen Augenblick mehr Eures Lebens sicher."

„Das sind Ansichten, Mr. Parker, über die ich nicht mit Euch streiten will. Lassen wir also meine Person aus dem Spiel! Der zweite Fehler ist der, daß Ihr mit den Roten kein einziges Wort gesprochen habt. Man verurteilt nicht jemand zum Tode, ohne ihn vorher zu verhören."

„Verhören? Diese Kerls? Das fehlte noch!"

„Was haben sie denn verbrochen?"

„Unnütze Frage! Sie wollten Old Wabble töten."

„Haben sie es eingestanden? Seid Ihr überzeugt, daß sie wirklich die Comanchen sind, die ihn verfolgen?"

„Seht Ihr denn nicht die Kriegsfarben, mit denen sie sich bemalt haben!"

„Das ist kein Beweis; soviel verstehe ich vom Wilden Westen auch."

„Nichts versteht Ihr, gar nichts, Sir!"

„Doch! So weiß ich zum Beispiel, daß ein Gefangener und sein Leben nur dem Sieger gehört, keinem andern. Wer von euch kann sagen, diese Comanchen besiegt und gefangengenommen zu haben?"

„Redet nicht so dummes Zeug! Diese Kerls gehören uns, es sei denn, Ihr könnt uns sagen, wer der geheimnisvolle Mann gewesen ist, der sie besiegt hat und sich nun nicht sehen läßt."

„Ich kann es sagen, und er versteckt sich nicht, sondern er läßt sich sehen, Mr. Parker."

„Wo denn?"

„Hier."

„So zeigt mir ihn doch!" forderte er mich auf, indem er lachend rundum blickte.

„Er liegt vor Euch, ich selbst bin es."

„Ihr? Alle Wetter! Ihr wollt diese Roten überwältigt und gefesselt haben?!"

„Ja."

„Diese Finte ist geradezu lächerlich! Mit ihr bewahrt Ihr die Halunken nicht vor dem Tod. Wenn Ihr es fertigbringt, auch nur einen einzigen Indianer wie diese hier im Kampf zu besiegen und bei lebendigem Leibe zu fesseln, so will ich niemals ein Westmann gewesen sein."

„*Well,* so seid Ihr keiner gewesen."

„Oho! So etwas fertigzubringen, dazu gehört die Kraft eines Old Shatterhand. Wollt Ihr behaupten, sie zu besitzen?"

„Behaupten nicht, aber beweisen. Paßt auf!"

Ich war während dieses Streits ruhig am Boden liegengeblieben; jetzt stand ich auf, griff ihn mit der rechten Hand beim Gürtel, schwang ihn mir einigemal um den Kopf, daß er laut aufschrie, stellte ihn dann wieder auf die Beine und fragte: „Ist das genug, oder soll ich Euch zeigen, wie es ist, wenn Ihr meine Faust auf den Schädel bekommt?"

Ehe er noch antworten konnte, rief einer der Gefangenen mit lauter Stimme: „Old Shatterhand! Das ist Old Shatterhand! Ich habe es mir gedacht!"

Er hatte mich, weil ich im Schatten lag, vorher nicht bemerkt, nun aber beim Schein des Feuers meine aufgerichtete Gestalt gesehen. Ich trat zu ihm und fragte: „Kennt mich der gefangene Krieger der Comanchen?"

„Ja", antwortete er.

„Wo hast du mich gesehen?"

„Im Lager der Racurroh-Comanchen, als du die Seelen ihrer Häuptlinge aus dem Lauf deines Bärentöters gegen den Himmel schossest. Der oberste ihrer Häuptlinge war To-kei-chun; das Leben seines Sohnes lag in deiner Hand; du aber schenktest es ihm."

„Das stimmt. Du sprichst die Sprache der Bleichgesichter ziemlich gut und hast also verstanden, was bisher gesprochen wurde?"

„Ja."

„Ihr habt gehört, daß ihr euch nahe dem Tod befandet?"

„Wir hörten es. Wir hörten auch, daß Old Shatterhand für unser Leben sprach."

„Das tut er stets. Ich bin ein Freund der roten Krieger und bedaure es, wenn sie ihre Tomahawks des Krieges gegen die Bleichgesichter erheben, denn ich weiß, daß sie zwar einmal siegen können, dann freilich um so sicherer untergehen werden. Auch ihr sollt erfahren, daß ich nicht den Tod der roten Männer will."

„Wir sind tapfere Krieger und fürchten den Tod nicht."

„Das weiß ich; doch das Leben ist besser als der Tod, und es ist kein Ruhm für euch, wenn euer Stamm erfährt, daß ihr ohne alle Gegenwehr besiegt und dann erschossen worden seid. Es soll auf deine Antworten ankommen, ob ich euch das Leben schenke. Wie heißt der Häuptling, dem dein Stamm gehorcht?"

„Es ist Vupa-Umugi – Großer Donner –, der noch nie besiegt wurde."

„Wo stehen die Zelte eurer Dörfer?"

„Das sage ich nicht."

„Eure Krieger sind zum Kampf ausgezogen?"

„Ja."

„Wie viele sind es?"

„Ich schweige."

„Wo befinden sie sich jetzt?"

„Ich weiß es nicht."

„Gegen wen ziehen sie?"

„Ich weiß es, verrate es aber nicht."

„Du bist verschwiegen und also ein tüchtiger Krieger, der lieber sein Leben aufs Spiel setzt, als daß er die Seinen verrät. Das muß jedem tapfern Mann und also auch mir wohlgefallen.

Geht heim und sagt euern Häuptlingen und allen euern Männern, daß Old Shatterhand die Tapferkeit und die Verschwiegenheit zu schätzen weiß!"

Ich bückte mich, um sie von ihren Fesseln zu befreien. Als das geschehen war, sprangen sie auf, und der, welcher bisher gesprochen hatte, fragte: „Old Shatterhand bindet uns los und sagt, wir sollen gehen. Wir sind also frei?"

„Ja."

„Wir können gehen, wohin wir wollen?"

„Ja."

„Was geschieht mit unsern Waffen und unsern Pferden?"

„Die erhaltet ihr jetzt zurück. Old Shatterhand ist kein Dieb oder Räuber, der sich an fremdem Gut vergreift."

„*Uff, uff!* Werdet ihr uns nachspüren, um zu erfahren, wohin wir reiten?"

„Nein, ich gebe euch mein Wort darauf."

„*Uff, uff!* Old Shatterhand hat noch nie sein Wort gebrochen; er ist das edelste der Bleichgesichter; wir werden es erzählen, sobald wir zu unsern Zelten kommen."

„Es gibt noch viele Bleichgesichter, die ebenso denken wie ich. Hier liegen eure Waffen, und dort stehen eure Pferde. Reitet fort! Aber wir werden diesen Platz scharf bewachen; falls ihr hierbleiben oder zurückkommen und uns beschleichen solltet, würden euch unsere Kugeln treffen."

„Wir werden fortreiten, ohne uns nur einmal umzublicken. *Howgh!*"

Von den Weißen hatte mir bis jetzt keiner auch nur mit einem Wort widersprochen; nun trat Parker zu mir und fragte: „Ist das Euer Ernst, Sir?"

„Natürlich!"

„Ihr wollt ihnen wirklich die Freiheit geben?"

„Ja."

„Nehmt mir's nicht übel, Sir, aber ich muß Euch sagen, daß das ein Fehler ist, der . . ."

Da unterbrach ich ihn mit der kurzen, strengen Frage: „Ihr wißt jetzt, wer ich bin?"

„*Yes.*"

„Also nicht der Mr. Charley, den Ihr für einen halben Idioten und ganzen Dummkopf hieltet?"

„Nein, sondern Old Shatterhand, Sir."

„So schweigt und versucht nicht, mir Vorschriften zu machen oder das, was ich tue, zu kritisieren! Ihr mögt ein guter

Mensch und ein ganz brauchbarer Westmann sein, aber Eurer Kritik war ich schon entwachsen, ehe ich meinen Fuß zum erstenmal auf den Boden des Wilden Westens setzte. Wer Hatatitla – Blitz –, den berühmten Hengst Old Shatterhands, für einen Kutschengaul hält, der darf sich nicht unterfangen, mir gute Lehren zu erteilen. Basta!"

Nach diesem Verweis wandte ich mich von ihm ab und ließ ihn stehen. Ich hatte Grund, in diesem Ton mit ihm zu sprechen. Er war zwar gestern freundlich zu mir gewesen, hatte aber dann gezeigt, daß er sehr hoch von sich dachte, obgleich er sich mit Westmännern ersten Ranges nicht im entferntesten vergleichen durfte. Wenn wir zusammenblieben und er bei diesem Selbstgefühl verharrte, konnte er uns leicht in große Verlegenheiten bringen; daher diese Art und Weise meines Tadels, die mir sonst gar nicht eigen war und wie ein großes Selbstlob klang.

Die Comanchen bestiegen ihre Pferde, nickten mir dankend zu und ritten davon, ohne die andern mit einem verabschiedenden Blick zu beachten. Das war selbst für Old Wabble zuviel, der nichts gesagt hatte, obwohl er nicht ganz mit mir einverstanden war.

„Bockbeinige Kerle!" brummte er. „Als ob wir so ganz und gar nicht vorhanden wären! Meint Ihr nicht, daß Ihr zu gütig gegen sie gewesen seid, Mr. Shatterhand?"

„Nein."

„Es fällt mir nicht ein, Euer Handeln zu beurteilen. Ihr wißt stets, was Ihr tut, auch wenn es andere nicht begreifen; aber versprechen hättet Ihr nicht sollen, daß wir ihnen nicht nachspüren werden. Wenn wir Old Surehand befreien wollen, müssen wir wissen, wohin er geschleppt worden ist."

„Ich weiß es; ich habe sie belauscht, ehe ich sie niederschlug. Sie haben ihn zum Saskuan-kui, dem Blauen Wasser, gebracht."

„Das ist gut, mir aber unbekannt. Wißt Ihr vielleicht, wo es liegt, Sir?"

„Ja. Ich bin zweimal dort gewesen."

„Ich fürchte, sie melden dort, was geschehen ist und daß wir kommen werden."

„Im Gegenteil! Hätte ich da die Gefangenen freigelassen? Gerade das war ein Schachzug, der uns sicher Vorteil bringen wird. Ich habe übrigens Old Surehand mit keiner Silbe erwähnt. Sie werden annehmen, daß ich entweder von ihm nichts weiß oder keinen Grund habe, mich um ihn zu kümmern. Glaubt mir, Mr. Cutter, ich habe keinen Fehler begangen. Wir haben dabei noch den Vorteil, diese beiden Comanchen los zu sein; sie wären uns höchst unbequem geworden, und ihrem Tod hätte ich nicht zugestimmt."

„Ihr habt recht, Sir; *th'is clear*. Und meint Ihr wirklich, daß wir hier sicher sind und daß die Kerls nicht heimtückisch zurückkehren werden?"

„Sie kommen nicht wieder. Damit wir aber keine Vorsicht außer acht lassen, wollen wir diesen Platz aufgeben, das Feuer löschen und uns einen andern suchen. Das mag sogleich geschehen."

Als das Feuer ausgetreten war, ritten wir ein Stück zurück, wo es eine geeignete Stelle gab. Dort legten wir uns zum Schlafen nieder, nachdem zwei Wachen aufgestellt worden waren. Ich blieb noch lange wach und hörte ebenso lange die Gefährten miteinander flüstern.

Den Gegenstand ihrer leisen Unterhaltung konnte ich mir denken; sie sprachen über den sonderbaren und von ihnen ungeahnten Fall, daß dieser Mr. Charley sich einen Scherz mit ihnen gemacht hatte und eigentlich Old Shatterhand war. Jedenfalls war Old Wabble nicht wenig zufrieden darüber, daß er es gewesen war, der mich zuerst erkannt hatte.

Am andern Morgen galt es vor allen Dingen, zu erfahren, wer von ihnen gern mit zum Saskuan-kui ritt und wer nicht. Als ich mich erkundigte, baten alle dringend, sie mitzunehmen. Jetzt, da sie wußten, wer ich war, waren alle etwa vorher gehegten Bedenken verflogen, und ein jeder war überzeugt, daß der Ritt höchst interessant sein und ein gutes Ende nehmen würde. Selbst Sam Parker zeigte trotz des gestrigen Verweises eine Begeisterung, die gewiß aus dem Herzen kam, und Jos Hawley benutzte eine Gelegenheit, mir unter vier Augen zu sagen: „Wer hätte das gedacht, Sir, daß Ihr Old Shatterhand seid! Nun es aber so ist, freut es mich doppelt, daß Ihr mich mit Eurer Erzählung beruhigt habt; das kann ich Euch versichern. Ich bin ein ganz gewöhnlicher alter Westläufer; aber stellt mich dahin, wo ich zu brauchen bin, so werdet Ihr sehen, daß ich Euch keine Schande mache!"

Als wir aufgebrochen waren, folgte ich zunächst dem Wasser, an dem wir gelagert hatten, vielleicht eine Stunde lang; dann wich das Tal, in dem es floß, von der bisherigen östlichen Richtung ab, indem es sich nach Süden wandte. An dieser

Stelle war das Gras niedergedrückt und zertreten, und Old Wabble stieg vom Pferd, um die Spuren zu untersuchen.

„Wollt Ihr das nicht lieber lassen, Mr. Cutter?“ bat ich ihn. „Ich halte es für unnötig, und zweitens ist es uns verboten.“

„Verboten?“ fragte er. „Wer kann uns verbieten, hier nachzuforschen, was diese Fährte zu bedeuten hat?“

„Ich habe den Comanchen mein Wort gegeben, ihnen nicht nachzuforschen.“

„So meint Ihr, daß es ihre Spuren sind?“

„Ja.“

„Hm! Möchte es bezweifeln.“

„Warum?“

„Wenn sie hierhergeritten wären, hätten wir ihre Hufabdrücke unterwegs sehen müssen.“

„Nein. Zwischen ihrem Aufbruch und dem unsren ist so viel Zeit vergangen, daß sich das Gras inzwischen wieder aufgerichtet hat; hier dagegen, wo sie gelagert haben und höchstwahrscheinlich erst vor kurzem wieder fortgeritten sind, ist es liegengeblieben.“

„Dieses Argument scheint richtig zu sein, Sir, doch muß ich mir sagen, daß es nicht sehr vorsichtig von diesen Indsmen gewesen wäre, wenn sie die Nacht nur eine Stunde weit von unserm Lagerplatz zugebracht hätten. Ich möchte lieber annehmen, daß sie ohne Unterbrechung weitergeritten sind.“

Sam Parker stimmte ihm zu, und auch die andern gaben ihm recht; darum erklärte ich ihnen: „Man muß sich in die Lage dieser beiden Indianer versetzen. Sie sind während des ganzen gestrigen Tags geritten und brauchen wieder einen Tag, um zum Saskuan-kui zu kommen. Um das zu schaffen, müssen Menschen und Pferde wenigstens einmal längere Zeit ausruhen; das versteht sich von selbst.“

„Ja, aber nicht so nahe dem Ort, an dem wir uns befanden“, warf Old Wabble ein.

„Warum nicht? Ich habe ihnen die Freiheit gegeben und ihnen versprochen, sie nicht zu verfolgen; sie wissen, daß Old Shatterhand kein Lügner ist, und haben sich hier also völlig sicher gefühlt. Dazu kommt noch ein Umstand, den Ihr nicht unbeachtet lassen dürft, nämlich der, daß man bei Tag besser und schneller reitet als bei Nacht. Ein kluger Mann wird also nicht am Tag, sondern während der Nacht ruhen, und ich habe keinen Grund, anzunehmen, daß die Comanchen diese Klugheit nicht besitzen. Nachdem sie sich über zwei Meilen von uns entfernt hatten, konnten sie ohne Bedenken anhalten, um den Tag zu erwarten; dann sind sie weitergeritten, wie Ihr an der Fährte seht, die da rechts am Wasser abwärts führt und so deutlich ist, daß sie nicht von heute nacht oder gar schon gestern abend stammt."

„Wollen Sie mal untersuchen", sagte Parker.

„Nein, denn ich will mein Versprechen halten und sehe auch schon von weitem, daß ich mich nicht irre. Diese Spur stammt von zwei Pferden, nicht mehr und nicht weniger; also sind es die Comanchen gewesen."

Da machte Old Wabble eine seiner überlegenen Gesichter und sagte lächelnd: „Ihr redet davon, daß Ihr Euer Wort halten wollt, ich aber denke, daß das nicht möglich ist."

„Warum nicht?"

„Weil wir denselben Weg reiten und also gezwungen sind, die Fährte zu betrachten. Oder meint Ihr, daß wir die Augen schließen?"

„Nein, denn wir werden der Fährte nicht folgen."

„Etwa nur Eures Versprechens wegen?"

„Das wäre Unsinn; es gibt einen andern und viel triftigeren Grund. Die Roten folgen, wahrscheinlich um die Pferde zu tränken, diesem Wasser, das zwar auch, aber in einem weiten Bogen, zum Rio Pecos führt; sie machen also einen Umweg. Wir dagegen werden das Wasser hier verlassen und in gerader, östlicher Richtung zum Pecos reiten; wir sagen also ihrer Fährte Lebewohl und werden den von mir beabsichtigten Zweck erreichen, daß wir eher als sie am Saskuan-kui ankommen. Wie vorteilhaft das für uns ist, brauche ich Euch wohl nicht zu erklären."

Da verschwand das überlegene Lächeln aus Old Wabbles Gesicht, und er sagte: „Ja, wenn es so ist, Mr. Shatterhand, da bin ich freilich still. Habe wunder gedacht, wie klug ich bin, sehe aber ein, daß ich von Euch noch lernen kann, *th'is clear.* Doch sagt, ist der Weg, den Ihr im Sinn habt, sehr beschwerlich?"

„Gar nicht. Es geht immer abwärts; die Gegend ist meist eben, zuweilen Fels, zuweilen Sand; Wasser freilich gibt es nicht; in dieser Beziehung müssen wir uns bis zum Rio Pecos gedulden."

„An dem die Comanchen liegen. Wird uns das nicht hindern, an das Wasser zu gelangen, das wir nach einem solchen Ritt so nötig brauchen?"

„Nein. Ich kenne die Lage des Saskuan-kui, an dem wir sie zu suchen haben, genau. Wir werden den Fluß an einer andern Stelle erreichen und unsere Pferde gefahrlos tränken können."

„*Well,* so bin ich beruhigt. Es war überhaupt überflüssig, diese Bedenken zu äußern, denn wenn Ihr unser Führer seid, können wir überzeugt sein, daß alles geschieht, was zu unserer Sicherheit geschehen kann. Auf Old Shatterhand darf man sich verlassen, und darum will ich Euch etwas sagen, was Euch große Freude machen wird."

„Was mag das sein, Mr. Cutter?"

„Ich bin viel älter, viel älter als Ihr, und darum würde es sich eigentlich von selbst verstehen, daß ihr mich als Anführer wähltet; dennoch will ich ..., will ich ..., will ich ..., hm, ja, ich will ..."

Es schien ihm nicht leicht zu werden, den Entschluß, den er gefaßt hatte, auszusprechen; er druckste und druckste, um die Worte herauszubringen; er bewegte die Arme und die Beine; er drehte und wendete den dürren Körper, als ob alle seine Knochen locker geworden seien; es wackelte und wabbelte jedes Glied an ihm, bis er endlich hervorstieß: „Ja, ich will darauf verzichten und mich unter Euch stellen; Ihr sollt unser Kommandant sein, dem wir zu gehorchen haben. So etwas hat Old Wabble noch nie getan. Was sagt Ihr dazu, he? Ihr werdet es mit Anerkennung und Dankbarkeit hinnehmen, Mr. Shatterhand; *th'is clear.*"

Ja, er war der Mann, der sich niemals einem andern unterordnete, das wußte ich. Man sah es ihm auch deutlich an, welche Überwindung es ihn gekostet hatte, es jetzt zu tun, und daß er dafür Lob von mir erwartete. Er sah mich mit großen Augen und weitgeöffnetem Mund erwartungsvoll an; aber diese Erwartung ging nicht in Erfüllung, denn ich antwortete: „Nein, das ist nicht so klar, wie Ihr denkt. Wir sind freie Westmänner und nicht Soldaten, bei denen immer ein Dienstgrad über dem andern steht; von einem Kommandanten im militärischen Sinn des Wortes kann also bei uns nicht die Rede sein, sondern einer hat genau dieselben Rechte und Pflichten wie der andere."

„Sir, Ihr könnt nicht verlangen, daß wir alle stets und immer ein und desselben Sinnes sind."

„Allerdings nicht."

„Nun, was soll denn dann geschehen, wenn wir uns streiten?"

„Streiten? Das gibt es bei verständigen Männern nicht. Wenn

Meinungsverschiedenheiten eintreten, besprechen wir uns, Mr. Cutter."

„*Well,* wir besprechen uns. Und dann?"

„Dann handeln wir nach der Ansicht, die richtig ist."

„Und wenn nun die andern gerade diese Ansicht nicht für richtig halten?"

„Dann sind sie dumm, und mit dummen Menschen pflege ich nicht zu verkehren."

„Wie ..., wa ..., waaaas?" fragte er.

Es war ein geradezu köstliches Gesicht, das er jetzt zeigte, halb das Gesicht eines listigen Fuchses und halb das eines Schafes, wenn es blöken will. Er blieb eine Zeitlang ohne Bewegung, dann wabbelte er seine Glieder schnell durcheinander und fuhr fort: „Dumm, also dumm, und mit dummen Menschen verkehrt Ihr nicht! Ihr meint also, daß nur wir es sind, die dumm sein können?"

„Ich meine nur, daß ich mich stets hüten werde, einer guten und richtigen Ansicht entgegenzutreten."

„Ach so! Und wenn Ihr nun die richtige habt und wir sehen das nicht ein und tun nicht, was Ihr wollt?"

„So lasse ich euch stehen oder sitzen und gehe meiner Wege."

„Allein?"

„Jawohl, allein!"

„Aber dann kann das, was getan werden soll, nicht ausgeführt werden."

„Doch, denn ich würde es allein tun. Ein vernünftiger Mann bringt ohne Hilfe und ganz allein mehr fertig, als wenn er zehn andere bei sich hat, die ihm sein gutes Werk verderben."

„Das heißt also folgendermaßen: Old Shatterhand denkt niemals dumm; es muß stets nach seinem Willen gehen, und wenn das nicht geschieht, so läuft er davon?"

„So ungefähr, wenn auch nicht gar so schroff."

„Das ist doch dasselbe, als wenn wir Euch zu unserm Kommandanten wählten!"

„Nein, denn ihr sollt mir nicht stets und absolut zum Gehorsam verpflichtet sein, sondern ein jeder soll seine Meinung äußern dürfen. Und was Euch persönlich betrifft, Mr. Cutter, so bin ich völlig überzeugt, daß Ihr stets auch das Richtige tun und niemals etwas Verkehrtes unternehmen werdet."

Da ging ein heller Sonnenstrahl der Befriedigung über sein faltiges Gesicht, und er rief voller Freude und zustimmend: „Das soll ein Wort sein, Sir, ein Wort, das immer Geltung hat, *th'is clear!* Wir haben keinen Kommandanten, aber wenn die andern nicht einsehen, daß Ihr recht habt, lassen wir sie sitzen. Kommt mit mir voran; wir wollen weiter!"

Wir ritten an der Lehne des Tals empor und bogen dann, als wir oben angekommen waren, im rechten Winkel ab. Hier war das Gelände eben, und wir konnten unsere Pferde, die wir unten erst hatten tüchtig trinken lassen, in Galopp setzen. Old Wabble hielt sich neben mir und wandte zuweilen seinen Blick bewundernd auf meinen Rappen, dem die jetzige schnelle Gangart sichtlich Freude machte.

Der Alte war ein ausgezeichneter Reiter und saß trotz seines hohen Alters wie ein Jüngling im Sattel. Sein langes weißes Haar flog, ähnlich dem prächtigen dunklen Schopf Winnetous, wie eine silbrige Mähne hinter ihm her. Eigentlich hatte er da unten am Bach meine Erwartungen nicht erfüllt, denn die von ihm erhobenen Einwände waren keineswegs Beweise jenes scharfen und untrüglichen Blickes gewesen, der einem Jäger ersten Ranges eigen ist; aber ich sagte mir, daß seine „Spezialität", um mich so auszudrücken, wohl eine andere sei. Der einstige König der Cowboys war nur im freien Feld, auf der offenen Savanne tätig gewesen und hatte also nicht die Eigenschaften erworben, die man sich nur in den dichten Wäldern und schluchtenreichen Gebirgen erwirbt. In allem aber, was ich als zu seinem Fach gehörig bezeichnen möchte, konnte ich mich gewiß auf ihn verlassen.

Wir ritten stundenlang nebeneinanderher, ohne daß er ein Wort sagte. Als ich wegen dieses Schweigens eine Bemerkung machte, antwortete er: „Ich rede und erzähle gern, Sir; doch ich weiß, daß ich Euch damit nicht kommen darf."

„Warum nicht?"

„Weil Ihr es mehr mit der Tat als mit dem Wort haltet. Jedermann hat gehört, daß Ihr tagelang mit Winnetou beisammen seid, ohne daß ein Wort, das nicht nötig ist, gesprochen wird. Selbst wenn ihr beide euch vor einer Gefahr befindet, über die andere Westmänner lange Beratungen halten würden, verständigt ihr euch durch einen kurzen Wink oder einen einzigen Blick. Also schweige ich, damit Ihr mich nicht für einen Schwätzer haltet; *th'is clear.*"

„Winnetou hat allerdings die Eigenheit, mehr in Taten als in Worten zu reden, und ich bin grad wie er. Es wird mich freuen, wenn ich die Erfahrung mache, daß ich mich mit Euch so gut verstehe wie mit ihm, Mr. Cutter."

„Seid unbesorgt, Sir! Ich bin kein ganz unerfahrener Kerl und werde mich bemühen, Euch zu beweisen, daß Ihr mich brauchen könnt."

Die Gegend, durch die wir ritten, war so, wie ich sie beschrieben habe, teils felsige Ebene, teils sandige Öde, bis wir am Nachmittag auf fruchtbareren, mit Gras bewachsenen Boden trafen. Wir näherten uns einem Zufluß des Pecos, dessen Ufer mit Strauchgrün eingefaßt waren. Ich kannte diesen Wasserlauf von früher und folgte ihm bis zu seiner Mündung. Als wir sie erreichten, war es etwa zwei Stunden vor Abend; eine Stunde hatten wir von hier aus bis zum Saskuan-kui zu reiten.

Dieses Blaue Wasser war ein kleines, seeartiges Becken, das von Quellen, die sich auf seinem Grund befanden, genährt wurde und sein überflüssiges Wasser in den Rio Pecos schickte. An seinen Ufern gab es dichtes Elm- und Cottonwoodgebüsch, aus dem hohe, schattenreiche Pecans und Pfosteneichen ragten. Das Wasser hatte eine intensiv blaue Farbe und war daher von den Indianern Saskuan-kui genannt worden. Der Abfluß dieses Sees mündete unterhalb der Stelle, an der wir uns befanden, in den Rio Pecos, über den wir hinüber mußten. Noch weiter unten gab es eine Furt, die wir freilich nicht benutzen durften, weil die beiden Comanchen von dorther kamen und unsere Spuren gefunden hätten. Wir mußten also über den hier ziemlich breiten Fluß schwimmen, was uns bei der Wärme des heutigen Tags eher erwünscht als unlieb war.

Am jenseitigen Ufer angekommen, suchten wir dieses zunächst nach Spuren ab, und es beruhigte uns sehr, keine zu finden. Wir ritten vorsichtig unter den weiten Wipfeln der hier stehenden Zitterpappeln abwärts bis zur Mündung des Seeabflusses. Wir befanden uns an seiner nördlichen Seite und bemerkten auch hier keine Spuren. Ich stieg vom Pferd, band es an einen Strauch, von dessen Laub es fressen konnte, und legte mich ins Gras. Old Wabble folgte meinem Beispiel, ohne ein Wort zu sagen; er wollte meinen schweigsamen Winnetou nachahmen und, wie er sich ausgedrückt hatte, von mir nicht für einen Schwätzer gehalten werden. Den andern kam der Umstand, daß ich mich hier niederlegte, nicht so selbstverständlich vor; sie blieben auf den Pferden sitzen, und Parker fragte: „Absteigen, Sir? Es ist ja noch Tag!"

„Eben weil es noch Tag ist, bin ich abgestiegen", antwortete ich.

„Wollen wir nicht vollends bis zum Blauen Wasser reiten?"
„Nein."
„Also dann in der Dunkelheit?"
„Ja."
„Warum nicht am Tag, wo wir etwaige Spuren sehen können, Mr. Shatterhand?"
„Weil wir da allerdings solche Spuren sehen, aber auch selbst gesehen werden würden."
„Ich denke, wenn wir vorsichtig . . ."
Er wurde von Old Wabble unterbrochen, der ihm in strengem Ton ins Wort fiel: „Seid still und schreit nicht wie ein Kamel, das fünfzehn Höcker hat. Habe denn etwa ich ein Wort gesagt? Mr. Shatterhand wird wohl wissen, was er tut. Wenn Ihr Euern Skalp zu Markte tragen wollt, so reitet weiter; ich bleibe hier."
Da stiegen sie ebenfalls von ihren Pferden. Parker brummte dabei: „Oho, oho, nur nicht so grob, Old Wabble! Ein Gentleman wie ich ist nicht gewohnt, sich dergleichen Kamele an den Kopf werfen zu lassen."
„Ein veritabler Gentleman hält vor allen Dingen das Maul, verstanden! Ihr habt zwar damals Euern ersten Elk sehr gut getroffen, inzwischen allerdings so viele Pudel geschossen, daß es Euch gar nicht zukommt, gegen Mr. Shatterhand zu sprechen, wenn etwas, was er tun will, Euch nicht paßt. Seid also still, sonst gehen wir fort und lassen Euch sitzen."
Ah, also darauf lief es hinaus! Sitzenlassen, das hatte er sich gemerkt. Er wollte durch seine Strenge gegen den braven Parker zeigen, daß er sich mit mir eins fühlte. Dabei war ich überzeugt, daß seine Schweigsamkeit nicht lange anhalten und er mich bei nächster Gelegenheit grad ebenso interviewen würde, wie es jetzt Parker getan hatte.
Als es zu dunkeln begann und die Zeit für mich gekommen war, stand ich auf und sagte: „Ich gehe jetzt fort, um nach den Comanchen zu suchen. Ich lasse euch meine Gewehre hier und bitte, daß sich keiner von euch entfernt; es könnten Rote in der Nähe sein und ihn bemerken."
„Richtig!" stimmte mir Old Wabble zu. „Ich nehme an, daß nun bald die beiden Comanchen erscheinen, die wir freigelassen haben."
„Ich glaube nicht, Mr. Cutter", widersprach ich ihm. „Die benutzen die dort unten liegende Furt und reiten also drüben am jenseitigen Ufer dieses Wassers herauf."

„Meint Ihr?"

„Ja. Darum habe ich vorhin das diesseitige Ufer zum Ausruhen gewählt; da werden sie uns nicht bemerken."

„*Well.* Ihr geht. Darf ich mit?"

„Ich will Euch aufrichtig sagen, daß ich lieber allein bin."

„Haltet Ihr mich für so unerfahren oder für so ungeschickt, daß ich Euch den Handel verderbe?"

„Nein, wenigstens nicht so wörtlich, wie Ihr es ausgesprochen habt."

„Also einigermaßen doch. Ich sage Euch, Sir, daß ich das Anschleichen wie jeder andere gelernt habe; das habe ich gestern abend bewiesen."

„Hm! Ich habe Euch gesehen."

„Mich nicht, sondern nur den Zweig, weil er sich bewegte."

„Pshaw! Schon lange, ehe Ihr diesen Zweig abgeschnitten hattet, habe ich Eure Augen gesehen."

„Meine Augen? *Good luck!* Ist das möglich?"

„Gewiß!"

„Ich steckte doch im Dunkeln! Kann man da Augen sehen, Mr. Shatterhand?"

„Es ist das allerdings nur einem sehr scharfen und geübten Blick möglich. Ihr werdet zugeben, daß Augen glänzen. Und Ihr hattet die Euern noch dazu weit offen."

„Das mußte ich ja! Wer etwas sehen will, muß die Augen offen haben."

„Meint Ihr? Ein vorsichtiger Späher kneift sie zu, damit sie nicht gesehen werden; ja, ich zum Beispiel mache sie, wenn ich genug gesehen habe und nur noch hören will, ganz zu, denn erstens sind sie dann unsichtbar, und zweitens hört man bei geschlossenen Augen besser als bei offenen."

„Sir, es ist wahr, man kann von Euch noch viel lernen!"

„Wenn Ihr das einseht, will ich Euch auf noch etwas anderes aufmerksam machen. Ich habe nämlich nicht nur Eure Augen, sondern auch Euer Haar gesehen."

„Das auch?"

„Wundert Ihr Euch etwa darüber? Euer Haar ist schneeweiß, es fällt also noch mehr auf als die dunklen Augen."

„Alle Wetter, bei Euch hat man sich in acht zu nehmen."

„Nicht bloß bei mir, Mr. Cutter. Ich rate Euch, das Haar zu verhüllen, wenn Ihr wieder einmal in die Lage kommt, Euch anzuschleichen; Ihr könntet sonst leicht dieses schöne Haar mitsamt dem Kopf verlieren."

„Werde es tun, werde es tun! Ich hoffe, daß ich gleich jetzt in diese Lage komme. Nicht?"

„Weil ich Euch mitnehmen soll?"

„Yes."

„Ich wiederhole, daß ich lieber allein gehe."

„Mag sein; aber Ihr seid doch auch nur ein Mensch, und es kann Euch ein Unfall geschehen. Dann sitzen wir hier und wissen nicht, wo Ihr steckt und wie Euch zu helfen ist."

„Das ist nicht unrichtig, und ich würde Euch wohl mitnehmen, wenn die Sache nicht so wichtig und dabei so gefährlich wäre. Der geringste Fehler kann uns verraten und das Leben kosten."

„Ich gebe Euch mein Wort, daß ich keinen Fehler mache!"

„Euer Wort? Hm! Na, ich will es gelten lassen und hoffen, daß Ihr es haltet."

„Danke Euch! Will nur erst Euern Wink befolgen; dann können wir gehen."

Er rollte sein Haar zusammen, um es auf den Kopf zu legen und das Tuch darüber zu binden. Während er das tat, fuhr er fort: „Kennt Ihr das Blaue Wasser und seine Umgebung so genau, daß Ihr Euch getraut, die Roten dort trotz der Dunkelheit der Nacht zu finden?"

„Ja. Ihr könnt Euch das doch denken, denn wenn das nicht der Fall wäre, hätte ich die letzte Tagesstunde zum Anschleichen benutzt und mich nicht müßig hierhergelegt."

„Bravo, bravo!" rief da Parker.

Da drehte sich Old Wabble zu ihm um und fragte zornig: „Was habt Ihr denn da zu schreien, he?"

„Bravo habe ich geschrien", antwortete der Gefragte.

„Das habe ich gehört; oder haltet Ihr mich für taub? Warum Ihr es gerufen habt, das will ich wissen."

„Aus Vergnügen darüber, daß Euch Mr. Shatterhand eine so vorzügliche Belehrung erteilt hat."

„Belehrung? Wieso?"

„Erst werdet Ihr grob gegen mich, gebietet mir Schweigen und nennt mich ein wer-weiß-wieviel-höckeriges Kamel, weil ich mir erlaubte, eine ganz bescheidene Frage auszusprechen, und jetzt schlabbert Ihr selbst so unvergorenes Zeug, das Euch Old Shatterhand darüber zur Rede stellen muß! ‚Das könnt Ihr Euch doch denken', hat er gesagt, und ich rufe noch einmal bravo dazu!"

„Haltet den Schnabel, verehrtester Sir! Meine Frage ist ganz und gar sachgemäß gewesen."

„Die meine auch."

„Das denkt Ihr nur. Übrigens schreit man hier im Wilden Westen und in der Nähe von feindlichen Indianern nicht so laut bravo, daß die Lunge platzen möchte. Kommt, Mr. Shatterhand, lassen wir den Kerl sitzen!"

„Für immer?" fragte ich lächelnd.

„Nein, nur bis wir wiederkommen."

Ich übergab Parker meine Gewehre, dann gingen wir.

Das Gebüsch, das den Abfluß des Sees umsäumte, war nicht breit; es bildete einen schmalen Streifen, an den die offene Grasfläche stieß. Wir hielten uns an seinem Rand und fanden durch zahlreiche vorgeschobene Sträucher so viel Deckung, daß wir für den Fall einer Begegnung keine Sorge zu haben brauchten; wir konnten uns sehr schnell verbergen. Und als die Dämmerung vorüber und es völlig dunkel geworden war, wäre auch eine vorher begründete Befürchtung überflüssig geworden.

Die Lehre, die Old Wabble von Parker erhalten hatte, hielt nicht lange an, denn wir waren noch nicht sehr weit gegangen, da erkundigte er sich schon, natürlich leise: „Was hat das Blaue Wasser für eine Gestalt, Sir?"

„Es ist ein fast kreisrunder See, den ich lieber einen Teich oder Weiher nennen möchte, denn unter einem See versteht man eigentlich eine größere Wasserfläche."

„Wie groß ist er?"

„Ich habe zwanzig Minuten gebraucht, um ihn zu durchschwimmen."

„Dann ist er nicht gar so klein, denn ich habe gehört, daß Ihr ein vortrefflicher Schwimmer seid. Man erzählt sich, daß Ihr bei den Sioux habt ums Leben schwimmen müssen."

„Mehrere Male sogar."

„Und die besten Schwimmer dieser roten Bande sollen hinter Euch zurückgeblieben sein."

„Sonst lebte ich nicht mehr. Und wie schwimmt Ihr?"

„Wie ein Fisch."

„Wirklich?"

„Ja. Oder glaubt Ihr es nicht?"

„Da Ihr es sagt, muß es wohl wahr sein. Da seid Ihr mir aber über, denn ich wage nicht zu sagen, daß ich wie ein Fisch schwimme. Ihr seid übrigens nicht allzu fleischig gebaut."

„Ja, sehr viel Knochen mit lauter Haut und Runzeln, weiter

nichts. Aber glaubt Ihr, daß das ein Hindernis ist, ein guter Schwimmer zu werden?"

„Wenigstens behauptet man das."

„Oho! Wer diese Behauptung ausspricht, der versteht nichts von der Sache. Wer fett ist, der ist doch dick und breit, und es muß ihm eine schauderhafte Arbeit machen, durchs Wasser zu paddeln; ich dagegen bin lang und schmal und schieße förmlich durch die Flut. Es ist das genauso wie mit einer Pfeilspitze; ist sie lang und dünn, dringt sie schneller und tiefer ins Fleisch, als wenn sie kurz und dick wäre; *th'is clear.*"

Mir war die Sache nicht so „clear" wie ihm, doch durfte ich wohl annehmen, daß er nicht übel schwamm, wenn auch nicht grad wie ein Fisch. Übrigens sollte ich bald Gelegenheit haben, seine Geschicklichkeit kennenzulernen; zunächst glaubte ich ihm, obgleich sich ein Cowboy mehr auf dem Land und zu Pferd als im Wasser zu bewegen pflegt.

„Gibt es im Blauen Wasser Inseln?" fuhr er nach einer kleinen Weile fort.

„Nur eine, die nicht weit vom nördlichen Ufer liegt."

„Wenn es so finster bleibt, wie es jetzt ist, und die Roten keine Feuer brennen, wird es schwer sein, sie zu finden."

„Die Sterne werden in kurzer Zeit heller leuchten, und ich bin überzeugt, daß die Comanchen Feuer angebrannt haben. Es gibt keinen Grund für sie, anzunehmen, daß Feinde in der Nähe sind; sie wissen sich sicher und werden also nicht im Dunkeln sitzen."

„Wie wollen wir uns anschleichen?"

„Es gibt an dem See, und zwar der erwähnten Insel gegenüber, eine Stelle, die sich wie keine andere zum Lagern eignet; ich selbst habe zweimal mehrere Nächte dort zugebracht und möchte annehmen, daß die Indsmen dort sind. Das Gebüsch ist dicht und von hohen Bäumen überragt."

„Das ist nicht gut, denn da wird schwer durchzukommen sein. Meint Ihr nicht, Mr. Shatterhand?"

„Es ist leider so; aber wir müssen dennoch durch. Dazu wird wohl ein Umstand kommen, der unser Vorhaben wahrscheinlich doppelt schwermacht."

„Was ist das?"

„Es gibt zwischen dem Wasser und dem Gebüsch nicht Weide genug für die Pferde, ich muß also annehmen, daß diese sich nicht am Wasser, sondern diesseits des Waldstreifens befinden, wo Gras in Menge wächst."

„Heigh-ho! Da werden Wächter dabeisein!"

„Natürlich! Wir haben also das Lager vor und die Pferde mit den Wächtern hinter uns und befinden uns in einer Lage, die die größte Vorsicht erfordert, zumal die Indianergäule fast ebenso wachsam wie ihre Herren sind. Doch wollen wir jetzt nicht mehr sprechen, sondern aufmerksam sein."

Wir hatten ungefähr die Hälfte unseres Wegs zurückgelegt und mußten aufpassen, denn je näher wir dem See kamen, desto leichter war es möglich, daß wir auf etwa noch umherstreifende Indsmen stießen. Glücklicherweise war das nicht der Fall, und wir gelangten ohne eine solche unerwünschte Begegnung an die Stelle, wo das Wasser aus dem See abfloß.

Der Waldstreifen machte von hier aus einen weiten Bogen in die Grasebene hinaus, dem wir folgten, bis wir plötzlich anhielten, weil wir vor uns laute Stimmen hörten.

„Pa-gu!" rief jemand. *„Hetet-sha enuka?"* Das heißt: Pa-gu, wo bist du?

„Eiwe. – Hier", antwortete ein zweiter.

„Beite omi!" Das heißt: Komm her!

„Schai ka-tu lel. – Ich habe keine Zeit."

Hierauf trat wieder Stille ein. Ich sagte leise zu Old Wabble: „Das ist der dem Tonkawa ähnliche Dialekt der Racurroh-Comanchen; wir haben also die Gesuchten vor uns. Kennt Ihr vielleicht diesen Dialekt?"

„Ja."

„So habt Ihr die Worte verstanden?"

„Ja. Es rief einer den andern, der keine Zeit hat."

„Gut! Es ist mir sehr lieb, daß Ihr diese Sprache versteht, denn da könnt Ihr die Roten mit belauschen. Meine Voraussetzung ist eingetroffen: Wir haben die Pferde vor uns, es ist einer von den Wächtern gerufen worden. Geht jetzt hinter mir, aber so leise und vorsichtig wie möglich!"

Wir huschten hart am Rande des Gebüsches weiter, bis wir um eine hervortretende Zunge des Waldes bogen; da sahen wir ein Feuer, das in der Entfernung von vielleicht sechshundert Schritt vor uns auf der Grasebene brannte; mehrere Indianer saßen daran, um die Pferde zu bewachen, die rundum weideten.

„Ganz so, wie Ihr gedacht habt, Sir", sagte Old Wabble. „Da haben wir die Tiere, und hinter den Büschen und Bäumen werden ihre Besitzer am Blauen Wasser lagern."

„Das ist die Stelle, von der ich gesprochen habe; sie liegen da, wo ich schon zweimal gelagert habe. Jetzt müssen wir uns niederlegen, sonst sehen sie uns."

Wir krochen nun am Saum des Gebüsches weiter, bis das nicht mehr möglich war, ohne entdeckt zu werden. Vor uns gab es eine schmale Lücke in dem Gesträuch, die wie ein offener Pfad den Lager- mit dem Weideplatz verband; sie wäre für uns sehr bequem gewesen, wenn wir sie hätten benutzen können, was wir aber nicht durften. Die Roten liefen auf diesem Weg hin und her, und es fiel uns nicht ein, uns der Entdekkung auszusetzen. Wir wandten uns also nach rechts, um parallel mit diesem Pfad durch das Buschwerk zu dringen. Da dieses, wie bereits erwähnt, sehr dicht stand und wir jedes Geräusch vermeiden mußten, machte es uns große Mühe und dauerte sehr lange, ehe wir den jenseitigen Rand des Waldes erreichten und den Lagerplatz vor uns liegen sahen.

Es war ein Kriegslager. Zwar trugen die Indianer nicht die Kriegsfarben im Gesicht und hatten also hier einen längeren Aufenthalt beabsichtigt, doch war kein einziges Zelt vorhanden, was sicher der Fall gewesen wäre, wenn es sich nur um einen Jagdzug gehandelt hätte. Sie mußten sich hier völlig sicher fühlen, denn es gab nicht weniger als acht Feuer, bei deren Schein wir über hundertfünfzig Rote zählten. Sie hatten „Fleisch gemacht"; es hing in langen, dünnen Streifen an ausgespannten Riemen, um zu trocknen. Sie hatten also einen weiten Kriegszug vor, bei dem es keine Zeit zum Jagen gab oder der nach einer Gegend gerichtet war, in der sich weder Büffel noch anderes Wild befanden. Diese Gegend kannte ich; es war der öde, der heißen, sandigen Sahara völlig gleichende Llano Estacado.

Es lagen noch mehrere erlegte Büffel da, und die meisten der Indsmen waren beschäftigt, sie in Stücke zu teilen, das Fleisch von den Knochen zu trennen und es dann in Streifen zu schneiden. Andere hockten an den Feuern und brieten Fleisch. Die gebratenen Stücke lagen in Haufen neben ihnen, jedenfalls für das allgemeine Abendessen bestimmt. An zwei kleineren Feuern, die leider weit auseinanderlagen, saßen müßige Gestalten, die nicht arbeiteten, sondern sich unterhielten und dabei die Tabakspfeife, von der jeder nur einige Züge nahm, herumgehen ließen. Das waren wohl die „Chargierten", wenn es erlaubt ist, mich dieses Ausdrucks zu bedienen. Ich habe gesagt, die leider weit auseinanderlagen, denn wären diese zwei Gruppen beisammen gewesen oder hätten sie nur eine gebildet, hätte ich sie zusammen belauschen können; so mußten wir uns trennen, denn es stand fest, daß wir nicht fortgingen, ohne gehört zu haben, was gesprochen wurde.

Die Insel, die ich gegen Old Wabble erwähnt hatte, lag als dunkle Stelle, über der ein hellerer Schein schwebte, drüben auf dem Wasser. Wir hätten sie ohne diesen Schein gewiß nicht sehen können; er rührte wahrscheinlich von einem Feuer her, das zwischen den Büschen, die es dort auch gab, brannte. Das mußte mir auffallen, und ich fragte mich: Warum dieses Feuer auf der Insel? Ich ließ den Blick scharf von Gruppe zu Gruppe über das Lager gleiten und konnte mir dann diese Frage beantworten; es waren nur Indianer hier, kein Weißer war zu sehen.

Wir lagen eng nebeneinander unter einem wilden Baumwollstrauch, der uns verbarg; kein Auge richtete sich nach dieser Stelle.

„*Damn!*" flüsterte mir der Alte zu. „Ich habe die Kerls gezählt; es sind ihrer hundertvierundfünfzig; aber kein Weißer ist dabei. Sie werden Old Surehand doch nicht etwa schon getötet haben!"

„Nein."

„Nicht? Wie wollt Ihr das wissen?"

„Er ist noch da."

„Wo?"

„Da drüben auf der Insel."

„Auf der Insel? Ah! Ist es der dunkle Punkt dort im Wasser, über dem es hell wie von einem Feuer liegt?"

„Ja."

„Und Ihr meint, Old Surehand ist dort?"

„Er ist sicher dort."

„Das beruhigt mich, obgleich es mir sonderbar vorkommt, daß sie ihn nicht hier im Lager haben."

„Mir nicht. Da drüben ist er ihnen sicherer als hier."

„Wieso? Hier können ihn über dreihundert Augen bewachen, dort nicht."

„Mr. Cutter, seht Ihr denn nicht ein, daß ein Gefangener von einem rings mit Wasser umgebenen Ort viel schwerer entkommen kann als von hier, obgleich es dort weniger Augen zu seiner Bewachung gibt?"

„Hm, mir scheint, sie hätten ihn hier wenigstens ebenso sicher, denn jedenfalls ist er gefesselt."

„Gefesselt ist er bestimmt; aber sie haben mit allen Möglichkeiten zu rechnen, also auch mit der, daß der Zufall Leute herbeiführt, die das Lager und folglich auch den Gefangenen entdecken. Das wollen sie vermeiden."

„Wenn das richtig ist, brauchen wir uns nicht darüber zu freuen, Mr. Shatterhand."

„Warum nicht?"

„Wir wollen ihn doch befreien?"

„Allerdings."

„Nun, hier könnten wir uns vielleicht an ihn schleichen, und das ist unter den jetzigen Verhältnissen unmöglich."

„Pshaw! Mir ist es viel lieber, daß sie ihn nicht hier im Lager haben. Ihr werdet mir bald recht geben. Zunächst möchte ich die Indsmen belauschen."

„Erlaubt mir, Euch zu sagen, daß wir uns da in eine Gefahr begeben, ohne vielleicht etwas davon zu haben! Ich bin nicht furchtsam und wage alles, was Ihr wagt; doch selbst wenn es uns gelingt, sie zu belauschen, was sollen wir Wichtiges hören?"

„Wichtig oder nicht, ich versuche es. Ich habe mich viele Male an Feinde geschlichen und dabei fast stets etwas erfahren, was mir genutzt hat. Ich möchte sogar behaupten, daß dieses Belauschen nicht wenig zu meinen und Winnetous Erfolgen beigetragen hat; ich habe es von ihm gelernt. Ihr fragt, was wir hören werden? Das natürlich, was sie sprechen. Und wovon werden sie reden? Von dem, was hier geschehen ist und was sie vorhaben, also wahrscheinlich von dem Gefangenen und von dem Kriegs- und Raubzug, den sie beabsichtigen. Wir wagen allerdings viel, und wenn ich auch gern glaube, daß Ihr Euch nicht fürchtet, so ist es mir, offen gestanden, wenn Ihr damit einverstanden seid, lieber, daß ich die Gefahr, von der Ihr redet, auf mich allein nehme."

„Warum lieber?"

„Weil ich nicht weiß, ob Ihr der Sache gewachsen seid."

„Oho! Habe ich bisher einen Fehler gemacht? Habe ich nicht bewiesen, daß ich das Anschleichen verstehe?"

„Bisher, ja; doch das war verhältnismäßig leicht; nun freilich wird es weit schwieriger."

„Pshaw! Das kann ich auch!"

„Wirklich? So will ich Euch vertrauen. Ihr seht die beiden kleineren Feuer, an denen die Krieger in müßiger Unterhaltung sitzen; zu diesen müssen wir. Für Euch ist das, was uns näher liegt; der Busch reicht fast ganz bis dorthin, und die

Deckung, die Ihr dadurch findet, erleichtert Euch die Annäherung, während ich es bei dem andern, das dicht am Wasser liegt, viel schwieriger habe. Seid Ihr einverstanden?"

„Ja, obgleich es keine große Ehre für mich ist, daß Ihr für Euch die größere Gefahr wählt."

„Das ist keine Schande für Euch. Hört zu, was ich Euch sage! Wir kehren hierher zurück. Wer zuerst ankommt, der gibt dem andern ein Zeichen, daß er fertig ist. Dieses Zeichen darf den Roten nicht auffallen. Ihr hört die Unken rufen; ein solcher Ruf wird keinen Verdacht erregen. Werdet Ihr ihn nachahmen können?"

„Ich denke es."

„Dann ruft Ihr, sobald Ihr wieder hier seid, viermal, den zweiten und dritten Ruf schneller hintereinander als die andern. Versteht Ihr mich?"

„*Yes.*"

„Ich werde es, falls ich eher hier bin als Ihr, ebenso machen. Werdet Ihr entdeckt, so . . ."

„Entdeckt?" fiel er mir in die Rede. „Werde mich sehr hüten, mich sehen zu lassen."

„Sagt das nicht. Der schlaueste und vorsichtigste Westmann kann bei einer solchen Gelegenheit Unglück haben. Also, wenn Ihr entdeckt werdet, brecht Ihr schleunigst, ohne auf mich Rücksicht zu nehmen, durch das Gebüsch und kehrt zu unserm Lagerplatz zurück; ich komme nach."

„Und wenn man Euch sieht?"

„So fliehe ich auch, und Ihr folgt mir so bald und so gut, wie es möglich ist. Habt Ihr noch eine Frage?"

„Nein. Meine Aufgabe habe ich erhalten, und ich werde sie lösen; *th'is clear.*"

„Mag Euch das gelingen! Also vorwärts!"

„Ja, vorwärts, Sir! Ihr sollt mit mir zufrieden sein. Gleich werdet Ihr mich nicht mehr sehen!"

Er machte diese Worte wahr, indem er links in die Büsche kroch und darin verschwand. Ob er keinen Fehler begehen würde? Ich war nicht ganz ohne Sorge darüber.

Meine Aufgabe war, wie bereits gesagt, weit schwerer als die seine. Das Feuer, zu dem ich wollte, lag in der Nähe des Wassers, und es gab zwischen mir und ihm nichts, was mir als Dekkung diente. Wie also hinkommen, und wie längere Zeit dort liegen, ohne gesehen zu werden? Das war die Frage. Ond ich wollte nicht nur, sondern ich mußte hin, denn einer der dort sitzenden Indianer hatte eine Feder des weißen Kriegsadlers im Haar, und ich hielt ihn also, obgleich ich sein Gesicht nicht sehen konnte, für Vupa-Umugi, den Häuptling der Comanchen.

Es gab nur einen Weg dorthin, nämlich zu Wasser, und der war, wenn nicht kaum möglich, aber doch so schwer, daß ich mir sagte, ich hätte beim Beschleichen noch nie so viel gewagt, wie ich jetzt zu wagen im Begriff stand. Das Ufer war mit Schilf besetzt; diesen Umstand wollte ich nutzen. Ich war gezwungen, mich zu entkleiden, und mußte dazu wegen meiner hellen Hautfarbe eine dunkle und abgelegene Stelle aufsuchen. Rechts, nicht weit vom entferntesten Feuer, trat das Gebüsch ganz an das Wasser; dorthin kroch ich, zog mich aus, nahm einige Riemen, die ich bei mir trug, aus der Tasche, dazu das Bowiemesser und versteckte dann die Kleider in dichtem Gebüsch. Hierauf schnitt ich so viel Schilf ab, wie ich brauchte, band es zu einem möglichst natürlich aussehenden Busch zusammen und steckte ihn mir so über den Kopf, daß er mir auf den Schultern stand. Nachdem ich eine Lücke, durch die ich sehen konnte, gemacht hatte, stieg ich ins Wasser, um den gefährlichen Weg anzutreten.

Ich hatte, gehend oder schwimmend, dafür zu sorgen, daß dieser Busch stets in gleicher Höhe mit dem Uferschilf blieb. Wenn ich so, langsam, sehr langsam, damit ich keine Aufmerksamkeit auf mich zog, mich dicht am Land zu dem Feuer hinbewegte, mußte man meinen seltsamen Schopf für feststehendes Schilf halten, und ich durfte hoffen, glücklich ans Ziel und wieder zurück zu gelangen. Im Fall einer Entdeckung, die keineswegs ausgeschlossen, sondern sehr leicht möglich war, nahm ich mir vor, quer über den See zu fliehen und dann heimlich wiederzukommen, um meine Kleider zu holen.

Zunächst war das Wasser seicht; ich mußte mich hinlegen und im Schlamm vorwärts kriechen. Es ging durch scharfes, schneidendes Schilf, und ich hatte mich sehr in acht zu nehmen, mich nicht zu verletzen. Als ich in tieferes Wasser gelangte, konnte ich gehen. Später verlor ich den Grund unter den Füßen, was mich zum Schwimmen nötigte. Der ganze Weg, den ich zurückzulegen hatte, war nicht über sechzig Meter lang; aber es lag noch nicht die Hälfte hinter mir, als schon über eine halbe Stunde vergangen war. Die Roten durften eben nicht bemerken, daß sich meine Schilfmaske bewegte.

Auf diese Weise konnten Stunden vergehen, ehe ich wieder mit Old Wabble zusammentraf.

Glücklicherweise trat jetzt ein Umstand ein, der mir sehr zu Hilfe kam. Ich hörte laute Rufe erschallen, und als ich nach der Ursache suchte, sah ich zwei Indianer, die aus dem Gebüsch getreten waren, auf dem Lagerplatz erscheinen. Es waren die beiden Comanchen, die ich gestern abend niedergeschlagen hatte. Der Häuptling hatte sie dem fliehenden Old Wabble nachgeschickt; jetzt kamen sie wieder, und natürlich wollte jedermann wissen, welchen Erfolg sie gehabt hatten. Sie lenkten die allgemeine Aufmerksamkeit auf sich, auch die des Häuptlings. Wenn er ihnen auch nicht entgegenlief wie die meisten andern, so stand er doch auf und drehte sich zu ihnen um. Sein Gesicht und aller Augen waren jetzt vom Wasser abgewandt. Das nutzte ich, so daß ich mich nach kaum einer Minute an der Stelle befand, die ich hatte erreichen wollen. Ich wühlte meinen hellen Körper in den schlammigen Grund des seichten Ufers ein, legte mich auf die Vorderarme und konnte nun, das Gesicht über Wasser, alles, was vorging, bequem beobachten. Da mir der Schilfbusch auf den Schultern saß, schien er im Wasser zu stehen, und weil es zu beiden Seiten von mir ebenfalls Schilf gab, durfte ich mich für jetzt sicher fühlen.

Es war die höchste Zeit, denn gerade als ich die beschriebene Lage eingenommen hatte, waren die beiden Comanchen bis zu dem Feuer des Häuptlings gekommen, der sie mit den Worten empfing: „Ich sehe an keinem von euern Gürteln den Skalp dessen, den ihr töten solltet. Seid ihr blind geworden, daß ihr seine Spur verlort? Oder haben eure Pferde die Beine gebrochen, daß ihr ihn nicht einholen konntet?“

Der eine sagte nichts und blickte verlegen zu Boden; der andere war dreister; er sah dem Häuptling frei ins Gesicht und antwortete: „Wir haben unsere Augen behalten, und die Beine unserer Pferde sind gesund geblieben.“

„Wo ist der Skalp?“

„Er befindet sich auf dem Kopf dessen, dem wir ihn nehmen sollten.“

„So ist dieses Bleichgesicht nicht tot?“

„Es lebt.“

„Ihr habt es entkommen lassen?“ Seine Augen blitzten drohend, als er das in überlautem, zornigem Ton fragte.

„Er ist uns entgangen“, antwortete der andere, den Blick des Häuptlings ruhig aushaltend.

„So seid ihr lahme Hunde, die man keiner Kröte nachsenden darf, die zu schnell für sie ist! Ich werde euch zurückschicken in die Zelte der alten Weiber, zu denen ihr gehört."

„Du bist Vupa-Umugi, unser Häuptling des Krieges, dessen Befehle wir zu befolgen haben; aber wenn du Befehle erteilst, die nicht auszuführen sind, darfst du die nicht beschimpfen, die sich vergeblich Mühe geben. Wir sind keine lahmen Hunde, sondern tapfere, erfahrene Krieger, sonst hättest du uns nicht ausgewählt, dem Bleichgesicht zu folgen. Wir gehen nicht zu den alten Weibern. Steht der Mund über den Ohren? Warum sprichst und urteilst du, ehe du gehört hast, warum wir den Skalp nicht bringen?"

Das war kühn gesprochen; dieser Mann war sicherlich kein Hasenfuß. Man erzählte sich von der Grausamkeit Vupa-Umugis viele Geschichten; er zeigte diese Eigenschaft wohl nicht nur gegen Weiße, sondern hatte sich auch oft gegen Stammesgefährten rücksichtslos erwiesen; man achtete ihn als Krieger, aber man liebte ihn nicht; es hatte sich eine Erbitterung gegen ihn angehäuft, die bei Gelegenheiten wie dieser hervorbrach. Das Verhalten des wackeren Untergebenen war mutig, aber keineswegs verwegen. Ein Indianerhäuptling ist nichts weniger als ein absoluter Herrscher; er wird von dem Stamm gewählt; er behält seine Würde, solange er sich durch Erfahrung, Klugheit und Kühnheit zu halten weiß, aber er kann in jedem Augenblick durch die Versammlung der Alten abgesetzt werden und ist dann weniger, als er vorher war. Vupa-Umugi wußte das; ich sah es ihm an, daß ihn der Vorwurf des Kriegers in Wut versetzte; seine Hand zuckte zum Gürtel, in dem er das Messer stecken hatte; doch er bezwang sich und sagte in nicht ganz beherrschtem Ton:

„Du sollst erzählen, und ich werde hören und dann sagen, ob ihr noch zu den Kriegern der Comanchen zu rechnen seid."

Er setzte sich nieder; die vorhin bei ihm gesessen hatten, nahmen ebenfalls wieder Platz, und als das geschehen war, begann der Comanche, den Verlauf seines Verfolgungsritts zu erzählen. Man hörte ihm zu, bis er zu den Worten kam: „Da traf uns plötzlich ein Schlag an den Kopf, und wir fielen tot nieder. Als wir wieder lebendig wurden, waren wir gefesselt und an einem Baum festgebunden."

„Gefesselt und festgebunden?" brauste da der Häuptling auf. „Ohne euch gewehrt zu haben?"

„Kann sich der Häuptling der Racurrohs gegen einen Feind wehren, den er nicht sieht?“

„Nein, aber ich würde jeden Feind sehen, der es wagen wollte, mich anzugreifen!“

„Diesen nicht!“

„Diesen? So weißt du, wer er war?“

„Ja.“

„Nenne seinen Namen!“

„Old Shatterhand.“

„Uff!“ rief der Häuptling, indem er halb emporfuhr und dann wieder niedersank.

„Uff, uff, uff, uff!“ riefen auch die andern.

„Old Shatterhand!“ stieß er hervor. „Dieser bleiche Hund, den die Krieger der Comanchen schon so oft in ihren Händen hatten und der ihnen doch stets wieder entgangen ist! Oh, wäre ich an eurer Stelle gewesen!“

„Dir wäre es gradso ergangen wie uns!“

„Schweig! Ich bin Vupa-Umugi und hätte mich nicht von ihm beschleichen lassen!“

„Wir sind nicht beschlichen und überfallen worden, wir waren es, die das entflohene Bleichgesicht beschleichen wollten. Konnten wir wissen, daß es auf andere Weiße getroffen war? Und konnten wir ahnen, daß sich Old Shatterhand, der stets Unbesiegte, bei diesen Weißen befand?“

„Nein, aber ihr mußtet vorsichtiger sein!“

„Wir sind es gewesen. Als wir das Feuer rochen, ließen wir sogleich unsere Pferde zurück und schlichen unhörbar vorwärts, um zu sehen, wer daran saß. Niemand hätte uns entdeckt und ergriffen, sondern wir hätten uns alle ihre Skalpe geholt, wenn nicht Old Shatterhand, der alles weiß und der auch ahnte, daß wir kommen würden, uns entgegengegangen wäre. Er saß im Dickicht und lauschte. Es war dunkle Nacht, und wir konnten ihn nicht sehen, wie ebenso deine Augen ihn nicht erblickt hätten. Als wir ihn erreichten, sprang er auf und schlug uns nieder. Meine roten Brüder haben alle von seiner starken Hand gehört?“

Er richtete diese Frage an alle, die um ihn standen.

„Hehe, hehe! – Ja, ja!“ wurde ihm geantwortet.

„Und daß jeder, den sie trifft, tot niederstürzt?“

„Hehe, hehe!“

„Glaubt ihr, daß es euch anders ergangen wäre als uns, daß ihr ihn gesehen hättet und ihm entkommen wärt?“

„*Aga, aga!* – Nein, nein!“

Er war ein kluger Verteidiger seiner Sache, indem er die ihm Gleichstehenden nach ihrem Urteil fragte; ihre Zustimmung bildete für ihn eine Schutzmauer gegen den Zorn des Häuptlings. Er erzählte weiter und wurde von Vupa-Umugi nicht wieder unterbrochen, bis er zu Ende war. Als er seinen Bericht geschlossen hatte, fragte er: „So handelte Old Shatterhand, den die Krieger der Comanchen ihren Feind nennen. Ahnt einer von ihnen, wer das andere Bleichgesicht war, das wir verfolgt haben?“

Sie verneinten es.

„Und doch haben wir alle oft von diesem Weißen gehört.“

„Ich sah ihn, als er durch unsere Schar hindurchritt, als ob ihn keine Kugel treffen und keine Waffe verwunden könnte, kannte ihn aber nicht“, bemerkte der Häuptling.

„Sein Haar war lang und weiß wie der Schnee der Berge; sahst du das nicht?“

„Ich sah es.“

„In sein Gesicht haben über neunzig Winter ihre Falten eingegraben. Es gibt nur ein einziges Bleichgesicht, das so viele Jahre zählt, so weißes Haar besitzt und ein so kühner Reiter ist, sein Pferd und sich unverletzt durch zehnmal fünfzig feindliche Reiter zu drängen.“

„*Uff, uff!*“ rief da der Häuptling. „Mein roter Bruder scheint Old Wabble zu meinen?“

„Ja, den meine ich.“

„Dieser ist's gewesen, dieser! Als er uns entkam, hatte uns der gute Geist verlassen. Kein anderes jetzt noch lebendes Bleichgesicht hat so oft das Blut der roten Männer vergossen wie dieser lang- und weißhaarige Hund. Wäre er in unsere Hände gefallen, hätte sich ein Freudengeheul erhoben, so weit die Zelte der Comanchen stehen. Doch ist er uns nur für dieses Mal entkommen; wir werden ihn wiedersehen und sicher ergreifen, vielleicht morgen oder am nächsten Tag schon!“

„Willst du ihm andere und mehr Krieger nachsenden, als wir gewesen sind?“

„Nein.“

„Was dann?“

Auf diese allerdings etwas ungebührliche Frage antwortete der Häuptling in leichtem Ton und indem er eine beinahe wegwerfende Handbewegung machte: „Mein roter Bruder ist ein gewöhnlicher Krieger und wagt es dennoch, den obersten

Kriegsanführer der Racurrohs zu fragen, was er tun will. So eine Frage steht dir nicht zu; aber ich will es dir dennoch sagen, damit du siehst, daß ich gesonnen bin, euch das Mißlingen eures Rittes zu verzeihen. Wir brauchen Old Wabble nicht zu folgen, denn er wird kommen."

„Er kommt nicht", behauptete der Krieger trotz des Verweises, den er erhalten hatte.

„Er kommt!" rief der Häuptling im Ton der Überzeugung.

„Wir aber wissen, daß er nicht kommt."

„Er hat Hilfe holen wollen, um das Bleichgesicht, das drüben auf der Insel gefesselt liegt, zu befreien; er hat zehn Bleichgesichter gefunden, deren Anführer Old Shatterhand ist; sie werden kommen."

„Sie wären krank im Kopf, wenn sie glaubten, daß elf Weiße uns besiegen können!"

„Old Shatterhand ist bei ihnen. Bleichgesichter, die er anführt, wagen alles."

„Sie wissen nicht, wo wir uns befinden."

„Sie werden es erfahren."

„Wer soll es ihnen verraten?"

„Eure Fährte, der sie folgen werden."

„Old Shatterhand hat uns versprochen, nicht nach unserer Fährte zu forschen."

„Er wird es dennoch tun."

„Nein, er ist kein Lügner. Niemand hat jemals gehört, daß er sein Wort gebrochen hat."

„Es würde meinem jungen roten Bruder besser anstehen, zu schweigen, statt in Gegenwart älterer Krieger seinem Häuptling zu widersprechen."

Das war ein neuer scharfer Verweis, aber Vupa-Umugi war bei den Seinen nicht beliebt, und sie gönnten ihm den Ärger; der Comanche sah die Blicke seiner gleichaltrigen Kameraden ermunternd auf sich gerichtet und fuhr fort: „Ich weiß, daß meine Jahre nicht an die der alten und weisen Männer reichen, doch da es keiner von ihnen war, sondern ich es gewesen bin, der jetzt bei Old Shatterhand gewesen ist, der mit ihm gesprochen und sein Wort erhalten hat, so wird es mir erlaubt sein, zu sagen, was ich dort und von ihm gehört habe."

Da antwortete ein grauhaariger Indianer, der neben dem Häuptling saß und gewiß der älteste von allen war: „Mein junger Bruder mag getrost sprechen. Wenn das Beil des Krieges ausgegraben wurde, kann alles, was sonst überflüssig ist, wichtig sein, und das Wichtigste, was es gibt, ist ein Zusammentreffen mit Old Shatterhand. Wo man ihn sieht, da ist Winnetou, der Häuptling der Apachen, niemals fern. War er mit dabei?"

„Er war nicht da", antwortete der Krieger, sichtlich stolz darauf, daß dieser Alte ihn in Schutz genommen hatte.

„Auch nicht in der Nähe?"

„Wir haben kein Zeichen davon bemerkt."

„Welche Worte gebrauchte Old Shatterhand, als er euch sein Versprechen gab?"

Der Gefragte dachte eine kleine Weile nach und antwortete dann: „Ich sprach zu ihm folgendermaßen: ‚Werdet ihr uns nachspüren, um zu erfahren, wohin wir reiten?' Er antwortete: ‚Nein, ich gebe euch mein Wort darauf.' Das ist ganz genau die Rede, die mein alter Bruder erfahren will."

„Wenn Old Shatterhand so redet, dann ist es so viel wert, als wenn er die Pfeife des Schwurs dabei geraucht hätte. Er hält sein Versprechen und hat euch nicht nachgespürt. *Howgh!* Meine jungen Brüder können sich entfernen; wir wissen nun, was wir erfahren wollten."

Die beiden Comanchen gingen und mit ihnen alle andern, die sich dem Feuer neugierig, wenn auch ehrerbietig genähert hatten. Auch die, die an dem Feuer gesessen hatten, das Old Wabble beschleichen sollte, waren vorhin fortgegangen, und da es daher dort nichts zu belauschen gab, nahm ich an, daß Old Wabble wieder zurückgeschlichen war. Es zeigte sich auch gleich, daß ich richtig vermutet hatte, denn jetzt ertönte der viermalige Unkenruf so, wie es zwischen uns verabredet worden war.

Sollte auch ich meinen Platz verlassen? Der gegenwärtige Augenblick war günstig dazu, denn indem die Roten an ihre Feuer zurückkehrten, entstand ein Hin- und Herlaufen, bei dem nicht zu erwarten war, daß man auf meinen sich fortbewegenden Schilfbusch achten würde. Aber ich sagte mir, daß man an meinem Feuer jetzt noch weiter über den Gegenstand sprechen würde, und das wollte ich gern hören. Für meinen Rückzug hoffte ich bald einen ebenso passenden Augenblick zu finden. Es war noch nicht gegessen worden. Man wollte damit wahrscheinlich warten, bis genügend Fleisch für alle fertiggebraten war. Nachher durfte ich auf ein gleiches Durcheinander hoffen, das mir noch bessere Gelegenheit zum unbemerkten Verschwinden geben würde. Ich blieb also noch länger im Wasser oder vielmehr im Schlamm liegen.

Der Häuptling schien erzürnt darüber zu sein, daß sich der Alte eingemischt hatte, denn er sagte jetzt, als die jungen Krieger fort waren, zu ihm: „Hat mein Bruder nicht bedacht, daß es die Würde des Anführers kränkt, wenn ein junger Mann gegen ihn in Schutz genommen wird?“

Der Alte antwortete: „Die Würde eines Häuptlings wird am meisten dann gekränkt, wenn er gegen diese handelt. Wir alle glauben, daß Old Shatterhand sein Wort hält; nur du allein bist von dem Gegenteil überzeugt.“

„Weil ich diesen weißen Hund kenne.“

„Wir kennen ihn auch. Auf seiner Zunge hat noch nie eine Lüge gewohnt.“

„Ja, aber diese Zunge weiß so klug zu sprechen wie keine andere. Er ist das ehrlichste der Bleichgesichter; doch wenn er überlistet werden soll, ist er der listigste aller Füchse, und seine Zunge gleicht dem Morgengrauen, auf das Sonnenschein, aber auch böses Wetter folgen kann. Er lügt nicht, das ist wahr; was er verspricht, das hält er, und zwar so, wie er es meint, nicht, wie man es wünscht. Die Worte, die er zum Feind spricht, sind wie die Pulverkörner, die scharf abgewogen werden müssen, bevor man sie in den Lauf des Gewehrs schüttet.“

„So meint Vupa-Umugi, daß sein Versprechen, unsern beiden Kriegern nicht nachzuspüren, wohin sie reiten, auch anders ausgelegt werden könnte?“

„Nein. Er hat nicht nachspüren wollen und wird es also nicht tun; aber er hätte dieses Versprechen gewiß nicht gegeben, wenn er nicht einen andern Weg wüßte, es zu erfahren.“

„Es gibt keinen andern!“

„Das denkt mein alter Bruder; ich dagegen denke es nicht, obgleich ich selbst auch keinen weiß. Wie oft hat man von Old Shatterhand erzählt, daß er alles weiß, was er wissen will. Ob er mit dem guten oder mit dem bösen Manitou im Bund steht, der ihm alles sagt? Ich behaupte, er weiß ganz genau, daß wir hier am Saskuan-kui lagern.“

„Das ist nicht möglich, denn niemand hat es ihm mitgeteilt. Aber selbst wenn er es wüßte, ist das noch kein Grund, anzunehmen, daß er hierherkommt.“

„Er will den Gefangenen befreien.“

„Kennt er ihn?“

„Ich weiß es nicht.“

„Und wenn er ihn kennt, ist er ihm ein so guter Freund, daß

er sich in die Gefahr begibt, für ihn von uns getötet zu werden?"

„Er nimmt sich jedes Bleichgesichts an!"

„Auch dann, wenn er nur elf Mann gegen hundertfünfzig Krieger zu setzen hat?"

„Er zählt die Feinde nicht und braucht sie nicht zu zählen, denn er hat eine Zauberflinte, mit der er ununterbrochen schießen kann. Und weiß mein alter Bruder nicht, daß er trotzdem gern den Kampf vermeidet, nicht aus Furcht, sondern weil er nicht gern das Blut eines Menschen vergießt? Dann greift er zur List, und seine Verschlagenheit ist fast noch mehr zu fürchten als sein Zaubergewehr. Er wird kommen, nicht um mit uns zu kämpfen, sondern um uns den Gefangenen mit List zu entreißen."

Der Alte wurde nachdenklich. Er wiegte den grauen Kopf ernst und bedächtig hin und her und sagte nach einer Weile: „Die Worte Vupa-Umugis können meine Gedanken nicht anders machen; aber wenn das Beil des Krieges ausgegraben ist, soll man alles, was sonst nur einmal überlegt wird, zehnmal überlegen und darf nicht das Gute, sondern nur das Böse erwarten. Ich sage, Old Shatterhand kommt nicht; du sagst, er kommt. Nehmen wir also an, daß wir ihn zu erwarten haben; um so besser ist es dann, wenn er wegbleibt."

„Besser? Fürchtet sich mein alter Bruder vor ihm? Ich wünsche sehr, daß er kommt. Wir würden ihn ergreifen und ihm den Marterpfahl errichten, an dem er mit Old Wabble sterben müßte."

„Willst du den Wind ergreifen, der dir zwischen den Fingern hindurchweht?"

„Ist Old Shatterhand Luft? Ist er nicht schon mehrmals Gefangener der Comanchen gewesen?"

„Das weiß ich wohl; aber wurde er uns nicht immer wieder aus der Hand geweht?"

„Wenn ich ihn einmal habe, werde ich ihn festhalten!"

„So mach die Hände auf, wenn er kommt, und sieh zu, wie er dir hineinläuft."

„Er läuft hinein! Ich weiß sogar die Zeit."

„Wann?"

„Morgen. Unsere beiden Krieger sind des Nachts von ihm fortgeritten, und er ist gewiß erst am Morgen dort aufgebrochen. Sie haben also einen Vorsprung vor ihm. Da sie heut abend eingetroffen sind, wird er morgen dasein."

„Hier?“

„Nein, denn ich werde ihn gar nicht so weit kommen lassen, sondern ihm am Rio Pecos fangen.“

„Weißt du die Stelle, an der er den Fluß überqueren wird?“

„Ja, es ist die Furt, die er wahrscheinlich kennt. Kennt er sie nicht, wird er nach einer suchen und sie finden.“

„Old Shatterhand braucht keine Furt; er ist ein unübertrefflicher Schwimmer.“

„Daran denke ich auch. Ich lasse eine lange Strecke des Ufers besetzen; dann wird er mir nicht entgehen. Wäre Nale-Masiuv – Vierfinger – schon da mit seinen hundert Kriegern, könnten wir sie auf eine noch längere Strecke verteilen, er kommt aber erst in drei Tagen.“

In diesem Augenblick erschallte der Ruf *„Yakha!* – Essen!“ und alles eilte zu den Feuern, an denen gebraten worden war. Auch der Häuptling stand, seiner Würde angemessen, langsam auf und ging, um sich das, was er essen wollte, selbst auszusuchen. Das war für mich die beste Gelegenheit, mich zu entfernen. Ich warf noch einen forschenden Blick über den Lagerplatz; kein Mensch sah zum Ufer und zu der Stelle, an der ich lag; die Aufmerksamkeit war nur auf das Fleisch gerichtet. Ich schob mich in das tiefere Wasser zurück und schwamm dann schnell fort, mir keine Mühe gebend, unentdeckt zu bleiben. An dem Ort, wo ich mich entkleidet hatte, glücklich angelangt, stieg ich an Land, legte meine Kleidung wieder an und kroch dorthin, wo mich Old Wabble erwartete; den Schilfbusch nahm ich mit.

Ich näherte mich ihm so leise, daß mich der Alte nicht hörte und sehr erschrocken zusammenfuhr, als ich ihn berührte.

„Alle Donner! Seid Ihr es, Sir, oder ist's ein Roter?“ fragte er.

„Ich bin es“, antwortete ich.

„Well! Wärt Ihr es nicht, würde ich dem Kerl mein Messer in den Leib geben!“

„Das würdet Ihr nicht, Mr. Cutter.“

„Nicht? Warum sollte ich nicht?“

„Weil Ihr nicht könntet, denn Ihr hättet das seine schon längst in Euerm Leib.“

„Oho!“

„Jawohl! Was habt Ihr denn für Ohren?“

„Patentohren; *th'is clear.*“

„Dann schade um das schöne Patent, denn die Ohren taugen nichts! Ihr lagt so still; es war keine Bewegung ringsumher, und doch habt Ihr nichts gehört, als ich kam. Wenn es nun ein Comanche statt meiner gewesen wäre?"

„So hätte ich ihn gehört, denn es ist unmöglich, daß ein anderer so geräuschlos ist wie Ihr. Habt Ihr gute Geschäfte gemacht, Sir?"

„Ich bin zufrieden."

„Ich auch."

„Was habt Ihr erlauscht?"

„Scheinbar wenig, eigentlich jedoch sehr viel. Old Surehand wird nämlich nur von zwei Roten bewacht."

„Wo?"

„Ah, das möchtet Ihr gern wissen?"

„Natürlich!"

„Ja, das glaube ich. Aber wenn ich nicht wäre, würdet Ihr es nicht erfahren."

„Bildet Euch das nicht ein, Mr. Cutter! Ich brauche Euch nicht dazu; ich weiß es ebensogut wie Ihr."

„Nun, wo ist er?"

„Drüben auf der Insel."

„Das habt Ihr schon vorher angenommen; es ist allerdings nur eine Vermutung."

„Es ist Gewißheit; ich habe es von dem Häuptling Vupa-Umugi erlauscht."

„Der sprach davon?"

„Ja."

„Dieser Esel! Ich gedachte, Euch eine große Freude zu machen, indem ich Euch sagen wollte, daß Eure Vermutung richtig gewesen ist."

„Grämt Euch nicht darüber, Sir! Was habt Ihr außerdem erfahren?"

„Nichts. Ich glaubte, Euch wunder was Wichtiges sagen zu können; da Ihr es aber ebenfalls erlauscht habt, ist es gradsogut, als ob ich gar nichts erfahren hätte. Das ist ärgerlich! Wahrscheinlich hätte ich noch mehr gehört, da kamen freilich die beiden Comanchen von gestern, und alles lief von dem Feuer fort, an dem ich lag. Ihr habt mehr erfahren als ich?"

„Ja."

„Was?"

„Davon später. Hier ist nicht der geeignete Ort zu einer Unterhaltung. Wollen wieder weg."

„Wohin?"

„Zunächst hinaus ins Freie, und zwar auf demselben Weg, auf dem wir hereingeschlichen sind."

„Also durch dick und dünn. Und das nennt dieser Old Shatterhand einen Weg!"

Wir mußten bei unserem Rückzug ebenso vorsichtig sein wie bei unserem Kommen, gelangten aber auch ebenso glücklich aus dem Bereich der Indianer. Die Sterne schienen jetzt leidlich hell, und als wir die früher erwähnte vorgeschobene Buschzunge hinter uns hatten, konnten wir uns aufrichten und so sorglos weitergehen, als wäre kein einziger Comanche in der Nähe.

„Es scheint, Ihr wollt zu unserm Lagerplatz?" erkundigte sich Old Wabble.

„Wohin sonst?"

„Hm! Ihr werdet mich wahrscheinlich auslachen, aber ich hatte mir im stillen eingebildet, daß wir Old Surehand gleich mitbringen würden."

„Das ist allerdings eine kühne Einbildung gewesen."

„Weil die Verhältnisse anders liegen, als ich dachte. Befände sich der Gefangene nicht auf der Insel, sondern am Ufer, wäre seine Befreiung eins, zwei, drei vor sich gegangen."

„Das verstehe ich nicht."

„So will ich mich anders ausdrücken: Hinschleichen – Fesseln zerschneiden – aufspringen – fortlaufen – Indianer hinterher – wir nach unserem Lagerplatz rennen – auf die Pferde springen – weggaloppieren – fertig!"

„Das klingt, als ob so etwas unendlich leicht auszuführen sei. Habt Ihr vielleicht schon irgendeinen Gefangenen auf diese Weise befreit?"

„Nein, aber Ihr! Ihr habt sogar schon mehrere solche Streiche ausgeführt."

„Das ist kein Grund, daß es immer so gehen und stets so gelingen wird. Man hat sich nach den Umständen zu richten, die sich selten gleichen."

„Tut mir leid! Ich will Euch offen und ehrlich gestehen, daß ich gern vor unsere Kameraden, die alle keine richtigen Westmänner sind, mit einer vollendeten Tatsache treten wollte."

„Das heißt, Ihr wolltet gern ein wenig dicke tun?"

„Nennt es, wie Ihr mögt. Es ist wohl keine Schande, mit Euch einen Gefangenen, der dem Martertod geweiht ist, mitten aus hundertfünfzig Indianern herauszuholen."

„Eine Schande nicht!"

„Also! Diese Freude fällt mir nun in den Brunnen."
„Wieso?"
„Weil wahrscheinlich Sam Parker, Jos Hawley und die andern mithelfen sollen."
„Nicht, was man eigentlich helfen nennt. Sie werden unsere Rückzugslinie bilden; das ist alles."
„Wirklich?"
„Ja. Befreit wird Old Surehand nur von uns beiden, von Euch und mir."
„Das ist mir lieb, ungeheuer lieb."
„Ich setze dabei voraus, daß Ihr wirklich ein so guter Schwimmer seid, wie Ihr gesagt habt!"
„Wie ein Fisch, sage ich Euch, wie ein Fisch; *th'is clear.* Es soll also bei diesem Streich geschwommen werden?"
„Ja, da wir auf die Insel müssen."
„Richtig, Kähne gibt es nicht!"
„Ein Kahn oder ein Boot wäre gar nicht zu gebrauchen, man würde uns sehen. Also, Ihr getraut Euch, vom jenseitigen Ufer aus quer über den See zu der Insel zu schwimmen und auch wieder zurück?"
„Welche Frage! Ich sage Euch, ich schwimme von hier zum Mond, wenn genug Wasser dazwischen ist."
„*Well!* Dann ist die Sache sehr einfach. Wir schwimmen zur Insel, machen die zwei Wächter kampfunfähig, befreien Old Surehand von seinen Fesseln und schwimmen mit ihm zurück."
„Wie – was – wie?"
Er blieb stehen, faßte mich am Arm und fuhr fort: „Das geht ja bei Euch so schnell wie das Semmelbacken, Mr. Shatterhand!"
„Bei Euch ging es vorhin ja auch nur so eins, zwei, drei – fertig!"
„Ja, das war etwas ganz anderes! Ich wollte ihn zu Land befreien, nicht aber zu Wasser. Hier müssen wir vor allen Dingen wissen: Kann Old Surehand ebenfalls schwimmen?"
„Das wißt Ihr wohl am besten; Ihr kennt ihn ja!"
„Habe ihn noch nicht im Wasser gesehen."
„So? Ist auch nicht nötig, denn ein Westmann wie Old Surehand ist gewiß ein guter Schwimmer."
„Er ist gefesselt, das gibt Blutstockungen. Wird er seiner Arme und Beine so mächtig sein, daß er sogleich mit uns über den See schwimmen kann?"

„Ich denke es, denn man sagt ja, daß er ein überaus kräftiger Mann sei."

„Das ist er. Also, abgemacht: Er kann sofort mit uns schwimmen. Aber die Sterne, die Sterne!"

„Was ist mit denen?"

„Bemerkt Ihr denn nicht, daß sie immer heller werden?"

„Freilich."

„Nun, sie spiegeln sich im Wasser wider, das ist schlimm."

„Ihr wolltet ja soeben noch zum Mond schwimmen. Der irritiert Euch wohl nicht so sehr wie die Sterne?"

„Ich glaube gar, Ihr wollt Witze machen. Jedenfalls wißt Ihr recht gut, was ich meine. Die Sterne im Wasser werden uns verraten."

„Wem?"

„Den Wächtern auf der Insel."

„Das glaube ich nicht."

„Doch! Überlegt nur: Das Wasser des Sees mit den Sternen liegt ruhig vor ihnen; bei jeder Bewegung entstehen Wellen, und die Sterne schwanken hin und her, auf und nieder. Wenn wir angeschwommen kommen, gibt das eine solche Erschütterung des ganzen im Wasser strahlenden Firmaments, daß die Wächter unbedingt aufmerksam werden müssen."

„Was schadet das?"

Wir waren weitergegangen; jetzt blieb er wieder stehen, hielt mich an und fragte: „Was das schadet? Und das fragt ein Old Shatterhand! Eine solche Frage könnte mich nur von einem Greenhorn nicht wundern. Was das schadet! Die Kerls werden natürlich sofort um Hilfe brüllen; dann werfen sich sämtliche Comanchen ins Wasser, und es gibt eine Jagd, bei der wir verloren sind. Wenn wir noch so gut schwimmen, viele Hunde sind doch des Hasen Tod."

„Sie werden wohl nicht um Hilfe rufen", antwortete ich, indem ich ihn zum Weitergehen nötigte.

„Natürlich werden sie es! Sie sehen, daß zwei Menschen, zwei Weiße, kommen. Und wenn sie wirklich nicht schreien sollten, schicken sie uns einige Kugeln in die Köpfe."

„Auch das tun sie nicht."

„Sir, ich begreife Euch nicht."

„Sie werden uns gar nicht sehen."

„Nicht – wie – was? Nicht sehen, wenn das ganze Firmament im Wasser krabbelt und wabbelt?"

„Nein, denn wir werden uns maskieren."

„Maskieren? Das wird ja immer toller! Wie wollen wir uns maskieren? Etwa ihr als Domino und ich als Harlekin? Ich danke für solchen Karneval."

„Versteht mich richtig, Mr. Cutter! Unter maskieren verstehe ich soviel wie verstecken."

„Auch gut! Wohin wollt Ihr Euch denn im Wasser stecken?"

„Hinter Schilf."

„Das gibt's auf dem See nicht, sondern nur am Ufer."

„Wir nehmen welches mit."

„Unsinn! Kein Roter wird sich dadurch irremachen lassen."

„Ich kann Euch das Gegenteil beweisen.

„Wieso?"

„Ich habe vorhin so eine Maskerade getrieben, weil ich meinen Zweck auf keine andere Weise erreichen konnte."

„Wirklich?"

„Ja."

Ich erzählte es ihm; als ich fertig war, sagte er: „Hm, es ist nicht ganz so dumm, wie ich dachte! Ein einzelner Schilfbusch, das mag gehen, aber zwei? Wir bringen es doch wohl kaum fertig, ganz gleich zu schwimmen; die beiden Büsche würden also bald zusammen- und bald auseinandergeraten. Das wird auffallen und Verdacht wecken."

„Allerdings, nur wir werden eben nicht zwei Büsche oder Bündel nehmen, sondern uns *eine* Schilfinsel herstellen, unter der wir beide stecken."

„Nicht übel!"

„Erst schwimmen wir schnell, und sobald wir in Sicht der Indsmen gelangen, kommt unsere Schilfinsel langsam, sehr langsam angetrieben."

„Aber unsere hellen Körper! Um nebeneinander schwimmen zu können, brauchen wir wenigstens sieben Ellen Platz; dürfen wir das Schilffloß so groß machen? Die Wächter werden uns sehen, weil unsere Haut hell ist."

„Wir behalten die Kleider an."

„Hm!" brummte er.

„Meint Ihr, daß Euch das das Schwimmen erschweren wird, Mr. Cutter?"

„Gar nicht, ganz und gar nicht! Es fragt sich nur, wenn sonst auch alles glückt, ob die Wächter unser Schilf an ihrer Insel landen lassen werden."

„Es soll nicht landen."

„Es soll nicht? Wir also auch nicht? Und doch müssen wir auf die Insel! Geradezu unbegreiflich!"

„Ganz leicht erklärlich! Könnt Ihr tauchen?"

„Wie ein Frosch, sage ich, wie ein Frosch; *th'is clear;* so tief hinab und hinunter, wie Ihr wollt!"

„Das ist gut, denn das Tauchen gehört dazu. Wenn wir uns der Insel nähern und die Wächter das Schilffloß bemerken, werden sie auf die Seite der Insel gehen, an der es vorüberschwimmen will."

„Das läßt sich denken; landen werden sie es freilich wohl nicht lassen."

„Nein. Nun kommt die Hauptsache: In dem Augenblick, in dem es der Insel am nächsten ist, verlassen wir unseren Schutz, tauchen und schwimmen unter dem Wasser um sie herum und kommen an der andern Seite wieder hoch. Während die Wächter dem Schilf nachblicken, besteigen wir hinter ihrem Rücken die Insel, und ich springe auf sie zu, um sie mit zwei guten Fausthieben kampfunfähig zu machen."

„Brillant, Mr. Shatterhand! Und ich?"

„Für Euch ist es das erste, die Fesseln des Gefangenen durchzuschneiden, damit er schnell frei wird, denn es kann, wenn ich es auch nicht für wahrscheinlich halte, der Fall eintreten, daß wir gleich wieder fortmüssen. Es ist ja möglich, daß ich einen der Kerls nicht richtig treffe und er Zeit gewinnt, um Hilfe zu rufen."

„Das wäre faul, sehr faul!"

„Ja. Ihr seht wohl ein, daß wir viel zu leisten haben und daß alles gut klappen muß, wenn der Streich gelingen soll. Ich denke also, daß Ihr es mir nicht übelnehmen werdet, wenn ich Euch bitte, Euch noch einmal zu prüfen, ob Ihr das, was ich von Euch verlange, auch wirklich ausführen könnt."

„Mit Leichtigkeit, Sir, mit größter Leichtigkeit!"

„Bitte, nicht so schnell antworten! Wir dürfen nicht leichtsinnig sein. Ich sage Euch aufrichtig, daß ich es mir nicht einfach vorstelle. Ich kenne mich genau und weiß, daß ich es ausführen kann, wenn nichts dazwischenkommt und alles so glatt verläuft, wie ich vermute; dennoch halte ich die Sache für schwer, hier sogar für sehr schwer."

„Redet nicht von Leichtsinn, Sir! Habt Ihr diesen Old Wabble einmal schwimmen sehen?"

„Nein."

„Oder gar tauchen?"

„Noch viel weniger."

„So seid still und wartet es ruhig ab! Und wenn es vorüber ist, dann werdet Ihr sagen, daß Ihr keinen besseren und geschickteren Helfer als mich finden konntet; *th'is clear!*"

„Das soll mich freuen, denn es handelt sich hier mehr um unser Leben als bei jeder andern Gelegenheit."

Ich war mir wirklich unklar darüber, ob ich ihm trauen durfte oder nicht. Seine Knochengestalt ließ keinen guten Schwimmer vermuten, und seine Versicherungen hatten etwas Prahlerisches; aber er war als ein mutiger und erfahrener Mann bekannt und sprach in einem solchen Brustton der Überzeugung, daß es schwer war, ihm nicht Glauben zu schenken. Übrigens gab es keine Zeit mehr für weitere Auseinandersetzungen, weil wir jetzt unsern Lagerplatz erreichten.

Die Gefährten waren wegen unserer langen Abwesenheit in Sorge um uns gewesen. Wir erzählten ihnen, was wir gesehen und erfahren hatten, und erklärten ihnen den Rettungsplan, den wir ausführen wollten. Parker und Hawley bedauerten, daß sie keine direkte Rolle dabei spielen sollten; die andern sagten nichts; sie waren wohl zufrieden damit, daß ich ihnen nicht zumutete, ihr Leben aufs Spiel zu setzen. Wir bestiegen unsere Pferde und brachen von hier auf, um zur andern Seite des Sees zu reiten.

Dort angekommen, mußten wir im Dunkel durch das Gebüsch, um von der offenen Prärie ans Wasser zu gelangen, wo wir wieder abstiegen und die Pferde anbanden. Drüben brannten die Lagerfeuer.

Es gab hier auch Schilf. Wir schnitten davon so viel, wie wir brauchten; einige starke Äste bildeten die Unterlage, den Rahmen des Floßes. Als wir mit dessen Herstellung fertig waren, war es für unsern Zweck ein kleines Meisterwerk. Es hatte unten Öffnungen für unsere Köpfe und vier lederne Schlingen für die Arme; natürlich war dafür gesorgt, daß wir, wenn wir darunter steckten, oben einen freien Ausblick hatten.

Jetzt sollte das Wagnis beginnen. Wir leerten unsere Taschen und legten alles ab, was durch das Wasser leiden würde oder nicht nötig mitzunehmen war. An Waffen behielten wir nur die Messer. Als wir soweit fertig waren, fragte Parker: „Also, wir haben wirklich ganz und gar nichts dabei zu tun, Mr. Shatterhand?"

„Nein, aber für überflüssig braucht ihr euch trotzdem nicht

zu halten; es gibt einen Fall, in dem wir euch sehr nötig brauchen."

„Welcher ist das?"

„Wenn wir entdeckt und verfolgt werden, was nur zu Wasser geschehen kann. Wir kommen in gerader Linie zurückgeschwommen. Haben wir Verfolger hinter uns, ist es eure Aufgabe, sie von uns abzuhalten."

„Durch Schüsse?"

„Ja."

„In dieser Dunkelheit! Vom Schwimmer kann man nicht viel mehr als den Kopf sehen; wer soll da einen Weißen von einem Indianer unterscheiden. Wie leicht könnten wir auf euch schießen!"

„Ihr dürft eben nicht eher schießen, als bis ihr genau wißt, auf wen ihr zielt. Übrigens werden wir uns euch durch laute Zurufe kenntlich machen. Gerät einer von uns im Wasser mit einem Roten ins Handgemenge, so schießt ihr auf keinen Fall, selbst wenn es so nahe von hier wäre, daß ihr die Gesichter unterscheiden könnt. Wir sind Manns genug, es mit einem Roten aufzunehmen."

„Jawohl, das sind wir; *th'is clear!*" stimmte mir Old Wabble lebhaft zu.

„Von mir weiß ich es, und von Euch glaube ich es", antwortete ich. „Dennoch frage ich Euch noch einmal: Ist das, was Ihr leisten sollt, wirklich nicht zuviel für Euch? Sonst führe ich es lieber allein aus."

„Sir, was denkt Ihr von mir! Ich soll doch nicht annehmen, daß Ihr mich für einen Faselhans haltet!"

„Nein. Also vorwärts! Und gut Glück dabei!"

„*Yes, go on!* In einer halben Stunde sind wir glücklich und siegreich wieder da."

Mit dieser kühnen Versicherung wabbelte der Alte ins Wasser, und ich folgte ihm etwas weniger zuversichtlich.

Unter das Floß brauchten wir erst dann zu kriechen, wenn wir so nahe an der Insel waren, daß es von den Wachen gesehen werden konnte; jetzt schwammen wir frei und schoben es vor uns her. Ich beobachtete zunächst Old Wabble, um zu sehen, ob er wirklich so gut schwamm, wie er versichert hatte; es mochte gehen. Aber nach einiger Zeit bemerkte ich, daß sich das Floß auf seiner Seite tiefer ins Wasser senkte als auf der meinen.

„Ihr legt Euch zu sehr auf", sagte ich. „Ihr seid doch nicht etwa schon müde, Mr. Cutter?"

„Müde? Was fällt Euch ein!“ antwortete er. „Da sind nur die verteufelten Hosenträger schuld, die mich drücken.“

„Wer wird auch außer dem Gurt noch Träger haben!“

„Das versteht Ihr nicht. Den Gürtel kann man im Westen nicht entbehren, und die Hosenträger brauche ich, weil ich keine Hüften habe; sie müssen auch den Gürtel halten. Bei meiner Gestalt! Wo sollen da Hüften sitzen!“

Ich konnte mir nicht recht erklären, warum seine Hosenträger die impertinente Absicht hatten, ihn beim Schwimmen zu hindern, und war still, doch nicht lange, denn er stützte sich immer mehr auf das Floß, so daß es auf meiner Seite aus dem Wasser ragte. Da bat ich ihn: „Kehrt lieber um, Mr. Cutter; jetzt ist's noch Zeit! Es scheint Euch schwer zu werden.“

„Unsinn! Seht Ihr denn nicht, daß ich wie ein Fisch vorwärts schieße?“

„Weil ich das Floß schiebe, an dem Ihr hängt.“

„Das sieht bloß so aus. Diese Hosenträger! Ich werde sie herunternehmen; dann geht es besser.“

Indem er sich mit der einen Hand am Floß festhielt, knüpfte er mit der andern die Hosenträger ab und schob sie in die Tasche. Sie schienen ihn doch gedrückt und gehindert zu haben, denn es ging jetzt besser. Freilich hörte ich, daß er schnaufte; er schien sich anzustrengen. Als ich eine Bemerkung darüber machte, versicherte er: „Das ist nur die eine Lungenseite, die wird manchmal so laut; die andere ist gut.“

Nun schwammen wir wohl fünf Minuten lang, ohne ein Wort zu sagen; dann bemerkte ich, daß er tiefer im Wasser lag als vorher.

„Ihr scheint schwerer zu werden, Sir?“ fragte ich.

„Ist das denn ein Wunder? Die Kleidung zieht ja Wasser, und dahinten – *all devils,* was ist das?“

Er hielt das Floß an und langte mit einer Hand hinter sich.

„Was sucht Ihr dort, Sir?“

„Ich suche – na! Hört, Mr. Shatterhand, ich muß meine Hosenträger unbedingt wieder anknöpfen.“

„Warum?“

„Weil ich die Leggings verliere; sie schwimmen schon halb hinter mir her. Wollt Ihr mir helfen?“

Ich war ihm behilflich, die schon halbentwichene Hose zur Räson zu bringen; dann ging es weiter. Aber ich mußte zu meiner großen Besorgnis von Minute zu Minute mehr einsehen, daß er nicht der Schwimmer war, für den er sich hielt.

Ich hatte nicht nur das Floß, sondern auch ihn vorwärts zu treiben.

„Ich denke, wir kehren um, Mr. Cutter", sagte ich. „Ihr seid wirklich müde, und unser Vorhaben erfordert volle Kraft. Denkt an die Gefahr, der wir entgegengehen!"

„Ich denke daran, und ebendeshalb strenge ich mich jetzt nicht an, um später bei guter Kraft zu sein. Umkehren! Welcher Gedanke! Werde mich blamieren!"

Ja, blamieren wollte ich ihn freilich nicht gern; aber durfte ich es weiter mit ihm riskieren? Es war ja möglich, daß er sich jetzt schonte, um später auf der Höhe zu sein; auf weitere dringende Fragen versicherte er, daß das wirklich der Fall sei. Übrigens hatten wir jetzt schon die Hälfte des Wegs zurückgelegt; also vorwärts, mochte es nun gehen, wie es wollte! Meine Sorge wurde trotz dieses Entschlusses keineswegs geringer, und schon nach weiteren fünf Minuten erkundigte ich mich: „Wollt Ihr Euch nicht mit dem Oberkörper auf das Floß legen? Da ruht Ihr aus und habt dann frische Kraft."

„Das ist richtig. Aber wird es Euch nicht zu schwer?"

„Nein, tut es nur."

Er folgte meinem Rat und sagte, als ich unser Wasservehikel weitertrieb: „Mir ist ein Gedanke gekommen, Sir. Die Wächter werden Verdacht schöpfen, auch wenn sie uns nicht sehen."

„Warum?"

„Weil sie sich fragen werden, woher unser Schilf die Bewegung bekommt. Der See steht ja still."

„Da irrt Ihr Euch. Er schickt sein Wasser da unten dem Rio Pecos zu, und infolgedessen hat es eine wenn auch nicht mehr wahrnehmbare Bewegung zum Abfluß hin. Eine losgerissene Schilfinsel wird also langsam dahinunter schwimmen. Das werden sich die Roten wohl auch sagen. In dieser Beziehung habe ich keine Sorge."

„Das heißt in anderer?"

„Ja."

„Weshalb?"

„Wegen Euch."

„*Pshaw!* Ich will mich jetzt nicht anstrengen. Wenn es losgeht, werdet Ihr mich ganz bei der Sache finden."

„Hm! Vom Schwimmen will ich im Augenblick nichts mehr sagen; dazu komme ich noch, ehe ich den Rückweg antrete. Es handelt sich jetzt vielmehr um das Tauchen. Wenn Euch das nicht gelingt, sind wir verloren."

„Redet nicht, Sir! Ich habe ja weiter nichts zu tun, als im richtigen Augenblick das Floß loszulassen, unterzutauchen und an der andern Inselseite wieder heraufzukommen. Das ist kinderleicht, zumal bei meinem Körperbau. Wer so wenig Fleisch und so viel Knochen hat, dem wird es leicht, im Tauchen Meister zu sein."

Da hatte er freilich recht, und das Selbstvertrauen, das er zeigte, beruhigte mich einigermaßen, obgleich ich einsah, daß es besser gewesen wäre, ihn zurückzulassen und das Vorhaben allein auszuführen.

Wir näherten uns der Insel mehr und mehr, und ich lenkte jetzt das Floß aus der bisherigen geraden Richtung, weil wir uns später abwärts treiben lassen mußten. Die Lagerfeuer der Comanchen leuchteten hell, doch nicht zu uns herüber; das auf der Insel war klein, es brannte hinter dem Gebüsch; darum konnten wir die Flamme nicht sehen. Die wenigen sichtbaren Sterne blickten vom Firmament herab in die Flut und spiegelten sich in ihr. Ich schwamm so stet und ruhig wie möglich, um keine Wellen zu verursachen, in denen die Sterne schwankten, weil das ziemlich weit zu sehen ist. So kam ich ohne Hast so nahe an die Insel heran, daß wir nun das Floß treiben lassen konnten. Ich machte Old Wabble darauf aufmerksam: „Jetzt ist die Zeit gekommen, Mr. Cutter. Wir müssen nun unter das Schilf kriechen."

„*Well,* soll gleich geschehen", antwortete er.

„Noch einen Augenblick! Wenn wir mit den Köpfen in den Löchern stecken und uns etwas zu sagen haben, so darf das nur flüsternd geschehen,"

„Versteht sich von selbst!"

„Obgleich wir das Floß treiben lassen, muß es natürlich gelenkt werden; das überlaßt Ihr mir allein!"

„Ist mir lieb. Sagt mir nur, wann das Tauchen losgehen soll! Bin dann gleich dabei."

„Werdet Ihr es wirklich fertigbringen?"

„Ich sage Euch allen Ernstes, habt keine Angst um mich. Ich gebe Euch mein Wort, daß ich Euch nicht, aber auch gar nicht beschwerlich fallen werde."

Das war ein ganz anderer Ton als vorher. Hatte er sich nur verstellt? War er wirklich ein guter Taucher?

Wir schlüpften unter das Floß und steckten die Köpfe in die dazu bestimmten Löcher; dann schoben wir die Arme in die Lederschlingen und hingen nun in aufrechter Haltung unten an dem Floß. Das Schilf trug uns; wir brauchten nicht zu schwimmen, und eine kleine Hand- oder Fußbewegung genügte zum Lenken. Es ging sehr langsam, und in der Erwartung, die uns ergriffen hatte, wurde uns die Zeit doppelt lang.

„Verwünschte Eilschiffahrt!" raunte mir der Alte zu. „Könnt Ihr gut sehen, Sir?"

„Ja."

„Ich auch. Jetzt müßte ein Haifisch kommen und uns in die Beine beißen! *Thunder,* würde da unser Steamer in Bewegung geraten! Wie gut, daß es hier keine solchen Bestien oder gar Krokodile gibt! Da, schaut!"

„Ich sehe ihn."

„Und er sieht uns. Was wird er tun?"

Wir waren jetzt vielleicht sechzig Schritt von der Insel entfernt. Im Gebüsch dort gab es eine breite Lücke, durch die das Feuer zu sehen war. In dessen Schein erblickten wir einen Indianer, der am Ufer Wasser schöpfte und dabei unser „Dampfschiff" bemerkte. Er sah kurze Zeit zu uns herauf und kehrte dann zum Feuer zurück.

„Prächtiger Kerl!" flüsterte Old Wabble. „Will gar nichts von uns wissen."

„Das kann uns ungeheuer lieb sein; aber warten wir es ab, ob ihm unser Schiff nicht doch noch auffällt."

Es verging Minute um Minute; wir kamen der Insel immer näher, und der Wächter erschien nicht wieder. Noch vierzig, noch dreißig, noch zwanzig, endlich nur noch zehn Schritt! Wir glitten vorüber.

„Mr. Cutter, jetzt!" raunte ich dem Alten zu. „Ich tauche links und Ihr taucht rechts um die Insel herum, damit wir nicht zusammengeraten und uns hindern. Drüben gehen wir im Rükken der Wächter an Land. Aber bitte, gebt Euch alle Mühe! Habt Ihr die Arme noch in den Schlingen?"

„No."

„Seid Ihr fertig?"

„*Yes,* es kann losgehen; *th'is clear.*"

„Dann fort vom Floß!"

Ich machte mich los, tauchte tief hinab, schwamm um die Insel herum und kam drüben vorsichtig wieder empor; zwei Stöße brachten mich ans Ufer. Old Wabble war an dieser Stelle nicht zu sehen; er bestieg die Insel jedenfalls nicht weit von hier. Ich konnte mich nicht um ihn kümmern, sondern mußte vor allen Dingen zu den beiden Wächtern. Ich legte mich auf die Erde und kroch durch die Büsche. Die Roten saßen an dem kleinen Feuer, das nur durch fünf oder sechs dünne Holzstücke genährt wurde; der eine kehrte mir den Rücken, der andere die linke Seite zu. Etwas abseits von ihnen lag der Gefangene im Schatten eines überhängenden Strauchs. Ich konnte sein Gesicht nicht sehen; aber die Füße wurden vom Feuer beleuchtet; sie waren gefesselt. Nun schnell ans Werk!

Ich richtete mich auf und war mit zwei großen Sprüngen am Feuer; ein Hieb hüben und ein Hieb drüben an die Schläfen der Roten – sie sanken um. Ich bückte mich zu ihnen nieder; sie waren betäubt.

„*Heavens,* ein Weißer!" erklang da die Stimme des Gefangenen. „Kommt Ihr, um mich . . .?"

„Ja", unterbrach ich ihn. „Reden wir später; jetzt müssen wir handeln. Weg mit den Fesseln!"

Ich kniete zu ihm nieder, zog das Messer; hinter mir gab es ein Geräusch.

„Seid Ihr da, Mr. Cutter?" fragte ich, ohne mich umzusehen, denn wer konnte es anders sein als Old Wabble.

„*Uff, uff, uff, uff!*" antworteten statt seiner zwei mir fremde Stimmen.

Ich richtete mich blitzschnell auf und drehte mich um. Da standen zwei wassertriefende Indianer und starrten mich wie ein Gespenst an. Später sagte mir Old Surehand, daß die Wachen alle drei Stunden gewechselt worden waren. Diese Ablösung geschah schwimmend; daher jetzt die beiden triefenden Gestalten, die gerade in diesem für mich so außerordentlich ungünstigen Augenblick kamen, um an die Stelle der zwei Betäubten zu treten. Meine Überraschung währte nur einen Augenblick; im zweiten hatte ich den mir am nächsten stehenden Roten mit der linken Hand bei der Kehle und schmetterte ihn mit der rechten Faust zu Boden. Dann wollte ich den andern packen, kam aber nicht dazu, denn er sprang mit einem schrillen Hilferuf ins Wasser und schwamm, immer brüllend, dem Lager zu.

Da war keine Zeit zu verlieren. Ich eilte zu Old Surehand und schnitt die Arm- und die Fußfesseln durch. Er war außerdem noch mit zwei Riemen an zwei in die Erde gerammte Pfähle gebunden; auch die durchschnitt ich.

„Könnt Ihr Euch bewegen, Sir?" fragte ich, indem er aufstand. „Sagt es – schnell, schnell!"

Ich sah diesen Mann zum erstenmal, hatte aber keine Zeit,

ihn zu betrachten. Er streckte seine mächtigen Glieder, bückte sich, um einem der Betäubten das Messer zu nehmen, und antwortete so ruhig, als ob nun für ihn nichts mehr zu fürchten sei: „Ich kann alles, was Ihr wollt, Sir."

„Auch schwimmen?"

„Ja. Wohin?"

„Da, grad hinüber werden wir von Weißen erwartet."

„So kommt! Es ist hohe Zeit. In weniger als einer Minute haben wir die Roten hier."

Er hatte recht. Die alarmierten Comanchen vollführten einen wahren Teufelslärm. Das war ein geradezu ohrenzerreißendes Schreien, Heulen, Rufen und Brüllen! Wir konnten sie nicht sehen; aber wir hörten am klatschenden Aufspritzen des Wassers, daß sie sich in den See stürzten, um zur Insel zu schwimmen. Wir mußten fort. Wo aber war Old Wabble?

„Mr. Cutter, Mr. Cutter!" überbrüllte ich beinahe den Höllenlärm. „Mr. Cutter, seid Ihr hier?"

Old Surehand war ans Ufer gesprungen, um zu dem Lager hinüberzublicken. Er drehte sich zu mir um und fragte, nicht mehr ruhig, sondern hastig: „Mr. Cutter? Solltet Ihr Old Wabble meinen?"

„Ja. Er ist mit mir zur Insel gekommen, um Euch zu retten, ist aber nicht zu sehen."

„Sind noch mehr Weiße da?"

„Nein."

„So denkt nicht an ihn! Ich kenne den Alten, der hat seine eigene Art und Weise."

„Er ist verloren!"

„Denkt das nicht, Sir! Den bringt kein Satan um; er befindet sich in größerer Sicherheit als wir. Laßt ihn und kommt! Die Roten sind alle im Wasser, die ersten sind beinahe da. Vorwärts, schnell, schnell!"

Er griff nach meinem Arm und zog mich fort. Vom Rande der Insel aus konnte ich mir seine Eile erklären. Das Wasser zwischen ihr und dem Lagerplatz wimmelte förmlich von roten Köpfen. Einer der Schwimmer, der allen voran war, hatte nur noch zehn oder zwölf Stöße zu tun, die Insel zu erreichen. Ich durfte nicht an Old Wabble, sondern mußte an mich selbst und Old Surehand denken.

„Ja, fort ins Wasser", antwortete ich darum. „Folgt mir, so schnell Ihr könnt!"

Wir sprangen hinein und griffen langsam, aber kräftig aus,

wie ein guter Schwimmer tut, der nicht ermüden will. Das Geheul der Indianer verdoppelte sich, es war entsetzlich. Sie hatten uns gesehen und strengten sich an, uns einzuholen.

Um mich hatte ich keine Sorge, mich erwischte gewiß keiner, aber Old Surehand! So ein Westmann wie er schwamm gewiß vortrefflich; doch die Gefangenschaft hatte ihn angegriffen, und wie indianische Fesseln Hände und Füße für größere Anstrengungen untauglich machen, das wußte ich am besten. Indem ich neben ihm herschwamm, beobachtete ich ihn. Er schwamm kaltblütig und mit jenem Doppelstoß, der die Arbeit gleichmäßig auf Arme und Beine verteilt. Das beruhigte mich anfänglich. Bald freilich bemerkte ich, daß seine Bewegungen an Stetigkeit verloren.

„Greift es Euch an, Sir?" fragte ich.

„Nein", antwortete er, „ich habe allerdings kein Gefühl in Händen und Füßen, sie sind wie taub."

„Daran sind die Fesseln schuld. Werdet Ihr es aushalten bis an das jenseitige Ufer?"

„Ich hoffe es. Unter gewöhnlichen Verhältnissen würde mich kein Indsman einholen; doch wenn man so lange Zeit mit zusammengeschnürten Gliedern, daß das Blut stehenbleibt, gelegen hat, dann wird das fraglich."

Nach einiger Zeit fühlte er ein Zerren in den Armmuskeln. Ich kannte dieses für einen Menschen, der um sein Leben zu schwimmen hat, höchst gefährliche Symptom und forderte ihn auf: „Legt Euch auf den Rücken und schwimmt nur mit den Füßen; da ruhen die Arme aus!"

Er folgte diesem Rat, und unsere bisherige Schnelligkeit verminderte sich bedeutend. Ich schwamm nun auch auf dem Rücken, um unsere Verfolger zu sehen. Sie waren noch alle hinter uns. Das Wasser war so von schwimmenden Indianern belebt, daß höchstwahrscheinlich alle Comanchen ins Wasser gegangen waren; viele waren auf keinen Fall zurückgeblieben. Einer war uns auf ungefähr hundert Schritt nahe. Old Surehand sah ihn auch und sagte: „Wir müssen schneller machen; so geht es zu langsam; ich werde es wieder andersherum versuchen."

Er tat es, gestand mir aber bald: „Mir schlafen die Arme ein, Sir. Schwimmt weiter und laßt mich zurück!"

„Old Surehand verlassen? Fällt mir nicht ein! Legt Euch quer über mich; ich trage Euch."

„Ich bin zu schwer."

„Für mich nicht."
„Dann geht es zu langsam, und die Roten holen uns ein."
„Wollen es abwarten. Also bitte!"
Er folgte meinem Wunsch nur nach mehrmaliger Wiederholung. Er war freilich nicht leicht, doch es ging. Dennoch kam uns der vorderste Indianer immer näher. Er schien bisher nur gespielt zu haben und stieß sich jetzt mit einer Kraft, Geschmeidigkeit und Ausdauer vorwärts, daß ich einsah, er würde uns einholen. Er war allerdings der einzige; die andern blieben immer weiter zurück. In der Dunkelheit wäre er nur schwer zu sehen gewesen, wenn die Lagerfeuer drüben nicht gebrannt hätten. Zwar erreichte ihr Schein weder ihn noch uns, aber sie bildeten in dieser Entfernung Lichter, die er von Zeit zu Zeit verdeckte. Er mußte ausgezeichnete Augen haben, daß er uns auf der weiten Fläche nicht verlor.
Als wir ungefähr drei Viertel des Wegs hinter uns hatten, war er höchstens noch dreißig Schritt von uns entfernt und stieß einen schrillen Schlachtruf aus.
„Er holt uns ein!" sagte Old Surehand. „Daran bin ich schuld. Ihr seid ein Schwimmer, wie ich noch keinen gesehen habe, doch im Wasser ein Gewicht von zwei Zentnern zu tragen, das hält den stärksten Riesen auf."
„*Pshaw!* Das Wasser trägt Euch mit, und den einen Roten da fürchte ich nicht."
„Ich auch nicht. Wenn er herankommt, ist er verloren; ich habe ein Messer, und in meinen Armen ist wieder Gefühl."
„Überlaßt ihn mir! Ich bin nicht gefesselt gewesen."
„Wollt Ihr ihn erstechen? Ich liebe es nämlich nicht, Blut zu vergießen, wenn es nicht absolut nötig ist."
„Ganz meine Meinung. Ich gebe ihm einen Hieb vor den Kopf und nehme ihn mit ans Ufer."
„Sir, das bringt nur ein Jäger fertig, und der heißt Old Shatterhand. Ich habe gewiß auch Muskeln und Sehnen, aber ich muß mehrmals schlagen, wenn ich jemand betäuben will."
„Die Kraft tut es nicht allein. Werdet Ihr wieder schwimmen können?"
„Ja, laßt mich herab, es geht wahrscheinlich wieder."
„Wahrscheinlich! Und da wollt Ihr mit diesem Indsman kämpfen? Das kann sich nur ein Old Surehand zutrauen."
„Mein Name scheint Euch sehr geläufig zu sein. Darf ich den Euern erfahren?"

„Ich werde Euch gleich zeigen, wie ich heiße. Versucht nur erst, ob Ihr allein weiterkönnt!"

Der Versuch gelang; seine Arme weigerten sich nicht mehr, ihre Dienste zu leisten. Es war gewiß eine ganz eigenartige Lage. Zwei Weiße, auf einem See schwimmend und von einer Indianerschar verfolgt, sprachen miteinander, als ob sie sich in einem New-Yorker Salon auf Schaukelstühlen wiegten! Das konnten nur Westmänner tun!

Wir waren, während Old Surehand seine Kräfte neu versuchte, nicht recht vorwärts gekommen, der Rote schwamm schnell heran und stieß einen zweiten Siegesruf aus.

„Überlaßt ihn also mir und seht zu, wenn Ihr wollt", bat ich meinen Gefährten; dann wandte ich mich zurück.

Der Feind sah, daß ich ihm standhalten wollte, und hielt an. Er hob die Hand mit dem Messer hoch empor und rief: „Hier ist Vupa-Umugi, der Häuptling der Comanchen. Sein Messer wird die weißen Hunde beide fressen!"

Ah, also der! Das war mir lieb. Es war bisher unmöglich gewesen, seine Züge zu erkennen.

„Und hier ist Old Shatterhand, von dem du meinst, daß er dir nicht entkommen kann", antwortete ich. „Versuch, ob du recht hast!"

„Old Shatterhand! Old Shatterhand!" riefen Old Surehand und der Rote gleichzeitig, und der letztere fügte hinzu: „Bist du dieser räudige Kojote, so sollst du augenblicklich sterben!"

Nach diesen Worten tauchte er schnell unter. Also ein Kampf auf Leben und Tod des Nachts auf dem Wasser! Der Häuptling wollte bei mir auftauchen und nach mir stechen; das abzuwarten fiel mir natürlich nicht ein. Ich tauchte ebenso unter, doch tiefer als voraussichtlich er. Ich schwebte in einer Tiefe von vielleicht fünf Metern und sah empor. Ja, da war der Häuptling seitwärts über mir! Er streckte die Hände aus zum Schlag, der ihn an die Oberfläche treiben sollte. Ich tat diesen Schlag zugleich mit ihm und kam hinter ihm über Wasser. Er erhielt meinen Jagdhieb an den Kopf, und dann faßte ich ihn beim Schopf, um zu verhüten, daß er unterging.

„Old Shatterhand, wahrhaftig Old Shatterhand! Da ist's ja gleich bewiesen!" rief Old Surehand.

„Ja, Sir, ich habe mich Euch in nicht ganz salonfähiger Weise vorgestellt. Ihr müßt mir das verzeihen!"

„Dieser Fehler ist auf beiden Seiten geschehen", sagte er. „Aber, Sir, Ihr glaubt es nicht, wie ich mich freue . . ."

„Und so weiter, und so weiter!“ fiel ich ihm in die Rede. „Davon später, vielleicht erst morgen früh! Jetzt dürfen wir nicht an Komplimente denken. Es würde mir lieb sein, wenn die Lähmung Eurer Arme vorüber wäre.“

„Sie ist's, wie es scheint.“

„Versucht es wenigstens! Ich habe den Roten zu tragen. Schwimmen wir weiter!“

Und siehe da, es ging! Die Bewegung und die Anstrengung des Schwimmens war zu schnell auf die vorherige Lage der Glieder gefolgt. Das schien nun vorbei zu sein. Wir schwammen langsam, damit er sich schonte, und erreichten das Ufer, ohne daß sich die Schwäche wiederholte. Dort wurde der Häuptling, dem eben das Bewußtsein wiederkehrte, gefesselt.

Unser Unternehmen war glücklich und unglücklich zugleich verlaufen. Ich hatte Old Surehand befreit und dazu den Anführer der Comanchen gefangengenommen, dafür jedoch Old Wabble verloren. Was war aus diesem geworden? Old Surehand glaubte nicht an dessen Tod. Er behauptete: „Lernt diesen alten Boy erst richtig kennen, Sir! Er ist ein Original ersten Ranges und durch nichts umzubringen. Ich wette, er sitzt irgendwo an einem sicheren Ort und lacht sich ins Fäustchen. So einen Pfiffikus muß man studiert haben, will man ihn richtig beurteilen. Er weiß aus dem größten Unglück ein noch viel größeres Glück zu machen, und es sollte mich nicht wundern, wenn er jetzt plötzlich käme und ebenfalls einen oder gar mehrere Gefangene brächte.“

„Wenn er nicht selbst gefangen ist“, warf ich ein.

„In diesem Fall kann ihm geholfen werden. Wir wechseln ihn gegen den Häuptling aus.“

„So wollt Ihr diesem nicht ans Leben?“

„Behüte! Es ist nicht meine Mode, mich als Mörder aufzuspielen. An mir hat er's freilich nicht verdient, aber wenn es auf mich ankommt und dem alten Wabble nichts geschehen ist, lassen wir den Roten laufen.

„Bin einverstanden, Sir. Schaut, da sehe ich Köpfe auf dem Wasser!“

Es war so, wie ich sagte. Die meisten Comanchen hatten von der Verfolgung abgelassen; andere hatten sie fortgesetzt und kamen nun angeschwommen. Sie wurden durch drohende Zurufe und einige Schüsse zurückgetrieben. Dann mußte ich den Gefährten erzählen, wie wir auf die Insel gelangt und dann zu zweien herübergeschwommen waren.

Ich hatte diesen Bericht noch nicht vollendet, als wir ein Geräusch in den Büschen hörten. Wir lauschten. Die Zweige raschelten und knackten wie von großen Tieren, vielleicht Pferden; dann erklang eine befehlende Stimme: „Bück dich hübsch aufs Pferd nieder, Rothaut, sonst rennst du dir die Nase ein; *th'is clear!*"

„Old Wabble!" sagte Old Surehand. „Ihr werdet sehen, Mesch'schurs, daß er meine Prophezeiung wörtlich erfüllt."

Und wirklich, da kam er aus dem Gebüsch heraus, hinter sich her ein Pferd ziehend, auf dem ein Indianer festgebunden war. An diesem Pferd hingen hintereinander noch zwei, die beladene Packsättel trugen.

„Da bin ich wieder", sagte er lachend. „Habe Euch was mitgebracht, was sehr gut zu gebrauchen ist. Ah, *good evening,* Mr. Surehand! Auch schon da? Habe es mir gedacht, daß ich nicht dabeizusein brauchte. Euch frei zu machen, dazu war Mr. Shatterhand Manns genug."

„Wo habt Ihr denn gesteckt, Mr. Cutter?" fragte ich. „Wir haben Sorge um Euch gehabt."

„Sorge? Möchte wissen, was mir geschehen sollte! Ich sorge schon für mich selbst und dazu noch für andere mit, wie Ihr gleich sehen werdet."

„Wart Ihr denn auf der Insel?"

„Fällt mir nicht ein!"

„Warum nicht?"

„Weil ich ein großer Esel gewesen bin; *th'is clear.* Ich habe wunder gedacht, wie gut ich schwimmen und tauchen kann, mit Euch allerdings kam ich nicht mit. Das Schwimmen hatte ich glücklich überstanden, freilich nur hinüber; wieder herüber und dabei die Leggings abermals verlieren, das war nicht mein Fall. Und nun gar tauchen! Man kann da ganz gut bei lebendigem Leib ersaufen. Ich blieb also unter dem Floß hängen und ließ die Sache laufen, wie sie wollte. Da plötzlich erhob sich ein Gebrüll, daß mein Dampfer nur so wackelte, und die Roten sprangen ins Wasser; kein einziger blieb an Land. Sogar die Pferdewächter kamen gerannt und machten sich hinter Euch her. Einer von ihnen mußte bleiben, und den wollte ich mir holen. Ich segelte also an Land, kroch unter meinem Baldachin hervor, sprang auf den Roten zu und gab ihm einen Klaps, daß er sich niedersetzte, ohne mich vorher um Erlaubnis zu fragen. Ich band ihn mit einem der Riemen, an denen das Fleisch aufgehängt worden war. Dabei kam mir der Gedanke, daß wir ebenfalls Proviant brauchen, wenn wir – ah, will nicht sagen, wohin, wollen. Ich lief also zum Weideplatz und holte drei Pferde, eins für den roten Boy und zwei für das Fleisch; Sättel lagen da. Ich habe mich etwas beeilen müssen, um rechtzeitig fertig zu werden; aber es ging alles genauso, wie ich wünschte, und eben als die ersten Indsman unverrichteter Dinge zurückgeschwommen kamen, trollte ich mich mit Boy und Fleisch von dannen. Da habt ihr mich! Was mit dem Fleisch geschehen wird, das kann ich mir denken; aber was wir mit dem Boy machen sollen, darüber mögen sich andere den Kopf zerbrechen."

„Wir lassen ihn morgen laufen", meinte Old Surehand.

„Habe nichts dagegen. Ist er herzu geritten, mag er hinzu laufen! Doch sein Häuptling, wie ist denn der in eure Hände geraten?"

„Mr. Shatterhand hat ihn gefangengenommen."

„Etwa auf der Insel?"

„Nein, bei der Verfolgung auf dem See."

„Also eine Seeschlacht. Müßt mir nachher erzählen, wie das zugegangen ist. Laßt ihr den auch laufen?"

„Ja."

„Schade! Er paßt besser zum Hängen als zum Laufen. Gebt ihn allerdings nicht eher frei, als bis alles, was die Indsmen Euch abgenommen haben, Euch wieder ausgeliefert worden ist. Ich bin nie ein Indianerfreund gewesen; sie taugen alle nichts und halten es für Schwäche, wenn man nachsichtig mit ihnen ist. Wenn er vorhin samt seinen hundertfünfzig Comanchen da im See ertrunken wäre, hätte die übrige Menschheit nichts verloren; *th'is clear!*"

ZWEITES KAPITEL

In der Oase

Zwischen Texas, Arizona, Neumexiko und dem Indianerterritorium, oder noch anders ausgedrückt, zwischen den Ausläufern des Ozarkgebirges, der unteren und der oberen Sierra Guadelupe und den Gualpabergen, rings eingefaßt von den Höhen, die den oberen Lauf des Rio Pecos und die Quellen des Red River, Sabine, Trinidad, Brazos und Colorado umgrenzen, liegt ein großes unfruchtbares Stück Land, das die „Sahara der Vereinigten Staaten" genannt werden könnte.

Dürrer, glühender Sand wechselt mit nackten, brennend heißen Felslagerungen, die nicht imstande sind, auch nur der allerdürftigsten Vegetation die kärgsten Bedingungen des kürzesten Daseins zu erfüllen. Schroff und unvermittelt folgt die kalte Nacht auf die Hitze des Tages; kein einsamer Berg, kein grünendes Tal unterbricht wie in der Sahara die tote, einförmige Wüste; kein stiller Brunnen lockt mit der belebenden Feuchtigkeit eine kleine Oase hervor; sogar der durch den Steppencharakter vermittelte Übergang von den reichbewaldeten Berggebieten zum leblosen, sterilen Sandmeer fehlt gänzlich, und der Tod tritt dem Auge überall unverhüllt in seiner fürchterlichsten Gestalt entgegen. Nur hier und da steht – man weiß nicht, durch welche Kraft hervorgerufen und erhalten – ein einsamer, lederartiger Mezquitestrauch, gleichsam zum Hohn für den sich nach einem grünen Punkt sehnenden Blick, und ebenso erstaunt trifft man zuweilen auf eine wilde Kaktusart, die entweder nur in einzelnen Exemplaren steht oder Gruppen bildet oder auf weiten, ausgedehnten Flächen wächst, ohne daß man sich ihr Dasein enträtseln und erklären kann. Aber weder der Mezquite noch der Kaktus gewähren einen erfreulichen, wohltuenden Anblick; graubraun ist ihre Farbe und unschön ihre Gestalt; sie werden von dickem Sandstaub bedeckt, und wehe dem Pferd, dessen Reiter so unvorsichtig ist, es in eine solche Kaktuswildnis zu lenken! Es wird von den spitzen, haarscharfen und stahlharten Stacheln so an den Füßen verwundet, daß es nie wieder richtig laufen kann;

der Reiter muß das arme Tier sofort aufgeben, und wenn er es nicht tötet, verfällt es dem elenden Schicksal, langsam umzukommen.

Trotz aller Schrecken, die diese Wüste bietet, hat es doch der Mensch gewagt, sie zu betreten. Es führen Straßen durch sie, hinauf nach Santa Fé und Fort Union, hinüber nach dem Paso del Norte und hinunter in die grünenden Prärien und wohlbewässerten Wälder von Texas. Aber bei diesem Wort „Straße" darf man nicht an das denken, was die in zivilisierten Ländern Straße heißt. Wohl reitet ein einsamer Jäger oder Rastreador – ein Pfad- oder Goldsucher – eine Gesellschaft kühner Wagehälse oder ein zweideutiger Pulk Indianer durch die Wüste, wohl knarrt auch ein schneckengleich langsamer Ochsenkarrenzug durch die Einöde, aber das, was wir einen Weg nennen, das gibt es nicht, nicht einmal jene viertelstundenbreit auseinandergehenden Gleise, wie man sie in den Pampas Südamerikas oder in der Lüneburger Heide und dem Sand Brandenburgs findet. Jeder reitet oder fährt seine eigene Bahn, solange ihm der Boden einige wenige Merkmale bietet, an denen er erkennen kann, daß er überhaupt noch in der rechten Richtung ist. Aber diese Merkmale hören nach und nach selbst für das geübteste Auge auf, und von da an hat man die Richtung mit Pfählen markiert, die in bestimmtem Abstand in den Boden gesteckt werden.

Dennoch fordert diese Wüste ihre Opfer, die, die Größenverhältnisse in Betracht gezogen, viel zahlreicher und auch schrecklicher sind als die, welche die Sahara Afrikas und die Schamo oder Gobi Hochasiens als furchtbaren Tribut fordern. Menschengerippe, Tierkadaver, Sattelfragmente, Wagenreste und andere schauerliche Überbleibsel liegen am Weg und erzählen stumme Geschichten, die zwar das Ohr nicht hören, aber das Auge desto deutlicher sehen und die Phantasie vollends ergänzen kann. Und darüber schweben hoch in den Lüften die Aasgeier, die jeder Bewegung, die sich unten zu erkennen gibt, mit beängstigender Ausdauer folgen, als ob sie genau wüßten, daß ihnen ihre Beute nicht entgeht.

Und wie heißt diese Wüste? Die Bewohner der umliegenden Territorien geben ihr verschiedene, bald englische, bald französische oder spanische Namen; weithin aber ist sie wegen der eingerammten Pfähle, die den Weg bezeichnen sollen, als Llano Estacado bekannt.

Von meinen Erlebnissen in dieser öden Wüstenei habe ich

in meinem Band „Der Geist des Llano Estacado“ erzählt. Bloody Fox, der den Llano von den „Geiern“ befreit hat, spielte darin eine beträchtliche Rolle, er lebte auch weiterhin in dieser Ödnis, nur der Neger Bob und dessen Mutter waren bei ihm; sie führte Bloody Fox das Haus. Wir hatten ihm damals versprochen, nichts über seinen Aufenthaltsort laut werden zu lassen, genauso, wie das auch die Comanchen getan hatten, von denen wir freilich nicht sicher waren, daß sie ihr Wort hielten, zumal ihnen, trotz allem, Bloody Fox und dessen Oase ein Dorn im Auge waren.

Ich war im Lauf der Zeit später einigemal in der Oase und erfuhr, daß Bloody Fox von keinem Comanchen belästigt worden war. Auch kein Weißer hatte ihn seit damals wieder besucht, und so hatte es den Anschein, als ob die Entdeckung seines Geheimnisses nicht gleichbedeutend mit seiner Enthüllung war. Was die Geier des Llano Estacado betrifft, jene Verbrecher, die die Richtungspfähle umsteckten, um die Reisenden ins Verderben zu locken und sie dann zu ermorden und auszuplündern, so war ganz so, wie wir erwartet hatten, lange Zeit von ihnen nichts mehr zu hören gewesen; dann hatte es einzelne Raubüberfälle gegeben, deren Urheber ein einziger Mann gewesen und von Fox entdeckt und mit einem Schuß mitten in die Stirn bestraft worden war. Daß er der Avenging ghost war, schien außer den damaligen Zeugen niemand zu wissen; sie hatten sein Geheimnis treu bewahrt; ich war an vielen Orten Zuhörer von den phantastischsten Erzählungen über dieses Thema und hörte niemals eine Andeutung darüber machen, an welche Person sich dieses Geisterspiel eigentlich knüpfte.

Als ich Bloody Fox kennenlernte, war er noch ein Jüngling. Man kann sich also denken, welch reiche Begabung er besaß, da er schon in einem solchen Alter Eigenschaften und Fähigkeiten zeigte, die selbst einen Mann wie Winnetou in Staunen versetzten. Was konnte und mußte aus ihm werden, wenn er sich in dieser Weise weiterentwickelte!

Es folgten einige Jahre, in denen ich nicht nach Amerika kam. Dann traf ich mich mit Winnetou in den Black Hills und erfuhr von ihm, daß es Bloody Fox gut ging und er noch keinen Besuch der Comanchen erhalten hatte. Wir trennten uns droben am Couteau und trafen uns nach vier Monaten unten auf der Sierra Madre wieder, und man kann sich denken, was für ein Eindruck es auf mich machte, als ich dort den Zettel des Apachen las, daß er Bloody Fox warnen müsse, weil die Comanchen ihn überfallen wollten.

Es war ihnen während so langer Zeit nicht eingefallen, die Oase aufzusuchen. Welchen Grund hatten sie, das jetzt, und zwar in feindlicher Absicht, zu tun? Ging der Plan von ihnen aus, oder hatte Bloody Fox durch irgend etwas ihre Rache auf sich gezogen? Es war nutzlos, diese Fragen jetzt auszusprechen; die Antwort würde sich später ganz von selbst ergeben.

Wichtiger war die Frage, ob Winnetou direkt zum Llano Estacado geritten war oder nicht. Er hatte mir geschrieben, daß er warnen wolle, und wenn es sich nur um eine Warnung handelte, war anzunehmen, daß er den Weg direkt genommen hatte. Aber wie ich den Apachen kannte, begnügte er sich nicht mit einer Warnung, sondern fügte ihr möglichst gleich die Rettung bei, und diese konnte nur darin bestehen, daß er mit einer hinreichenden Apachenschar Bloody Fox zu Hilfe kam. Was nun von beidem hatte er getan? So schwer diese Frage zu sein scheint, so leicht ist sie zu beantworten. Es handelte sich einfach um die Zeit. War sie zu kurz, ritt Winnetou direkt zu Fox; war sie hinreichend, Hilfe zu holen, ritt er zum Lager seines Stammes, um die nötige Anzahl Krieger zur Stelle zu bringen.

Wie aber konnte Winnetou erfahren, ob er Zeit hatte oder nicht? Ganz einfach so wie ich. Wenn tausend andere es nicht bemerkt hätten, ihm, dem unerreichbaren Meister im Spüren, wären die Comanchen, die wir am Blauen Wasser aufsuchten, gewiß nicht entgangen, und wenn es ihm auch nicht möglich gewesen war, sie zu belauschen und dabei zu erfahren, daß sie auf einen Zuzug von weiteren hundert Mann unter dem Häuptling Nale-Masiuv warteten, hatte er doch sicher aus den ihm geläufigen Anzeichen erkannt, daß sie es nicht allzu eilig hatten. Er hatte also sehr wahrscheinlich zunächst seinen Stamm aufgesucht.

Vielleicht war das auch nicht nötig gewesen, sondern er hatte einen Boten gefunden, den er dorthin schicken konnte. Die Apachen hatten auf alle Fälle erfahren, daß von den Comanchen das Beil des Krieges ausgegraben worden war, und also zu ihrer Sicherheit Späher ausgeschickt. War Winnetou einem solchen begegnet, was keineswegs in das Reich der Unmöglichkeit gehörte, so hatte er ihn hingesandt und war selbst weitergeritten, weil nur er die Lage der Oase kannte.

Meine Vermutungen gingen sogar noch weiter; ich kannte

eben meinen Winnetou und wußte, wie umsichtig er zu handeln pflegte. Der Tag meiner Ankunft in der Sierra Madre war ihm bekannt; ich würde seinen Zettel finden und ihm sofort folgen, das sagte er sich. Ich kannte den Weg ebenso genau wie er; es war ihm also nicht schwer, zu bestimmen, in welcher Gegend ich mich zu irgendeiner angegebenen Zeit ungefähr befinden mußte. Wenn er selbst direkt zum Llano Estacado geritten war, mußte er dafür sorgen, daß seine Krieger einen zuverlässigen Führer in die Oase fanden, und dieser Führer konnte nur ich sein. In diesem Fall traf ich ganz bestimmt unterwegs einen Apachen, der den Auftrag hatte, auf mich zu warten und mich zu unterrichten. Man wird bald sehen, wie richtig ich Winnetou beurteilt hatte.

Zunächst aber war es noch nicht soweit. Wir lagerten am Saskuan-kui und warteten auf den Anbruch des Morgens, um mit den Comanchen zu verhandeln. Old Surehand mußte ja alles, was ihm abgenommen worden war, besonders seine Waffen, wiederbekommen, dafür wollten wir Vupa-Umugi, ihren gefangenen Häuptling, freigeben.

Wir waren so vorsichtig gewesen, nicht am Ufer zu bleiben, wo die Feinde uns wußten und, von den Büschen gedeckt, leicht überfallen konnten, sondern wir hatten uns ein Stück hinaus auf die Prärie gezogen, weil wir dort nicht beschlichen werden konnten. Dort wurden die Wachablösungen bestimmt und wer denn schlafen wollte, der konnte schlafen. Es fiel mir nicht ein, bis zum Morgen wach zu bleiben; man wußte nicht, was der nächste Tag für Anstrengungen brachte. Ich freute mich ungemein darauf, Old Surehand bei Tageslicht zu sehen; jetzt war es zu dunkel, ihn so, wie ich gern wollte, zu betrachten. Später gestand er mir, daß er ebenso neugierig auf mich gewesen war. Wir hätten viel, sehr viel miteinander reden können, waren jedoch beide keine übermäßig redseligen Menschen und wollten schlafen. Eins allerdings mußte ich jetzt schon wissen; darum sagte ich, als er sich neben mir zur Ruhe ausstreckte: „Erlaubt mir eine Frage, Sir, ehe Ihr die Augen schließt! Ihr habt mit Euerm Ritt in diese Gegend einen bestimmten Plan verfolgt?“

„Ja. Ich wollte zu den Mescalero-Apachen hinunter, um vielleicht Winnetou zu treffen und mit seiner Hilfe dann auch Euch kennenzulernen. Es ist ja wahrhaftig eine Schande, so lange Westmann zu sein, ohne Winnetou und Old Shatterhand gesehen zu haben!“

„Auch wir kennen Euch noch nicht, haben aber genug über Euch gehört, Sir. Der zweite Teil Eures Wunsches, mich zu sehen, ist eher erfüllt worden, als Ihr dachtet, und der erste Teil kann befriedigt werden, ohne daß Ihr zu den Mescaleros reitet. Ich bin nämlich auf dem Weg, Winnetou aufzusuchen."

„Wo, Sir? Wo ist er jetzt?"

„Im Llano Estacado."

„Alle Wetter, das ist ja herrlich! Mit ihm und Euch im gefährlichen Estacado! Nehmt Ihr mich mit, Sir?"

„Sehr gern, natürlich. Wir werden Euch und Eure Hilfe sehr gut brauchen können. Werde Euch morgen früh erzählen, warum; jetzt müssen wir schlafen, um Kräfte zu sammeln; will Euch einstweilen nur sagen, daß es sich um einen Tanz mit den Comanchen handelt."

„Mit diesen hier oder mit andern?"

„Mit diesen und andern, die noch zu ihnen stoßen. Ihr habt doch gehört, was von ihnen geredet wurde. Haben sie nicht von dem Ziel ihres jetzigen Zugs gesprochen?"

„Ja, aber so leise und vorsichtig, daß ich nichts verstanden habe. Nehmt mich mit, Sir; nehmt mich mit! Ich freue mich wie ein Kind darauf, mit ihnen quitt darüber zu werden, daß ich mich wie ein Greenhorn von ihnen habe überrumpeln lassen. Was müßt Ihr von mir denken! Ich habe jahrelang gewünscht, Euch kennenzulernen und mich Euch auf irgendeine Weise anschließen zu dürfen, und nun mir dieser Wunsch in Erfüllung geht, ist es derart geschehen, daß ich mich geradezu schämen muß; *th'is clear,* wie der alte Wabble sagt."

„Vom Schämen kann keine Rede sein. Ich bin nicht nur einmal gefangen gewesen und Winnetou ebenso. Es freut mich außerordentlich, daß es mir erlaubt gewesen ist, Euch einen kleinen Dienst zu erweisen."

„I beg, Sir! Ein kleiner war es gar nicht; da möchte ich erst hören, was Ihr einen großen nennt. Ich würde viel, sehr viel darum geben, wenn es umgekehrt wäre, nämlich so, daß ich ihn Euch geleistet hätte. Will hoffen, daß ich Euch einmal so etwas Ähnliches erweisen kann."

„Ich nehme es für genossen an und will lieber darauf verzichten, Gefangener der Comanchen zu sein. Jetzt wollen wir schlafen. *Good night,* Sir!"

„Good night, Mr. Shatterhand! Werde wahrscheinlich besser schlafen als da drüben auf der Insel, die ich nur verlassen sollte, um zum Martertod geführt zu werden."

Die Nacht war kühl und meine Kleidung naß, dennoch schlief ich fest bis vier Uhr, da ich zur letzten Wache geweckt wurde. Als diese fast zu Ende war, begann der Tag zu grauen, und ich hatte bald Licht genug, meinen neuen und berühmten Bekannten zu betrachten.

Da lag er jetzt vor mir, ruhig schlafend, ein wahrer Riese von Gestalt. Seine mächtigen Glieder waren ganz in Leder gekleidet, doch so, daß die von der Sonne gebräunte Brust unbedeckt blieb. Sein langes, braunes, seidenweiches Haar lag wie ein Schleier bis auf den Gürtel herab, und selbst im Schlaf sah man auf seinem Gesicht den Ausdruck jener Energie, ohne die ein guter Westmann undenkbar ist. Gradso, wie ich ihn hier liegen sah, hatte ich ihn mir vorgestellt, allerdings weil er mir so beschrieben worden war; denn es ist keineswegs richtig, sich jeden namhaften Westläufer als eine solche Figur zu denken. Wer das tut – und das geschieht allerdings sehr häufig –, der fühlt sich dann später, wenn er den Betreffenden zu sehen bekommt, meist sehr enttäuscht. Berühmte Jäger von so riesiger Gestalt habe ich nur zwei gesehen, Old Firehand und Old Surehand. Man macht ja oft die Erfahrung, daß körperliche Hünen ein wahrhaft kindliches Gemüt besitzen und daß ihnen alle Kampfeslust und Kampfesfertigkeit fehlen, während dürftiger gebaute Menschen sich lieber zerreißen als in die Flucht schlagen lassen. Doch soll das natürlich keineswegs als Regel gelten. Das Leben im Wilden Westen ist der Bildung voller Körperformen nicht günstig, doch schafft es eiserne Muskeln und Sehnen, die wie Stahl sind.

Es war Zeit, die Schläfer zu wecken; ich tat es, und als sich Old Surehand aufrichtete, konnte ich erst richtig sehen, in welcher Harmonie die einzelnen Teile und Glieder seines Körpers zueinander standen.

„*Good morning,* Sir!" grüßte er mich, indem er seinen Blick forschend an mir niedergleiten ließ und dann wieder zu meinem Gesicht erhob. „Endlich wird mir der Wunsch erfüllt, Euch zu sehen, denn das gestern abend in der Dunkelheit war kein Sehen zu nennen. Hier meine Hand zum Morgengruß und nochmaligen Dank für das, was Ihr an mir getan und wegen mir gewagt habt. Wollt Ihr einschlagen, Mr. Shatterhand?"

„Gern. Auch ich freue mich aufrichtig, Euch endlich kennenzulernen. Wenn es Euch recht ist, wollen wir fest zusammenhalten; das ist der Wunsch, den ich habe."

„*Well,* soll geschehen. Wenigstens was an mir liegt, werde ich mir Mühe geben, daß nichts geschieht, was uns auseinanderbringt." Er dehnte und reckte sich, untersuchte die Hand- und Fußgelenke und fuhr dann fort: „Ich habe gut geschlafen, und die Folgen der Fesselung sind völlig verschwunden. Was werden wir nun zunächst beginnen?"

„Wir nehmen uns den Häuptling vor und sagen ihm, was wir von ihm verlangen, und schicken dann den gefangenen Indianer hinüber ins Lager."

„Und bis er wiederkommt, wird tüchtig gefrühstückt", fiel Old Wabble ein. „Wozu hätte ich denn das viele Fleisch mitgebracht? Wer etwas zu essen hat, der soll essen; *th'is clear.* Oder hat jemand etwas dagegen?"

Es fiel keinem ein, gegen dieses Argument Widerspruch zu erheben. Old Surehand bat mich, die Verhandlung mit Vupa-Umugi zu leiten; aber da es ihn betraf, war ich der Meinung, daß er dem Häuptling seine Bedingungen selbst vorschreiben müsse, und er tat das denn auch. Vupa-Umugi zögerte nicht, auf sie einzugehen; er sah ein, daß er nicht glimpflicher wegkommen konnte. Dann banden wir den Comanchen, den Old Wabble gestern gefangen hatte, los; er erhielt vom Häuptling die nötigen Befehle und ging dann fort, diese zu übermitteln. Hierauf hatten wir Zeit, unser Frühstück einzunehmen.

Nach ungefähr zwei Stunden sahen wir den Boten mit einigen Roten zurückkehren. Sie brachten Old Surehands Pferd, seine Waffen und alle andern Gegenstände, auch seinen breitkrempigen Hut, der auf der Insel liegengeblieben war. Als er erklärte, daß nichts fehlte, gaben wir den Häuptling frei. Eigentlich hatten wir ihm das Versprechen abverlangen wollen, fernerhin Frieden zu halten; wir sagten uns jedoch, daß er sein Wort wohl kaum halten werde, und weil durch eine solche Forderung unsere Verhandlung mit ihm sehr in die Länge gezogen worden wäre, verzichteten wir lieber darauf, sie zu stellen. Als wir ihm die Fesseln abgenommen hatten, tat er einige Schritte, um sich zu entfernen, drehte sich wieder um und richtete die Worte an mich: „Die Bleichgesichter haben Frieden mit uns geschlossen; ich frage sie, wie lange er währen soll."

„Solange du willst", antwortete ich ihm, „es steht das ganz in euerm eigenen Belieben."

„Warum spricht Old Shatterhand nicht deutlicher? Warum sagt er nicht eine bestimmte Zeit?"

„Weil ich das nicht kann. Wir sind den roten Männern nicht

feindlich gesinnt und möchten gern stets und immer Freundschaft mit ihnen halten; wir wissen allerdings, daß sie nicht ebenso denken wie wir und müssen es also auf sie ankommen lassen. Solange sie uns den Frieden halten, wird bei uns das Beil des Krieges ebenfalls vergraben bleiben."

„Uff! Wie lange werden die weißen Männer in dieser Gegend verweilen?"

„Wir werden sofort aufbrechen."

„Wohin?"

„Frag den Wind, wohin er geht! Er weht bald hierhin, bald dorthin. So ist's auch mit dem Jäger des Westens, der nie heut sagen kann, wo er sich morgen befinden wird."

„Old Shatterhand weicht meiner Frage aus."

„Meine Antwort ist so wie die deine, wenn ich dich fragen würde."

„Nein, denn ich würde dir die Wahrheit sagen."

„Das wollen wir doch einmal versuchen. Wie lange bleiben die roten Krieger hier am Blauen Wasser?"

„Noch einige Tage. Wir sind hierhergekommen, um zu fischen, und werden gehen, wenn wir das getan haben."

„Wohin werdet ihr dann reiten?"

„Nach Hause zu unsern Frauen und Kindern."

„Behauptest du, daß das die Wahrheit ist?"

„Ja."

„So sei klug und handle nach deinen Worten! Jede Lüge gleicht einer Nußschale, deren Kern in der Bestrafung besteht. Du hast gesagt, daß du Old Shatterhand nicht fürchtest; du brauchst ihn auch nicht zu fürchten, außer dann, wenn du ihn zwingst, Abrechnung mit dir zu halten. Ich habe gesprochen. *Howgh!*"

Er machte eine stolz abwehrende Handbewegung und ging; seine Leute folgten ihm. Meine Begleiter wollten über sein Verhalten und seine Worte reden; ich aber schnitt ihnen die Rede kurz ab: „Mesch'schurs, schweigen wir jetzt darüber; wir können uns später besprechen; jetzt müssen wir fort."

„Ist das so eilig, Sir?" fragte Parker.

„Ja."

„Das denke ich nicht. Wir haben den Roten eine tüchtige Lehre gegeben, und sie werden sich hüten, uns Gelegenheit zu einer zweiten zu geben."

„Das klingt sehr zuversichtlich, Mr. Parker. Bedenkt aber, daß wir nur zwölf Personen sind und über hundertfünfzig Rote gegen uns haben!"

„Das ist richtig, aber . . . Old Shatterhand, Old Surehand, Old Wabble; ich will Euch nur diese Namen nennen und von uns andern gar nicht reden. Die Comanchen werden sich hüten, uns zu belästigen."

„Ich bin im Gegenteil überzeugt, daß sie nach Rache dürsten. Sie mögen unsere Namen fürchten. aber sie wissen ebensogut wie wir, daß im Fall eines Angriffs zwölf von ihnen auf einen von uns kommen. Sie hatten in Old Surehand einen vorzüglichen Fang gemacht, den wir ihnen wieder abgenommen haben; sie werden wütend darüber sein und danach trachten, nicht nur ihn, sondern auch uns in die Hand zu bekommen. Wenn sie uns hier in der offenen Savanne überfallen, haben wir keine Deckung; wir würden uns zwar wehren und eine große Zahl von ihnen niederstrecken, endlich jedoch unterliegen. Nein, wir müssen fort."

„Das nutzt uns auch nichts, denn wenn sie wirklich die Absicht haben, uns zu erwischen, werden sie uns folgen, wenn wir fortreiten."

„Da können wir uns zu ihrem Empfang eine geeignetere Örtlichkeit wählen, als diese hier ist. Sie werden uns allerdings folgen, schon um zu erfahren, wohin wir reiten, allzuweit freilich dürfen sie sich nicht entfernen, weil sie zum Llano wollen."

Old Surehand und Old Wabble gaben mir recht; Jos Hawley hatte mich zu sehr in sein Herz geschlossen, als daß er es geäußert hätte, wenn er anderer Meinung gewesen wäre, und die übrigen, nun, die waren ganz und gar nicht zornig darüber, daß wir aus der gefährlichen Nähe der Comanchen fortwollten; sie erklärten sich vielmehr so rasch damit einverstanden, daß sich meine über sie gehegte Ansicht nur festigte. Sie waren ganz gewöhnliche Leute, die mir nur in ihrer Gesamtheit von Nutzen waren. Wenn sie bei mir blieben, standen mir einige Gewehre mehr zur Verfügung; ich hatte aber ebenso viele Menschen mehr zu versorgen und war in meinen Bewegungen und Handlungen nicht frei. Einzeln konnte ich sie nicht verwenden, dazu waren sie zu unselbständig und unerfahren. Wie die Angelegenheit jetzt stand, wäre es mir lieber gewesen, sie nicht bei mir zu haben. Dazu kam der Umstand, daß die Oase im Llano ein Geheimnis bleiben sollte; die Weißen, die es bis jetzt kannten, hatten es nicht verraten. War es klug, meine jetzigen Begleiter einzuweihen? Ich traute ihnen keine Verschwiegenheit zu. Durfte ich sie aber von mir weisen? Nein, das hätte sie gekränkt. Ich mußte versuchen, sie selbst auf den Gedanken zu bringen, sich von mir zu trennen, und das schien, da sie nicht viel Mut und Unternehmungsgeist besaßen, gar nicht schwer zu sein.

Wir ritten also fort, mit Fleischvorrat reichlich versehen. Ich hielt mich mit Old Surehand an der Spitze, und niemand fragte mich, wohin ich mich wenden wollte. Natürlich nahm ich die Richtung zur Furt und trieb, als wir dort angekommen waren, mein Pferd ins Wasser; die andern folgten mir. Am jenseitigen Ufer stieg ich ab, band mein Pferd an einen Baum und setzte mich nieder. Old Surehand und Old Wabble taten sofort nach meinem Beispiel. Parker blieb wie die andern im Sattel sitzen und fragte: „Ihr steigt ab, Sir? Das sieht genauso aus, als ob Ihr längere Zeit hierbleiben wolltet?“

Ich brauchte nicht zu antworten, denn Old Wabble übernahm an meiner Stelle die Erklärung: „Allerdings bleiben wir hier, Mr. Parker. Wundert Ihr Euch etwa darüber?“

„Natürlich!“

„So begreift Ihr wohl nicht, warum wir wieder nach Westen geritten sind anstatt nach Osten, wohin wir eigentlich wollen?“

„Welch eine Frage! Ihr scheint mich für sehr dumm zu halten. Die Roten dürfen nicht wissen, daß wir ostwärts wollen, weil wir ihren Kriegsplan kennen; darum müssen wir zunächst nach der entgegengesetzten Richtung, um sie zu täuschen. Aber warum wir hier bleiben und uns sogar ganz gemächlich niedersetzen sollen, das ist mir ein Rätsel.“

„Es ist Euch schon manches ein Rätsel gewesen und wird es Euch auch später sein. Erst wolltet Ihr nicht vom Blauen Wasser fort, obgleich wir dort der größten Gefahr ausgesetzt waren, und nun wir uns hier hinter dem Fluß und den Büschen in der schönsten Sicherheit befinden, bleibt Ihr im Sattel kleben wie eine Fliege am Leim.“

„So wollt Ihr auf die Roten warten?“

„*Yes.*“

„Das ist doch nicht nötig! Wenn sie kommen, müssen wir uns wehren, und wenn wir weiterreiten, entgehen wir aller Feindseligkeit; da ist es entschieden besser, das letztere zu tun.“

„Damit sie unseren Spuren folgen und uns dann abends oder in der Nacht, wenn wir sie nicht sehen, überfallen! Was Ihr für ein ungeheurer Pfiffikus seid! Steigt nur ab!“

Parker folgte dieser Aufforderung, ließ dabei aber ein unwilliges Brummen hören. Old Wabble ärgerte sich darüber und fuhr ihn zornig an: „Was habt Ihr da zu brummen, Sir! Reitet getrost fort, wenn es Euch hier nicht gefällt; es wird sich niemand Mühe geben, Euch zurückzuhalten; darauf könnt Ihr Euch verlassen!"

„Habe ich etwa verlangt, daß sich jemand diese Mühe geben soll, Mr. Cutter?"

„So brummt auch nicht! Wißt Ihr, was dieses Brummen ist? Eine Beleidigung für Mr. Shatterhand, nach dessen Beispiel wir uns hier gerichtet haben. Durch dieses Brummen zeigt Ihr an, daß Ihr nicht einverstanden mit ihm seid, und Ihr wißt ja, was ich Euch gesagt habe: Wer ihn für dumm hält, den lassen wir einfach sitzen!"

„Oho! So war es nicht gemeint."

„Natürlich war es so gemeint! Weil Ihr damals Euern ersten Elk aufs Blatt getroffen habt, bildet Ihr Euch ein, daß Eure Ansichten stets aufs Blatt treffen. Da seid Ihr allerdings gewaltig im Irrtum. Nehmt mich dagegen! Ich bin über neunzig Jahre alt und habe Dinge erlebt und mitgemacht, die andere nie im Traum zu sehen bekommen; aber ich werde nie wagen zu murren, wenn Old Shatterhand etwas sagt, obgleich er der reine Jüngling gegen mich ist. Wenn er etwas tut, was ich nicht begreife, brumme ich nicht, sondern ich frage ihn. Brummen tun nur die Bären und die Ochsen; *th'is clear.*"

„Soll das etwa mir gelten, Mr. Cutter?"

„Seid Ihr ein Bär oder ein Ochse?"

„Wahrscheinlich nicht. Will es Euch auch nicht raten, mich für so eine Kreatur zu halten; und was Eure Methode betrifft, Mr. Shatterhand zu fragen, anstatt zu brummen, so wird ihm an unnützen Fragen wohl nicht viel gelegen sein."

„Old Wabble fragt nicht unnütz, das mögt Ihr Euch merken. Wenn ich eine Frage stelle, betrifft sie stets einen Gegenstand, an dem auch jeder andere Interesse haben und dazulernen kann. Das will ich Euch gleich jetzt beweisen. Paßt einmal auf!" Er wandte sich an mich und fuhr fort: „Da war mir zum Beispiel gestern abend etwas unklar, Sir. Darf ich Euch um Auskunft bitten?"

„Gewiß."

„Als Ihr das Feuer, an dem der Häuptling saß, beschlichen hattet und aus dem Wasser zurückkamt, brachtet Ihr etwas mit. Ihr nahmt es mit zu unserm Lagerplatz und habt es da in den Büschen versteckt. Was war das?"

„Das Schilf, das ich mir über den Kopf gesteckt hatte."
„Oh, hab es mir gedacht! Warum warft Ihr es nicht schon vorher weg?"
„Damit die Roten es nicht finden."
„So, hm! Gab es einen Grund dazu?"
„Natürlich. Man pflegt doch nichts ohne Grund zu tun."
„Ja, Ihr. Aber ich habe Leute gekannt, die zu allem, was sie taten, keine Gründe sagen konnten. Solche Menschen soll es auch jetzt noch geben. Was hätte es denn geschadet, wenn das Schilf von den Roten gefunden worden wäre?"
„Sie hätten gemerkt, daß sie belauscht worden sind."
„Wegen dieses kleinen Schilfbusches?"
„Ja. Wer hatte ihn abgeschnitten? Keiner von ihnen. Wo war er abgeschnitten worden? Sie hätten gesucht und die Stelle gewiß gefunden. Von da führte meine Doppelspur zu dem Gebüsch, in dem ich mit Euch steckte; auch diesen Ort hätten sie entdeckt."
„Aber zu spät, denn wir waren fort!"
„Hätten wahrscheinlich Mr. Surehand noch nicht befreit. Wenn das Schilf gefunden wurde, ehe ich auf die Insel kam, wäre es unmöglich gewesen, ihn von dort wegzuholen, denn man hätte das ganze Lager alarmiert."
„Richtig! Das kann ich mir denken. Also war das der Grund!"
„Nicht das allein; ich habe dabei nicht nur an Mr. Surehand, sondern auch an die Zukunft gedacht."
„Wieso?"
„Ihr wißt, daß ich den Häuptling belauscht und was ich da erfahren habe. Was ich hörte, ist von großer Wichtigkeit für uns. Der ganze große Vorteil, den ich daraus zu ziehen beabsichtigte, würde total verlorengehen, wenn die Roten wüßten, daß ich gehorcht habe."
„Ihr meint, daß sie das aus dem Schilfbusch zu schließen vermögen?"
„Mit Leichtigkeit."
„Oho! Ich bin ein alter, weißhaariger und erfahrener Kerl, doch wen ich einer dieser Comanchen wäre und den Busch gefunden hätte, hätte ich höchstens gedacht, daß ein Fremder dagewesen sei und das Lager beobachtet habe. Ob ein Gespräch von ihm belauscht worden sei, die Frage hätte ich mir sehr wahrscheinlich nicht gestellt."
„Gebt Euch nicht weniger scharfsinnig, als Ihr seid, Mr. Cutter! Ihr hättet gewiß darüber nachgedacht."

„Natürlich hätte ich das. Auf welchen Gedanken wäre ich wohl gekommen?“

„Auf den richtigen; ich bin überzeugt davon. Und hättet Ihr gestern abend das Rechte nicht getroffen, dann heut am hellen Tag, wo man alles deutlich sehen kann, wenn der Verdacht einmal rege geworden ist. Denkt Euch an die Stelle des Indianers. Was mußte er sich fragen?“

„Zunächst, wer der Fremde gewesen ist.“

„Das wissen sie jetzt. Sie wissen genau, daß wir ihr Lager entdeckt und beobachtet haben. Aber haben wir auch gelauscht und etwas erfahren, was gesprochen worden ist? Diese Frage ist die wichtigste für sie. Da finden sie den Busch und den Ort, wo ich ihn abgeschnitten habe; sie sehen, daß ich da in das Wasser gegangen bin. Warum bin ich in das Wasser gestiegen, und wozu habe ich den Busch gebraucht? Um mich zu tarnen. Das sagen sie sich sofort, denn diese Tarnung ist ihnen nicht nur bekannt, sondern sie sind sogar Meister darin. Mit Schilf tarne ich mich nur dann, wenn ich beabsichtige, mich im Schilf zu verstecken. Ich habe mich also im Schilf des Ufers befunden. Wo? Natürlich in der Nähe des Feuers, das dem Ufer am nächsten gewesen ist – also das, an dem der Häuptling gesessen hat. Sie suchen; das Wasser ist durchsichtig, und so sehen sie die Stelle, wo ich mich gestern tief in den Schlamm eingegraben hatte. Von dieser Stelle war alles, was an dem Feuer gesprochen wurde, leicht zu hören; daraus folgt, daß ich es gehört haben muß. Nun weiter; Zu welcher Zeit bin ich dagewesen, was wurde da gesprochen, und was habe ich also gehört?“

„Das können sie unmöglich erfahren!“

„Schwer ist es, unmöglich nicht. Ich bin von dieser Stelle aus um den See gegangen, zur Insel geschwommeh und von dieser mit Old Surehand wieder zurück. Wieviel Zeit habe ich ungefähr dazu gebraucht? Ihr seht, es ist gar nicht so unmöglich, zu berechnen, wann ich dagewesen bin. Was da gesprochen worden ist, darauf wird sich der Häuptling sehr wahrscheinlich besinnen. Der betreffende Zeitpunkt kann auch noch anders berechnet oder vielmehr erraten werden. Der Schein des Feuers erleuchtete die Stelle, an der ich lag; ich kann also nur in Augenblicken, in denen die Aufmerksamkeit von dort abgelenkt war, hingekommen und mich wieder entfernt haben. Welche Augenblicke waren das? Bei ein wenig Nachdenken läßt sich auch diese Frage unschwer beantworten. Es hat drei solche Gelegenheiten gegeben, nämlich als die beiden Comanchen, die wir freiließen, in dem Lager eintrafen, als das Verhör mit ihnen beendet war und als zum Essen gerufen wurde. Und grad zu und zwischen diesen Zeitpunkten sprach man über sehr wichtige Dinge. Falls ich während dieser Zeit gelauscht habe, muß ich über die Absichten der Comanchen gut unterrichtet sein. So und noch vieles andere hätten sie sich sagen müssen, wenn der Schilfbusch von ihnen gefunden worden wäre. Wißt Ihr nun, warum ich ihn mitgenommen und weit davon versteckt habe?"

„*Well,* ich weiß es jetzt, Sir. Ihr seid das, was Mr. Parker vorhin nicht gewesen ist, nämlich ein großer Pfiffikus. Ich möchte nicht zu Leuten gehören, denen Ihr feind seid und die sich vor Euch in acht zu nehmen haben. Ihr macht ja alles möglich und legt Euch, was Ihr tut, so sorgfältig und umsichtig zurecht, daß gar kein Mißlingen möglich ist und der Feind gar nicht begreift, wie er so in die Tinte geraten konnte."

„Dieses Lob muß ich zurückweisen, Mr. Cutter. Ich habe auch manchen großen Fehler begangen und oft selbst so tief in dem gesteckt, was Ihr Tinte zu nennen beliebt, daß es ein wahres Wunder war, herauszukommen."

„Aber heraus seid Ihr doch, sonst säßt Ihr nicht hier; *th'is clear.* Wollen hoffen, daß wir jetzt nicht auch einem solchen verteufelten Tintenfaß entgegenreiten."

„Welches Faß meint Ihr wohl mit diesem tiefschwarzen Vergleich, Mr. Cutter?"

„Hm, der Vergleich war dumm, denn dieses Tintenfaß ist eigentlich kein Tintenfaß, sondern eine Streusandbüchse, nämlich der Llano Estacado."

„Fürchtet Ihr Euch vor ihm?"

„Fürchten? Hoffentlich ist es Euch mit diesem Wort nicht Ernst, Mr. Shatterhand. Möchte wissen, wovor sich Old Wabble fürchten sollte! Höchstens vor sich selber! Aber Ihr werdet zugeben, daß zwischen einem Kanapee und einem Backofen ein großer Unterschied ist."

„Ich bin so geistreich, das einzusehen."

„Wer Gelegenheit hat, es sich in einem hübschen, kühlen Zimmer auf dem Kanapee bequem zu machen, dem fällt es nicht ein, in einen Backofen zu kriechen, um sich wie eine Pflaume dörren und backen zu lassen. Gradso ist das Verhältnis zwischen dem grünen Wald oder der grasigen Savanne und dem öden, glühenden Estacado. Wer im Wald oder auf der Prärie bleiben kann, der soll es sich nicht in den Sinn kommen lassen, die Staked Plains aufzusuchen; er wäre ein Tor, wie er größer nicht zu denken ist."

„Schön! Aber so ein Tor wollt Ihr doch jetzt wohl sein?"

„Würde mir nicht einfallen, wenn Ihr nicht dabei wärt, Mr. Shatterhand. – Wer von euch ist schon im Llano Estacado gewesen?" Er richtete diese Frage an seine Gefährten, und als sich herausstellte, daß keiner von ihnen die Plains durchquert hatte, lieferte er eine solche Schilderung der Wüste und erzählte von so vielen Unglücksfällen, daß es ihnen zu grauen begann. Ich ließ ihn gewähren, weil er mir dadurch, allerdings unbewußt, in die Hände arbeitete.

Wir hatten uns nicht direkt am Wasser gelagert, sondern hinter den Büschen, die am Ufer standen, und ich saß so, daß ich zwischen zwei Sträuchern hindurchsehen und die Breite des Flusses, also die ganze Furt, überblicken konnte. Old Surehand saß neben mir und hatte dieselbe Absicht. Eben erzählte Old Wabble von einem Raubüberfall, der im Llano Estacado ausgeführt worden war, und weil eine Person dabei vorkam, die ich gekannt hatte, schenkte ich dem Alten mehr Aufmerksamkeit als dem Fluß, da stieß mich Old Surehand an, deutete zu den Büschen und sagte: „Schaut dorthin, Sir; sie kommen!"

Old Wabble hielt in seiner Erzählung inne, und wir lugten durch das Gesträuch. Am jenseitigen Ufer erschien eine Schar berittener Comanchen, die wohl aus dreißig Kriegern bestand, deren Gesichter mit den Kriegsfarben bemalt waren. Einer, sicher der Anführer, stieg ab und betrachtete den Boden, jedenfalls um zu sehen, ob wir in die Furt gegangen oder seitwärts weitergeritten seien. Er sah, daß das erstere der Fall war, stieg wieder auf und ritt ins Wasser; seine Leute folgten ihm nach Indianerart, einer hinter dem andern.

„Wie unvorsichtig diese Kerls sind!" sagte Old Wabble.

„Warum unvorsichtig?" fragte Parker.

„Weil sie gleich alle in den Fluß gehen und nicht erst einen herüberschicken, um sich zu vergewissern, daß wir fort sind. Nun kommen sie uns alle vor die Gewehre. Meine Kugeln stehen ihnen zu Diensten."

Er nahm sein Gewehr schußbereit; ich aber sagte: „Es wird nicht geschossen, Sir. Ich habe sie hier erwartet, nicht um sie zu töten, sondern um sie von unserer Verfolgung abzubringen. Wenn sie umkehren und von uns lassen, ist es für uns ebensogut und noch besser, als wenn wir sie erschießen. Sobald der erste von ihnen nahe genug ist, zeigen wir uns ihnen; ihr legt die Gewehre auf sie an, während ich mit ihnen rede, schießt jedoch erst dann, wenn ich meinen Stutzen sprechen lasse."

„Wie Ihr wollt", brummte Old Wabble, „besser wäre es freilich, wenn diese roten Hunde ausgelöscht würden, wie man ein Dutzend Kerzen ausbläst."

Er war kein Indianerfreund und also mit meinem humanen Verhalten nicht einverstanden. Ich wartete, bis uns der Anführer auf zehn Pferdelängen nahe gekommen war; dann standen wir auf und traten hinter dem Gebüsch hervor. Alle unsere Gewehre richteten sich auf ihn und seine Leute. Sie sahen uns sofort.

„Uff, uff, uff, uff!" ertönten die Ausrufe der Verwunderung, des Schreckens.

„Halt!" rief ich ihnen zu. „Wer einen Schritt weiterreitet oder seine Waffe erhebt, der wird erschossen!"

Sie hielten an; sie konnten das tun, weil ihre Pferde nicht schwammen, sondern festen Grund hatten.

„Uff!" rief der Anführer. „Old Shatterhand ist noch hier! Warum hat er sich versteckt und ist nicht weitergeritten, wie wir dachten?"

„Ha, habt ihr das gedacht?" fragte ich. „So habt ihr geglaubt, daß ich kein Hirn besitze und mir nicht denken kann, daß ihr uns folgen werdet!"

„Wir wollen Old Shatterhand nicht folgen."

„Wem dann?"

„Niemand."

„Wohin reitet ihr?"

„Auf die Jagd."

„Ich denke, ihr seid hier, nur um zu fischen!"

„Die meisten fischen, die übrigen jagen; wir machen Fleisch, um es in unsere Wigwams zu bringen."

„Warum wollt ihr auf dieser Seite des Flusses und nicht drüben jagen?"

„Weil wir glauben, hier mehr Wild zu finden."

„Ja, dieses Wild sind wir."

„Nein, dieses Wild sind die Büffel und die Antilopen der Prärie und der Wassertäler."

„Seit wann ist es bei den roten Kriegern Sitte, sich die Gesichter mit Farben zu bemalen, wenn sie nur beabsichtigen, auf die Jagd zu gehen?"

„Seit . . ., seit . . ., seit . . ." Er fand keine passende Antwort und rief mir darum zornig zu: „Seit wann ist es bei den Kriegern der Comanchen Sitte, jedem Bleichgesicht Rechenschaft darüber zu geben, was sie tun oder nicht tun?"

„Seit Old Shatterhand diese Rechenschaft verlangt! Ich habe Vupa-Umugi, euerm Häuptling gesagt, daß ich ein Freund der roten Männer bin, aber keine Gnade walten lasse, wenn ich angegriffen werde."

„Wir wollen euch nicht angreifen."

„So kehrt sofort um!"

„Das tun wir nicht, sondern wir reiten an euch vorüber auf die Jagd."

„Versucht es! Es wird keiner von euch vorüberkommen, sondern der Fluß wird alle eure Leichen abwärts treiben und an das Ufer werfen."

„*Uff!* Wer hat hier zu gebieten, Old Shatterhand oder die Krieger der Comanchen?"

„Old Shatterhand. Ihr seht alle unsere Gewehre auf euch gerichtet; ich brauche nur zu wollen, so gehen sie alle los, und auch meine Zauberbüchse wird zu euch reden. Ich gebe euch die Zeit, die wir Weißen fünf Minuten nennen; wenn ihr dann eure Pferde nicht zur Umkehr gewendet habt, wird keiner von euch zurückkehren können. Ich habe gesprochen!"

Ich nahm den Stutzen zur Hand, und wenn ich ihn auch nicht anlegte, was auf die Dauer von fünf Minuten ermüdet hätte, so hielt ich ihn doch so, daß seine Mündung gerade auf den Anführer gerichtet war. Er drehte sich im Sattel um und sprach einige leise Worte mit den hinter ihm im Wasser Wartenden; dann wandte er sich wieder mir zu und fragte: „Wie lange wird Old Shatterhand hier am Fluß bleiben?"

„So lange, bis ich weiß, daß die Söhne der Comanchen nichts Böses gegen uns vorhaben."

„Das kann er jetzt schon wissen!"

„Nein. Wir werden uns voneinander trennen und dieses Ufer weit hinauf und weit hinab besetzen; so sehen wir jeden Comanchen, der etwa herüber will. Ein Schuß genügt, um uns in kürzester Zeit zu vereinigen und euch zurückzutreiben. Wenn wir dann morgen abend sicher sind, daß eure Krieger nicht versucht haben, an dieses Ufer zu gelangen, werden wir überzeugt sein, daß ihr den Frieden wollt, und dann diese Gegend verlassen, in die wir nur gekommen sind, Old Surehand zu befreien."

„*Uff!* Bis morgen abend, das ist lange!"

„Für uns nicht, wir haben Zeit."

„Ihr werdet wirklich gehen?"
„Ihr werdet uns dann nicht mehr sehen; ich habe es gesagt, und ich halte mein Wort."
„Und Ihr seid nur zum Saskuan-kui gekommen, um Old Surehand zu befreien?"
„Ja."
„Aus keinem andern Grund?"
„Nein, ich sage es."
Diese Versicherung konnte ich geben, ohne mich einer Lüge schuldig zu machen. Ich hatte geradewegs zum Llano Estacado gewollt, und dieser Weg hätte mich nicht zum Blauen Wasser geführt.
Er wechselte wieder einige Worte mit seinen Leuten und machte dann noch einen Versuch mit mir: „Old Shatterhand droht, weil er uns nicht glaubt; wenn wir dennoch vorwärts reiten, wird er bestimmt nicht schießen."
„Ich werde schießen, und ich gebe dir mein Wort, du wirst der erste sein, den meine Kugel trifft. Wenn du es trotz dieser Versicherung versuchen willst, so habe ich nichts dagegen. Übrigens brauchen wir nicht länger zu warten, denn die fünf Minuten sind bereits abgelaufen."
„*Uff!* So reiten wir zurück; aber wehe Old Shatterhand und seinen Bleichgesichtern, wenn sie es in der Zeit bis morgen abend wagen sollten, zum Blauen Wasser zu schleichen. Auch wir werden unser Ufer besetzen und jeden von euch töten; der sich daran sehen läßt. Ich habe gesprochen. *Howgh!*"
Sie kehrten um und verschwanden einer nach dem andern jenseits der Furt hinter dem Gesträuch. Ich wandte mich zu Old Wabble: „Nun, Mr. Cutter, was sagt Ihr jetzt? Ist das nicht ein prächtiger Erfolg?"
„Erfolg? Sogar prächtig? Ich glaube überhaupt an keinen Erfolg."
„Sie sind doch fort!"
„Sie werden wiederkommen."
„Fällt ihnen nicht ein!"
„Sie kommen wieder, sage ich Euch. Sie werden an einer andern Stelle herüberschwimmen."
„Und sich von uns erschießen lassen?"
„Wollt Ihr das wirklich tun, was Ihr gesagt habt, nämlich das Ufer auf- und abwärts besetzen?"
„Nein, das war nur eine Drohung."
„So werden sie also herüberkommen und uns folgen."

„Ich sage Euch, daß sie drüben bleiben werden, weil sie meine Drohung für wahr halten."

„Da wären sie dumm!"

„Dumm oder nicht, sie werden bleiben; das könnt Ihr ja ihrer Drohung entnehmen."

„Welcher Drohung?"

„Daß auch sie ihr Ufer besetzen werden. Übrigens nehmen sie jetzt als gewiß an, daß wir nur wegen Mr. Surehand hier waren und also nichts Weiteres gegen sie im Schild führen. Wir sind sicher vor ihnen."

„Wenn sie ihr Ufer besetzen, werden sie merken, daß das unsre unbesetzt ist, und dann kommen sie unbedingt herüber; *th'is clear!*"

„Ja, sie werden es bemerken, aber nicht so schnell, wie Ihr denkt. Sie sind zur größten Vorsicht gezwungen. Herüberschwimmen können sie nicht, um sich zu überzeugen; das wäre höchst gefährlich für sie. Herübersehen? Das ist zu weit und würde auch nichts nutzen, weil sich unsere Posten, wenn wir hierbleiben, nicht offen zur Schau stellen, sondern so klug wären, sich zu verstecken. Dann wäre noch ein dritter Fall in Betracht zu ziehen. Könnt Ihr Euch den denken?"

„Ich? Hm, nein. Aber ich möchte gern wissen, ob sich Mr. Surehand diesen unbekannten Fall denken kann."

Die Absicht des Alten bei diesen Worten war natürlich, den Scharfsinn Old Surehands auf die Probe zu stellen, und ich nahm an, daß dieser sich nicht darauf einlassen würde; doch der riesige Jäger klopfte ihm auf die Schulter und sagte mit einem vergnügten Lächeln: „Wollt Ihr ein Examen mit mir anstellen, alter Wabble? Das macht mir Spaß!"

„Freut mich sehr, daß es Euch nicht beleidigt, sondern im Gegenteil ergötzt. Wenn man Mr. Shatterhand so reden hört, sollte man meinen, daß er allwissend ist; ist es da ein Wunder, wenn man gern erfahren möchte, ob Old Surehand auch etwas weiß?"

„Den Gefallen will ich Euch gern tun, Mr. Cutter. Ich weiß auch etwas."

„Was?"

„Der dritte Fall, den Mr. Shatterhand meint, ist folgender: Die Roten möchten sich überzeugen, ob wir dieses Ufer wirklich besetzt halten. Sehen können sie es nicht; grad herüber dürfen sie auf der Strecke nicht, auf der wir uns wahrscheinlich ausbreiten; also gehen sie über diese Strecke hinaus, schwim-

men dort über den Fluß und schleichen diesseits am Ufer entlang, um unsere Posten zu entdecken."
„Und wenn sie keine finden, Sir?"
„So wissen sie, daß wir fort sind und sie nur geäfft haben."
„Dann tritt das ein, was ich meine: Sie werden uns nachreiten und des Nachts überfallen!"
„Dessen müssen wir allerdings gewärtig sein", gab Old Surehand dem Alten zu.

Er hatte bewiesen, daß er Scharfsinn besaß und mich verstand; seinen letzten Worten freilich konnte ich meinen Beifall nicht geben; ich widersprach also: „Nein, dessen müssen wir nicht gewärtig sein, Mr. Surehand. Es ist völlig unmöglich, daß uns die Roten bis zum Abend einholen."
„So? Wenn Ihr das denkt und sagt, wird es wohl richtig sein."
„Es ist richtig. Wir müssen die Zeit berechnen. Wir haben nach dem Stande der Sonne jetzt genau neun Uhr vormittags. Es vergeht eine Stunde, bis die Comanchen, die hier waren, das Saskuan-kui erreichen. Sie haben zu berichten, zu erzählen, Vorwürfe anzuhören; dann wird Beratung gehalten, und eine solche Beratung wird nicht in kurzer Zeit beendet."
„Ja, Sir, jetzt verstehe ich Euch. Sagen wir: Zur Berichterstattung und Beratung sind zwei Stunden nötig."
„Gut, dann ist es zwölf Uhr. Sie kommen her – ist ein Uhr. Sie besetzen den Fluß aufwärts und abwärts – wieder eine Stunde, also zwei Uhr. Dann gehen Späher ab, um hoch oben oder tief unten den Fluß zu durchschwimmen. Wie lange brauchen sie, dazu? Doch wenigstens wieder eine Stunde – drei Uhr. Sie schleichen diesseits am Ufer entlang, was sie außerordentlich vorsichtig, also sehr langsam, tun. Wie lange wird es wohl währen, bis das ganze Ufer vergeblich nach uns abgesucht worden ist?"
„Gewiß drei Stunden."
„Sagen wir nur zwei; dann ist es schon fünf Uhr. Nun wieder Beratung; es werden Leute ausgesucht, die unserer Fährte zu folgen haben. Auch das geschieht nur sehr vorsichtig und unter großem Zeitverlust, denn die Roten haben mit der Möglichkeit zu rechnen, daß wir diese Gegend gar nicht verlassen, sondern einen Bogen geschlagen haben, um sie zu täuschen und von einer andern Seite heimlich zurückzukehren. Ich schätze, daß wenigstens wieder eine Stunde vergeht, ehe sich die Comanchen überzeugt haben, daß wir wirklich fort sind. Es ist also, wenn die eigentliche Verfolgung beginnt, schon sechs

Uhr geworden; das ergibt, wenn wir jetzt gleich fortreiten, einen Vorsprung von wenigstens neun Stunden. Ist es da möglich, daß wir eingeholt werden?"

„*Pshaw!* Auf keinen Fall."

„Sie werden höchstens die Spuren sehen, die wir binnen jetzt und zwei Stunden machen; morgen erkennen sie dann gar nichts mehr und wissen nicht, wohin wir sind. Wenn wir jetzt also zwei Stunden lang westlich reiten, und sie folgen uns, werden sie annehmen, wir seien dahin zurückgekehrt, woher wir gekommen sind. Diese ihre Meinung scheint sich dadurch zu bestätigen, daß sie glauben, wir seien nur zu Eurer Befreiung hier gewesen; wir haben das erreicht und sind wieder fort; damit werden und müssen sie sich beruhigen. Meint Ihr nicht, Mr. Surehand?"

„Eure Berechnung ist richtig", sagte er zustimmend, fügte allerdings nachdenklich hinzu: „Wenn sie nicht dadurch auf den richtigen Gedanken geführt werden, daß sie das Ufer unbesetzt gefunden haben."

„Auf welchen Gedanken?"

„Daß wir ihnen ein Schnippchen geschlagen haben."

„Auf diesen Gedanken werden sie sicher kommen; aber sie werden nicht das richtige, sondern ein falsches Schnippchen erraten. Sie werden nämlich nicht denken, daß wir wieder zurück sind, sondern überzeugt sein, daß wir den Fluß nur deshalb so schnell verlassen haben, um, während sie hier unnütz nach uns suchen, einen tüchtigen Vorsprung zu erhalten und ihrer Verfolgung zu entgehen. Ja, wenn sie ahnten, daß wir wissen, wohin sie wollen!"

„Das ahnen sie nicht. Ihr habt recht. Wenn wir jetzt aufbrechen, können wir schon nach zwei Stunden wieder umbiegen; sie werden das nicht bemerken."

„Ich bin übrigens der Überzeugung, daß sie sich jetzt noch drüben an der Furt befinden. Wir dürfen also unsere Pferde leider nicht trinken lassen. Sie würden das sehen und daraus schließen, daß wir fortwollen. Die Tiere werden aber trotzdem bald Wasser haben, denn ich schlage nicht den Weg ein, den wir gekommen sind, sondern wir suchen das Flüßchen auf, an dem die zwei Comanchen abwärts entlangritten. Warten wir nicht länger, es ist Zeit."

Wir brachen auf und ritten den Fluß abwärts, wobei wir soviel Gebüsch wie möglich zwischen ihm und uns ließen, damit wir von etwaigen jenseitigen Spähern nicht gesehen wurden.

Als wir nach ungefähr einer Stunde die Mündung des erwähnten Flüßchens erreichten, bogen wir in dessen Tal ein, um, nachdem wir unsere Pferde hatten trinken lassen, am Wasser aufwärts zu reiten. Unsere Richtung war also westlich, obwohl wir nach Osten wollten.

Während dieses Rittes fand ich keine Zeit, mich mit Old Surehand allein zu unterhalten. ich wurde von andern Personen in Anspruch genommen. Die Erzählungen Old Wabbles über die Schrecken des Llano Estacado hatten nämlich auf seine Zuhörer tiefen Eindruck gemacht. Kaum hatten wir die Furt verlassen, mußte er weiterberichten. Ich machte meine Bemerkungen dazu und wurde infolgedessen gebeten, auch zu erzählen, was ich mit großem Vergnügen tat. Zu meiner heimlichen Genugtuung bemerkte ich bald, daß der beabsichtigte Erfolg nicht ausblieb; die Leute wurden nachdenklich und immer nachdenklicher. So wie ich ihn schilderte und der alte Wabble ihn vorher beschrieben hatte, hatten sie sich den Estacado doch nicht vorgestellt, und es kam ihnen höchst gefährlich vor, eine solche Gegend aufzusuchen. Das sagten sie freilich nicht, aber ich sah es ihnen an; sie warfen einander Blicke zu, die mir ihre Gedanken verrieten.

Wenn ich diese Leute los sein wollte, mußte es bald geschehen. Der beste Zeitpunkt, uns von ihnen zu trennen, war der, wenn wir nach den abgelaufenen zwei Stunden aus unserer jetzigen Richtung abbogen. Ich fuhr also in meinen Erzählungen, die nicht etwa Übertreibungen waren, so lange fort, bis diese Zeit fast verflossen war; dann zog ich mich zurück, um ihnen Gelegenheit zu geben, ihre Meinungen ohne Zeugen auszutauschen. Diese Diplomatie führte zum gewünschten Erfolg. Ich sah, daß einer dem andern zusprach, wozu, das konnte ich mir denken.

Ich wußte, daß wir nun bald einen kleinen, schmalen Bach erreichen würden, der von links her in das Flüßchen lief. Das war die geeignete Stelle abzubiegen, weil der Bach uns Gelegenheit bot, unsere Spuren zu verbergen. Darum hielt ich ein kurzes Stück vorher an und sagte: „Mesch'schurs, die zwei Stunden sind vorüber, und wir haben es nun nicht mehr nötig, westwärts zu reiten. Seid Ihr auch derselben Ansicht?"

Old Surehand, Old Wabble, Parker und Hawley waren einverstanden; die übrigen wurden verlegen; sie sahen einander an; der eine stieß den andern an; dieser gab den Stoß weiter, bis der Mutigste von ihnen dieser fühlbaren Aufforderung folgte und auf die Gefahr hin, unsere Mißbilligung zu erhalten, die Unterhandlung mit der an mich gerichteten Frage begann: „Seid Ihr schon einmal in El Paso de Norte gewesen, Sir?"

„Einige Male", antwortete ich.

„Wie lange bringt man wohl zu, um von hier aus nach dort zu kommen?"

„Wer die Gegend genau kennt und gut beritten ist, kann in fünf bis sechs Tagen dort sein. Warum fragt Ihr mich nach diesem Ort, Mr. Wren?"

Das war nämlich der Name des Mannes. Er antwortete: „Das möchte ich Euch gern sagen, wenn ich wüßte, daß Ihr nicht schlecht von uns denkt."

„Schlecht von euch denken? Wie sollte ich das! Habt ihr etwas Schlechtes begangen oder etwas Schlechtes vor?"

„Keine Rede davon! Wir haben freilich etwas vor; es ist nichts Schlechtes, mag allerdings von Euch mißverstanden werden."

„So sagt es mir! Dann wird es sich zeigen, ob ich es richtig oder falsch verstehe."

„Ja, ich will es Euch sagen. Es ist nämlich . . ., hm! Es ist eine . . ., hm, hm!" Er fuhr sich mit der Hand an den Hals; er kratzte sich hinter dem Ohr; es wollte nicht so grad heraus, wie es sollte. Dann fuhr er auf einem Umweg fort: „Ihr wißt, daß wir eigentlich nach Texas hinunter wollten; aber wir haben es uns anders überlegt."

„So?"

„Ja, so! Als Ihr gestern abend mit Mr. Cutter vom Lagerplatz fort wart, haben wir davon gesprochen. In El Paso und jenseits des Norte ist wahrscheinlich mehr für uns zu finden als in Texas. Meint Ihr nicht?"

„Was ich meine, das ist Nebensache; es kommt nur darauf an, was ihr davon denkt."

„Richtig, sehr richtig! Wir denken eben, daß es besser ist, wenn wir nach El Paso oder überhaupt über den Rio del Norte gehen."

„Das sagt Ihr in einem Ton, als ob es einer Entschuldigung bedürfe, Mr. Wren?"

„Allerdings. Wir sollten doch mit Euch zum Llano Estacado."

„Ihr solltet? Ich habe gedacht, ihr wolltet."

„Ja, wir wollten, haben es uns nun anders überlegt. Hoffentlich denkt Ihr nicht etwa von uns, daß wir uns vor dem Llano fürchten?"

„Warum sollte ich das denken? Weil ihr euern Entschluß geändert habt? Ihr seid freie Männer und könnt tun, was euch beliebt."

„Freut mich sehr, daß Ihr dieser Meinung seid. Es hätte uns leid getan, wenn Ihr uns für mutlos gehalten hättet. Also Ihr habt nichts dagegen, daß wir uns von Euch trennen?"

„Nichts, gar nichts. Aber sagt, wann diese Trennung stattfinden soll!"

„Jetzt."

„Was? Gleich jetzt?"

„Ja."

„Warum so plötzlich?"

„Weil wir sonst Zeit versäumen und einen großen Umweg machen. Ihr wollt ja umkehren."

„Ja, das ist wahr. Wenn ihr zum Rio Grande del Norte wollt, müßt ihr in dieser Richtung weiterreiten."

„Und weil Ihr umkehren wollt, müssen wir uns hier von Euch trennen, so leid uns das tut. Die Trennung wird uns nur dadurch erleichtert, daß Ihr sie uns nicht übelnehmt."

„Übelnehmen? Kommt mir nicht in den Sinn. Ihr seid auf euer Wohl bedacht, und das zu tun ist jedes Menschen Recht und Pflicht."

Old Wabble hatte mit der gleichgültigsten Miene zugehört, nicht so Parker und Hawley; ihre Gesichter drückten zorniges Erstaunen aus. Als ich meine letzten Worte gesagt hatte, fiel Parker eifrig ein: „Recht und Pflicht? Das sagt Ihr so gelassen, Sir? Diese Leute haben versprochen, mit uns zum Llano Estacado zu reiten, und ihre Pflicht ist es, ihr Wort zu halten, ebenso wie es unser Recht ist, die Ausführung ihres Versprechens zu verlangen. Sie denken gar nicht daran, nach El Paso zu gehen. Wißt Ihr, warum sie nicht mit umkehren wollen, Mr. Shatterhand?"

„Nun?"

„Weil sie sich vor dem Llano fürchten; das ist es!"

„Fällt uns nicht ein!" rief Wren. „Von Furcht ist keine Rede."

„Oho! Ihr sagt, ihr hättet gestern abend davon gesprochen, nach El Paso anstatt nach Texas zu gehen. Davon müßte ich doch etwas wissen, weil ich während der ganzen Zeit den Lagerplatz nicht verlassen habe; ich habe aber kein einziges Wort gehört."

Jos Hawley stimmte ihm bei. Der Wortstreit ging eine Weile hin und her, bis ich den beiden Genannten einen heimlichen, nicht mißzuverstehenden Wink gab und den Abtrünnigen beipflichtete: „Jedermann kann tun und lassen, was er will und was ihm beliebt. Wenn sich diese Gentlemen von uns trennen wollen, haben wir kein Recht, sie daran zu hindern. Ja, wir sind sogar verpflichtet, sie darin zu unterstützen."

„Auch noch unterstützen!" sagte Parker zornig. „Worin soll diese Unterstützung denn bestehen?"

„Darin, daß wir sie mit Proviant versorgen."

„Daß wir dumm wären! Fällt uns nicht ein!"

Old Wabble mochte ahnen, warum ich mich so verhielt, denn er sagte jetzt zu Parker: „Dumm? Wer ist dumm, Sir? Doch der, der nicht weiß, wer über den Proviant zu verfügen hat! Und wer hat darüber zu verfügen? Der, der ihn gebracht hat! Und wer hat ihn gebracht? Ich! Und ich sage Euch, daß ich diesen Leuten so viel Fleisch mitgebe, wie wir entbehren können. Ob sie aus Angst oder aus einem andern Grund von uns gehen, das ist mir gleich. Sie bekommen Fleisch, weil sie unterwegs essen müssen; *th'is clear.* Also wer fortwill, der mag es sagen, damit man weiß, woran man ist!"

Sie wollten alle fort, Parker und Hawley ausgenommen, die erklärten, sich zu schämen, daß sie mit solchen Memmen bisher geritten seien. Das Ende vom Lied war, daß die acht Männer einen Vorrat Fleisch bekamen und dann nach einem kurzen, nicht eben zärtlichen Abschied weiterritten. Hawley war still; Parker räsonierte hinter ihnen her. Ich fragte ihn: „Ich denke, Ihr habt vorhin meinen Wink gesehen. Habt Ihr ihn auch verstanden?"

„Ja."

„Was hatte er zu bedeuten?"

„Daß ich die Kerls ruhig laufenlassen soll."

„Warum tut Ihr das nicht?"

„Weil ich mich über sie ärgere."

„Euer Ärger ist überflüssig und nicht maßgebend. Wir andern freuen uns darüber, daß wir sie los sind. Wir werden in Lagen kommen, wo wir ganze Männer, aber keine Memmen brauchen. Und wenn der Ausdruck Memme zu stark sein sollte, so waren sie doch nicht Leute, auf die man sich verlassen kann."

Da ging ein freundlicher Zug über sein Gesicht, und er fragte im Ton der Befriedigung: „Und mich schickt Ihr nicht fort?"

„Nein."

„So seid Ihr also der Ansicht, daß Ihr Euch auf mich verlassen könnt?"

„Hm! Ich bin der Ansicht, daß ich Euch wahrscheinlich als einen zuverlässigen Mann kennenlernen werde. So ist die Sache."

„Also erst kennenlernen!" betonte Old Wabble, indem er seine Glieder schüttelte und lachte. „Gebt Euch Mühe, Mr. Parker, daß Ihr bei dem nächsten Elk nicht danebenschießt!"

„Diese Ermahnung ist völlig überflüssig, Mr. Cutter. Ich habe bisher noch jeden Elk getroffen."

„Auch den ersten damals?"

„Ja."

„Das möchte ich bezweifeln."

„Ihr wißt es ja. ich habe es bewiesen."

„Ja, es ist bewiesen, was Ihr damals getroffen habt, völlig bewiesen. Wißt Ihr, was?"

„Nun, was?" fragte Parker, jetzt über das Gebaren des Alten aufmerksam werdend.

Dieser verzog sein Gesicht in noch mehr Falten, als es so schon hatte, machte das eine Auge zu, riß das andere weit auf, schlotterte mit den Armen durch die Luft und antwortete dann: „Einen Esel habt Ihr geschossen, einen Esel! Hahahaha!"

„Wie – was? Einen Esel?"

„Ja, einen Esel, oder vielmehr ein Tier, das Ihr für einen Esel hieltet, das aber eigentlich ein Elkkalb oder ‚das junge Kind des Elks' war!"

Er betonte die fünf durch Gänsefüßchen eingeschlossenen Worte besonders stark, indem er sie zugleich sehr langsam aussprach.

„Das junge Kind . . . des . . ., des . . . Alle Wetter, was wollt Ihr damit sagen?"

„Daß Ihr damals geflunkert habt. Es ist Euch gar nicht eingefallen, den Elk zu schießen; Ihr seid vielmehr vor ihm gewaltig ausgerissen!"

„Aus-ge-ris-sen . . .?!"

„Ja, ausgerissen!"

„Das ist eine Verleumdung, die . . ., die . . ., die . . .!"

„Was denn, die . . ., die . . ., die . . .? Seid Ihr etwa nicht in das Loch gekrochen, in das dann das Untier den Kopf steckte und Euch so gewaltig anschnaufte, daß Euch fast der Verstand verlorenging?"

„Loch? Was . . . für . . . ein . . . Loch . . .?"

„Das Loch in der Steinwand, in dem Ihr so schnell verschwandet, wie Ihr in Euerm ganzen Leben noch nie in ein Loch gekrochen wart!"

Parker holte tief Atem und sagte, vor Verlegenheit fast stammelnd: „Mr. Cutter, ich weiß nicht, was Ihr wollt. Ich verstehe Euch nicht. Ihr habt doch den Elk, den ich geschossen hatte, mit Euern eignen Augen gesehen!"

„Ja, mit meinen eignen Augen, aber den Elk, den der Häuptling der Panashts geschossen hatte!"

„Der Pa-nashts? Der Teufel soll mich holen, wenn ich imstande bin ..."

„... einen Elk zu schießen?" fiel ihm der Alte in die Rede. „Ja, das glaube ich nicht nur, sondern ich bin sogar sehr überzeugt davon. Der Häuptling schenkte Euch den Elk dafür, daß Ihr ihn vor mir gewarnt hattet, und erlaubte Euch, zu sagen, Ihr hättet ihn geschossen. Ist es so oder nicht, Mr. Parker?"

„Wenn ..., wenn ... Und ..., und ...", stotterte der Gefragte in größter Bedrängnis.

„Antwortet mir nicht mit ‚wenn' und ‚und', sondern richtig, wie es sich gehört!"

„Ich antworte ja richtig, ganz richtig! Man muß Euch ein Märchen aufgebunden haben!"

„Ein Märchen? Ja, es schien mir allerdings damals ein Märchen zu sein, als Ihr den Elk brachtet und behauptetet, er sei von Euch geschossen worden. So ein ausgemachtes, in Marmor gehauenes Greenhorn, wie Ihr damals wart, und ein Elk, ein so riesiger, gewaltiger Elk! Ich glaubte es aber doch, weil Ihr dann später zufällig, ganz zufällig Glück beim Schießen hattet. Jetzt aber ist's mit dem Glauben vorbei, ganz und gar vorbei."

„Ich habe ihn geschossen! Wer ist denn der Halunke, der Euch so angelogen hat?"

„Der Halunke? Angelogen? Richtig, ganz richtig! Der Halunke seid Ihr, Ihr selbst, Mr. Parker."

„Ich? Was? Ich?!"

„Ja, Ihr selbst! Oder wollt Ihr leugnen, daß Ihr es selbst erzählt und eingestanden habt?"

„Ich selbst? Wem und wo?"

„Euern Gefährten, die vorhin fortgeritten sind, droben jenseits des Mistake-Cañon im Soldatenlager."

„Ha, die, die haben es gesagt! Schade, daß sie fort sind! Sie müßten diese Lüge eingestehen und mich um Verzeihung bitten. Wer hat es Euch denn wiedererzählt?"

„Wren, der brave Wren, der vorhin das große Wort der Feigheit so beredt führte."
„Wann?"
„Heut nacht, als wir die Wache miteinander hatten und uns die Zeit mit Geschichten verkürzten."
„Mit Lügen, müßt Ihr sagen!"
„Oho! Ihr glaubt, leugnen zu können, weil diese Leute fort sind. Es sind noch andere da."
„Wer denn, wer?"
„Mr. Shatterhand und Jos Hawley, die haben auch dabeigesessen, als Ihr es erzähltet. Ist das wahr, oder ist es nicht wahr, Jos?"
Diese Frage an mich zu richten, das wagte der Alte nicht. Ich hätte mit einem Scherz geantwortet. Der ehrliche Hawley aber erklärte sehr ernst: „Ja, er hat es erzählt; er hat den Elk damals nicht geschossen. Was wahr ist, das muß wahr sein."
Da fuhr ihn Parker zornig an: „Halt den Schnabel, alter Schafskopf! Wie kannst du behaupten, daß es wahr ist?"
„Weil du es selbst erzählt hast."
„So ein Unsinn! Selbst erzählt! Muß es darum wahr sein, he?"
„Ich denke."
„Da gibt es nichts zu denken. Man erzählt so manches, was sich ganz anders zugetragen hat."
„Warum sollte man es anders erzählen?"
„Weil man es nicht richtig weiß oder weil man sich einen Spaß machen will, und das war bei mir der Fall."
„Keine Ausrede!" fiel da Old Wabble ein. „Kein Westmann wird erzählen, daß er ein Stück Wild, noch dazu einen Riesenelk, nicht getroffen habe, wenn er ihn getroffen hat. Und Ihr seid gar über diese Selbstverleugnung noch weit hinausgegangen, indem Ihr gesagt habt, ein Roter habe ihn geschossen. Ich weiß, woran ich bin. Die Sache ist zu Ende, und wir haben jetzt an wichtigere Dinge zu denken. – Wir kehren hier also um, Mr. Shatterhand?"
„Hier nicht, sondern ein Stück weiter oben."
„Warum noch weiter hinauf?"
„Dort gibt es einen Bach, der seitwärts führt. Wenn wir in ihm reiten, bleiben den Roten, falls sie vor Abend kommen sollten, unsere Spuren verborgen."
„Wie klug! Sie werden den Spuren unserer acht ungetreuen Kameraden folgen und denken, wir sind noch bei ihnen, während wir seitwärts abgewichen sind. Das ist ein so guter Ge-

danke, daß man ihn in einem Buch drucken lassen sollte; *th'is clear!*"

Es dauerte nur zehn Minuten, bis wir den Bach erreichten und ihm so aufwärts folgten, daß wir die Pferde in seinem Wasser waten ließen. Dabei sagte Old Wabble zu mir: „Sir, glaubt Ihr es mir, daß ich jetzt eine Eurer Pfiffigkeiten erraten habe?"

„Welche denn?"

„Daß wir mit den acht Kerls nicht bis herauf an dieses Wasser geritten sind. Ihr hieltet wohlbedachterweise schon weiter unten an."

„Warum das?"

„Der Verfolger wegen. Wenn sie kommen, werden sie da, wo wir gehalten haben, absteigen und die Stelle untersuchen, um zu erfahren, warum wir angehalten haben. Oder nicht, Mr. Shatterhand?"

„Ja."

„*Well!* Hätten wir am Bach haltgemacht, wäre diese Stelle von ihnen genau geprüft worden, und dabei hätten sie sehr wahrscheinlich bemerkt, daß da fünf Reiter von den dreizehn ihre Pferde ins Wasser gelenkt haben; unsere jetzige, neue Fährte wäre also entdeckt worden. Um das zu vermeiden, habt Ihr dafür gesorgt, daß die Trennung schon vorher geschah. Habe ich recht, Sir?"

„Ja, Ihr habt es erraten, Mr. Cutter. Es wird uns von Nutzen sein, wenn wir uns auch fernerhin so gut verstehen."

Das Laufen im Bach wurde den Pferden schwer, weil dessen Breite und Tiefe oft schnell wechselten; dennoch ließen wir etwa eine Stunde vergehen, ehe wir sie heraus auf den trockenen Boden lenkten. Das taten wir an einer felsigen Stelle, wo kein Hufstapfen zurückgelassen werden und uns verraten konnte. Damit war der Vorsicht volle Genüge geschehen, und wir waren überzeugt, alles getan zu haben, eine Entdeckung zu verhüten. Das Wasser hatte uns in der verflossenen Stunde südwärts geführt; wir verließen es nun und bogen nach Osten ab, um wieder den Rio Pecos zu erreichen. Das mußte nach meiner Berechnung an einer Stelle geschehen, die volle zwei Stunden von der Furt entfernt lag, und es stand also, wenn nicht ein unglücklicher Zufall eingetreten war, zu erwarten, daß wir auf keinen Comanchen treffen würden.

Die beiden Täler, in denen wir uns bis jetzt aufwärts bewegt hatten, hatten viele Krümmungen gemacht. Jetzt ritten wir abwärts, und weil wir da eine schnurgerade Linie einhalten konnten, brauchten wir natürlich viel weniger Zeit als aufwärts. Es war ungefähr halb zwei Uhr, als wir den Rio Pecos erreichten. Wir suchten und fanden bald eine Stelle, deren ruhig fließendes Wasser das Hinüberschwimmen erleichterte, und dann ging es im Galopp auf der ebenen Prärie dahin, die zwischen dem Pecos und der früher erwähnten Hügelreihe liegt. Da dieser Höhenzug nicht parallel mit dem Fluß verläuft, sondern sich bald dem Fluß nähert und bald wieder von ihm entfernt, ist die Savanne nicht von gleichbleibender Breite. Bald wird sie so zusammengedrängt, daß sie nur einen schmalen Streifen bildet, und bald dehnt sie sich in endlos scheinender Weite vor dem Blick aus. Wir fegten wie im Sturm über die grasige Ebene dahin, und es war eine wahre Lust, das lange schneeweiße Haar Old Wabbles und die fast noch längere braune Mähne Old Surehands im Wind fliegen zu sehen. Dieser ritt einen mexikanischen Fuchs spanischen Bluts, der es zwar mit meinem Rappen nicht aufnehmen konnte und, der Schwere seines Reiters angemessen, kräftig gebaut war, aber den langen Galopp doch spielend überwand.

Old Surehand und Old Wabble, zwei solche Reiter an meiner Seite! Ich warf, einen Jauchzer ausstoßend, den Hut hoch in die Luft und fing ihn im Jagen wieder auf.

„Ihr scheint recht guter Laune zu sein", sagte Old Surehand lächelnd.

„Ja", antwortete ich. „Und sie wird noch besser werden, wenn erst Winnetou bei uns ist. Sein schwarzer Schopf ist herrlich. Dann fliegen drei Mähnen um mich her."

„Wann werden wir ihn treffen?"

„Das ist noch ungewiß. Er ist, wie ich Euch schon sagte, zum Llano Estacado voran. Ich vermute, daß wir noch heut auf einen Boten von ihm stoßen werden."

„Wo? Ist der Ort bestimmt?"

„Nein, aber die Linie. Ich sprach ja nur von einer Vermutung. Ihr werdet das Nähere erfahren, wenn wir lagern. Winnetou weiß, daß ich in gerader Linie vom Mistake-Cañon zu der Llano-Oase reite. Wenn er einen Boten zurückgelassen hat, wird dieser auf irgendeinem Punkt dieser Linie auf mich warten."

„Befinden wir uns jetzt auf ihr?"

„Noch nicht. Ich mußte, um Euch herauszuholen, von ihr zum Saskuan-kui abweichen. Jetzt nähern wir uns ihr wieder, und in einer Stunde erreichen wir sie. Leider müssen wir wieder langsam reiten, denn Parker und Jos Hawley kommen uns nicht nach. Gegen Abend werden wir an einem Ort sein, den die Apachen Altschese-tschi nennen; das wäre für den Boten die richtige Stelle, mich zu erwarten. Er kann sich da verbergen."

„Es gibt dort Büsche und Bäume?"

„Ja."

„Dachte es mir!"

„Warum?"

„Weil die beiden Apachenworte Altschese-tschi soviel wie Kleiner Wald bedeuten."

„Das wißt Ihr? Ihr seid also dieser Sprache mächtig?"

„Leidlich."

„Das ist sehr vorteilhaft für uns. Aber ich denke, Ihr seid noch nie im Apachengebiet gewesen!"

„Allerdings nicht. Meine bisherigen Jagdreviere lagen mehr im Norden. Aber ich bin mit Kennern der Apachendialekte lange zusammen gewesen und habe von ihnen gelernt, was ich brauche. Ich freue mich außerordentlich darauf, mit Winnetou in seiner Muttersprache reden zu können. Kennt er mich dem Namen nach?"

„Sehr gut. Ich will Euch verraten, daß er eine hohe Meinung von Euch hat."

„Danke, Sir!"

„Wir sind miteinander weit herumgekommen, bis an die Nordgrenze der Vereinigten Staaten hinauf, und es ist eigentlich verwunderlich, daß wir mit Euch kein einziges Mal zusammengetroffen sind."

„Mir ist das sehr erklärlich, und auch Ihr werdet Euch nicht mehr darüber wundern, wenn Ihr später erfahrt, wie und wo ich lebe und mich bewege."

„Ist das ein Geheimnis?"

„Ja und nein, wie man es nimmt. Ich pflege nicht darüber zu sprechen, weil ich nicht zu den Leuten gehöre, die gern und viel überflüssige Worte machen."

Er wandte sich halb ab, und es flog wie ein dunkler Schatten über sein bisher so heiteres Gesicht. War es dennoch ein Geheimnis, das jetzt berührt worden war? Es schien mir, als ob ihm diese Berührung weh tue. Wir schwiegen beide. Vielleicht hatte dieser körperlich und geistig ausgezeichnete Mann ein seltsames Schicksal hinter sich. Gibt es doch nie einen Westmann mit einem gewöhnlichen Lebenslauf!

Nach der angegebenen Zeit von einer Stunde war der grüne

Vegetationsstreifen des Rio Pecos längst nicht mehr hinter uns zu sehen; vor uns lag die Prärie meilenweit; es gab rings keinen Punkt, an dem das Auge den Halt zu einer Berechnung finden konnte, und dennoch wußte ich, daß ich mich nun auf der vorhin erwähnten Linie befand. Das war der Örtlichkeitssinn oder vielmehr der Örtlichkeitsinstinkt, der dem Wandertier eigen ist und ohne den auch der Westläufer in hundert und wieder hundert Gefahren gerät. Wer ihn nicht besitzt, der wird entweder zugrunde gehen oder bestenfalls ein mittelmäßiger Jäger bleiben. Wir hatten nur eine kleine Wendung zu machen, um von unserer bisherigen Richtung auf diese Linie einzubiegen.

Es war jetzt drei Uhr nachmittags, und wenn jemand behauptet hätte, daß es den Comanchen möglich sei, unsere Fährte aufzufinden und uns gar zu folgen, den hätte ich für irrsinnig gehalten. Sie konnten jetzt erst auf dem jenseitigen, rechten Ufer des Rio Pecos angekommen sein, um nach unseren Wachen oder Posten zu suchen, die aber gar nicht dastanden und nicht dagestanden hatten.

Old Surehand schien durch den letzten Teil unseres kurzen Gesprächs nach innen gekehrt zu sein, denn er hatte sein Pferd angetrieben und ritt, den Kopf nachdenklich gesenkt, allein voran. Da parierte er plötzlich sein Pferd, stieg ab und untersuchte den Boden. Als wir ihn erreichten und ich seinen Augen folgte, sah ich, daß er eine Fährte entdeckt hatte, und stieg auch ab. Old Wabble folgte unserm Beispiel, untersuchte das niedergetretene kurze Gras und sagte: „Das sind Pferde gewesen, Mesch'schurs, sechs an der Zahl und Indianern gehörend. Die Kerls sind hintereinander geritten, aber diese meine alten Augen zählen die sechs doch ganz genau heraus. Sie sind ostwärts geritten und vor zwei Stunden hier vorübergekommen."

Old Surehand warf mir einen Blick zu, in dem deutlich die Bewunderung für den Alten lag, und ich gab diesen Blick zurück, denn ich hätte die Fährte wohl kaum so gut oder wenigstens nicht besser zu lesen vermocht. Hier auf der offenen Savanne zeigte sich der Alte als einstiger König der Cowboys, als der Fachmann, der nicht zu täuschen war. Er hatte unsere Blicke nicht gesehen, und weil niemand sogleich antwortete, fragte er: „Seid ihr etwa anderer Meinung, Gents?"

„Nein", antwortete ich. „Ihr habt ganz richtig gesehen."

„Soviel die Spur besagt, ja, Sir. Das Weitere muß ich Euch

überlassen, weil ich die Gegend und die Roten, die sich hier herumtreiben, nicht kenne."

„Es kann sich nur um Apachen oder um Comanchen handeln."

„Welchem der beiden Stämme werden diese Leute hier wohl angehören?"

„Ihr fragt so bestimmt, Mr. Cutter, als ob es kinderleicht sei, darauf zu antworten!"

„Weil ich annehme, daß sich Old Shatterhand den Kopf nicht zu zerbrechen braucht, um die richtige Auskunft zu finden."

„Danke Euch für das Kompliment! Man muß nachdenken, wenn man sich auch nicht gerade den Kopf zu zerbrechen braucht. Die Comanchen sind ausgezogen und befinden sich in der Nähe, da seitwärts hinter uns. Die Apachen wissen, daß die Comanchen das Kriegsbeil ausgegraben haben, sie sehen sich zur Vorsicht gezwungen und senden also Späher aus."

„Das ist sehr richtig, Sir; aber damit sind wir nicht weiter als vorher; *th'is clear.*"

„Wartet nur! Die Spur führt ostwärts; sie weist also zum Llano Estacado. Wer aber von beiden ist es, der den Llano jetzt im Auge hat?"

„Die Comanchen."

„Richtig! Ich bin überzeugt, daß nur ein einziger Apache von der Absicht der Comanchen weiß, das ist Winnetou. Seine Mescaleros werden erst durch ihn selbst oder durch einen Boten von ihm davon benachrichtigt. Sie können noch nicht hier sein und also auch keine Späher zum Llano vorausgesandt haben. Dazu kommt, daß ihre Wohnsitze von hier aus im Süden liegen. Wenn sie Kundschafter oder Boten direkt zum Llano schickten, würde ihr Weg nicht so weit nach Norden führen."

„Ihr meint also, daß wir es mit Comanchen zu tun haben, Mr. Shatterhand?"

„Ja."

„So wissen wir, woran wir sind und . . ."

„Halt!" unterbrach ich ihn. „Was ich sage, ist mehr Vermutung als Überzeugung. Wir müssen Gewißheit haben. Die Sache ist so wichtig für mich, daß wir uns ein kleines Zeitversäumnis gestatten dürfen. Getraut Ihr Euch, diese Spur schnellreitend gut zu verfolgen?"

„Welche Frage! Haltet Ihr mich für blind?"

„So steigt auf und galoppiert fünf Minuten lang auf ihr zurück! Ich möchte gern die Richtung wissen, ob sie gerade verläuft oder auf dieser immerhin langen Strecke irgendeine Biegung macht."

„*Well,* soll gleich geschehen!"

Er schwang sich aufs Pferd und jagte auf der Fährte zurück, der Richtung zu, aus der die sechs Reiter gekommen waren. Seine Figur wurde schnell kleiner und immer kleiner, bis sie, obgleich das Gelände völlig eben war, unseren Augen entschwand. Dann tauchte er als ein sich bewegender Punkt wieder auf, der sich immer mehr vergrößerte, bis er endlich in Lebensgröße wieder bei uns war.

„Nun?" fragte ich ihn.

„Sie geht immer geradeaus."

„Das sagt mir genug. Wißt Ihr, wohin man kommt, wenn man dieser geraden Linie folgt?"

„Zum Blauen Wasser, vermute ich."

„Ja, zum Saskuan-kui. Der Häuptling Vupa-Umugi hat diese sechs Leute als Späher ausgesandt. Wir müssen ihnen schleunigst nach."

„Warum so schnell? Sie einholen?"

„Ja."

„Das ist ein Fehler, Sir! Nehmt es mir nicht übel, aber es ist gewiß ein Fehler!"

„Warum?"

„Ihr seid doch kein Indianermörder!"

„Allerdings nicht."

„Und wollt ihnen dennoch nach? Das widerspricht sich ja. Seht Ihr das nicht ein?"

„Worin liegt der Widerspruch?"

„Ihr wollt kein Mörder sein und wärt doch gezwungen, diese sechs Roten zu töten, wenn wir sie einholten. Sie dürfen nicht wissen, daß wir in dieser Gegend sind, was doch verraten würde, wenn auch nur einer von ihnen entkäme. Unser Vorteil liegt darin, daß Vupa-Umugi überzeugt ist, wir seien nach Westen geritten."

„Ihr habt recht und doch nicht recht, Mr. Cutter. Es kommt auf die Umstände an, ob wir uns diesen Kundschaftern zeigen werden oder nicht. Ihr Weg führt genau zum Altschese-tschi, dem Kleinen Wald, wo ich, wie ich schon vorhin sagte, einen Boten Winnetous vermute. Kommen sie dort vorüber, ohne ihn zu entdecken, ist es gut; wenn sie ihn aber bemerken, ihn selbst oder eine Spur von ihm, greifen sie ihn an. Ein Mann gegen sechs Männer; Ihr könnt Euch den Ausgang denken. In diesem Fall ist er entweder tot oder gefangen. Handelt es sich um das letztere, müssen wir ihn befreien, schon aus reiner Freundschaft für die Apachen und sodann auch wegen Winnetous Botschaft, die ich unbedingt hören muß, wenn es nur möglich ist. Da darf es mir auf das Leben von sechs feindlichen Comanchen nicht ankommen. Also vorwärts jetzt, Mesch'schurs!"

Wir stiegen wieder auf und jagten so schnell weiter, wie die Pferde Parkers und Jos Hawleys zu laufen vermochten. Die Kundschafter befanden sich zwei Stunden vor uns; aber sie waren langsam geritten. Wenn sie diese Gangart beibehielten, war es möglich, daß wir sie noch vor dem Altschese-tschi einholten.

Leider zeigte es sich, daß die Pferde der beiden Genannten nicht mit den unsern Schritt hielten; ich bestimmte also, daß Parker und Hawley unserer Spur möglichst schnell folgen sollten, und ritt mit Old Surehand und dem alten Wabble voran. Von Zeit zu Zeit hielt einer von uns an, um aus den Spuren das Tempo der Reiter zu ersehen, und holte dann die andern beiden wieder ein. Da stellte sich denn bald heraus, daß die Comanchen später viel schneller geritten waren, und so schwand meine Hoffnung mehr und mehr, sie noch zur rechten Zeit ein- oder gar zu überholen, was durch einen Halbkreisritt möglich gewesen wäre.

Es verging eine Stunde und dann die zweite. Wir mußten die Pferde zuweilen verschnaufen lassen, indem wir langsamer ritten. Nach wieder einer halben Stunde tauchte vor uns ein dunkler Punkt am Horizont auf. Ich deutete mit der Hand auf ihn und sagte: „Das ist der Kleine Wald, das Ziel unseres Parforceritts. Wollten wir geradeaus reiten, würden wir in einer Viertelstunde dort sein."

„Das dürfen wir nicht", warnte Old Wabble.

„Nein, denn die Comanchen sind wahrscheinlich nicht weitergeritten, sondern drin geblieben."

„Wir müssen aber hin! Wie fangen wir das an?"

„Es ist ein Glück, daß ich die Örtlichkeit genau kenne. Kommt rechts nach Süden! Wir reiten einen Bogen."

Indem wir das taten, fragte Old Wabble weiter: „Meint Ihr, daß wir auf diese Weise hinkommen, ohne gesehen zu werden?"

„Ja. Ihr müßt wissen, daß von den ostwärts liegenden Höhen ein Bach fließt, der auf der Ebene versiegt, aber später da, wo sich der Boden tiefer senkt, als ein kleiner Weiher wieder zutage tritt. Dieser Weiher hat einen Durchmesser von nur vielleicht fünfzig Schritt, hat jedoch einem Wäldchen das Leben gegeben, dessen Durchmesser wenigstens zehnmal größer ist. Das ist Altschese-tschi, der Kleine Wald, dessen westliche und östliche Seite ziemlich licht ist, während er an den beiden andern Seiten so dicht steht, daß man, besonders auf der südlichen, kaum durchzudringen vermag. So war es, als ich mich vor drei Jahren zum letztenmal hier befand, und so wird es wohl auch heute noch sein."

„Hm!" brummte der Alte. „In drei Jahren kann sich viel verändern, was hier, wo es sich um unser Leben handelt, außerordentlich wichtig ist."

„Wenn eine Veränderung eintrat, so besteht sie wohl darin, daß der Wald dichter geworden ist, was uns nur lieb sein kann. Weil die südliche Seite sehr üppig bewachsen ist, reiten wir in einem Bogen zu ihr. In dem dortigen Gestrüpp hält sich kein Mensch auf, und darum glaube ich, daß wir uns da am besten annähern können, ohne gesehen zu werden. Wenn wir nicht die Nacht abwarten wollen, weiß ich keine andere Weise, das Wäldchen zu erreichen."

„*Well,* so müssen wir es eben versuchen und uns darauf gefaßt machen, bei unserer holdseligen Ankunft einige weniger holdselige Kugeln zwischen die Rippen oder gar in die Köpfe zu bekommen. Ein Wagehals, der etwas wagen will, der wagt etwas; *th'is clear!*"

Old Surehand schwieg noch immer, doch las ich auf seinem Gesicht jene unbedenkliche Entschlossenheit, die vor keiner Gefahr zurückschreckt, wenn nur einigermaßen Aussicht vorhanden ist, sie glücklich zu bestehen. Er kam mir immer mehr wie ein Mann vor, der lieber handelt als spricht, und später zeigte es sich, wie vortrefflich er in dieser Beziehung zu Winnetou paßte.

Wir waren also nach rechts abgewichen und hielten uns, indem wir einen Halbkreis ritten, immer so weit von dem Wald entfernt, daß er in scheinbar gleicher Größe vor uns liegenblieb. Als wir uns dann genau südlich von ihm befanden, hielt ich an und nahm mein Fernrohr, das mir im fernen Westen schon große Dienste geleistet und sogar das Leben gerettet hatte, aus der Satteltasche, um den Rand des Gehölzes sorgfältig abzusuchen.

„Seht Ihr etwas, Sir?" fragte Old Wabble.

„Nein. Ich kann kein lebendes Wesen, weder Mensch noch Tier, entdecken."

„Sieht man uns von dort?"

„Sonderbare Frage, Sir! Würdet Ihr von hier aus einen dort befindlichen Menschen sehen?"

„Nein."

„Also werden auch wir mit unbewaffnetem Auge nicht zu erkennen sein, und ich glaube nicht, daß die Roten mit Fernrohren versehen sind."

„Wird keinem Indsmen einfallen, ein solches Ding bei sich zu führen!"

„O doch! Winnetou hat stets ein Rohr, und zwar ein ganz ausgezeichnetes, mit. Ich bin der Ansicht, daß wir nun stracks vorwärts reiten. Nicht?"

„Wenn Ihr nicht anders wollt, dann los! Unvorsichtig aber ist's und bleibt's!"

Da ließ sich Old Surehand zum erstenmal wieder hören, indem er in ungeduldigem und verweisendem Ton ausrief: „Was unvorsichtig! Wenn es keine andere Wahl gibt als das Wasser, so stürzt man sich eben hinein und lernt sofort das Schwimmen. Wenn Ihr Euch fürchtet, alter Wabble, so bleibt hier, bis Ihr angewachsen seid; wir nehmen das Wäldchen jetzt im Sturm. *Go on,* Mr. Shatterhand, *go on!*"

Er schoß auf seinem Pferd davon, und ich folgte ihm mit derselben Schnelligkeit. Old Wabble blieb natürlich nicht zurück; er kam hinter mir hergeflogen und wetterte dabei ganz aufgebracht: „Ich mich fürchten! Was bilden sich diese beiden jungen Menschen ein! Old Wabble kannte schon keine Furcht, als er noch nicht geboren war, viel weniger dann später. Die jetzige Jugend ist doch zuweilen mit ganz abnormen und unbegreiflichen Ideen behaftet; *„th'is clear!"*

Es war von ihm ein kühnes Beginnen, uns beide als „die jetzige Jugend" zu bezeichnen; ich mußte trotz des Ernstes unserer Lage laut darüber lachen.

Er hörte das und rief, noch mehr erzürnt: „Was lacht Ihr, Sir! Lacht dann, wenn Ihr mit heiler Haut da vorn im Wald sitzt, nicht eher!"

„Schweigt, Sir!" antwortete ich zurück. „Wenn Euch die Roten nicht sehen, hören sie Euch, wenn Ihr in dieser Weise brüllt."

„Gut, ich werde schweigen; aber ich lege Euch meine Leiche aufs Gewissen. Seht, wie Ihr sie wieder herunterbringt!"

Wir trieben unsere Pferde so an, daß es schien, als ob der Kleine Wald auf uns zugeflogen käme. Der Grasboden war weich, der Hufschlag also kaum zu hören. Dabei hielten wir die Augen scharf auf unser Ziel gerichtet, um eine etwaige Gefahr rechtzeitig zu bemerken. Es war aber keine vorhanden, und wir erreichten glücklich den Waldrand. Dort sprangen wir ab, nahmen die Gewehre schußbereit in die Hände und lauschten. Es regte sich nichts. Wir versuchten, das Gebüsch mit unsern Blicken zu durchdringen; es war auch nichts zu sehen. Da flüsterte uns Old Surehand zu: „Haltet mein Pferd! Ich komme bald wieder."

„Wo wollt Ihr hin?"

„Spüren. Habt keine Sorge! Ich verstehe mich darauf."

Es wäre eine Beleidigung gewesen, wenn ich ihm meine Begleitung angeboten oder gar ihn zurückgehalten hätte; ich ließ ihn also gehen.

Es dauerte ziemlich lange, ehe er wiederkam, um uns zu melden: „Wir haben ungeheuer Glück gehabt, daß wir nicht bemerkt worden sind. Die Comanchen befinden sich im Wald."

„Habt Ihr sie gesehen?" fragte ich leise.

„Nein, aber wir wissen doch, daß ihre Fährte zum Wald führt, und ich habe mich jetzt überzeugt, daß sie nicht wieder herauskommt; sie sind also noch drin. Das war es, was ich einstweilen wissen wollte. Wir müssen sie beschleichen."

„Well", sagte Old Wabble. „Das können nur zwei tun, denn der dritte muß hier bei den Pferden bleiben. Wer wird das sein, Mr. Shatterhand?"

„Ihr selbst", antwortete Old Surehand, obgleich der Alte mich gefragt hatte.

„Fällt mir nicht ein! Untätig hierbleiben! Ich krieche mit im Wald herum, denn ich habe Euch zu beweisen, daß ich keine Furcht besitze."

„Das wissen wir schon, also ist dieser Beweis überflüssig. Ich brauche Euch wohl nicht zu sagen, wie ich Euch kenne und schätze, und darum werdet Ihr es nicht übelnehmen, wenn ich Euch daran erinnere, daß das Herumkriechen im Wald nicht gerade Eure starke Seite ist. Ihr seid auf der offenen Savanne besser daheim. Bleibt also bei den Pferden!"

„Ganz wie Ihr wollt", antwortete der Alte mit einer Bewegung der Ungeduld. „Es ist hier nicht der Ort und die Zeit, uns zu streiten; ich will mich also als der Verständige fügen. Macht euch auf die Suche; aber wenn ihr dann als Leichen wiederkommt, will ich keine Vorwürfe hören!"

Er nahm die Pferde an den Zügeln fest und winkte uns fort. Old Surehand sah mich fragend an; ich antwortete: „Uns zu trennen ist hier zu gefährlich; es ist noch heller Tag; wir können leicht bemerkt werden, und da muß einer dem andern schnell helfen."

„Richtig, Sir! Und wohin wenden wir uns?"

„Habt Ihr vorhin, als Ihr fort wart, nicht eine Stelle bemerkt, wo das Eindringen nicht zu beschwerlich und geräuschvoll ist?"

„Ich glaube eine zu kennen. Kommt!"

Er führte mich um einige Buschecken und deutete dann zu dem Strauchwerk, das hier weniger dicht als anderwärts stand. Ich nickte, legte mich nieder und kroch hinein; er folgte mir. Wir hatten unsere Gewehre natürlich bei Old Wabble gelassen; meine beiden Revolver und das Messer reichten für alle Fälle.

Es war, wie gesagt, noch heller Tag; die Roten konnten also jede größere Bewegung des Gesträuchs sehen; das erschwerte unsere Aufgabe so sehr, daß wir nur höchst langsam vorwärts rückten. In einer halben Stunde hatten wir ein Drittel unseres Wegs zurückgelegt; dann wurde es besser. Wir mußten zur Mitte des Wäldchens, wo das Wasser lag, an dem sich die Comanchen vermutlich befanden. Nach abermals einer Viertelstunde hörte ich vor uns ein Pferd schnauben; auch Old Surehand hatte es gehört, denn er stieß mich an, um mich darauf aufmerksam zu machen. Hatte das Tier nur zufällig geschnaubt, oder wollte es dadurch nach Art der indianischen Pferde seinen Besitzer vor uns warnen? In diesem Fall war die Gefahr für uns doppelt groß.

Ich muß sagen, daß ich mich nicht nur über Old Surehand freute, sondern daß ich ihn sogar bewunderte. Erst war er hinter mir geblieben, nun drang er neben mir vorwärts, und zwar mit einer Ausdauer, Umsicht und Geschicklichkeit, wie ich sie kaum jemals bei einem Weißen gesehen hatte. Jede Lücke wurde benutzt und jedes Hindernis entweder vermieden oder völlig geräuschlos beseitigt; wenn die Gewandtheit der Hände nicht ausreichte, mußte das Messer nachhelfen, und wenn ein Zweig oder gar ein stärkerer Ast bewegt werden mußte, geschah es mit einer so gleichmäßigen Behutsamkeit, daß ein anderer als ich es nicht bemerken konnte. Es war für einen Westmann wirklich eine Freude, ihm zuzusehen.

So kamen wir langsam, aber sicher weiter und weiter, bis wir Stimmen hörten; die Worte konnten wir nicht verstehen, weil wir noch zu weit entfernt waren. Je mehr wir uns näherten, desto deutlicher hörten wir sie, bis wir endlich die sahen, die sich da miteinander unterhielten. Es war freilich nicht das, was man eine Unterhaltung nennt, sondern man konnte es eher als die Sitzung eines Präriegerichts bezeichnen.

Wir waren hinter einem nicht allzu dichten Gestrüpp angekommen, durch das wir leidlich hindurchblicken konnten. Vor uns lag das Wasser; rechts waren sechs Pferde angebunden, während links ein einzelnes angehobbelt stand; dieses letztere war ein Apachenpferd, während die ersteren den Comanchen gehörten, denen wir gefolgt waren. Von diesen sechs Roten lebten nur noch drei, die zwischen uns und dem Wasser saßen; die blutigen Leichen ihrer drei Kameraden lagen nicht weit von ihnen. Vor ihnen stand ein einzelner Baum, an dessen Stamm ein Apache gebunden war. Da er uns den Rücken zukehrte, konnten wir sein Gesicht nicht sehen; er mußte verwundet sein, denn seine Füße standen in einer Blutlache, doch schien ihn der Blutverlust nicht sehr geschwächt zu haben, denn eben, als wir die Gruppe zu Gesicht bekamen, hörten wir ihn mit kräftiger Stimme sagen: „Die Hunde der Comanchen werden mich töten, aber ihren Zweck nicht erreichen. Pesch-endatseh – Langes Messer – lacht über sie. Sie waren ihrer sechs; er hat drei von ihnen getötet, ehe sie ihn überwältigten; er wird sterben mit dem Gesang des Todes auf den Lippen und ohne mit der Wimper zu zucken, und die Seelen dieser drei werden ihn in den ewigen Jagdgründen bedienen müssen."

Langes Messer! Den kannte ich sehr gut. Er war ein sehr verwegener und listiger Krieger, der bei den Mescaleros in Ansehen stand und schon oft als Unteranführer tätig gewesen war. Wenn es sich um einen gefährlichen Kundschafterdienst gehandelt hatte, zu dessen Ausführung Mut und Verschlagenheit gehörte, war die Wahl gewöhnlich auf ihn gefallen.

Jedenfalls hatte er hier im Altschese-tschi gesteckt, um auf mich zu warten, und ich hatte mich nicht geirrt, als ich annahm, Winnetou werde auf Kundschafter seines Stammes getroffen und direkt zum Llano Estacado geritten sein und für mich einen Boten zurückgelassen haben.

Einer der Comanchen machte eine verächtliche Handbewegung und antwortete: „Langes Messer stinkt wie ein Stück verfaulten Fleisches. Seine Seele wird weggeworfen werden und in den ewigen Jagdgründen keinen Diener haben, denn wir werden ihm den Skalp nehmen, ehe wir ihn unter großen Qualen in den Tod senden. Er hat drei von uns getötet, weil er sich feig versteckte, als wir kamen. Hätte er sich offen gezeigt, wäre nur sein Blut, aber kein einziger Tropfen von dem unsern geflossen."

„Ja, die Hunde der Comanchen hätten es gewagt, mit mir zu kämpfen, weil sie zwölf Arme gegen mich hatten, während ich allein war. Hätten sie nicht so viele gezählt, wären sie vor mir ausgerissen wie Kojoten, die zwar heulen, aber nicht beißen. Wenn ihr mich in die ewigen Jagdgründe sendet, werde ich dort nur Apachen, aber keinen einzigen Comanchen finden, weil nur die Seelen tapferer Männer und keine Feiglinge hinkommen. Was ihr seid, das werde ich euch zeigen, seht her zu mir!"

Er spuckte dreimal kräftig aus. Der Comanche sagte in demselben verächtlichen Ton wie vorher: „Das gilt nicht für uns, sondern dir selbst. Du machst große Worte, um die Kleinheit deines Mutes zu verbergen. Die Angst vor dem Tod steht dir im Gesicht geschrieben. Du weißt, daß wir dir die Haut und das Fleisch in Stücken vom Leib schneiden werden, und deine stolze Rede soll nur das Angstgewimmer verdecken, das du in deinem Innern hörst. Wir sind jedoch bereit, gnädig zu verfahren und dich schnell und ohne Qualen sterben zu lassen, wenn du uns die Wahrheit sagst und die Fragen beantwortest, die ich dir jetzt stellen werde."

Langes Messer warf den Kopf stolz empor und sagte, scheinbar einverstanden: „Der Comanche mag sprechen."

„Sind eure Krieger gegen die Comanchen gezogen?"

„Nein."

„Ist das die Wahrheit?"

„Ja."

„Ich glaube es nicht."

„Du kannst es glauben. Oder meinst du, daß es dem starken Löwen einfällt, gegen eine kranke Ratte in den Kampf zu ziehen?"

„*Uff!* Wenn du so fortfährst, uns zu beleidigen, hast du keine Gnade von uns zu erwarten! Wo befinden sich die Mescalero-Apachen jetzt?"

„Daheim in ihren Wohnungen."

„Wo ist Winnetou, der Häuptling?"

„Er ist weit oben im Norden bei den Indianern, die sich Schlangen nennen."

Er sagte das, um sie glauben zu lassen, daß ihr berühmter Gegner jetzt nicht zu fürchten sei.

„Auch das ist eine Lüge. Winnetou ist da."

„Nein."

„Wir haben Old Shatterhand gesehen, und wo dieser ist, da ist auch Winnetou nicht fern."

Ich sah, daß Langes Messer einen Ausruf der Freude unterdrückte; er zwang sich sichtlich zur Ruhe und Gelassenheit und sagte im Ton der Überzeugung: „Der Comanche lügt; er will mich betrügen. Old Shatterhand ist weder auf der Ebene noch in den Bergen; er ist über das Große Wasser in seine Heimat zurückgekehrt und wird erst nach zwei oder drei Wintern wiederkommen. Er hat das selbst gesagt."

„Ich lüge nicht!"

„Du lügst! Ich glaube dir nicht."

„Und ich lüge nicht!" brüllte der Comanche zornig. „Wir haben ihn gesehen."

„Wo?"

„In unserm Lager. Er kam, uns zu beschleichen; wir haben ihn aber ergriffen und gefangengenommen, und er wird den Tod am Marterpfahl sterben."

„Old Shatterhand? Den Tod am Marterpfahl?" Der Apache lachte höhnisch. „Alle Krieger der Comanchen zusammengenommen sind nicht imstande, diesen weißen Jäger an den Marterpfahl zu bringen. Selbst wenn sie ihn ergriffen hätten, würde er trotz aller Fesseln plötzlich verschwunden wie der Adler, den zehnmal tausend Sperlinge nicht halten können. Aber er ist gar nicht gefangen; er befindet sich jetzt gar nicht in diesem Land, sondern da, wo er geboren ist."

Es war jedenfalls seine Absicht, den Comanchen vor Ärger zum Sprechen zu bringen; er erreichte seine Absicht tatsächlich, denn der Gegner rief wütend: „Wir haben ihn! Die Krieger der Comanchen sind keine Sperlinge, sondern Adler, die diesen Sperling zerreißen oder auffressen werden! Ich sage die Wahrheit; du dagegen lügst. Wie kannst du behaupten, daß eure Leute daheim seien! Sie befinden sich unterwegs, sonst hätten sie nicht einen Kundschafter ausgesandt!"

„Haben sie das getan?"

„Ja."

„Wann?"

„Jetzt."
„Was wißt ihr von einem Kundschafter! *Pshaw!*"
„Wir wissen es. Du bist's selbst!"
„Ich? Wer macht euch weis, daß Langes Messer als Späher ausgeritten sei?"
„Niemand macht es uns weis; es ist so."
„Dann sind die Söhne der Comanchen blind. Trage ich etwa die Farben des Krieges im Gesicht?"
„Du hast es aus Klugheit unterlassen, dich anzumalen!"
„Wo wohnen die Comanchen und wo die Mescalero-Apachen? Im Norden und im Süden. Wo befinde ich mich jetzt? Weit im Osten. Würde ich so weit nach Osten reiten, wenn ich als Kundschafter nach Norden zu euch soll?"
„Ihr werdet erfahren haben, wohin wir ziehen wollen!"
„*Uff, uff, uff!* Merkst du nicht, daß du dich jetzt verraten hast? Also die Hunde der Comanchen sind aus ihren Höhlen gekrochen, nicht um gegen die Apachen zu ziehen, sondern um nach Osten zu reiten! Jetzt weiß ich, was und wohin ihr wollt!"
Der Comanche sah ein, daß er sich hatte überlisten lassen, und fuhr, zornig über sich selbst, den Gefangenen an: „Schweig, Kröte! Ich kann das sagen, was ich gesagt habe, denn ich weiß, daß du es nicht weiterplaudern wirst. Wir nehmen dich mit, und du wirst gleichzeitig mit Old Shatterhand am Marterpfahl sterben."
„Dann werde ich noch sehr lange leben, denn daß ihr dieses berühmte Bleichgesicht gefangen habt, ist eine Lüge."
„Es ist wahr. Wir haben ihn!"
„*Pshaw!*"
„Und wir haben ihn nicht allein, sondern noch mehrere Bleichgesichter, die auch sterben werden."
„Nenne sie!"
„Old Wabble, den greisen Indianertöter."
„*Uff!*"
„Ferner Old Surehand, das riesige Bleichgesicht."
„*Uff, uff!* Weiter!"
„Weiter? Genügt das nicht?"
„Ja, das genügt. Wenn ihr diese drei großen Jäger wirklich ergriffen habt und mich in euer Lager schafft, werde ich nicht sterben, sondern wir werden uns frei machen und unter den Söhnen der Comanchen sein wie Büffelstiere, die in ein Rudel feiger Wölfe brechen. Old Shatterhand wurde noch nie besiegt; er ist ein . . ."

„Er war schon oft gefangen!“ fiel ihm der Comanche höchst zornig in die Rede.
„Aber er hat sich stets wieder befreit! Old Surehand ist ein Jäger, der mit einem Griff seiner Fäuste sechs Comanchen erwürgt, mit jeder drei. Es gibt für ...“
„Schweig von diesem Hund!“ unterbrach ihn der andere abermals. „Er hat noch nie einen Comanchen besiegt!“
„Weil noch kein Comanche ihm begegnet ist! Und Old Wabble, der wie ein Sturm über die Savanne fegt, so daß niemand ihn einholen kann, wird euch ...“
„Wird sterben, wird sterben!“ schrie der Comanche, ihm zum drittenmal in die Rede fallend. „Vielleicht wird er auch nicht sterben, denn dieses alte Bleichgesicht ist ein furchtbarer Köter, den man eigentlich nicht töten, sondern mit Prügeln fortjagen sollte. Dieser Feigling ...“
Er hielt mitten in der Rede inne; jetzt war er es, der unterbrochen wurde, aber nicht etwa von dem Apachen, mit dem er sprach, sondern von einer ganz andern Seite. Wir hatten unsere Augen natürlich auf ihn gerichtet gehabt; als er sich jetzt plötzlich unterbrach und sichtlich erschrocken zur Seite sah, wandten wir unsere Blicke auch dorthin und hörten zugleich die Worte erklingen: „Was bin ich? Ein Feigling, ein Köter? Hund, roter! Ich werde dir zeigen, ob ich feige bin oder nicht. Wer von euch nur ein Glied bewegt und nach seiner Waffe greift, der bekommt meine Kugel in den Kopf. Hände in die Höhe!“
Es war der alte Wabble. Er hatte sich nicht durch das dichte Gebüsch gedrängt, sondern er kam ganz gemütlich durch die westliche schmale Lücke des Waldes, durch die auch die Comanchen ans Wasser gekommen waren. Sein Gewehr an der Wange und den Zeigefinger am Drücker, war er hinter dem nächsten Busch hervorgetreten und näherte sich langsam.
„Hände in die Höhe!“ wiederholte er, da die Roten seinem Befehl nicht gleich Folge leisteten.
Dieser Ruf ist ein alter Brauch im Wilden Westen. Wer die beiden Hände in die Höhe hält, kann nicht nach den Waffen greifen und sich verteidigen. „Hände in die Höhe!“ Wer mit diesen Worten überfallen und angerufen wird und nicht sofort gehorcht, dessen Leben ist keinen halben Penny wert. Das wissen auch die Indianer. Darum hoben die drei Comanchen jetzt bei der Wiederholung des Befehls ihre Arme empor.
„So, jetzt habe ich euch, ihr roten Schufte!“ Er lachte. „Wer

auch nur eine Hand sinken läßt, der bekommt die Kugel; ich scherze nicht. Also ich bin ein Feigling! Soso! Und mich habt ihr gefangen! Und Old Shatterhand und Old Surehand auch! Ist das wahr, du Schurke?"

Der Rote antwortete nicht.

„Aha! Der Atem ist dir ausgegangen! Wartet nur, wir werden euch gleich wieder zu Atem bringen! Muß euch doch einige gute Freunde zeigen, sehr bekannte Männer, über die ihr euch außerordentlich freuen werdet, wenn ihr sie zu sehen bekommt. Wo stecken sie nur?"

Er meinte natürlich uns, Old Surehand und mich. Er hielt sein Gewehr noch immer auf die Comanchen gerichtet und suchte mit den Augen in dem östlichen Gebüsch, in dem er uns vermutete und wo wir auch wirklich steckten. Es war kein Wunder, daß die Roten ihre Arme gehorsam emporhielten, denn er bot einen Anblick, der geeignet war, Respekt einzuflößen. Seine Erscheinung war ja ohnehin außerordentlich, und es kam hinzu, daß er mit vier Gewehren bewaffnet war, denn er hatte das seine in den Händen, und auf dem Rücken trug er Old Surehands Büchse, meinen Bärentöter und den Henrystutzen. Sie wagten gewiß nicht, ihm Widerstand zu leisten.

Dennoch war ich keineswegs mit seinem plötzlichen und unerwarteten Erscheinen einverstanden. Er hatte draußen bei den Pferden zu bleiben und nicht herein ans Wasser zu kommen. Ich nahm mir vor, ihn zur Rede zu stellen, obgleich er seine Sache gar nicht übel gemacht hatte. Jetzt wollte er uns zu sich haben; ich gab Old Surehand also einen Wink; wir standen auf und drangen durch das Gezweig hinaus ins Freie. Als uns der Alte sah, rief er den Comanchen zu: „Das sind die Männer, die ich euch zeigen will, ihr Schurken. Kennt ihr sie?"

„Old Shatterhand!" rief Langes Messer jubelnd.

„Old Surehand!" schrie der Comanche erschrocken.

Ich wandte mich an den letzteren: „Ja, wir sind es, von denen du sagst, sie wären eure Gefangenen. Mr. Cutter, nehmt ihnen die Waffen!"

Ich zog den Revolver und richtete ihn auf die Comanchen; sie wagten nicht, sich zu bewegen.

„Bindet den Apachen los, Mr. Cutter!"

Er tat es. Kaum fühlte sich Langes Messer wieder im Besitz seiner Glieder, so bückte er sich, raffte einen Tomahawk auf und – zwei schnelle Hiebe, und zwei Comanchen sanken mit zerschmetterten Schädeln aus ihrer sitzenden Stellung hintenüber. Ich faßte ihn am Arm und rief: „Was tut mein roter Bruder! Ich wollte mit diesen Kriegern der Comanchen sprechen und . . ."

Er hörte mich nicht weiter an, sondern riß sich los und schlug so schnell, daß ich es nicht zu verhindern vermochte, den dritten nieder. Dann antwortete er mir: „Mein berühmter weißer Bruder mag mir verzeihen, daß ich anders handle, als er wünscht. Ich weiß, daß er nicht gern Blut vergießt; darum habe ich es vergossen."

„Es sollte aber nicht vergossen werden!"

Er wies auf seine Brust und fragte: „Fließt das meine nicht auch? Ist das Kriegsbeil ausgegraben, so gilt Leben für Leben, Blut für Blut!"

„So töte meinetwegen die, die du besiegt hast; diese drei aber gehörten nicht dir, sondern uns. Seit wann haben die tapferen Krieger der Apachen ihren Stolz verloren, daß sie Feinde umbringen, die von andern Leuten überwunden worden sind? Schmückt ihr euch jetzt, seit ich nicht bei euch gewesen bin, mit Heldentaten, die ihr nicht vollbracht habt?"

Er blickte beschämt vor sich nieder und entschuldigte sich: „Einer von diesen dreien hat mich verwundet. Durfte er leben bleiben? Was wollte Old Shatterhand mit diesen Hunden machen, wenn sie am Leben blieben? Wollte er sie mit sich nehmen? Das wäre eine Last gewesen, die ihm sicherlich geschadet hätte. Oder hatte er die Absicht, sie freizulassen? Dann wären sie zu den Ihren geritten und hätten verraten, was sie gesehen haben."

„Da hast du recht; aber du weißt, daß Old Shatterhand schon seit langer Zeit ein Häuptling der Apachen ist. Darf ein Krieger dieses Stammes in seiner Gegenwart tun, was ihm augenblicklich einfällt? Wozu sind die Häuptlinge da, wenn jeder Krieger in ihrem Beisein tun kann, was ihm beliebt? Was wird Winnetou, der größte und berühmteste Häuptling der Apachen, sagen, wenn ich es ihm erzähle?"

Da beugte sich der stolze Mann vor mir und bat: „Ich habe unrecht gehandelt. Wird mir Old Shatterhand die Schnelligkeit der Tat verzeihen?"

„Es ist geschehen und nicht zu ändern; ich verzeihe dir, obgleich du uns wahrscheinlich großen Schaden bereitet hast."

„Schaden? Wie kann mein weißer Häuptling von Schaden reden?"

„Ich wollte mit diesen Leuten sprechen und hätte von ihnen erfahren, was ich wissen will."

„Sie hätten nichts gesagt."

„Sie hätten gesprochen. Hält mich mein roter Bruder für so unklug, daß ich ihnen gesagt hätte, was ich wissen will? Weiß er nicht, daß die Rede und die Frage eines listigen Mannes wie eine Schlinge ist, in der sich selbst ein Kluger fängt?"

„Ich weiß es; aber Old Shatterhand braucht diese Hunde der Comanchen nicht zu fragen."

„Nun allerdings nicht, denn sie sind tot!"

„Auch wenn sie noch am Leben wären. Ich weiß alles; ich habe es erfahren."

„Von wem?"

„Von ihnen."

„Hast du mit ihnen gesprochen?"

„Nein."

„Sie also belauscht?"

„Ja."

„Gut, wollen sehen, ob du mich wirklich zufriedenstellen kannst. Jetzt zeig deine Wunde her. Ist sie tief?"

„Ich weiß es nicht. Tödlich ist sie nicht."

Er hatte recht; sie war nicht einmal schwer. Das Messer war ihm von der Seite her nur in den rechten Brustmuskel gedrungen und an einer Rippe abgeglitten. Für einen Indianer war das eine leichte Verwundung, obgleich er dem Wundfieber wohl nicht entgehen würde. Während ich ihn verband, kamen uns Parker und Jos Hawley nach und wunderten sich nicht wenig über das, was sie sahen.

„Da seht ihr, Mesch'schurs, wie schnell wir mit den Halunken fertig geworden sind", sagte Old Wabble zu ihnen. „Als ich kam, waren leider drei schon tot. Ich hätte alle sechs auf mich genommen. Wie schön diese Kerls die Hände in die Höhe gehoben haben!"

„Und wie schön Ihr dabei in den Käse fliegen konntet, Mr. Cutter!" fügte ich hinzu.

„In den Käse?" fragte er erstaunt.

„Ja."

„Wieso?"

„Wenn sie nun die Hände nicht in die Höhe genommen hätten?"

„So hätte ich sie erschossen."

„Wie viele?"

„Alle drei natürlich; *th'is clear!*"
„Einen ja, und dann hätten Euch die andern beim Leder gehabt."
„Hätten es versuchen sollen!"
„Warum nicht? Wie hättet Ihr Euch wehren wollen mit einem abgeschossenen Gewehr in der Hand und drei andern auf dem Rücken? Bei dieser Balgerei hättet Ihr gewiß den kürzeren gezogen."
„Abwarten, abwarten, Sir!"
„Und wie nun, wenn Ihr alle sechs anstatt nur drei gefunden hättet, als Ihr kamt?"
„Ich stand ja vorher hinter dem Busch und sah die Sache an. Und wenn sie es alle sechs gewesen wären, ich hätte es ebenso gemacht."
„Und wärt getötet worden!"
„*Pshaw!* Man ist doch kein Kind. Denkt an Euch, Sir! Ihr seid schon oft in der Lage gewesen, es mit mehr als sechs Roten aufnehmen zu müssen."
„Dann war die Lage anders als hier; ich bin noch mehr gefürchtet als Ihr und habe den Henrystutzen, den die Roten für eine Zauberflinte halten."
„Hm, ja! Aber es ist dennoch kein Fehler, den ich begangen habe, denn es konnte mir nichts geschehen."
„Ah, wohl weil ich mit Mr. Surehand in der Nähe war?"
„Ja."
„Da irrt Ihr Euch. Wenn die Roten nicht so erschrocken, sondern geistesgegenwärtig gewesen wären, hättet Ihr eine Kugel oder einen Messerstich gehabt, ohne daß es uns möglich gewesen wäre, es zu verhindern. Und selbst wenn Ihr in allem recht hättet, so nicht darin, daß Ihr gegen meine Weisung gehandelt habt. Es war bestimmt, daß Ihr draußen bei den Pferden bleibt."
„Sir, die Zeit wurde mir zu lang."
„Das ist kein Grund, Dummheiten zu machen!"
„Dummheiten? Ich muß bitten, Mr. Shatterhand! Old Wabble pflegt keine Dummheiten zu machen!"
„*Pshaw!* Ihr habt unbedingt auf dem Posten zu bleiben, der Euch einmal anvertraut worden ist. Was soll daraus werden, wenn jeder von der Stelle, die er einzunehmen hat, fortläuft! Wie ist es da möglich, sich mit Euch an irgendeinem gefährlichen Unternehmen zu beteiligen? Ihr wißt, daß das, was wir vorhaben, mit großen Gefahren verbunden ist. Da muß man

gegenseitig felsenfestes Vertrauen zueinander haben. Ist das nicht der Fall, so reite ich weiter und lasse Euch sitzen!"

„Bravo, bravo!" rief Parker.

Da fuhr ihn Old Wabble zornig an: „Was habt Ihr da zu johlen? Ich verbitte mir solches Geschrei ein für allemal!"

„Das glaube ich!" antwortete Parker. „Ich soll es mir gefallen lassen, wenn zu mir vom Sitzenlassen gesprochen wird, Ihr dagegen wollt es nicht hören, alter Wabble! Wir sind nicht dabeigewesen. Was habt Ihr denn für einen Pudel geschossen?"

„Keinen! Aber wenn Ihr nicht sofort den Schnabel haltet, so schieße ich nachträglich einen, und zwar einen ganz gehörigen, und der seid Ihr; *th'is clear!*"

Er wandte sich wütend ab.

Ich sorgte zunächst für unsere Sicherheit, indem ich die Pferde holen ließ und dann Posten ausstellte. Hawley war der erste; er hatte um das Wäldchen zu patrouillieren und alles Auffällige zu melden. Dann wurden die Comanchen untersucht. Sie waren tot und wurden einstweilen auf die Seite geschafft. Dann setzten wir uns zusammen, um unsere Lage zu besprechen. Der Abend dunkel herein, doch es war nicht geraten, ein Feuer anzubrennen. Sein Schein wäre zwar draußen nicht gesehen worden, denn der Kleine Wald war dicht genug; aber die Comanchen, die später dieses Wegs kamen, sollten keine Spur unseres Lagers finden.

Hauptsache war natürlich das, was mir Pesch-endatseh, Langes Messer, zu sagen hatte. Als ich ihn fragte, ob er Winnetou getroffen habe, antwortete er: „Ja. Die Krieger der Apachen hörten, daß die Comanchen die Kriegsbeile ausgegraben hätten, und sandten sogleich Späher aus, um zu erkunden, gegen wen der Angriff gerichtet sei. Ich gehörte zu diesen Spähern und hatte noch einen Krieger bei mir. Wir ritten am Wasser des Pecos empor, wo die Comanchen zu vermuten waren, und trafen sie am Saskuan-kui, das wir Apachen Doklis-to, das Blaue Wasser, nennen. Wir konnten sie nicht beobachten und noch viel weniger belauschen, denn sie streiften jagend in der Gegend umher, um Fleisch zu machen."

„Des Abends pflegt man doch nicht zu jagen!"

„Old Shatterhand hat recht, und wir wußten das auch. Wir ließen unsere Pferde zurück und schlichen zu Fuß zum Blauen Wasser, wo wir ankamen, als es dunkel war.

„Habt ihr etwas gehört?"

„Nein. Wir gaben uns große Mühe, aber wir hatten kein

Glück. Mein weißer Bruder wird mir das glauben und mir keine Vorwürfe machen. Es kann dem besten, dem kühnsten und vorsichtigsten Kundschafter geschehen, daß er trotz aller List heimkehren muß, ohne etwas erfahren zu haben."

„Gewiß! Ich kenne dich, und es fällt mir nicht ein, gering von dir zu denken. Wo trafst du Winnetou?"

„Wir schlichen an zwei Abenden zum Blauen Wasser. Am ersten hatten wir keinen Erfolg; am zweiten trafen wir mit Winnetou zusammen, der noch vor uns gekommen war und uns gebot, uns nicht länger in Gefahr zu begeben, sondern mit ihm zu kommen."

„Ah, da hatte er gewiß etwas erfahren!"

„Ja, er erfuhr etwas, worüber sich mein großer weißer Bruder Old Shatterhand außerordentlich wundern wird."

„Was?"

„In der großen Wüste, die von den Bleichgesichtern der Llano Estacado genannt wird, gibt es eine schöne Klaparya-Siyardestar – eine grüne Insel – mit vielem hellem Wasser, an dem die herrlichsten Bäume, Sträucher und Blumen wachsen. Dabei steht ein Haus, in dem drei Personen wohnen, nämlich ein Deklil-Inda – ein Neger –, eine Diklil-Isoma – eine Negerin –, die seine Mutter ist, und ein weißer Jäger; dieser ist der Herr der Gegend und wird Dil-Mejeh – Blutiger Fuchs – genannt. Winnetou hat ihn gesehen und mit ihm das Kalumet der Freundschaft geraucht."

„Ich kenne ihn ebenfalls."

„*Uff!*" rief der Rote verwundert. „Old Shatterhand hat ihn auch schon gesehen?"

„Ja."

„Und das Wasser und das Haus in der Wüste?"

„Ja."

„So weiß mein berühmter weißer Bruder den Weg dorthin zu finden?"

„Natürlich! Ich war einigemal dort. Hat Winnetou dir das nicht gesagt?"

„Nein. Winnetou, der große Häuptling der Apachen, liebt nicht lange Erzählungen; er sagt kein Wort mehr, als nötig ist. Also du kennst die Gegend und den Weg! Darum soll ich auf dich warten und dir die Botschaft des Häuptlings bringen!"

Er wunderte sich. Ich ersah aus seinen Worten, wie verschwiegen Winnetou wieder gewesen war. Er hatte nie ein Wort über die Oase im Estacado gesprochen.

Der Apache fuhr fort: „Es müssen einst Comanchen beim Blutigen Fuchs gewesen sein, wie ich aus Winnetous Worten entnahm."

„Allerdings. Sie waren mit ihm und mit mir dort. Der junge Häuptling Schiba-bigk – Eisenherz – führte sie an."

„Schiba-bigk? Ich höre, daß Old Shatterhand alles richtig weiß, denn dieser junge Häuptling soll die Comanchen jetzt zu der Insel in der Wüste führen."

„Hast du vielleicht erfahren, weshalb das die Comanchen tun?"

„Winnetou hat es erlauscht. Der Blutige Fuchs ist aus der Wüste gekommen, um zu jagen, und mit einer Schar Comanchen zusammengetroffen; sie haben ihn angegriffen, um ihn zu töten; er hat sich verteidigt und mehrere von ihnen erschossen. Seine Kugeln sind ihnen gerade mitten in die Stirn gedrungen."

„Haben sie ihn denn gekannt?"

„Einer von ihnen ist damals mit bei ihm in der Wüste gewesen und hat ihn erkannt."

„Er ist ihnen entkommen?"

„Keine ihrer Kugeln hat ihn getroffen und keins ihrer Messer seine Haut geritzt."

„Gott sei Dank! Nun unternehmen sie einen Rachezug, um ihn zu töten?"

„Ja, sie wollen ihn töten und sein Haus und die Bäume vernichten, daß die Insel wie eine Wüste wird. Das hat Winnetou erlauscht."

„Aber er kann das nicht erst hier am Blauen Wasser erfahren haben, sondern er muß es schon vorher gewußt haben, denn ich habe die Nachricht bereits oben in der Sierra Madre von ihm erhalten."

„Es sind dort zwei Comanchen jagen gewesen und haben davon gesprochen, ohne ihn zu kennen. Er ist mit ihnen zusammengetroffen und hat sich für einen Sohn der Kiowas ausgegeben. Sie haben das geglaubt."

„Dann sind ihre Seelen abwesend gewesen. Wer Winnetou, auch ohne ihn zu kennen, für einen Kiowa hält, der hat kein Hirn im Kopf. Weiter!"

„Winnetou ist von der Sierra Madre sofort aufgebrochen, um den Blutigen Fuchs zu warnen. Er sah auf seinem Weg die Spuren der Comanchen und folgte ihnen bis zum Blauen Wasser, wo er sie belauschte; dabei traf er uns. Der Häuptling war sehr froh darüber und gab uns seine Befehle. Er sandte den Krieger, der bei mir war, heim, um schnell dreihundert Apachen, die gut bewaffnet und mit genug Fleisch versehen sein sollen, zum Nargoleteh-tsil – zum Regenberg – zu führen, wo sie auf Old Shatterhand warten sollen. Mich nahm er mit hierher zum Kleinen Wald, wo er mich zurückließ, damit ich Old Shatterhand erwarte und ihm sage, daß er zum Nargoleteh-tsil reiten möge, um sich an die Spitze unserer Krieger zu stellen und ihm in den Llano Estacado nachzukommen."

„Gut, gut! Habe es mir gedacht! Das ist alles, was er dir für mich aufgetragen hat?"

„Ja, alles."

„Also zum Regenberg! Den kenne ich genau. Wenn man gut reitet, ist man in einem halben Tag dort. Der Ort ist außerordentlich gut gewählt, denn dort können sich sogar mehr als dreihundert Mann so verbergen, daß kein Feind sie zu finden vermag. Wie schade, daß du die drei Comanchen hier getötet hast! Wenn sie noch lebten, würde ich gewiß einiges aus ihnen herausfragen, was uns zu wissen nützlich sein würde."

„Was möchte Old Shatterhand wissen?"

„Wer der Anführer der Comanchen ist."

„Schiba-bigk. Ich habe es schon gesagt."

„Das bezweifle ich, denn er ist zu jung dazu. Am Blauen Wasser befiehlt Vupa-Umugi, der gewiß keinem jüngeren Krieger gehorchen wird, und dann kommt noch Nale-Masiuv, der gewiß auch zu stolz ist, sich Eisenherz unterzuordnen."

„*Uff!* Nale-Masiuv, der an jeder Hand nur vier Finger hat? Der will auch kommen?"

„Ja, mit hundert Mann."

„Woher weiß das Old Shatterhand?"

„Ich habe es am Blauen Wasser erlauscht."

„*Uff, uff!* Old Shatterhand ist auch am Blauen Wasser gewesen, und es ist ihm gelungen, die Hunde der Comanchen zu beschleichen? Was keinem andern Krieger gelingt, das bringen zwei gewiß fertig, Winnetou und Old Shatterhand!"

„Dieses Lob verdiene ich nicht, denn die weißen Krieger, die du hier bei mir siehst, sind ebenfalls mit dort gewesen."

„Ja, aber wie!" fiel Old Surehand ein. „Ihr wart als freie Männer dort, und . . ."

„Still!" fiel ich ihm in die Rede. „Was dort geschehen ist, kann recht gut unter uns bleiben; es braucht nicht weitererzählt zu werden! Wie gesagt, es wäre sehr vorteilhaft für uns, zu wissen, wer der eigentliche Anführer der Comanchen ist. Von Vupa-Umugi und Nale-Masiuv haben wir nichts Gutes zu erwarten. Schiba-bigk aber ist mir zu Dank verpflichtet, denn wir haben ihm damals das Leben gerettet und ihn sicher durch den Llano gebracht. Er ist zwar jünger als die beiden andern, und sie werden sich ihm wohl kaum unterordnen, aber er ist der Sohn des berühmten Tevua-schohe – Feuerstern –, der der oberste Kriegshäuptling sämtlicher Comanchenstämme war, und ich halte es nicht für so unmöglich, daß infolge des Ruhms, den er sich erworben hat, und der Erfolge, die man ihm verdankt, seine Stellung auf seinen Sohn übergegangen ist. Wären die drei Comanchen hier noch am Leben, würde ich es ganz gewiß von ihnen erfahren."

Obgleich diese Worte nicht direkt an Langes Messer gerichtet waren, antwortete er: „Old Shatterhand hat mir verziehen, was ich tat. Soll ich nicht von diesen sechs toten Comanchen erzählen?"

„Tu es. Wer gewahrte den oder die andern zuerst, du sie oder sie dich?"

„Ich sah sie eher als sie mich. Indem ich hier auf Old Shatterhand wartete, konnten leicht Comanchen hierherkommen. Ich war also sehr vorsichtig und verbarg mein Pferd tief im Gesträuch; zugleich hütete ich mich, Spuren zu hinterlassen. Aber ich mußte doch bald hierhin und bald dorthin gehen; ich mußte auch das Pferd tränken, und das führte zu meiner Entdeckung. Ich hatte das Pferd zum Wasser gebracht, und während es trank, ging ich hinaus an den Rand des Kleinen Waldes, um zu sehen, ob ich sicher sei. Da gewahrte ich die sechs Hunde der Comanchen und fand kaum Zeit, mein Pferd wieder in sein Versteck zu bringen; die Stapfen konnte ich nicht verwischen. Sie kamen und sahen die Spur und folgten ihr in das Gebüsch. Fliehen konnte ich nicht; sie waren mir nahe. Ich schoß den ersten nieder und erstach den zweiten und den dritten; die andern packten mich. Ich wurde verwundet, niedergerissen und gefesselt. Dann banden sie mich an den Baum. Als ihr kamt, habe ich sie erschlagen. Old Shatterhand kann sie nach nichts fragen; aber etwas habe ich von ihnen gehört, was ich ihm sagen möchte."

„Was?"

„Sie wollen nach der Insel in der Wüste, um den Blutigen Fuchs und die alte Negerin zu fangen und in das große Dorf der Comanchen zu schaffen. Ich habe, als sie miteinander sprachen, erfahren, wo ihr Dorf jetzt liegt."

„Das ist freilich wichtig. Wo liegt es?"

„Ich kenne den Ort nicht und habe seinen Namen nie gehört. Er wurde von ihnen Kaam-Kulano – Hasental – genannt."

„Du hast dich geirrt und kennst den Ort gewiß. Die Comanchen nennen den Ort allerdings so, von euch wird er Katscho-Nastla, also auch Hasental, geheißen."

„Katscho-Nastla? Dieses Tal kenne ich freilich. Es liegt einen guten Tagesritt nordwärts von hier. Dorthin sollen der Blutige Fuchs und die Negerin geschafft werden, um am Marterpfahl zu sterben. Der Neger ist schon dort."

„Was?" fragte ich erschrocken. „Welcher Neger?"

„Der Sohn der alten schwarzen Frau, der mit beim Blutigen Fuchs in der Wüste wohnt."

„Ah! Das ist freilich eine sehr wichtige, aber auch eine sehr unerfreuliche Nachricht. Hast du richtig gehört?"

„Mein Ohr hat sich nicht getäuscht."

„Es kann von einem andern Neger die Rede gewesen sein!"

„Nur von dem Neger in der Wüste. Die Hunde der Comanchen nannten seinen Namen."

„Wie hieß er? Schnell!"

„Ich habe ihn gehört, aber nicht behalten."

„Bob?"

„Ja, Bob, Bob haben sie gesagt."

„Wie ist er in ihre Hände geraten? Haben sie nicht davon gesprochen?"

„Sie sprachen davon. Er war mit dem Blutigen Fuchs auf der Jagd, als dieser von den Comanchen überfallen wurde. Der Fuchs tötete mehrere von ihnen und entkam, der Neger aber fiel ihnen in die Hände und wurde zum Tal der Hasen geschafft. Dort hält man ihn gefangen, bis der Fuchs und die Negerin gebracht werden; dann sollen die drei den Martertod sterben."

„Soweit wird es nicht kommen! Dafür werde ich sorgen. Bob muß frei werden. Ich reite sogleich hin."

Ich sprang auf, denn ich war erregt, obgleich es sonst nicht leicht ist, mich in Aufregung zu versetzen.

„Was ist mit Euch, Sir?" fragte Old Wabble. „Ich glaube gar, dieser Bob bringt Euch aus dem Häuschen!"

„Nicht er, sondern der Umstand, daß er Gefangener der Comanchen ist und umgebracht werden soll."

„*Pshaw!* Ein Schwarzer, ein Nigger!"
„Nigger? Neger wollt Ihr wohl sagen, Mr. Cutter!"
„Nigger sage ich. Habe das Wort all mein Lebtag nicht anders ausgesprochen."
„Das tut mir leid! Es scheint, Ihr rechnet die Neger nicht mit zu den Menschen."
„In der Naturgeschichte werden sie freilich mit unter den Menschensorten aufgezählt; wissenschaftlich sind sie also welche, aber, *my god,* was für welche!"
„Jedenfalls ebenso gute wie alle anders gefärbten!"
„*Pshaw!* Ein Nigger ist ein so niedriges Geschöpf, daß es sich eigentlich nicht lohnt, von ihm zu sprechen!"
„Das ist Eure Ansicht, wirklich Eure Ansicht?"
„*Yes!*"
„Dann tut Ihr mir leid, herzlich leid, denn mit dieser Behauptung beweist Ihr, daß Ihr noch weit unter dem ‚Nigger' steht!"
„*All devils!* Ist das Euer Ernst, Sir?"
„Mein völliger Ernst!"
„Dann tut Ihr mir ebenso leid wie ich Euch! Ein farbiger Mensch ist nie ein richtiger Mensch, sonst hätte ihn Gott nicht farbig geschaffen!"
„Mit ebenso großem Recht könnte ein Neger sagen: Ein Weißer ist kein richtiger Mensch, sonst hätte ihn Gott nicht ohne Farbe geschaffen. Ich bin etwas weiter in der Welt herumgekommen als Ihr und habe unter den schwarzen, braunen, roten und gelben Völkern wenigstens ebensoviel gute Menschen gefunden wie bei den weißen, wenigstens, sage ich, wenigstens! Versteht Ihr mich, Mr. Cutter?"
„Was Ihr gefunden habt, ist mir egal. Ich habe noch nicht einen einzigen Nigger kennengelernt, neben dem ich mich hätte niedersetzen mögen."
„Weil Ihr jeden Schwarzen gleich im ersten Augenblick so behandelt habt, daß er Euch unmöglich freundlich gesinnt sein konnte. Eure Erfahrung ist also kein Beweis für das, was Ihr behauptet. Und was diesen Bob betrifft, so ist er ein so braver Kerl, daß ich, wenn ihr euch miteinander in Not befändet, sehr wahrscheinlich ihm eher beispringen würde als Euch!"
„*Thunderstorm,* ist das ein Kompliment! Ihr könnt außerordentlich höflich sein, Mr. Shatterhand, außerordentlich höflich; *th'is clear!*"
„Ich beabsichtigte, aufrichtig, aber nicht höflich zu sein. Ich bin nicht höflich gegen Leute, die ihre Nebenmenschen ver-

achten. Wenn man Euch einmal in die Erde scharrt, wird aus Euerm weißhäutigen Leib genauso ein stinkiger Kadaver wie aus einer Negerleiche. Das werdet Ihr wohl zugeben, und nun habt die Güte und zählt mir einmal Eure sonstigen Vorzüge auf! Es sind alle Menschen Gottes Geschöpfe und Gottes Kinder, und wenn Ihr Euch einbildet, daß er Euch aus einem ganz besonders kostbaren Stoff geschaffen hat und daß Ihr sein ganz besonderer Liebling seid, so befindet Ihr Euch in einem Irrtum, den man eigentlich gar nicht begreifen kann. Ich habe mich gefreut, Euch kennenzulernen; soll es mit dieser Freude nun zu Ende sein?"

Es war dunkel geworden, und ich konnte sein Gesicht nicht erkennen; aber meine Worte schienen ihn getroffen zu haben; er senkte den Kopf und brummte: *„Zounds!* Schade, jammerschade, daß Ihr ein Westmann geworden seid!"

„Warum?"

„Ihr wärt ein noch viel besserer Pfarrer und Kanzelredner geworden; *th'is clear!*"

„Westmann bin ich nur aus der Gelegenheit heraus geworden. Vor allen Dingen bin ich Mensch, und wenn sich ein anderer Mensch in Not befindet und ich ihm helfen kann, so frage ich nicht, ob seine Haut von grüner oder blauer Farbe ist. Diesen Bob lasse ich nicht bei den Comanchen."

„Meinetwegen! Ich will Euch ja nicht daran hindern. Ich will Euch sogar dabei helfen; doch jetzt haben wir ganz und gar keine Zeit dazu."

„Es muß und soll aber grad jetzt geschehen!"

„Wie? Was? Grad jetzt?"

„Ja."

„Müssen wir nicht zum Nargoleteh-tsil, um die Apachen dort zu treffen?"

„Das hat Zeit!"

„Zeit? Sir, ich begreife Euch nicht!"

„Könnt Ihr denn nicht rechnen, Mr. Cutter? Glaubt Ihr, daß die Apachen schon dort sind?"

„Das müßt Ihr freilich besser wissen als ich; ich denke auch weniger an sie als an die Comanchen, denen wir zuvorkommen müssen."

„Auch das hat keine Eile. Von gestern abend an in drei Tagen, also bis übermorgen abend, wird Nale-Masiuv mit seinen hundert Mann zum Blauen Wasser kommen. Denkt Ihr, daß dann gleich aufgebrochen wird?"

„Nein, denn diese Leute und ihre Pferde müssen erst ausruhen."

„Wenigstens einen Tag ausruhen; wir haben also von jetzt an drei Tage Zeit; davon brauche ich nur zwei, um Bob zu befreien."

Der Alte wollte weitersprechen; da kam ihm Old Surehand zuvor, indem er das Wort ergriff: „Sagt bitte, Mr. Shatterhand, ich hörte einmal von einem Eurer Erlebnisse erzählen, das mich außerordentlich interessiert. Ihr hattet doch droben im Nationalpark ein Zusammentreffen mit den Sioux. Ihr hattet eine Gesellschaft tapferer Kerls bei Euch und auch einen Neger, der Bob hieß, wenn ich mich nicht irre?"

„Allerdings."

„War das derselbe Bob?"

„Ja."

„Ah, da habt Ihr recht, völlig recht! Den dürfen wir nicht steklenlassen, der muß heraus!"

„So wollt Ihr mit?"

„Natürlich! Versteht sich von selbst. Wann werden wir aufbrechen?"

„Morgen früh."

„Ist das nicht zu spät?"

„Nein. Von hier aus bis zum Kaam-Kulano ist es freilich ein reichlicher Tagesritt; aber ich kenne die Gegend, und wir haben ausgezeichnete Pferde. Wir brauchen sie gar nicht sehr anzustrengen, noch vor Abend, grad zur richtigen Zeit, werden wir dort sein."

„Ja, kurz vor Abend ist's stets am besten. Da hat man noch Zeit, die Örtlichkeit kennenzulernen und die Gelegenheit zu erspähen. Dann, wenn es dunkel geworden ist, wird der Streich ausgeführt. Ich freue mich darauf. Habt Ihr eine Ahnung, wieviel Menschen dort wohnen?"

„Nein. Es wird nur das Zeltdorf Vupa-Umugis sein, und ich vermute, daß sich nicht sehr viele junge, rüstige Krieger dort befinden werden."

„Also ein Kampf mit alten Weibern! *Fi!*"

„Hm! So leicht wird es uns nicht werden. Es bleibt bei jedem Zug eine Anzahl von Kriegern zum Schutz des Lagers zurück, hier auch zur Bewachung des Gefangenen. Mit ihnen werden wir es zu tun bekommen."

„Aber ich bezweifle, daß alle unsere Pferde den Ritt aushalten werden."

„Alle? Wieviel Pferde meint Ihr da?"
„Nun, soviel wir haben."
„Also zwei."
„Zwei?" fragte er verwundert.
„Ja, zwei, mein Rappe und Euer Fuchs."
„Holla! Ihr meint, wie es den Anschein hat, daß nur wir zwei den Ritt unternehmen?"
„Allerdings. Wer denn noch?"
„Ich denke, es wird sich niemand ausschließen."
„Und ich denke, daß wir einen Ritt hin und zurück vor uns haben, den nur unsere beiden Pferde aushalten. Von Mr. Parker und Mr. Hawley kann also keine Rede sein; ihre Pferde sind jetzt schon müde und würden unterwegs zusammenbrechen."
Parker sagte nichts; er sah wohl ein, daß ich recht hatte. Jos war mir sehr zugeneigt; es schien ihm schwer, sich von mir zu trennen.
„Ist es denn nicht möglich, daß ich mitkann?" fragte er. „Ihr wißt, wie gern ich bei Euch bin, Sir!"
„Ich weiß es, aber es ist nicht möglich, Mr. Hawley. Das Pferd schafft nicht, was Ihr wollt."
„So wird mir Old Wabble das seine borgen."
„Was fällt Euch ein?" rief der Alte. „Ich reite ja mit!"
„Ihr?" fragte ich.
„Ja, ich!"
„Ich denke, Ihr bleibt bei den andern!"
„Warum? Mein Pferd ist gut. Oder meint Ihr, daß es den Ritt nicht aushält?"
„Es würde ihn wahrscheinlich aushalten; aber es wird sich sträuben und nicht fortzubringen sein."
„Sträuben? Sonderbar! Möchte das Pferd kennenlernen, das sich sträubt, Old Wabble dahin zu tragen, wohin er will!"
„Diesmal doch!"
„Warum grad diesmal?"
„Weil es sich um einen ‚Nigger' handelt."
„Ah! Meint Ihr es so! Nun, da wird es wohl nicht auf das Pferd, sondern auf mich ankommen!"
„Oder auf mich, Mr. Cutter! Ich habe nicht die Absicht, Euch wegen eines Schwarzen zu belästigen."
„*Pshaw,* es ist keine Belästigung; ich tu es gern!"
„Vorhin klang es anders!"
„Ja, vorhin! Soll ich aufrichtig sein, Mr. Shatterhand?"
„Nun?"

„Es war von Euch gar nicht fein und geschmackvoll gesagt, nämlich das von dem stinkigen Kadaver vorhin, aber es hat bei mir Eingang gefunden, und ich denke, daß Ihr nicht so unrecht habt. Ich will meine Dummheit gutmachen, indem ich Euerm Bob mit heraushelfe, und bitte Euch daher, mich mitzunehmen! Wollt Ihr, Sir?"

„Hm! Wenn Ihr in dieser Weise sprecht, so möchte ich wohl, aber es geht dennoch nicht."

„Warum nicht?"

„Weil auf Euch kein Verlaß ist."

„Oho! Das hat mir noch niemand gesagt!"

„So sage ich es Euch zum erstenmal. Ihr habt es heute bewiesen, daß ich recht habe. Wißt Ihr, was wir vorhaben? Wir wollen einen Gefangenen mitten aus einem Indianerdorf herausholen. Schon das ist genug! Aber wir haben keine Zeit, eine passende und leichte Gelegenheit abzuwarten, denn der Streich muß in kürzester Zeit ausgeführt werden. Da handelt es sich doppelt um Leben und Tod!"

„Das weiß ich."

„Schön! Da werdet Ihr also einsehen, daß ich Euch nicht mitnehmen kann."

„Ich fürchte den Tod nicht!"

„Das weiß ich; aber ich befürchte, daß wir, wenn wir Euch mitnehmen, in den Tod reiten. Den Tod nicht fürchten und dem Tod aus Unvorsichtigkeit in die Arme laufen, das ist zweierlei. Man kann sich nicht auf Euch verlassen."

„Weil ich nicht draußen bei den Pferden geblieben bin? Sir, das war das letztemal, daß so etwas vorgekommen ist. Glaubt es mir. Gebt mir die Hand und nehmt mich mit!"

Was wollte ich machen! Er bat so dringend. Sollte ich ihn, den alten, erfahrenen, neunzigjährigen Westmann wie ein Greenhorn zurückweisen? Ich brachte es nicht fertig, sondern ich gab ihm die Hand und sagte: „Nun gut, so kommt mit! Doch ich hoffe, daß Euch der jugendliche Übermut nicht wieder mit dem Verstand durchgeht!"

„*Well!* Das soll ein Wort sein! Ihr werdet mir Eure Zufriedenheit nicht versagen. Und was wird mit den andern? Bleiben die hier?"

„Nein, sie reiten fort."

„Wohin?"

„Zum Nargoleteh-tsil, wo wir mit den Apachen zusammentreffen werden. – Langes Messer kennt den Weg dorthin?"

Der Rote, an den ich diese Frage richtete, antwortete: „Ich kenne ihn genau. Wann sollen wir reiten?"

„Morgen früh, sobald wir auch aufbrechen."

„Sollen wir die toten Hunde der Comanchen hier so liegenlassen?"

„Nein, sie müssen spurlos verschwinden. Auch begraben darf man sie nicht hier. Die Comanchen kommen, wenn sie zur Wüste reiten, durch dieses Wäldchen und würden die Gräber entdecken."

„Darf ein gewöhnlicher Krieger der Apachen Old Shatterhand einen Vorschlag machen?"

„Warum nicht?"

„Wir binden die Leichen auf ihre Pferde und nehmen sie mit zum Nargoleteh-tsil, wo wir sie begraben."

„Ja, das ist das Beste, was geschehen kann. Nehmt sie mit."

„Wem gehören ihre Pferde, Waffen und Sachen?"

„Dir. Wir mögen nichts, es sei denn, Mr. Parker und Mr. Hawley wollen ihre Pferde tauschen, dann mögen sie die zwei nehmen, die ihnen gefallen."

„So soll es sein. Die Skalpe aber nehme ich mir; sie hätten mir den meinen ebenso genommen. *Howgh!*"

So war die Sache abgemacht. Wir aßen und legten uns dann schlafen. Vorher erboten sich Parker, Hawley und der Indianer, die Wachen für die ganze Nacht zu übernehmen, weil wir andern für morgen einen anstrengenden Ritt vorhatten. Natürlich gingen wir darauf ein.

Der Hase des Westens, und besonders der texanische, ist etwas größer als unser deutscher Lampe und hat auch viel größere Ohren. Damals gab es ihn hier in Mengen, denn es gab noch Büffel und anderes Wild genug, so daß der Westmann nur dann eine Kugel an ein Häslein verschwendete, wenn er gar nichts anderes antraf. Nirgends aber war Lampe so zahlreich als an einem Quellflüßchen des Buffalo Spring, der eigentlich selbst auch nur eine Quelle war. Dieses Flüßchen entsprang an einer Felsmulde, die, weil sie die Gestalt einer Pfanne hatte und von den erwähnten Nagern stark bevölkert war, von den weißen Jägern Hare pan, Hasenpfanne, genannt wurde. Auf der Sohle dieses Tals stand fast während des ganzen Jahres üppig grünes, fettes Gras, und die schräg ansteigenden Wände waren mit Gebüsch bestanden, aus dem hier und da die Krone eines Baums ragte. Das war das Kaam-Kulano, das Hasental, in dem gegenwärtig die Comanchen Vupa-Umugis ihre Zelte aufgeschlagen hatten.

Es war am nächsten Tag, ungefähr zwei Stunden vor der Dämmerung, als wir in die Nähe dieses Tals gelangten. Die Gegend war zwar keine Einöde, aber auch nicht übermäßig grün, und da wir nun auf Begegnungen gefaßt sein mußten und doch keine Deckung hatten, so mußten wir suchen, uns welche zu verschaffen. Wir konnten sie nur da finden, wo es Büsche gab, und das war am Flüßchen der Fall. Wir erreichten es an einer Stelle, die höchstens den vierten Teil einer Wegstunde vom Ausgang der Talmulde entfernt war. Es war gewiß eine Kühnheit von uns, uns am hellen Tag so nahe heranzuwagen; aber wir hatten keine andere Wahl, da uns die Zeit so karg zugemessen war. Wir mußten noch vor Nacht erfahren, wie es im Tal stand.

Wir waren so glücklich, am Wasser eine Stelle zu finden, wo uns das Gesträuch ein Versteck bot, wie wir es uns nicht besser wünschen konnten. Da stiegen wir ab und erlaubten den sehr ermüdeten Pferden, zu trinken und dann zu grasen. Für uns hatten wir einen Vorrat von Dörrfleisch mitgebracht, der mehrere Tage reichte. Da nur ich einmal hier gewesen war, bat ich Old Surehand und den alten Wabble, das Versteck nicht zu verlassen, sondern auf mich zu warten, und ging kundschaften.

Ich vergegenwärtigte mir die Gegend, wie ich sie bei meinem Aufenthalt hier kennengelernt hatte, und machte mir dann meinen Plan. Da, wo das Wasser aus dem Tal trat, stiegen dessen Seiten allmählich und weit ausgebaucht rechts und links empor, und das Gebüsch folgte ihnen bis zur Höhe, ein Umstand, der für mich sehr günstig war. Das Gesträuch ging dann wie eine Kranzeinfassung oben rund um den Rand der Talmulde herum und bot mir reichlich Gelegenheit, mich zu verbergen, sobald das nötig war. Dabei gab es freilich eine nicht zu unterschätzende Schwierigkeit: Ich durfte keine Spuren hinterlassen oder nur so undeutliche, daß nicht zu ersehen war, ob sie von meinem Stiefel oder einem indianischen Mokassin stammten. Sonst war die ganze Gegend völlig baum- und strauchlos, so daß man jeden größeren Gegenstand weithin bemerken konnte.

Indem ich vorsichtig vorwärts ging, blickte ich aufmerksam hinaus ins Freie. Es war zu meiner Freude kein Mensch, weder Mann noch Weib oder Kind, zu sehen. Die Zeit war also vorüber, in der sich alle zurückgebliebenen Bewohner des Lagers für den Abend und die Nachtruhe in dem Tal zu versammeln hatten. Darauf wird bei Abwesenheit der Krieger streng geachtet.

Als ich die Öffnung des Tals erreicht hatte, wandte ich mich nach rechts und stieg die Lehne empor. War der Eingang bewacht? Ich blickte hinab und sah keinen Menschen. Das Lager befand sich wahrscheinlich in der Mitte des eine halbe Stunde langen Tals, denn der hintere Teil war jedenfalls für die Pferde reserviert. Ich ging weiter. Die Zeit schien ungemein glücklich gewählt zu sein, denn es gab keinen Menschen hier oben und auch keine neue Spur, die gesagt hätte, daß in den letzten Stunden jemand dagewesen sei.

Bald sah ich die ersten Zelte, und als ich noch ein Stück weitergegangen war, sah ich das ganze Lager unten liegen. Es bestand aus lauter leinenen Sommer- und nicht aus ledernen Winterzelten. Ich nahm mir nicht die Zeit, sie zu zählen, aber es waren weit über hundert Stück. Belebt waren die Plätze vor und zwischen den Zelten von Knaben, Frauen und Mädchen. Männer sah ich nur wenige, und die schienen alt zu sein. Sollten die hundertvierundfünfzig Mann, die Vupa-Umugi bei sich hatte, alle seine Krieger sein, so daß keiner hier zurückgeblieben war? Das wollte ich nicht glauben, denn es wäre eine große Unvorsichtigkeit gewesen. Ohne allen Schutz konnte er das Lager unmöglich gelassen haben. Hinter dem Lager sah ich, wie ich gedacht hatte, eine Anzahl Pferde weiden.

Ich ging noch weiter, um eine Stelle zu finden, die mir eine bessere Aussicht bot. Es galt ja, an irgendeinem Anzeichen das Zelt zu erkennen, in dem Bob steckte. Jedenfalls lagen Wächter davor. Und richtig, am Eingang des hintersten Zeltes lagen zwei Krieger. Das war sehr wahrscheinlich das gesuchte. Nicht weit davon stand ein anderes Zelt, das größer als die übrigen war. Vor ihm waren zwei Stangen eingerammt, an denen verschiedene sonderbar gestaltete Gegenstände hingen. Waren das Medizinen? War es das Häuptlingszelt? Wahrscheinlich! Jeder Krieger hat nur eine Medizin, verliert er sie, hat er die Ehre verloren, bis er die Medizin eines Feindes erobert, indem er ihn tötet. Stirbt der Krieger, bekommt er seine Medizin mit ins Grab. Aber es gibt auch Stämme, bei denen die Medizinen von den Nachkommen aufbewahrt werden. Sie bilden ein heiliges, kostbares Andenken an die Vorfahren, und wer sie verliert, ist in den Augen der andern völlig zugrunde gerichtet. Es kam mir ein Gedanke. Sollten das die Medizinen von den Ahnen des Häuptlings Vupa-Umugi sein? Dann mußte ich sie haben, unbedingt haben. Sie konnten mir bei dem Kampf zwischen Apachen und Comanchen Dienste leisten.

Als ich noch ein wenig weiterging, sah ich plötzlich eine Fußspur, höchstwahrscheinlich die Spur einer Frau, die hier am Abhang heraufgeklettert war. Sie durfte mich nicht sehen; ich mußte zurück. Eben wollte ich mich umdrehen, da raschelte es im Gebüsch, und sie stand vor mir. Schon hob ich den Arm, um sie zu fassen, da ließ ich ihn wieder sinken, nicht weil sie nur eine Frau war, denn in solchen Lagen bedeutet jeder, von dem man gesehen wird, eine Lebensgefahr, sondern des Ausdrucks wegen, der bei meinem Anblick in ihr Gesicht trat.

Sie war alt. Ihre ungewöhnlich hohe und breitschultrige Gestalt war nur mit einem hemdähnlichen blauen Gewand bekleidet. Von dem unbedeckten Kopf hing das graue Haar in ungekämmten, wirren Strähnen nieder. Ihr Gesicht war tief gebräunt, doch hätte ich es an einem andern Ort wohl nicht für das einer Indianerin gehalten. Sie hatte kaukasische Züge, und es war mir sogar, als ob ich ähnliche schon einmal, und zwar vor kurzer Zeit, gesehen hätte. Das Gesicht war tief durchfurcht und schrecklich eingefallen, und die Augen, diese Augen! Was hatten sie nur für einen Blick! So starre und doch flackernde, wilde und dabei trostlose Augen hatte ich in Irrenhäusern gesehen. Ja, das war es, diese Frau war wahnsinnig, unbedingt wahnsinnig. Erst starrte sie mich zornig forschend an; dann bekamen die Augen einen milden Glanz; die farblosen Lippen lächelten; die skelettartigen Finger krümmten sich, um mir zu winken, und dann hörte ich die leisen, hastigen Worte: „Komm her, komm her! Ich muß dich fragen!"

Ich trat die drei Schritt, die uns trennten, zu ihr hin. Sie griff nach meinem Arm, grub ihre Finger in den Ärmel und fragte: „Du bist ein Bleichgesicht?"

„Ja", antwortete ich ebenso leise. „Wer bist denn du?"

„Ich bin Tibo-wete-elen", raunte sie mir zu.

Wete heißt Frau; aber was Tibo und elen bedeuten sollten, das wußte ich nicht; in allen Dialekten, die ich kannte, kamen diese beiden Worte nicht vor.

„Hast du einen Mann?" fragte ich.

„Ja. Er heißt Tibo-taka."

Wieder dieses unbekannte Tibo! Taka heißt Mann.

„Wo ist er?" erkundigte ich mich.

Da hielt sie den Mund ganz nahe an mein Ohr und flüsterte mir zu: „Er holt den Blutigen Fuchs. Er muß mit in die Wüste, denn er ist der Medizinmann des Stammes."

Ja, sie war wahnsinnig, sonst hätte sie das einem Fremden, einem Weißen, nicht gesagt. Dann faßte sie mich an beiden Armen und fragte mit dem Ausdruck der größten Spannung: „Hast du meinen Wawa Derrick gekannt?"

Wawa heißt Bruder. Und Derrick? Sollte sie den englischen Namen Dietrich meinen? Aber der Bruder dieser Indianerin kann doch unmöglich Derrick, Dietrich, heißen? Wahrscheinlich war mir das Wort, das sie meinte, auch unbekannt.

„Nein", antwortete ich.

„Du bist ein Bleichgesicht und hast ihn nicht gekannt? Besinne dich! Du mußt ihn gekannt haben. Ich will es dir zeigen. Besinne dich!"

Sie brach einen dünnen Zweig vom Busch, bog ihn rund zusammen; verknüpfte die beiden Enden, setzte sich ihn auf den Kopf und flüsterte mit seligem Lächeln: „Das ist mein Myrtle wreath, mein Myrtle wreath! Gefällt er dir? Gefällt er dir?"

Höchst sonderbar! Diese Comanchenfrau bediente sich des englischen Wortes „myrtle wreath"! Myrtenkranz! Welche Indianerin kennt dieses Wort? Keine! Ich faßte sie nun am Arm und fragte: „Bist du vielleicht eine Weiße? Sag es mir!"

Da ließ sie ein eigentümliches, unbeschreibliches Kichern hören und antwortete mir: „Du hältst mich für eine Weiße, weil ich schön bin, sehr schön, und einen Myrtle wreath trage? Blick mir nicht in die Augen, sonst wird die Sehnsucht dich verbrennen, wie sie mich verbrennt! Hast du meinen Wawa Derrick gekannt? Soll ich dir das Zelt zeigen, in dem ich wohne?"

„Zeig es mir!"

„Komm, tritt weiter vor an den Rand! Aber laß dich nicht sehen, sonst mußt du dein Leben geben! Unsere Krieger töten jedes Bleichgesicht. Ich dagegen freue mich, daß ich dich gesehen habe, und werde kein Wort davon sagen, denn du wirst tun, worum ich dich bitte."

„Ich tu es, Was wünschst du?"

Sie nahm den Zweig vom Kopf, gab ihn mir und sagte: „Wenn du meinen Bruder Wawa Derrick siehst, so gib ihm diesen Myrtle wreath! Willst du?"

„Ja. Aber wo ist dein Wawa Derrick?"

„Ja . . ., in . . ., in . . . Ich weiß es nicht mehr; ich habe es vergessen; du wirst ihn finden. Nicht?"

„Ja", antwortete ich, um sie zu erfreuen. „Was soll ich ihm sagen?"

„Du sagst, daß . . ., daß . . ., daß . . . Du brauchst nichts zu sagen. Wenn er den Myrtle wreath erblickt, weiß er genau, was ich meine. Und nun schau hier hinab! Siehst du in der zweiten Reihe das Zelt mit dem Zeichen des Medizinmanns?"

„Ich sehe es."

„Da wohne ich mit Tibo-taka und heiße Tibo-wete-elen. Wirst du dir das merken können? Vergiß es nicht!"

„Ich vergesse es nicht. Wer wohnt in dem großen Zelt mit den beiden Stangen?"

„Da wohnt Vupa-Umugi, der unser Häuptling ist."

„Er ist fort. Wer ist jetzt drin?"

„Nur sein Weib und seine Tochter."

„Weiter niemand? Auch des Nachts?"

„Auch des Nachts weiter niemand."

„Und wer wohnt da in dem letzten Zelt, vor dem die beiden Krieger liegen?"

„Da wohnt der Neger, der getötet wird, wenn der Blutige Fuchs gekommen ist."

„Wird er sehr streng bewacht?"

„Sehr! Von zwei Kriegern, stets!" sagte sie wichtig.

„Habt ihr jetzt viele solche Krieger hier?"

„Nur die beiden, die du siehst. Viele sind mit dem Häuptling in die Wüste, und die andern gingen auf die Jagd, um Fleisch zu holen; sie kommen morgen oder in zwei Tagen wieder. Du wirst den Myrtle wreath nicht verlieren, sondern gut bewahren?"

„Sorge dich nicht; ich halte ihn fest."

„Und ihn meinem Wawa Derrick geben?"

„Sobald ich ihn finde, ja."

„Du wirst ihn finden und . . ." Sie sah vor sich nieder, als ob sie in ihrem Innern nach etwas suchte, griff dann nach meiner Hand und fuhr fort: „Und wirst ihm noch etwas bringen, was ich dir jetzt gebe?"

„Ich gebe es ihm."

Da legte sie schnell die Arme um meinen Hals, küßte mich so rasch, daß ich es nicht hätte abwehren können, wenn mein Herz zugegeben hätte, es ihr zu verwehren, trat dann zurück und bat: „Nun muß ich gehen; geh du auch! Aber sag keinem

Menschen etwas davon, daß du mich getroffen hast! Von mir wird es auch niemand erfahren."

„Wirst du schweigen?"

„Ich schwöre es! Und du?"

„Darf ich wirklich nicht davon sprechen?"

„Zu keinem Menschen, außer zu meinem Wawa Derrick; der muß es wissen. Gib mir deine Hand darauf!"

„Hier ist sie."

Ich gab sie ihr; sie drückte sie. Dann stieg sie den Berg hinab, doch nicht weit, drehte sich noch einmal um, legte den Finger zum Zeichen des Schweigens an den Mund und wiederholte: „Zu keinem einzigen Menschen! Und verlier ja nicht meinen Myrtle wreath!"

Dann verschwand sie im Gebüsch. Ich stand noch eine ganze Weile auf derselben Stelle; dann ging ich langsam fort. Welch eine Begegnung! Mir war ganz sonderbar zumute. Wer war diese Frau? War sie wirklich eine Indianerin? Aber konnte es denn möglich sein, daß sie eine Weiße war? Um diese Fragen zu beantworten, hätte ich sie mehr als dieses eine Mal sehen und sprechen müssen. Sie war eine Wahnsinnige, und trotzdem hatte sie einen tiefen Eindruck auf mich gemacht. Sie war ein Rätsel, ein unergründliches, tragisches Rätsel, unergründlich, weil ich keine Zeit hatte, es zu lösen. Der Wawa Derrick existierte jedenfalls nicht nur in ihrer Phantasie, sondern in Wirklichkeit, doch wo? Und wer war er? Ein Indianer? Wahrscheinlich, denn der Ausdruck Wawa deutete darauf. Und der Myrtle wreath, was war es mit dem? War er vielleicht die Ursache ihres Wahnsinns? Oder hatte sie in dem Augenblick, als sie wahnsinnig wurde, den Myrtenkranz getragen? Entsetzlicher Gedanke! War das der Fall, so war sie eine Weiße und keine Indianerin. Vielleicht gab es eine Lösung. Wahrscheinlich traf ich während des Kampfs mit dem Medizinmann zusammen; da sollte er mir Rede und Antwort stehen!

Unter diesen Gedanken ging ich zurück, versäumte dabei allerdings nicht die Vorsicht, die auf diesem Weg nötig war. Was sollte ich meinen Gefährten sagen? Durfte ich von dieser geheimnisvollen Tibo-wete-elen sprechen? Ich hatte ihr mein Wort gegeben, zu schweigen; mußte ich es halten, ihr, einer Wahnsinnigen? Es war wohl keine Sünde, wenn ich es brach; aber erstens ist es überhaupt häßlich und unmoralisch, ein Versprechen nicht zu halten, und zweitens war ich lange genug unter wilden Völkern gewesen, denen der Wahnsinn heilig ist, derselben Meinung zuzuneigen. Diese Frau hatte auf mich den Eindruck einer Ausgesonderten gemacht, und es war, als ob sich in meinem Innern um ihre Erscheinung etwas wie eine Aureole zusammenziehen wollte. Nein, sie war keine gewöhnliche Frau; der Wahnsinn erhöhte meine Pflicht, anstatt sie aufzuheben; ich muße mein Versprechen halten!

Mit diesem Vorsatz kehrte ich zu unserem Versteck zurück, das ich glücklich und unbemerkt erreichte, gerade als es zu dunkeln begann; so lange war ich fort gewesen.

„Endlich, endlich!" wurde ich von Old Wabble empfangen, während Old Surehand still blieb. „Fast hätte ich Angst um Euch bekommen."

„Es ist nicht die geringste Ursache zur Sorge vorhanden", antwortete ich.

„Nicht? So steht wohl alles gut?"

„Alles."

„Ist der Nigger da?"

„Der Neger, wollt Ihr wohl sagen! Ja."

„Aber streng bewacht?"

„Es gibt im ganzen Lager nur zwei Krieger, die ihn am Tag und des Nachts bewachen; die andern sind fort, um Fleisch zu machen. Da ermüdet die Aufmerksamkeit, und wir werden es verhältnismäßig leicht haben, wie ich vermute."

„Wie werden wir es anfangen?"

„Laßt mich nachdenken!"

Das sagte ich nicht, weil ich hätte überlegen müssen, denn mein Plan war schon fertig, sondern weil ich keine Lust zum Sprechen hatte. Die Indianerin lag mir noch zu sehr im Sinn. Und grad jetzt fiel mein Auge auf Old Surehand, dessen männlich schönes, ernstes Gesicht beim letzten Tagesschimmer eine eigenartige Beleuchtung zeigte, einen wehmütig rührenden Ausdruck annahm. War es wirklich so, oder täuschte ich mich? Das war ja die Ähnlichkeit, die ich vorhin, als ich die Frau erblickte, herausgefühlt hatte, ohne sie näher bestimmen zu können! Das war dasselbe Gesicht, dieselbe Stirn, derselbe Mund, nur jünger, voller, männlich statt weiblich, nicht von jener erschütternden Tragik, aber elegisch ernst und wehmutsvoll. Ich war überrascht, wirklich überrascht, doch im nächsten Augenblick sagte ich mir, daß ich mich täuschen müsse. Ich stand noch unter dem Eindruck der Begegnung auf der Höhe des Kaam-Kulano und sah Dinge, die nicht vorhanden waren. Weg mit der Täuschung!

Es dunkelte schnell; bald konnte ich das Gesicht Old Surehands nicht mehr sehen. Hätte ich es doch nicht für Täuschung gehalten und ihm von der Indianerin erzählt! Sie wäre viel eher aus der Nacht des Wahnsinns errettet worden! Ich habe mir freilich keine Vorwürfe zu machen, denn ich wollte gerecht und wahr gegen sie sein und meinem Versprechen treu bleiben. Ihm dagegen wäre die Last, an der er so schwer trug, viel eher vom Herzen genommen worden!

Wir saßen lange still und ohne Worte, bis Old Wabble die Geduld verlor und mich fragte: „Nun, Sir, wie lange habt Ihr denn eigentlich noch nachzudenken? Wollt Ihr mir nicht erlauben, Euch dabei zu helfen?"

Da hielt es Old Surehand für nötig, sein Schweigen zu brechen; er mahnte ihn: „Bei Old Shatterhand bedarf es Eurer Hilfe nicht, alter Wabble; er wird ohne Euch fertig."

„Aber wann! Der Abend vergeht, und wir haben keine Zeit zu verlieren."

„Habt nur Geduld!" bat ich ihn. „Wir können nicht eher etwas tun, als bis die Roten schlafen."

„Und dann? Wie fangen wir es an?"

„Ich weiß, wo das Zelt steht, in dem Bob steckt. Wir schleichen hin, schlagen die Wächter nieder . . ."

„Tot?" unterbrach er mich.

„Nein. Es genügt, sie zu betäuben."

„So übernehmt das selbst! Ich bringe das nicht fertig. Ihr tut, als ob man es nur so zu sagen brauche: Wir schleichen hin, schlagen die Wächter nieder . . ."

„Und holen ihn heraus . . . Fertig!"

„Fertig! Weiter nichts?"

„Dann gehen wir zum Häuptlingszelt und nehmen die Medizinen, die dort an den Stangen hängen."

„Medizinen?"

„Ja, die Medizinen seiner Vorfahren."

„*Thunderstorm!* Wenn er das erfährt, wird er verrückt. Da geht ihm ja die Ehre verloren und mit ihr alles, was er hat und was er ist!"

„Nein."

„Nicht? Ich denke, ich kenne die Gebräuche und Gewohnheiten der Roten. Wer solche Medizinen verliert, der ist moralisch tot."

„Allerdings, aber er soll sie nicht verlieren."

„Was? Nicht?"

„Wenigstens nicht für lange Zeit."
„Ihr wollt sie ihm wiedergeben?"
„Ja."
„Sir, das ist widersinnig!"
„Ich habe meine Gründe."
„Welche? Bin wirklich neugierig, sie zu hören!"
„Ich will Blutvergießen vermeiden."
„Mit den Medizinen?"
„Ja."
„Sonderbarer Kauz, der Ihr seid! Wenn Ihr mir die Sache nicht erklärt, begreife ich sie nicht."
„Was wird wohl geschehen, wenn der Häuptling erfährt, daß ich seine Medizinen habe?"
„Er wird einen heillosen Schreck bekommen; *th'is clear!*"
„Und alles in Bewegung setzen, um wieder in ihren Besitz zu gelangen. Nicht?"
„Das versteht sich von selbst. Es wird kein Opfer geben, das ihm zu schwer und zu groß ist, wenn es nur gebracht werden kann."
„Das Opfer, das ich von ihm verlange, ist gar nicht zu groß. Er soll mit den Apachen Frieden schließen, ohne gekämpft zu haben, und Bloody Fox in Ruhe lassen."
„Mr. Shatterhand, Ihr seid kein sonderbarer Kauz, sondern ein tüchtiger Kerl, ein sehr tüchtiger Kerl, das muß ich sagen! Er wird darauf eingehen."
„Das denke ich auch."
„Ja, er wird es tun, leider wird er es tun!"
„Warum ‚leider'?"
„Weil ich dadurch um mein Vergnügen komme, um mein ganzes, großes, schönes Vergnügen. Ich hatte mich so darauf gefreut."
„Worauf?"
„Auf die Lehre, die die Roten erhalten sollten. Ihr seid zwar anderer Meinung, aber ich sage Euch wieder und immer wieder, daß man gar nicht genug Indsmen töten kann. Dieses Ungeziefer muß weg von dieser Welt."
„Da spricht wieder einmal der Cowboy aus Euch, und zwar in einer Weise, die mich zornig macht."
„Den Zorn, den schenke ich Euch. Wenn Ihr Cowboy gewesen wärt wie ich, wüßtet Ihr, daß jeder Rote ein geborener Pferdedieb ist. Haben mir die Halunken zu schaffen gemacht!"

„Wie es scheint, hat Euch das nichts geschadet. Ihr seid trotzdem gesund geblieben und alt geworden."

„Ja, der Ärger ist mir außerordentlich gut bekommen, das gebe ich zu. Und trotzdem hasse ich sie, und ich freute mich darauf, möglichst viele von ihnen wegzuputzen. Doch bin ich gerecht genug, zuzugeben, daß Euer Gedanke großartig ist. Wenn er gelingt, komme ich, wie gesagt, um alle meine Freude. Eine kleine Hoffnung gibt es aber doch für mich dabei."

„Welche?"

„Daß die andern Häuptlinge nicht darauf eingehen."

„Es ist freilich möglich, daß sie sich weigern, besonders Nale-Masiuv."

„Der vielleicht, möglich. Ich habe da mehr an Schiba-bigk, den jungen Häuptling, gedacht."

„Warum?"

„Eben weil er jung ist. Da gibt es größere Rivalität. Sein Vater war der erste Häuptling der Comanchen; der möchte auch er gern sein; Vupa-Umugi muß also fortgeräumt werden, und dazu gibt es keinen besseren Grund als den Umstand, daß er seine Medizinen alle verloren hat."

„Ihr legt Euch das recht hübsch zurecht, werdet Euch freilich irren. Ich habe Euch schon gesagt, daß Schiba-bigk mir zu Dank verpflichtet ist. Wenn ich ernstlich mit ihm spreche, wird er gewiß auf meinen Wunsch eingehen."

„Ernstlich sprechen? Wollt Ihr drohen?"

„Unter Umständen, ja."

„Womit?"

„Erstens mit unsern Apachen."

„Das wiegt nicht schwer genug; er wird mit seinen Comanchen antworten."

„So schicke ich andere Truppen ins Feld, moralische."

„Moralische? Mr. Shatterhand, denkt Ihr denn im Ernst, daß ein Roter etwas auf Moral gibt?"

„Ja."

„Da irrt Ihr Euch gewaltig!"

„*Pshaw!* Ich habe ihm das Leben gerettet und mit ihm nicht nur die Pfeife des Friedens, sondern sogar das Kalumet der Freundschaft geraucht. Ist das etwa nichts, Mr. Cutter?"

„Das Kalumet der Freundschaft? Das ist viel, sogar sehr viel. Auf die Friedensraucherei ist nichts zu geben, denn das ist eben alles Rauch; aber wenn zwei Freundschaft miteinander geraucht haben, so dürfen sie nie einander mit den Waffen in der Hand gegenübertreten; *th'is clear!*"

„Also! Wenn Schiba-bigk nicht auf meinen Vorschlag eingehen will, bin ich Manns genug, das in der Weise an die Öffentlichkeit zu bringen, daß in jedem Indianerzelt und an jedem Lagerfeuer davon gesprochen wird. Was dann die Folge ist, könnt Ihr Euch denken!"

„Hm, ja. Er hat Old Shatterhand die Freundschaft und die Treue gebrochen, er, der junge Indsmen, dem erfahrenen und berühmten Westläufer, der ihm das Leben rettete und sein Vertrauen schenkte."

„Weiter!"

„Es wird kein Weißer und auch kein Roter mit ihm das Kalumet mehr rauchen."

„Das ist gewiß. Darum wird er, wenn nicht aus Freundschaft und Treue, so doch aus Klugheit auf den Kampf mit uns verzichten. Davon bin ich völlig überzeugt. Ihr nicht auch, Mr. Cutter?"

„*Well,* will es zugeben. Meine Hoffnung scheint also zuschanden zu werden. Doch nein, Sir, eine bleibt mir freilich!"

„Welche?"

„Die, daß es uns nicht gelingt, die Medizinen in unseren Besitz zu bekommen."

„Auch da muß ich Euch enttäuschen; ich hole sie."

„Sir, seid nicht so zuversichtlich! Man kann nie wissen, was geschieht und welche Hindernisse auftreten."

„Hier gibt es keine Hindernisse. Ich kenne die Lage. Es ist nur ein Fall möglich, in dem ich auf die Medizinen allerdings verzichten müßte, mein sehr, sehr werter Mr. Cutter."

„Warum betont Ihr da meinen Namen so?"

„Weil Ihr es seid, um den es sich handelt."

„Wieso?"

„Ihr müßtet wieder so eine Eigenmächtigkeit begehen wie gestern. Da könnte es fehlschlagen, sonst nicht."

„Da darf ich Euch beruhigen. Ich werde mich genauso verhalten, wie Ihr es mir vorschreibt."

„Wirklich? Ich frage noch einmal: wirklich?"

„Ja. Es fällt mir nicht ein, mich noch einmal vor allen Kameraden so abkanzeln zu lassen wie gestern; *th'is clear!*"

„So bin ich zufrieden und meiner Sache sicher."

„*Well.* Aber wißt Ihr, Ihr seid ein so äußerst umsichtiger und pfiffiger Westmann, habt jedoch an einen Punkt nicht gedacht, der von größter Wichtigkeit ist."

„Ihr jedenfalls auch nicht, sonst hättet Ihr gewiß davon gesprochen."

„Er ist mir erst in diesem Augenblick eingefallen."

„Was ist es?"

„Das Pferd."

„Welches Pferd?"

„Das Euer Nigger, wollte sagen Neger, reiten soll. Er kann doch nicht laufen, während wir reiten!"

„Und Ihr denkt, daß ich das vergessen habe?"

„*Yes.*"

„Hm! Dann wäre ich allerdings nicht wert, ein Westmann genannt zu werden."

„Also doch?"

„Ja."

„Wir hätten noch eins mitnehmen sollen."

„Nein. Wir hatten keins, das den schnellen Ritt hierher und wieder zurück ausgehalten hätte. Wir nehmen eins von hier."

„Von den Roten?"

„Selbstverständlich. Oder gibt es hier einen Tattersall, wo man sich Pferde leihen kann?"

„Ihr werdet spitz, Mr. Shatterhand. Also ein Pferd stehlen, hm! Es ist dunkel. Wenn wir nun eins erwischen, das nichts taugt und nicht mit unsern Pferden Schritt hält!"

„Keine Sorge! Ich habe schon eins ausgewählt."

„Ah, wirklich?"

„Ja. Es war eins abseits angepflockt, in der Nähe des Häuptlingszeltes, gehört also wahrscheinlich Vupa-Umugi, ein sehr schönes, wertvolles Tier, das er nicht mitgenommen hat, damit er es beim Kampf keiner Verwundung oder gar dem Tod aussetzt. Das nehmen wir."

„Wird es der Neger reiten können?"

„Ich reite es. Er setzt sich auf das meine."

„*Well!* So habe ich nur noch eine Frage."

„Immer noch eine?"

„Ja, die letzte. Man kann bei solchen Gelegenheiten nicht vorsichtig genug sein; es ist da alles zu bedenken. Nehmen wir an, Ihr schlagt die Wächter nieder, wir holen Bob heraus und bekommen die Medizinen, das alles, ohne daß es jemand merkt. Das Pferd aber wird Lärm machen. Ich kenne das."

„Ich auch."

„Es hat noch keinen Weißen getragen und wird Euch nicht aufsteigen lassen."

„Es muß."

„Und wenn Ihr oben sitzt, wird es Euch nicht gehorchen."

„Es wird!"

„Oho! Seid Ihr Eurer Sache wirklich so sicher?"

„Ja."

„*All devils!* Dann seid Ihr ein Reiter, mit dem sich nur ein einziger vergleichen kann!"

„Wer?"

„Das ist . . ., das ist . . . Hm, nehmt es mir nicht übel, aber das ist der alte Wabble!"

„Ah, Ihr selbst also!" Ich lachte.

„Ja, ich selbst! Das klingt stark, nicht wahr? Ist aber so! Wißt Ihr, wie man mich zu nennen pflegt?"

„Den König der Cowboys."

„Wißt Ihr auch, was das zu bedeuten hat? Daß es kein Pferd gibt, das nicht genauso muß, wie ich will! Ihr könnt das auch von Euch sagen?"

„Was helfen Worte und Prahlereien!"

„*Well,* Ihr habt recht! Die Tat ist der Mann. Ich habe davon gehört und es auch gesehen, daß Ihr ein guter Reiter seid, aber es muß doch . . ."

„Gesehen? Gesehen habt Ihr noch gar nichts", fiel ich ihm in die Rede.

„Nichts? Ich dächte, ich hätte in den letzten Tagen genug Gelegenheit dazu gehabt!"

„Da ritt ich mein eigenes Pferd. Heut wird es anders."

„Soso! Da will ich nur hoffen, daß Ihr uns nicht in Grund und Boden reitet!"

„Habt keine Sorge! Wenn ich aufsteige, seid Ihr gar nicht mehr da."

„Nicht? Wo denn?"

„Es gibt nur zwei erwachsene Krieger im Lager, und die werde ich betäuben; aber sie können inzwischen wieder aufwachen, und weil es mit dem Pferd nicht ohne Lärm abgeht, wird das ganze Lager in Alarm versetzt werden. Man wird zu Pferd steigen, uns zu verfolgen, auch die jüngeren Burschen, und wenn wir uns vor solchen Verfolgern auch nicht fürchten, kann doch die dümmste Kugel den klügsten Menschen treffen. Daher meine ich, wir werden uns hier nicht aufhalten, sondern nach vollbrachter Tat augenblicklich fortreiten."

„Dieser Meinung bin ich ebenfalls.“

„Wir machen es also folgendermaßen: Wenn wir den Neger und die Medizinen haben, verschwindet ihr schnell aus dem Tal. Ihr, Mr. Cutter, führt Bob, und Mr. Surehand trägt die Medizinen. Hier angekommen, steigt ihr auf und reitet weiter.“

„Bob auf Euerem Pferd?“

„Ja.“

„Wird es ihn in den Sattel lassen? Ich weiß, daß der Rappe keinen Fremden trägt, wenn Ihr nicht wollt.“

„Bob und der Rappe kennen sich von früher.“

„Schön! Und Ihr?“

„Ich warte so lange, bis ich denke, daß ihr in Sicherheit seid; dann steige ich auf und folge euch.“

„*Heavens!* Ich warne Euch noch einmal! Denkt Euch nur in die Situation! Ihr seid mitten in einem feindlichen Indianerlager. Ihr wollt ein Pferd besteigen, das Euch nicht hinaufläßt, und seid Ihr mit Lebensgefahr hinaufgekommen, bockt und wabbelt es, um Euch wieder abzuwerfen. Die Zeit, die das kostet, und der Lärm, der dabei entsteht! Die Roten wachen auf und eilen in Scharen herbei, junge Kerls zwar nur, aber bewaffnet! Ihr werdet vom Pferd geschossen, weil es nicht von der Stelle zu bringen ist!“

„Ich wiederhole: Es muß!“

„*Well,* es muß also, und es wird also, doch wie! Es springt kreuz und quer; es gerät unter die andern Pferde, die einen Heidenlärm vollführen und um sich schlagen und beißen; es rennt gegen die Zelte; es läuft nicht vorwärts, sondern seitwärts den Berg hinan; es kollert wieder herunter und bricht sich und Euch den Hals; es ...“

„Macht ein Ende, macht ein Ende, Sir!“ fiel ich ihm in die Lamentation. „Ich gebe Euch mein Wort, daß von allem, was Ihr jetzt so reizend geschildert habt, nichts, gar nichts geschehen wird.“

„Schön, Ihr wollt es nicht anders; aber ich sehe das Unheil kommen. Glücklicherweise habe ich meinen Hals nicht unter Euerm Kopf, und wenn es Euch glückt, nur mit einigen Rippen- und Beinbrüchen und etlichen Verrenkungen davonzukommen, will ich es loben. Wem nicht zu raten ist, dem soll man nicht helfen, weil ihm nicht geholfen werden kann; *th'is clear!*“

„Ich brauche keine Hilfe und bitte, sobald ihr fort seid, nur um das eine, daß ihr genau denselben Weg nehmt auf dem wir hergeritten sind, damit ich euch nicht verfehle.“

Da meinte Old Surehand in seinem so ruhigen und bestimmten Ton: „Ist Old Wabble so besorgt um Euch, so bin ich es um so weniger, Mr. Shatterhand. Die Sache ist gefährlich, höchst gefährlich; aber ich weiß, daß Ihr nichts unternehmt, wovon Ihr nicht überzeugt seid, daß Ihr es ausführen könnt. Es wird also klappen. Doch möchte ich, wenn Ihr nichts dagegen habt, einen Vorschlag machen."

„Ich werde Euch dankbar dafür sein, statt etwas dagegen zu haben."

„Wie lang ist das Tal?"

„Eine halbe Wegstunde."

„Und von hier bis zum Anfang?"

„Eine kleine Viertelstunde."

„Die Pferde befinden sich wahrscheinlich ganz hinten?"

„Ja."

„Das gibt beinahe drei Viertelstunden zu laufen, wenn wir fertig sind. Ist das nicht zu weit?"

„Hm! Wir könnten den Weg abkürzen, wenn wir die Pferde bis zum Eingang des Tals mitnähmen."

„Das ist es, was ich Euch vorschlagen wollte."

„Danke, Sir! Bin einverstanden. Es wird schon nach zehn Uhr sein. Die Roten gehen zeitig schlafen, zumal wenn die erwachsenen Männer nicht da sind. Denkt Ihr, daß wir aufbrechen sollten?"

„Es wird die rechte Zeit sein, da wir nun einmal nicht bis nach Mitternacht warten können."

„So wollen wir!"

Wir warfen die Gewehre über, nahmen die Pferde an den Zügeln und gingen. Als wir das Tal erreichten, schlich ich ein Stück hinein, um zu sehen, ob wir es wagen dürften, die Pferde allein zu lassen. Es befand sich kein Mensch darin, und hinten war kein Feuer zu sehen. Die Roten schliefen. Wir banden also die Pferde an und begannen das Unternehmen, dessen Ausgang Old Wabble so sehr in Frage gestellt hatte.

Die Sterne lieferten uns gerade so viel Licht, wie wir brauchten, nicht weniger und nicht mehr. Wir hielten uns an den linken Rand der Talsohle, den ich auf meinem Erkundigungsgang von der rechten Höhe überblickt hatte; ich kannte ihn also besser als den gegenüberliegenden. Das führte uns so weit an den Zelten vorüber, daß wir von dort, wenn wirklich jemand noch wach und im Freien sein sollte, nicht gesehen werden konnten. Als wir sie passiert hatten, legten wir uns nieder, um nun rechts hinüber zu dem letzten Zelt zu kriechen, in dem Bob steckte. Dieses Kriechen wurde uns dadurch erschwert, daß wir die Gewehre mithatten. Es wäre doch zu gewagt gewesen, sie bei den Pferden zu lassen, und hier konnten wir leicht in die Lage geraten, sie zu unserer Verteidigung gebrauchen zu müssen.

Old Surehand kroch voran; ich hatte ihm das Zelt gezeigt und ließ ihn gewähren; er schien es als Ehrensache aufzufassen, der erste zu sein, und von ihm war kein Fehler zu erwarten. In der Nähe des Zeltes angelangt, wartete er, bis ich ihn erreicht hatte, und flüsterte mir zu: „Seht Ihr die beiden Wächter, Sir? Da liegen sie vor dem Eingang und schlafen. Soll ich helfen? Ich denke aber, daß Eure Faust geübter ist als die meine."

„Überlaßt sie mir! Ihr werdet zwei dumpfe Schläge hören; dann kommt Ihr nach."

Ich schob mich leise weiter. Die Wächter regten sich nicht; sie schliefen wirklich. Es war so viel Zwischenraum zwischen ihnen, daß ich mir das zunutze machte. Als ich mich dann aufrichtete, lag der eine rechts und der andere links von mir. Ich nahm den ersten beim Hals und gab ihm den Hieb an die Schläfe. Es ging ein kurzes Zittern durch seinen Körper; dann streckte er sich und blieb lautlos liegen. Geradeso erging es auch dem zweiten. Dann kam Old Surehand und nach ihm Cutter.

„Setzt euch her, jeder zu einem von ihnen!" flüsterte ich. „Sorgt dafür, daß sie uns nicht schaden, bis ich zurück bin!"

„Sie sind ja betäubt", sagte Old Wabble.

„Aber wie lange? Ich kenne ihre Schädel nicht und könnte zu leicht zugeschlagen haben. Wenn einer aufwacht, bedroht ihr ihn mit dem Messer."

Ich hob den Türvorhang auf und kroch in das Zelt. Es war das laute, ruhige Atmen eines Schläfers zu hören.

„Bob!" versuchte ich, ihn zu wecken.

Er hörte es nicht. Ich nahm eins seiner Beine und schüttelte es.

„Bob!"

Da bewegte er sich.

„Bob, bist du es?"

„Was – wer – wo ...", antwortete er schlaftrunken.

„Sei munter und vernünftig und höre, was ich dir sage! Bist du allein, Bob?"

„Ja, Bob sein da, ganz allein. Wer kommen jetzt zu Masser Bob? Wer sprechen mit ihm?"

Der gute Neger hatte nämlich die Eigentümlichkeit, sich selbst Masser zu nennen, während er zu jedem, den er über sich stehend schätzte, Massa sagte.

„Ich will es dir sagen, wenn du leise, ganz leise redest. Ich komme, um dich zu befreien."

„Oh – oh – oh! Bob befreien! Masser Bob sollen frei sein, ganz wieder frei?"

„Ja, ganz frei."

„Wer sein das, der Masser Bob frei machen?"

„Du wirst dich freuen, sehr freuen, wenn du hörst, wer ich bin. Aber du darfst nicht vor Freude laut werden!"

„Bob werden leise sprechen, ganz leise, so leise, daß gar niemand kann hören."

„Gut, rate einmal!"

„Bob nicht hören Stimme. Sein Massa Bloody Fox?"

„Nein."

„Dann nur können sein Massa Shatterhand!"

„Ja, der bin ich."

„Oh – oh – oh – oooooh!" stöhnte er entzückt, wobei ich seine Zähne knirschen hörte. Er biß sie zusammen, um nicht vor Entzücken laut zu schreien; dafür strampelte er so mit den zusammengebundenen Füßen, daß ich zur Seite weichen mußte, um nicht einen Stoß zu bekommen, der einem Ochsen Ehre gemacht hätte, denn Bob war ein außerordentlich kräftiger Kerl, vor dessen Stößen und Hieben man sich in acht zu nehmen hatte.

„Also still! Deine Freude kannst du äußern, wenn wir glücklich von hier fort sind. Deine Füße sind gebunden. Wo bist du sonst noch gefesselt?"

„Hände hüben und drüben an Zeltpfahl gebunden und um Leib einen Riemen, der tief in Erde gepflockt."

„Wie hat man dich behandelt?"

„Mit sehr große Kraft. Viel Hiebe bekommen."

„Wie stand es mit dem Essen?"

„Bob haben stets Hunger."

„Das wird anders werden. Halt still! Ich werde dich losbinden. Die Riemen können wir draußen brauchen."

„Sein noch viel mehr Riemen da, hängen oben an Pfahl."

„Gut, die sollen deine Wächter fühlen. Ich habe den Rappen mit, den wirst du reiten. Du wirst es doch schaffen?"

„Rappen Hatatitla? Oh, Bob und Rappen sein sehr gut Freund. Reiten gut auf ihm, fallen nicht hinunter!"

„Schön! Jetzt wollen wir schnell machen und nicht mehr reden. Später wirst du mir erzählen, wie du in die Gefangenschaft geraten bist."

Als ich ihn losgebunden hatte, stand er auf, reckte und streckte die Glieder und stöhnte vor Freude.

„Wo sind die Riemen, von denen du sprachst? Gib sie mir!" Er langte sie mir herab, und dann verließen wir das Zelt. Er erkannte meine Gefährten gleich als Weiße, die zu mir gehören mußten. Als er die beiden Wächter liegen sah, sagte er: „Das sein rote Indsmenhunde, die immerfort schlagen und treten mit Füßen Masser Bob. Massa Shatterhand sie wohl schlagen mit Faust an Schädel?"

„Ja, jetzt werden wir sie binden."

„Oh – oh! Massa erlauben, daß Bob sie binden. Riemen müssen gehen durch Fleisch bis auf Knochen!"

Er fesselte sie, und zwar so, daß sie vor Schmerzen erwachten. Wir rissen ihnen einige Fetzen von den Indianerhemden und stopften sie ihnen als Knebel in den Mund, daß sie nicht laut werden konnten. Dann schleiften wir sie ins Innere des Zelts und banden sie so fest an, daß sie von selbst gewiß nicht loskamen.

Dieser Teil unserer Aufgabe war glücklich gelöst. Nun galt es den Medizinen. Bob und Old Wabble mußten warten, und ich schlich mit Old Surehand zum Zelt des Häuptlings. Dort regte sich kein Hauch und kein Mensch, und es wurde uns leicht, die Stangen geräuschlos aus der Erde zu drehen. Als wir zu den zwei Genannten zurückgekehrt waren, knüpften wir die Medizinen von den Stangen los und banden sie mit einem Riemen zusammen.

„Fertig, wenigstens wir!" sagte nun Old Wabble. „Nun aber kommt das Schwierigste für Euch, Mr. Shatterhand. Es ist mir wirklich bange. Habt Ihr weit von hier zum Pferd?"

„Nein. Es liegt jenseits des Häuptlingszelts im Gras, wie ich sah, als wir die Stangen holten."

„Wollen wir hin?"

„Ihr möchtet sehen, wie es sich verhält?"

„*Yes.*"

„So kommt! Ihr sollt den Willen haben, denn es kann uns nun kaum etwas geschehen. Nicht zu nahe heran, sonst wird es zu laut!"

Wir schlichen lautlos hin. Wir hatten wohl noch zwanzig Schritte zu tun, da hob es den Kopf und schnaubte; wieder drei Schritte, da sprang es auf, zerrte am Lasso und schmiß die Beine.

„Kommt wieder fort!“ sagte ich. „Es fängt sonst an zu wiehern. Dieses Tier hat gute Schule.“

„Der Teufel hole die Schule, wenn man dabei, falls man ein Weißer ist, den Hals und die Knochen bricht! Wollt Ihr es wirklich mit dieser Bestie versuchen?“

„Ja.“

„In dieser Dunkelheit!“

„Soll ich etwa hier warten, bis es Tag geworden ist?“

„Macht keinen Witz, die Sache ist sehr ernst! Es wird mir wirklich himmelangst um Euch. Ich gebe Euch den guten Rat, Euch lieber ...“

Er hätte mir wirklich einen jedenfalls unnützen guten Rat gegeben, wenn er nicht von Old Surehand unterbrochen worden wäre: „Keine Redensarten, Sir! Wir müssen fort. Nehmt Bob da bei der Hand, um ihn zu führen; ich trage die Medizinen. Vorwärts jetzt!“

„Meinetwegen; ich gehe ja schon und will den Neger führen; neugierig bin ich freilich, wie das enden wird! Ich wasche meine Hände in Unschuld, weil man sie hier in nichts weiter waschen kann; *th'is clear!*“

Sie verschwanden im Dunkel der Nacht, und ich ging nun an den Hauptteil meiner Aufgabe, denn die Entführung des Pferdes war weit schwieriger als die Befreiung des Negers und die uns so leicht gewordene Entwendung der Medizinen des Häuptlings. Es fiel mir natürlich nicht ein, mich so, wie sich das Old Wabble dachte, in den Besitz des Pferdes zu setzen; das wäre unter den gegenwärtigen Verhältnissen und zumal bei Nacht mit großer Lebensgefahr für mich verbunden gewesen. Das edle Pferd war indianisch geschult, vielleicht sogar dressiert; es scheute vor jedem Weißen, und wenn ich auch nicht daran zweifelte, daß es mir gelingen würde, durch einen kühnen Sprung auf seinen Rücken zu gelangen, so doch erst nach energischer Gegenwehr des Tiers, das jedenfalls mit Stampfen, Schnauben, Wiehern, Ausschlagen, also mit großem Lärm, verbunden war. Und hatte ich das fertiggebracht, gab es weder Sattel noch Zaum, nicht einmal einen einfachen Kopfriemen, denn das Pferd war mit einem Lasso angepflockt, dessen anderes Ende man ihm einfach um den Hals gebunden hatte. Ich war also einzig und allein auf den Schenkeldruck angewiesen; das Tier ging unbedingt zunächst mit mir durch, und ich würde es erst nach und nach in meine Gewalt bekommen. Dabei mußte allerdings das geschehen, was Old Wabble befürchtete: Es rannte mit mir zwischen die andern Pferde und gegen die Zelte; es schoß mit mir regellos hin und her, den Berg hinauf und wieder hinunter; es würde stürzen, und ich konnte dabei Hals und Beine brechen, wie man sich auszudrücken pflegt.

Nein, die Sache mußte anders angefangen werden. Glücklicherweise wußte ich genau, wie man so ein indianisches Pferd zu behandeln hat; ich hatte das bei Winnetou gelernt. Es durfte mich nicht für einen Weißen, sondern es mußte mich für einen Indianer halten, worauf ich ihm die Augen zu verbinden hatte.

Als ich bei der Wahnsinnigen oben auf der Höhe gewesen war, hatte ich gesehen, daß am diesseitigen Talrand eine Menge wilder Mugworthpflanzen stand, und folglich sogleich daran gedacht, den Duft dieser Gewächse zu benutzen, um das Pferd zu täuschen. Dem scharfsinnigen Westmann ist eben alles dienlich; sein Leben kann unter Umständen vom Dasein eines kleines Pflänzchens abhängen. Sodann hatte ich vorhin einige Decken vor dem Häuptlingszelt bemerkt, die die Frau, wahrscheinlich um sie zu reinigen, dort im Gras ausgebreitet hatte, lange, breite Decken, in die man den ganzen Körper hüllt, wenn es sehr kalt ist oder regnet. Das kam mir ebenfalls gut zustatten. Mehr brauchte ich nicht.

Ich ging also zunächst zu den Mugworthpflanzen, legte mich hinein und wälzte mich tüchtig in ihnen hin und her, worauf ich mir mit den sehr kräftig riechenden Spitzen die Hände und das Gesicht einrieb. Nun konnte das Pferd nicht durch den Geruch herausfinden, daß ich ein Weißer war. Hierauf schlich ich dorthin, wo die Decken lagen, und schnitt mir von der einen einen Streifen ab, mit dem ich dem Tier die Augen verbinden wollte. In die andere wickelte ich mich genauso ein, wie es die Indianer tun; vorher nahm ich den Hut ab und knöpfte ihn unter dem Jagdrock fest, weil er das Pferd mißtrauisch machen würde. Dann ging ich langsam, sehr langsam auf das Tier zu. Es hatte sich wieder niedergelegt, wandte mir neugierig den Kopf zu, sog die Luft prüfend in die Nüstern und – blieb liegen. Es hielt mich für einen Roten. Damit hatte ich schon halb gewonnen.

„Omi enokh, omi enokh! – Sei gut, sei gut!“ sagte ich in der Mundart der Comanchen leise und liebkosend, indem ich mich niederbückte und es streichelte. Es ließ sich diese Zärtlichkeit gefallen, und ich fuhr damit fort, bis ich annehmen durfte, daß meine Gefährten bei unsern Pferden angelangt waren. Da pflockte ich das Lasso los und schnitt es in mehrere Stücke, aus denen ich eine Art Kopfgestell zusammenknotete, das sich das Pferd ruhig anlegen ließ. Zwei längere Stücke band ich als Zügel rechts und links an den Nasenriemen und war dann mit den Vorbereitungen fertig. Hierauf stellte ich mich mit gespreizten Beinen über den Leib des Pferdes und forderte es auf: *„Naba, naba!* – Steh auf, steh auf!“

Es gehorchte augenblicklich; ich saß oben und lenkte es einigemal versuchsweise hin und her; es ließ sich willig leiten, ohne daß ich der Schenkel dazu bedurfte. Ich hatte gewonnen, wenigstens einstweilen, denn später war, wenn es mich als Weißen erkannte, jedenfalls ein Kampf zu erwarten. Um aus der Nähe der Zelte zu kommen, ritt ich hinüber zum Rande des Tals und an ihm hin, bis ich das Lager hinter mir hatte; da ließ ich das Tier traben, bis ich an der Stelle war, wo wir unsere Pferde gelassen hatten; sie waren fort. Nun stieß ich den schrillen Schrei aus, mit dem die Roten ihre Pferde in Galopp setzten; es gehorchte auch diesmal, und wir flogen zunächst ein Stück am Bach hin und dann rechts in die offene Prärie hinaus.

Das Pferd war ausgezeichnet. Ich bemerkte nach einem halbstündigen Galopp noch nicht das geringste Zeichen der Anstrengung an ihm. Da hörte ich vor mir einen langgezogenen Schrei. Das war einer meiner Gefährten, die wissen wollten, ob ich käme; sie waren in Sorge um mich. Ich antwortete durch einen gleichen Schrei, und da sie hierauf anhielten, um auf mich zu warten, hatte ich sie schnell eingeholt.

„All devils, ein Roter!“ rief Old Wabble aus, als er mich erblickte. „Der verfolgt Old Shatterhand und hat ihn verloren. Machen wir ihn kalt!“

Ich sah, daß er das Gewehr vom Rücken riß, und warnte ihn: „Nicht schießen, Sir! Ich möchte gern noch einige Zeit leben bleiben.“

„Zounds! Das ist ja Old Shatterhands Stimme!“

„Natürlich, meine eigene; eine andere habe ich nicht.“

„Er ist's; er ist's; wahrhaftig, er ist's! Aber Sir, seht Ihr, daß ich ganz starr bin?“

„Friert Ihr so?“
„Unsinn! Starr vor Verwunderung bin ich!“
„Worüber?“
„Daß Ihr so hübsch daherreitet, so einig mit dem Gaul, als ob Ihr schon tausend Säcke Hafer gefressen hättet. Das ist doch nicht das Pferd, das Ihr stehlen wolltet, Sir!“
„Es ist's; seht her!“
„Hm, ja! Bei meiner Seele, es ist's! Da ist ein Wunder geschehen, sonst hättet Ihr es nicht so schnell bezwungen.“
„Es hat keines Zwangs bedurft.“
„Was? Nicht? Gar nicht?“
„Nein. Es hat mich ohne allen Widerstand hierhergetragen.“
„Unmöglich! Ich bin ein zu guter Kenner, als daß ich mir so etwas weismachen ließe.“
„Ich mache Euch nichts weis, gar nichts. Wenn ich es hätte zwingen müssen, würde es sich jetzt anders verhalten und einen andern Gang, ein anderes Aussehen haben.“
„Es ist zu dunkel, es zu sehen. Schwitzt, schäumt und geifert es nicht?“
„Nichts von alledem.“
„Unglaublich! Könnt Ihr vielleicht hexen? Ich muß mich doch einmal selbst überzeugen.“

Er lenkte sein Pferd zu mir heran und streckte die Hand aus, das meine zu betasten. Es schnaubte scheu und stieg vorn hoch empor.

„Laßt das sein, Sir!“ bat ich. „Es kann die Weißen nicht leiden.“
„Ihr seit doch auch einer!“
„Ja, aber es hält mich für einen Roten.“
„Ah! Also darum die Maskerade mit der Decke?“
„Ja.“
„Wie pfiffig! Man kann wirklich noch viel von Euch lernen. Aber der Geruch, der Geruch! Ein Indianer riecht wie . . ., wie . . . Hm, wie sage ich nur gleich? Er riecht nach Schmutz, nach Herberge, nach . . . nach . . . na, mit einem Wort, er riecht eben wild! Ein Weißer hat diese sonderbare Ausdünstung nicht.“
„Der riecht wohl zivilisiert statt wild?“ fragte ich lachend.
„Ja, zivilisiert, so ist es. Wenn Ihr Euch auch maskiert habt, so mußte das Pferd doch am Geruch feststellen, daß Ihr kein Indsman seid.“
„Ich habe eben den Geruch verändert.“

„Unsinn!“

„Ja! Es gibt ein sehr probates Mittel, mit dem man selbst so ein Pferd irremacht.“

„Was ist das?“

„Mein Geheimnis.“

„Ihr wollt es nicht sagen?“

„Nein, wenigstens jetzt nicht; vielleicht teile ich es Euch später einmal mit. Wer ein wenig nachdenkt, der findet es, ohne daß man es ihm sagt.“

„So! Habt Ihr es ebenfalls nur durch Nachdenken?“

„Niemand hat es mir gesagt, ich bin selbst daraufgekommen; es ist meine eigene Erfindung.“

„So habt Ihr es vorhin erst erfunden?“

„Nein, lange vorher. Es ist heute nicht das erstemal, daß ich ein Indianerpferd damit täusche. In einigen Stunden ist dieser Geruch verschwunden, und wenn ich dann die Decke ablege und den Hut aufsetze, wird der Gaul die Täuschung erkennen und sich wehren. Dann wird es bei Tag und in der offenen Prärie den Kampf geben, den ich jetzt umgangen habe, weil ich dabei das Leben riskiert hätte.“

„*Well,* ich muß Euch glauben, bin aber wirklich begierig, zu sehen, wie Ihr das Pferd bewältigen werdet.“

„Sehr leicht. Nur Raum brauche ich dazu, nur Raum, und den habe ich dann. Jetzt wollen wir nicht reden, sondern reiten, daß wir die Gegend des Kaam-Kulano bald weit hinter uns haben. Laßt mich voran, daß mein Pferd nicht durch Euch scheu gemacht wird!“

Um an ihre Spitze zu gelangen, ritt ich an ihnen vorüber, dabei sagte Bob: „Warum Massa Shatterhand nicht mit seinem Masser Bob reden? Masser Bob will sagen Dank!“

„Ist nicht nötig, lieber Bob.“

„Und will erzählen, wie rote Indsmen nehmen Masser Bob gefangen.“

„Später. Jetzt haben wir keine Zeit dazu. Die Hauptsache ist, daß du mit meinem Rappen gut auskommst.“

„Oh – oh – oh! Rappe sein sehr gutes Pferd, und Bob sein sehr vortrefflicher Reiter. Beide einander gut kennen und fahren wie Blitz über Prärie dahin!“

Ja, der gute Bob ritt bedeutend besser als damals, da er zum erstenmal im Sattel saß. Obgleich er sich mit den Händen krampfhaft am Hals und an der Mähne des Pferds festgehalten hatte, war er doch stets immer weiter nach hinten gerutscht und endlich am Schwanz hinuntergeglitten. Das hatte ihm den Spitznamen Sliding Bob eingetragen, also der Rutschende Bob. Später hatte er dazugelernt und war schließlich bei Bloody Fox in eine gute Schule gekommen. Jetzt ritt er so, daß er nicht hinter uns zurückblieb, was freilich mehr dem Pferd als dem Reiter zuzuschreiben war.

Von dem Augenblick an, in dem ich das Hasental verlassen hatte, war für uns nichts mehr zu befürchten gewesen, denn bei der Güte unserer Pferde konnten wir nicht eingeholt werden, und die etwaigen Verfolger wären junge Menschen gewesen, aus denen wir uns nicht viel gemacht hätten. Dennoch ritten wir mehrere Stunden lang ununterbrochen fort und hielten dann an, weil unser Ritt noch sehr lange dauern würde. Wir hatten von da an, wo wir gehalten hatten, noch einen vollen Tagesritt bis zum Nargoleteh-tsil, wo wir mit den Apachen zusammentreffen wollten.

Wir pflockten unsere Pferde an, aber so lang an die Lassos, daß sie Platz zum Grasen hatten. Das meine mußte ich abseits befestigen, weil es nicht in der Nähe der andern sein wollte; es schlug und biß nach ihnen.

Als wir uns dann zueinander gesetzt hatten, fragte Bob: „Nun haben Zeit, und nun dürfen Masser Bob wohl erzählen, wie Indsmen ihn gefangennehmen?"

„Ja, erzähl es", antwortete ich, denn er hätte doch keine Ruhe gegeben. „Ich habe mich sehr darüber gewundert, daß Bloody Fox dich im Stich gelassen hat."

„Haben Fox mich im Stich lassen?"

„Natürlich!"

„Und Massa Shatterhand sich darüber wundern?"

„Sogar sehr!"

„Masser Bob sich nicht wundern."

„Das verstehst du nicht. Ihr seid auf die Jagd geritten?"

„Ja, auf Jagd."

„Also beisammen gewesen?"

„Beisammen." Er nickte.

„Du wurdest gefangen, und er entkam?"

„Ja."

„So mußte er den Roten folgen und alles tun, dich zu retten. Hat er das versucht?"

„Nein."

„Das ist ein Beweis, daß er euch nicht gefolgt ist. Wieviel Rote waren es, die euch überfielen?"

„Zehn und noch zehn und wieder noch einmal zehn. Vielleicht auch mehr. Bob nicht haben gut zählen."

„Also ungefähr dreißig. Wie ich Bloody Fox kenne, ist er nicht der Mann, er der sich scheut, hinter dreißig Roten herzureiten. Er mußte unbedingt zu erfahren suchen, was sie mit dir angefangen hatten oder tun wollten."

„Vielleicht haben Massa Fox es doch tun!"

„Nein. Er hat das Anschleichen gelernt, und wenn es ihm unmöglich war, dich zu befreien, so ist er der Mann, der es fertigbringt, dir ein Zeichen zu geben. Hast du so etwas gesehen oder gehört?"

„Masser Bob nichts hören und nichts sehen."

„So hat er dich also im Stich gelassen, und das ist es, worüber ich mich wundere, falls er überhaupt gewußt hat, daß du in ihre Gefangenschaft geraten warst."

„Massa Fox das vielleicht nicht wissen."

„Nicht? Hat er es nicht gesehen?"

„Nein."

„Aber ihr wart ja beieinander!"

„Er nicht bei Masser Bob und ich nicht bei Massa Fox, als rote Indsmen kamen."

„Oh, das ist etwas anderes! Ihr hattet euch also getrennt?"

„Ja. Wir waren daheim fort, weil nur noch wenig Fleisch haben. Mutter Sanna allein zu Hause bleiben, und wir aus Llano Estacado heraus, um jagen und Fleisch holen. Wir lange kein Wild finden, bis weit, weit fort an Regenberg kommen."

„Ah, am Nargoleteh-tsil seid ihr gewesen? Dahin wollen wir ja heut!"

„Nargoleteh-tsil, das sein richtig."

„Dort habt ihr gejagt?"

„Ja, haben schießen zwei Bisons, geben Fleisch, große Menge Fleisch. Schneiden Fleisch in Stücke und hängen auf Riemen, die mitgebracht. Haben auch mitgebracht Packpferde, um Fleisch tragen heim. Als fertig waren mit Aufhängen, gehen fort, um suchen wieder Büffelspuren, Massa Fox links und Masser Bob rechts."

„Das war nicht klug. Entweder durftet ihr euch nicht trennen, oder einer von euch, also jedenfalls du, mußte bei den Pferden und bei dem Fleisch bleiben."

„Vielleicht das richtig sein; Massa Shatterhand es ja gut verstehen, besser noch als Bloody Fox und viel, viel besser als Masser Bob. Bob reiten weit, sehr weit und nicht finden Spur von Büffel, kehren endlich um, weil anfangen zu regnen. Da kommen Comanchen und ihn umringen. Er sich wehren, sie aber doch nehmen fangen Masser Bob. Sie ihn fragen, was hier wollen und was hier tun; er nichts sagen. Sie nun schlagen Masser Bob, er aber nichts verraten. Da sie reiten auf seiner Spur nach Regenberg, schicken Späher voraus. Späher kommen wieder und reden leise, was haben gesehen am Regenberg. Dann reiten fort, schnell; drei reiten langsam nach mit Masser Bob. Alsbald sind an Regenberg, Masser Bob hören schießen. Dann hinkommen. Comanchen sind im Lager und beim Fleisch von Bloody Fox, er aber nicht da; an Erde liegen tote Indsmen, erschossen von Fox, und er fort."

„So also ist es gewesen, so! Er war eher zurückgekehrt als du, und sie haben ihn überfallen. Er hat einige von ihnen erschossen und ist entflohen."

„Ja, war fort, ganz fort. Mehrere ihm nach; aber später wiederkommen und ihn nicht haben funden."

„Was taten die Roten dann?"

„Sie binden Masser Bob auf Pferd, laden Fleisch auf Pferde und reiten fort."

„Wohin?"

„Reiten fast zwei Tage, bis Bob war fangen in Zelt. Sie ihm sagen, daß wollen holen auch Bloody Fox, und wenn ihn bringen, dann Massa Fox mit Masser Bob sollen sterben an Marterpfahl."

„Hm! Hatte es sehr geregnet?"

„Sehr! Regen gehen Masser Bob bis auf Haut."

„Da ist mir alles erklärlich. Zu welcher Tageszeit ist es gewesen, Bob?"

„Als Masser Bob umkehren, es bald Abend sein. Und als kommen an Regenberg mit Indsmen, es schon anfangen, sehr dunkel werden."

„Fox ist jedenfalls zurückgekehrt, hat sich aber nicht ganz bis zu dem betreffenden Platz gewagt. Und wenn er es gewagt und also gemerkt hat, daß sie fort waren, ist er ihnen doch nicht gefolgt, weil er im Dunkel ihre Spuren nicht sehen konnte. Am andern Tag frühmorgens war die Fährte dann verschwunden, denn das niedergetretene Gras hatte sich durch den Regen bis dahin aufgerichtet. Er wußte nichts davon, daß die Roten dich getroffen und festgenommen hatten. Er glaubte, du habest dich verirrt, und suchte dich. Er wartete vielleicht, als er dich nicht fand, den ganzen Tag auf deine Rückkehr. Als du nicht kamst, nahm er an, daß du möglicherweise die Roten gesehen habest."

„Ja, das er wohl denken."

„Du konntest ja zurückgekommen sein, als sie ihn schon überfallen hatten; sie bemerkten dich nicht; du sahst, daß er fort war, und rittest auch fort."

„Ja, heim zu Mutter Sanna!"

„Das konnte er dir schon zutrauen, und da er den Roten nicht folgen konnte, weil er nicht wußte, wohin sie waren, blieb ihm nichts anderes, als auch heimzukehren, um zu sehen, ob du dort angekommen bist."

„Aber als Massa Bloody Fox sehen, daß Masser Bob nicht da bei Mutter Sanna?"

„So ist er wahrscheinlich wieder fort, um noch einmal nach dir zu suchen. Wer weiß, wo und wie lange er sich herumgetrieben hat, ohne dich zu finden!"

„Nun aber er mich wiedersehen. Oh – oh – oh! Denn Massa Shatterhand bringen doch Masser Bob jetzt wieder zu Mutter Sanna und Massa Fox?"

„Ja, wir bringen dich hin. Die Roten sind aufgebrochen, um euer Haus zu überfallen und Bloody Fox zu fangen und zu töten."

„Das sie sollen nicht wagen! Masser Bob sie erschlagen und erschießen alle, alle, alle! Niemand von ihnen leben bleiben, kein einziger!" Er knirschte mit den Zähnen, und das hatte etwas zu sagen, denn er hatte ein Gebiß, das einem Panther Ehre gemacht hätte; dann fuhr er fort: „Ja, sie alle, alle sterben, denn sie haben schlagen Masser Bob und ihm nichts geben zu essen. Er haben viel Hunger, und sie nichts tun als nur darüber lachen."

„Nun, wir haben jetzt Zeit, das nachzuholen. In meinen Satteltaschen ist Fleisch genug für dich. Geh hin und hol dir, was du essen kannst!"

„Ja, Masser Bob sich holen. Er grad großen Hunger haben, als Massa Shatterhand kommen in Zelt und ihn machen frei."

„Nun, davon habe ich nichts gemerkt, denn ich mußte dich wecken; du schliefst sehr fest."

„Oh – oh – oh! Masser Bob haben großen Hunger, auch wenn schlafen; ihm träumen sogar von Hunger!"

Er holte sich Fleisch und aß; er holte sich wieder welches und aß; er holte sich abermals welches und aß – aß – aß, bis nichts mehr zu holen war. Was er im Essen leistete, das wußte ich, so eine Portion wie heute aber hatte er noch nie verschlungen!

Er erzählte uns dabei die Einzelheiten seiner Gefangenschaft im Tal der Hasen; es war nichts für uns Wichtiges dabei. Wir fragten ihn nach den Beobachtungen, die er dabei gemacht hatte, erfuhren jedoch nichts, was uns von Nutzen gewesen wäre. Er war ein guter, treuer Kerl, mutig und klug in seiner Weise, Beobachtungen wie ein Westmann zu machen, das war ihm freilich nicht möglich.

Als der Morgen zu grauen begann, standen wir auf, um die Pferde zu besteigen.

„Jetzt bin ich neugierig, was Euer Pferd sagen wird", meinte Old Wabble. „Denn mit der Maskerade hört es jetzt wohl auf?"

„Ja. Wollt Ihr meine Indianerdecke mit auf Euer Pferd nehmen, Mr. Cutter?"

„Ja, gebt sie her!"

„Jetzt noch nicht, sondern erst dann, wenn ich aufgestiegen bin."

„*Well!* Sonst würde es Euch nicht hinauflassen!"

„Es müßte wohl; aber ich würde dabei Zeit verlieren, und das ist nicht nötig; ich werfe sie Euch zu."

Ich ging zu dem Pferd, um es zu liebkosen. Es zeigte sich mißtrauisch und unruhig; es sträubte die Mähne, schnaubte und zerrte am Lasso. Der Pflanzengeruch hatte sich verloren, und das Tier wurde nur noch durch die Indianerdecke getäuscht. Ich zog den Pflock aus der Erde und steckte ihn in die Satteltasche, sprang auf, band das Lasso vom Hals des Pferdes los und legte es in Schlingen; die andern standen neugierig da, hielten sich allerdings fern, um nicht von dem Tier umgerissen zu werden, wenn es plötzlich ausbrechen sollte. Es zitterte eigentümlich; ich kannte dieses Zittern, es war das Vorzeichen des nahen Kampfes. Im Nu flog die Decke herab und zu Old Wabble hinüber; ebenso schnell warf ich mir das Lasso über die Schulter; mit der einen Hand ergriff ich die improvisierten Zügel, zog mit der andern den Hut unter dem Rock hervor, um ihn aufzusetzen und fest anzudrücken. Da warf das Pferd den Kopf herum, einen einzigen kurzen Augenblick nur sah es mich, dann wieherte es laut und zornig auf und stieg vorn empor. Ich zog die Zügel mit beiden Händen und legte die Schenkel noch viel fester an. Es war dem Überschlagen nahe; ich drückte es nach vorn und riß es dabei mit solchem Nachdruck zur Seite, daß es sich einmal um seine eigene Achse drehte. Dann kam es vorn nieder und schlug hinten aus – vergeblich. Es bockte, indem es den Rücken krumm bog und mit allen vieren in die Luft ging; es stand still, um mich zu betrügen, und sprang dann plötzlich mit steifen Beinen auf die Seite, damit ich auf der andern Seite herabstürzen sollte – ebenso vergeblich! Es erging sich in allen den Mucken, die einem sogenannten Bucking horse andressiert werden – ich blieb fest sitzen.

„Bravo, bravo, Sir!" rief der alte Wabble. „Ihr habt einen famosen Sitz, das muß ich sagen. Der Racker macht es Euch schwer, er hat den Teufel im Leib!"

„Oh, bis jetzt ist das noch nichts", antwortete ich. „Es kommt noch besser, wartet nur!"

Da warf sich das Pferd, als ob es meine Worte verstanden hätte, nieder und wälzte sich, indem es mit den Beinen strampelte und um sich schlug. Ich kam – und das ist dabei die Hauptsache, sonst ist man verloren – mit den Füßen auf die Erde zu stehen und sprang, so wie es sich wälzte, bald nach rechts, bald nach links, so daß das Tier stets zwischen meinen gespreizten Beinen blieb. Das ist außerordentlich anstrengend; es gehört ein scharfes Auge dazu, man muß wissen, nach welcher Seite sich das Pferd im nächsten Augenblick zu drehen beabsichtigt, und muß sich dabei in acht nehmen, daß man nicht von den Hufen getroffen wird. Noch schärfer muß man erraten, wann es wieder aufspringen will, sonst wird man zur Seite geschleudert, und es geht auf und davon.

Jetzt sprang es auf und nahm mich mit in die Höhe; ich ergriff wieder die Zügel, die ich während des Wälzens natürlich hatte fahren lassen.

„Bravo, bravo!" rief der Alte. „*Thunderstorm*, ist das ein Vieh! In dieser eleganten Weise macht es Euch keiner als nur Old Wabble nach!"

„Es kommt noch schlimmer, Sir!" antwortete ich. „Erst ermüde ich es hier, und dann lasse ich es durchgehen. Steigt auf, um mir schnell zu folgen!"

Während ich das sagte, wiederholte das Pferd die schon beschriebenen Versuche, bis es sich zum zweitenmal wälzte und dann erneut aufsprang. Bis jetzt hatte die menschliche Intelligenz mit dem tierischen Willen gekämpft, nun sollte es rohe Kraft gegen rohe Kraft gelten, was mir stets gelungen war und mir noch von niemand nachgemacht worden ist. Ich nahm das Pferd also fester in die Zügel, rückte weiter nach vorn und legte die Schenkel mit aller mir zu Gebote stehenden Kraft an. Es stand starr. Ich horchte. Kam der Ton, den ich erwartete, oder kam er nicht? Ja, er kam. Es war ein langes, tiefes, schmerzliches Stöhnen aus eingeengter Brust, das sichere Zeichen, daß der Sieg mir nur gehören würde, wenn meine Kraft nicht ermüdete. Das Tier wollte wieder in die Höhe, vorn, hinten, mit allen vieren; es konnte nicht; ich drückte und preßte womöglich noch stärker als vorher. Nach jeder vergeblichen Anstrengung stöhnte es laut, der Atem ging keuchend. So dauerte es fünf Minuten und noch länger; der Schweiß drang ihm aus allen Poren; es schäumte und warf die weißen Flocken nach allen Seiten.

„Prächtig, prächtig!“ schrie Old Wabble entzückt. „So etwas habe ich noch nie gesehen!“

Ja, prächtig! Das konnte er gut sagen. Hätte er nur an meiner Stelle gesessen! Diese Anstrengung! Die Lunge wollte mir platzen; der Schweiß drang mir aus allen Poren, aber ich ließ nicht nach. Da wollte sich das Pferd niederwerfen, um sich wieder zu wälzen; es konnte nicht; nun noch ein letzter langer Schenkeldruck aus allen Leibeskräften – die menschlichen Muskeln und Sehnen siegten, das Pferd brach zusammen.

„Grandios, grandios!“ brüllte der Alte. „Das hätte ich nicht fertiggebracht. Es ist wahr, Sir, Ihr seid ein viel besserer Reiter als ich.“

Old Surehand stand still und sagte nichts; seine Augen allerdings leuchteten.

„Schön, schön, oh, schön!“ schrie Bob. „Massa Shatterhand das schon oft machen mit fremdem und mit wildem Pferd. Masser Bob dabeisein und es sehen!“

„Ich bin noch lange nicht fertig“, antwortete ich. „Paßt auf, jetzt geht es fort!“

Ich stand mit breiten Beinen über dem Pferd, mit gebücktem Oberkörper und die Zügel in der Hand. Es erholte sich, stand auf und nahm mich mit. Einige Augenblicke stand es regungslos, dann schnellte es fort, wie plötzlich von einer gewaltigen Feder getrieben. Ich saß fest, ließ es laufen und sorgte nur dafür, daß es die Richtung nahm, in die wir wollten. Die andern drei kamen hinter mir hergejagt. Nach einer Weile blieb es plötzlich stehen und begann das Bocken und Wälzen von neuem. Es sprang auf und jagte wieder fort, hielt abermals an und tat alles, um mich loszuwerden. Ich ließ es gewähren, bis ich die Zeit gekommen meinte; da nahm ich es zwischen die Schenkel wie vorher; es stand unbeweglich; ich schwitzte; es stöhnte, schwitzte und schäumte, bis es zum zweitenmal zusammenbrach. Jetzt wußte ich, daß es keinen Versuch mehr machen, keinen Widerstand mehr leisten würde, und stellte mich neben das Tier, als mich die drei eben einholten. Sie parierten ihre Pferde, und Old Wabble fragte: „Ihr gebt die Zügel aus der Hand und laßt es frei liegen? Wenn es Euch nun davongeht, Sir!"

„Es bleibt, es ist besiegt, es ist mein!" antwortete ich.

„Traut der Bestie nicht! Es wäre schade, jammerschade, wenn es Euch nach dieser großen, riesenhaften Anstrengung ausrisse!"

„Es läuft nicht fort."

„Oho!"

„Paßt auf! Ich kenne die Dressur."

Ich legte dem Pferd die Hand auf den Kopf und sagte: „*Naba, naba!* – Steht auf, steh auf!"

Es sprang auf. Ich ging langsam fort und befahl: „*Eta, eta!* – Komm, komm!"

Es lief hinter mir her, nach rechts und links, hin und zurück, bis ich stehenblieb, da blieb es ebenfalls stehen.

„Großartig, wirklich großartig!" rief Old Wabble. „Wenn man es nicht sähe, würde man es nicht glauben!"

„Ihr gebt also zu, daß ich es gebändigt habe?"

„*Yes, yes!*"

„Ohne daß ich Arme und Beine oder sogar den Hals dabei gebrochen habe!"

„Sprecht nicht davon, Sir! Ich konnte ja nicht wissen, daß Ihr im Reiten sogar den alten Wabble übertrefft!"

„Sogar? Ihr scheint Euch für den besten Reiter des ganzen Erdballs zu halten! Ich übertreffe Euch ja, das behaupte ich auch, aber nicht aus Stolz oder Überhebung, denn ich füge sogleich hinzu: Ich habe Reiter getroffen, die mich weit übertroffen haben."

„*All devils!* So einen Kerl möchte ich sehen!"

„Ich habe auf Pferden gesessen, die fünfzigtausend Dollar und noch mehr gekostet hätten, wenn sie überhaupt zu verkaufen gewesen wären. Nun schließt von einem solchen Tier seinen Reiter! Versucht doch einmal, ein zugerittenes Kirgisenpferd, einen kurdischen Streithengst oder eine nach der altparthischen Reitkunst geschulte Perserstute zu besteigen! Ihr seid nach hiesigen Begriffen ein vorzüglicher Reiter, dort würdet Ihr ausgelacht."

„Kirgisisch, kurdisch, altparthisch . . .? Ich lasse mich aufhängen, wenn ich weiß, was das ist! Habt Ihr denn auf solchen Pferden gesessen?"

„Ja, und unser Bob würde an meiner Stelle sagen: Wir sind gut aufeinander geritten."

„Oh – oh – oh!" wandte der Neger mit verlegener Miene ein. „Masser Bob nicht so sagen, denn Bob nicht mit dabeigewesen sein!"

„Hm, hm, hm!" brummte der Alte. „Da hat man sich für einen tüchtigen Kerl gehalten und ist gar keiner!"

„Bitte, so war es nicht gemeint, Mr. Cutter. Ihr seid ein tüchtiger Reiter, nämlich in der Art der Cowboys. Ein Roter reitet anders; das gebt Ihr zu, nicht?"

„Yes."

„Weil ich diese indianische Schule genau kenne, konnte ich das Pferd hier überwältigen, sonst nicht. Ich glaube auch nicht, daß es Euch gelungen wäre."

„Nein, ich hätte es nicht fertiggebracht, und das habe ich auch eingestanden."

„Richtig! Nun denkt, daß es noch viele andere Reitervölker gibt, Araber, Beduinen, Tuareg, Imoschagh, Perser, Turkmenen, Kirgisen, Mongolen und so weiter, und jedes dieser Völker hat eine andere Art zu reiten. Kann sich da jemand, der eine Schule vortrefflich reitet, für überhaupt den besten Reiter halten und dann erstaunt von einem andern sagen: Der ist sogar noch besser?"

„Nein, Sir! Ich höre, daß Ihr wieder einmal den Kanzelredner macht, denn was Ihr da sagt, ist ja, wie ich gern zugebe, alles sehr richtig, aber allein gegen mich gerichtet; es soll ganz einfach heißen: Brüste dich nicht, alter Wabble!"

„Freut mich, daß Ihr diesen Stich empfindet."

„Also wirklich ein Stich! Und warum stecht Ihr mich?"

„Nicht weil ich denke, mehr zu sein oder mehr zu können als Ihr, sondern um Euch ein wenig zu dämpfen. Ihr wißt, wegen des ‚Sitzenlassens'. Ihr habt mir dahinten im Kaam-Kulano wieder gute Lehren geben wollen, und zwar zu einer Zeit und in einer Situation, wo solche Lehren nicht nur überflüssig sind, sondern alles verderben können. Ich habe sie hingenommen, weil ich Euch augenblicklich nicht zu beweisen vermochte, daß sie unnütz waren. Diesen Beweis habe ich jetzt erbracht.

Wir sind nun einmal beieinander, und da würde es mich freuen, wenn es Euch beliebte, mir künftig etwas mehr Vertrauen zu schenken. Der Mangel an Vertrauen kann bei dem, was wir vorhaben, verhängnisvolle Folgen haben!"

„*Egad,* Ihr habt recht, Mr. Shatterhand!" gab er zu. „Ich bin ein alter Querkopf geworden, weil ich noch niemals meinen Meister gefunden habe. Ihr habt mir eine Zurechtweisung erteilt, in Worten und noch vielmehr durch die Tat, und ich will sie mir merken. Macht, was Ihr wollt; ich werde nicht wieder daran herummäkeln. Und wenn Ihr Euch vornehmt, dem Mond auf die eine Backe eine Ohrfeige zu geben, so bekommt er von mir auf die andere Backe auch eine; denn was Ihr für möglich haltet, das ist auch möglich; *th'is clear!*"

„Das habt Ihr gut gesagt!" stimmte Old Surehand zu. „Ich pflege nicht viele Worte zu machen, doch was Mr. Shatterhand von mir verlangt, das tu ich, und wenn es mir noch so widersinnig erscheinen sollte. Die Kunst, mit der er das Pferd besiegt hat, war bewundernswert, allerdings gibt es wenigstens einen, der das genauso fertigbringt; ich meine Winnetou; die Körperkraft, der Schenkeldruck, daß das Pferd stöhnt und schäumend und geifernd zusammenbricht, das macht ihm niemand nach, gewiß niemand! Ich bin höher und breiter gebaut als er, aber wenn ich behauptete, ein Pferd in dieser Weise niederbringen und niederringen zu können, würde das eine Lüge sein, eine großartige Lüge! Und wie das Pferd ihm nun nachläuft! Grad als ob er schon jahrelang sein Herr gewesen wäre!"

„Ja, Ihr werdet sehen, daß es sich nun wie ein treuer und gehorsamer Hund zu mir verhält", sagte ich. „Es ist nicht nötig, in dieser Weise von mir zu reden, Mr. Surehand. Ein jeder tut, was er kann; der eine versteht dieses besser und der andere jenes, und wenn ein jeder das Seine leistet, wird's ein gutes Ende geben. Jetzt wollen wir weiter!"

„Zunächst zum Altschese-tschi, wo wir gestern früh weggeritten sind?" fragte Old Wabble.

„Nein, zum Kleinen Wald reiten wir nicht wieder."

„Warum? Wenn wir zum Regenberg wollen, liegt das Wäldchen doch an unserm Weg?"

„Denkt an die Kundschafter, die dort getötet worden sind! Sie kehren nicht zurück. Das erregt das Mißtrauen der Comanchen. Ich bin überzeugt, daß Vupa-Umugi ihnen einige Krieger nachsenden wird. Dürfen die auf unsere Fährte treffen?"

„Nein, denn sie würden uns zum Regenberg folgen, und alles

wäre verraten. Aber Parker, Hawley und Langes Messer haben doch auch eine Fährte gemacht, die dorthin führt!"

„Das war gestern; sie ist also nicht mehr zu sehen."

„So müssen wir einen Umweg machen; wohin?"

„Ist das nicht zu erraten?"

„Hm! Etwa zwischen dem Kleinen Wald und dem Blauen Wasser hindurch? Das geht nicht, denn da würde unsere Spur noch viel eher und viel leichter bemerkt."

„Wir müssen noch weiter nach rechts abweichen."

„Also wieder über den Rio Pecos hinüber?"

„Ja."

„Das ist allerdings ein Umweg, und was für einer! Sollte er nicht zu groß sein, Sir?"

Da sagte Old Surehand kopfschüttelnd: „Ihr seid unverbesserlich, alter Wabble! Soeben erst habt Ihr davon gesprochen, dem Mond eine Ohrfeige geben zu wollen, wenn es Mr. Shatterhand für möglich hält, und jetzt ist Euch das, was er will, schon wieder nicht recht!"

„*Well,* ich sage kein Wort mehr, kein einziges!"

„Ich stimme Mr. Shatterhand völlig zu. Ob dieser Umweg groß ist oder nicht, wir müssen ihn machen. Merkt Ihr denn nicht, daß Mr. Shatterhand auf diese Weise zwei Fliegen mit einem Schlag treffen will?"

„Zwei Fliegen? Die erste?"

„Daß unsere Spur nicht gesehen wird."

„*Well!* Und die zweite?"

„Nale-Masiuv."

„Nale-Masiuv? Der soll eine Fliege sein? Wieso?"

„Heut ist der dritte Tag!"

„Ach, richtig! Von dem Abend am Blauen Wasser an ist es der dritte Tag, an dem Nale-Masiuv mit seinen hundert Roten kommen soll! Wollen wir nach ihm suchen?"

„Ja", antwortete ich. „Es ist uns von Vorteil, zu erfahren, ob er schon da ist oder nicht."

„Wieso, Sir?"

„Weil ich annehmen mußte, daß die Roten bald nach seiner Ankunft zum Llano Estacado aufbrechen werden; wir können uns dann danach richten. Wir haben uns von jetzt an also mehr nach rechts hinüber zu halten. Kommt, wir wollen fort, Mesch'schurs!"

„Mesch'schurs!" wiederholte der Neger. „Haben Massa Shatterhand auch Masser Bob mit meinen?"

„Natürlich, ja."
„So sein Masser Bob auch mit Mesch'schurs?"
„Versteht sich, lieber Bob!"
„Oh – oh – oh! Bob auch mit Mesch'schurs! Schwarzer Bob sein also gradso Gentlemen wie weißer Gentleman! Er sich sehr darüber freuen und nun zeigen, daß er gradso tapfer und mutig wie weiße Jäger. Leider haben kein Gewehr, um totschießen rote Indianer!"
„Du wirst eins erhalten. Wir haben am Kleinen Wald mehrere erbeutet; davon such ich dir eins aus. Was dir sonst noch fehlt, ein Messer und dergleichen, das bekommst du auch."

Als ich jetzt mein Pferd streichelte, litt es das ruhig, ohne ein Zeichen der Abneigung sehen zu lassen. Ich untersuchte die Hufe; es gab sie so ruhig her wie ein Bauernpferd, das mit seinem Herrn auf vertrautem Fuß lebt. Als ich aufgestiegen war, blieb es stehen; kurz, es verhielt sich genauso wie ein Pferd, das man mit dem bekannten Ausdruck als „militärfromm" bezeichnet. Es hatte mich als seinen Meister anerkannt. Old Wabble schüttelte vor Verwunderung den Kopf, sagte aber nichts.

Da es auch vor den andern und ihren Pferden nicht mehr scheute, brauchte ich mich nicht von ihnen abzusondern; wir konnten also zusammenhalten und taten das, indem bald dieser und bald jener eins seiner Erlebnisse zum besten gab. Auch Old Surehand erzählte einige seiner Abenteuer. Er hatte dabei eine eigene, kurze, prägnante Weise, die den Gedanken, daß er nach unserm Lob strebe, gar nicht erst aufkommen ließ. Das, was wir aus seinem Mund hörten, waren mehr Berichte als Erzählungen. Old Wabble fand dabei einigemal Gelegenheit, Fragen auszusprechen, bei deren Beantwortung der Erzähler eigentlich nicht umgehen konnte, über seine Herkunft und seine Verhältnisse Auskunft zu erteilen, und das war jedenfalls auch der Zweck des Alten; Old Surehand allerdings wußte sehr klug auszuweichen, und ich hörte und merkte es ihm an, daß es nicht in seiner Absicht lag, sich auch nur zu einer Andeutung bewegen zu lassen. Über sein Leben und seine Erfahrungen im Wilden Westen sprach er; mehr erfuhr der Alte nicht. Ich meinerseits hütete mich, eine Frage auszusprechen, die mich hätte als neugierig erscheinen lassen.

In dieser Weise verging der Vormittag und ein großer Teil des Nachmittags, und es war gegen Abend, als wir den Rio Pecos an einer Stelle erreichten, die vielleicht eine englische

Meile oberhalb der Mündung des Blauen Wassers lag. Wir schwammen hinüber, denn umgehen konnten wir das Blaue Wasser auf der jenseitigen, der rechten Seite des Flusses.

Drüben stießen wir auf eine Fährte, die in der Nähe des Wassers abwärts führte.

„Hallo!“ sagte Old Wabble. „Da sehen wir ja gleich, daß Nale-Masiuv mit seinen Roten schon da ist.“

Old Surehand warf nur einen kurzen Blick auf die Spuren und entgegnete dann: „Das ist er nicht gewesen.“

„Nicht? Wieso?“

„Wieviel Rote sollte er bringen?“

„Hundert.“

„Ist das die Fährte von hundert Reitern?“

„Nein, das gebe ich zu. Wenn er es nicht gewesen ist, möchte ich wissen, wer ... Hm! Sollte es nur ein Vortrab von seiner Schar gewesen sein?“

„Möglich.“

„Da kommen die andern nach und entdecken unsere Spuren. Was ist da zu tun? Wir dürfen uns nicht verraten.“

„Was zu tun ist, mag Mr. Shatterhand bestimmen.“

Ich beugte mich vom Pferd hinab, um die Eindrücke der Hufe genau zu betrachten, und sagte dann: „Das sind ungefähr zwanzig Reiter gewesen, die sich sehr sicher gefühlt haben, denn sie sind nicht im Gänsemarsch geritten. Die Spur ist wenigstens vier Stunden alt; wer uns folgt und ein gutes Auge hat, kann die unsre also sehr leicht von ihr unterscheiden; aber der Abend ist nahe, der diese Unterscheidung unmöglich macht. Wollen ihr getrost folgen; ich muß sie besser kennenlernen.“

Wir lenkten in die Fährte ein und erreichten bald eine Stelle, wo die Reiter angehalten hatten; sie wurde an der vom Fluß abgewandten Seite von Büschen begrenzt, in denen es eine schmale Lücke gab.

„Ja, es sind ungefähr zwanzig Reiter gewesen“, wiederholte ich, „weiter ist nichts herauszufinden.“

„Also ein Vortrab?“ fragte Old Wabble.

„Das möchte ich bezweifeln.“

„Warum?“

„Weshalb sollte Nale-Masiuv seine Schar geteilt und eine Vorhut vorausgesandt haben? Das tut man nur vor dem Kampf oder wenn man sich in einer sehr unsicheren Gegend befindet. An einen Kampf war nicht zu denken, und unsicher haben sich diese Leute nicht gefühlt, sonst wären sie ganz anders geritten. Wir haben es also nicht mit einem Vortrab zu tun, sondern mit einen selbständigen Trupp. Nale-Masiuvs Leute sind es nicht gewesen."

„Hm! Ich denke da an den jungen Häuptling Schiba-bigk, meinen Bekannten, der ja auch zum Blauen Wasser muß, wenn er mit Vupa-Umugi zum Llano Estacado will; er soll den Führer machen. Vielleicht ist er es gewesen."

„Das ist sehr leicht möglich, Sir. Was tun wir nun? Folgen wir dieser Fährte?"

„Das hat keinen Zweck und würde uns nur in Gefahr bringen."

„Wir müssen stromabwärts gehen, um wieder das andere Ufer zu erreichen."

„Ja, doch nicht so nahe am Wasser, wo wir jeden Augenblick auf Rote treffen können. Wir reiten einen Bogen, und zwar so, daß wir erst dann an der Furt sind, wenn es dunkel ist und wir nicht gesehen werden."

„Das ist klug und zugleich gefährlich."

„Wieso gefährlich?"

„Wenn uns noch vor der Dunkelheit Indsmen folgen, sehen sie die Stelle, wo wir diese Fährte verlassen haben; unsere Spur wird ihnen auffallen, und wir sind verraten."

„Wenn wir es dumm anfangen, ja. Wir müssen eben da abweichen, wo es nicht bemerkt wird."

„Wo wäre das?"

„Hier."

„Hier? Ah!"

„Ja, hier. Meint Ihr nicht, daß diese Lücke im Gebüsch die beste Gelegenheit dazu bietet?"

„Ob Lücke oder nicht, sie werden dennoch bemerken, daß eine Fährte abseits führt."

„Nein, wenn wir es richtig machen. Wir reiten nicht langsam hinein, sondern im Sprung. Daß unsere Pferde hier zum Sprung angesetzt haben, können sie nicht sehen, weil diese Stelle von Spuren bedeckt und niedergetreten ist. Unsere Pferde fassen jenseits der Lücke wieder Fuß, wodurch allerdings Hufeindrücke erzeugt werden, die aber von hier aus nicht gesehen werden, weil die Lücke schmal ist und die Zweige unten ineinandergehen. Wir müssen hoch springen und uns dabei hüten, Blätter abzustreifen oder gar Äste abzubrechen."

„*Well,* das geht, Mr. Shatterhand! Wer springt zuerst?"
„Ich. Kommt ihr mir einzeln nach und macht es genau wie ich!"

Ich nahm mein Pferd hoch, gab ihm die Hilfe und flog in einem weiten Bogen zwischen den Büschen hindurch, wo ich natürlich nicht wartete, sondern für die andern Platz machte. Sie kamen ebenso gut hinüber wie ich, und dann durchquerten wir den Wald am Rande des Flusses, bis wir hinaus auf das offene Gelände kamen. Da ritten wir in gerader, rechtwinkelig vom Fluß wegführender Linie weiter, bis wir so weit von ihm entfernt waren, daß wir von dort aus nicht gesehen werden konnten. Von hier aus schlugen wir eine parallele Richtung ein und lenkten, als wir weit genug abwärts gekommen waren, wieder zum Pecos zurück. An sein Ufer zurückgekehrt, mochten wir uns ungefähr eine halbe englische Meile unterhalb der Furt befinden und waren also gezwungen, uns rückwärts zu wenden. Dabei war große Vorsicht erforderlich, denn es war inzwischen dunkel geworden und die Situation nicht ganz geheuer. Infolge des Zuzugs, den Vupa-Umugi erwartete, mußte man gerade an der Furt stets auf Begegnungen gefaßt sein. Wir stiegen also ab und gingen zu Fuß, indem wir die Pferde führten und uns bemühten, sowenig Geräusch wie möglich zu verursachen.

Es zeigte sich bald, daß diese Behutsamkeit nicht überflüssig war, denn wir bemerkten, noch ehe wir die Furt erreicht hatten, einen brenzligen Geruch. Irgendwo brannte ein Feuer in der Nähe; wir blieben also stehen. Es galt natürlich, zu erfahren, wer das Feuer angefacht hatte; das wollte ich mit Old Surehand erkunden. Wir übergaben Old Wabble und Bob unsere Pferde und unsere Gewehre und schlichen weiter. Der Geruch wurde mit jedem Schritt stärker, und als wir nur noch ein kurzes Stück bis zur Furt hatten, sahen wir das Feuer. Es brannte in der Nähe des Wassers. Wer sich dort befand, das kannten wir nicht sehen, weil Büsche dazwischenlagen.

Wir huschten vorsichtig weiter und weiter, bis wir dieses Gebüsch erreicht hatten. Es lag ungefähr zwölf Schritt von dem Feuer entfernt, an dem zwei Indianer einander gegenübersaßen, wir konnten beide im Profil sehen. Es waren Comanchen. Was wollten sie hier an der Furt? Wozu hatten sie dieses Feuer? Das waren die zwei Fragen, die wir uns vorlegten. Die Beantwortung fiel uns nicht schwer.

Old Surehand hatte die gleichen Gedanken wie ich. Er gab

ihnen Ausdruck, in dem er mir zuflüsterte: „Nale-Masiuv ist noch nicht da. Ihr habt also mit Euern Vermutungen recht gehabt, Sir."

„Ja, sie warten auf ihn und haben diese Wachen hier ausgestellt, die ihn empfangen sollen."

„Warum haben sie das für nötig gehalten?"

„Das ist sehr einfach. Nale-Masiuv ist von einem andern Stamm als Vupa-Umugi, und seine Weideplätze liegen weiter weg von hier. Darum kennt er die Furt nicht, und diese beiden sollen sie ihm zeigen, wenn er da ist."

„Das trifft jedenfalls zu. Wie gut, daß wir erst am Abend hierherkamen!"

„Ja, am Tag hätten sie uns wahrscheinlich bemerkt, denn da waren sie sicher auch schon da. Nun hat uns der Geruch ihres Feuers vor Entdeckung bewahrt."

„Das wäre schlimm gewesen, denn wenn es auch unmöglich gewesen wäre, daß sie uns gefaßt hätten, so wüßten sie nun, daß wir noch immer hier sind, während sie das Gegenteil dachten."

„Dieses Feuer ist allerdings ein Beweis, daß sie überzeugt sind, wir seien über alle Berge. Wenn sie uns noch hier in der Gegend glaubten, würden sie sich hüten, eins anzuzünden. Dumme Kerls, sie werden nie klug!"

„Sie dürfen sich nicht darüber beschweren, daß sie keine Gelegenheit gehabt hätten, gescheit zu werden. Ihr habt ihnen genug gute Lehren erteilt. Bleiben wir hier?"

„Ich möchte schon."

„Ich auch. Jetzt sitzen sie zwar stumm wie Ölgötzen da, aber es ist möglich, daß sie miteinander reden."

„Wenn sie das tun, werden wir etwas erfahren."

„Wichtiges?"

„Wenn nicht gerade das, so wenigstens etwas, was uns interessiert. Der eine rechts ist nämlich ein hervorragender Krieger."

„Kennt Ihr ihn?"

„Ja. Als ich sie da drüben am Blauen Wasser belauschte, saß er bei dem Häuptling und nahm neben den Alten mit am Gespräch teil. Wenn sie reden, dann wahrscheinlich von ihrem kriegerischen Vorhaben. Horcht!"

Der Rote, von dem wir sprechen, hatte ein Wort gesagt, aber so kurz und unterdrückt, daß es nicht zu verstehen gewesen war. Der andere antwortete, aber auch unverständlich für uns.

So fielen eine Zeitlang einzelne Worte, ohne daß wir wußten, wen oder was sie betrafen. Da legten wir die Ohren auf die Erde, um besser zu verstehen.

Kaum hatten wir das getan, stieß mich Old Surehand mit dem Ellbogen bedeutungsvoll an. Ich wußte sogleich, was er meinte, denn ich hatte das Geräusch, auf das er mich aufmerksam machen wollte, ebenfalls gehört. Wir kannten es beide genau; es war das dumpfe Hufstampfen von Pferden auf weichem Grund, wenn an eine Wurzel oder sonst etwas Festes gestoßen wird.

„Waren das etwa unsere Pferde?“ fragte Old Surehand.

„Nein. Der Schall kam aus einer andern Richtung.“

„Dann handelt es sich um Rote.“

„Jedenfalls.“

„Um Comanchen, sonst würden sie sich sehr in acht nehmen und ihre Pferde besser führen.“

„Comanchen sind es; aber sie wissen nicht, daß hier auch Rote sitzen.“

„Sollten sie das Feuer nicht sehen?“

„Nein. Der Schall läßt auf eine Entfernung von wenigstens achtzig Schritt schließen, und nach oben hin stehen dichte Sträucher, die das Feuer verdecken.“

„Sie werden es riechen.“

„Nein, denn der Wind weht von oben und bläst den Rauch wie den Geruch abwärts.“

„Bin neugierig, wer es ist.“

„Ich ebenfalls. Sobald sie das Feuer entdecken, werden sie die Pferde anhalten, um abzusteigen und herbeizuschleichen. Dann erfahren wir etwas.“

Wir warteten. Das dumpfe Geräusch wiederholte sich noch zweimal. Die beiden Comanchen am Feuer hörten es nicht, weil sie nicht, so wie wir, mit den Ohren auf der Erde lagen. Dann war es still. Es verging eine Weile. Die Kommenden waren aufmerksam geworden und herbeigeschlichen. Da raschelte es plötzlich im gegenüberliegenden Gebüsch, und ein lautes „Hiiiiiiih!“ erschallte. Die beiden Wächter sprangen erschrocken auf. Schon machten sie Miene, sich in den Sträuchern zu verbergen, hinter denen wir steckten; wir sprangen auf, um uns schleunigst zurückzuziehen; da ertönte von jenseits der laute, fragende Ruf: „Vupa, Vupa?“

Infolgedessen blieben die Wächter stehen, und der eine von ihnen antwortete: „Umugi, Umugi!“

Sie setzten sich wieder; sie waren beruhigt, denn dieser Zuruf hatte sie überzeugt, daß sie keine Feinde vor sich hatten. „Vupa – Umugi", das war ein Erkennungszeichen, das verabredet worden war. Man sieht, daß die Roten von den Weißen den Gebrauch des Feldgeschreis gelernt und sich angeeignet haben.

Es verging einige Zeit, dann kamen zwei Reiter von oben herab. Sie hatten ihre Pferde geholt und stiegen am Feuer ab. Wir beide hatten uns natürlich wieder niedergelegt. Die Ankömmlinge setzten sich zu den Wächtern, ohne zunächst ein Wort zu sagen; das ist so Indianersitte. Erst als ungefähr fünf Minuten vorüber waren, begann der, den ich als hervorragenden Krieger bezeichnet hatte und der die Unterhaltung führte, zu sprechen, während sein Gefährte schwieg: „Meine roten Brüder sind erwartet worden. Vupa-Umugi harrt voller Ungeduld."

„Darf ein Krieger ungeduldig werden?" fragte einer der andern.

„Er darf es nicht zeigen; aber er darf es sein. Habe ich gesagt, daß er es gezeigt hat?"

„Das hat mein Bruder nicht gesagt."

„Wir haben schon am Nachmittag gewartet. Nun kommt ihr als Vorhut. Wann wird Nale-Masiuv folgen?"

„Heute nicht."

„*Uff!*"

„Wir sind keine Vorhut, sondern seine Boten. Wo ist Vupa-Umugi, mit dem wir sprechen sollen?"

„Er lagert am Blauen Wasser."

„Führ uns zu ihm!"

„Wir warten noch. Meine Brüder wissen, daß ich das Ohr und das Vertrauen des Häuptlings besitze. Wenn sie nicht zornig empfangen werden wollen, mögen sie mir ihre Botschaft sagen, damit ich den Häuptling vorbereite."

Die beiden Boten sahen einander fragend an, und dann antwortete der Sprecher: „Ja, wir wissen, daß du der Mund und das Ohr des Häuptlings Vupa-Umugi bist; darum sollst du erfahren, was du hören willst, obgleich wir den Befehl erhielten, nur mit dem Häuptling zu sprechen. Nale-Masiuv kommt mit seinen hundert Kriegern heute nicht."

„*Uff!* Warum?"

„Weil er von Bleichgesichtern aufgehalten wurde, mit denen er kämpfen mußte."

„Gibt es Bleichgesichter in der Nähe?"

„In der Nähe nicht; aber jenseits des Mistake-Cañons stießen wir plötzlich auf Soldaten der Bleichgesichter, die über uns herfielen. Sie waren so zahlreich, daß wir fliehen mußten, wobei viele unserer Krieger verwundet oder gar getötet wurden. Die Bleichgesichter verfolgten und zerstreuten uns, und als es Abend wurde, hatten sich nur fünfzig Krieger bei dem Häuptling eingefunden."

„*Uff, uff, uff!* Was wird Vupa-Umugi sagen? Vielleicht verschiebt er den Zug zum Llano Estacado und zieht zum Mistake-Cañon, um euch zu rächen!"

„Das soll er nicht! Nale-Masiuv, unser Häuptling, hat uns befohlen, ihm das zu sagen. Die Bleichgesichter, mit denen wir kämpften, sind keine Westmänner, sondern Soldaten. Wenn wir sie besiegen, und es findet auch nur einer in sein Fort zurück, werden hundert und wieder hundert andere Soldaten gesandt, um die Gefallenen zu rächen. Ja, unsere Toten müssen gerächt werden, doch so, daß kein Soldat heimkehrt, sondern alle sterben müssen."

„Hat Nale-Masiuv einen Plan ersonnen, wie das geschehen soll?"

„Ja."

„Kennst du ihn?"

„Ja; ich bin geschickt worden, ihn Vupa-Umugi mitzuteilen."

„Darf ich ihn hören?"

„Ihr alle werdet ihn erfahren; warum sollte ich ihn dir da nicht sagen dürfen?"

„So steht mein Ohr mit Spannung offen, dich zu hören."

„Die Soldaten der Bleichgesichter müssen in den öden Llano Estacado gelockt werden, um dort zu verschmachten."

„*Uff, uff, uff!* Das ist ein Gedanke, der den Beifall unseres Häuptlings sofort haben wird. Diese weißen Hunde müssen alle untergehen, keiner darf zurückkehren, um erzählen zu können, was geschehen ist."

„Mein roter Bruder hat recht. Darum darf der Zug zum Llano nicht verschoben werden, sondern muß schnell unternommen werden, denn wenn wir die Bleichgesichter in den Tod locken und nicht selbst verschmachten wollen, brauchen wir das Wasser, an dem Bloody Fox wohnt. Dieses müssen wir haben, ehe wir die Soldaten in den Llano Estacado führen."

„Wie sollen sie dorthin gelockt werden?"

„Ist der junge Häuptling Schiba-bigk schon hier bei meinen roten Brüdern eingetroffen?"

„Er kam am Nachmittag mit zwanzig Mann."

„Er kennt den Weg zum Wasser der Wüste und wird von Vupa-Umugi so viele Krieger erhalten, wie nötig sind, um die Wasserstelle zu besetzen und Blutigen Fuchs zu fangen. Während er das tut, wartet Vupa-Umugi hier so lange, bis Nale-Masiuv kommt."

„Wann wird das geschehen?"

„Er hat, als wir uns nach dem Kampf sammelten, sofort zwei Boten heimgesandt, die weitere hundert Krieger holen, sie werden im Rücken der weißen Soldaten bleiben, ohne sich von ihnen sehen zu lassen, bis sich die Bleichgesichter in der Wüste befinden. Jetzt wartet er einen Tag, um die versprengten Krieger zu sammeln, und greift die Soldaten dann an; er wird allerdings nicht kämpfen, sondern sich zurückziehen bis hierher ans Blaue Wasser, wo er seine wenigen Leute mit euern hundertfünfzig Kriegern vereinigt. Die Bleichgesichter werden folgen. Wenn sie hier sind, werden wir schon fort sein. Wir lassen uns stets sehen, aber sobald wir angegriffen werden sollen, weichen wir zurück, bis wir die weißen Hunde in der Wüste haben. Da sind wir ihnen voraus, und die hundert Krieger, nach denen Nale-Masiuv gesandt hat, kommen hinter ihnen her; die Bleichgesichter werden also eingeschlossen sein. Auch wenn sie uns dann angreifen wollen, werden wir nicht kämpfen, sondern immer weiter in die Wüste zurückweichen, denn wir haben Wasser, sie nicht, sie werden also verschmachten und sterben bis auf den letzten Mann, während wir keinen der Unseren verlieren."

„*Uff, uff!* Dieser Plan ist gut, sehr gut!"

„Denkt mein roter Bruder, daß Vupa-Umugi darauf eingehen wird?"

„Er wird ja sagen; ich weiß es genau. Und wenn er dagegen wäre, würde ich ihn überreden. Die Versammlung der Ältesten ist ganz gewiß auf meiner Seite."

„So wollen wir sofort zum Blauen Wasser, damit ich mit dem Häuptling sprechen kann, denn ich muß mich beeilen, Nale-Masiuv die Antwort zu bringen."

„Mein Bruder warte noch eine kleine Weile! Der Plan ist sehr gut; er wird zum völligen Verderben der Bleichgesichter führen; aber er hat eine Lücke."

„Welche?"

„Schiba-bigk, der die Wüste kennt, soll mit einer Schar vorausreiten und die Wasserstelle besetzen. Wenn wir dann kommen, wie finden wir den Ort, wo das Wasser ist?"

„Er wird zurückkehren und uns den Weg zeigen."

„Wird er das können? Wird er Zeit dazu haben? Wird er durch nichts gehindert werden?"

„Auch daran hat Nale-Masiuv gedacht. Als die drei Häuptlinge den Zug zum Llano besprachen, hat Schiba-bigk gesagt, daß es an der letzten Höhe vor dem Beginn der Wüste ein Wasser gebe, das Suks-ma-lestavi – Hundert Bäume – heißt. Mehrere von den Kriegern der Comanchen sind an diesem Ort gewesen; sie kennen ihn und werden ihn sehr leicht finden."

„Suks-ma-lestavi? Diese Stelle kenne ich, denn ich bin einigemal dort gewesen."

„Das ist gut. Weil dieser Ort an dem Weg liegt, den Schiba-bigk zu nehmen hat, wird er dort die Vorbereitungen treffen, die nötig sind, wenn wir von dieser Stelle aus den Weg zum Wasser finden sollen. Es gibt viele Büsche und junge Bäume dort; er wird viele Stangen schneiden und sie von da aus in den Sand der Wüste bis zum Wasser stecken."

„*Uff!* So wie es die Bleichgesichter tun, wenn sie durch die Wüste reiten und den Weg nicht verlieren wollen!"

„Ja, so! Wenn wir dann zum Suks-ma-lestavi kommen und Schiba-bigk uns dort nicht erwarten kann, finden wir die Stangen, die uns den Weg weisen."

„Und die Bleichgesichter folgen euch und finden das Wasser!"

„Nein! Hat mein Bruder einmal von den weißen Räubern gehört, die Stakemen genannt werden?"

„Ja."

„Weiß mein Bruder auch, was diese Leute tun, um die Reisenden in den Tod zu führen?"

„Sie ziehen die Stangen heraus und setzen sie so, daß sie ins Verderben führen."

„Können die roten Krieger nicht auch tun, was die Bleichgesichter machen?"

„*Uff!* Das ist wahr!"

„Wir ziehen hinter uns die Stangen heraus und stecken sie in eine Richtung ein, wo es kein Wasser gibt und wo die Soldaten verschmachten. Hat mein roter Bruder noch eine Frage oder ein Bedenken?"

„Nein."

„Das ist es, was ich Vupa-Umugi, dem Häuptling, zu sagen habe. Wenn er auf diesen Plan eingeht, wird nicht nur das Wasser in der Wüste den Comanchen für immer gehören, sondern wir werden den Blutigen Fuchs fangen und die weißen Soldaten verderben."

„Er wird ganz gewiß tun, was ihm Nale-Masiuv durch dich vorschlagen läßt. Ich habe es gesagt. *Howgh!*"

„So wollen wir nun zum Blauen Wasser reiten, denn wir haben keine Zeit. Wir müssen sofort wieder zurückkehren, weil Nale-Masiuv auf uns wartet."

„Und wir werden das Feuer hier auslöschen, denn da eure Krieger nicht kommen, brauchen wir nicht auf sie zu warten. Wir werden euch durch die Furt führen."

Sie traten das Feuer aus und entfernten sich, um in den Fluß zu gehen, die beiden Boten zu Pferde, die Wächter zu Fuß.

Als sie fort waren, standen wir auf und sahen einander an, obgleich wir in der Dunkelheit unsere Gesichter nicht erkennen konnten. Das, was wir gehört hatten, war von größter Wichtigkeit.

„Da möchte man wie ein Indianer ‚*Uff, uff, uff!*' rufen", sagte Old Surehand.

„Nun, habe ich nicht gesagt, daß wir hier etwas hören würden, Sir?"

„Und was! So ein Plan!"

„Ich bin da oben im Lager der Soldaten gewesen. Also von ihnen ist Nale-Masiuv angegriffen worden! Der Anführer hat mir zwar nicht gefallen; er war ein arroganter Kerl, der eigentlich eine Demütigung verdiente; aber das, was diese Roten mit ihm vorhaben, können wir unmöglich geschehen lassen."

„Habt Ihr mit ihm gesprochen?"

„Ja."

„Kannte er Euch?"

„Nein."

„Und Ihr habt ihm nicht gesagt, wer Ihr seid?"

„Ist mir nicht eingefallen."

„Dann will ich seine Arroganz begreifen, sonst möchte ich den Menschen, und wenn es ein hoher Offizier wäre, sehen, der sich gegen Old Shatterhand anmaßend benehmen dürfte, ohne ‚in den Käse zu fliegen', wie Ihr Euch da kürzlich ausdrücktet! Und was sagt Ihr zu dem Plan, den dieser Nale-Masiuv ausgeheckt hat?"

„Meisterhaft ist er nicht."
„Ganz meine Meinung; aber so ein Kavallerieoffizier ist kein Westmann; ich halte es für möglich, daß er sich in den Llano locken läßt."
„Ich bin sogar überzeugt davon. Wenn ich den Plan nicht für meisterhaft halte, will ich damit nicht etwa sagen, daß er nichts taugt; o nein, ich meine nur, daß zum Beispiel wir beide ihn ganz anders gestaltet hätten. Dennoch werden die Weißen in die Falle gehen."
„Wenn Vupa-Umugi mit Nale-Masiuv einverstanden ist!"
„Das ist er, das ist er ganz bestimmt."
„Eigentlich sollten wir zum Blauen Wasser schleichen, um zu beobachten oder gar zu hören, was beschlossen wird. Meint Ihr nicht?"
„Dieser Gedanke liegt sehr nahe; wir werden ihn freilich aus zweierlei Gründen nicht ausführen, von der Gefahr, die wir dabei laufen würden, ganz abgesehen."
„Und diese Gründe?"
„Erstens nehme ich als für ganz sicher an, daß Vupa-Umugi zustimmt, also brauchen wir nicht zu lauschen, und zweitens haben wir keine Zeit dazu. Ich bin überzeugt, daß Schiba-bigk morgen früh oder gar noch während dieser Nacht zum Suks-ma-lestavi aufbricht, und da wir eher dasein wollen, haben wir keine Zeit zu verlieren. Wir müssen schnell zum Nargoleteh-tsil, um zu sehen, ob unsere Apachen schon dort sind. Wenn sie da sind, lassen wir unsere Pferde nur kurze Zeit ausruhen und reiten noch vor Anbruch des Morgens zum Llano."
„Ist Euch die Stelle bekannt, die von den Comanchen Suks-ma-lestavi genannt wurde?"
„Sehr genau sogar. Ich habe da stets gelagert, wenn ich Bloody Fox besuchte oder von ihm kam. In der Sprache der Apachen lautet der Name Gutesnontin-khai, was dasselbe, nämlich Hundert Bäume, bedeutet."
„Diesem Namen nach scheint es dort Wald zu geben?"
„Wald im eigentlichen Sinne nicht. Nur in Anbetracht der Lage am Wüstenrand ist dieser Name gerechtfertigt. Bäume gibt es wenig. Man findet lichtes Buschwerk und dürres, hoch aufgeschossenes Langholz, das sich allerdings sehr gut für die Pfähle eignet, die Schiba-bigk dort schneiden soll. Jetzt wollen wir zu den Gefährten zurück. Wir müssen über den Fluß, solange die Furt frei und unbeobachtet ist. Kommt!"

„Das hat eine halbe Ewigkeit gedauert", empfing uns Old Wabble, als wir wieder bei ihm waren. „Hätte sich eure Abwesenheit verlängert, wäre ich euch gefolgt."

„Und hättet uns in Gefahr gebracht!" anwortete ich. „Das ist es ja, was ich Euch abgewöhnen möchte. Ich bin überzeugt, daß Euch dieser Fehler, den Ihr nicht lassen zu können scheint, noch einmal ins Verderben führt."

„Old Wabble ins Verderben? Der denkt nicht daran!"

Ja, er glaubte es nicht, er war trotz seines hohen Alters noch der leichtblütige, unbesorgte Cowboy von früher. Hätte er mir doch geglaubt! Die Worte, die ich ihm gesagt hatte, waren eine Weissagung, die leider später wörtlich in Erfüllung ging.

Wir setzten über die Furt, ritten langsam durch den schmalen Waldstreifen am Flußufer und konnten dann unsere Pferde ausgreifen lassen, weil die Sterne das dazu nötige Licht spendeten. Dieser günstige Umstand erlaubte mir auch, eine so schnurgerade Linie einzuhalten, daß wir, als wir den Regenberg erreichten, gewiß nicht zwei Minuten Umweg geritten waren. Gegen Mitternacht sahen wir die unbedeutenden zwei Höhen des Berges vor uns auftauchen.

Der Fuß des Berges war mit Gebüsch umsäumt. Als wir hochritten, hörten wir den Apachenruf erschallen: *„Ti arku?* – Wer da?"

„Old Shatterhand", antwortete ich.

„Owan ustah arhonda! – Kommt hierher!"

Wir lenkten hin. Es trat ein Roter auf uns zu, der ganz nahe zu mir herantrat, um mich zu betrachten.

„Ja, das ist Old Shatterhand, der große Häuptling der Apachen", sagte er. „Wir haben an verschiedenen Seiten dieses Berges Posten ausgestellt, um auf euch zu warten."

„Sind die Krieger der Apachen angekommen?"

„Ja, dreimal hundert an der Zahl."

„Mit Proviant?"

„Fleisch und Mehl für mehrere Wochen."

„Wer ist der Anführer?"

„Entschar-Ko – Großes Feuer –, der Freund Winnetous, wie mein großer Bruder Old Shatterhand weiß."

„Ist Langes Messer mit zwei Bleichgesichtern bei euch hier eingetroffen?"

„Sie sind hier und haben von den Taten Old Shatterhands erzählt. Meine Brüder mögen mir folgen."

Er führte uns ein Stück in das flache Tal hinein, das sich

zwischen den beiden Bergen aufwärts zog, und bald langten wir im Lager der Apachen an.

Entschar-Ko war nicht nur der Freund Winnetous, sondern auch der meine. Wir begrüßten uns mit großer und aufrichtiger Herzlichkeit, und er erklärte mir, daß er sich und seine Schar unter meinen Befehl stelle. Parker und Hawley kamen natürlich auch herbei, um uns die Hände zu drücken. Wir erzählten ihnen in kurzen Worten, wie uns die Befreiung Bobs gelungen war. Sie hatten Sorge um uns gehabt; um so größer war nun ihre Freude.

Eine Beratung brauchte nicht gehalten zu werden. Ich wollte zum Llano, das genügte. Ich teilte Entschar-Ko mit, wie die Verhältnisse lagen, und da wir schlafen mußten, übernahm er es, die nötigen Vorbereitungen so zu treffen, daß wir nach unserem Erwachen sofort aufbrechen konnten.

Am nächsten Morgen, als die Sonne aufging, waren wir schon fern vom Regenberg, und unser Zug bewegte sich mit hinreichender Schnelligkeit über die Ebene, die zu dem schon erwähnten Höhenzug führt, von dem hinab man in den Llano steigt. Zwischen seinen östlichen Ausläufern gibt es jene fließenden Wasser, die später im Sand versickern und sich dann wahrscheinlich in dem See sammeln, an dem Bloody Fox seine geheimnisvolle Heimstätte aufgeschlagen hatte.

Old Surehand freute sich über unsere Apachen. Er bemerkte, daß sie fast militärisch geschult waren. Eines so vortrefflich eingerichteten Proviantwesens, wie sie es hatten, konnte sich wohl kein anderer Indianerstamm rühmen, und als ich Old Surehand während des Ritts erzählte und erklärte, welche Mühe sich Winnetou gegeben und welche Umsicht er aufgewandt hatte, aus seinen Mescaleros eine Elitetruppe zu machen, wuchs die Hochachtung, die er bisher vor diesem Häuptling empfunden hatte, noch mehr. Es waren sogar aus Gazellenhäuten angefertigte Wasserschläuche vorhanden, damit die Krieger nicht zu dursten brauchten.

Am Nachmittag überstiegen wir die erwähnten Höhen. Ich führte den Trupp zu einem mir bekannten Tal, in dem wir ausruhten. Es gab da ein kleines, freilich sehr dünn fließendes Wässerchen, das trotzdem hinreichte, unsere Schläuche zu füllen. Dann ging es in den Llano Estacado hinab, in dessen leichtem weißgelbem Sand wir nordostwärts ritten. Dieses Tal lag ungefähr einen Vierteltagesritt südlich der Hundert Bäume, wohin die Comanchen kommen wollten.

Als die Sonne sank, machten wir mitten in der Wüste halt. Sie lag rund um uns als eine durch nichts unterbrochene Sandebene, deren Horizont eine wie mit dem Zirkel gezogene Kreislinie bildete – ein riesengroßes, mit Grieß und Zucker bestreutes rundes Kuchenblech. Ein sehr kühner Vergleich, wenn es sich um den öden, dürren, unfruchtbaren Llano Estacado handelt!

Wir stellten, obgleich wir nichts zu fürchten brauchten, Wachen aus und legten uns dann schlafen, nachdem die Pferde Wasser und Maiskolben bekommen hatten, von denen eine ansehnliche Menge mitgebracht worden war. Der Schlaf in der kühlen Wüstennacht tat uns außerordentlich wohl, und wir waren zum Weitermarsch gestärkt, als wir am Morgen erwachten.

Der heutige Weg führte uns zuweilen an dürren Kaktusstrecken vorüber, vor denen wir unsere Pferde hüten mußten, damit sie sich nicht an den Füßen verwundeten. Diese Kaktusflächen treten einander oft nahe und schieben sich so ineinander, daß man zu bedeutenden Umwegen gezwungen ist und sich nur schwer zwischen ihnen hindurchwinden kann. Wer ihre Lage, Ausdehnung und Beschaffenheit nicht kennt, der gerät so in die Irre, daß er nicht wieder herausfindet und, wenn er keinen Proviant und kein Wasser bei sich führt, verloren ist.

Am Nachmittag war es glühend heiß. Die Sonne brannte förmlich hernieder, und es wehte ein Backofenwind, der die Luft mit dichtem Sandstaub füllte. Ich hatte einen sehr schweren Posten, denn ich war der einzige, der den Weg kannte, und also für unser Wohlergehen verantwortlich. Der Blick durchdrang die dicke Atmosphäre kaum, und obgleich ich überzeugt war, die gerade Richtung eingehalten zu haben, gab es doch Verschiedenes, was geeignet war, mich irrezumachen. Zwar war der Neger bei mir, aber er war stets nur mit Bloody Fox durch die Wüste geritten, hatte sich auf diesen verlassen und konnte mir also nicht die geringste Auskunft geben. Es hatte Kaktusfelder gegeben, die jetzt verschwunden waren, und wo es keine gegeben hatte, da waren welche entstanden. Den Kompaß zu fragen, hütete ich mich. Der Ortsinstinkt des Westmanns ist sicherer als die trügerische Magnetnadel.

Ich mußte unbedingt an Ort und Stelle sein, da, wo zwischen zwei ausgedehnten Kaktusstrecken ein offener Weg zum Wüstenwasser führte. Diesen Weg aber fand ich nicht. Wahrscheinlich hätte mir das Fernrohr von da aus, wo wir waren, die Bauminsel gezeigt, die sich rund um den kleinen See gebildet hatte; doch die Luft war zu sehr voller Sand. Ich wandte mich nochmals an Bob und erfuhr nach vielem Hin- und Herfragen endlich, was er mir schon längst hätte sagen können.

Bloody Fox hatte sich nämlich noch mehr als bisher abschließen wollen und den Weg, den ich suchte, zugepflanzt. Er hatte mit großer Mühe und mit Hilfe des Wassers, das ihm zu Gebote stand, einen so breiten Kaktuskreis um sich gezogen, daß von hier aus sein Home mit bloßem Auge nicht gesehen werden konnte. Das wäre freilich unmöglich gewesen, wenn es nicht schon vorher rundum meilenweite Kaktusstrecken gegeben hätte. Er hatte nur Lücken auszufüllen brauchen und mit Bob und Sanna monatelang daran gearbeitet. Während wir früher von Westen oder von Norden her zu ihm kommen konnten, hatte er da die Lücken geschlossen und dafür im Osten eine neue hergestellt. Sie war sehr schmal und ging so im Zickzack, daß sich jeder Fremde sicher gehütet hätte, ihr zu folgen. Daß er sein Home mit einem so ausgedehnten Kaktuswald umgeben konnte, das war freilich nur durch das Vorhandensein von Wasser möglich.

Nun wußte ich endlich, woran ich war und wie ich Bloody Fox' Home erreichte. Die Apachen durfte ich nicht mitnehmen, weil sein Home ein Geheimnis war und auch für sie wahrscheinlich bleiben sollte. Sie mußten also lagern; ich ließ ebenfalls alle Weißen bei ihnen und nahm nur den Neger mit, um ihm so rasch wie möglich die Gelegenheit zu geben, seine Mutter und Bloody Fox wiederzusehen.

Wir jagten im Galopp um die gewaltige Kaktusstrecke herum, bis wir an deren Ostseite waren, was, da wir uns im Westen befunden hatten, beinahe eine Stunde dauerte. Wir fanden die Lücke und mußten, um ihr zu folgen, langsamer reiten, bald nach rechts, bald nach links, wie es das Zickzack mit sich brachte. Endlich erblickte ich die grünen, aber vom Sand graubelegten Wipfel der Bäume und bald darauf das Haus, das in ihrem Schatten lag. Vor ihm bewegte sich arbeitend eine Frau. Als Bob sie erblickte, trieb er sein Pferd an und schrie: „Das sein Mutter Sanna, Mutter Sanna von Masser Bob! Oh – oh – oh! Mutter, Mutter! Sanna, Sanna! Dein Boy kommen! Bob sein da, sein wieder da!"

Sie drehte sich um, sah ihn und öffnete die Arme. So stand sie da, starr vor Freude, ohne ein Wort zu sagen. Er hielt sein

Pferd bei ihr an, sprang herab und nahm sie jauchzend in die Arme.

Sein Schreien war gehört worden; die Tür wurde geöffnet, und heraus trat einer, dem die Wiederkehr des Negers ganz gewiß ein Rätsel war, der dennoch keine Miene verzog und dessen Gesicht nicht das geringste Anzeichen von Überraschung zeigte.

Er stand still und unbeweglich vor der Tür, das dunkle Auge auf Mutter und Sohn gerichtet. Sein langes, dichtes, blauschwarzes Haar war in einen helmartigen Schopf geordnet und hing dann weit auf den Rücken herab. Keine Adlerfeder, kein Abzeichen schmückte diese indianische Frisur. Man sah es ihm trotzdem an, daß er kein gewöhnlicher Indianer war. Wer seinen Blick auf ihn richtete, der war gewiß sofort überzeugt, einen bedeutenden Mann vor sich zu haben. Er war ganz so in Leder gekleidet wie ich. Um den Hals trug er den gestickten Medizinbeutel, die Friedenspfeife und eine dreifache Kette von Krallen und Zähnen der Grizzlybären, die er erlegt hatte. Die Züge seines ernsten, männlich schönen Gesichts waren fast römisch zu nennen, nur die Backenknochen standen kaum merklich hervor. Die Farbe seiner Haut war ein mattes Hellbraun mit einem leisen Bronzehauch.

Das war Winnetou, der Häuptling der Apachen, der herrlichste der Indianer. Sein Name lebte in jedem Zelt, in jeder Blockhütte, an jedem Lagerfeuer. Gerecht, treu und klug, tapfer bis zur Verwegenheit, aufrichtig und ohne Falsch, ein Freund und Beschützer aller Hilfsbedürftigen, mochten sie weiß oder rot sein, aber ebenso ein Feind und strenger, unerbittlicher Gegner aller Ungerechten, so war er bekannt bei allen, die von ihm gehört oder ihn vielleicht gar gesehen hatten. Welche ein Glück, der Freund dieses Mannes zu sein!

Bob schrie immer noch auf seine Mutter ein. Sein Entzükken schien sich zu steigern, statt sich zu vermindern. Inzwischen war ich langsam näher gekommen, und Winnetou hörte die Schritte meines Pferdes. Er drehte sich um und erblickte mich. Auch jetzt blieb sein ehernes Gesicht unbeweglich; keine Wimper zuckte. Ich stieg ab, er faßte nach meinen Händen, trat dann einen halben Schritt zurück, ließ seinen Blick an mir herniederschweifen und sagte: „Mein Bruder Shatterhand kommt wie der Tau in den Kelch der dürstenden Blume und wie der Adler, der mit mächtigen Fängen das Nest seiner Jungen beschützt. Du hast droben in den Bergen der Sierra Madre meine Nachricht gefunden?"

Ich antwortete: „Mein Bruder Winnetou ist meinem Herzen ersehnt wie der Sonnenstrahl dem Kranken und meiner Seele teuer wie das Kind der Mutter, die es geboren hat. Es sind viele Sonnen und Monde vergangen, seit mein Auge dich zum letztenmal erblickte. Ich war oben in der Sierra an der Lebenseiche und habe deine Zeilen gefunden und gelesen. Nun komme ich mit dreihundert Apachen, die der tapfere Entschar-Ko führt, um sie deinem Befehl zu übergeben. Ist Bloody Fox nicht daheim?"

„Er reitet täglich mehrere Male hinaus, um die Kakteen zu umkreisen und nach dir zu sehen. Auch jetzt ist er fort und . . .!"

Er unterbrach seinen Satz und deutete bei dem letzten Wort dahin, woher ich gekommen war. Mehrere Reiter trafen ein: Old Surehand, Old Wabble, Parker, Hawley und Entschar-Ko, der Apache. Ihnen voran ritt Bloody Fox, genauso wie die mexikanischen Vaqueros ganz in Büffelkuhleder gekleidet, und zwar so, daß alle Nähte mit Fransen versehen waren. Eine breite rote Schärpe umschlang statt des Gürtels seine Taille und hing mit ihren Enden an der linken Seite herab. In dieser Schärpe steckten ein Bowiemesser und zwei mit Silber ausgelegte Revolver. Auf dem Kopf trug er einen breitkrempigen Sombrero; quer über die Knie hielt er eine schwere, doppelläufige Kentuckybüchse, und vorn zu beiden Seiten des Sattels waren nach mexikanischer Art Schutzleder angebracht, die die Beine bis herunter auf die Füße bedeckten und gegen Lanzenstöße und Pfeilschüsse schützten.

Er war jetzt fünfundzwanzig Jahre alt; ein Schnurrbart beschattete seine Lippen. Der untere Teil seines Gesichts mit den stark entwickelten Kauwerkzeugen deutete auf einen festen, unerschütterlichen Willen; seine Augen schauten, allerdings vielleicht nur jetzt, da er sich freute, froh und mild in die Welt, wie die eines Kindes, das kein Würmchen, keinen Schmetterling anrührt, um ihm keinen Schmerz zu bereiten. Und doch war dieser jugendliche Mann der fürchterliche Avenging ghost, dessen sichere Kugel jeden „Geier" des Llano Estacado in die Mitte der Stirn getroffen hatte!

Er sprang von seinem Pferd und reichte mir die Hand. Nachdem er mich mit aufrichtig gemeinten, herzlichen Worten begrüßt hatte, wandte er sich an Winnetou: „Diesmal habe ich sie gefunden, die ich suchte. Aber es sind nicht die Krieger der Apachen allein. Ahnt Winnetou, was für berühmte Männer ihm sein Freund und Bruder Shatterhand mitgebracht hat?"

Der Häuptling antwortete mit einem leisen Schütteln seines Kopfes.

Hierauf stellte Fox sie vor: „Hier steht Old Surehand, einer der berühmtesten unter den weißen Jägern. Er ging in den Süden, um den Häuptling der Apachen kennenzulernen, und traf dabei auf Old Shatterhand."

Jetzt endlich standen sich diese beiden Männer gegenüber. Ihre Augen waren prüfend aufeinander gerichtet; dann reichte Winnetou dem Jäger die Hand und sagte: „Wen Old Shatterhand bringt, der ist dem Häuptling der Apachen willkommen. Ich habe viel von dir gehört; nun mag die Tat an die Stelle des Wortes treten wie heute die Person an die Stelle der Erzählung."

Old Surehand erwiderte einige Worte; ich sah, daß Winnetou auf ihn einen großen Eindruck machte.

„Und hier", fuhr Bloody Fox fort, „ist Old Wabble, der der König der Cowboys genannt wird. Er hat Old Shatterhand und Old Surehand geholfen, Bob zu befreien."

Es ging ein eigentümliches, ich möchte sagen, heiteres Zukken über das Gesicht Winnetous, als er dem Alten seine Hand mit den Worten bot: „Old Wabble ist dem Häuptling der Apachen wohlbekannt; er ist pfiffig wie ein Fuchs, reitet wie ein Teufel und raucht gern Zigaretten."

Das Gesicht des Alten strahlte bei dem Anfang dieser Begrüßungsrede; kaum aber hörte er die letzten Worte, verfinsterten sich seine Züge, und er rief: *„Thunderstorm,* das ist freilich wahr! Doch ich habe nun seit Monaten keine einzige zwischen die Lippen gebracht. Wo soll man sie hernehmen in dieser verteufelten Gegend? Wenn das nicht bald anders wird, fahre ich vor Sehnsucht aus der Haut und wickle mir Zigarren daraus; *th'is clear!"*

Er war ein so leidenschaftlicher Raucher, daß er sich ohne Zigarette nicht wohl fühlte. Daher dieser Gefühlsausbruch.

Bloody Fox stellte auch Parker und Hawley vor, die ebenfalls mit einigen freundlichen Worten bedacht wurden. Er hatte einen Rundritt gemacht, um nach mir und den Apachen auszuschauen, und war, von Norden kommend, während ich mit Bob östlich geritten war, auf sie gestoßen. Die Weißen hatten ihm sofort gesagt, wer sie waren, und er hatte sie eingeladen, ihm zu folgen.

Was hätten Winnetou, Fox und ich jetzt einander zu fragen und zu erzählen gehabt! Dazu gab es freilich keine Muße, denn die Comanchen nahmen zunächst unsere ganze Zeit in Anspruch. Bob und Sanna mußten unsere Pferde zur Tränke führen, und wir nahmen alle vor dem Haus Platz, um uns zu beraten. Da stand eine aus rohen Brettern zusammengefügte Tafel mit zwei Bänken, wo wir uns niedersetzten.

Fox trat in sein Haus, um uns zu bewirten. Doch obgleich das, was er uns vorsetzte und vorlegte, unsere Beachtung sehr verdiente, die Aufmerksamkeit derer, die noch nicht hier gewesen waren, wurde in eine ganz andere Richtung gelenkt.

Sie blickten staunend rundumher. Was war das für ein Paradies hier in der glühenden Wüste! Da stand ein von der Natur gebildetes, fast kreisrundes Becken, dessen Durchmesser vielleicht achtzig Schritt betragen mochte, bis an den Rand voll von hellem, köstlichem Wasser, über dessen Oberfläche die Sonne leuchtende Brillantblitze warf. Darüber zuckten schillernde Libellen hin und her, die nach Fliegen, Mücken und anderen kleinen Insekten jagten. Am Ufer naschten unsere Pferde wie Feinschmecker von den außerordentlich saftigen Halmen des üppigen Delicacygrases. Niedrige Palmen spiegelten sich im Wasser, das der Wind bewegte. Über ihren Federkronen bildeten hohe Zedern und Sykomoren ein schützendes Wipfeldach. Hinter dem Häuschen lag ein großes Maisfeld, in dem sich eine Schar von Zwergpapageien um die goldenen Körner zankte.

Das Häuschen selbst war nicht groß, aber für die Bedürfnisse des Bloody Fox hatte es Raum genug. Aus welchem Material es erbaut worden war, das war nicht zu sehen, denn alle vier Seiten wurden ebenso wie das Dach eingehüllt von den dichten Ranken, Blättern und Blüten der rotfädigen weißen Passionsblume. An mehreren Stellen sah man schon die süßen, dem Hühnerei gleichenden gelben Früchte aus der Fülle der gelappten Blätter hervorleuchten. An andern Stellen, wo die Blüten noch nicht verwelkt waren, schwirrten winzige Kolibris von Blume zu Blume. Diese Liliputaner der Vogelwelt, die fliegenden Edelsteinen glichen, hatten den Weg über den Llano herüber zu dieser herrlichen Insel gefunden.

Die Sykomoren, Zedern und Zypressen am Wasser waren alte Bäume, deren Samen, als noch kein Mensch eine Ahnung von dem Dasein dieser Wüstenoase hatte, von Vögeln hierhergetragen worden waren. Weiterhin gab es Kastanien, Mandeln,

Orangen und Lorbeerbäume; diese hatte Bloody Fox vor Jahren gepflanzt, ebenso einen breiten, sich weit um das Wasser ziehenden Streifen schnellwachsender Sträucher und mehrjähriger Kräuter, die den vom Wind herbeigewehten Sand von der Oase abhalten sollten. Fox hatte von dem kleinen See aus Gräben in alle Richtungen gezogen, um dieses Grün bewässern zu können. Wo die Bewässerung aufhörte, ging dieser üppige Pflanzenwuchs in an der Erde hinkriechende Kaktusarten über, die jenen großen, schützenden Ring um den Besitz bildeten, von dem ich bereits gesprochen habe.

Dieser schöne, von der Welt abgelegene Ort schien in den Tropen zu liegen. Man hätte sich nach Südmexiko, in das mittlere Bolivien oder an die Urwaldränder Brasiliens versetzt fühlen können. Darum war das Staunen, mit dem dieses kleine, mitten in der Wüste liegende Paradies betrachtet wurde, nicht verwunderlich. Ich hatte zu Old Surehand und Old Wabble, zu Parker und Hawley davon gesprochen, aber daß es hier so schön war, das hatten sie nicht gedacht.

Als sie ihrem Entzücken durch Worte Ausdruck gaben, fühlte sich Bloody Fox geschmeichelt und bat sie, mit in das Haus zu gehen, er wolle es ihnen zeigen.

Wenn man durch die von den Passifloren umrahmte Tür eintrat, sah man, daß das Innere aus einem einzigen Raum bestand. Die vier Wände waren aus Schilf errichtet; als Füll- und Bindemittel hatte der feine Schlamm des Sees gedient. Die Decke bestand aus langem, geflochtenem Rohr. An drei Wänden gab es je ein kleines Fenster, dessen Öffnung von Blumenranken frei gehalten war. An der vierten Wand, von der Tür weit fortgerückt, stand der aus Lehm gebaute Herd, über dem sich der Rauchfang öffnete. Unter diesem hing ein eiserner Kessel.

Der Fußboden war mit enthaarten Fellen belegt. Es gab drei Bettstellen, an Pfählen befestigte Riemen, über die Bärenfelle gebreitet waren. Unter der Decke hingen Stücke geräucherten Fleisches und an den Wänden alle möglichen Waffen, die im fernen Westen zu sehen und zu haben sind. Einige Kisten dienten als Schränke oder Kommoden. Einen Tisch und mehrere Stühle, von Bloody Fox selbst zusammengezimmert, gab es auch.

Den größten Schmuck der Stube bildete das zottige Fell eines weißen Büffels, an dem der Schädel noch dran war. Das war die „Uniform“ des Avenging ghost; Fox hatte das Büffelfell stets übergeworfen, wenn er ausgeritten war, um einen Stakeman zu bestrafen. Daher die Schilderungen von dem entsetzlichen Aussehen des „Geistes des Llano Estacado"! Zu beiden Seiten dieses Fells steckten viele Messer in der Wand, grausige Erinnerungszeichen, denn der Rächer hatte sie den Stakemen abgenommen, die von ihm durch einen Schuß mitten in die Stirn getötet worden waren. Unter dem Lager des Bloody Fox gab es eine mit Fellen verdeckte Vertiefung, die in Blechkisten seine Munition enthielt.

An der nördlichen Wand des Hauses, wohin die Sonne nicht kam, hing eine Anzahl von Lederschläuchen, zur Aufnahme von Wasser bestimmt. Mit ihrem Inhalt hatte Fox schon manchen im Llano verirrten Reisenden vorm Tod des Verschmachtens bewahrt.

So war die „Insel in der Wüste" und so war das Haus auf dieser Insel beschaffen.

Dann saßen wir draußen und aßen, mit Appetit zwar, aber schnell, um endlich zu beraten. Ehe das begann, ging Bloody Fox ins Haus und kehrte mit einem kleinen Pappkarton zurück, reichte diesen dem alten Wabble und sagte: „Hier, Mr. Cutter, das ist für Euch, weil ich wünsche, daß sich meine Gäste wohl bei mir fühlen."

Old Wabble nahm den leichten Karton, wog ihn in der Hand und sagte zweifelnden Tones: „Wohl fühlen? Meint Ihr, daß dieses Dings da mein Wohlbefinden stärken wird?"

„Ich bin davon überzeugt."

„Was ist denn drin?"

„Öffnet und seht selbst."

„Hm! Wenn Ihr es nicht sagt, muß ich freilich aufmachen, sonst erfahre ich nicht, was es ist; *th'is clear!*" Er entfernte das Papierband, nahm den Deckel ab und – stieß einen lauten Freudenschrei aus: „Himmel! Zigaretten, Zigaretten, es sind Zigaretten! Und zwar fünfzig Stück, volle fünfzig Stück! Und wem sollen die gehören, Mr. Fox? Etwa mir?"

„Natürlich."

„Alle? Alle fünfzig?"

„Alle!"

„*Thunderstorm!* Ihr seid ein edler Jüngling, ein sehr vorzüglicher Mann! Kommt her, kommt an mein Herz; ich muß Euch einen *smack,* einen tüchtigen *smack* geben!"

Er zog Bloody Fox an sich und gab ihm einen „Schmatz", daß es nur so schallte und knallte. Dann brannte er sich eine

Zigarette an und blies den Rauch mit einem Behagen von sich, das aus jeder Falte und jedem Fältchen seines Gesichts hervorlugte. Eigentlich hätte die Kameradschaftlichkeit ihn bewegen sollen, jedem der Anwesenden eins der kleinen Dingerchen anzubieten; er tat das aber nicht, denn er war ein zu leidenschaftlicher Raucher, als daß er ein so großes Opfer gebracht hätte.

Über Winnetous Gesicht glitt ein leises, nur mir verständliches Lächeln. Er hatte keine Leidenschaft und keine Angewohnheit, und es war ihm beinahe unbegreiflich, daß ein alter Westmann, den man gar den König der Cowboys nannte, sich durch eine Zigarette in solche Begeisterung versetzen ließ.

DRITTES KAPITEL

In der Kaktusfalle

Der heiße Wüstenwind war zur Ruhe gegangen, und die Sonne hatte das letzte Achtel ihres Tagesbogens erreicht; es gab keinen Flugsand mehr in der Luft, und wir konnten den leuchtenden Ball sich im Niedersenken scheinbar vergrößern sehen. Welche Szene werden seine Strahlen wohl morgen um dieselbe Zeit bescheinen? So fragten sich die meisten von uns, als wir zunächst still auf unsern Plätzen saßen, denn sowenig Angst wir vor den Comanchen hatten, es wußte doch jeder, daß die besten und vorsichtigsten Berechnungen des Menschen durch einen Zufall, der sich unerwartet einstellt, zuschanden gemacht werden können.

Es war natürlich, daß ich Winnetou zunächst erzählte, was ich inzwischen erlebt hatte. Da die Erlebnisse meiner Begleiter hierin mit eingeschlossen waren, brauchte der Apache, um eine klare Anschauung zu erhalten, nach diesen nicht zu fragen. Als ich geendet hatte, rekapitulierte er das Gehörte mit den Worten: „Wir haben jetzt nur an das zu denken, was den Ort angeht, an dem wir uns befinden; alles übrige können wir später besprechen. Also Vupa-Umugi hat hundertfünfzig Krieger am Saskuan-kui bei sich?"

„Hundertvierundfünfzig waren es. Davon gehen die sechs Comanchen ab, die wir am Altschese-tschi überwunden haben."

„Nale-Masiuv will mit hundert Mann zu ihm stoßen?"

„Von diesen sind bei dem Kampf gegen das Militär viele getötet oder kampfunfähig gemacht worden; aber er hat heimgesandt, um noch hundert holen zu lassen."

„Wieviel Krieger hat Schiba-bigk gebracht?"

„Zwanzig."

„So werden wir ungefähr dreihundert Feinde gegen uns haben. Mein Bruder hat ebenso viele Apachen draußen vor unserem Kaktusfeld; wir sind ihnen also gewachsen."

„Gewachsen? Bloß gewachsen?" fiel Old Wabble ein. „Ich meine sogar, daß wir ihnen überlegen sind, weit überlegen! Ich habe die Krieger der Apachen gesehen, wie gut bewaffnet und diszipliniert sie sind. Zweihundert von ihnen würden dreihundert Comanchen besiegen. Dazu kommen wir Weißen. Winnetou, Old Shatterhand und Old Surehand nehmen eine ganze Menge von Feinden auf sich. Von mir, Fox, Parker und Hawley will ich gar nicht reden. Die Kerls sollen nur kommen! Wir schießen sie alle über den Haufen, und ich gebe mein Wort, daß keiner von ihnen seinen Wigwam wiedersehen wird."

Winnetou zeigte ihm sein ernstestes Gesicht und antwortete: „Mein alter Bruder ist, wie ich weiß, ein unerbitterlicher Feind aller roten Männer; er hält sie für Diebe, Räuber und Mörder, ohne zu bedenken, daß sie nur zu den Waffen greifen, um ihr gutes Eigentum zu verteidigen oder das zu rächen, was ihnen angetan worden ist. Old Wabble hat noch nie einem roten Mann, der in seine Hände fiel, Gnade gegeben; er ist auf der ganzen Savanne als Indianertöter bekannt; aber wenn er sich bei Old Shatterhand und Winnetou befindet, muß er diese Gesinnung ändern, sonst sind wir gezwungen, uns von ihm zu trennen. Wir sind Freunde aller roten und weißen Männer, und wenn wir einen Feind vor uns haben, mag er weiß oder rot aussehen, so besiegen wir ihn, womöglich ohne sein Blut zu vergießen. Old Wabble nennt sich einen Christen; er wird Winnetou einen Heiden nennen; doch wie kommt es, daß dieser Christ so gern Blut vergißt, während der Heide das zu vermeiden sucht?"

Daß sich der sonst so wortkarge Apache herbeiließ, so viele Worte zu machen, war ein Beweis, daß ihm der Alte sympathischer war, als der Inhalt dieser Worte eigentlich vermuten ließ. Old Wabble senkte den Kopf, hob ihn nach einer Weile wieder und verteidigte sich: „Die Roten, mit denen ich bisher zusammengetroffen bin, sind alle Schufte gewesen."

„Das bezweifle ich. Und wenn es wahr sein sollte, wer hat sie denn zu Schuften gemacht?"

„Ich nicht!"

„Du nicht?"

„Nein."

„Sie sind es durch die Bleichgesichter geworden. Und ist Old Wabble nicht ein Weißer?"

„Der bin ich, ja. Und ich denke sogar, ich bin einer, der sich sehen lassen kann."

„Und Winnetou denkt, es wäre besser, die Roten, von denen du redest, hätten dich nicht gesehen! Du sagtest, daß alle Comanchen niedergeschossen werden sollen; ich dagegen sage dir, daß wir, wenn es möglich ist, keinen einzigen von ihnen töten werden. Ist mein Bruder Old Shatterhand einverstanden?"

„Völlig", antwortete ich ihm. „Du weißt, daß du mich da nicht erst zu fragen brauchst."

Der alte Wabble machte ein sehr verlegenes Gesicht, versuchte jedoch, sich zu rechtfertigen: „Sie wollen doch Bloody Fox überfallen, dem wir helfen müssen! Wir verteidigen uns und ihn, und das kann doch wohl nur durch Gegenwehr geschehen; *th'is clear!*"

„Es gibt Gegenwehr verschiedener Art, Mr. Cutter", antwortete ich. „Laßt Winnetou sprechen, dann werdet Ihr hören, daß wir keineswegs die Comanchen nur allein dadurch, daß wir sie niederschießen, von der Ausführung ihres Vorhabens abhalten können. Es gibt noch andere Mittel."

„Ja, jedenfalls wieder Eure berühmte List!"

Er sagte das in einem Ton, der mir nicht gefiel; ich brauchte ihn aber nicht zurückzuweisen, denn Parker tat das, indem er sagte: „Wird es nicht besser sein, wenn Ihr schweigt, alter Wabble? Ihr seht, daß auch ich still bin. Wenn Mr. Shatterhand und Winnetou miteinander sprechen, ist es nicht nötig, daß andere, ohne gefragt zu werden, ihre Meinungen dazugeben. Ihr habt ja mehr als zehnmal versprochen, nur das zu tun, was Mr. Shatterhand will. Wenn Ihr dieses Versprechen nicht zu halten gesonnen seid, so tun wir das, was schon oft gesagt worden ist: Wir gehen fort und lassen Euch sitzen!"

Dieses „sitzenlassen", von mir nur einmal ausgesprochen, war zur stehenden Redensart geworden, über die sich Old Wabble ungeheuer ärgern konnte. Er fuhr auch jetzt auf: „Haltet Euern Schnabel! Wer hat Euch um Eure Meinung gefragt? Wenn ich nicht reden darf, habt Ihr erst recht zu schweigen! Wie könnt Ihr mich einen Querkopf nennen? Kehrt vor Eurer eignen Tür! Ich habe mir noch von niemand einen Elk schenken lassen und dann gesagt, daß ich ihn selbst geschossen habe!"

„Und ich habe noch nie das große Wort geführt und trotzdem solche Dummheiten gemacht, wie Ihr zum Beispiel am Saskuan-kui, wo Ihr mit . . ."

„Still!" fiel ich ein, „wir haben Wichtigeres zu tun, als solche Grillenduelle auszukämpfen. Wir sind vorhin dabei unterbrochen worden, daß wir genauso viele Krieger wie die Comanchen haben und ihnen also gewachsen sind. Ich gebe gern zu, daß Old Wabble recht hatte, als er sagte, daß wir ihnen nicht nur gewachsen, sondern sogar überlegen seien. Das gedenke ich freilich nicht, so wie er, dadurch zu begründen, daß wir große, unüberwindliche Helden sind, gegen die ein roter Krieger als nichts zu achten ist. Der Grund liegt vielmehr in dem Umstand, daß wir unsere dreihundert Apachen beisammenhaben, während die Comanchen in einzelnen Abteilungen kommen und auch noch die Kavallerie gegen sich haben werden."

„Da hat mein Bruder recht wie immer", stimmte Winnetou zu. „Zunächst wird Schiba-bigk mit einer Schar nahen, um das Haus und seine Bewohner zu überfallen und die Stangen in den Sand der Wüste zu stecken. Nach ihm kommt Vupa-Umugi, um diese Stangen falsch zu stecken und die weißen Soldaten dem Tod des Verschmachtens preiszugeben. Nach diesen weißen Reitern folgt der Häuptling Nale-Masiuv mit seinen Leuten, um den Bleichgesichtern den Rückzug abzuschneiden und sie vollends einzuschließen. Das sind drei verschiedene Trupps, die wir einzeln angreifen werden und vielleicht ohne alles Blutvergießen besiegen. Old Shatterhand wird diesen meinen Worten seine Zustimmung erteilen."

„Die gebe ich allerdings", sagte ich. „Ich glaube nicht, daß Schiba-bigk, der zuerst kommt, mehr als fünfzig Krieger bei sich haben wird. Wenn wir sie mit unsern dreihundert einschließen, werden sie einsehen, daß es am besten für sie ist, sich ohne Gegenwehr zu ergeben."

Der alte Wabble konnte trotz der vorhin erhaltenen Zurechtweisung nicht schweigen; er entgegnete: „Sollte er wirklich nur mit fünfzig erscheinen, da wir doch dreihundert haben?"

„Ihr vergeßt, daß die Comanchen nicht wissen, daß wir da sind. Sie glauben, es nur mit den Bewohnern der Oase zu tun zu haben."

„Hm, ja, mag sein! Aber das Einschließen ist nicht so leicht, wie man denkt."

„In diesem Fall ist es sogar sehr leicht. Wir brauchen sie nur an ein Kaktusfeld zu drängen, da können sie nicht hinein. Wir haben dann nicht nötig, einen ganzen Kreis um sie herum zu bilden, sondern es genügt ein halber. Hinter sich den undurchdringlichen Kaktus und vor sich dreihundert Feinde; da müßten die fünfzig wahnsinnig sein, wenn sie glaubten, sich heiler Haut durchzuschlagen."

„Wenn sie es dennoch glauben?"
„So werden ich mit ihnen sprechen."
„Sprechen? Hm! Ob sie darauf hören?"
„Was das betrifft, so gibt es einen unter ihnen, der sicher auf mich hören wird."
„Wer ist das, Sir?"
„Schiba-bigk, der junge Häuptling. Er hat uns sein Leben zu verdanken, ist hier der Gast unseres Fox gewesen und hat damals sein Wort gegeben, daß er die Oase nicht verraten wolle. Das ist mehr als genug, ihn meinen Worten geneigt zu machen."
„Bin neugierig, ob Ihr Euch da nicht irrt. Ihr seht ja, wie er sein Wort gehalten hat. Verspricht, die Oase nicht zu verraten, und bringt doch volle dreihundert Comanchen hergeschleppt! Hoffentlich brauchen wir nicht lange zu warten, bis er kommt."
„Er wird morgen abend hier sein."
„Hier an der Oase?"
„Ja. Ich glaube nicht, daß diese Berechnung täuscht."
„Und da wollen wir ihn einschließen?"
„Ja."
„Des Nachts?"
„Vielleicht schon am Tag. Je eher er hier ist, desto eher wird er umzingelt."
„Da müssen wir aber wissen, wann er kommt; es ist also nötig, ihm Kundschafter entgegenzusenden."
„Das würde ein großer Fehler sein."
„Wieso?"
„Weil er die Spuren dieser Späher entdecken und infolgedessen Argwohn schöpfen würde."
„Hm! Also keine Kundschafter! Wie wollen wir dann erfahren, ob und wann diese . . ."
„Mein alter Bruder kann getrost annehmen, daß Old Shatterhand weiß, was er sagt und tut", schnitt ihm Winnetou die Rede ab. „Die Comanchen würden die Fährte der Späher sehen; darum dürfen wir keine aussenden. Schiba-bigk ist hier gewesen und von hier aus direkt zum Gutesnontin-khai geritten, wo er sich jetzt befindet, um Pfähle zu schneiden. Er wird genau auf demselben Weg wiederkommen. Wir reiten ihm seitwärts dieses Wegs entgegen und werden ihn sehen, ohne daß er uns bemerkt. Wenn er vorüber ist, kehren wir um, ihm nach, und treiben ihn gegen ein Kaktusfeld, durch das er und

seine Schar nicht reiten können; dann haben wir ihn. Ich errate, daß mein Bruder Shatterhand das sagen wollte?"

„Ja, genau das war meine Absicht und mein Plan", antwortete ich dem scharfsinnigen Freund.

Da ergriff Bloody Fox, der bisher geschwiegen hatte, obgleich die Angelegenheit ihn selbstverständlich am meisten interessieren mußte, zum erstenmal das Wort: „Mein berühmter Bruder Winnetou mag mir eine Frage gestatten. Schiba-bigk wird sehr vorsichtig nahen, um nicht vor der Zeit bemerkt zu werden. Und wenn wir uns seitwärts aufstellen, ihn zu erwarten, dürfen wir uns seinem Weg doch nicht so weit nähern, daß er uns sieht. Ist es da nicht möglich, daß er vorüberreitet, ohne daß unsere Blicke auf ihn und seine Comanchen fallen?"

„Nein."

„Was Winnetou, der große Häuptling der Apachen, sagt, ist nicht anzufechten; aber in der Wüste gibt es keinen Weg, den man sieht; es gibt nur eine Richtung, von der man leicht rechts oder links abweichen kann. Ist es da nicht möglich, daß Schiba-bigk auch abweicht und grad deshalb auf uns trifft?"

„Nein. Mein Bruder Fox mag sich an Old Shatterhand wenden, um zu erfahren, warum ich nein sage!"

Da mich Fox infolge dieser Worte fragend anblickte und die andern das auch taten, erklärte ich: „Ein Weißer könnte von der geraden Richtung abweichen, ein Roter nicht. Ein Roter hat den untrüglichen Ortssinn des Vogels, der meilenweit gerade zu seinem Nest fliegt, obwohl es in der Luft, genauso wie hier im Sand, keine vorgezeichneten Wege gibt. Und dann ist zu bedenken, daß die erste Schar der Comanchen die Aufgabe hat, den Weg zur Oase durch Stangen zu bezeichnen. Das Feststecken der Stangen ist eine Arbeit, die uns die Ankunft Schiba-bigks so kenntlich macht, daß wir sie nicht übersehen. Er wird und muß in unsere Hände geraten. Wir schaffen ihn und seine Leute dann nicht etwa hierher, denn er darf den neuen Weg durch den Kaktus nicht kennenlernen, sondern sie werden draußen in der Wüste gefesselt und gut bewacht, bis alles vorüber ist."

„Und was wird aus den Stangen? Es wurde vorhin gesagt, daß wir sie entfernen und in falscher Richtung wieder einstecken werden?"

„Das werden wir allerdings tun, um Vupa-Umugi irrezuführen."

„Wohin?"

„Hm! Irgendwohin, wo wir ihn leicht einschließen und fassen. Die Kaktusstrecken haben sich, seit ich zum letztenmal hier war, so verändert, daß ich im voraus nichts zu sagen vermag."

„Darf ich einen Vorschlag machen?"

„Warum nicht?"

„Es gibt einen guten Tagesritt südöstlich von hier eine Kaktuswildnis von außerordentlich großer Ausdehnung, in die ein offener, nach und nach immer schmaler werdender Sandstreifen hineinführt."

„Wie tief hinein?"

„Wenn man langsam reitet, dauert es fast zwei Stunden, ehe man das Ende des Streifens erreicht."

„Sind die Kakteen alt oder frisch?"

„Beides durcheinander; aber dicht sind sie, sehr dicht."

„Da wäre das freilich ein Ort, wie wir ihn für unsern Zweck nicht besser wünschen können. Hält mein Bruder Winnetou ihn für ebenso passend?"

Der Häuptling der Apachen nickte zustimmend und antwortete in seiner ruhigen, bestimmten Weise: „Wir werden die Comanchen dorthin treiben."

„So sind wir fertig mit dem, was zunächst und für heut und morgen zu besprechen war; das Weitere muß sich nach den Ereignissen richten. Die Sonne hat den Horizont erreicht; wir wollen Menschen und Tieren die Ruhe geben, die sie brauchen, um morgen kräftig und ausdauernd zu sein."

Es wurde mir zugestimmt. Wir versorgten unsere Pferde mit allem, was ihnen die Oase bot, und Winnetou begab sich hinaus zu seinen Apachen, um ihnen die Lagerbefehle zu erteilen und ihnen den Weg durch den Kaktus zur Oase zu zeigen, denn sie mußten ihre Pferde tränken und sich selbst ebenfalls mit Wasser versorgen; dann legten wir uns auf die Maisstrohlager, die Mutter Sanna inzwischen für uns bereitet hatte.

Aber die meisten von uns kamen nicht sofort zum Schlafen. Ich lag neben Winnetou, der mir leise berichtete, was er seit unserer Trennung erlebt hatte. Dabei hörte ich, daß sich Old Wabble und Parker noch eine ganze Weile, genauso leise, miteinander stritten. Durch die offenen Fenster konnte man den Neger und seine Mutter vernehmen, die außerordentlich glücklich waren, wieder beieinander zu sein, und vom Wasser her waren die Schritte der Apachen und ihrer Pferde noch stundenlang zu hören. So ein Lagerabend hat einen eigenartigen Reiz, den nur der kennt, der ihn selbst empfunden hat.

Als ich am Morgen erwachte, stand Winnetou schon munter am See, um seinen Oberkörper mit dem Wasser eines gefüllten großen Kürbisses zu waschen. Sanna lief geschäftig hin und her, darum besorgt, daß die Gäste ein gutes, reichliches Frühstück fanden. Die andern schliefen noch, wachten aber auch bald auf. Dann kamen die Apachen wieder mit ihren Pferden, die sich für den ganzen Tag jetzt satt zu trinken hatten. Ein leichter Rauch, den wir fern draußen vor dem Kaktusfeld sahen, sagte uns, daß sich die Roten mit Hilfe trockener Kakteen einige Feuer angezündet hatten, um daran ihr Essen zu bereiten. Als wir gefrühstückt hatten, ritten wir hinaus zu ihnen; sie hatten nun auch gegessen und waren zum Aufbruch bereit. Eine Abteilung von ihnen, bei der Bloody Fox blieb, wurde zum Schutz der Oase zurückgelassen; dann ritten wir fort.

Gestern waren wir aus Südwesten gekommen, heute hatten wir westlich zu reiten, denn dort lag der Gutesnontin-khai. Die Linie, auf der die Comanchen zu erwarten waren, mußten wir uns natürlich denken; wir hielten uns parallel mit ihr, und zwar so, daß wir zunächst ungefähr eine halbe englische Meile von ihr entfernt waren, denn jetzt konnten die Feinde noch nicht kommen; später mußten wir uns vorsichtshalber weiter von ihr entfernen, wenn nämlich die Luft so rein und durchsichtig blieb, wie sie jetzt war. Man vermochte außerordentlich weit zu sehen. Trotzdem befanden wir uns den Comanchen gegenüber im Vorteil, weil ich ein Fernrohr hatte und Winnetou auch eins besaß.

Wer freilich glaubte, wir hätten uns in einem Trupp zusammengehalten, der hätte sich geirrt. Das zu tun wäre der größte Fehler gewesen, den man sich hätte denken können. Die erwähnte Linie lag nördlich, also rechts von uns. Es war nicht ganz unrichtig, was Old Wabble gestern abend gesagt hatte, daß nämlich die Comanchen zufällig von dieser Linie abweichen könnten, und wenn es auch nur wenig wäre. Darum mußte sich, als der Vormittag fast vergangen war, unsere Schar weiter südlich halten, während nur einige der erfahrensten Leute mehr rechts ritten. Die der gedachten Linie am nächsten Befindlichen waren Winnetou, Old Surehand und ich, und auch wir ritten nicht neben-, sondern so weit entfernt voneinander, daß wir unsere Zurufe grad noch hörten. Durch dieses Arrangement war dafür gesorgt, daß uns die Comanchen unmöglich entdeckten, außer in dem unwahrscheinlichen Fall, daß sie von ihrem Weg sehr weit südlich abgewichen wären. Aber selbst in diesem Fall durften wir hoffen, sie zu umzingeln und keinen von ihnen entkommen zu lassen. Das letztere war für alle Fälle die Hauptsache, denn gelang es auch nur einem einzigen, uns zu entschlüpfen, so war es natürlich seine erste und einzige Aufgabe, zurückzureiten und Vupa-Umugi, dem Großen Donner, Mitteilung von unserer Anwesenheit zu machen.

Es wurde Mittag, und noch hatten wir nichts gesehen. Da, es mochte wohl fast ein Uhr sein, stieß Winnetou, der in diesem Augenblick sein Fernrohr ans Auge gesetzt hatte, einen lauten Ruf aus und winkte Old Surehand und mich zu sich heran. Als wir ihn erreichten, streckte er die Hand nach Norden aus und sagte: „Ganz da draußen am Horizont ist ein Reiter, den man nicht mit dem bloßen Auge erkennen kann."

„Ist es ein Indianer?" fragte Old Surehand.

„Das ist nicht zu unterscheiden; mein Bruder mag das Rohr nehmen und dahin sehen, wohin ich zeige."

Er gab ihm das Fernrohr, und ich setzte das meine an, um es in dieselbe Richtung zu halten.

„Ja, es ist ein Reiter", bestätigte Old Surehand, „aber man kann nicht erkennen, ob ein roter oder weißer."

„Es ist ein roter", warf ich ein.

„Woran seht Ihr das, Sir? Dann ist Euer Rohr viel besser als das Winnetous."

„Ich erkenne es nicht; dennoch behaupte ich sogar, daß es ein Comanche ist."

„Uff!" rief Winnetou verwundert, der sein Rohr wieder genommen hatte und hindurchblickte.

„Und zwar ein Comanche von Schiba-bigks Schar; vielleicht ist es dieser selbst."

„Uff, uff! Warum denkt das mein Bruder?"

„Er ist nicht allein. Mein Bruder Winnetou mag sein Rohr dahin richten, woher dieser Reiter gekommen sein muß, also ein wenig mehr nach links. Dort sind noch mehr Reiter zu sehen und dabei kleinere Punkte, also Männer, die von ihren Pferden gestiegen sind."

„Uff, uff, es ist richtig! Ich sehe größere Punkte, das sind Reiter, und kleinere Punkte, die sich hin und her bewegen, das sind Männer zu Fuß."

„Weiß mein roter Bruder, warum diese kleineren Punkte nicht geradeaus gehen, sondern sich hin und her bewegen?"

„Nun, da mein Bruder Shatterhand mich darauf aufmerksam gemacht hat, weiß ich es. Es sind die Männer, die die Pfähle einzustecken haben. Um das zu tun, sind sie von ihren Pferden gestiegen."

„Ganz richtig! Ihr wißt, Mr. Surehand, daß es unter diesen Comanchen nur einen gibt, der den Weg kennt?"

„Ja, nämlich Schiba-bigk", antwortete der Gefragte.

„Er ist also nicht nur der Anführer, sondern überhaupt der Führer. Und wo pflegt sich so ein Führer aufzuhalten, hinten oder vorn, Sir?"

„Natürlich ist er stets voran."

„*Well!* Darum nehme ich an, daß der erste, den wir gesehen haben und der an der Spitze der andern ist, der junge Häuptling Schiba-bigk ist. Er reitet voran und bleibt von Zeit zu Zeit, bis ein Pfahl festgesteckt ist, an der Spitze des Zuges stehen. Schau! Winnetou wird durch sein Rohr bemerken, daß die Fußgänger jetzt ihre Pferde wieder besteigen. Es ist ein Pfahl eingesteckt worden, und nun reiten die Indsmen weiter."

Es war so, wie ich sagte; wir sahen, daß sich die Comanchen von der Stelle, wo sie sich jetzt befunden hatten, im Galopp entfernten. Sie wurden dabei kleiner und immer kleiner, bis wir sie nicht mehr sahen; sie waren genau in der Richtung zur Oase verschwunden.

„Habt Ihr sie zählen können, Sir?" fragte mich Old Surehand.

„Nicht genau, doch ich denke, daß ich gestern recht gehabt habe; es werden nicht mehr als fünfzig sein."

„Was tun wir nun?"

„Wir reiten der Sicherheit wegen noch ein Stück so weiter, wie wir bisher geritten sind; dann wenden wir uns nach Norden, um auf ihre Spur zu kommen. Haben wir diese, befinden wir uns in ihrem Rücken und folgen ihnen so lange, bis wir eine passende Stelle oder Gelegenheit finden, sie einzuschließen."

Das wurde ausgeführt. Wir vereinigten uns mit unserm Trupp, sagten, daß wir die Gesuchten gesehen hätten, und folgten unserer bisherigen Richtung noch einige Minuten lang; dann bogen wir rechts ab und erreichten nach zehn Minuten die Fährte der Comanchen. Diese war sehr deutlich und bestand nicht nur aus den Eindrücken der Pferdehufe und Menschenfüße, sondern außerdem aus einer Menge von Strichen, die tief im Sand fortliefen. Die zu transportierenden Stangen waren nämlich mit einem Ende am Sattel befestigt und schleiften mit dem andern Ende hinterher. Auf diese Weise pflegen die Indianer auch ihre Zeltstangen von einem Ort zum andern zu schaffen, und dadurch waren hier im tiefen, leichten Sand die Striche und Linien entstanden. Da sie ineinanderliefen, waren sie nicht zu zählen, aber es war zu sehen, daß eine bedeutende Menge von Pfählen mitgeschleppt wurde.

Wir folgten der Fährte rasch so lange, bis wir die Comanchen durch die Fernrohre erkennen konnten; dann mußten wir, um nicht selbst gesehen zu werden, die Schritte unserer Pferde mäßigen. Indem wir von da an stets in derselben Entfernung mit ihnen blieben, war es uns leicht, zu bemerken, wie schnell sie vorwärts kamen und wie lange sie brauchen würden, um in die Nähe der Oase zu kommen. Die Entfernung von einer Stange bis zur andern mochte vielleicht einen Kilometer betragen, und wenn die Roten ihre Arbeit in der bisherigen Weise fortsetzten, mußten sie bis zum Abend ihr Ziel beinahe erreicht haben. Sehr wahrscheinlich war es die Absicht Schiba-bigks, des Nachts dann über die Bewohner der Oase herzufallen. Daß er schon am Tag auf Bloody Fox treffen könne, mußte zwar auch in seiner Berechnung liegen, würde ihn jedoch nicht irremachen, weil er jedenfalls glaubte, daß es diesem einen Bleichgesicht unmöglich sei, sich gegen fünfzig rote Krieger zu behaupten.

Während wir der Fährte folgten, ritt ich zwischen Winnetou und Old Surehand; beide waren still. Desto lauter ging es unmittelbar hinter uns zu, wo Old Wabble zwischen Parker und Hawley ritt. Dem alten Cowboy war es geradezu unmöglich, in einer solchen Lage ruhig zu sein. Er erging sich in allerlei Berechnungen und Vermutungen, die ihm von den beiden andern widerlegt wurden, doch fiel es ihm nicht ein, ihre Widersprüche als begründet gelten zu lassen.

„Und Ihr könnt sagen, was Ihr wollt", hörte ich ihn sagen, „ich meine, daß wir die Halunken vielleicht gar nicht zu fassen kriegen, wenn wir es nicht klüger anfangen als bisher."

„Warum denn, alter Wabble?" fragte Parker. „Ich denke, die drei vor uns wissen ganz genau, was sie tun."

„Meint Ihr? Wirklich? Warum lungern wir da so langsam und ohne zuzugreifen hinter den Roten her?"

„Weil die Gentlemen höchstwahrscheinlich warten wollen, bis es Abend geworden ist."

„Das ist ja noch viel schöner! Jetzt sehen uns die Indsmen nicht, und am Abend sehen wir sie nicht; da werden wir sie wohl nie zu sehen bekommen."

„Hört, Mr. Wabble, unsere Anführer sind keine Kinder, sondern Männer, die genau wissen, was sie zu tun haben!"

„Oh! Hm! Wenn ich als Anführer da vorn ritte und etwas zu sagen hätte, wüßte ich etwas Besseres."

„Was?"

„Ich würde kurzen Prozeß machen."

„Wieso?"

„Ich würde befehlen, den Pferden die Zügel schießen zu lassen und die Roten einfach über den Haufen zu reiten."

„Das, alter Wabble, würde wohl das Allerdümmste sein, was Ihr anordnen könntet."

„Unsinn! Warum?"

„Weil uns die Comanchen natürlich hören oder sehen und schnell ausreißen würden."

„Was schadete das? Wir würden sie natürlich einholen und gefangennehmen."

„Das ist leicht gesagt. Wenn sie sich auf der Flucht zerstreuten, könnte uns leicht einer von ihnen entgehen. Und das darf nicht sein. Habe ich da nicht recht, Mr. Shatterhand?"

Ich drehte mich zu dem Fragenden um und antwortete ihm: „Ja. Laßt Mr. Cutter reden! Er kennt die Absichten Winnetous nicht, und so ist es ihm nicht übelzunehmen, daß er unser Verhalten für fehlerhaft hält."

Der Alte sah mich fragend an. Er hätte wohl gern gewußt, was ich meinte, getraute sich aber nicht zu fragen; darum erklärte ich ihm: „Winnetou weiß nämlich, daß ungefähr eine Reitstunde von hier eine Talmulde liegt, durch die der gerade Weg zur Oase des Bloody Fox führt. Sie ist lang und tief, so daß der, der sich in ihr befindet, nicht sieht, was außerhalb auf der höher liegenden Fläche der Wüste vorgeht. Bis in diese Talsenke wollen wir die Comanchen kommen lassen, nicht weiter."

Da fiel der Apache ein: „Mein Bruder will mich rühmen, doch das gebührt mir nicht, denn dieser Plan ist von ihm; er hat schon gestern abend, bevor wir einschliefen, von ihm gesprochen."

„Nein, du sprachst davon", entgegnete ich.

„Ich wollte sprechen; du kamst mir zuvor."

„So ist es hier wieder so gewesen wie stets und immer, daß nämlich mein Bruder Winnetou genauso denkt wie ich."

„Ja, meine Gedanken sind wie deine, und deine sind wie meine, denn wir haben gegenseitig unser Blut getrunken und besitzen nicht zwei Herzen, sondern ein einziges. Was wir beide dachten, das soll geschehen: Wir werden die Comanchen in einer Stunde im Tal des Sandes gefangennehmen."

„Ohne daß einer von ihnen vorher sprechen darf?"

Als ich das fragte, sah mich Winnetou fragend an, doch nur einen kurzen Augenblick, dann erkundigte er sich: „Will mein Bruder den jungen Häuptling ausfragen?"

„Ja."

„Glaubst du, daß er dir sagen wird, was du wissen willst?"

„Ja."

„Schiba-bigk ist zwar jung, aber dennoch klug. Ich weiß, daß Old Shatterhand seine Fragen und Worte so zu setzen versteht, daß er selbst einen sehr listigen Mann auszuhorchen vermag. Schiba-bigk weiß das und wird schweigen."

„Er wird sprechen, denn er wird glauben, daß ich nicht als Feind zu ihm komme, sondern ihm ganz zufällig begegne. Ich werde ihm nämlich nicht nachreiten, sondern mich von euch trennen und einen Bogen reiten, so daß ich nicht von dieser Seite, sondern von der uns entgegengesetzten das Tal des Sandes erreiche, und das muß ihn auf die Vermutung bringen, daß ich von Bloody Fox, von der Oase komme. Er wird meinen, daß ich seine Spur nicht gesehen und keine Ahnung von seinen Absichten habe. Er wird glauben, mich leicht gefangennehmen zu können, und mich also für unschädlich halten, und das wird ihm zwar den Mund nicht öffnen, ihn aber nicht scharf auf die Worte achten lassen, mit denen ich aus ihm herauslocken will, was mir zu wissen nötig ist. Sieht das mein roter Bruder ein?"

„Ich sehe es ein; doch warum willst du dich in Gefahr begeben, um heut etwas zu erfahren, was du morgen ohne alle Gefahren hören und entdecken wirst?"

„Weil ich vermute, daß es mir heute mehr Nutzen bringt als morgen. Und Gefahr? Winnetou weiß, daß, ehe ich mich in eine Gefahr begebe, ich sie vorher genau berechne."

„*Howgh!* Hast du daran gedacht, daß die Comanchen, wenn sie uns sehen, dich als Geisel betrachten werden?"

„Auch das habe ich überlegt, ich kenne freilich einen Schild, mit dem ich jeden Schuß und Stich von mir abzuwehren vermag."

„Welchen Schild?"

„Schiba-bigk."

„*Uff, uff!* Ich erkenne, daß ich meinen weißen Bruder nicht zu warnen brauchte; er mag getrost ausführen, was er sich vorgenommen hat."

„So gilt es also nur noch, zu sagen, wie ihr kommen sollt. Das Tal des Sandes zieht sich von Westen nach Osten. Ihr bildet vier Abteilungen, die sich voneinander trennen, sobald ihr seht, daß die Comanchen im Eingang der Bodensenke verschwunden sind. Mit dem ersten Viertel deiner Krieger reitest du im Galopp einen Bogen bis zum östlichen Ausgang des Tals; Old Surehand reitet mit dem zweiten Viertel zur südlichen, und Entschar-Ko mit dem dritten Viertel zur nördlichen Seite. Wenn dann Old Wabble mit den übrigen seinen Weg fortsetzt und am Eingang der Bodenmulde anhält, in der sich die Feinde befinden, so sind diese von allen Seiten eingeschlossen. Natürlich dürft ihr euch nicht sehen oder hören lassen. Ich weiß, daß der starke Knall meines Bärentöters durch das ganze Tal ertönen und von euch allen gehört werden wird. Sobald ich diesen Schuß abfeuere, eilt ihr von allen Seiten herbei, und ich bin überzeugt, daß uns dann kein Comanche entwischt. Hat dieser Plan die Billigung meines roten Bruders?"

„Er hat sie", antwortete er kurz.

Old Surehand aber war nicht so schnell einverstanden. Er sagte: „Euern Plan in allen Ehren, Sir, doch ich glaube, daß er ein wenig verwegen ist!"

„Gar nicht!"

„Oh, gewiß. Was kann der kühnste Mann einer abgeschossenen Kugel gegenüber tun?"

„Ihr ausweichen."

„Sir, das ist leichter gesagt als getan. Glaubt mir, daß ich Euch alles zutraue; aber ich mag Euch so sehr, und ich wüßte nicht, was . . ."

Da fiel ihm der Apache schnell in die Rede: „Winnetou mag ihn noch viel mehr und läßt ihn dennoch fort; mein Bruder Surehand braucht also keine Sorge zu haben; es gibt vier scharfe Augen, die über Old Shatterhand wachen werden, nämlich die seinen und die meinen."

„Und die meinen auch!" fügte Old Wabble, sich in die Brust werfend, schnell hinzu. „Er hat mir ein Kommando anvertraut und soll erfahren, daß er sich nicht in mir täuschen wird. Wehe dem roten Halunken, der es wagt, ihm auch nur ein Haar zu krümmen; meine Kugel würde ihn sofort fressen; *th'is clear!*"

Auf diese eifrige Versicherung war ein kleiner Dämpfer nötig. Ich warnte ihn also: „Nicht so hitzig, Mr. Cutter! Wenn ich

Euch heute wieder einmal Vertrauen schenke, geschieht es in der Absicht, zu erfahren, daß Ihr nicht immer eigenmächtig handelt, sondern umstande seid, eine Euch erteilte Weisung genau zu befolgen. Geschieht das Gegenteil, könnt Ihr sicher sein, daß ich Euch nie wieder einen Auftrag geben werde. Ihr reitet mit Eurer Abteilung ganz ruhig weiter, bis ihr den Eingang zum Tal erreicht habt. Dort versteckt ihr euch und habt nichts zu tun, als auf den Schuß zu warten. Hört ihr den, reitet ihr im Galopp ins Tal und haltet vor den Comanchen eure Pferde an. Das ist alles, was von Euch verlangt wird, alles."

„*Well!* Deutlich genug gesprochen! Werde genau so exerzieren, wie Ihr es vorgeschrieben habt. Will nicht wieder sagen lassen, daß Old Wabble Jugendstreiche verübt."

„Recht so! Und nun muß ich mich von euch trennen, wenn ich die hintere Seite des Tals zur rechten Zeit erreichen will. Macht eure Sache gut!"

Diese Aufforderung galt natürlich nur dem Alten; die andern drei zu ermahnen, war nicht nötig. Ich bog von der Fährte, der wir folgten, rechts ab und ritt im Galopp einen Bogen, dessen Sehne ebendiese Fährte war, und hielt mich dabei so weit von ihr fern, daß mich die Comanchen nicht sehen konnten. Als ich nach einer halben Stunde das Pferd wendete, sah ich das östliche Ende der Talmulde vor mir; ich ritt jetzt also nach Westen, während die Comanchen und hinter ihnen unsere Apachen ostwärts auf mich zukamen.

Ich kann nicht sagen, daß ich irgendwelche Besorgnis hegte; ich war nur gespannt darauf, wie sich Schiba-bigk bei meinem Anblick verhalten würde. Es stellte sich heraus, daß die Zeit gut berechnet war, denn als ich ungefähr die Hälfte des Tals durchritten hatte, sah ich die Roten. Die Bodensenke war nicht tief, und ihre Wände stiegen ganz allmählich empor, aber dennoch konnte man von da aus, wo ich mich befand, keinen Blick hinaus auf die Ebene des Llano werfen.

Die Roten hatten es nicht für nötig gehalten, hier in dem Tal auch einen Pfahl zu stecken; sie brauchten sich also nicht aufzuhalten und ritten in scharfem Trab auf mich zu. Wie stutzten sie, als sie mich erblickten! Ich hielt mein Pferd natürlich an, als ob mir diese Begegnung unerwartet käme, und nahm meinen Stutzen zur Hand. Sie griffen ebenfalls zu den Waffen und machten Miene, mich zu umringen. Da legte ich das Gewehr an und drohte: „Halt! Wer mir in den Rücken will, der erhält eine Kugel. Welche roten Krieger sind hier . . .?"

Ich hielt mitten in der Rede inne und richtete, treu meiner Rolle, den Blick erstaunt auf den Häuptling.

„Uff, uff! Old Shatterhand!" rief der überrascht, indem er sein Pferd parierte.

„Ist's möglich?" ließ ich mich hören. „Schiba-bigk, der junge, tapfere Häuptling der Comanchen!"

„Ich bin es", antwortete er. „Ist Old Shatterhand vom Geist der Savanne durch die Luft in diese Gegend getragen worden? Die Krieger der Comanchen glaubten ihn weit im Westen von hier."

Ich sah es ihm an, daß er nicht wußte, welchen Ton er gegen mich anschlagen sollte. Wir waren Freunde gewesen; ich hatte das volle Recht, auch heute noch Freundschaft von ihm zu verlangen, und doch war er jetzt gezwungen, mein Feind zu sein.

„Wer hat meinem jungen roten Bruder gesagt, daß ich im Westen sei?" entgegnete ich.

Er öffnete schon den Mund, wahrscheinlich um zu sagen, daß er es von Vupa-Umugi erfahren habe, besann sich aber eines Besseren und antwortete: „Ein weißer Jäger sagte es, der Old Shatterhand gegen Untergang der Sonne getroffen haben wollte."

Das war eine Lüge. Die Blicke seiner Krieger waren finster und feindselig auf mich gerichtet. Ich tat, als ob ich das nicht bemerkte und keinen von ihnen am Blauen Wasser gesehen hätte, sondern sprang scheinbar unbefangen vom Pferd, setzte mich nieder und sagte: „Ich habe mit Schiba-bigk, dem jungen Häuptling der Comanchen, die Pfeife des Friedens und der Freundschaft geraucht; mein Herz ist entzückt, ihn nach so langer Zeit und so unverhofft wiederzusehen; wenn Freunde und Brüder einander begegnen, begrüßen sie sich nach der Sitte, von der kein Krieger abweichen darf. Mein junger Bruder mag aus dem Sattel steigen und sich zu mir setzen, damit ich mit ihm sprechen kann!"

Die Blicke seiner Leute wurden drohender; sie waren bereit, über mich herzufallen, doch hielt er sie durch eine gebieterische Handbewegung zurück. Ich sah es seinem Gesicht an, daß ihm ein Gedanke gekommen war, jedenfalls der Gedanke, den ich beabsichtigte. Ich hatte gesagt, daß ich mit ihm zu sprechen wünsche, und er ging bereitwillig darauf ein, um mich auszufragen; er hegte also dieselbe Absicht mir gegenüber, die ich ihm gegenüber hatte.

„Old Shatterhand hat recht", sagte er. „Häuptlinge müssen sich als berühmte Krieger begrüßen."

Bei diesen Worten stieg er ab und setzte sich mir gegenüber. Als seine Leute das sahen, verließen auch sie die Pferde und wollten einen Kreis um uns bilden. Dabei wären mir mehrere von ihnen in den Rücken geraten, was ich verhindern mußte. Darum sagte ich, daß alle es hörten: „Gibt es unter den Söhnen der Comanchen welche, die so feig sind, daß sie sich nicht getrauen, Old Shatterhand ins Angesicht zu schauen? Ich glaube nicht. Auch bin ich nicht gern so unhöflich, einem tapferen Krieger den Rücken zuzuwenden."

Das half; sie setzten sich so, daß ich sie alle im Auge hatte. Sie sahen von einem sofortigen Angriff ab, weil sie mich allein glaubten und mich also sicher zu haben dachten. Ich knüpfte die Friedenspfeife, die ich am Hals hängen hatte, von der Schnur, tat, als ob ich sie stopfen wollte, und sagte: „Mein junger Bruder Schiba-bigk mag den Gruß des Kalumets mit mir rauchen, damit er erfahre, daß Old Shatterhand noch sein Freund wie früher ist."

Da hob er zurückweisend die Hand und antwortete: „Schiba-bigk war einst stolz darauf, einen so berühmten Bruder zu besitzen, jetzt allerdings möchte er wissen, ob Old Shatterhand wirklich noch sein Freund ist."

„Zweifelst du daran?" fragte ich, scheinbar erstaunt.

„Ich zweifle."

„Warum?"

„Weil ich erfahren habe, daß Old Shatterhand ein Feind der Comanchen geworden ist."

„Wer das sagte, der war entweder ein Lügner, oder er irrte sich!"

„Der es sagte, brachte Beweise, denen ich Glauben schenken mußte!"

„Will mir mein junger Bruder diese Beweise mitteilen?"

„Ich will es. Ist Old Shatterhand nicht an dem Wasser gewesen, das Saskuan-kui genannt wird?"

„Ja."

„Was wolltest du da?"

„Nichts. Mein Weg führte mich da vorüber. Ich wollte da lagern und am Morgen weiterreiten."

„So hast du dort auch nichts getan?"

„Doch."

„Was?"

„Ich sah rote Männer da, die einen weißen Krieger gefangen hatten; den habe ich befreit."
„Was für Krieger waren das?"
„Ich erfuhr nachher von dem Bleichgesicht, daß sie Comanchen vom Stamme der Naiini seien."
„Welches Recht hattest du, dieses Bleichgesicht zu befreien?"
„Er hatte den Comanchen nichts getan. Ebenso würde ich einen Comanchen befreien, wenn er unschuldig in die Hände der Bleichgesichter gefallen wäre. Old Shatterhand ist aller Guten Freund und aller Bösen Feind; er fragt nicht nach der Farbe des Hilfsbedürftigen."
„Du hast dir dadurch die Feindschaft und die Rache der Comanchen zugezogen!"
„Nein."
„Ja."
„Nein, denn ich habe am andern Morgen mit Vupa-Umugi, ihrem Häuptling, gesprochen und ein Bündnis geschlossen. Er war mein Gefangener, und ich gab ihn frei."
„Wußtest du, was die Comanchen dort am Saskuan-kui wollten?"
„Wie sollte ich das wissen? Ich habe sie nicht gefragt. Sie werden wahrscheinlich dort gewesen sein, um Fische zu fangen."
„Weißt du, wo sie sich jetzt befinden?"
„Ich vermute es."
„Wo?"
„Sie werden westwärts zum Mistake-Cañon gezogen sein, um den dortigen Comanchen beizustehen, die, wie ich hörte, von weißen Reitern bedroht werden.
„Uff!" rief er aus, indem sein Gesicht ein überlegenes Lächeln zeigte. Seine Leute warfen sich Blicke zu, die mir sagten, daß ich mir in diesem Augenblick auf meine Klugheit nichts einzubilden hätte. Dann fuhr er fort: „Waren noch andere Männer bei dir?"
„Einige Bleichgesichter."
„Wohin seid ihr vom Saskuan-kui aus geritten?"
„Nach Westen."
„Und doch befindest du dich jetzt so weit östlich vom Blauen Wasser! Wie kommt das?"
„Ich hörte von der Feindschaft zwischen den weißen Soldaten und den Kriegern der Comanchen. Als Weißer hätte ich den Soldaten helfen müssen; da ich aber ein Freund der roten Män-

ner bin, suchte ich das dadurch zu umgehen, daß ich mich ostwärts wandte."

„Wieder zum Blauen Wasser?"

Es war für ihn natürlich sehr wichtig, zu erfahren, ob ich wieder dort gewesen sei. Ich antwortete: „Weshalb hätte ich dorthin zurückkehren sollen? Ich bin zum Llano geritten, um meinen jungen Bruder Bloody Fox zu besuchen, den du auch kennst, denn du bist damals sein Gast gewesen und hast die Pfeife des Friedens und der Freundschaft mit ihm geraucht."

„Hast du die Bleichgesichter mit zu ihm genommen, die bei dir waren?"

„Das fragst du, der du doch weißt, daß wir Bloody Fox versprochen haben, sein Geheimnis nicht zu verraten? Kann ich da fremde Männer zu ihm bringen?"

„Wo sind sie jetzt?"

„Als ich mich von ihnen trennte, wollten sie zum großen Fluß und nach El Paso hinüber."

„Hast du Bloody Fox getroffen?"

„Ja."

„Wo befindet er sich jetzt?"

„In seinem Haus."

„Du bist so schnell von ihm fort. Hat er seinen berühmten Bruder Old Shatterhand nicht bei sich behalten wollen?"

„Doch. Ich kehre zu ihm zurück."

„Warum verließest du ihn heute? Wohin wolltest du jetzt reiten?"

„Muß ich dir das erst sagen? Weißt du nicht mehr, daß es seine Aufgabe ist, den Llano von den ‚Geiern' zu befreien?"

„Da hilfst du ihm?"

„Ja, heute genau noch so wie damals, als du bei uns warst. Doch nun habe ich alle deine Fragen beantwortet, und du weißt, was du wissen wolltest; jetzt mögen wir das Kalumet sprechen lassen."

„Warte noch!"

Ich hatte mich scheinbar wie ein Knabe ausfragen lassen; er war auch ganz stolz darauf, mich so ausgehorcht zu haben, das sah ich den triumphierenden Blicken an, die er auf seine Begleiter warf. Er glaubte wahrscheinlich in diesem Augenblick, mir wirklich gewachsen zu sein, denn sein „Warte noch!" klang außerordentlich gebieterisch, und es war ein Ton mich still belustigender Überlegenheit, in dem er fortfuhr: „Es sind Sonnen und Monde vergangen, seit wir uns damals voneinander trennten, und während so langer Zeit verändern sich die Menschen; aus Klugen werden Kinder, und Kinder werden stark und weise. Old Shatterhand ist auch ein Kind geworden."

„Ich? Wieso?"

„Du hast dich von mir ausfragen lassen wie ein Knabe, der noch kein Hirn besitzt, oder wie ein altes Weib, dessen Hirn vertrocknet ist. Deine Augen sind dunkel geworden und deine Ohren taub. Du ahnst nicht, wer wir sind und was wir wollen."

„*Uff, uff!* Ist das die Rede eines jungen Mannes, mit dem ich einst die Pfeife des Friedens rauchte?"

„Es ist die Rede eines jungen Mannes, aus dem ein großer und berühmter Krieger geworden ist. Das Kalumet gilt nichts mehr, denn du bist nicht mehr mein Freund, sondern mein Feind, den ich töten muß."

„Beweise es, daß ich dein Feind geworden bin!"

„Du hast unsern Gefangenen befreit!"

„War es dein Gefangener?"

„Ja."

„Nein. Ich befreite ihn aus den Händen der Naiini-Comanchen; du aber gehörst zu einem andern Stamm."

„Die Naiini sind meine Brüder; ihr Feind ist auch mein Feind. Kennst du sie nicht, die hier vor dir sitzen?"

„Gehören diese Krieger nicht zu deinem Stamm?"

„Nur zwanzig von ihnen. Die übrigen dreißig sind Naiini, die du am Blauen Wasser gesehen hast. Wir haben die Beile des Kriegs gegen alle Bleichgesichter ausgegraben, und du bist ein Bleichgesicht. Weißt du, was deiner wartet?"

„Ich weiß es."

„So sag es!"

„Ich werde wahrscheinlich wieder mein Pferd besteigen und ruhig weiterreiten."

„*Uff!* Es ist wirklich wahr, daß Old Shatterhand ein Kind geworden ist. Du wirst unser Gefangener sein und am Marterpfahl sterben."

„Ich werde weder euer Gefangener sein noch sterben, wann und wie es euch, sondern dem großen Manitou gefällt."

Die Ruhe und Unbefangenheit, mit der ich das sagte, war ihm und seinen Leuten unerklärlich. Ich regte mich nicht; ich machte keine Bewegung, weder der Flucht noch der Verteidigung; das hielt ihre Hände von den Waffen ab. Sie bemerkten freilich nicht, daß ich einen jeden von ihnen scharf und genau im Auge hatte.

Es war ein fast geringschätziges oder gar mitleidiges Lächeln, mit dem mich der Häuptling fragte: „Glaubst du etwa, uns zu widerstehen?“

„Ja, das glaube ich.“

„Uff! Du hast wirklich den Verstand verloren. Siehst du denn nicht, daß du fünfmal zehn tapfere Krieger gegen dich hast?“

„Hat Old Shatterhand jemals seine Feinde gezählt?“

„So rechnest du auf dein Zaubergewehr?“

Im Nu hatte ich den Henrystutzen in der Hand, sprang auf, stellte mich hinter mein Pferd, das meinen Körper deckte, und rief: „Ja, darauf verlasse ich mich. Wer von euch nach irgendeiner Waffe greift, bekommt augenblicklich eine Kugel! Ihr wißt, daß ich mit diesem Gewehr unaufhörlich schießen kann!“

Das war so rasch geschehen, daß sie, als ich diese Worte gesprochen hatte, noch saßen wie zuvor. Einer langte hinter sich, wo seine Flinte lag; als er aber meinen Lauf sofort auf sich gerichtet sah, zog er den Arm zurück. Die Angst vor der „Zauberflinte“ war noch ebenso stark wie früher. Ich wußte, was nun kommen würde, nämlich ein Angriff, einstweilen noch mit Worten. Das hatte ich beabsichtigt, denn dabei hoffte ich, das zu erfahren, was ich wissen wollte. Keiner getraute sich, der erste mit der Hand an der Waffe zu sein; darum stand zu erwarten, daß man mich durch Worte, durch Drohungen bewegen würde, mich freiwillig zu ergeben.

Man denke ja nicht, daß allzuviel Verwegenheit zu meinem Verhalten gehörte. Ich kannte die Roten und die Furcht vor meinem Stutzen, und ich hatte, natürlich von ihnen unbemerkt, den mir gegenüberliegenden niedrigen Rand der Talmulde gemustert, wohin ich Old Surehand mit seinen Apachen bestellt hatte. Von dort drohten über siebzig Gewehrmündungen herab, allerdings nur für mich sichtbar, der ich davon wußte. Die Besitzer dieser Gewehre lagen tief im Sand eingewühlt und konnten nicht gesehen werden. Auf der Höhe hinter mir befand sich jedenfalls die Abteilung Entschar-Kos ebenso bereit; links hinten hielt Winnetou, und von rechts her mußte Old Wabble bei dem ersten Schuß erscheinen. Da war es gar nicht schwer, so zuversichtlich zu sein, wie ich mich zeigte.

Was ich erwartet hatte, das geschah: Der junge Häuptling versuchte es zunächst mit der Überredung.

„Pshaw!“ rief er und lachte, freilich etwas gezwungen. „Wir wissen, daß deine Flinte unaufhörlich schießt, aber fünfzigmal

kannst du doch nicht auf einmal schießen. Du wirst zwei oder drei oder vier treffen; dann haben wir dich ergriffen."

„Versucht es!"

„Wir brauchen das nicht. Wir sind viel mächtiger und zahlreicher, als du denkst."

„Pshaw!" Ich lächelte höhnisch, um ihn zu den gewünschten Mitteilungen zu verleiten. „Euch fünfzig fürchte ich nicht: Kommt doch heran!"

„Wir können warten; aber sobald du schießt, werden wir uns wehren."

Ach, jetzt war also schon nicht mehr vom Angreifen, sondern nur noch vom Wehren die Rede!

„Wenn ich mich entferne und auf jeden schieße, der mir folgt, wird es keiner von euch wagen, mich zu halten!"

„Du wirst trotzdem nicht entkommen. Wir sind nicht allein, sondern nur der Vortrab eines ganzen Heeres."

„Pshaw! Lüge!"

„Es ist keine Lüge, sondern Wahrheit!" versicherte er eifrig. „Wohin wolltest du fliehen?"

„Zu Bloody Fox."

„Den wollen wir ja überfallen; da gerietest auch du in unsere Hände!"

„So reite ich nach Westen!"

„Dorthin gibt es nur einen Weg. Du müßtest zum Suks-ma-lestavi flüchten."

„Das werde ich."

„Da würdest du auf Vupa-Umugi stoßen."

„Ich weiß es; aber er wird erst in drei Tagen dort sein."

„Nichts weißt du! Er wird schon morgen abend dort eintreffen."

„Da ist es dunkel, und es wird mir leicht gelingen, mich vorüberzuschleichen."

„So wirst du von Nale-Masiuv gefangen, der nur einen halben Tag später erscheint."

„Pshaw!"

„Lach nicht! Es ist auch jenseits der Wüste eine weite Ebene, in der du gesehen wirst. Wie kannst du so vielen Kriegern entgehen? Wenn dein Verstand noch nicht geschwunden ist, wirst du dich uns ergeben."

„Old Shatterhand? Sich ergeben? Wem? Einem Knaben, wie du bist? Bist du überhaupt ein Knabe? Bist du nicht ein kleines wimmerndes Mädchen, das noch auf den Rücken der Mutter gehört und nicht unter erwachsene Männer, die sich Krieger nennen?"

Einen Indsman ein altes Weib zu heißen ist eine sehr große Beleidigung; noch größer ist die, ihn ein kleines Mädchen zu nennen. Schiba-bigk sprang wütend auf und schrie mich an, freilich ohne nach seinem Gewehr oder seinem Messer zu greifen: „Hund, soll ich dich töten? Ich brauche nur ein Wort zu sagen, so fallen fünfzig Krieger über dich her!"

„Und ich brauche nur ein Zeichen zu geben, so seid ihr in zwei Minuten tot, wenn ihr euch mir nicht ergebt!"

Bei diesen Worten zog ich den Hahn der Büchse auf.

„So gib doch dieses Zeichen!" höhnte er.

„Sag das nicht noch einmal, sonst tue ich es!"

„Tu es doch, tu es! Wir wollen sehen, wer dir zu Hilfe kommt, uns zu töten oder zu fangen!"

„Sofort sollst du es sehen. Paß auf!"

Mein Schuß krachte. Da kamen von der gegenüberliegenden Höhe über siebzig Apachen unter Kriegsgeheul herabgesprungen; sie hatten ihre Pferde droben zurückgelassen. Hinter mir wurde das Geheul erwidert, von links her erschien Winnetou mit seiner Abteilung und von rechts Old Wabble mit der seinen. Die Comanchen waren starr, bewegungslos vor Schreck.

„Entwaffnet sie; bindet sie!" rief Winnetou.

Sie lagen, noch ehe sie an Gegenwehr dachten, am Boden, und jeder wurde von fünf, sechs Apachen niedergehalten, um gebunden zu werden. Kaum zwei Minuten nach der letzten höhnischen Aufforderung Schiba-bigks waren sie alle gefesselt, ohne daß auch nur einer der Apachen die geringste Verletzung davongetragen hatte. Nun ließen sie allerdings ihre Stimmen hören und versuchten, sich unter dem Druck der unzerreißbaren Riemen aufzubäumen; es war vergeblich.

„Nun, Sir, habe ich meine Sache gut gemacht?" fragte mich Old Wabble, indem er zu mir trat.

„Ja", antwortete ich. „Aber viel dürft Ihr Euch nicht darüber einbilden, denn es war kinderleicht."

„Ja, wenn man einmal denkt, fehlerlos gehandelt zu haben, dann war es kinderleicht; *th'is clear!*"

Er wandte sich mißmutig ab.

Das Tal war jetzt voller Pferde und Menschen; die ersteren wurden angehobbelt, und die letzteren lagerten sich. Die Gefangenen schob man so zusammen, daß sie eng nebeneinander lagen. Ihren jungen Häuptling ließ ich so weit von ihnen entfernen, daß sie nicht hörten, was ich mit ihm sprach. Es geschah das aus Rücksicht für ihn, denn ich wollte ihn nicht unglücklich machen. Wären die Demütigungen, die ihm bevorstanden, an ihre Ohren gedrungen, so hätte er auf seine Häuptlingswürde für immer verzichten müssen. Ich wußte, daß seine gegenwärtige Niederlage so schon schwere Folgen nach sich ziehen würde, selbst wenn ihm bei uns nichts Schlimmes weiter geschah.

Nach den unter „Gentlemen" herrschenden Regeln wäre es freilich sehr unedel gewesen, ihm die Beleidigungen zurückzugeben; ich hätte stolz darüber schweigen müssen; hier jedoch war es etwas anderes. Es galt, den jungen, hoffnungsvollen Indianer in eine Richtung zu weisen, die es ihm ermöglichte, seinen Untergebenen etwas weit Besseres als ein roher, blutdürstiger Kriegshäuptling zu werden. Ich setzte mich neben ihn und winkte die fort, die sich uns nähern wollten; ich hielt es für besser, allein mit ihm zu sein. Er wandte das Gesicht von mir und schloß die Augen.

„Nun", fragte ich, „wird mein junger Bruder auch jetzt noch behaupten, daß er ein großer, ein so berühmter Krieger sei?"

Er antwortete nicht, aber er schien den milden Ton, in dem ich das sagte, nicht erwartet zu haben, denn seine finsteren Züge erhellten sich ein wenig.

„Oder ist Schiba-bigk immer noch der Ansicht, daß man Old Shatterhand zu den alten Weibern rechnen müsse?"

Er regte sich nicht und sagte nichts.

Ich fuhr fort: „Der Vater meines jungen Freundes hat Tevua-Schohe geheißen, das ist Feuerstern; ich bin sein Freund und Bruder gewesen, und er war der einzige Krieger der Comanchen, den ich mochte."

Jetzt öffnete er die Lider halb und warf einen forschenden Blick in mein Gesicht, sagte aber noch immer nichts.

„Feuerstern starb unter den Händen weißer Mörder, und mein Herz wurde krank, als ich es hörte. Wir haben ihn an den Mördern gerächt, und die Freundschaft, die ich für ihn hegte, ist auf seinen Sohn übergegangen."

Er schlug die Augen auf, drehte den Kopf herum und richtete den Blick voll auf mich, verharrte jedoch auch jetzt noch in seinem Schweigen.

Ich sprach weiter: „Old Shatterhand hatte einen Namen, der an allen Lagerfeuern ertönte, und Schiba-bigk war ein Knabe, den niemand kannte. Trotzdem nahm ich mich seiner an, denn ich wünschte, der junge Sohn der Comanchen möchte ein Mann werden, wie sein Vater war, mild und treu im Herzen, hell und klar im Kopf und stark in der Faust. Ich geleitete dich damals durch den öden Llano Estacado; ich half dir gegen deine Feinde; ich führte dich zur Wohnung des Bloody Fox und war dein Lehrer in all den Tagen, die wir dort verlebten. Wenn ich zu dir sprach, erschien dir meine Stimme wie die Stimme des toten Vaters, und wenn ich deine Hand in die meine nahm, glänzte Wonne auf deinem Gesicht, als ob meine Hand die deiner Mutter sei. Damals bedeutete ich dir etwas."

„*Uff, uff!*" sagte er leise, und seine Augen schimmerten feucht.

„Da füllte ich mein Kalumet und rauchte die Pfeife des Friedens und der Brüderschaft mit dir; ich war der ältere, und du warst der jüngere Bruder, denn wir hatten miteinander einen Vater, den guten Manitou, von dem ich dir erzählte. Ich ließ dich in mein Herz und in meinen Glauben blicken und glaubte ein Maiskorn in das deine gepflanzt zu haben, das sich nach und nach zu einer großen, reichen Ernte vermehren würde, denn dein Herz war ein fruchtbarer Boden und verhieß tausendfältige Frucht."

„*Uff, uff, uff!*" wiederholte er, abermals leise und gepreßt, als ob er sich Mühe gäbe, die Tränen zu unterdrücken.

„Was ist aus diesem Maiskorn geworden? Es hat keinen Tau und keine Sonne gefunden und ist elend vertrocknet und verdorrt."

„*Aga, aga!* – Nein, nein!" versicherte er, endlich ein Wort sprechend, wobei ihm das Gewissen oder die Scham das Gesicht von mir wieder wegdrehete.

„*Uweh, uweh!* – Ja, ja!" behauptete ich. „Es ist so, wie ich sage. Was ist aus meinem jungen Freund und Bruder geworden? Ein undankbarer Gegner, ein Feind, der mich verhöhnt und mir nach dem Leben trachtet. Das ist traurig, sehr traurig bei einem jungen Krieger, der nur das strenge Gesetz der Prärie kennt; noch viel trauriger ist es bei einem Jüngling, der der Bruder eines Christen war und durch ihn den großen, guten Manitou kennengelernt hat. Als du vorhin Old Shatterhand beschimpftest und verhöhntest, konntest du mich nicht beleidigen; aber es hat meinem Herzen sehr weh getan, daß du meine Lehren vergessen hast und geworden bist wie einer, dem ich meine Hand nie wieder reichen kann. Wer ist schuld daran?"

„Nale-Masiuv und die andern Häuptlinge", antwortete er und wandte sich mir wieder zu. „Ich erzählte ihnen alles, was ich von dir gehört hatte; da lachten sie über mich und sagten, Old Shatterhand habe den Verstand verloren und sei ein *priest* – ein Priester – geworden."

„Mein junger Bruder, ich wollte, ich wäre ein *priest* und könnte der deine sein! Du hast dich also Old Shatterhands geschämt?"

„*Uweh, uweh!* – Ja, ja!" sagte er.

„So sollte ich mich jetzt deiner schämen, ich tue es jedoch nicht, sondern traure um dich. Eure Häuptlinge und eure Medizinmänner und die, die nach dem Willen des großen, guten Manitou handeln, sind an ihren Taten zu erkennen und voneinander zu unterscheiden. Was hättet ihr mit mir getan, wenn ich in eure Hände gefallen wäre?"

„Wir hätten dich an den Marterpfahl gebunden."

„Und doch habe ich euch nichts Übles zugefügt. Ihr dagegen habt mir nach dem Leben getrachtet. Was denkst du wohl, was nun mit euch und dir geschehen wird, da wir euch ergriffen haben?"

Er bäumte sich in den Fesseln auf, sah mir starr ins Gesicht und sagte hastig: „Sag du es selbst, wie ihr euch rächen werdet!"

„Rächen? Ich räche mich nie, denn ich weiß, daß der große und gerechte Manitou alle Taten der Menschen so vergelten wird, wie sie es verdienen. Du wirst einige Tage unser Gefangener sein und dann die Freiheit zurückerhalten."

„Ihr werdet mich nicht töten, nicht vorher martern?"

„Nein."

„Mich peinigen und verwunden?"

„Nein. Wir verzeihen dir."

Er sank unter einem langgedehnten Seufzer wieder zurück, fragte aber hierauf schnell und mit blitzendem Auge: „Glaubt Old Shatterhand etwa, daß ich aus Angst vor den Schmerzen so gefragt habe?"

„Nein. Ich weiß, daß du die Schmerzen verachtest, die man deinem Körper zufügen würde. Es waren Schmerzen der Seele, die dir geboten, diese Frage auszusprechen. Ist es so oder nicht?"

„Old Shatterhand hat recht."

„Und noch eins will ich meinem jungen Freund sagen; ich weiß freilich nicht, ob du mich verstehen wirst. Du glaubtest vorhin, mich recht klug ausgefragt zu haben; aber ich wußte bereits alles, denn ich habe die Naiini am Blauen Wasser und die Roten Nale-Masiuvs belauscht, und in den Antworten, die ich dir erteilte, waren, ohne daß du es ahntest, Fragen verborgen, die du mir alle ohne dein Wissen beantwortet hast. Nicht du hast mich, sondern ich habe dich ausgefragt. Du warst so stolz und deiner Sache sicher, und doch hast du mir verraten, daß Vupa-Umugi morgen abend und Nale-Masiuv einen halben Tag später zum Suks-ma-lestavi kommen wird. Wie ist das zu erklären?"

„Ich weiß es nicht; ich wollte nichts verraten."

„Du hast nichts verraten, sondern ich habe das alles vorher gewußt. Ich lag nahe am Beratungsfeuer, als Vupa-Umugi mit den alten Kriegern den Überfall auf Bloody Fox besprach, und ich war dabei, als die zwei Boten Nale-Masiuvs kamen und den Wächtern am Fluß ihre Botschaft anvertrauten. Ich habe auch die Späher belauscht, die Vupa-Umugi zum Kleinen Wald schickte. Ja, Winnetou hat schon längst gewußt, daß Bloody Fox von euch überfallen werden soll, und ist schleunigst zum Llano geritten, um ihm beizustehen."

„*Uff, uff,* Winnetou! Darum sehe ich ihn hier mit so vielen Kriegern der Apachen!"

„Damit du dir keine Vorwürfe machst, will ich dir sogar anvertrauen, daß wir wissen, daß die weißen Soldaten zum Llano gelockt und durch die Pfähle, die ihr heute gesteckt habt, in den Tod geführt werden sollen. Du hattest die Stangen zu stekken; dann kommt Vupa-Umugi mit seinen hundertfünfzig Kriegern; hierauf folgen die Soldaten, und endlich soll Nale-Masiuv erscheinen, der zu seinen Wigwams nach weiteren hundert Mann gesandt hat. Doch wir werden sämtliche Krieger der Comanchen gefangennehmen."

„Ich glaube es; ich glaube es; ich höre es dir an! Was werdet ihr mit den vielen Gefangenen machen?"

„Wir werden sie zum Guten ermahnen und ihnen dann die Freiheit wiedergeben."

„Obgleich sie eure Feinde sind?"

„Ich habe keine Feinde, und meine Rache besteht in der Verzeihung."

Er wandte den Kopf wie unter einer inneren Qual hin und her und meinte, tief und schwer atmend: „So kannst nur du sein; ein roter Krieger darf das nicht!"

„Du irrst. Grade der tapferste und berühmteste unter den roten Kriegern ist genauso, wie du es jetzt von mir hörtest."

„Wen meinst du?"

„Wen anders als Winnetou?"
„Den Häuptling unserer ärgsten Feinde, der Apachen!"
„Warum nennt ihr sie eure Feinde? Haben sie euch angegriffen, oder seid ihr es, von denen das Beil des Krieges ausgegraben worden ist? Ihr wart stets die ersten, die zum Angriff schritten, und doch sagte Winnetou erst gestern abend, daß, wenn möglich, das Blut keines einzigen Comanchen vergossen werden solle! Die roten Männer und Völker werden untergehen, weil sie nicht aufhören, sich selbst zu zerfleischen; ihr Manitou ist ein Manitou des Blutes und der Rache, der ihnen auch in den ewigen Jagdgründen keinen Frieden, sondern Schlachten und Kämpfe ohne Ende bietet. Unser Manitou aber hat uns ein großes Gebot gegeben, das alle, die an ihn glauben, schon hier auf Erden glücklich machen soll."
„Will Old Shatterhand mir dieses Gebot sagen?"
„Es lautet: Wir sollen alle Menschen lieben wie uns selbst, mögen sie nun unsere Freunde oder unsere Feinde sein."
„Auch unsere Feinde?" fragte er, indem er mich mit weit offenen, erstaunten Augen ansah.
„Ja, auch die Feinde."
„Wie uns selbst?"
„Wie uns selbst."
„So soll ich einen Apachen, der mir nach dem Leben trachtet, so lieben, wie ich meinen Vater liebte und wie ich mich selbst liebe?"
„Ja."
„Das ist einem roten Krieger nicht möglich."
„Denk an Winnetou! Wir waren Todfeinde und sind Brüder geworden, die allezeit bereit sind, ihr Leben füreinander zu lassen. Ihr seid seine Feinde, und doch verzeiht er es euch, daß ihr ihm und den Seinen nach dem Leben trachtet. Er gibt euch, seinen grimmigen Feinden, die Freiheit zurück, obwohl er weiß, daß ihr ihn trotzdem nicht weniger hassen werdet. Wie oft war ich dabei, wenn er Feinde besiegte, die ihn töten wollten; ihr Leben lag in seiner Hand; er konnte es ihnen nehmen; er hat es ihnen aber stets geschenkt. Darum ist er geehrt und berühmt, so weit man seinen Namen kennt, und darum kann ich behaupten, daß es auch einem roten Krieger sehr wohl möglich ist, seinem Feind zu verzeihen und ihm Wohltat und Liebe zu erweisen. Ich wollte, mein junger Bruder könnte sein wie Winnetou!"
Er hielt die gefesselten Hände an die Stirn, schwieg eine

Weile und bat mich dann: „Old Shatterhand mag gehen und mich allein lassen! Ich will mit mir selbst sprechen; ich will mich fragen, ob ich so sein kann wie Winnetou, der große Häuptling der Apachen."

Ich folgte dieser Aufforderung und ging, wohl wissend, daß ich ihn in innerer Pein zurückließ.

Ich sah Winnetou mit Entschar-Ko und den Weißen beratend beisammensitzen und ging zu ihnen. Winnetou schwieg noch, denn wenn ich mich bei ihm befand, war es nicht seine Art und Weise, andern Leuten vor mir seine Ansicht darzulegen.

„Gut, daß Ihr kommt, Mr. Shatterhand", sagte Old Wabble. „Wir müssen besprechen, was geschehen soll."

„Habt ihr es nicht schon besprochen, Sir?" fragte ich.

„Wir haben freilich hin und her geredet, doch will es uns nicht gelingen, einig zu werden."

„Das ist seltsam! Nach allem, was wir jetzt wissen, gibt es keinen Zweifel darüber, was wir tun müssen."

„So? Sonderbar, daß es bei Euch nie einen Zweifel gibt. Ob Winnetou mit Euch einverstanden ist?"

Da erklärte der Apache in seiner bekannten Weise: „Der Plan meines Bruders Shatterhand ist gut. Wir werden ihn ausführen."

„Schön! Aber erst müssen wir ihn hören, denn was man nicht weiß, das kann man auch nicht wissen; *th'is clear!* Also sprecht, Mr. Shatterhand! Wann soll von hier aufgebrochen werden?"

„Sogleich", antwortete ich.

„Wohin? Zur Oase?"

„Ja, aber nicht alle; wir werden uns teilen."

„Ah! Wieso?"

„Es gilt, die bereits eingesetzten Stangen, die den richtigen Weg zur Oase verraten, schleunigst zu entfernen und in der Richtung zu stecken, von der Bloody Fox sprach."

„Wer soll das tun? Ich möchte mit."

„Das geht nicht an; es darf das natürlich nur von Indianern geschehen."

„Warum? Ich sehe keinen Grund dazu."

„Das ist auch nicht nötig, Sir, wenn nur ich ihn kenne. Die, die diese Aufgabe lösen, werden natürlich zahlreiche Spuren zurücklassen, und das müssen Indianerspuren sein, damit Vupa-Umugi sie für die Spuren seiner Comanchen hält, wenn er kommt."

„Ah, brillant! Das leuchtet mir ein."

„Es dürfen nicht weniger und nicht mehr Leute sein, als wir hier Comanchen festgenommen haben. Darum wird Winnetou mit fünfzig Apachen und den hier noch vorrätigen Stangen sofort zum Gutesnontin-khai aufbrechen, um die Arbeit auszuführen."

Kaum hatte ich das gesagt, stand der Häuptling auch schon auf und fragte mich: „Hat mein Bruder für mich noch etwas hinzuzufügen. Ich will fort."

„Nur eine Bemerkung: Da du das Kaktusfeld nicht kennst, in das wir die Comanchen locken wollen, wirst du die Stangen in südöstlicher Richtung aufstellen müssen. Ich sende dir dann Bloody Fox zu, der dich genauer führen wird. Das ist alles, was ich dir zu sagen habe."

Eine längere Besprechung war zwischen uns beiden nicht nötig. Schon fünf Minuten später galoppierte er mit fünfzig Apachen aus dem Tal hinaus, den Hundert Bäumen zu.

„Das ist ein Kerl!" sagte der alte Wabble bewundernd. „Der bedarf keiner stundenlangen Instruktion, um zu wissen, wie er etwas anzufassen hat! Welche Anweisung werdet Ihr denn uns erteilen, Mr. Shatterhand?"

„Gar keine. Wir reiten direkt zur Oase."

„Und dann?"

„Dann bleibt ihr zur Bewachung der Gefangenen so lange dort, bis ihr Nachricht von mir bekommt."

„Von Euch? Ihr werdet also nicht bleiben?"

„Nein. Ich muß auch zu den Hundert Bäumen, um die Ankunft der Comanchen zu beobachten."

„Allein?"

„Mr. Surehand wird mich begleiten."

„Könnte ich denn nicht mit? Ich verspreche Euch, ganz gewiß keinen Bock oder Pudel zu schießen!"

Ich hatte keine Lust, ihn mitzunehmen, seiner bekannten Voreiligkeit wegen, aber er gab so lange gute Worte, bis ich endlich zustimmte: „Nun wohl, so reitet mit! Aber wenn Ihr einen einzigen Fehler macht, sind wir geschiedene Leute. Was werdet Ihr inzwischen mit Euern gewaltigen mexikanischen Sporen tun?"

„Mit meinen Sporen? Soll ich die vielleicht nicht an den Füßen behalten, Sir?"

„Nein."

„Warum?"

„Weil wir auch indianische Fußeindrücke hinterlassen müssen, um nicht den Argwohn der Comanchen zu erregen. Wir werden also unsere Stiefel mit Mokassins vertauschen."

„Woher welche nehmen?"

„Von den Gefangenen; die werden schon die Güte haben, uns auszuhelfen."

„Hm! Wird sehr schwerfallen! Ja, Ihr mit Euern Parkettfüßchen findet jedenfalls passende; aber seht da meine Ständer an!"

Er hatte allerdings Füße, die selbst für seine sehr hoch aufgeschossene Gestalt zu lang waren, und deren riesige Bekleidung gehörte zu der Art, von der man zu sagen pflegt, „mit drei Schritten über die Rheinbrücke in Mainz".

Es war Zeit zum Aufbruch; ich ließ also die Comanchen aufsitzen und mit Riemen an die Pferde festbinden; sie ließen das geschehen, denn sie sahen ein, daß eine Weigerung die größte Dummheit gewesen wäre. Ihren jungen Anführer wollte ich nicht in derselben Weise behandeln, darum sagte ich zu ihm: „Ich habe meinem roten Bruder Schiba-bigk mein Herz geschenkt, und es würde mir weh tun, ihn ebenso zu fesseln wie seine Leute. Wenn ich ihm erlaube, frei mit uns zu reiten, wird er da zu entfliehen versuchen?"

„Ich bin in deiner Hand", antwortete er.

„Das ist keine Antwort, wie ich sie haben will."

„Ist es nicht genug, wenn ich sage, daß ich in deiner Hand bin?"

„Nein. Daß du mein Gefangener bist, das weiß ich, ohne daß du es mit Worten zuzugeben brauchst. Ich will wissen, ob du, wenn ich dich nicht binden lasse, einen Versuch machen wirst, dich der Gefangenschaft zu entziehen."

„Diese Frage ist sehr schwer zu beantworten."

„Ich weiß es."

„Ihr werdet die Krieger der Comanchen alle ergreifen; aber wenn es mir gelänge, zu entkommen und sie zu warnen, würde kein einziger von ihnen in eure Gewalt geraten."

„Das ist deine Ansicht, nicht meine."

„Es ist meine Pflicht, die Flucht zu versuchen."

„Diese Worte überzeugen mich, daß du nicht nur ein wackerer Krieger, sondern auch ein aufrichtiger, ehrlicher Mann bist. Dennoch werde ich dich nicht mit Riemen quälen."

„*Uff!*" rief er erstaunt. „Da entfliehe ich!"

„*Pshaw!* Selbst wenn wir zwei allein wären, würdest du nicht entwischen; du siehst, wieviel Reiter ich bei mir habe. Übrigens werde ich ein Mittel anwenden, das dich fester als alle Fesseln bei uns halten wird."

„Welches?"

„Ich nehme dir die Medizin ab."

„Uff, uff!" rief er.

„Ja, das tue ich. Beim ersten Versuch zu entfliehen, werden alle Gewehre auf dich gerichtet sein, und würdest du, was freilich nicht möglich ist, von keiner Kugel getroffen, hättest du im nächsten Augenblick über zweihundert Verfolger hinter dir. Und sollte dich keiner von ihnen fangen, was wieder nicht zu denken ist, würde ich deine Medizin vernichten und mit ihr deine Seele."

Er senkte den Kopf und ließ ein ergebungsvolles *„Uff!"* hören; er tat auch nichts, es zu verhindern, als ich ihm die Medizin abnahm und an meinen Hals hängte. Er gab sich die allergrößte Mühe, seine Gedanken zu verbergen, konnte mich allerdings nicht täuschen. Es hatte für einen kurzen Moment ein Licht in seinem Auge aufgeblitzt, das mir sagte, daß er alles wagen und selbst den Verlust der Medizin daransetzen werde, die Freiheit zu erlangen. Ich hatte also wohl Grund, ihn fesseln zu lassen, tat das aber nicht, denn ich wollte wissen, weshalb er, entgegengesetzt allen indianischen Anschauungen, selbst auf die Medizin verzichtete, um frei zu werden. Sollten meine Worte doch so tief in ihn gedrungen sein, daß sie imstande waren, seine Ansichten über die ewigen Jagdgründe ins Wanken zu bringen? Denn wenn die Medizin ihre Macht über ihn verloren hatte, konnte er unmöglich mehr an eine derartige Fortdauer nach dem Tod glauben; das stand fest. Also ließ ich ihn, um ihn in dieser Beziehung auf die Probe zu stellen, nicht binden, sorgte jedoch dafür, daß die Flucht nicht gelingen konnte.

Die beste Art und Weise, etwas, was andere tun wollen, zu verhindern, ist die, es selbst herbeizuführen; dann hat man es in der Gewalt und kann zur rechten Zeit seine Gegenmaßregeln treffen. Also mußte ich, um des jungen Häuptlings sicher zu sein, ihm in irgendeinem Augenblick die Flucht so leicht wie möglich machen. Ging er auf diese Finte ein, konnte ich ihn schnell fassen, gradso wie die Katze die Maus, mit der sie spielt.

Als wir aufgebrochen waren, ritt ich zunächst allein hinterher, um, ohne daß es der Häuptling bemerkte, mein Lasso in fertigen Schlingen um die Schulter zu legen, daß es nur eines schnellen Griffes bedurfte, es wurfgerecht in der Hand zu haben. Dann ritt ich als Führer voran und rief ihn an meine Seite. Ich unterhielt mich so mit ihm, als ob ich ihn nicht beaufsichtigte, und blieb dann, als es zu dunkeln begann, mit ihm weiter und weiter zurück, bis wir uns statt an der Spitze des Zugs an dessen Ende befanden. Die Dämmerung ging schnell in Dunkelheit über. Schiba-bigk ritt mir zur rechten Seite. Ich tat so, als ob mir am Sattelzeug etwas in Unordnung geraten sei, hielt das Pferd an und beugte mich, ohne abzusteigen, an der linken Seite nieder. Wir waren die letzten im Zug; ich drehte ihm den Rücken zu: Wenn er jetzt nicht floh, hatte er nicht mehr die Absicht, uns zu entwischen. Ich griff gespannt mit der rechten Hand nach dem Lasso. Richtig! Ein Knirschen des Sandes wie unter den Hufen eines Pferdes, das auf den Hinterbeinen herumgeworfen wird – schnell erhob ich mich wieder im Sattel und drehte mich um: Dahinten flog er in Karriere auf dem Weg zurück, den wir gekommen waren, doch in demselben Augenblick hatte ich mein Pferd gewendet und jagte hinter ihm her. Mein Rappe hatte nicht ohne Grund den Namen Hatatitla, was soviel wie Blitz bedeutet. Er war dem Pferd Schibabigks weit überlegen. Es war noch nicht eine einzige Minute vergangen, da war ich dem Flüchtling so nahe, daß mein Lasso ihn erreichen mußte.

„Halt an!" rief ich ihm zu.

„Uff, uff!" antwortete er in schrillem Ton, was soviel bedeuten sollte, wie: Nein, das fällt mir nicht ein!

Da flog mein Lasso nach vorn; die Schlinge senkte sich auf ihn nieder und faßte ihn bei beiden Armen, die sie ihm an den Leib zog. Ich hielt meinen Rappen an, und der Ruck, den das Lasso dadurch erhielt, riß den Indianer vom Pferd. Ich sprang ab und kniete bei ihm nieder. Er lag bewegungslos.

„Ist mein junger Bruder noch am Leben?" fragte ich, denn es war leicht möglich, daß er den Hals gebrochen hatte. Solche Unfälle kommen beim Fangen mit dem Lasso häufig vor.

Er antwortete nicht.

„Wenn Schiba-bigk nicht redet, werde ich ihn wie eine Leiche auf das Pferd schnallen. Wenn ihm dann die Glieder schmerzen, hat er es sich selbst zuzuschreiben", warnte ich.

„Ich lebe", antwortete er jetzt.

„Hast du Schaden genommen?"

„Nein."

„So ruf dein Pferd herbei!"

Das Tier war, als er aus dem Sattel gerissen wurde, noch ein Stück weitergelaufen. Er stieß einen scharfen Pfiff aus, und es kam.

„Jetzt werde ich meinem jungen Bruder die Hände binden; er selbst ist schuld daran, daß ich das tue."

Er lag noch am Boden. Die Schlinge des Lassos hielt ihm die Arme am Leib fest. Ich half ihm beim Aufstehen, band ihm die Hände zusammen und befahl ihm aufzusteigen. Als er das getan hatte, zog ich ihm unter dem Bauch des Pferdes einen Riemen von einem Fuß zum andern und band dann seine Zügel mit den meinen zusammen. Dadurch bekam ich sein Pferd in meine Gewalt, und er konnte nicht herunter. Nachdem ich mir das zusammengeschlungene Lasso wieder über die Schulter gehängt hatte, stieg ich auf und ritt mit dem Gefangenen im Galopp zurück, unserem Trupp nach.

Dieser hatte angehalten, weil man bemerkt hatte, daß wir fehlten. Old Surehand, Wabble, Parker, Hawley und Entschar-Ko kamen uns entgegen.

„Gott sei Dank, da seid Ihr ja!" rief der alte König der Cowboys. „Wo habt Ihr denn gesteckt, Mr. Shatterhand?"

„Wir haben einen kleinen Aus- oder Rückflug unternommen", antwortete ich.

„Der Rote wollte wohl fliehen?"

„Ja."

„Da habt Ihr es! Sage ich nicht, daß diese Kerls alle nichts taugen? Solche Kerls darf man nicht mit Handschuhen anfassen, wie das so Eure Mode ist. Hoffentlich ist er nun gebunden?"

„Ganz nach Euerm Wunsch, Mr. Cutter."

„Warum sagt Ihr das so ironisch, Sir?"

„Weil er schon vorher gefesselt war."

„Das ist mir neu. Habe nichts davon gesehen."

„Ob mit Riemen gefesselt oder durch meine Augen bewacht, das ist dasselbe."

„So? Na, wenn Eure Augen Riemen sind, so laßt sie nicht zu lang herunterhängen; die Pferde könnten sie Euch wegtreten; *th'is clear!*"

Ich hätte ruhig hinterherreiten können, denn eine Wiederholung des Fluchtversuchs war nun völlig ausgeschlossen; dennoch begab ich mich wieder an die Spitze, denn ohne meine Führung hätten die andern den Weg verfehlt. Auch Schibabigk hätte, selbst wenn er nicht in unsere Hände geraten wäre, die Oase nicht überfallen können, weil es ihm unmöglich gewesen wäre, den neuen Durchgang durch den Kaktus zu finden. Er kannte nur den alten, und der war, wie schon erwähnt, von Bloody Fox zugepflanzt worden.

Es war nach sechs Uhr dunkel geworden. Ungefähr eineinhalb Stunden später kamen wir im Lager der Apachen an, bei denen sich der Fuchs befand. Er war natürlich begierig, zu erfahren, welchen Erfolg wir gehabt hätten, fügte aber der Frage, die er daraufhin aussprach, gleich die Antwort hinzu: „*Uff!* Da sehe ich, daß es keiner Erkundigung bedarf. Das sind ja eine ganze Menge Comanchen, die ihr mitbringt. Ihr seid also mit ihnen zusammengetroffen und habt sie gebeten, mitzukommen. Ist Schiba-bigk dabei?"

„*Yes*", antwortete Old Wabble. „Werden doch die Roten nicht ohne ihren Anführer bringen!"

„Sind welche erschossen oder verwundet worden? Haben sie sich gewehrt?"

„Ist ihnen nicht eingefallen. Es hat keiner ein Löchlein in der Haut. Das ging so sauber zu wie in der Knabenschule, wenn Tintenkleckse ausradiert werden. Will es Euch erzählen, wenn es Euch Vergnügen macht. Fürs erste allerdings wollen wir hinein zum Wasser, um die Pferde trinken zu lassen."

Er hatte recht. Ich stieg ab und band Schiba-bigk los.

„Wenn sich mein roter Bruder eingebildet hat, Bloody Fox zu überfallen, so hat er sich in einem großen Irrtum befunden; die Gegend ist ganz anders geworden, als sie damals war. Weil du der Flucht verdächtig bist, wirst du den richtigen Weg nicht sehen dürfen."

Ich nahm ihn vom Pferd, verband ihm die Augen und griff ihn am Arm, um ihn durch den Kaktus zur Hütte zu führen. Die Weißen und Entschar-Ko folgten uns. Die Gefangenen waren den Apachen sogleich zur Bewachung übergeben worden; ihre Pferde wurden auch hereingebracht, um getränkt zu werden.

Eigentlich hatte ich die Absicht gehabt, nicht nur den feindlichen Comanchen, sondern auch den Apachen den Zutritt zum Innern der Oase zu verwehren; es war immer am besten, keinen diese Örtlichkeit kennenlernen zu lassen; aber das hatte sich durch das unvermeidliche Tränken der Pferde als hinfällig erwiesen. Wenn über dreihundert Pferde und ebenso viele Menschen mit Wasser zu versehen waren, konnte der Quell unmöglich verborgen bleiben.

Während sich die andern draußen an den Tischen niedersetzten, führte ich Schiba-bigk ins Innere des Hauses, wo ich ihn anband.

„Mein Bruder hat es nur sich selbst zuzuschreiben, daß ich das tue", sagte ich. „Hätte er mir sein Wort gegeben, nicht zu entweichen, dürfte er jetzt frei hier herumgehen."

„Dieses Wort darf ich nicht geben", antwortete er, „ich bin ein Häuptling der Comanchen, und da sich unsere Krieger in Gefahr befinden, habe ich die Pflicht zu fliehen, sobald es möglich ist."

„Diese Möglichkeit wird nicht eintreten."

„Vorhin war sie da."

„Nein!"

„Wenn das Pferd meines weißen Bruders nicht schneller gewesen wäre als das meine, wäre ich entkommen."

„Hast du das wirklich geglaubt?"

„Ja."

„So habe ich dich für scharfsinniger gehalten, als du bist. Wir befanden uns erst dem Zug voran. Warum blieb ich dann mit dir zurück?"

„Weil du glaubtest, mich sicher zu haben."

„Nein, im Gegenteil, weil ich wußte, daß du fliehen wolltest. Und weshalb hielt ich an, um nach meinem Sattelzeug zu sehen?"

„Weil etwas daran zerrissen oder verschoben war."

„Auch nicht, sondern um dir Gelegenheit zur Flucht zu geben."

„Uff!" rief er verwundert. „Old Shatterhand wollte mich an der Flucht hindern und hat mir doch die Gelegenheit dazu gegeben."

„Das begreifst du nicht?"

„Wer soll das begreifen!"

„Jeder Mensch, der gelernt hat nachzudenken. Grad weil ich die Flucht verhindern wollte, habe ich dir die Gelegenheit dazu gegeben. Wärst du in einem Augenblick geflohen, in dem ich nicht darauf vorbereitet war, wärst du, weil es dunkel war, trotz der Schnelligkeit meines Pferdes vielleicht entkommen. Ich mußte also vorbereitet sein, und das konnte nur dadurch geschehen, daß ich selbst den geeigneten Augenblick herbeiführte; dann war ich um so schneller hinter dir her."

„Uff, uff!"

„Siehst du es jetzt ein?"

„Ich sehe ein, daß es wahr ist, was alle roten und alle weißen Krieger wissen: Old Shatterhand ist nicht zu überlisten, sondern er überlistet jeden."

„Hm, dich heute zu überlisten, dazu gehörte nicht viel. Du bist ein Häuptling, aber doch fast noch ein Knabe; wenn du das wenigstens mir gegenüber beherzigen willst, so wird es dein Vorteil sein. Sei froh, daß mein Pferd schneller war als das deine und ich infolgedessen nur das Lasso benutzt habe! Hätte ich dich nicht so rasch einholen können, wäre ich gezwungen gewesen, dich zu erschießen."

„Schiba-bigk hat keine Angst vor dem Tod."

„Das weiß ich; aber deine Flucht hatte den Zweck, die Comanchen zu benachrichtigen. Hättest du das tun können, wenn du erschossen worden wärst?"

„*Uff,* nein!"

„Du wirst also einsehen, daß du auch in dieser Beziehung unüberlegt gehandelt hast. Und hast du vergessen, daß ich deine Medizin besitze?"

„Ich vergaß es nicht."

„Und wolltest dennoch fort? Sonderbar! Mochte dir die Flucht gelingen oder nicht, wäre deine Seele für immer verloren gewesen."

„Nein!"

„Doch! Wer seine Medizin verliert, der kann sich eine andere suchen und dadurch seine Seele retten. Wer sich allerdings seine Medizin abnehmen läßt, und sie wird vernichtet, dessen Seelc ist ebenfalls vernichtet und wird nie in die ewigen Jagdgründe gelangen."

„Old Shatterhand sagt da etwas, was er selbst nicht glaubt."

Ich sah trotz des schwachen Scheines der in der Stube brennenden selbstgefertigten Talgkerze, daß sein Gesicht einen selbstbewußten, ja, ich möchte sagen, einen überlegenen Ausdruck annahm. Über das, was er jetzt dachte, hätte sich ein Deutscher wahrscheinlich ausgedrückt: Jetzt habe ich Old Shatterhand im Sack! Ich antwortete: „Ob ich es glaube oder nicht, das ist Nebensache; aber ihr glaubt es. Wenn ein roter Krieger einem Feind die Medizin abnimmt und sie aufbewahrt, muß dessen Seele ihn in den ewigen Jagdgründen bedienen, es sei denn, der Große Geist offenbart ihm den Weg, sich eine neue Medizin zu erwerben. Wird die Medizin nicht aufbewahrt, sondern vernichtet, ist mit ihr die Seele vernichtet für alle Ewigkeit. Das ist doch euer Glaube!"

„Es ist nicht der meine!"
„Nicht?" fragte ich scheinbar überrascht.
„Nein. Auch ich habe es geglaubt, freilich nur so lange, bis mein großer Bruder Old Shatterhand mir von dem großen Manitou erzählte, der alle Menschen erschaffen hat, der allen gleiche Liebe gibt und zu dem alle Seelen zurückkehren werden. Kein Mensch kann einem andern seine Seele nehmen. Es wird nach dem Tod keine Herrscher und keine Diener, weder Sieger noch Besiegte geben. Vor dem Stuhl des großen, guten Manitou werden alle Seelen gleich sein; es wird ewige Liebe und ewiger Friede herrschen und weder Kampf noch Jagd und Blutvergießen geben. Wo sollen da die Jagdgründe liegen, von denen unsere Medizinmänner sprechen?"
Er hatte das in einem Eifer, der sich von Wort zu Wort steigerte, gesagt. Ich freute mich aufs herzlichste darüber. Das war es ja, was ich hatte erfahren wollen! Der Same, den ich damals in sein Herz gelegt hatte, war also doch aufgegangen und hatte unter der starren Rinde feste Wurzeln geschlagen.
„Ja, wenn du so denkst, dann hat keine Medizin mehr Wert für dich", sagte ich, scheinbar absichtslos.
„Sie ist das Zeichen, daß ich Krieger bin, weiter nichts."
„Dann hat es auch keinen Zweck, daß ich sie behalte. Hier hast du sie zurück."
Ich nahm sie vom Hals und gab sie ihm. Er hängte sie sich um und antwortete: „Sie hat mit meiner Seele nichts zu tun, aber sie ist das Zeichen des Kriegerrangs, und darum danke ich dir, daß du sie mir wiedergibst!"
„Hast du schon mit andern roten Kriegern darüber gesprochen, daß die Seele und die Medizin zwei Dinge sind, die einander nichts angehen?"
„Nein."
„Warum nicht?"
„Weil sie es nicht glauben würden."
„Aber du hast es mir geglaubt."
„Mein Mund ist nicht der deine, und wenn ich dasselbe sage, was du gesagt hast, ist es nicht dasselbe. Wird Old Shatterhand heute hierbleiben?"
Ich durfte ihm keine Auskunft erteilen und antwortete darum, über seine Frage weggehend: „Mag ich hier sein oder nicht, es wird dir an nichts fehlen. Da du fliehen willst, muß ich dich noch als Feind betrachten; aber du sollst dich wenigstens zwischen diesen vier Wänden frei bewegen dürfen."

„So willst du mich losbinden?"
„Bob, der Neger, wird das später tun."
„Der Nigger? Soll mich ein Nigger berühren? Weißt du nicht, daß kein roter Krieger mit einem Neger etwas zu tun haben mag?"
„Und weißt du nicht, daß der große Manitou alle Menschen erschaffen hat und alle gleich sehr liebt, mögen sie nun eine schwarze, rote oder weiße Haut besitzen?"
Er blickte verlegen vor sich nieder.
„Was hast du gegen unsern Bob?" fuhr ich fort. „Er war dabei, als wir dich damals retteten. Du bist ihm nicht weniger Dank schuldig als uns. Er ist ein besserer Mensch, als du gewesen bist. Er hat nie einem Menschen Freundschaft vorgelogen; du aber hast Bloody Fox dein Leben zu verdanken, hast mit ihm die Pfeife des Friedens und der Freundschaft geraucht und bist trotzdem jetzt hierhergekommen, ihn aus seinem Home zu vertreiben und zu töten. Sag mir da einmal aufrichtig, wer steht höher, er oder du?"
Er antwortete nicht.
„Du schweigst; das ist genug. Denk über dich nach! Damit du das ungestört tun kannst, werde ich jetzt gehen."
Meine Worte klangen vielleicht streng, doch sie waren gut gemeint, und ich hoffte, daß sie den beabsichtigten Eindruck machen würden. Ich kannte Bob und wußte, daß er seiner Aufgabe gewachsen war; ich mußte ihm die Sache nur richtig plausibel machen. Der Gefangene war streng zu bewachen, sollte allerdings nicht gequält werden.
„Komm einmal her, Bob", sagte ich. „Ich habe dir ctwas mitzuteilen."
„Schön! Massa Shatterhand Masser Bob was mitteilen."
„Es ist sehr wichtig!"
„Wichtig? Oh, oh! Masser Bob sein ein sehr tüchtig Gentlemen, wenn wichtig Sache mitgeteilt bekommen!"
„Ich weiß, daß du ein sehr starker und tapferer Mann bist. Nicht, alter Bob?"
„O ja, oh! Bob sein sehr stark und tapfer!"
„Aber auch listig?"
„Sehr listig, sehr! Listig wie ..., wie ..., wie ..." Er sann nach; es schien ihm kein genügend augenfälliges Beispiel von List einzufallen; dann schlug er froh die Hände zusammen, denn er hatte eins gefunden, und fuhr fort: „Listig wie Fliege, grad wie Fliege!"

„Fliege? Hältst du die Fliege für ein so außerordentlich listiges Geschöpf?"

„*Yes!* Oh, oh, Fliege sehr listig, sehr! Setzen sich immer nur auf Nasenspitze."

„Und das ist List?"

„Sehr viel List, denn Nasenspitze sein ganz vorn, und Fliege da kann gleich schnell wieder fortfliegen."

„Schön, das imponiert mir allerdings. Also, ich brauche deine Stärke, deine Tapferkeit und deinen Mut. Hast du gesehen, daß ich Schiba-bigk in die Stube geschafft habe?"

„*Yes,* Masser Bob haben lauschen durch Tür und sehen, daß junger Häuptling liegen auf Diele und sein mit Riemen fest angebunden."

„Richtig! Er will fliehen, darum muß er streng bewacht werden. Das sollst du tun."

„*Well!* Masser Bob sich setzen zu ihm ganze Nacht und ganzen Tag und ihn nicht lassen aus allen zwei Augen."

„Das wird nicht gerade nötig sein. Du wirst ihn nachher, wenn ich fort bin, losbinden; er soll frei in der Stube umhergehen können; hinaus allerdings darf er nicht."

„*O no,* darf nicht hinaus! Und wenn dennoch will hinaus, was Masser Bob dann tun?"

„Du läßt ihn auf keinen Fall hinaus."

„Nein, gar nicht! Sobald er steckt Nase hinaus, Masser Bob ihm geben einen Hieb darauf."

„Das darfst du nicht tun. Schläge sind für einen roten Krieger die größte Beleidigung."

Da kratzte er sich verlegen hinter dem Ohr und sagte: „Oh, hm, oh! Das bös, sehr bös! Masser Bob ihn nicht lassen hinaus und doch nicht dürfen schlagen! Masser Bob ihn müssen losbinden und doch ihn festhalten!"

„Ja", ich lächelte, „es ist eine sehr schwierige Angelegenheit, doch du bist der richtige Mann dazu. Du bist schlauer und listiger als der Fuchs; du bist so listig wie eine Fliege auf der Nasenspitze und wirst keinen Fehler machen. Dir vertraue ich diesen wichtigen Gefangenen an. Er wird losgebunden und erhält zu essen und zu trinken, darf freilich nicht zur Tür hinaus, auch nicht etwa zu einem Fenster; doch schlagen darfst du ihn nicht."

„Auch nicht erschießen?"

„Das nun gar nicht! Du mußt dich da ganz auf deine große, anerkannte Pfiffigkeit verlassen."

Er sann nach und antwortete dann auf diese Schmeichelei mit einem unendlich glückseligen Lächeln: „Oh, ah, oh, Masser Bob sein pfiffig! Bob weiß jetzt, wie machen. Soll Bob es sagen?“

„Nein, ich brauche es jetzt nicht zu wissen; ich bin überzeugt, daß ich mit dir zufrieden bin, wenn ich zurückkehre.“

„Zufrieden, sehr zufrieden! Masser Bob haben einen Gedanken, der sehr pfiffig, sehr. Schiba-bigk drinstecken, losbinden und doch nicht hinauskönnen; ihn auch nicht schlagen oder schießen. Das machen Masser Bob sehr schlau. Massa Shatterhand werden sehen!“

„Gut, lieber Bob. Es soll mich freuen, wenn ich dich bei meiner Rückkehr zu loben vermag.“

Ich wußte wohl, weshalb ich grad ihm die Beaufsichtigung dieses Gefangenen übergab; den Apachen mochte ich diesen nicht anvertrauen. Und ebensogut wußte ich, warum ich den „Gedanken“ nicht wissen wollte, der dem Neger gekommen war; ich wollte nichts mit einer Verantwortung zu tun haben, die es nach den Anschauungen der Bleichgesichter vielleicht nicht gab, die aber nach indianischen Begriffen sehr groß sein konnte. Tat der Schwarze ohne mein Wissen mit dem Gefangenen etwas, was das Ehrgefühl Schiba-bigks verletzte, durfte dieser nicht denselben Maßstab daran legen, als wenn es mit meiner Genehmigung oder gar in meinem Auftrag geschah.

Ich ging nun zunächst zu Bloody Fox, um mit ihm über seine Aufgabe zu sprechen. Er stand mit Old Surehand zusammen und empfing mich mit den Worten: „Ich habe gehört, daß ich zu Winnetou reiten soll, um ihn und seine Apachen in die rechte Richtung zu bringen. Wann soll ich fort von hier?“

„Noch heute abend, so bald wie möglich.“

„Und wo werde ich ihn treffen?“

„Das ist nicht genau zu sagen, läßt sich aber ungefähr berechnen. Er ist auf der Spur Schiba-bigks zurück, die genau westlich bis zu den Hundert Bäumen geht. Da er die Pfähle zu entfernen und mitzuschleppen hat, mit denen der junge Häuptling den Weg hierher bezeichnete, wird er länger zubringen, als wenn er ohne Aufenthalt reiten würde.“

„Er kann diese Arbeit auch während des größten Teils der Nacht tun, denn die Sichel des Monds wird in kurzer Zeit erscheinen“, unterbrach er mich.

„Allerdings, und darum denke ich, daß er wahrscheinlich gegen Mittag bei den Hundert Bäumen sein wird.“

„Dort hat er die Pferde zu tränken und wenigstens eine Weile ausruhen zu lassen."

„Ganz recht; sehr lange freilich wird er nicht dort verweilen; ich kenne ihn. Die Hauptsache ist, daß die Tiere Wasser erhalten; was ihre Müdigkeit betrifft, so wird er darauf weniger Rücksicht nehmen, weil er weiß, daß er sie dann unterwegs schonen kann, denn es steht da in seinem Belieben, anzuhalten und auszuruhen, wann und wo es ihm gefällt. Ich habe ihm gesagt, daß er von den Hundert Bäumen an sich genau nach Südosten halten soll. Nehmen wir an, daß er von Kilometer zu Kilometer einen Pfahl anbringt und sich damit nicht allzusehr beeilt, so läßt sich nicht schwer berechnen, an welchem Punkt er von hier aus zu treffen sein wird."

„*Well;* da weiß ich nun, woran ich bin. Habt Ihr sonst noch eine Bemerkung, Mr. Shatterhand?"

„Ja. Vupa-Umugi wird ihm folgen und darf nur auf indianische Spuren treffen."

„So muß ich also meine Stiefel ausziehen und Mokassins anlegen. Ich habe stets mehrere Paar hier, weil ich in dieser Abgeschiedenheit gezwungen bin, auf Vorrat zu sehen."

„Ah, wenn ich auch ein Paar haben könnte!"

„Und ich auch", fiel Old Surehand ein. „Wir müßten uns sonst von den gefangenen Comanchen welche nehmen; und was diese an den Füßen gehabt haben, hm!"

„Da kann ich wahrscheinlich Rat schaffen, denn ich habe mehrere Größen, weil Bob oft ebenfalls welche trägt. Wartet einige Augenblicke; ich werde sie holen."

Er ging ins Haus und brachte die indianischen Schuhe; eine Probe ergab, daß sowohl für Old Surehand wie auch für mich passende vorhanden waren. Wir zogen sie an und übergaben Bob unsere Stiefel, damit er sie bis zu unserer Rückkehr aufbewahre.

Anders stand es mit Old Wabble, für dessen Meterfüße Fox nichts Geeignetes fand. Wir schickten ihn mit Entschar-Ko hinaus zu den Comanchen; vielleicht gab es unter diesen einen, der ähnlich ausgebildete Gehwerkzeuge besaß.

„Um in Beziehung auf Winnetou die Hauptsache nicht zu vergessen: Er muß Wasser haben", fuhr ich in dem unterbrochenen Gespräch fort. „Glücklicherweise sind Schläuche hier."

„Ja." Fox nickte. „Ich werde sie sogleich füllen. Aber allein kann ich sie nicht schleppen, darf ich einige Apachen mitnehmen?"

„Natürlich! Doch nicht zu viele, sonst sieht Vupa-Umugi, daß er einer größeren Schar von Reitern folgt, als Schiba-bigk bei sich gehabt hat. Hierbei komme ich auf eine Idee, die mich sehr wahrscheinlich vor einem Unterlassungsfehler bewahrt oder, wenn das nicht, uns den Fang der Comanchen erleichtert. Ich wollte erst nur mit Euch, Mr. Surehand, und mit Old Wabble reiten, denke dagegen jetzt, daß es besser ist, wenn wir so fünfzig oder sechzig Apachen mitnehmen."

„Auf einen Kundschaftsritt?" fragte Old Surehand. „Da pflegt man doch so wenig zahlreich wie möglich zu sein!"

„Allerdings; doch vielleicht wird aus dem beabsichtigten Späherritt etwas ganz anderes. Soweit wir jetzt den Plan der Comanchen kennen, erreicht zunächst Vupa-Umugi mit seiner Schar die Hundert Bäume. Das wird, wie ich erlauscht habe, morgen abend sein. Er wird dort während der Nacht bleiben und dann längs der Pfähle weiterreiten. Er lockt die Kavallerie hinter sich her. Wann diese folgt, das weiß man nicht, läßt sich aber vermuten, da ich von Schiba-bigk erfahren habe, daß Nale-Masiuv einen halben Tag später als Vupa-Umugi erscheinen wird, und die Weißen sind doch vor Nale-Masiuv zu erwarten, der die Aufgabe hat, sie vor sich her zu treiben."

„Das Militär wird also wahrscheinlich übermorgen vormittag bei den Hundert Bäumen ankommen."

„Das denke ich auch. Sind diese Weißen dann fort, hinter Vupa-Umugi her, wird Nale-Masiuv eintreffen und ihnen folgen. Unsere bisherige Absicht war nun, diese einzelnen Trupps ziehen zu lassen und in der ihnen gelegten Falle einzuschließen . . ."

„Und das ist das Beste, ja das einzige, was wir tun können", fiel Bloody Fox ein.

„Leider nicht. Ich wundere mich jetzt sehr, daß es keinem von uns eingefallen ist, welchen großen Fehler wir dadurch begehen würden."

„Fehler? Wieso?"

„Bedenkt doch, daß es zwei verschiedene Indianertrupps sind, die wir im Kaktus einschließen wollen!"

„Nun? Was ist da zu bedenken?"

„Daß sich die Weißen zwischen ihnen befinden."

„Ah! Hm!"

„Ahnt ihr jetzt, was ich meine?"

„*Well*, es ist wahr!" rief Old Surehand. „Das ist ein Fehler in unserem Plan, ein so großer, daß ich kaum begreife, wie wir ihn machen konnten!"

„Wir müßten die Weißen mit den Roten einschließen!"

„Und hätten dadurch das Spiel verloren!"

„Das vielleicht nicht, Mr. Surehand, aber es würde für uns weit schwerer sein, es zu gewinnen. Die Comanchen würden sich der Kavallerie bemächtigen und dadurch zu einem Trumpf gelangen, der nicht leicht zu überbieten ist. Darum werden wir drei nicht allein reiten, sondern eine Abteilung unserer Apachen mitnehmen. Den Zweck werdet ihr erraten."

„Sehr leicht. Es gilt Nale-Masiuv?"

„Ja. Wir lassen ihn gar nicht in die Falle gehen, sondern nehmen ihn schon bei den Hundert Bäumen gefangen."

„Ein vortrefflicher Gedanke, Sir!"

„Ja, vortrefflich, ganz vortrefflich, wenn er nicht zu kühn ist", bemerkte Bloody Fox.

„Zu kühn? Inwiefern?" fragte ich.

„Spracht Ihr nicht davon, nur fünfzig oder sechzig Apachen mitzunehmen?"

„Ja."

„Werden die genügen?"

„Ich denke es."

„Und ich bezweifle es. Verzeiht, daß ich so aufrichtig bin, das zu sagen!"

„Pshaw! Es ist ja grade nötig, daß ein jeder ehrlich seine Meinung sagt."

„So erlaube ich mir, daran zu erinnern, daß Nale-Masiuv wahrscheinlich über hundertfünfzig Krieger bei sich haben wird."

„Das ist allerdings anzunehmen."

„Und die wollt Ihr mit fünfzig bis sechzig Apachen fangen?"

„Nein. Das wäre freilich ein mehr als kühnes, es wäre ein lächerliches, ein höchst leichtsinniges Unternehmen. Ich werde viel, viel mehr Leute bei mir haben."

„Woher sollen die kommen?"

„Aber Fox, Fox! Ist das so schwer zu begreifen?"

„Hm! Helft mir auf die Sprünge, Sir! Ich weiß wirklich nicht, woher Ihr die weiteren Kräfte nehmen wollt!"

„Und die Kavallerie?"

Er sah mir überrascht ins Gesicht, schlug sich mit der Hand an die Stirn und rief: „So ein Esel! Das ist ja die reine Blindheit, mit der ich geschlagen war! Natürlich wird Euch die Kavallerie beistehen, ganz natürlich! So dumm wie in diesem Augenblick bin ich noch nie gewesen!"

„Ihr habt dabei den Trost, daß auch ich erst vor einigen Minuten auf diesen Gedanken gekommen bin. Und er lag so nahe, daß ihn jedes Kind fassen mußte. Ich werde Entschar-Ko sagen, daß . . . Ah, da ist er ja!"

Der Unteranführer der Apachen kehrte mit Old Wabble zurück; ich schickte ihn wieder hinaus, die Krieger auszuwählen, die uns begleiten sollten. Der alte König der Cowboys stand in einer so eigentümlichen Haltung vor uns, daß ich ihn unwillkürlich fragte: „Was habt Ihr, Sir? Seid Ihr unwohl?"

„Yes, sehr, außerordentlich unwohl!" Er nickte.

„Wo liegt das Leiden?"

„Tief, sehr tief!" Er zeigte dabei mit dem Finger nach unten.

„Ach! In den Füßen wohl?"

„Yes!"

„Die Mokassins . . .?"

„Mag der Teufel holen!" platzte er zornig heraus.

„Habt Ihr welche gefunden?"

„Und was für welche!"

„Groß genug?"

„Und wie groß! So groß, daß man sich ordentlich schämen muß, sie anzuziehen! Dieser Rote, dem wir sie abgenommen haben, besitzt keine menschlichen Füße, sondern wahre Bärentatzen!"

„Nun, was weiter?"

„Was weiter? Das fragt Ihr noch?"

„Natürlich!"

„Da ist gar nichts Natürliches dabei! Ich bin wütend."

„Warum wütend?"

„Thunderstorm, seht Ihr das wirklich nicht ein? Ich bin wütend und ganz außer mir, weil diese kolossalen Schuhe mir noch immer nicht passen. Sie sind noch zu klein."

„Das ist freilich sehr bedauerlich!"

„Nicht für Euch, sondern für mich, Sir!" fuhr er mich zornig an.

„Das bezweifle ich nicht, Mr. Cutter", sagte ich und lachte.

„Ja, lacht nur! Ihr würdet nicht lachen, wenn Ihr das niederträchtige Gefühl hättet, das ich empfinde!"

„Wirklich? Seid Ihr auch einmal gefühlvoll?"

„Und wie! Seht Ihr denn nicht, wie krumm und trostlos ich

dastehe? Meine Zehen sind so rund gebogen, daß man sie für Nullen halten könnte."

„So macht sie gerade!"

„Geht nicht! Die Mokassins sind zu kurz. Wißt Ihr vielleicht ein Mittel gegen meine Qualen?"

„Ja."

„Welches? Ich kann doch die Schuhe nicht länger machen!"

„Schneidet sie vorn auf!"

„Vortrefflicher Gedanke, ganz vortrefflicher! Old Shatterhand ist doch der pfiffigste Kopf, der jemals zwischen zwei Schultern gesessen hat! Aufschneiden! Das werde ich gleich tun, sofort. Die Zehen werden zwar ein wenig herausgucken, aber das schadet nichts; ich gönne ihnen die Freude, auch einmal das liebe Tageslicht zu sehen."

Er zog das Messer und setzte sich nieder, um die vorgeschlagene Operation augenblicklich auszuführen.

Als wir uns dann von Fox, Parker und Hawley verabschiedet hatten und mit unsern Pferden hinaus zu den Apachen traten, standen sechzig von ihnen bereit, uns zu begleiten.

„Hat mir mein weißer Bruder noch einen Befehl zu erteilen?" fragte mich Entschar-Ko.

„Du wirst dafür sorgen, daß sich an dem Weg, der zur Oase führt, stets einige Wachen befinden. Ich habe Schiba-bigk dem Neger Bob übergeben, der ihn nicht aus dem Haus lassen soll. Er sinnt auf Flucht. Der Schwarze wird ihn nicht aus den Augen lassen. Auf keinen Fall kann der junge Häuptling durch den dichten Kaktus entfliehen; er muß den einzigen Weg wählen, der hindurchführt, und dabei auf diese Wächter treffen."

„Was sollen wir tun, wenn er kommt?"

„Ihn festhalten."

„Ich meine, wenn er sich wehrt?"

„Da muß natürlich Gewalt angewandt werden. Ich will ihn soviel wie möglich schonen, aber entfliehen darf er auf keinen Fall. Wenn es nicht anders geht, muß er das Leben lassen. Ebenso streng hast du darauf zu sehen, daß keiner seiner Comanchen entweicht."

Nun war weiter nichts zu sagen, und wir ritten fort, als eben die dünne Sichel des Monds am Horizont erschien.

Ein nächtlicher Ritt durch die sich im Mondschein dehnende Wüste! Wie gern gönnte ich meinen lieben Lesern die Empfindungen, die die Brust dabei höher und höher schwellen lassen! Kurz: Ich geriet ins Sinnieren, ich fühlte mich mit meinem Schöpfer allein und ritt gedankenverloren durch die Nacht, bis, ja, bis mich Old Wabble aus meinen Gedanken riß, auf eine Art allerdings, die ich nie in meinem Leben vergessen werde. Er mußte wohl gefühlt haben, was mich in dieser Nacht, in dieser Stunde bewegte. Geradezu höhnisch ließ er mich fühlen und sagte es in Worten, wie er meinen Glauben an den Herrn verachtete, wie er es ablehnte, an die Allmacht des Schöpfers zu glauben. Welche abgrundtiefen Worte fand er doch, und wie verletzte er mich damit!

Ganz anders dagegen Old Surehand, der sich einige Zeit danach zu mir gesellte, neben mir ritt in der monddurchglänzten Nacht. Auch er hatte den Glauben an Gott verloren. Aber er war ein Suchender, ihn hatte das Schicksal gezeichnet – noch wußte ich nicht, wie –, ich versuchte ihm zu helfen, Trost zu spenden, versuchte, ihm meinen Glauben mitzuteilen. Und wie froh war ich, als er schließlich sagte: „Ihr habt da ein Licht entzündet, das ich jetzt zwar in weiter Ferne sehe; aber ich habe die Zuversicht, daß es mir immer näher kommen wird."

Diese Worte machten mich glücklich. Sollte ich wirklich die Freude erleben, eine Seele durch meine Worte zurechtgewiesen zu haben? Und zwar die Seele eines Mannes wie Old Surehand! Es mußten außerordentliche und sehr traurige Verhältnisse gewesen sein, die ihn um seinen Glauben gebracht hatten. Er hielt sie geheim und sprach nicht von ihnen. Diese Verschwiegenheit war nicht etwa die Folge eines Mißtrauens gegen mich; er wollte nicht an den Wunden rühren, die wahrscheinlich noch heut in ihm bluteten. Hätte er doch gesprochen! Ich war, freilich ohne daß ich es wußte oder auch nur ahnte, in der Lage, ihm das Herz zu erleichtern und ihn auf die Spur zu bringen, nach der er lange gesucht hatte, ohne sie zu finden.

Unser Ritt nahm einen so ruhigen, ungestörten Verlauf, daß nichts darüber zu sagen ist. Gegen Morgen hielten wir an, um unsere Pferde ausruhen zu lassen, und am späten Vormittag sahen wir links von uns die erste Stange und kamen auf die Fährte Winnetous und seiner Apachen, zu denen Bloody Fox nun sicher schon gestoßen war. Einen Kilometer von dieser Stelle entfernt steckte die zweite Stange, und indem wir diesen Pfählen folgten, gelangten wir sehr bald an unser Ziel.

Die Apachen nannten es, wie schon erwähnt, Gutesnontinkhai, die Comanchen Suks-ma-lestavi, was beides Hundert

Bäume bedeutet; es lag am Rande der Wüste und war folgendermaßen beschaffen:

Die Grenze zwischen dem Llano und der westlich von ihm liegenden grünen Ebene verlief nicht in gerader Linie; sie war stellenweise sehr deutlich, sonst jedoch kaum zu erkennen und bildete Aus- und Einbuchtungen, die bald nur klein und bald von großer Ausdehnung waren. Mit einer solchen kleinen Bucht hatte man es auch hier zu tun. Sie besaß die Gestalt eines Hufeisens, dessen ziemlich hoher Rand sich wie eine Böschung allmählich abwärts senkte. Im Hintergrund entsprang ein Wasser, das sich zunächst in einem Becken von vielleicht zwanzig Fuß Durchmesser sammelte und dann ostwärts abfloß und nach und nach im Sand versiegte. Infolge der Feuchtigkeit gab es hier saftiges Gras, das unsern Pferden sehr zugute kam. Die Hufeisengestalt hob sich besonders dadurch von der Umgegend ab, daß die erwähnte Böschung bis hinauf auf ihre Höhe mit ziemlich dichtem Gebüsch bewachsen war, über das dünnes Stangenholz emporragte. Dieses hatte das Material zu den Pfählen geliefert, mit denen Schiba-bigk, allerdings vergeblich, bemüht gewesen war, den ihm nachfolgenden Comanchen den Weg zur Oase des Llano zu bezeichnen. Man sah deutlich, wo er die Stangen abgeschnitten hatte, überall lagen die Äste und Zweige verstreut, die unter den Messern seiner Leute gefallen waren.

Wir stiegen an der Quelle ab, um zunächst selbst zu trinken und dann auch die Pferde trinken zu lassen; sie taten das in vollen Zügen und durften danach weiden. Dann lagerten wir am Wasser, und ich schickte vorsichtshalber einen Apachen hinauf auf die Höhe, um westwärts Ausguck zu halten, damit wir nicht etwa von Vupa-Umugi überrascht würden.

Wir wollten hier nur für einige Stunden ausruhen; länger durften wir nicht verweilen. Als diese Zeit vergangen war, tranken die Pferde nochmals, und dann stiegen wir wieder auf, um uns zu dem Ort zu begeben, an dem wir beabsichtigten, die Nacht zu verbringen.

Dieser lag ungefähr zwei englische Meilen nordwärts der Hundert Bäume und bildete mitten in der Ebene eine Vertiefung, die dem Tal des Sandes ähnelte, in dem wir Schiba-bigk mit seinen Leuten gefangengenommen hatten.

An diesem Ort gab es Sand und nichts als Sand, keinen einzigen Grashalm, und schon darum konnten die Comanchen kaum auf den Gedanken kommen, daß es irgend jemand einfallen würde, dort eine ganze Nacht oder länger zuzubringen. Und außerdem gewährte diese Vertiefung auch noch deshalb ein sicheres Versteck, weil ein Feind, wenn er sich nicht bis ganz an ihren Rand näherte, unmöglich zu sehen vermochte, daß wir uns da befanden. Es gab überhaupt keinen Grund für die Comanchen hierherzukommen. In dieser Bodensenke angelangt, hobbelten wir unsere Pferde an und legten uns in den tiefen weichen Sand. Natürlich stellten wir einen Posten aus, der oben auf der Höhe lag, um nach Vupa-Umugi und seiner Schar auszuschauen.

Nach dem, was ich von Schiba-bigk erfahren hatte, war die Ankunft dieser Roten für heut abend zu erwarten. Ich wünschte sehr, daß sie nicht später eintreffen mochten, denn der Aufenthalt in unserem wasserlosen, traurigen Lagerort war keineswegs angenehm.

Glücklicherweise erfüllte sich dieser Wunsch noch eher, als ich dachte, denn die Sonne hatte den Horizont noch lange nicht erreicht, als der erwähnte Posten von oben herunterrief: „*Uff! Naiini peniyil!* – Die Comanchen sind da!“

Ich nahm mein Fernrohr und stieg mit Old Surehand hinauf. Obwohl die Entfernung so groß war, daß sie uns nicht sahen, machten wir unsere Beobachtung nicht stehend, sondern liegend. Ja, sie kamen, und zwar in einer Weise, die uns sagte, daß sie sich sehr sicher fühlten. Sie ritten nämlich nicht wie üblich, wenn sie sich auf dem Kriegspfad befanden, im sogenannten Gänsemarsch, sondern einzeln und in Trupps neben- und hintereinander.

„Die meinen, daß der Weg frei ist, und sind überzeugt, daß kein feindliches Wesen vor ihnen ist. Sie haben nicht einmal Kundschafter vorausgesandt“, sagte Old Surehand. „Eigentlich ist das sehr unvorsichtig von ihnen.“

„Das meine ich auch“, antwortete ich. „Ich an Vupa-Umugis Stelle hätte Späher vorausgeschickt, um die Hundert Bäume und ihre Umgebung absuchen zu lassen.“

„Gut, daß er das nicht tut; denn diese Kundschafter würden wahrscheinlich unsere Fährte entdecken, die hierherführt.“

„Freilich! Ich habe mich eben auf seine Sorglosigkeit verlassen, sonst wären wir nicht direkt von dort hierhergeritten.“

„Man kann es von hier aus nicht deutlich sehen, ob es so ist, aber hoffentlich halten sie die gerade Richtung zu den Hundert Bäumen ein. Sie brauchten gar nicht sehr weit nördlich abzuweichen, dann fänden sie uns hier.“

„Das tun sie sicher nicht."
„Möglich ist es schon."
„Kaum."
„Ihr seid der Ansicht, daß sie die Spur von Schiba-bigk noch sehen und ihr folgen?"
„Nein. Sie sehen jetzt wahrscheinlich schon das Gebüsch vor sich am Horizont. Und selbst wenn das nicht der Fall wäre, so würden sie sich auf ihre Pferde verlassen, die die Feuchtigkeit der Hundert Bäume schon in den Nüstern haben und sich von ihr führen lassen."
Die roten Reiter schienen von uns aus so groß wie kleine Hunde; sie bewegten sich nach Osten, wurden immer kleiner und kleiner und entschwanden endlich in dieser Richtung unseren Blicken.
Nun war es allerdings für uns sehr wichtig, ob sie unsere Spuren finden würden. Eigentlich mußten sie sie bemerken; es kam nur darauf an, ob sie sie beachteten. In diesem Fall nahm ich an, daß sie sie für die Spur Schiba-bigks halten würden, und gerade darum hatten wir unsere Stiefel gegen indianische Mokassins vertauscht.
Faßten sie Verdacht, so ritten sie sicher sofort auf uns zu. Wir schauten also in großer Erwartung nach Süden, woher sie in diesem Fall kommen mußten; aber es verging eine Stunde und noch mehr, ohne daß sich jemand sehen ließ, und als dann die Sonne sank und die kurze Dämmerung anbrach, durften wir uns sagen, daß wir keine Entdeckung zu befürchten hätten. Wir verließen also den hohen Rand der Vertiefung und stiegen wieder hinunter zu unsern Leuten. Dort empfing uns Old Wabble mit den Worten: „Also sie sind da. Eigentlich sollte man sich den Spaß machen, sie während der Nacht zu überrumpeln und niederzuschießen."
„Das nennt Ihr einen Spaß?" fragte ich.
„Warum nicht? Haltet Ihr es für etwas Trauriges, seine Feinde zu besiegen?"
„Nein, aber ebensowenig halte ich es für einen Spaß, eineinhalbhundert Menschen umzubringen. Ihr kennt ja meine Meinung dazu. Wir lassen sie, so wie es ausgemacht worden ist, ruhig weiterziehen und schließen sie später ein. Da werden sie uns ohne alles Blutvergießen gehören."
„Weiterziehen, ja! Wenn sie das jedoch morgen früh nicht tun, sondern den ganzen Tag hierbleiben? Wo nehmen wir da das nötige Wasser für uns und die Pferde her?"

„Sie bleiben nicht, darauf könnt Ihr Euch verlassen. Es wird ihnen nicht einfallen, einen ganzen Tag zu verlieren. Und selbst wenn ihnen ein solcher Zeitverlust gleichgültig wäre, müßten sie schon morgen früh die Hundert Bäume verlassen, um dem Militär Platz zu machen."

„Ob das wirklich kommen wird?"

„Das werden wir sehr bald erfahren."

„Von wem?"

„Von den Comanchen."

„Wollt Ihr sie belauschen?"

„Ja."

„Herrlich, herrlich! Da gehe ich mit!"

„Ist nicht nötig!"

„Wenn auch nicht nötig, aber ich gehe trotzdem mit!"

„In einer Lage wie der unsern tut man nur das Nötige und unterläßt alles andere. Man begibt sich sonst in Gefahren, die leicht zu vermeiden sind."

„Ist es ungefährlich, wenn Ihr lauschen geht?"

„Unter Umständen allerdings."

„Und ist es da nicht geraten, jemand mitzunehmen, der Euch hilft?"

„Helfen? Hm! Wollt etwa Ihr mir helfen?"

„Yes."

„Danke! Ich verlasse mich viel lieber auf mich als auf Euch, Mr. Cutter."

„So wollt Ihr wirklich allein gehen?"

„Nein. Mr. Surehand wird mich begleiten."

„Warum denn nicht ich?"

„Weil ich so will. Damit mag diese Angelegenheit abgetan sein."

„Also habt Ihr zu ihm mehr Vertrauen als zu mir?"

„Ob das der Fall ist oder nicht, das ist gleichgültig; ich nehme ihn mit, und Ihr bleibt hier!"

Ich sah es ihm an, daß er eine zornige Entgegnung auf den Lippen hatte; er beherrschte sich allerdings und schwieg. Er mit seiner Unvorsichtigkeit wäre der letzte gewesen, den ich mit zu den Comanchen hätte nehmen mögen!

Da ich glaubte, daß diese morgen sehr früh aufbrechen würden, war vorauszusehen, daß sie sich heute zeitig schlafen legten. Also durfte ich nicht lange warten, falls ich sie belauschen und wirklich etwas erfahren wollte. Darum ließ ich nach dem Einbruch der Dunkelheit nicht mehr als eine Stunde verstreichen und machte mich mit Old Surehand auf den Weg. Später, wenn der Mond aufging, war es schwerer als jetzt, unentdeckt zu bleiben.

Wir benutzten unsere eigene Fährte als Weg und wandten uns, bei den Hundert Bäumen angelangt, zunächst zu der Höhe der Hufeisenbucht, um, wie es die Vorsicht erforderte, nachzuforschen, ob dort Wachen standen. Es dauerte sehr lange, ehe wir den ganzen Halbkreis abgesucht hatten, ohne einen Comanchen zu entdecken. Vupa-Umugi hatte hier oben keine Posten ausgestellt; er mußte seiner Sache außerordentlich sicher sein.

Unten am Wasser brannten mehrere kleine Feuer, die durch die abgeschnittenen Äste und Zweige unterhalten wurden, die wir hatten herumliegen sehen. An der Quelle schien der Häuptling mit seinen hervorragendsten Kriegern zu sitzen; die andern hatten sich zu beiden Seiten des Wasserlaufs gelagert, wie weit hinaus, das konnten wir nicht sehen. Auch die Pferde sahen wir nicht; es war jetzt noch zu dunkel dazu. Ob da unten, zum Llano hin, Posten standen, das entging unseren Augen ebenso, war uns allerdings gleichgültig, weil wir zu dieser Seite nicht wollten.

Es war unsere Aufgabe, uns dem Häuptling möglichst weit zu nähern, um ihn günstigsten Falls sprechen zu hören. Wir krochen also in das Gesträuch, Old Surehand hinter mir her, und zwischen den Büschen die Böschung hinab. Das war nicht leicht, weil sich unter unsern Füßen jeden Augenblick ein Teil des sehr lockeren Bodens lösen und wir durch das beim Hinabrutschen verursachte Geräusch verraten werden konnten. Die Indianer verhielten sich so ruhig, daß ein solches Geräusch unbedingt gehört werden mußte. Ich setzte also bei jedem Schritt den Fuß erst tastend voran, um die betreffende Stelle durch das Gefühl zu untersuchen. Es ging langsam, sehr langsam, und es war während dieses Hinabsteigens gewiß eine Stunde verstrichen, als wir endlich hinter einem dichten Strauch lagen, der dem Quell so nahe stand, daß wir die daran lagernden Roten sprechen hören konnten – wenn sie überhaupt sprachen.

Sie sprachen nicht. Sie saßen stumm und bewegungslos beieinander und sahen in die glimmende Helle des kleinen Feuers, an dem, wie der Geruch uns zeigte, Fleisch gebraten worden war. Wir warteten eine Viertelstunde und noch eine; es blieb so still wie bisher, und man hätte meinen können, es mit leblosen Figuren zu tun zu haben, wenn nicht einer der Indsmen den Arm zuweilen bewegt hätte, um einen Zweig in das Feuer zu legen. Schon stieß mich Old Surehand an, ein fühlbares Fragezeichen, ob es nicht besser sei, wieder zu gehen, da ertönte draußen, außerhalb des Lagers, plötzlich ein lauter Ruf, dem mehrere andere Rufe folgten. Dort standen also doch Posten, und diese schienen etwas Auffälliges bemerkt zu haben, denn die Rufe mehrten sich und wurden so dringend, daß sie das ganze Lager alarmierten. Vupa-Umugi sprang auf, und die bei ihm Sitzenden taten ebenso. Der Lärm wurde größer, und das Rufen war bald hier und bald dort zu hören. Es klang genauso, als ob jemand gejagt wurde, den man fangen wollte. Eine Besorgnis ergriff mich, die ich nicht von mir zu weisen vermochte, obwohl ich es gern wollte.

„Was mag das sein?" fragte mich Old Surehand leise.

„Es klingt, als ob ein Mensch hin und her getrieben würde", antwortete ich, ebenso flüsternd.

„Ja, es ist jemand, der gefangen werden soll; ich irre mich nicht; man kann es deutlich hören. Wer mag das sein? Sollte . . .?" Er sprach die Frage nicht aus.

„Was wolltet Ihr sagen?" fragte ich.

„Nichts, Sir. Es wäre wirklich zu toll von ihm!"

„Von wem?"

„Von . . . Doch nein, es ist nicht möglich!"

„Es ist möglich. Ich weiß, wen Ihr meint."

„Nun, wen?"

„Old Wabble."

„Teufel! Auch Ihr denkt das?"

„Es ist ihm zuzutrauen."

„Ja, er ist auf das Anschleichen geradezu versessen, und da er vorhin gar so gern mitwollte, so . . . Horcht!"

Es war ein Ruf, der linker Hand draußen erscholl: *„Sus taka –!* Ein Mann!"

Und gleich darauf hörten wir von rechts, jenseits des Gebüsches her, rufen: *„Sus kava!* – Ein Pferd!"

Dann wurde es still; aber wir bemerkten, mehr mit den Ohren als mit den Augen, eine Bewegung, die sich uns näherte. Es wurde von links und dann auch von rechts her jemand oder etwas gebracht. Wer oder was mochte es sein?

Um das zu erfahren, brauchten wir nicht lange zu warten. Die Befürchtung, die wir ausgesprochen hatten, erfüllte sich zu unserem Schrecken. Eine Anzahl von Comanchen brachte – Old Wabble geführt; er war entwaffnet und mit Riemen gefesselt. Und einige Augenblicke später wurde auch sein Pferd gebracht. Er war uns also gefolgt, und zwar zu Pferd. Welch ein Unsinn! Daß ihm solche Eigenmächtigkeiten zuzutrauen waren, das wußte ich aus Erfahrung; daß er jedoch zu Pferd anschlich, eine solche Dummheit hätte ich ihm denn doch nicht zugetraut.

Er brachte uns durch diese Albernheit nicht nur in große Verlegenheit, sondern in die augenscheinlichste Gefahr. Die Comanchen würden sich sagen, daß er nicht allein hier war, sondern Gefährten bei sich hatte. Die Sorge um uns selbst erforderte eigentlich, daß wir uns sofort entfernten; doch durften wir das? Mußten wir nicht vielmehr bleiben, um zu erfahren, was geschah. Der Alte war trotz seiner großen Unvorsichtigkeit ein pfiffiger Kerl; vielleicht kam er auf eine Ausrede, die den Verdacht der Roten ablenkte.

„*Uff,* Old Wabble!“ rief Vupa-Umugi aus, als er den Alten erblickte. „Wo habt ihr ihn ergriffen?“

Der Rote, an den diese Frage gerichtet war, antwortete: „Er lag auf dem Bauch im Gras und schlich hindurch wie ein Kojote, der auf Raub ausgeht. Und unsere Pferde wurden unruhig, denn sie rochen das seine, das er da draußen, jenseits unserer Posten, angepflockt hatte.“

„Hat er sich gewehrt?“

„*Pshaw!* Er wollte fliehen, und wir jagten ihn wie einen räudigen Hund hin und her; als wir ihn dann ergriffen, wagte er nicht, sich zu verteidigen.“

„Habt ihr noch andere Weiße gesehen?“

„Nein.“

„So geht und sucht nach Spuren von ihnen. Dieses alte Bleichgesicht wird sich nicht allein hier am Rande des Llano Estacado befinden.“

Der Krieger ging, und der Häuptling setzte sich mit seinen Leuten so ruhig nieder, als ob nicht das geringste geschehen wäre. Er sah Old Wabble, der, von zwei Roten gehalten, vor ihm stand, mit drohendem Blick an, zog sein Messer, stieß es vor sich in die Erde und sagte dann zu ihm: „Hier steckt das Messer des Verhörs. Es kann dich töten, dir aber auch das Leben lassen. Du hast das in deiner Hand. Wenn du die Wahrheit sagst, wirst du dich retten.“

Das Auge des *king of the cowboys* schweifte herüber in das Gebüsch; es suchte nach uns, glücklicherweise nur mit einem kurzen Blick. Hätte er sich in dieser Beziehung nicht beherrscht, hätte er uns sehr leicht verraten.

„Wo hast du deine Begleiter?" fragte der Häuptling.

„Ich habe keine", antwortete der Alte.

„Du bist allein?"

„Ja."

„Das ist eine Lüge!"

„Es ist die Wahrheit!"

„Wir werden sie suchen und finden."

„Ihr werdet niemand finden."

„Wenn es sich herausstellt, daß du lügst, wirst du schuld sein an dem harten Tod, den ihr erleiden werdet."

„So laß nur suchen; ich habe nichts dagegen!"

„Was hast du hier am Rande des Llano Estacado zu schaffen? Wirst du etwa die Ausrede gebrauchen, daß du hierhergekommen bist, um zu jagen?"

„Nein, so dumm ist Old Wabble nicht. Und dennoch möchte ich es sagen, denn es ist wirklich wahr."

„Was könntest du jagen wollen? Es gibt hier kein Wild."

„Es gibt welches, und zwar viel."

„Welcher Art?" Vupa-Umugi lachte verächtlich.

„Rotwild."

„Uff!"

„Ja, Rotwild, nämlich Indianer. Ich kam hierher, um euch zu jagen."

Er war sehr kühn. Wahrscheinlich verließ er sich auf uns. Er schien überzeugt zu sein, daß wir in der Nähe steckten und ihn hörten. Und sehr wahrscheinlich nahm er es als selbstverständlich an, daß wir ihn nicht in seiner unglücklichen Lage lassen würden. Es war freilich vorauszusehen, daß er sich in dieser Beziehung täuschte. Hatte er sich, was wörtlich zu nehmen war, „hineingeritten", so mochte er nun zunächst selbst sehen, wo er blieb; wir mußten vor allen Dingen für uns sorgen und darauf bedacht sein, nicht auch ergriffen zu werden. Wir durften nicht, um ihn zu befreien, unser Leben wagen und dabei das Gelingen unseres ganzen schönen Plans so leichtsinnig, wie er es getan hatte, aufs Spiel setzen.

Die mutige Antwort des Alten hatte den Häuptling frappiert; man sah es ihm an. Er zog die Brauen finster zusammen und sagte in drohendem Ton: „Old Wabble mag sich hüten, meinen Zorn zu wecken!"

„Wozu diese Drohung? Du hast ja gesagt, daß ich die Wahrheit sagen soll!"

„Ja, aber du sprichst sie nicht!"

„Beweis das!"

„Hund, wie kannst du, der du unser Gefangener bist, Beweise von mir verlangen! Deine eigene Rede ist der Beweis, der dich überführt. Du sagst, du seist hier, uns zu jagen. Kann ein einzelner Mann zehnmal fünfzehn rote Krieger jagen?"

„Nein."

„Und doch behauptest du, allein hier zu sein!"

„Das ist auch wahr; ich bin nur als Kundschafter hier; die andern folgen mir. Und ich warne euch! Wenn ihr mir etwas tut, werden sie mich blutig an euch rächen."

„*Pshaw!* Wer sind die Leute, mit denen du es wagst, uns zu drohen?"

„Ich sollte es eigentlich nicht sagen, denn ihr habt keine Ahnung davon, daß sie euch auf den Fersen sind; doch es macht mir Spaß, euch schon jetzt die Augen zu öffnen, was kein Fehler von mir ist, weil es unmöglich ist, daß ihr ihnen entgeht."

Der Alte zog sein faltenreiches Gesicht in eine triumphierende Miene und fuhr fort: „Kennst du den Häuptling Nale-Masiuv?"

„Natürlich kenne ich ihn."

„Er hat es gewagt, weiße Reiter anzugreifen, und ist geschlagen worden."

„*Uff!*" antwortete Vupa-Umugi, mehr nicht.

„Er ist dann so unvorsichtig gewesen, Boten zu euch zu senden. Das Militär hat ihre Fährte entdeckt und ist ihr gefolgt."

„*Uff!*"

„Die Soldaten sind durch die Fährte zum Blauen Wasser geführt worden, wo euer Lager war. Ihr hattet es schon verlassen; da sind sie hinter euch her, und mich haben sie vorangesandt, um als Kundschafter zu entdecken, wo ihr heute lagert. Ihr habt mich zwar gefangen, werdet mich allerdings wieder freigeben müssen, denn sie folgen mir und werden euch bis auf den letzten Mann vernichten!"

Gott sei Dank! rief ich in meinem Innern; denn das war die beste, ja die einzige Ausrede, die er finden konnte. Nur auf diese Weise war es möglich, ihren Verdacht von uns abzulenken und sie glauben zu lassen, daß er wirklich allein war. Ja, er war ein alter pfiffiger Kerl, was aber den Zorn, den ich gegen ihn hegte, nicht im mindesten abschwächte.

Vupa-Umugi machte eine wegwerfende Handbewegung und sagte: „Old Wabble mag nicht zu früh triumphieren. Er wird der ‚Indianertöter' genannt, und wir alle wissen genau, daß ein roter Krieger vor seiner Kugel oder seinem Messer noch nie Gnade gefunden hat. Wir sind sehr froh, ihn erwischt zu haben, und werden uns hüten, ihn freizugeben; er wird vielmehr am Marterpfahl sterben und mit den größten, ausgesuchtesten Schmerzen alle die Morde büßen, die er begangen hat!"

„Das sagst du jetzt; es wird aber ganz anders kommen", entgegnete Cutter im Ton der Überlegenheit.

„Hund, sei nicht so keck!" fuhr ihn der Häuptling an. „Glaubst du wirklich, uns etwas Neues gesagt zu haben? Wir wissen längst, daß die weißen Soldaten mit Nale-Masiuv gekämpft haben. Sie sind Sieger geblieben, aber nur für kurze Zeit, denn er hat heimgesandt und noch weitere hundert Krieger kommen lassen."

„Ah!" rief Old Wabble aus, indem er sich enttäuscht stellte.

„Ja", fuhr der Häuptling fort, nun seinerseits triumphierend. „Und ebenso genau wissen wir, daß diese weißen Hunde hinter uns her sind. Wir selbst haben das ja so gewollt, denn wir haben sie uns nachgelockt, um sie zu verderben."

„Du machst da einen großen Mund und sagst das nur, um mich zu ängstigen, was dir freilich nicht gelingen wird."

„Schweig! Was ich sage, das ist wahr! Ihr wollt uns vernichten, werdet aber selbst bis auf den letzten Mann getötet werden!"

„Pshaw!"

„Schweig! Ich sage dir, daß wir euch eine Falle gestellt haben, aus der es kein Entrinnen gibt."

„Ja, vielleicht, wenn wir so dumm sind hineinzulaufen."

„Du bist ja schon hineingelaufen; du befindest dich ja schon drin!"

„Um so aufmerksamer und vorsichtiger werden die weißen Soldaten sein."

„Sie laufen ebenfalls hinein; sie können gar nicht anders."

„Oh!"

Dieser wegwerfende Ausdruck des Unglaubens machte den Häuptling noch zorniger; er fuhr den Alten an: „Wenn du noch ein einziges solches Wort sagst, werde ich dir den Mund stopfen lassen. Wir sind nur darum vom Blauen Wasser hierhergeritten, damit die Soldaten uns folgen. Wir werden auch dieses Lager verlassen, um sie in die Wüste zu führen, wo sie elend umkommen."

„Umkommen? Sie werden kämpfen und euch besiegen!"

„Es wird keinen Kampf geben. Wir locken sie tief in den Sand hinein, wo es kein Wasser gibt; dort werden sie verschmachten, ohne daß ihnen ihre Waffen etwas nützen."

„Sie werden sich hüten, sich von euch irreleiten zu lassen."

„Sie werden es tun; ich weiß das genau. Denkst du, daß wir keine Augen und keine Ohren haben? Sie lagern in dieser Nacht nur wenige Reitstunden hinter uns und werden einige Zeit nach Tagesanbruch hier sein. Da sind wir schon fort, und sie werden uns folgen. Hinter ihnen aber kommt dann Nale-Masiuv mit viel mehr als hundert Kriegern. Dadurch geraten sie zwischen ihn und uns, zwischen den Hunger, den Durst und unsere Gewehre und werden auf das elendeste verderben."

„*Thunderstorm!*" rief Old Wabble in einem Ton aus, als ob er sehr erschrocken sei.

„Ja, da fährt dir das Entsetzen in die Glieder!" Der Häuptling lachte grimmig. „Du wirst einsehen, daß ihr verloren seid. Aber ich habe noch ein anderes Wort mit dir zu sprechen. Wo sind die Bleichgesichter, die sich am Blauen Wasser bei dir befanden?"

„Bleichgesichter? Wen meinst du da?"

„Old Shatterhand."

„Ah, den!"

„Ja, den. Auch Old Surehand, den ihr uns entrissen habt, und die andern alle."

„Wo die sind, weiß ich nicht."

„Lüg nicht!"

„Ich lüge nicht. Wie kann ich wissen, wo sie sind?"

„Sie waren doch bei dir!"

„Ja, an diesem einen Tag; dann haben wir uns voneinander getrennt."

„Das glaube ich nicht. Du willst mir verschweigen, daß sie sich bei den Soldaten befinden!"

„Bei den Soldaten? Fällt ihnen nicht ein. Old Shatterhand ist nicht der Mann, sich zu solchen Leuten zu gesellen und seine Selbständigkeit dadurch einzubüßen. Oder glaubst du vielleicht, daß er sich dazu erniedrigt, ihren Spion zu machen?"

„Old Shatterhand ist stolz", gab der Häuptling zu.

„Nicht bloß das. Er ist ein Freund sowohl der Weißen als

auch der Roten. Wird er sich da wohl in den Streit mengen, der zwischen ihnen ausgebrochen ist?"

„*Uff*, das klingt wahr."

„Und hat er nicht am Blauen Wasser Frieden mit dir geschlossen?"

„Auch das ist richtig. Doch wo befindet er sich?"

„Er ritt den Rio Pecos hinab, um in den Wohnungen der Mescalero-Apachen mit Winnetou zusammenzutreffen."

„Ritt er allein?"

„Nein, die andern begleiteten ihn."

„Warum du nicht ebenfalls?"

„Weil ich zu den Soldaten wollte, deren Scout ich jetzt bin."

„Solltest du wirklich allein geritten sein? Das glaube ich nicht. Deine letzten Worte erregen meinen Verdacht aufs neue. Old Shatterhand ist bei euch!"

„Nein!"

„Ich bin überzeugt davon!"

„Ich habe Vupa-Umugi für weit klüger gehalten, als er sich jetzt zeigt. Sieht er denn nicht ein, daß er sich mit seinem Mißtrauen eine große Blöße gibt?"

„Nein."

„Das bedaure ich. Ist Old Shatterhand während eines Kriegszugs nicht mehr wert als hundert Krieger? Und ist Old Surehand ihm in dieser Beziehung nicht gleich? Wenn sich so berühmte Männer bei uns befänden, würde ich es dir da nicht sagen, um dir Angst zu machen, dich an mir zu vergreifen?"

„*Uff!*" Der Häuptling nickte zustimmend.

„Es würde für mich ein großer Vorteil sein, wenn ich dir mit diesen beiden Bleichgesichtern drohen könnte. Wenn ich das nicht tue, mußt du einsehen, daß sie wirklich nicht bei uns sind."

„*Uff!*" erklang es abermals bejahend.

„Also, wollte ich eine Lüge erfinden, dann würde ich lieber sagen, daß diese beiden in der Nähe sind und mich retten, als daß ich das verneine. Wenn Vupa-Umugi das nicht einsieht, steht es schlimm um seinen Verstand."

„Was geht dich mein Verstand an, Hund! Ich weiß nun, woran ich bin, und es wird darauf ankommen, ob meine Krieger, die jetzt die ganze Gegend nach Gefährten von dir absuchen, jemand finden oder nicht. Auf alle Fälle bist du verloren. Denk nicht, daß wir dich sofort töten! So leicht machen wir's dem Indianermörder nicht. Wir nehmen dich mit, denn unser ganzes Volk soll dich sterben sehen und über deine Qualen jubeln. Auch sollst du bei uns sein, um dich mit eigenen Augen zu überzeugen, daß ich die Wahrheit sagte, als ich behauptete, daß die bleichen Soldaten in der Wüste elend verderben werden. Nun, was ist, was hast du zu melden?"

Er richtete diese Frage an einen Roten, der herbeigeritten war und vom Pferd sprang. Dieser antwortete: „Wir haben die ganze Gegend umkreist und abgesucht, doch niemand gefunden. Dieses Bleichgesicht hat sich also ganz allein in unsere Nähe gewagt."

„Er wird das Wagnis mit dem Leben bezahlen. Bindet ihm nun auch die Füße und fesselt ihn so eng, daß er sich nicht bewegen kann! Fünf Krieger mögen ihn bewachen und mit ihren Köpfen für ihn haften. Auch mögen Wachen den Rand da oben hinter uns besetzen, damit wir uns keiner Unvorsichtigkeit schuldig machen!"

Diese Unvorsichtigkeit hatte er freilich schon begangen und uns dadurch die heimliche Annäherung bedeutend erleichtert. Nun galt es, uns sehr schnell zu entfernen und nicht zu warten, bis sich die Posten da oben aufstellten, sonst liefen wir Gefahr, von ihnen entdeckt zu werden. Wir krochen also schleunigst, doch möglichst leise, die Böschung hinauf, wobei wir uns freilich nicht soviel Zeit nahmen wie vorhin beim Abwärtssteigen.

Oben angelangt, eilten wir zunächst so weit fort, daß wir fern genug waren, nicht gesehen und gehört zu werden; dann konnten wir diese Eile mäßigen.

„Jetzt, Sir, was sagt Ihr dazu?" fragte mich Old Surehand.

„Fatal, ja, weit mehr als fatal!" antwortete ich.

„Das ist ein böser Streich, den uns der Alte da wieder gespielt hat."

„Glücklicherweise für ihn böser als für uns."

„Ja. Nachdem das Unglück einmal fertig war, hat er sich gar nicht übel benommen."

„Es ist schade, jammerschade um ihn! Er ist sonst ein ganz tüchtiger Kerl, und wenn er nicht die Angewohnheit hätte, so sinnlos selbständig zu handeln, wäre er sehr gut zu gebrauchen. So allerdings muß man mit ihm vorsichtiger als mit irgendeinem Greenhorn sein. Er ist ein Mensch, der am besten für sich allein bleibt, denn jeder Gesellschaft, der er sich anschließt, wird er gefährlich."

„Er hofft natürlich auf unsere Hilfe."
„Selbstverständlich. Wir werden ihn herausholen."
„Wird das gehen?"
„Ja. Wir dürfen ihn nicht verlassen."
„So wollt Ihr ihn noch im Lauf dieser Nacht befreien?"
„Nein, das ist unmöglich."
„Hm! Ich denke, Euch ist auch das nicht zu schwer."
„Dank für dieses Vertrauen! Wenn ich von einer Unmöglichkeit sprach, habe ich nicht die Befreiung selbst gemeint. Warum sollten wir das nicht noch in dieser Nacht tun, Ihr und ich? Ich glaube, wir haben ganz andere Dinge fertiggebracht. Das Leben wäre freilich dabei zu riskieren, doch bin ich überzeugt, daß es gelingen würde. Aber die Roten würden erfahren, daß wir hier sind, und das dürfen sie nicht. Sollen wir unser ganzes, schönes, wohlüberlegtes Unternehmen eines Mannes wegen in Frage stellen, der es wiederholt gefährdet, indem er immer und immer neue Dummheiten begeht?"
„Nein."
„Es handelt sich jetzt nicht um sein Leben; das haben wir gehört. Er ist freilich nicht grad auf Rosen gebettet; das hat er sich aber selbst zuzuschreiben, und das mag als wohlverdiente Strafe gelten. Die Roten werden ihn mitnehmen; wir können das nicht ändern. Später, wenn sie in der Falle stecken, werden sie ihn freigeben müssen."
„Wenn sie ihn nicht als Geisel betrachten."
„*Pshaw!* Darauf gehen wir natürlich nicht ein."
„Es ist mir völlig unbegreiflich, daß ein Mann, noch dazu von seinem Alter, fortgesetzt derartige Streiche auszuführen vermag. Gute Lehren hat er genug erhalten."
„Die haften nicht, weil es ihm geradezu unmöglich ist, sich unterzuordnen."
„Uns zu folgen, um sich auch anzuschleichen! Und gar zu Pferde! Das kann man nicht anders als verrückt nennen! Meint Ihr nicht auch, Sir?"
„Ja, aber wie bei jedem Unglück ein Glück zu sein pflegt, so auch hier, denn wir können froh sein, daß er das Pferd bei sich hatte."
„Warum?"
„Weil die Comanchen sicher danach gesucht und nicht eher geruht hätten, als bis sie wüßten, woran sie wären."
„Ah! Da hätten sie uns entdeckt!"
„Gewiß. So unbegreiflich es ist, daß jemand auf den verrück-

ten Gedanken kommt, sich im Sattel anzuschleichen, so zufrieden bin ich jetzt damit, daß es geschehen ist. Der Häuptling ist beruhigt und wird nicht suchen lassen."

„Hm! Wollen es hoffen!"

„Ich bin überzeugt davon. Selbst wenn sein Mißtrauen zurückkehren sollte, hat er keine Zeit, lange Forschungen anzustellen. Wir haben ja gehört, daß die Kavallerie zeitig dasein wird. Da muß er fort sein."

„Das ist glücklicherweise wahr, und wir dürfen sagen, daß wenigstens wir beide unsere Zwecke erreicht haben. Zunächst hatte es gar nicht den Anschein, als ob wir etwas hören und erfahren würden, und erst das Erscheinen des alten Wabble öffnete dem Häuptling den Mund. Also haben wir es Cutter zu verdanken, daß wir etwas erlauschten. Wir könnten das für ihn als Milderungsgrund gelten lassen, wenn wir geneigt sein sollten, ihm zu verzeihen."

„Danke! Ich habe ihm schon oft genug verziehen, das hört nun auf. Hier gibt es keinen Milderungsgrund. Wo es sich wieder und immer wieder um die Freiheit und das Leben handelt, wäre es der reine Selbstmord, wenn man sich nicht gegen derartige Gefahren schützte. Und der einzige Schutz, den es hier gibt, besteht darin, daß man die Wiederholung solcher Streiche unmöglich macht."

„Wodurch?"

„Dadurch, daß man sich von dem alten Wabble trennt. Ich verzichte auf seine Gesellschaft. Wenn er die Freiheit zurück hat, mag er reiten, wohin er will. Ich hatte mich freilich zunächst gefreut, ihn kennengelernt zu haben; er hat mir aber diese Freude ganz gehörig vergällt. Jetzt ist es wahrlich kein Vergnügen mehr, ihn bei sich zu haben und Dummheit über Dummheit begehen zu sehen. Da ist mir denn doch der unerfahrenste Neuling lieber. Ein Greenhorn fügt sich und folgt dem erfahrenen Westmann, weil er seine Unerfahrenheit kennt, hier dagegen gibt es einen alten Horseman, der stolz darauf ist, einst König der Cowboys geheißen zu haben, und es in diesem Stolz unter seiner Würde hält, sich einem andern Willen als dem seinen unterzuordnen. Ein guter Cowboy mag ein braver Hirt und Reiter, vielleicht auch ein leidlicher Schütze sein; zu einem tüchtigen Westmann freilich gehört mehr, weit mehr!"

Ich war in Eifer geraten und hätte wohl noch weiter räsoniert, wenn wir nicht unser Lager erreicht hätten.

Als die Apachen erfuhren, daß Old Wabble von den Comanchen gefangen worden war, sagte der, der der älteste von ihnen war und also für die andern das Wort zu führen hatte: „Das alte Bleichhaar ritt fort, ohne uns zu fragen. Durften wir ihn halten?“

„Nein“, antwortete ich. „Er hätte auf keinen Fall auf euch gehört. Aber warum stieg er zu Pferd, statt zu Fuß zu gehen? Wißt ihr das?“

„Wir wissen das, denn er sagte es uns. Es war das einzige, was er sagte. Er bediente sich der Schnelligkeit wegen des Pferdes; er wollte eher als ihr bei den Comanchen sein und dann auch eher zurückkehren.“

„Um sich dann vor uns zu brüsten! Nun hat er ja allen Grund gefunden, seinen Ruhm auszuposaunen. Sorg dafür, daß die Wachen aufmerksam sind! Wir wollen uns jetzt schlafen legen, denn wir müssen mit der Sonne wieder munter sein.“

Mit dem Schlaf wurde es allerdings nicht viel, denn der Ärger über Cutter hielt mir noch lange Zeit die Augen wach, und als ich bei Sonnenaufgang geweckt wurde, hatte ich noch nicht ausgeschlafen.

Jetzt galt es, den Abzug der Comanchen zu beobachten. Wir sahen zwar den dunklen Streifen, den die Hundert Bäume am südlichen Horizont bildeten, sie selbst aber vermochten wir nicht zu erkennen. Darum nahm ich das Fernrohr und verließ mit Old Surehand den Lagerplatz, um die große Entfernung zu verringern. Auf halbem Weg setzten wir uns nieder und warteten. Es dauerte nicht lange, so tauchten unsere Gegner hinter den Büschen auf. Sie ritten fort, und zwar so, wie sie gekommen waren, nämlich nicht im Gänsemarsch. Sie taten das, um eine recht breite, sichtbare Fährte zu hinterlassen und dadurch den Truppen die Verfolgung zu erleichtern. Als Wegweiser ließen sie sich, wie wir es ja beabsichtigten, die Pfähle dienen, von denen sie glaubten, daß sie von Schiba-bigk angebracht worden seien; sie ahnten nicht, welche Veränderung inzwischen mit ihnen vorgegangen war.

Als sie fern im Südosten verschwunden waren, warteten wir in großer Spannung wohl über eine Stunde lang. Da tauchten im Westen sechs Reiter auf, deren Weg sichtlich zu den Hundert Bäumen führte.

„Das sind Dragoner“, sagte Old Surehand.

„Ja“, stimmte ich zu. „Es sind die Späher, die der Kommandant vorausgesandt hat, die Comanchen auszumachen.“

„Da ist er vorsichtiger als Vupa-Umugi gestern, der gleich mit seinem ganzen Trupp kam, ohne jemand vorauszuschicken."

„Der war seiner Sache sicher, während der Kommandant nicht weiß, ob die Comanchen noch da sind oder nicht. Übrigens ist das Voraussenden von Spähern eine so streng geforderte militärische Gepflogenheit, daß sich dieser Offizier der größten Unterlassungssünde schuldig machen würde, wenn er es unterließe, diese Vorsichtsmaßregel anzuwenden."

„Was tun wir jetzt? Reiten wir hin?"

„Nein."

„Warum nicht? Es würde doch das kürzeste sein, diesen Vorposten zu sagen, daß die Roten fort sind. Da brauchten sie nicht erst lange nach ihnen zu suchen."

„Das ist richtig; doch ich möchte mir gern einen Spaß erlauben."

„Welchen?"

„Der Kommandant hat mich, als ich ihn jenseits des Mistake-Cañons in seinem Lager traf, nicht für voll angesehen und wie einen Neuling behandelt."

„Dummkopf!"

„Hm! Er konnte nicht gut anders, weil ich mich für einen Gräbersucher ausgab."

„Gräbersucher? Was ist das, Sir?"

„Ich gab vor, nach der Abstammung der Indianer zu forschen, und für einen solchen Gelehrten sind Ausgrabungen, besonders die alter Gräber, von großer Bedeutung, Mr. Surehand."

„Ah so! Und das hat er Euch geglaubt?"

„Ja."

„Dann ist er eben das, was ich sagte, nämlich ein Dummkopf."

„Mag sein; aber selbst Parker und die Männer, die bei ihm waren, haben es geglaubt und sich von mir täuschen lassen."

„Das ist nicht möglich! Wer Euch sieht, Euer Äußeres betrachtet, Euer ganzes Wesen beurteilt, muß unbedingt merken, daß Ihr nichts anderes seid . . ."

„Als ein Westmann?" unterbrach ich ihn.

„Yes."

„Ich verstellte mich damals, und mein Anzug sah auch anders aus als jetzt. Es war wirklich nicht allzu schwer, mich für ein Greenhorn zu halten. Daß man das tat, hat mir großen Spaß bereitet, und ich möchte jetzt gern sehen, was der Kommandant für ein Gesicht macht, wenn er mich so unerwartet hier am öden, wüsten Llano Estacado wiederfindet."

„Also ein wenig Theater spielen?"

„Ja."

„So wollt Ihr erst ohne unsere Apachen zu ihm?"

„Ja."

„Auch ohne mich?"

„Ihr könnt mit."

„Recht so! Möchte auch wissen, was er sagt, wenn er erfährt, daß der vermeintliche Gräberforscher kein anderer als Old Shatterhand ist. Er wird ein ungeheuer kluges Gesicht dabei zeigen."

Wir sahen durch das Fernrohr, daß sich die sechs Reiter zerstreuten und so die Hundert Bäume erreichten; das war sehr pfiffig von ihnen, aber, natürlich ohne daß sie es wußten, nicht nötig, weil sich die Comanchen entfernt hatten.

Als sie verschwunden waren, dauerte es nur zehn Minuten, da sahen wir wieder einen von ihnen, der im gestreckten Galopp zurückritt, um dem Kommandanten zu melden, daß er weiterreiten könne, weil die Hundert Bäume von den Feinden verlassen worden seien. Eine kleine Stunde später sahen wir dann die Dragoner, und wir kehrten in unser Lager zurück, um unsere Pferde zu holen und den Apachen die Weisung zu erteilen, uns in einer Stunde zu folgen.

Wir ritten erst schnell und dann, als wir von den Hundert Bäumen aus gesehen werden konnten, langsamer, so langsam wie Leute, die nichts zu versäumen haben, weil der Zweck ihres Rittes nicht wichtig ist. Als wir uns dem Gebüsch auf ungefähr tausend Schritt genähert hatten, sahen wir einige Wachen stehen. Die andern konnten wir nicht sehen, weil sie im Innern der Einbuchtung lagerten. Wir wurden von diesen Posten bemerkt; sie meldeten uns, und nun traten viele der Soldaten hinter dem Gesträuch hervor, um uns zu betrachten. Da wir nur zwei Personen und noch dazu keine Indianer waren, wurde unserem Kommen mit Ruhe entgegengesehen.

„Halt!" rief uns der äußerste Posten an. „Woher?"

„Daher", antwortete ich, indem ich nach rückwärts zeigte.

„Wohin?"

„Dahin!" Dabei deutete ich zum Lager.

„Was wollt ihr dort?"

„Ausruhen."

„Wer seid ihr?"

„Das geht Euch zunächst nichts an; es ist das Sache Eures Offiziers!"

„Oho! Ich habe euch auszufragen, und ihr habt mir zu antworten!"

„Wenn es uns beliebt; ja; da es uns aber nicht beliebt, werden wir eben nicht antworten."

„Da schieße ich!"

„Versucht es doch! Ehe Ihr Euern Schießprügel anlegt, seid Ihr eine Leiche."

Bei diesen Worten richtete ich den Stutzen auf ihn und fuhr fort: „Wir haben hier nämlich dasselbe Recht wie Ihr. Wir können genauso fragen: Wer seid Ihr? Woher kommt Ihr? Was wollt Ihr hier? Und wer ist der Offizier, der Euch befehligt?"

„Was? Ihr bedroht einen militärischen Posten mit dem Gewehr?"

„Gewiß. Ihr seht es!"

„Da geht's um euer Leben! Wißt ihr das?"

„Unsinn! Unsere Kugeln treffen ebenso sicher wie die Euern. Und nun laßt uns in Ruhe! Wir wollen zum Wasser."

Wir bogen um das Gebüsch und ritten zu dem Quell, an dem das Offizierszelt bereits errichtet war. Der Posten hinderte uns nicht, aber die Soldaten, die meine Antworten gehört hatten, liefen uns voran, um dem Kommandanten zu sagen, wie wir uns verhalten hätten und was für renitente Kerls wir seien. Er stand vor dem Zelt, hörte ihren Bericht und sah uns mit drohend gefalteter Stirn entgegen. Da, als wir ihm nahe genug waren, erkannte er mich und rief aus: *„Good luck!* Das ist ja der Gräbersucher! Nun, dem sind solche Dummheiten wohl zuzutrauen. Der versteht das nicht. Was weiß der vom Kriegszustand und von den Pflichten, die ein Posten hat, wenn ihm nicht Gehorsam geleistet wird!"

Während er das sagte, hatten wir ihn erreicht und stiegen von den Pferden.

„Good morning, Sir!" grüßte ich unbefangen. „Erlaubt uns, hier Platz zu nehmen! Wir brauchen Wasser für uns und die Pferde."

Er lachte laut auf und wandte sich zu seinen Offizieren, die in sein Gelächter einstimmten: „Seht diesen Mann, Mesch'schurs! Wahrscheinlich kennt ihr ihn noch. Der Kerl ist ein Original und hat Raupen im Kopf, die ihresgleichen suchen. Natürlich hat er keine Ahnung davon, daß unsere Posten ihn eigentlich niederschießen mußten. Gegen solche Dummheit kämpfen selbst Götter vergebens. Wollen ihm also sein bißchen Leben schenken. Er hat einen Kameraden gefunden, der ihm wahrscheinlich gleicht. Solche Leute können wir ruhig hier aufnehmen, ohne zu befürchten, daß sie uns schaden." Dann wandte er uns das Gesicht wieder zu und sagte: „Ja, ihr mögt hierbleiben und so viel Wasser trinken, wie ihr wollt; ich weiß, daß euch das sehr nötig ist, weil euer Gehirn sehr wahrscheinlich aus nichts als Wasser besteht."

Wir gaben unsere Pferde frei und setzten uns neben dem Quell nieder. Ich nahm den ledernen Trinkbecher vom Gürtel, schöpfte bedächtig, trank sehr langsam und antwortete erst dann: „Wasser im Gehirn? Hm! Habt Ihr nicht auch getrunken, Sir?"

„Natürlich, ja. Was wollt Ihr damit sagen?"

„Daß Euch das Wasser auch nötig gewesen ist."

„Und . . .?"

„Und daß daraus auf Euer Gehirn wohl ebenso zu schließen ist wie auf das unsre."

„All thunders! Ihr wollt mich beleidigen?"

„Nein."

„Aber das war eine Beleidigung!"

„Wüßte nicht! Ich glaubte nur, gegen Euch genauso höflich sein zu müssen wie Ihr gegen uns."

„Da hat man es! Der Mann weiß nicht, was er spricht. Er zieht im Land herum, um alte Gräber aufzumachen und nach verfaulten Knochen zu suchen. Da weiß man ja, daß man auf das, was er sagt, nicht viel oder auch gar nichts zu geben hat."

Um diesen Worten eine Illustration zu geben, tippte er sich mit der Spitze des Zeigefingers an die Stirn und fragte mich dann: „Habt Ihr viel solche Gräber gefunden, Sir?"

„Kein einziges", antwortete ich.

„Das läßt sich denken. Wer Indianergräber suchen will, der darf nicht in den wilden Llano Estacado gehen."

„Llano Estacado?" fragte ich, scheinbar verblüfft.

„Ja!"

„Wo liegt denn der?"

„Das wißt Ihr nicht?"

„Ich weiß nur, daß das eine sehr traurige Gegend sein soll."

„O sancta simplicitas! So wißt Ihr also nicht, wo Ihr seid?"

„In der Prärie, an diesem schönen Wasser hier."

„Und wo wollt Ihr von hier aus hin?"

„Dahin." Ich deutete bei diesen Worten nach Osten.

„Dahin? Da kommt Ihr ja in den Llano Estacado!"
„Wirklich?"
„Ja, Ihr könnt Gott danken, daß Ihr uns getroffen habt. Ihr habt ja gar keine Ahnung, daß Ihr Euch hier am Rande der Wüste befindet. Wenn Ihr weiterreitet, kommt Ihr elend um!"
„Hm! Da werden wir umkehren."
„Ja, das müßt Ihr, Sir, sonst fressen Euch die Geier."
„Und wahrscheinlich würden wir im Llano auch auf keine Gräber treffen?"
„Wenigstens nicht auf solche, wie Ihr sucht. Ihr wollt ein Gelehrter sein und wißt nicht, daß all Euer Forschen vergeblich ist!"
„Vergeblich? Warum?"
„Ihr habt doch gesagt, daß Ihr alte Reste ausgraben wollt, um zu erfahren, woher die Rothäute stammen?"
„Allerdings."
„Es können Euch also nur alte, uralte Gräber von Nutzen sein?"
„Ja."
„Und da reitet Ihr in der Prärie und überhaupt im fernen Westen herum, wo es zwar Gräber gibt, die aber neu sind!"
„Hm!" brummte ich nachdenklich.
„Ihr müßt dort nachgraben, wo Indianerstämme gewohnt haben, die längst untergegangen sind. Ist das nicht richtig?"
„Eigentlich ja."
„So macht Euch also aus dem Westen fort! Die Gräber, die Ihr sucht, liegen nicht westlich, sondern östlich vom Mississippi. Den guten Rat gebe ich Euch. Ihr seht, wie es um Eure Gelehrsamkeit steht, wenn Euch erst andere die richtigen Wege zeigen müssen!"
„*Well!* So gehe ich also wieder über den Mississippi hinüber."
„Das rate ich Euch. Dort gibt es auch nicht die vielen Gefahren, denen Ihr Euch hier auszusetzen habt."
„Gefahren? Nicht daß ich wüßte!"
„Was? Ihr wißt nichts von Gefahren?"
„Woher soll das unsereiner wissen?"
„Die Indianer!"
„Oh, die tun mir nichts!"
„Nichts? Welch ein Leichtsinn! Oder welch eine Unwissenheit! Ihr scheint nicht zu ahnen, daß gerade jetzt die Comanchen die Beile des Krieges ausgegraben haben. Sie morden alles, Rot und Weiß!"

„Uns nicht!"
„Warum gerade euch nicht?"
„Weil wir ihnen nichts getan haben."
„Hört, da ist die Einfalt denn doch zu groß! Diese Roten verschonen keinen Menschen, den sie treffen, keinen einzigen."
Ich schüttelte ungläubig den Kopf.
Da fuhr er mich zornig an: „Es ist so, wie ich sage. Und Ihr solltet es mir danken, daß ich Euch warne, Sir. Wohin seid ihr denn eigentlich geritten, nachdem ihr da oben unser Lager verlassen hattet?"
„Immer ostwärts."
„Und dann?"
„Dann an den See, den die Indianer das Blaue Wasser nennen."
„Ans Blaue Wasser?" rief er erstaunt, ja fast erschrocken aus. „Grad dort hat ja eine größere Comanchenschar gelagert!"
„So?" fragte ich, mich ahnungslos stellend.
„Sooo?" ahmte er mich nach. „Haben sie euch denn nicht gesehen und ertappt?"
„Gesehen? Vielleicht! Ertappt? Nein! Wir haben uns sogar den Spaß gemacht, im See zu schwimmen."
„Und seid nicht erwischt worden?"
„Nein. Wenn ich mir die Sache richtig überlege, so denke ich, daß wir jetzt nicht hier säßen, wenn wir von ihnen erwischt worden wären."
Da lachte er wieder laut auf und rief: „Das ist freilich richtig, außerordentlich richtig! Sie hätten euch getötet und skalpiert!"
„Sir, das ist nicht so leicht, wie Ihr zu denken scheint!"
„Wieso?"
„Wir hätten uns gewehrt."
„Gegen hundertfünfzig Rote."
„Ja."
„Mit den Sonntagsflinten, die ihr hier habt?"
„Ja."
Ich sagte das so ernst und überzeugungsvoll, daß sich abermals schallendes Gelächter erhob. Old Surehand gab sich alle Mühe, seine Gesichtszüge zu beherrschen; dennoch sah ich es ihm an, wie sehr ihn das Gespräch belustigte. Als sich das Gelächter gelegt hatte, fuhr der Kommandant fort: „Das ist denn doch zu toll! Ihr hättet euch gewehrt? Wirklich?"
„Natürlich!"
„Da sage ich euch, daß dieser Gedanke der reine Wahnsinn

ist. Ihr wärt sofort von über hundert Kugeln durchlöchert worden."

„Oh! Hm!"

„Glaubt's oder glaubt es nicht! Was ich euch sage, ist richtig. Wie lange seid ihr denn eigentlich am Blauen Wasser geblieben?"

„Einen Tag!"

„Und wohin seid ihr dann geritten?"

„Immer wieder nach Osten."

„Also über die Ebene?"

„Ja."

„Gerade hierher?"

„Ja."

„Das ist wirklich ein Wunder, ein himmelblaues Wunder! Ich sehe doch, daß ihr ohne allen Schaden angekommen seid!"

„Ja, heil und gesund sind wir. Was sollte uns fehlen?"

„Was euch fehlen sollte? Es ist großartig, wirklich großartig! Die Comanchen sind nämlich auch vom Blauen Wasser hierhergeritten."

„Wirklich?"

„Ja, wirklich!" antwortete er, beinahe wütend über meine Unbefangenheit. „Haben euch diese Halunken denn nicht gesehen?"

„Das weiß ich nicht; sie müssen es wissen."

„Ja, sie müssen es wissen!" Er lachte grimmig. „Und ich weiß es auch. Sie haben euch nicht gesehen, sonst lebtet ihr nicht mehr. So etwas ist wirklich kaum zu glauben. Da reiten diese beiden Männer immer dahin, wo die Comanchen sind; sie trollen ihnen immer im Weg und vor den Augen hin und her und werden doch nicht ertappt. Einem tüchtigen Westmann oder Soldaten könnte das nicht passieren. So ein Glück! Und dabei ahnen diese Leute nicht einmal, in welcher Gefahr sie sich befunden haben. Es ist doch wahr, was das alte Sprichwort sagt: Die Dummen haben Glück!"

„Hört, Sir, nennt uns nicht dumm! In meiner Heimat gibt es ein Sprichwort, das das viel anständiger ausdrückt."

„Welches?"

„Man pflegt zu sagen: Die dümmsten Bauern ernten die größten Kartoffeln."

Als ich das so ruhig lächelnd sagte, schien er endlich aufmerksam zu werden. Er betrachtete mich mit einem langen, forschenden Blick und sagte dann: „Hört, ihr wollt doch nicht etwa so tun, als ob ihr's knüppeldick hinter den Ohren hättet? Bildet euch nicht ein, klüger zu sein als wir!"

„Keine Sorge, Sir! Wir haben ganz und gar nicht die Absicht, zwischen uns und euch einen Vergleich anzustellen. Das wäre Torheit."

„Denke es auch!" Er nickte befriedigt, ohne den eigentlichen Sinn meiner Worte zu verstehen. „Ich habe nicht nötig, aufrichtig mit euch zu sein; aber ihr tut mir in eurer Dummheit so leid, daß ich euch sagen will, wie die Verhältnisse stehen. Wir haben nämlich die Comanchen angegriffen und besiegt; sie sind vor uns zum Blauen Wasser geflohen, und wir sind ihnen nach. Von dort sind sie wieder geflohen, hierher, und nun hetzen und jagen wir sie in den öden Llano Estacado hinein, so sie entweder vor Durst sterben oder von unsern Kugeln gefressen werden, wenn sie sich uns nicht ergeben. Das ist es, was ich euch mitteilen will und wovon ihr keine Ahnung gehabt habt."

„Keine Ahnung? Glaubt Ihr denn wirklich, daß wir so ganz und gar nichts davon wissen?" fragte ich, jetzt in ganz anderem Ton.

„Was könntet ihr wissen!" antwortete er verächtlich.

„Zunächst wissen wir, daß Ihr, wenn es genau nach Euerm Plan geht, die Comanchen auf keinen Fall bekommen werdet."

„Ah?" fragte er ironisch.

„Ja! Ich füge sogar hinzu, daß nicht sie es sind, sondern ihr es seid, denen das Los bevorsteht, im wüsten Llano zu verschmachten."

„Wirklich? Wie klug Ihr plötzlich seid, Sir! Warum werden wir verschmachten?"

„Gibt's im Llano Wasser?"

„Nein."

„Habt ihr Schläuche?"

„Nein."

„Könnt ihr also Wasser mitnehmen?"

„Zum Teufel, nein! Fragt nicht so dumm!"

„Meine Frage ist nicht dumm! In der Wüste braucht man Wasser, und das bißchen Wasser, was man im Gehirn hat, wie Ihr vorhin sagtet, reicht nicht aus, Pferd und Reiter vor dem Verschmachten zu retten. Wißt ihr, wie weit ihr hinein in die Wüste müßt, um die Comanchen zu treffen? Wißt ihr, wie lange eure Pferde in der Glut des Llano dursten können?"

„Wir wissen, daß wir gar nicht weit hinein müssen, denn die Roten haben auch kein Wasser."
„Wißt Ihr das genau?"
„Sehr genau!"
„So tut Ihr mir jetzt ebenso leid, wie Euch vorhin meine Dummheit erbarmt hat. Die Comanchen kennen nämlich einen Ort im Llano Estacado, an dem es genug Wasser für sie gibt."
„Ah! Es gibt einen solchen Ort?"
„Ja."
„Unmöglich!"
„Warum unmöglich? Habt Ihr noch nie gehört, daß es in Wüsten Oasen gibt?"
„Aber nicht im Llano Estacado."
„Gerade da gibt es ein Wasser, das tausend Pferde nicht auszutrinken vermögen!"
„Unsinn! Ihr habt nicht einmal geahnt, daß Ihr Euch jetzt am Rande des Llano befindet; was wollt Ihr da von diesem Wasser wissen!"
„Redet nicht von Ahnen und Wissen! Ihr selbst ahnt nicht, was wir beide wissen, ich und mein Kamerad hier neben mir."
„Zwei Gräbersucher! Was wißt ihr denn, he?"
„Daß ihr euch mit allem, was ihr denkt und beabsichtigt, in einem ungeheuren Irrtum befindet und euerm sicheren Untergang entgegenreiten würdet, wenn es nicht einige Männer gäbe, die sich vorgenommen haben, euch zu retten."
„Unserem sicheren Untergang? Das ist toll. Aber Euch sind solche Reden zuzutrauen, Sir. Wer sind denn diese braven Männer?"
„Es sind drei, nämlich Winnetou, Old Surehand und Old Shatterhand."
Da zog er die Brauen hoch empor und fragte: „Winnetou, der Apachenhäuptling?"
„Ja."
„Old Shatterhand, sein Freund, der weiße Jäger?"
„Ja."
„Und Old Surehand, von dem man soviel erzählen hört?"
„Ja, diese drei."
„Die wollen sich unser annehmen?"
„Sie müssen es, wenn sie nicht ruhig zusehen wollen, daß ihr in die Falle geht, die euch die Comanchen gestellt haben."
„Eine Falle? Uns gestellt? Sprecht Ihr im Fieber?"

„Ich habe meine Gedanken sehr beisammen, Sir."

„Das scheint nicht so; ich glaube vielmehr, Ihr leidet an Halluzinationen."

„Wenn jemand in einer Sinnestäuschung befangen ist, so sind nicht wir es, sondern ihr seid es. Kennt ihr den Anführer der Comanchen, mit denen ihr gekämpft habt?"

„Wir wissen nicht, wie er heißt. Wir haben keinen Scout, der das erfahren konnte."

„Dieser Häuptling heißt Nale-Masiuv, Vier Finger. Und wie heißt der Häuptling der Comanchen, die am Blauen Wasser lagerten?"

„Das war ebenjener Nale-Masiuv, wenn Ihr seinen Namen richtig genannt habt."

„Nein, das war Vupa-Umugi, Großer Donner."

„Also ein anderer?"

„Ja."

„Es kann kein anderer, es muß derselbe gewesen sein, denn wir haben ihn bis ans Blaue Wasser vor uns her getrieben, Sir."

„Ah! Sind das die Halluzinationen, von denen Ihr redetet! Ihr seid so freundlich gewesen, uns vorhin den Stand der Dinge klarzulegen, ohne daß Ihr es für nötig hieltet. Dafür wollen wir nun Euch, ohne daß es nötig ist, sagen, wie die Verhältnisse liegen. Nale-Masiuv hat sich nämlich mit Vupa-Umugi verbündet, euch zu verderben. Er ist nicht zum Blauen Wasser geritten, sondern er hat heimgeschickt, um schnell noch hundert Krieger kommen zu lassen. Während ihr glaubtet, ihn zu verfolgen, blieb er in euerm Rücken und verfolgte euch. Ihr wurdet zum Blauen Wasser gelockt, wo Vupa-Umugi auf euch wartete und euch, als ihr kamt, sogleich Platz machte. Vupa-Umugi, der Häuptling der Naiini, wandte sich hierher, wo wir uns jetzt befinden, einen Ort, den die Comanchen Suks-ma-lestavi, Hundert Bäume, nennen. Er kam gestern abend hier an. Ihr seid ihm nachgeritten, und er ging, ehe ihr hier erschient, in die Wüste, um euch hinter sich herzuziehen. Während ihr glaubt, ihn zu verfolgen und ihn vernichten zu können, lockt er euch in eine Falle. Er reitet mit seinen Naiini voran, und euch folgt Nale-Masiuv mit weit über hundert Kriegern. Ihr befindet euch zwischen diesen beiden Trupps. So stehen die Verhältnisse, Sir, so und nicht anders."

Seine Offiziere blickten fragend von mir zu ihm hinüber

und wieder von ihm zu mir herüber. Er selbst starrte mich staunend an, als ob ich etwas für ihn Unbegreifliches sei, und fragte mich: „Sir, was sind das für Phantastereien?"
„Meine Phantasie ist hierbei gar nicht tätig; ich spreche von Dingen, die wirklich sind."
„Ihr kennt die Namen alle; woher wißt Ihr sie?"
„Ich spreche die Sprache der Comanchen."
„Ihr, der Gräbersucher?"
„Gräbersucher, *pshaw!* Wollt Ihr denn noch immer nicht einsehen, daß Ihr Euch, was mich betrifft, ebenfalls in einem großen Irrtum befindet?"
„Irrtum? Seid Ihr denn nicht der, für den ich Euch gehalten habe, Sir?"
„Nein."
„Wer denn?"
„Jetzt zeigt es sich, wer Wasser im Gehirn hat, Ihr oder ich. Habt Ihr es denn wirklich für möglich gehalten, daß ein Gelehrter, also ein studierter Mann, sich als Dummkopf im Wilden Westen nur zu dem Zweck herumtreibt, um Gräber zu entdecken?"
„All devils!"
„Und daß er den Indianern nur immer so im Weg herumkrabbelt, ohne von ihnen entdeckt zu werden?"
„Ich bin erstaunt, Sir!"
„Erstaunt über Euch, nicht über mich! Ich habe Euch vorhin die Namen dreier Männer genannt, von denen Ihr wohl oft gehört haben werdet. Ist Euch vielleicht zufällig bekannt, was für ein Pferd Winnetou gewöhnlich reitet?"
„Einen Rapphengst, der Wind heißen soll."
„Ja, Wind. Der Apachenname dafür ist Iltschi. Habt Ihr auch von dem Pferd Old Shatterhands gehört?"
„Ja, auch ein Rapphengst, Blitz genannt."
„Richtig! Das Apachenwort dafür ist Hatatitla. Jetzt paßt einmal auf mein Pferd dort auf!"
Mein Rappe hatte sich grasend wohl über siebzig Schritt von mir entfernt. Ich drehte mich zu ihm um und rief den Namen Hatatitla; er kam sofort herbeigesprungen und rieb sein Maul liebkosend an meiner Schulter.
„Zounds!" rief der Kommandant aus. „Sollte . . .?"
„Ja, sollte . . .!" Ich lachte. „Ihr seid Kavallerist und habt diesen Hengst schon einmal gesehen. Ihr hieltet ihn für einen Kutschengaul. Betrachtet ihn genauer! Habt Ihr schon einmal

ein so edles Pferd gesehen? Wird ein ‚Gräbersucher' ein so unvergleichliches Tier besitzen?"

Er druckste und druckste, um etwas zu sagen, brachte aber vor Verlegenheit lange nichts heraus, bis er endlich rief: „Wo habe ich nur meine Augen gehabt!"

„Ja, wo habt Ihr sie gehabt! Wißt Ihr, wie Winnetou bewaffnet ist?"

„Mit seiner berühmten Silberbüchse."

„Und Old Shatterhand?"

„Mit dem Bärentöter und dem Henrystutzen."

„Habt Ihr denn nicht schon in Euerm Lager jenseits des Mistake-Cañons gesehen, daß ich zwei Gewehre habe?"

„Ja, aber sie waren, wenigstens das eine, eingewickelt."

„Nun, jetzt sind sie nicht verhüllt. Da, seht sie an!"

Ich hielt sie ihm hin. Seine Offiziere richteten ihre Blicke ebenfalls höchst neugierig auf die Gewehre.

„Alle Wetter, Sir", stieß er hervor, „sollte diese starke schwere Rifle der Bärentöter sein?"

„Sie ist es."

„Und dieses Gewehr mit dem sonderbaren Schloß?"

„Der Henrystutzen! Ja, der ist es."

„So wärt . . ., wärt Ihr . . ." Er sprach die Frage nicht ganz aus und stotterte beinahe vor Verlegenheit.

„Old Shatterhand?" fiel ich ein. „Der bin ich allerdings."

„Und Euer Gefährte hier?"

„Heißt Old Surehand."

Die Offiziere wiederholten in größter Überraschung diese beiden Namen, die augenblicklich von Mund zu Mund durchs ganze Lager gingen. Der Kommandant war aufgesprungen, ließ seinen Blick zwischen uns beiden hin- und hergleiten und fragte in einem Ton, als ob er nur halb wach wäre: „Old Shatterhand und Old Surehand! Ist's zu glauben!"

„Ihr glaubt es nicht?" fragte ich.

„O doch; aber . . ., aber . . ."

Er wurde unterbrochen, denn draußen, wo die Posten standen, erscholl jetzt der laute Ruf: „Indsmen kommen, Indsmen!"

„Woher?" fragte der Kommandant mit schallender Stimme.

„Von dort, aus Norden", lautete die Antwort, wobei die Posten nach der angegebenen Richtung wiesen. Der Offizier wollte den Alarmbefehl erteilen; ich hinderte ihn daran.

„Seid ruhig, Sir! Es hat nichts zu bedeuten. Wenn Ihr noch

nicht glaubt, daß wir die sind, für die wir uns jetzt ausgegeben haben, so kommen jetzt Zeugen, die bestätigen werden, daß wir die Wahrheit sagen."

„Meint Ihr die Roten?"

„Ja."

„Das sind ja Feinde! Ich muß sofort . . ."

„Nichts müßt Ihr, nichts. Es sind Freunde; sie sind sogar eure Retter. Es sind Apachen, die ich hergebracht habe, damit sie euch gegen die Comanchen beistehen."

„Apachen? Da bringt Ihr mich in eine Lage, Sir, die für mich ungeheuer bedenklich ist, Rote sind Rote; es ist keinem zu trauen, und noch weiß ich nicht, ob Ihr wirklich Old Shatterhand seid."

„*Well,* so trefft die Maßregeln, die Ihr für nötig haltet; nur hütet Euch vor Feindseligkeiten. Ich werde Euch alles erklären, vorher jedoch den Apachen einen Wink geben, sich dem Lager nicht auf Schußweite zu nähern, bis Ihr Vertrauen gewonnen habt."

„Ich will gehen und es ihnen sagen", erbat sich Old Surehand.

„Ja, tut das, Sir! Sagt ihnen auch, daß sich einige von ihnen hinauf auf die Höhe im Gebüsch postieren sollen!"

„Dahinauf? Warum?" fragte der Kommandant, noch immer mißtrauisch. „Warum Posten in meinem Rücken?"

„Um nach Nale-Masiuv auszuschauen. Ich habe Euch ja gesagt, daß er hinter euch her ist. Er kann jeden Augenblick eintreffen."

„Ich könnte doch Posten von meinen Leuten aufstellen!"

„Meine Apachen haben bessere Augen."

„Alle Wetter! Wenn ihr . . ., wenn ihr . . .!"

„Nur heraus damit, Sir! Ihr wollt sagen: Wenn ihr Feinde und Betrüger wärt?"

„Ja", gestand er.

„Glaubt Ihr wirklich, daß zwei Weiße so kühn und zugleich so schlecht wären, solche Absichten zu hegen?"

„Hm! Ich weiß nicht, ob die Roten, die da kommen, wirklich Apachen sind."

„So versteht Ihr es nicht, Apachen von Comanchen zu unterscheiden?"

„Nein."

„Und da führt Ihr Krieg mit Indianern? Da könnt Ihr ja die allergrößten Fehler begehen! Übrigens seht, da draußen kommen sie! Es sind fünfzig Mann. Ihr habt, wie ich schätze, etwa hundert gutgeschulte Kavalleristen bei Euch. Fürchtet Ihr Euch da vor den Roten?"

„Nein. Ich will Euch trauen, Sir. Nur müssen die Indsmen dem Lager fernbleiben, bis ich ihnen erlaube heranzureiten. Das zu verlangen, gebietet mir meine Pflicht."

„Das begreife ich. Und Ihr seht jetzt, daß Ihr ruhig sein dürft. Mr. Surehand hat sie erreicht; sie halten an und sitzen ab. Nur drei von ihnen reiten fort, hinauf zur Höhe; das sind die Wachen, die für unsere Sicherheit sorgen sollen."

„Schön! Ich bin zufrieden, Sir. Dennoch darf ich das nicht unterlassen, was zu tun mir die Sorge für unsere Sicherheit gebietet."

Er erteilte einige Befehle, infolge deren sich seine Soldaten mit schußbereiten Gewehren so aufstellten, daß sie einen Angriff der Apachen, falls diese einen beabsichtigten, leicht abschlagen konnten.

„Das darf Euch nicht erzürnen", entschuldigte er sich.

„Fällt mir nicht ein, es Euch zu verdenken!" antwortete ich. „Wenn Ihr mich bis zu Ende angehört habt, werdet Ihr Vertrauen haben. Da kommt Mr. Surehand zurück. Setzen wir uns wieder zusammen nieder! Ich will Euch erzählen und dadurch die Beweise beibringen, daß ich vorhin die Wahrheit gesagt habe und Ihr ohne uns verloren wärt."

Wir nahmen am Wasser wieder so beieinander Platz, wie wir vorhin gesessen hatten, und ich teilte ihm so viel mit, wie er wissen mußte. Es lag ja in unserm persönlichen Interesse, das zu übergehen, was nicht wichtig für ihn war. Meine Erzählung machte einen großen Eindruck auf ihn und seine Offiziere. Sein Gesicht wurde immer ernster, seine Miene immer bedenklicher, und als ich geendet hatte, blieb er eine Weile unbeweglich und sinnend sitzen, ohne ein Wort zu sagen. Auch seine Offiziere waren nun überzeugt, daß sie ohne unsere Hilfe in eine Falle gegangen wären. Endlich hob er den Blick zu mir und sagte: „Vor allen Dingen eine Frage, Mr. Shatterhand: Wollt Ihr mir verzeihen, daß ich so . . ., so . . . gegen Euch gewesen bin?"

„Gern! Ihr glaubt also nun, daß ich Old Shatterhand bin?"

„Ich würde ein Idiot sein, wenn ich es nicht glaubte!"

„Ebenso überzeugt könnt Ihr davon sein, daß Eure Lage genauso ist, wie ich sie Euch beschrieben habe, Sir."

„Einer solchen Versicherung bedarf es nicht mehr. Wie ein Westmann, wir Ihr seid, doch selbst dem tüchtigsten Offizier überlegen ist! Wir vermögen beim besten Willen, bei aller List und Tapferkeit nichts zu tun, wenn wir nicht Führer bei uns haben, die nicht nur die Gegend, sondern auch die Roten und ihre Sprachen und Gewohnheiten genau kennen. Ihr habt die Comanchen belauscht und darum alle ihre Pläne erfahren. Konnten wir das?"

„Nein."

„Nein, wir konnten es nicht und wären ahnungslos in eine Mühle geraten, die uns wahrscheinlich alle zermahlen hätte. Dafür werden diese Hunde von Comanchen ganz gehörig bluten müssen. Unserem Kreuzfeuer soll keiner von ihnen entgehen!"

„Halt, Sir! Das ist ein Punkt, über den wir uns zu einigen haben, ehe ich Euch die Hilfe fest zusage, die ich Euch versprochen habe."

„Warum?"

„Ich bin kein Mörder!"

„Ich auch nicht!"

„Ihr wollt morden!"

„Morden? Nein. Ich bin ausgesandt worden, gegen die Indsmen zu kämpfen, bis ich sie besiege, bis sie sich ergeben."

„Und wenn sie sich ohne Kampf ergeben?"

„Auch dann muß Strafe sein."

„Wie meint Ihr das?"

„Ich werde jeden zehnten oder zwanzigsten Mann, meinetwegen auch jeden dreißigsten, erschießen lassen."

„So versucht, ob Ihr das fertigbringt! Auf unsere Hilfe müßt Ihr dann verzichten."

„Was fällt Euch ein? Euch kann ich ja ganz und gar nicht entbehren; Euch brauche ich erst recht!"

„Das denke ich auch, und darum meine ich, daß das Schicksal der Roten nicht in Euern, sondern in unseren Händen liegt."

„In Euern?"

„Ja."

„Das wohl nicht, Mr. Shatterhand."

„Doch!"

„Nein. Ich bin so gerecht, alles, was Ihr getan habt und noch tun wollt, anzuerkennen, und darf wohl verlangen, daß Ihr die Rechte, die ich habe, ebenso anerkennt."

„Ganz gewiß, wenn Ihr nämlich welche habt. Wollt Ihr mir nicht sagen, welche Rechte Ihr da zu haben glaubt?"

„Ihr und ich, wir sind Verbündete gegen die Comanchen;

wenn wir siegen, müssen wir beide gleichberechtigt sein, zu bestimmen, was mit den Roten geschehen soll. Ihr werdet doch zugeben, daß es ohne Strafe unmöglich abgehen darf!"

„Nein, das gebe ich nicht zu."

„Dann sind wir eben verschiedener Meinung; doch hoffe ich, daß wir uns einigen werden. Wenn Ihr etwas nachgebt und ich etwas nachgebe, treffen wir in der Mitte zusammen, und jeder kann sagen, daß es halbwegs nach seinem Willen gegangen sei."

„Für mich gibt es hier keine Mitte. Wenn sich die Comanchen wehren, werden wir allerdings unsere Waffen brauchen; wenn sie sich aber ergeben, darf keinem von ihnen ein Leid geschehen. Das ist meine Ansicht, von der ich auf keinen Fall abweiche."

„Sir, Strafe muß sein!"

„Wofür?"

„Dafür, daß sie sich empört haben."

„Was nennt Ihr Empörung? Wenn jemand sein gutes Recht verteidigt? Wenn sich ein Indianer nicht gewaltsam von seinem Wohnsitz vertreiben lassen will? Wenn er von der Regierung verlangt, die Versprechungen zu halten, mit denen man ihn gewissenlos übervorteilt hat?"

„Hm! Ich überzeuge mich da, daß das, was man von Euch sagt, wahr ist, Mr. Shatterhand."

„Was?"

„Daß Ihr es stets mehr mit den Roten als mit den Weißen haltet."

„Ich halte es mit jedem guten Menschen und bin Gegner jedes schlechten."

„Die Roten sind schlecht!"

„*Pshaw!* Streiten wir uns nicht darüber! Ihr seid Yankee und außerdem Offizier; ich kann und werde Euch nicht zu meiner Ansicht bekehren. Es handelt sich hier auch nicht um diese, sondern um eine ganz andere Ansicht, die sehr falsch ist."

„Also wahrscheinlich um eine Ansicht von mir?"

„Ja."

„Welche?"

„Daß Ihr über das Schicksal der Comanchen, wenn sie sich ergeben, mitzubestimmen habt."

„Und diese Ansicht soll falsch sein?"

„Ja, sehr."

„Wieso?"

„Weil Ihr nicht Sieger sein werdet."
„Ah! Nicht? Wer denn?"
„Wir."
„Donner! Ihr werdet mir da wieder einmal unbegreiflich."
„Und doch ist die Sache sehr klar. Ihr habt zugegeben, daß ihr alle im Begriff standet, in eine böse Falle zu geraten."
„Das gebe ich auch jetzt noch zu."
„Auch, daß wir euch gerettet haben?"
„Ja."
„Gut! Damit ist unser Verhältnis klargestellt, und wir haben nichts hinzuzufügen. Wir haben euch vorm Tod bewahrt, und ihr seid uns dafür Dank schuldig."
„Dank schuldig, zum Teufel, ja! Und was hat das mit der Bestrafung der Comanchen zu tun?"
„Das, daß euch diese Bestrafung nichts angeht."
„Wollt Ihr mir das erklären?"
„Einer Erklärung bedarf das eigentlich nicht. Wir sind eine Anzahl weißer Jäger, die es mit einer ganzen Schar Comanchen aufnehmen, und haben dreihundert Apachen bei uns, die viel besser diszipliniert und bewaffnet als die Comanchen sind. Außerdem haben wir die Örtlichkeit für uns, andere Vorteile nicht mitgerechnet. Glaubt Ihr, daß wir die Comanchen besiegen werden?"
„Ja."
„Auch ohne eure Hilfe?"
„Na, hm . . ., hm . . .!" Er wiegte den Kopf bedenklich hin und her.
„Sagt getrost ja! Wir brauchen euch wirklich nicht dazu. Ich gebe Euch mein Wort, daß uns nicht ein einziger der Comanchen entgehen wird, auch wenn wir auf eure Hilfe ganz und gar verzichten. Und darum meine ich, daß das Schicksal der Besiegten ganz allein von unserm Willen und nicht im mindesten von dem euern abhängt."
„Wollt Ihr damit vielleicht sagen, daß Ihr uns nicht braucht?"
„Das habe ich ja schon gesagt."
„*Thunder!* Das ist aufrichtig, sehr aufrichtig, Sir!"
„Aufrichtigkeit ist eine Tugend, deren sich jeder Gentlemen stets zu befleißigen hat."
„Ihr gebt uns also den Abschied? Ihr schickt uns fort?"
„Nein. Ich sage zwar, daß wir euch nicht brauchen; aber ich gebe zu, daß uns die Ausführung unseres Plans erleichtert werden würde, wenn wir dabei auf eure Hilfe rechnen könnten."

„Gut; aber wer mit hilft, der will auch mit richten!"
„Dann danken wir! Wenn ihr uns helft, soll es aus Dankbarkeit geschehen, nicht in der Absicht, ein unnützes Blutbad anzurichten. Wir haben keine Zeit, die Comanchen werden jeden Augenblick hier sein. Entscheidet Euch, Sir! Entweder ja oder nein!"
„Was geschieht im Fall des Ja?"
„Da ziehen wir uns von hier zurück, lassen die Comanchen herkommen und schließen sie, sobald sie sich gelagert haben, ein."
„Und da meint Ihr, daß sie sich ergeben werden?"
„Ja."
„Ohne Widerstand?"
„Ja."
„Unmöglich!"
„Laßt das meine Sorge sein! Wir nehmen sie gefangen und reiten dann hinter Vupa-Umugi her, um die Falle in seinem Rücken zuzumachen."
„*Well!* Und was geschieht, wenn ich nein sage?"
„Da werde ich Euch bitten, euer Lager hier jetzt schnell aufzugeben und euch zu entfernen, bis Nale-Masiuv hier gewesen und dem Häuptling Vupa-Umugi nachgeritten ist."
„Dann können wir wieder her?"
„Ja."
„Und haben nichts als das Nachsehen?"
„Nichts weiter."
„Hört, Mr. Shatterhand, Ihr seid ein eigenartiger Mann. Ihr stellt Eure Bedingungen so kurz, so deutlich und bestimmt, daß man fast meint, man sei ein Schulknabe, der keine Ansicht und keinen Willen hat!"
„Ich habe allerdings keinen Grund, viele Worte zu machen. Wir haben euch vorm Tod bewahrt und stehen im Begriff, dreihundert Comanchen zu fangen. Wir bringen das ohne alle Unterstützung fertig; wolltet ihr aus Dankbarkeit uns dabei helfen, so würden wir das annehmen, doch unter der Bedingung, daß ihr keine Forderungen stellt."
„Aber unsere Pflicht! Wir sollen die aufrührerischen Comanchen bestrafen!"
„Tut das fernerhin, doch nicht in diesem Fall! Diese Comanchen gehören uns, nicht euch. Und ihr würdet ihnen gehören, ihnen verfallen sein, wenn wir nicht gewesen wären!"

„Wie soll ich das verantworten, wenn ich sie mit fangen helfe und dann ohne Strafe entwischen lasse?"

„Vor der Menschlichkeit, vor meinem und vor Euerm Herzen ist das sehr leicht zu verantworten; andere Autoritäten gehen mich nichts an. Übrigens ist euch allen hier kein Haar gekrümmt worden, und so bin ich überzeugt, daß die Euch vorgesetzte Behörde wohl kein Blutbad verlangen wird. Also, entscheidet Euch!"

„Hm! Man kann sich gegen Euch wirklich nicht behaupten. Gebt mir fünf Minuten Zeit, mit meinen Offizieren zu reden!"

„Die sollt Ihr haben, mehr nicht. Durch Euer Zögern wird leicht alles aufs Spiel gesetzt."

Ich stand auf und entfernte mich für die angegebene kurze Zeit. Als ich dann zurückkehrte, erhielt ich von ihm den Bescheid: „Was wollen wir machen, Sir? Ihr sollt Euern Willen haben. Es würde ja geradezu erbärmlich sein, uns von euch retten zu lassen und dann fortzureiten, ohne euch unterstützt zu haben. Also wir bleiben da und helfen euch."

„Und das Schicksal der Comanchen ist unsere Sache?"

„Yes."

„Dann sind wir einig, und ich freue mich, in Euch einen so tüchtigen, humanen Bundesgenossen gefunden zu haben."

„Well! So sagt uns also nun, was geschehen soll."

„Laßt eure Pferde tüchtig trinken und brecht euer Zelt ab! Dann reitet ihr fort, Vupa-Umugi nach. Die Stangen zeigen euch den Weg."

„Ihr bleibt hier?"

„Nur bis wir die Comanchen kommen sehen."

„Und wie weit entfernen wir uns?"

„Etwas über Sehweite, weiter nicht. Wenn ihr diese Büsche hier nicht mehr erkennen könnt, haltet ihr an. Wir folgen euch schnell."

„Warum reitet Ihr nicht mit uns?"

„Weil ich beobachten will, wenn Nale-Masiuv eintrifft, und weil unsere Apachen auch hier an das Wasser müssen, ehe sie die trockene Wüste unter die Hufe ihrer Pferde nehmen können."

„Well, so mag es losgehen!"

Er gab die nötigen Befehle und ritt nach Verlauf einer halben Stunde mit seinen Dragonern fort. Nun durften unsere Apachen heran, um ihre Pferde zu tränken und ihre Schläuche zu füllen. Während das geschah, stieg ich auf die Höhe, um mit Hilfe meines Fernrohrs nach den Feinden auszuschauen. Da sie jedenfalls auf der Fährte der Dragoner heranritten, kannte ich den Punkt des Horizonts genau, an dem sie erscheinen mußten. Dabei war ich überzeugt, daß ich nicht lange auf sie zu warten hatte, denn sie nahmen jedenfalls an, daß sich das Militär nur kurze Zeit bei den Hundert Bäumen aufgehalten habe und den Comanchen Vupa-Umugis schnell gefolgt sei, um ihnen stets auf den Fersen zu bleiben.

Diese Voraussetzung erwies sich als richtig, denn ich befand mich noch gar nicht lange auf meinem Posten, Old Surehand neben mir, als ich am westlichen Horizont einen dunklen Punkt sah, der sich scheinbar sehr langsam auf uns zubewegte.

„Sie kommen", sagte ich zu Old Surehand.

„Schon?"

„Habt Ihr sie für später erwartet?"

„Das nicht. Leiht mir einmal Euer Rohr!"

Ich gab es ihm. Als er einige Sekunden lang hindurchgesehen hatte, fragte er: „Ihr meint den dunklen Punkt gerade im Westen von uns?"

„Ja."

„Er teilt sich jetzt."

„So?"

„Ja. Es werden sechs, acht kleinere Punkte daraus, die sich im Halbkreis immer mehr voneinander entfernen."

„So sind es Kundschafter."

„Sicher! Sie können natürlich nicht in gerader Richtung hierherreiten, weil sie von den Truppen gesehen würden, falls diese sich noch hier befänden. Meint Ihr nicht, daß es so ist?"

„Gewiß ist es so. Die Roten werden sich teilen. Nicht?"

„Ja, es scheint so; vier reiten nach rechts und vier nach links."

„Sie umreiten die Hundert Bäume, um nicht von hinten, sondern von beiden Seiten hierherzukommen, bis sie die Ebene erreichen und hinter das Gebüsch sehen können. Das ist die einzige Art, ohne Gefahr, selbst entdeckt zu werden, zu erfahren, ob die Dragoner noch da sind. Gebt mir das Glas!"

Als ich noch einmal hindurchblickte, sah ich die beiden Abteilungen der Kundschafter; sie hegten jedenfalls die Absicht, die ich ausgesprochen hatte. Sie waren noch so weit weg, daß man sie nur durch das Fernrohr zu erkennen vermochte. Bis in Sehweite durften wir sie nicht heranlassen, sonst würden wir gradso von ihnen gesehen, wie sie von uns gesehen wurden.

Wir stiegen also schnell zum Wasser hinab, und ich erteilte den Apachen den Befehl aufzubrechen. Nur eine Minute später jagten wir davon, der großen Fährte nach, die längs der eingesteckten Pfähle nach Südosten führte. Nach kaum zehn Minuten erreichten wir die Dragoner, die bei ihren Pferden lagerten und auf uns warteten.

Von der Stelle aus, an der wir uns jetzt befanden, konnten wir die Hundert Bäume mit bloßem Auge nicht erkennen; aber die Probe überzeugte mich, daß das Fernrohr bis dorthin trug, so daß ich die Comanchen sehen mußte, sobald sie angekommen waren.

Ich brauchte nicht lange zu warten, da bemerkte ich wirklich die Kundschafter, die sich dem Wasser langsam und äußerst vorsichtig von beiden Seiten näherten. Sobald sie sahen, daß niemand dort war, ritten sie schnell hin. Sie durchsuchten die Büsche, und als sie keinen Feind fanden, lagerten sich sieben von ihnen, während der achte zurückritt. Er hatte Nale-Masiuv zu melden, daß der weiterrücken könne.

Von jetzt an verging eine volle Stunde, bis ich sah, daß sich die Lagerstelle wieder belebte. Die Comanchen waren da. Als ich das Old Surehand mitteilte, sagte er: „Nun beginnt der erste Akt des Schauspiels, das wir beabsichtigen, die Gefangennahme von Nale-Masiuv. Ich denke, daß wir nicht lange warten dürfen. Meint Ihr nicht?"

„Ja. Sie bleiben jedenfalls nur so lange dort, wie nötig ist, den Menschen und den Pferden Wasser zu geben. Also fort!"

„Wir alle auf einmal?"

„Nein. Wir müssen sie umzingeln, erst von weitem, ohne daß sie uns sehen. Dann ziehen wir plötzlich den Kreis schnell und eng zusammen. Die von uns, die am weitesten zu reiten haben, müssen da natürlich eher fort als die andern."

„Wer ist das?"

„Das seid Ihr mit den Apachen, die ich unter Euern Befehl stelle, Mr. Surehand."

„Das freut mich ungemein. Danke, Sir!"

„Ihr reitet außerhalb der Sichtweite um die Hundert Bäume herum und besetzt die Höhe am Rand des Gebüsches, so daß Ihr mit den fünfzig Apachen einen Halbkreis bildet. Eure Leute steigen von den Pferden und legen sich so zwischen die Büsche, daß sie das unten am Wasser befindliche Lager unter Feuer nehmen können."

„Wir sollen schießen?"

„Nur dann, wenn sich die Comanchen wehren oder mit Gewalt durch Eure Linie dringen wollen. Wie lange denkt Ihr, daß Ihr braucht, um hinter ihren Rücken zu kommen?"

„Ihr werdet da möglichst genaue Zeit wissen wollen, um Euch nach mir zu richten?"

„Allerdings."

„So will ich sagen, daß Ihr von jetzt an genau in einer halben Stunde aufbrecht. Habt Ihr noch eine Verhaltungsmaßregel?"

„Ich muß mich auf Euern Scharfsinn verlassen und kann nur im allgemeinen sagen, daß wir nur dann zu den Waffen greifen, wenn es nötig ist. Ich werde mit den Dragonern so reiten, daß wir einen Bogen bilden, dessen beide Enden sich eng an Euern Halbkreis schließen. Dann haben wir die Comanchen in unserer Mitte. Sie werden zunächst nur uns sehen und nach rückwärts fliehen wollen, wo Ihr seid. Um ihnen zu zeigen, daß sie auch dort eingeschlossen sind, laßt Ihr Eure Apachen ihr Kriegsgeheul anstimmen, sobald wir mit Euch Fühlung genommen haben."

„Dann warten wir?"

„Ja."

„Worauf?"

„Auf das Resultat, das meine Unterredung mit Nale-Masiuv haben wird."

„Ah! Ihr wollt mit ihm verhandeln?"

„Natürlich! Auf welche andere Weise könnte ich ihn bewegen, sich uns freiwillig zu ergeben?"

„Das ist ein Wagnis für Euch, Sir!"

„Habt keine Angst um mich!"

„Nale-Masiuv ist als ein pfiffiger, hinterlistiger Mensch bekannt. Schenkt ihm nicht zuviel Vertrauen, Mr. Shatterhand!"

„Mit Hinterlist bringt er es bei mir zu nichts, sondern er schadet sich nur selbst; darauf mögt Ihr Euch verlassen."

„Schön! Also, soll's beginnen. Lebt einstweilen wohl."

Er ging zu den Apachen, gab ihnen einige kurze Anweisungen und ritt dann mit ihnen fort. Ich wandte mich an den Kommandanten, indem ich ihn fragte: „Wer soll jetzt Eure Leute befehligen, Sir? Der Tanz fängt an."

„Natürlich ich!"

„Gut, aber schießt mir keine Böcke!"

„Habe mich freilich von den Roten übertölpeln lassen; jetzt allerdings dürft Ihr überzeugt sein, daß es keine Böcke gibt."

„So hört, was ich Euch sage! Wir reiten im Galopp direkt auf die Hundert Bäume zu und bilden gleich von hier aus einen Halbkreis, dessen Enden die äußersten Büsche berühren."

„Ich verstehe. Hinter diesen Büschen stecken die Apachen?"

„Ja. Eure Leute haben sich mit diesen rechts und links eng zusammenzuschließen."

„Und wenn das geschehen ist, was dann?"

„Unsere nächste Absicht ist es, die Comanchen zu umzingeln. Auf ihr Verhalten kommt es an, was dann geschieht. Schießen sie, so schießen wir auch; verhalten sie sich abwartend, lassen wir die Waffen ruhen. In diesem Fall werde ich ein Gespräch mit ihrem Häuptling herbeiführen, von dessen Resultat das Weitere abhängt."

„Werde ich bei diesem Gespräch mit anwesend sein?"

„Nein."

„Warum nicht?"

„Es gibt keinen Grund dazu."

„Grund genug! Als Kommandant der anwesenden Truppen bin ich doch wohl die Persönlichkeit, auf die Nale-Masiuv vor allen Dingen zu hören hat."

„Er wird ganz und gar nicht auf Euch hören."

„Auf wen sonst?"

„Auf mich."

„Hm! Ich weiß, daß Ihr ein tüchtiger Mann seid, Mr. Shatterhand, aber täuscht Ihr Euch hier nicht?"

„Nein."

„Bedenkt den Unterschied!"

„Welchen?"

„Ihr habt nur fünfzig Apachen; ich habe hundert Dragoner!"

„In einem Kampf mit Indianern sind fünfzig Apachen wenigstens ebensoviel wert wie hundert Soldaten."

„Wenn Ihr es sagt, so mag das richtig sein. Doch bei einer solchen Unterredung gilt es vor allen Dingen, Eindruck zu machen!"

„Freilich wohl!"

„Nun, Ihr seid nur ein Westmann; ich dagegen kommandiere Soldaten, Mr. Shatterhand!"

„Ah so!" Ich lachte ihm freundlich ins Gesicht.

„Ja. Schon die Uniform macht Eindruck!"

„Schon diese? Was noch?"

„Der Ton, in dem unsereiner gewohnt ist zu sprechen."

„Ihr wollt mit Nale-Masiuv reden?"

„Ja."

„Sprecht Ihr die Sprache der Comanchen?"
„Nein."
„Wie wollt Ihr Euch da ihm verständlich machen?"
„Durch Euch als Dolmetscher."
„So! Also Ihr seid der Kommandant, der zu bestimmen hat, und ich bin nur Euer Werkzeug, Euer Dolmetscher! Hört, Verehrtester, da beurteilt Ihr Old Shatterhand sehr falsch. Als Dolmetscher muß ich mit Nale-Masiuv reden, wozu brauche ich da Euch? Was hilft Euch Euer ‚Ton', wenn ich die Worte übersetzen muß? Und Eure Uniform? Ich sage Euch, daß Nale-Masiuv vor meinem ledernen Jagdrock und meinem Stutzen hundertmal mehr Respekt hat als vor Eurer Uniform und vor Euerm Säbel. Streiten wir uns nicht um Rangunterschiede! Ich sage Euch, was geschehen soll, und Ihr kommandiert in diesem Sinn Eure Untergebenen; ich aber bin Euch nicht unterstellt. Habt Ihr auch an die Gefahr gedacht, der Ihr Euch aussetzen würdet, wenn Ihr mit den Comanchen verhandeln wolltet?"
„Gefahr?"
„Ja."
„Welche Gefahr gibt es dabei? Die Person des Unterhändlers, des Parlamentärs, gilt als heilig!"
„Diesem Indianer nicht. Er ist ein heimtückischer Mensch."
„Gegen solche Leute kann man sich vorsehen!"
„Wie?"
„Hm!"
„Er erscheint, und Ihr erscheint, beide ohne Waffen. Ihr setzt Euch einander gegenüber und beginnt zu verhandeln. Plötzlich zieht der Kerl ein verborgenes Messer und sticht Euch nieder."
„Das darf er nicht."
„Er fragt viel danach, ob er darf! Er will den Anführer töten, um dann über die dadurch verwirrten Gegner herzufallen."
„Danke, danke sehr!"
„Wollt Ihr noch mit Nale-Masiuv sprechen, Sir?"
„Ich möchte wohl, will Euch aber nicht vorgreifen. Ihr habt recht. Da ich die Sprache nicht verstehe, würde ich die Verständigung zwischen uns und ihm nur erschweren. Es ist also besser, ich überlasse es Euch."
„Recht so! Also, brechen wir auf."
„Sogleich, will nur meine Offiziere verständigen."
Dieser Herr Kommandant befand sich wirklich in dem Glauben, den Comanchen mit seiner Uniform zu imponieren. Und

gar der „Ton!“ Er hatte keine Ahnung von dem Ton, in dem man mit feindlichen Indianern zu reden hat. Wer während einer so wichtigen Verhandlung einen Häuptling wie Nale-Masiuv wie einen Rekruten „antönen“ will, der ist verloren. Glücklicherweise verfehlte mein Hinweis auf die Hinterlist des Roten ihre Wirkung nicht. Sich hinterrücks erstechen lassen, dazu hatte der Offizier keine Lust, und darum gab er zu, es sei besser, wenn ich die Unterredung führte.

Es war jetzt hohe Zeit, uns auf den Weg zu machen, denn Old Surehand war mit seinen Apachen unsern Augen schon entschwunden. Die Dragoner formierten eine Linie, die sich während des Rittes zu einem Halbkreis auszubilden hatte; ich plazierte mich an der Spitze, und dann ging es im Galopp vorwärts, auf der großen, ausgetretenen Fährte zurück und auf die Hundert Bäume zu.

Es galt, so schnell zu sein, daß die Roten völlig überrascht wurden und keine Zeit zur Überlegung fanden. Wir flogen wie ein Sturm über die Ebene, still und lautlos; nur der Hufschlag der Pferde war zu hören. Der Boden verschwand sozusagen hinter uns; unsere Linie rundete sich; die beiden Spitzen griffen schneller aus als die Mitte; wir näherten uns dem Lager mit rapider Schnelligkeit. Dort sah man uns, ohne zunächst zu erkennen, wer wir waren; als dann die Comanchen bemerkten, daß sie es mit Bleichgesichtern zu tun hatten, stießen sie ein markdurchdringendes Geheul aus, griffen zu den Waffen und rannten zu ihren Pferden – zu spät, denn unser Halbring hatte sich bereits formiert. Nun wollten sie sich nach rückwärts wenden, da aber erscholl weithin und über das ganze Lager und in die Wüste hinaus der Kriegsruf der Apachen. Er klingt wie ein mit der höchsten Kopfstimme ausgestoßenes, langgezogenes Hiiiiiiii, bei dem man mit der Hand auf den Mund schlägt. Als die Comanchen diesen Ruf hörten, wichen sie schnell von den Büschen zurück, denn sie erkannten, daß sie auch auf dieser Seite eingeschlossen waren.

Wir hielten außer Schußweite von ihnen und sahen, welch eine Verwirrung sich ihrer bemächtigt hatte. Sie liefen hin und her; laute Rufe ertönten; da sie jedoch sahen, daß ihnen von keiner Seite etwas geschah, wurden sie ruhiger und hielten in einem engen Trupp am Wasser beisammen. Da stieg ich vom Pferd und ging langsam auf das Lager zu. Sie sahen mich kommen und waren jedenfalls sehr neugierig auf das, was ich beabsichtigte. Ich näherte mich ihnen bis auf eine Entfernung von zweihundert Schritt und rief ihnen zu: „Die Krieger der Comanchen mögen mich hören! Hier steht Old Shatterhand, der weiße Jäger, der mit Nale-Masiuv sprechen will. Wenn der Häuptling der Comanchen Mut besitzt, mag er sich mir zeigen!"

Sofort entstand Bewegung unter ihnen, und trotz der Entfernung und obwohl sie leise sprachen, war es mir, als ob ich halbunterdrückte Ausrufe des Schreckens hörte. Nach einer Weile trat einer hervor, der mehrere Federn im Schopf trug; er schwang den Tomahawk und rief mir zu: „Hier steht Nale-Masiuv, der Häuptling der Comanchen. Wenn Old Shatterhand seinen Skalp geben will, mag er herkommen; ich werde mir ihn nehmen!"

„Sollen das die Worte eines tapferen Häuptlings sein?" antwortete ich. „Ist Nale-Masiuv so feig, daß ihm ein Skalp, den er haben will, entgegengebracht werden muß? Wer Mut besitzt, der holt sich ihn!"

„So komme Old Shatterhand her, um zu erfahren, ob er den meinen nehmen kann!"

„Old Shatterhand geht nicht auf Skalpe aus; er ist ein Freund der roten Männer und wünscht, sie vor dem Tod zu bewahren. Die Krieger der Comanchen sind ringsum eingeschlossen; ihr Leben gleicht dem Samen der wilden Rebe, den jeder Windhauch mit sich nimmt; aber Old Shatterhand möchte sie retten. Nale-Masiuv mag zu mir treten, um sich mit mir zu beraten."

„Nale-Masiuv hat keine Zeit!" erscholl es zurück.

„Wenn er keine Zeit zur Beratung hat, so wird er Zeit haben zu sterben. Ich gebe ihm eine Frist von fünf Minuten; hat er da noch nicht zugesagt, werden unsere Gewehre sprechen. *Howgh!*"

Mit diesem indianischen Wort der Bekräftigung drückte ich aus, daß ich fest entschlossen war, meine Drohung auszuführen, und daß mich nichts daran hindern konnte. Der Häuptling ging zu seinen Leuten zurück und verhandelte mit ihnen. Als die fünf Minuten verflossen waren, rief ich ihnen zu: „Die Frist ist vorüber. Was hat Nale-Masiuv beschlossen?"

Er kam wieder einige Schritte vorwärts und fragte: „Meint es Old Shatterhand ehrlich mit dieser Unterredung?"

„Old Shatterhand handelt stets ehrlich!"

„Wo soll sie stattfinden?"

„In der Mitte zwischen uns und euch."

„Wer soll daran teilnehmen?"

„Nur du und ich.“
„Und jeder kehrt frei zu den Seinen zurück?“
„Ja.“
„Bis wir zurückgekehrt sind, dürfen die Krieger keiner Partei eine Feindseligkeit begehen?“
„Das versteht sich von selbst.“
„Und wir haben keine Waffen bei uns.“
„Keine!“
„So mag Old Shatterhand gehen und alle seine Waffen ablegen; ich werde gleich dasein.“
Ich kehrte zu unserer Linie zurück und legte alles, was ich an Waffen besaß, bei meinem Pferd nieder. Als ich mich dann umdrehte, sah ich Nale-Masiuv schon kommen, mit langen, eiligen Schritten, gar nicht so langsam und würdevoll, wie es ihm als Häuptling ziemte. Das fiel mir auf. Er wollte sichtlich eher am Platz sein als ich. Warum? Das mußte unbedingt einen Grund haben. Während ich ihm gemessenen Schrittes entgegenging, beobachtete ich ihn scharf. An einer Stelle, die die angegebene Mitte sein konnte, blieb er stehen und setzte sich nieder. Dabei hielt er die rechte Hand länger hinter sich, als nötig war, um sich beim Niederlassen zu stützen. Hatte das eine Ursache? Und wenn es eine hatte, welche konnte es sein? Hatte er etwas hinter sich gelegt, was ich nicht sehen sollte? War er darum so rasch und eher als ich erschienen, um diesen Gegenstand zu verbergen? Mußte diese Frage mit Ja beantwortet werden, war dieser Gegenstand nichts anderes als eine Waffe.
Jetzt hatte ich ihn erreicht und stand nur noch drei Schritt von ihm entfernt. Sollte ich diese drei Schritte auch noch tun, um zu sehen, was er hinter seinem Rücken hatte? Nein, das wäre Old Shatterhands nicht würdig gewesen. Ich setzte mich langsam nieder. Dann bohrten sich unsere Blicke förmlich ineinander; jeder wollte seinen Gegner taxieren, und zwar richtig taxieren.
Nale-Masiuv war ein lang und schmal gebauter, aber starkknochiger und sehnenkräftiger Mann im Alter von vielleicht fünfzig Jahren. Seine Backenknochen traten weit hervor; seine scharfe Adlernase, die dünnen, zusammengekniffenen Lippen und die kleinen, wimpernlosen Augen ließen auf festen Willen, Tatkraft, Falschheit und Verschlagenheit schließen. Er betrachtete mich langsam vom Kopf bis zu den Füßen, öffnete dann den Gürtel und das Jagdhemd und sagte: „Old Shatterhand mag hersehen!“

„Warum?“ fragte ich.

„Um sich zu überzeugen, daß ich keine Waffe habe.“

Nun war ich völlig überzeugt, daß er hinter sich ein Messer oder etwas Ähnliches liegen oder in die Erde gesteckt hatte.

„Warum sagt Nale-Masiuv diese Worte?“ antwortete ich. „Sie sind überflüssig.“

„Nein. Du sollst sehen, daß ich ehrlich bin.“

„Nale-Masiuv ist ein Häuptling der Comanchen, und Old Shatterhand ist nicht nur ein weißer Jäger, sondern er wurde zum Häuptling der Mescalero-Apachen ernannt. Die Worte von Häuptlingen müssen wie Schwüre gelten. Ich habe versprochen, keine Waffe mitzubringen, und so habe ich keine mit; das brauche ich dir nicht erst zu zeigen und zu beweisen.“

Indem ich das sagte, winkelte ich das rechte Bein an und legte den Fuß unter das linke, um schnell aufspringen zu können. Er achtete nicht darauf. Er fühlte gar wohl den Stich, den ich ihm mit meinen Worten versetzt hatte, und antwortete: „Old Shatterhand spricht sehr stolz. Es wird die Zeit kommen, in der er demütiger redet!“

„Wann wird das sein?“

„Wenn wir ihn gefangengenommen haben.“

„Da kann Nale-Masiuv warten, bis er gestorben ist. Du wirst mein Gefangener, nicht ich der deine sein.“

„*Uff!* Wie könnte Nale-Masiuv gefangen werden?“

„Du bist es schon!“

„Jetzt?“

„Ja.“

„Old Shatterhand behauptet etwas, ohne es zu beweisen!“

„Der Beweis liegt vor deinen Augen. Sieh dich um!“

„*Pshaw!* Ich sehe Bleichgesichter!“ sagte er mit einer unendlich wegwerfenden Handbewegung.

„Diese Bleichgesichter sind geübte Soldaten, denen deine Krieger nicht widerstehen werden!“

„Sie sind Hunde, denen wir die Felle bei lebendigem Leib über die Ohren ziehen werden. Kein solches Bleichgesicht ist imstande, es mit einem Roten aufzunehmen.“

„Sind die Apachen rote Krieger oder nicht?“

„Sie sind es.“

„So magst du erfahren, daß der hintere Teil eures Lagers von Apachen eingeschlossen ist.“

„Old Shatterhand lügt.“

„Ich lüge nie, und du weißt wohl, daß ich auch jetzt die

Wahrheit sage. Oder willst du behaupten, das Kriegsgeschrei der Apachen nicht gehört zu haben? Bist du taub?"

„Wie groß ist ihre Zahl?"

Ich war natürlich nicht so aufrichtig, ihm zu sagen, daß es nur fünfzig waren; ich antwortete: „So groß, daß sie allein genügen, euch zu vernichten."

„Sie mögen sich zeigen!"

„Du wirst sie sehen, sobald es mir beliebt."

„Von welchem Stamm sind sie?"

„Vom Stamm der Mescaleros, zu dem ich und Winnetou gehören."

Bei diesem Namen hob er schnell den Kopf und fragte: „Wo ist Winnetou?"

„Im Llano Estacado."

„Er mag sich sehen lassen, wenn ich es glauben soll!"

„Du wirst ihn sehen. Er reitet mit fünfzig Apachen vor Vupa-Umugi her."

„Uff, uff!"

„Um die Pfähle in die Erde zu stecken, die in das Verderben führen."

„Uff, uff!" rief er wieder aus.

„Winnetou verrichtet diese Arbeit an Stelle des jungen Häuptlings Schiba-bigk, der sie nicht tun kann, weil wir ihn gefangengenommen haben. Nun führt Winnetou mit seinen Pfählen die Comanchen so in die Irre, wie Schiba-bigk die weißen Reiter in den Tod des Verschmachtens führen sollte."

Jedes Wort, das ich sagte, war ein Schlag für Nale-Masiuv. Er versuchte, sich zu beherrschen, vermochte aber die Aufregung, in der er sich befand, nicht ganz zu verbergen. Seine Stimme zitterte, als er in scheinbar leichtem Ton sagte: „Ich verstehe nicht, was Old Shatterhand spricht; er mag deutlicher reden!"

„Du weißt genau, was ich meine!"

„Nein."

„Lüg nicht! Glaubst du, Old Shatterhand zu täuschen? Das würde dir nicht gelingen, selbst wenn in deinem Kopf die Klugheit sämtlicher Comanchenhäuptlinge wohnte, was allerdings wenig genug ist! Von dir stammt doch der Plan, den ihr hier ausführen wollt."

„Welcher Plan?"

„Die weißen Reiter durch falsch gesteckte Pfähle in die Irre zu führen."

„Old Shatterhand scheint zu träumen!"

„Du lügst; ich aber rede in aller Aufrichtigkeit mit dir. Als du geschlagen worden warst, sandtest du nach weiteren hundert Kriegern heim. Zugleich schicktest du zwei Boten zum Blauen Wasser zu Vupa-Umugi, die ihm deinen Plan mitteilen sollten. Ich habe sie belauscht, ehe sie über den Rio Pecos gingen."

„*Uff!* Ich werde sie aus der Reihe der Krieger stoßen!"

„Tu das! So unvorsichtige und schwatzhafte Leute sind nicht wert, Krieger zu heißen. Ich habe auch Vupa-Umugi selbst belauscht und alles erfahren, ohne daß er es ahnte."

Er sagte nichts dazu, sein Auge jedoch war durchdringend und forschend auf mich gerichtet; dabei schien es hinter den Lidern zu zittern wie vor einer zurückgehaltenen Angst.

Ich fuhr fort: „Ich habe auch die sechs Kundschafter belauscht, die Vupa-Umugi nach Osten sandte. Sie haben im Altschese-tschi sterben müssen."

„*Uff!* Darum sind sie nicht zurückgekehrt, und darum haben wir sie hier nicht getroffen!"

„Es wird dir noch manches andere Licht aufgehen. Winnetou ist sofort und schleunigst zum Llano Estacado geritten, um Bloody Fox zu warnen, und hat vorher nach so viel Kriegern der Apachen gesandt, wie nötig waren, euern Anschlag zu vereiteln. Mit diesen Apachen bin ich euch vorausgeeilt und habe Schiba-bigk mit seinen fünfzig Kriegern gefangen, als sie die Pfähle einsteckten, mit deren Hilfe ihm Vupa-Umugi folgen sollte."

„Sagst du die Wahrheit?" stieß er mühsam hervor.

„Ich sage sie. Dann haben wir, so wie ihr es mit den weißen Reitern machen wolltet, für euch die Pfähle falsch gesteckt. Das hat Winnetou mit fünfzig Apachen besorgt, deren Spuren Vupa-Umugi für die Fährte der Comanchen halten sollte, die bei Schiba-bigk waren."

„*Uff!* Das hat euch der böse Manitou eingegeben!"

„Der gute Manitou. Der böse ist euer Ratgeber, nicht der unsre. Nun reitet Vupa-Umugi hinter den Apachen her und glaubt, Schiba-bigk vor sich zu haben. Er wird in eine wasserlose Wüste kommen und so vom Kaktus eingeschlossen sein, daß er sich ergeben muß, wenn er nicht verschmachten will."

„Old Shatterhand ist das böseste, das allerschlimmste der Bleichgesichter!" sagte er wütend.

„Das glaubst du selbst nicht. Du weißt, daß ich es gut mit allen roten Männern meine. Ich will auch jetzt alles zum Guten führen und euch zum Frieden mit euern Feinden bringen."

„Wir wollen keinen Frieden!"

„So erntet ihr Blut; ganz wie ihr wollt! Als heute die weißen Reiter eintrafen, habe ich sie gewarnt und ihnen gesagt, daß du ihnen mit deinen Kriegern folgst. Da haben sie sich mit meinen Apachen vereinigt und euch hier aufgelauert. Nun seid ihr so umzingelt, daß keiner von euch entkommt."

„Wir werden kämpfen!"

„Versucht es!"

„Es ist kein Versuch, sondern es wird gelingen!"

„Pshaw! Hundert Schüsse von den Bleichgesichtern, die du hier siehst, dazu meine Zauberflinte und das Gewehr Old Surehands, der niemals fehlt!"

„Old Surehand ist da?"

„Ja."

„Wo?"

„Er befindet sich da oben bei den Apachen, deren Kugeln ebenfalls unter euch wüten werden. Es ist unmöglich, daß ihr uns entwischt."

„Du täuschst mich, um mich zur Ergebung zu bewegen!"

„Ich sage die Wahrheit."

„Schiba-bigk ist nicht gefangen!"

„Er ist gefangen; ich beweise dir das, indem ich sage, daß er dreißig Naiini und zwanzig Comanchen seines Stammes bei sich hatte."

„Und Vupa-Umugi geht nicht in die Irre!"

„Er ist auf dem Weg zur Falle, in der wir ihn gefangennehmen werden. Ich will dir sogar sagen, daß ich, während er am Blauen Wasser lagerte, zum Kaam-Kulano geritten bin, wo sein Stamm wohnt. Von da habe ich alle seine Medizinen mitgebracht."

„Uff! Die hast du gestohlen?"

„Ich habe sie von den Lanzen genommen, die vor seinem Zelt steckten."

„So ist er verloren!"

„Das ist er allerdings, wenn er nicht Frieden macht. Und das wird er schon deshalb tun, damit er wieder zu seinen Medizinen gelangt, den qualvollen Tod des Verschmachtens gar nicht gerechnet."

Nale-Masiuv senkte den Kopf und sagte nichts.

„Du wirst nun einsehen", fuhr ich fort, „daß du weder auf

Schiba-bigk noch auf Vupa-Umugi rechnen kannst. Es bleibt auch dir nichts übrig, als dich zu ergeben.“

Er schwieg lange. Was dachte er? Was ging in ihm vor? Er machte ein sehr niedergeschlagenes Gesicht; aber gerade weil er das so zeigte, traute ich ihm nicht. Da blickte er wieder auf und fragte: „Was geschieht mit Schiba-bigk und seinen Leuten?“

„Wir werden sie freigeben, weil noch kein Blut zwischen uns geflossen ist.“

„Was werdet ihr mit Vupa-Umugi tun?“

„Auch er wird mit seinen Kriegern wieder frei sein, wenn er so klug ist, sich nicht zu wehren.“

„Und was hätte ich mit meinen Kriegern zu erwarten, wenn wir uns euch jetzt überlieferten?“

„Ebenfalls die Freiheit.“

„Wann?“

„Sobald wir darüber beschlossen haben.“

„Und die Beute?“

„Wir Weißen trachten nicht nach Beute; die Apachen allerdings werden eure Pferde verlangen.“

„Wirst du sie ihnen geben?“

„Ja.“

„Sie gehören aber uns!“

„Ihr habt den Kampf begonnen und müßt die Folgen tragen. Die Gerechtigkeit verlangt eine Entschädigung für die, die ihr angegriffen habt und töten wolltet. Ihr müßt froh sein, wenn ihr euer Leben behaltet!“

„Wir brauchen unsere Pferde!“

„Zu Raubzügen, ja. Wenn ihr keine habt, müßt ihr Ruhe geben.“

„Wir sind stets Freunde der Ruhe und des Friedens gewesen!“

„Sprich nicht so lächerlich! Stets sind es die Comanchen gewesen, die Unfrieden gestiftet und den Kampf begonnen haben; das weißt du ebensogut, wie ich es weiß.“

„Die Waffen wird man uns lassen?“ erkundigte er sich weiter.

„Das weiß ich nicht.“

„Du mußt es wissen!“

Bei diesen Worten blitzten seine Augen für eine Sekunde auf, und er griff mit der rechten Hand langsam hinter sich. Ich wußte, daß jetzt wahrscheinlich ein Angriff auf mich erfolgen würde, antwortete aber trotzdem ruhig und gelassen: „Ich weiß es noch nicht, weil ich mit Winnetou und Old Surehand darüber beraten muß."

„Wirst du vorschlagen, daß wir sie behalten dürfen, oder nicht?"

„Die Pfeile, Bogen und Messer, auch die Tomahawks mögt ihr behalten. Ihr braucht sie zur Jagd, um euch zu ernähren."

„Und die Gewehre?"

„Die werden wir euch wohl nehmen, denn die sind es, ohne die ihr nicht Krieg führen könnt. Habt ihr keine Gewehre mehr, müßt ihr endlich Frieden halten."

Ich hätte anders antworten, ihm das Erwartete versprechen können, vielleicht hätte er da jetzt auf seinen heimtückischen Angriff verzichtet; doch einesteils widerstrebte es mir, diesem Mann auch nur die kleinste Konzession zu machen, und andernteils glaubte ich, ihn grad durch seine Hinterlist um so leichter und schneller in meine Gewalt zu bekommen.

„Frieden halten?" fragte er. „Das wollen wir nicht; wir wollen den Kampf. Da hast du ihn!"

Er sagte die vier letzten Worte mit erhobener Stimme. Seine Augen glühten auf; sein Oberkörper beugte sich blitzschnell zu mir herüber, und in der Rechten blitze sein Messer. Sonderbar! Messer! Also ganz so, wie ich zu dem Kommandant gesagt hatte! Ich war auf der Hut gewesen. Kam er mir schnell, so kam ich ihm noch schneller. Ein rascher Griff mit meiner linken Hand, und ich hatte seine rechte Faust mit dem Messer gefaßt. Dann versetzte ich ihm, indem ich mich aufrichtete, mit der Rechten zwei solche Schläge gegen die Schläfe, daß er wie eine leblose Puppe zusammensank.

Das Messer in der Hand, sprang ich vollends auf und rief den uns mit Spannung beobachtenden Comanchen zu: „Das ist Verrat. Nale-Masiuv wollte mich erstechen. Hier habt ihr sein Messer!"

Ich schleuderte es weit fort, auf sie zu; dann faßte ich den betäubten Häuptling beim Gürtel, hob ihn auf, warf ihn mir über die Schulter; und rannte mit ihm fort, unserer Aufstellung zu.

Was gab es da für ein Brüllen und Heulen hinter mir! Die Comanchen rannten hinter mir her, mich zu verfolgen. Da krachten oben von der Höhe mehrere blinde Schüsse herab. Old Surehand hatte den Befehl dazu gegeben, um die Comanchen zu erschrecken. Er erreichte seinen Zweck; sie gaben es auf, mir nachzuspringen, aber ihr Brüllen und Wehklagen dauerte fort.

Der Häuptling wurde gebunden; dann nahm ich den Stutzen in die Hand und ging wieder auf das Wasser zu. In Sprechweite angekommen, machte ich den Comanchen ein Zeichen zum Schweigen; sie gehorchten, und ich rief ihnen zu: „Die Krieger der Comanchen mögen aufmerksam hören, was Old Shatterhand sagt! Sie wissen, daß ihr Häuptling ein Messer mit zur Beratung genommen hat, obgleich bestimmt war, daß wir unbewaffnet sein sollten. Nale-Masiuv wollte mich erstechen, worauf seine Leute auf uns eingedrungen wären. Ich war vorsichtig und vereitelte es; die Faust Old Shatterhands hat ihn zu Boden geschmettert; aber er ist nicht tot, sondern nur besinnungslos. Sobald er wieder zu sich kommt, werde ich weiter mit ihm sprechen. Bis dahin wird euch nichts geschehen, wenn ihr euch ruhig verhaltet. Versucht ihr allerdings zu entfliehen oder hören wir von euch einen einzigen Schuß, werden euch sofort Hunderte von Kugeln treffen. Ich habe gesprochen. *Howgh!*"

Diese Drohung machte den gewünschten Eindruck. Die Comanchen bildeten einen engen, vielbewegten Haufen, blieben aber sonst ruhig. Als ich zurückkam und bei Nale-Masiuv niederkniete, um ihn zu untersuchen, sagte der Kommandant zu mir: „Wollte er Euch wirklich erstechen?"

„Ja."

„Und Ihr trautet ihm?"

„Nein, ich ahnte sofort, daß er ein Messer hinter sich liegen hatte."

„Wie gut, daß ich nicht an Eurer Stelle war!"

„Das denke ich auch."

„Ich habe nicht Eure scharfen Augen. Mich hätte er sehr wahrscheinlich erstochen."

„Hm! Wer weiß, ob er das für der Mühe wert gehalten hätte, Sir."

„Für der Mühe wert? Soll das heißen, daß ich keinen Messerstich oder keinen Schuß Pulver wert bin?"

„Ich wollte damit nur sagen, daß ein Roter einen so kühnen und gewagten Streich nur dann ausführt, wenn es sich darum handelt, einen Mann aus dem Weg zu bringen, der ihm ungewöhnlich gefährlich ist."

„Ah so! Was tun wir nun mit dem Verräter, dem Halunken? Ich schlage vor . . . Hm, hm!"

„Was?"

„Daß wir ihn schimpflich aufknüpfen. Ein Kerl, der bei einer solchen Beratung sein Versprechen bricht, muß baumeln, unbedingt baumeln!"

„Wenn auch das nicht, so werde ich trotzdem kurzen Prozeß mit ihm machen. Es ist gut, daß er seine Medizin nicht im Lager gelassen, sondern um den Hals hängen hat."

„Warum?"

„Das wird ihn gefügiger machen. Warten wir, bis er aufwacht, was gar nicht lange dauern wird."

„Hm! Da kann ich Euch inzwischen etwas fragen."

„Was?"

„Während Ihr mit diesem Kerl verhandeltet, habe ich mir das, was wir miteinander besprochen haben, noch einmal reichlich überlegt."

„Und Euch anders besonnen?"

„Ja."

„Inwiefern?"

„Es widerspricht aller militärischen Tradition und Gepflogenheit, solche roten Strolche zu besiegen, ohne sie zu bestrafen. Glaubt Ihr wirklich, mit den Comanchen ohne mich fertig zu werden?"

„Ja, ich brauche Euch nicht dazu."

„So möchte ich lieber nicht mit in den Llano gehen. Wie tief müßt Ihr in ihn eindringen?"

„Zwei Tagemärsche."

„Alle Wetter! Das ist weit. Soviel Proviant haben wir nicht bei uns. Nehmt Ihr es mir übel, wenn . . ."

Er schämte sich einigermaßen, die Frage vollends auszusprechen. Mir war es, offen gestanden, nicht unlieb, wenn ich ihn und seine Leute los wurde. Was brauchten sie von der Oase und andern Geheimnissen zu erfahren! Darum antwortete ich bereitwillig: „Wenn Ihr zurückkehrt? Oh, ich habe gar nichts dagegen."

„Wirklich nicht?"

„Nein, nicht das geringste."

„Das ist mir lieb, sehr lieb; hierher an den Llano habe ich mich verlocken lassen. Meine eigentliche Aufgabe liegt oben in der Ebene jenseits des Mistake-Cañons. Mit diesem Nale-Masiuv bin ich nur deshalb zusammengeraten, weil er mir in den Weg lief. Ich werde zurückkehren und hier nur so lange warten, bis Ihr mit diesen Comanchen fertig seid."

„Da werdet Ihr nicht ohne Gewinn zurückkehren."
„Wieso?"
„Ihr sollt Beute haben. Was tue ich mit diesen Roten? Soll ich sie mit im Llano herumschleppen, sie tränken und ernähren, sie als Gefangene bewachen? Das kann ich mir leichter machen. Ich überlasse sie Euch."
„Mir? Oh!"
„Ja. Nur müßt Ihr mir versprechen, daß Ihr ihnen das Leben schenkt."
„Ich gebe Euch mein Wort darauf."
„Und Eure Hand."
„Ja. Hier ist sie. Topp!"
„*Well!* So nehmt die Kerls mit, bis über den Rio Pecos hinüber, damit sie nicht hierher zurückkehren und mir Dummheiten machen. Dort nehmt Ihr ihnen die Pferde und die Waffen ab und laßt sie laufen."
„Und was wir ihnen abnehmen, das sollen wir behalten, Sir?"
„Natürlich."
„Da nehme ich sie mit, damit sie Euch nicht hier genieren. Sie sind ja von weiter oben her. Nicht?"
„Ja. Also wir sind einig?"
„Völlig einig. Hier gebe ich Euch nochmals meine Hand darauf, daß ich ihnen nichts tue, ihnen nicht ans Leben gehe. Seid Ihr nun zufrieden?"
„Vollauf."
„Und ich bin es auch. Aber seht, der Kerl bewegt sich! Er macht die Augen auf. Das war auch so ein Hieb, wie ihn nur Old Shatterhand zu geben versteht. Möchte keinen haben!"

Der Häuptling kam wieder zu sich. Zunächst schien er nicht zu wissen, was mit ihm geschehen war; dann besann er sich.

„Siehst du wohl, daß ich Wort gehalten habe?" sagte ich zu ihm. „Du bist jetzt mein Gefangener."

Bei diesen Worten nahm ich ihm die Medizin vom Hals und zog ein Streichholz aus der Tasche. Er rief ängstlich aus: „Was willst du mit meiner Medizin tun?"
„Ich verbrenne sie."
„*Uff, uff!* Soll meine Seele verloren sein?"
„Ja, du hast es verdient. Du hast dein Wort gebrochen und wolltest mich töten. Dafür wirst du dreifache Strafe leiden. Du wirst aufgehängt, ich nehme dir die Skalplocke vom Kopf und verbrenne deine Medizin."

Das Hängen ist für einen Indianer die allerschimpflichste

Todesart. Lieber stirbt er eines langsamen, schmerzvollen und dabei rühmlichen Martertodes. Und meine beiden andern Drohungen waren die größten, die es gab. Die Skalplocke rauben, ohne die man nicht jenseits leben kann, und die Medizin verbrennen, damit vernichtete ich ihn und seine Seele für jetzt und für alle Ewigkeit! Er versuchte, die Fesseln zu sprengen, und schrie voller Angst: „Das tust du nicht; das wirst du nicht tun!"

„Ich werde es."

Ich strich das Hölzchen an und hielt die kleine Flamme an den Medizinbeutel, der sofort zu rauchen begann.

„Halt, halt!" brüllte er. „Verschone mich! Nimm mir mein Leben, nur laß mir die Seele! Was muß ich tun? Was muß ich tun, um dich dahin zu bringen, daß du mir diese Bitte erfüllst?"

Ich nahm das Hölzchen weg und antwortete: „Es gibt nur einen einzigen Weg, dich und deine Seele zu retten, einen einzigen."

„Welchen? Sag es schnell!"

Die Augen traten ihm vor Angst und Entsetzen aus den Höhlen, denn ich hatte bereits ein zweites Hölzchen in der Hand.

„Gebiete deinen Leuten, daß sie sich gefangengeben und alle ihre Waffen ausliefern!"

„Das darf ich nicht!"

„So stirb und sei vernichtet!"

Das Hölzchen flammte auf, und der Beutel begann wieder zu rauchen. Da zeterte der Häuptling, daß man es weithin hörte: „Halt, halt ein! Ich tue es! Ich werde diesen Befehl erteilen!"

„Gut! Aber versuch ja nicht, Zeit zu gewinnen oder mich zu täuschen! Ich gebe dir mein festes, unverbrüchliches Wort, daß ich, wenn du dich nur einen Augenblick sträubst, den Befehl zu geben, dann auf keine weitere Bitte hören und die Medizin verbrennen werde. Ich habe gesprochen und halte mein Wort!"

„Ich werde es tun, sicher und gewiß. Mag der ganze Stamm gefangen sein; meine Medizin jedoch muß gerettet werden. Was soll mit den Gefangenen geschehen?"

„Sie werden freigelassen, du auch."

„Und wir behalten unsere Medizinen?"

„Ja."

„So mag Senanda-khasi – Kupferkopfschlange – herkommen, der zweite Häuptling! Ihm werde ich den Befehl geben, und er wird ihn ausführen."

„Gewiß?"

„Ja, er wird gehorchen."

Ich ging wieder bis auf Hörweite auf das Lager zu und rief zu den Roten hinüber: „Der Häuptling Nale-Masiuv will, daß der Unterhäuptling Senanda-khasi zu ihm komme!"

Ich ging zurück. Als wir sahen, daß der Genannte dem Ruf folgte, sagte der Kommandant zu mir: „Welche Macht habt Ihr über diese Menschen, Sir! Ich hätte nicht den Einfall gehabt, die Medizin anzubrennen."

„Das ist es eben, was ich Euch gesagt habe: Man muß die Gebräuche und die Anschauungen der Roten kennen; dann ist man gegen vieles gewappnet, dem Nichtkenner wehrlos verfallen."

Senandi-khasi ging, ohne uns anzusehen, zu dem Häuptling und setzte sich neben ihm nieder. Ihre Unterredung wurde leise geführt, doch war sie außerordentlich erregt; das sahen wir. Dann stand der Unterhäuptling auf, wandte sich an mich und sagte: „Old Shatterhand hat uns alle für diesmal mit einem einzigen Schlag seiner Faust und dann durch seine List besiegt; doch es wird ein besserer Tag kommen, an dem uns der große Manitou günstiger gesonnen ist. Wir sind bereit, uns gefangenzugeben und euch die Waffen auszuliefern. Wohin sollen wir sie legen?"

„Es mögen je zehn und zehn herantreten und sie und alle Munition hier neben dem Häuptling niederlegen. Aber merk dir: Wer eine einzige Waffe verheimlicht, der wird erschossen!"

Er ging, und bald darauf erschienen die Comanchen in einzelnen Gruppen zu zehn Mann, um Gewehre, Messer, Tomahawks, Pfeile, Bogen, Lanzen, Pulver und Kugeln mit finsteren Mienen abzuliefern. Als das geschehen war, sagte ich zum Kommandanten: „Ich übergebe Euch die Gefangenen. Es ist nun Eure Sache, dafür zu sorgen, daß Ihr sie sicher habt. Laßt keinen entwischen!"

„Sorgt Euch nicht, Sir! Bin froh, daß ich sie habe. Werde sie zunächst in unsere Mitte nehmen und mit ihren eigenen Riemen binden."

Während er das durch seine Soldaten ausführen ließ, ging ich wieder ein Stück vor, legte beide Hände als Schallrohr an den Mund und rief zu Old Surehand empor: „*Sis inteh peniyil!* – Die Apachen mögen kommen!"

Dieser Ruf wurde verstanden, und einige Minuten darauf

ritt er an ihrer Spitze im Galopp herunter. Ich ging ihm entgegen. Er sprang vom Pferd und fragte: „Wir sahen, daß Euch der Häuptling erstechen wollte; Ihr habt es ihm freilich gut gegeben. Was ist nun die Folge? Da liegen ja alle Waffen, und die Indsmen sind von den Dragonern eingeschlossen! Sie haben sich ergeben?"

„Ja."

„Wie habt Ihr das angefangen, Sir?"

„Ich drohte, die Medizin Nale-Masiuvs zu verbrennen."

„Recht so! Dumme Kerls, so abergläubisch zu sein! Was werden wir mit ihnen anfangen? Es ist so unbequem, sie mitzuschleppen. Auch werden sie die Oase kennenlernen."

„Nein. Der Kommandant hat den guten Gedanken gehabt, nicht mit uns zu reiten, sondern umzukehren. Dem habe ich sie übergeben. Er erhält dafür ihre Pferde und ihre Waffen und läßt sie erst jenseits des Rio Pecos frei."

„*Well!* Das ist das allerbeste, was geschehen kann. Wir reiten also ohne die Dragoner hinter Vupa-Umugi her?"

„Ja."

„Wann?"

„Wir haben hier nichts mehr zu tun. Unsere Pferde haben getrunken, und die Schläuche sind gefüllt. Wir können sogleich fort."

„Da wollen wir auch nicht lange zögern. Je eher wir den Naiini auf den Hacken sind, desto besser ist's."

„Ja. Wollen nur erst zärtlichen Abschied von dem lieben Kommandanten nehmen!"

Ich stieg aufs Pferd und ritt mit Old Surehand zu ihm hin.

„Wollt ihr schon fort, Mesch'schurs?" fragte er. „Es tut mir wirklich leid, daß wir nicht länger beieinanderbleiben können!"

„Uns ebenso", antwortete ich. „Wir hätten Euch gern noch länger Gelegenheit gegeben, so ‚dumme' Gräbersucher kennenzulernen."

„Oh – ah!" sagte er verlegen.

„Vielleicht wißt Ihr nun, welches Kleidungsstück mehr zu bedeuten hat, der Jagdrock eines Westmanns oder die Uniform eines Dragoneroffiziers. Nehmt das zu Herzen und lebt wohl!"

„Lebt – wohl!" echote er, noch verlegener als vorher.

Wir setzten uns an die Spitze unserer Apachen und ritten fort. Schon nach wenigen Minuten sahen wir, als wir zurückblickten, die Hundert Bäume nicht mehr. Wir kamen von

Stange zu Stange, indem wir der breit und tief ausgetretenen Fährte der Naiini-Comanchen folgten. Je weiter wir trabten, desto sicherer und enger schlossen wir die Kaktusfalle, in die wir sie trieben.

VIERTES KAPITEL

Der „General“

Wenn wir die Zeit, zu der Vupa-Umugi die Hundert Bäume verlassen hatte, mit der verglichen, zu der wir dort fortgeritten waren, und dazu annahmen, daß er seine Pferde wegen der jetzt herrschenden Hitze nicht allzusehr anstrengte, konnten wir uns leicht den Vorsprung berechnen, den er vor uns hatte. Da wir schnell ritten, glaubten wir, ihm höchstens zwei Stunden nach Mittag so nahe zu sein, daß wir seine Comanchen sehen würden.

Das war freilich nicht der Fall. Als uns der Stand der Sonne sagte, daß es schon über drei Uhr sei, hatten wir die Roten noch nicht zu Gesicht bekommen; ihre Fährte jedoch war so neu, daß sie nicht mehr als drei englische Meilen vor uns sein konnten. Wir trieben unsere Pferde zum Galopp an, und bald zeigte mir mein Fernrohr am südöstlichen Horizont einen kleinen Trupp von Reitern, die sich augenscheinlich an die eingesteckten Stangen hielten, also genau unsere Richtung hatten.

„Sollten das die Naiini sein?“ fragte Old Surehand zweifelnd.

„Sicher“, antwortete ich.

„Hm! Ich möchte nicht darauf schwören!“

„Warum? Glaubt Ihr, daß es außer uns und ihnen noch andere Leute gibt, die hier im Llano reiten?“

„Wäre das so unmöglich?“

„Nein, aber sie halten sich an die Stangen.“

„Das beweist nichts.“

„O doch! Sie reiten nach Südosten, das heißt in unserer Richtung; wir müßten sie demnach gesehen haben.“

„Vielleicht kommen sie von Norden und bogen nach den Pfählen ein.“

„Nein, es sind die Comanchen.“

„Es sind über hundert!“

„Tut nichts! Es ist die Nachhut.“

„Glaubt Ihr, daß Vupa-Umugi eine Nachhut zwischen sich und uns gesetzt hat?“

„Ja.“

„Warum?“

„Sie sollen aufpassen und ihm unsere Ankunft melden. Wenn ich ‚unsere‘ sage, so sind natürlich nicht wir, sondern die Dragoner gemeint, die er hinter sich glaubt; denn von uns und unsern Apachen hat er keine Ahnung.“

„Das hat allerdings etwas für sich.“

„Es hat nicht nur etwas, sondern alles für sich; diese Ansicht ist unzweifelhaft richtig. Ihr werdet das sofort sehen, wenn wir ihnen so nahe sind, daß sie uns mit bloßem Auge zu erkennen vermögen.“

„*Well,* wollen es versuchen.“

Wir ritten jetzt noch schneller als vorher, und es zeigte sich bald, daß ich recht gehabt hatte; denn als wir sie mit dem bloßen Auge sahen, hielten sie für einige Augenblicke an; sie hatten uns jetzt auch bemerkt und setzten dann ihre Pferde in Galopp, so daß sie unseren Blicken sehr schnell entschwanden. Sie wollten augenscheinlich Vupa-Umugi melden, daß die Dragoner kämen. Für diese hielten sie uns, weil sie aus solcher Entfernung uns weder einzeln erkennen noch zählen konnten.

Uns war diese Eile nur lieb, weil wir dadurch mit der Nacht den Punkt auf unserer Linie erreichten, der der Oase am nächsten lag. Als wir später dort waren, war es mittlerweile Nacht geworden. Wir durften nicht weiter, denn es war anzunehmen, daß die Comanchen nun ihr Lager beziehen würden, und es war nicht unsere Absicht, jetzt schon mit ihnen zusammenzutreffen. Wir hatten von hier aus bis zu dem Kaktusfeld, in dem wir sie fangen wollten, noch einen tüchtigen Tagesritt vor uns. Ich ließ also fünf Apachen als Posten hier und ritt mit den andern zu der Oase, die wir nach einer Stunde erreichten.

Winnetou war mit seinen Apachen natürlich noch nicht dorthin zurückgekehrt, und Bloody Fox, ihr Führer, fehlte auch. Parker und Hawley waren nicht damit einverstanden, daß sie so lange müßig gelegen hatten, und ich vertröstete sie auf morgen früh, wo sie sich uns anschließen sollten. Als sie sahen, daß Old Wabble fehlte, fragte Parker: „Wo ist denn der alte Cowboy, Sir? Warum läßt er sich nicht sehen?“

„Den haben wir leider nicht mit“, antwortete ich.

„Habt Ihr ihn bei den Posten zurückgelassen?“

„Nein. Er befindet sich bei Vupa-Umugi und seinen Naiini-Comanchen.“

„Bei denen? Ist er ihnen als Kundschafter nachgeritten?“

„Auch das nicht. Er befindet sich nicht hinter, sondern bei ihnen."

„Bei ihnen? Wer soll das begreifen?"

„Ihr werdet es gleich begreifen, wenn ich sage, daß er ihr Gefangener ist."

„Ihr Gefangener? Alle Teufel! Ist's wahr?"

„Ja, leider!"

„Hat er wieder eine seiner Dummheiten gemacht?"

„Und was für eine! Er konnte uns den ganzen Streich verderben; an ihm liegt es nicht, daß es uns gelungen ist, unsern Plan auszuführen."

„Recht so, recht so! Das geschieht Euch ganz recht, Mr. Shatterhand!"

„Wieso? Ihr scheint Euch gar zu freuen!"

„Allerdings. Ich ärgere mich und freue mich. Warum habt Ihr ihn mitgenommen? Weil Ihr geradezu in den alten, unvorsichtigen Kerl verliebt seid, so daß er Dummheit über Dummheit machen kann, ohne daß es Euch einfällt, das zu tun, was das allein Richtige sein würde."

„Was?"

„Ihn zum Teufel zu jagen."

„Das werde ich jetzt tun."

„Das habt Ihr gar nicht mehr nötig, denn dazu ist's zu spät."

„Warum?"

„Er ist ja schon fort."

„Er kommt wieder."

„Ihr wollt ihn befreien?"

„Selbstverständlich!"

„Hm, ja! Sitzenlassen können wir ihn freilich nicht; doch ich gebe Euch wirklich und allen Ernstes den guten Rat, ihn fortzujagen, sobald wir ihn herausgeholt haben; er bringt uns sonst noch in ein Unglück, aus dem wir uns nicht wieder herausarbeiten. Ich verstehe Euch wirklich nicht. Immer muß er bei Euch sein, während Ihr genau wißt, daß man sich nicht auf ihn verlassen kann. Dagegen ich und Jos Hawley, wir beide werden zurückgesetzt und müssen hier warten und Grillen fangen, während Ihr alles auf Euch nehmt und bald hierhin, bald dorthin reitet, um die schönsten Abenteuer zu erleben. Könnt Ihr Euch nicht denken, daß uns das ärgert? So zuverlässig wie Old Wabble sind wir jedenfalls auch!"

„Na, na, das klingt ja grad wie ein Vorwurf, Mr. Parker!"

„Das ist es auch; das soll es auch sein! Wir sind schließlich nicht im Wilden Westen, um Fliegen zu fangen und Regenwürmer zu jagen. Ihr werdet zugeben, daß wir bisher stets zurückgesetzt worden sind."

„Seid froh, wenn ich euch nicht zumute, euch an etwas zu beteiligen, wobei ihr euer Leben aufs Spiel setzen müßt!"

„Unser Leben! Ist das etwa mehr wert als das Eure? Oder haltet Ihr uns für ängstlich? Das verbitten wir uns!"

Er hätte wohl noch länger räsoniert, wenn nicht jetzt der Neger Bob erschienen wäre. Als dieser uns sah, rief er voller Freude: „Oh, ah, Massa Shatterhand und Massa Surehand wieder da! Masser Bob wissen gleich, was tun: Stiefel bringen. Soll Bob Stiefel holen?"

„Ja, wir wollen machen, daß wir die Mokassins wieder loswerden."

Er rannte fort und holte die Stiefel, die wir gegen die Indianerschuhe umtauschten. Als das geschehen war, fragte ich Bob: „Wie steht es mit Schiba-bigk? Er ist doch noch da?"

Er zog eins seiner unbeschreiblichen Gesichter und antwortete: „Nicht mehr da."

„Was? Nicht?"

„Nein. Schiba-bigk sein fort."

Dabei lachte er übers ganze Gesicht und riß den Mund so weit auf, daß man zwischen den prächtigen Zahnreihen hindurch bis hinter an den Gaumen sehen konnte. Er wollte sich einen kleinen Spaß mit mir machen. Ich ging darauf ein, indem ich scheinbar erschrocken fragte: „Fort? Er ist entflohen?"

„Ja, sein entflohen."

„Höre, Bob, das kostet dich das Leben! Ich erschieße dich, wenn er wirklich entflohen ist. Du hast mit deinem Kopf für ihn zu haften!"

„Also Massa Shatterhand Masser Bob erschießen. Schiba-bigk fort, ganz fort. Massa Shatterhand kommen und sich überzeugen!"

„Ja, ich werde mich überzeugen. Hier steckt die Kugel, die ich dir in den Kopf schieße, wenn er nicht in der Stube ist."

Ich zog den Revolver und streckte ihm ihn entgegen. Dann gingen wir zum Haus. Er öffnete die Tür, zeigte in das Innere und sagte: „Hier hineinsehen. Niemand drin!"

Was ich sah, war ein Anblick, der mich zum Lachen reizte. Der junge Häuptling lehnte an der Wand und starrte uns mit vor Wut blitzenden Augen an. Eigentlich lehnte er nicht direkt an der Wand, sondern es befand sich noch etwas zwischen ihm und ihr. Dieses Etwas waren acht lange Stangen, die der Neger wie einen Stern zusammengelegt, mit Riemen vereinigt und dem Roten auf den Rücken gebunden hatte. Dieser Stern war so groß, daß er seinem Träger vom Boden aus weit über den Kopf und auch weit zu beiden Seiten hinausragte. Ja, mit ihm auf dem Rücken war es Schiba-bigk unmöglich, zur Tür hinauszugelangen; er hätte es stehend oder kriechend oder in sonst einer Stellung versuchen können, er wäre stets hängengeblieben. Bequem war das Ding freilich nicht für ihn, und das war wohl der Grund des Ärgers, mit dem er uns ansah.

„Er ist ja da; dort steht er ja!" sagte ich zu Bob, indem ich mich überrascht stellte.

„Ja, er ist da!" Er lachte mich fröhlich grinsend an.

„Also nicht entflohen!"

„Nein."

„Du sagtest es aber!"

„Oh, oh! Bob nur machen Spaß, schönen Spaß! Bob doch nicht werden fliehen lassen Indianer, wenn er soll aufpassen auf ihn!"

„Und was hast du ihm da auf den Rücken gebunden?"

„Massa Shatterhand es sehen! Indianer soll nicht werden hauen und schlagen, auch soll nicht werden erstechen oder erschießen, und Masser Bob ihn nicht dürfen fortlassen. Da Masser Bob sein klug und pfiffig und ihm binden acht lange Stangen auf Buckel."

„Hm! Hat er es denn geduldet?"

„Er nicht wollen; da Masser Bob sagen, daß ihm geben viel Maulschellen, und er dann haben ganz sehr ruhig machen lassen. Sein Masser Bob da nicht klug und pfiffig wie Fliege auf Nase?"

Ich konnte ihm auf diese höchst selbstbewußte Frage nicht antworten, denn Schiba-bigk rief mir jetzt zornig zu: „*Uff!* Mein weißer Bruder mag mich sogleich von diesen Stangen befreien!"

„Warum?" fragte ich ruhig.

„Ist es eines Häuptlings würdig, ihn in dieser Weise zu quälen?"

„Du bist hier nicht Häuptling, sondern Gefangener."

„Ich kann weder sitzen noch liegen."

„So mußt du eben stehen."

„Ich denke, Old Shatterhand behandelt selbst seine Feinde so, als ob sie seine Freunde seien."

„Ich bin dein Freund. An dieser Tatsache ändern die Stangen, die du auf dem Rücken trägst, nichts."

„Es ist eine Qual!"

„Ich denke, du achtest Schmerzen nicht."

„Pshaw! Schmerzen sind es nicht, die ich leide. Warum hast du dem Nigger den Befehl gegeben, das mit mir zu tun?"

„Ich habe es ihm nicht befohlen."

„So hat er es aus eigenem Antrieb getan?"

„Ja."

„Dann werde ich ihn töten, sobald ich wieder frei geworden bin."

„Das wirst du nicht!"

„Ich werde es!"

„Dann wirst du nie wieder frei sein! Ich habe ihm geboten, dich loszubinden und gut zu behandeln. Hast du gehungert?"

„Nein."

„Oder gedürstet?"

„Nein."

„So hast du also alles gehabt, was du brauchtest. Worüber beschwerst du dich da?"

„Darüber, daß er mir diese Stangen auf den Rücken gebunden hat. Das tut man mit keinem Häuptling der Comanchen!"

„Wo steht das geschrieben, oder wer hat das gesagt? Sprechen etwa die alten Wampums oder Überlieferungen der Comanchen davon? Nein! Daß man es tut, das hast du jetzt an dir selbst erfahren. Und wer ist schuld daran, daß es geschehen ist? Du selbst!"

„Nein."

„Doch! Du hast gesagt, daß du fliehen würdest, sobald sich dir eine Gelegenheit dazu biete. Der Neger mußte dich bewachen und hat dir durch die Stangen diese Gelegenheit genommen. Du wirst einsehen, daß er nichts als seine Pflicht getan hat."

„Er hat mich dadurch lächerlich gemacht! Ich will lieber große Schmerzen erleiden als diese Stangen tragen!"

„Das hat er freilich nicht gewußt; er hat es gut gemeint. Hättest du mir dein Wort gegeben, nicht zu entfliehen, würdest du draußen im Freien sitzen und alle die Ehren genießen, die einem Häuptling gebühren."

„Ich darf dieses Wort nicht geben!"

„Du darfst!"

„Nein!"

„Du darfst es tun, weil deine Weigerung dir nichts nützen würde."
„Ich würde unsere Krieger aufsuchen und sie warnen!"
„Du würdest sie nicht finden!"
„Ich finde sie!"
„Nein. Du weißt nicht, wo sie sind."
„Ich weiß es."
„Nein, du hast ja keine Ahnung von dem, was heute geschehen ist."
„Soll ich es nicht erfahren?"
„Eigentlich nicht, aber ich will es dir dennoch sagen. Aus dieser Aufrichtigkeit magst du ersehen, daß wir unserer Sache sicher sind und daß dir die Flucht keinen Vorteil brächte."
„So sprich!"
„Glaubst du zunächst, daß wir euern Plan durchschauen?"
„Ich weiß, daß ihr ihn kennt."
„Ihr wolltet die weißen Reiter in die Irre führen und bei dieser Gelegenheit die Oase hier in Besitz nehmen. Du rittest voran, um Vupa-Umugi den Weg hierher zu zeigen. Dann wolltet ihr die Stangen anders stecken und die Bleichgesichter hinter euch herlocken. Nach ihnen sollte Nale-Masiuv kommen, um sie einzuschließen und ihnen den Rückweg zu verlegen. Ist es so?"
„Mein weißer Bruder hat es erraten."
„Ja, ich muß es sehr genau wissen, sonst würdest du es nicht in dieser Weise eingestehen. Nun weißt du am allerbesten, daß wir dich gefangengenommen haben, noch ehe du damit fertig warst, Vupa-Umugi den Weg hierher zu zeigen."
„Ich weiß es."
„Du hast auch gesehen, daß Winnetou mit fünfzig Apachen fortgeritten ist, um die Stangen zu entfernen und in falscher Richtung anzubringen?"
„Ich sah es."
„*Well.* Wir sind dann von hier fortgeritten, um die Krieger der Comanchen zu beobachten. Als wir bei den Hundert Bäumen waren, sahen wir, daß Winnetou seine Sache sehr gut gemacht hatte. Die Stangen steckten in einer Richtung, durch die Vupa-Umugi mit seinen Leuten in die Einöde geführt wird, wo es kein Wasser gibt.
„*Uff!*"
„Ja, ich will dir sogar mit noch größerer Aufrichtigkeit sagen, daß wir ihm eine weit gefährlichere Falle gestellt haben, als du

dir vielleicht denken wirst. Die Stangen werden ihn morgen mitten in ein großes, undurchdringliches Kaktusfeld führen, aus dem es kein Entrinnen gibt. Der Weg führt ihn hinein, aber nicht wieder heraus."

„Uff!"

„Er wird länger als eine Stunde reiten, bis er in der Mitte dieses großen Kaktusfeldes ist. Da ihn die Stangen in diese Falle leiten, wird er denken, du habest sie gesteckt, und ihnen folgen. Er wird annehmen, daß dieser Weg ihn wieder ins Freie bringt; aber dieser Weg hört plötzlich auf, und eure Krieger können weder nach vorn noch nach der Seite weiter. Es bleibt ihnen nichts übrig, als umzukehren. Doch sobald sie sich wenden, sehen sie uns mit dreihundert Apachen hinter sich. Wir halten den Weg besetzt und lassen sie nicht wieder heraus."

„Uff!"

Er stieß dieses eine Wort nun zum drittenmal aus. Er war so eingeschüchtert, daß er nichts anderes zu sagen wußte.

„Sag mir nun, was eure Krieger tun werden?" fuhr ich fort.

„Sie werden sich verteidigen."

„Wie wollen sie das anfangen?"

„Sie werden auf euch schießen."

„Glaubst du?"

„Ja, sie sind tapfere Krieger, denen es nicht einfallen wird, sich ohne Widerstand zu ergeben."

„Das sagst du, weil du dich hier in diesem Haus befindest und nicht in der Falle steckst. Der Weg, der in den Kaktus führt, ist sehr schmal; es finden nur wenige Reiter nebeneinander Platz. Wenn sich eure Krieger umgedreht haben und auf uns schießen wollen, können sie nicht Front gegen uns machen, sondern werden in einer langen, schmalen Linie hintereinander stehen, so daß nur die vordersten auf uns schießen könnten. Und wenn sie das täten, es würde uns keine von ihren Kugeln erreichen."

„Meinst du, daß sie so schlechte Schützen sind?"

„Nein. Aber wir haben, wie du weißt, Gewehre, die viel weiter tragen als die ihren. Dadurch können wir sie so fern von uns halten, daß es ihnen unmöglich ist, uns zu treffen."

„Uff!"

„Sie werden also mitten im Kaktus stecken, ohne uns im geringsten zu schaden."

„Und ihr? Was werdet ihr tun?"

„Wir werden einfach warten, bis sie sich ergeben. Wir haben Wasser, sie haben keins."

„Und wenn sie sich nicht ergeben?"

„So müssen sie verschmachten."

Da ging ein leises Lächeln über sein Gesicht, und er sagte: „Old Shatterhand ist ein kluger Mann, doch an alles denkt auch er nicht!"

„Meinst du? Kennst du für die Comanchen einen Weg, uns zu entkommen?"

„Ja."

„Einen Weg, den ich nicht kenne?"

„Wenn du an ihn gedacht hättest, würdest du ganz anders sprechen. *Howgh!*"

Seine Züge waren zuversichtlich geworden. Es war kein Zweifel, er hatte einen Einfall, auf welche Weise uns die Comanchen entgehen könnten. Und diesen Einfall hielt er für vortrefflich, wie das Wort *„Howgh!"* bezeugte, das hier einen Ausruf der Versicherung bedeutete.

„Howgh?" fragte ich. „Bist du deiner Sache so gewiß?"

„Ja."

„Welchen Weg meinst du?"

„Hält Old Shatterhand mich für so unklug, es ihm zu sagen?"

„Nein. Du brauchst es mir nicht zu sagen, denn ich weiß es bereits. Wenn du glaubst, Old Shatterhand habe nicht an alles gedacht, so irrst du dich. Ich denke, du müßtest mich kennen."

„So sag, was ich meine!"

„Warte noch! Selbst wenn du einen Rettungsweg für eure Krieger wüßtest, an den ich nicht denke, müßtest du dich fragen, ob sie auch auf den Gedanken kommen werden, den du für so vortrefflich hältst."

„Sie kommen sicher darauf!"

„Schön! Da nehmen wir sie natürlich nicht bloß von vorn, sindern auch von hinten."

„Uff!"

Dieser Ausruf klang wie Schreck.

„Nun?" fragte ich lächelnd. „Hat Old Shatterhand wirklich nicht an alles gedacht?"

„Ich – weiß – es nicht", antwortete er zögernd.

„Aber ich weiß es; ich kenne den Rettungsweg, der leider nur in deiner Einbildung lebt. Du hast dir im stillen gesagt: Wenn die Comanchen mitten im Kaktus stecken, brauchen sie nicht die Hoffnung zu verlieren; sie haben ja ihre Messer mit, mit deren Hilfe sie sich einen Weg aus der Falle zu bahnen vermögen. Habe ich recht oder nicht?"

„Uff, uff!" antwortete er niedergeschlagen.

„Ja, du hast dich jetzt für sehr klug gehalten. Doch bedenke, wie lange es dauern würde, ehe ein solcher Weg fertig wäre! Er würde schmal sein, und es könnten also nur wenige daran arbeiten. Es vergingen Tage darüber! Und denkst du, daß wir dabei ruhig zusehen würden?"

Er schwieg.

„Ich würde unsere Leute teilen und die Hälfte zur andern Seite des Kaktus schicken, um auf diese Weise eure Krieger zwischen uns zu haben. Wir könnten auch noch viel kürzeren Prozeß machen und alle Comanchen in wenigen Minuten vernichten, ohne daß es uns einen Schuß kostet."

„Wie?"

„Wir brennen den Kaktus an."

„Uff! Da müßten doch alle unsere Krieger verbrennen!"

„Allerdings!"

„So etwas tut Old Shatterhand nicht!"

„Poche nicht so sicher auf meine Güte!"

„Nein, nein, das tut er nicht!"

„Mag sein! Ich wollte dir damit nur sagen, daß es keine Rettung für eure Krieger gibt; sie werden uns nicht entgehen."

„Ja, wenn ihr sie in dieser Weise einschließt, müssen sie sich ergeben; ihr werdet sie freilich nicht ewig umzingeln können."

„Wirklich?"

„Ihr werdet von der Falle fortmüssen."

„Warum?"

„Hast du denn ganz vergessen, daß Nale-Masiuv kommen wird? Denkst du nicht an ihn?"

„Oh, ich habe ihn nicht vergessen."

„So weißt du, daß er euch folgt. Er ist dann hinter euch, und vor euch habt ihr Vupa-Umugi; ihr steckt zwischen ihnen und befindet euch dann in einer ebenso schlimmen Falle, wie die ist, in die ihr Vupa-Umugi locken wollt. Old Shatterhand wird mir recht geben."

Sein Gesicht hatte wieder einen zuversichtlichen Ausdruck angenommen. Ich antwortete: „Leider kann ich dir nicht das Vergnügen machen, dir recht zu geben. Es ist inzwischen etwas geschehen, was du noch nicht erfahren hast. Und selbst wenn die Lage genauso wäre, wie du sie dir denkst, würdest du dich verrechnet haben, denn Nale-Masiuv würde nicht hinter uns kommen."

„Doch!"

„Nein. Vor ihm sind die weißen Kavalleristen; das hast du vergessen."

„Uff!" klang es enttäuscht.

„Siehst du ein, daß alle deine Gedanken falsch sind, während Old Shatterhand richtig denkt? Auch wenn heute gar nichts dazwischengekommen wäre, könnten wir Vupa-Umugi ruhig eingeschlossen halten, ohne uns um Nale-Masiuv zu kümmern; diesem wäre es unmöglich, uns zu stören, denn ihn würden die Dragoner auf sich nehmen."

„Uff, uff!"

„Aber das wird gar nicht geschehen. Mein junger Bruder hat mich vorhin unterbrochen, als ich von den Hundert Bäumen sprach. Wir lagerten versteckt in deren Nähe und sahen Vupa-Umugi. Er hatte keine Ahnung von unserer Anwesenheit und hielt es nicht für nötig, Vorsichtsmaßregeln zu treffen. Darum gelang es mir und Old Surehand, uns in sein Lager zu schleichen und ihn wieder einmal zu belauschen. Als wir genug gehört hatten, entfernten wir uns, ohne entdeckt worden zu sein. Früh zog er mit seinen Comanchen fort, den Stangen nach, die Winnetou für ihn errichtet hatte."

„In welcher Richtung?"

„Mein junger Bruder fragt sehr schlau; Old Shatterhand wird nicht weniger klug sein und ihm nicht antworten."

„Wenn du es auch sagtest, würde es uns trotzdem nichts nützen!"

„O doch! Wenn es dir gelänge, heute noch zu entfliehen, wüßtest du dann, in welcher Gegend du eure Krieger zu suchen hättest. Du wirst es also nicht erfahren. Ich freue mich übrigens außerordentlich darüber, daß du deinen ganzen Scharfsinn aufbietest, mich trotz aller Hoffnungslosigkeit zu überlisten. Ich spreche weiter: Als Vupa-Umugi fort war, trafen die weißen Soldaten bei den Hundert Bäumen ein. Was denkst du, was ich da getan habe?"

„Du hast mit ihnen gesprochen?"

„Ja!"

„Sie gewarnt?"

„Natürlich!"

„Uff!"

„Ich habe sie nicht nur gewarnt, sondern meine Apachen mit ihnen vereinigt, um Nale-Masiuv in Empfang zu nehmen."

„*Uff!* Ihr habt mit ihm gekämpft?"

„Nein."

„Er kam gar nicht? Er sandte Kundschafter voraus, die euch sahen und Verdacht schöpften?"

„Nein, so klug seid ihr Comanchen nicht! Er sandte allerdings Kundschafter, die uns freilich nicht sahen, weil wir uns versteckt hielten. Dann kam er selbst mit seiner ganzen Schar und lagerte am Wasser. Er sah die Spuren der weißen Reiter und glaubte, sie seien fort, hinter Vupa-Umugi her. Darum hielt er es nicht für nötig, vorsichtig zu sein, und es gelang uns leicht, ihn zu umzingeln."

„*Uff, uff!* Er ist umzingelt worden? Und doch sagst du, er habe nicht mit euch gekämpft!"

„Er war zu feig dazu und ging auf eine Beratung mit mir ein. Ich saß mit ihm allein beisammen; keiner hatte eine Waffe mitbringen sollen; aber wie er vorher feige gewesen war, so war er jetzt nun hinterlistig. Während ich mit ihm sprach, zog er plötzlich ein Messer, um mich zu erstechen."

„*Uff!* Hat er das wirklich getan?"

„Ja."

„Das ist eines Kriegers unwürdig!"

„Zumal wenn dieser Krieger ein Häuptling ist!"

„Hat dich sein Messer getroffen?"

„Nein. Auch er täuschte sich in mir, denn ich hatte ihn scharf beobachtet und war auf der Hut. Als er den Arm mit dem Messer hob, schlug ich ihn nieder."

„Mit der Faust?"

„Womit sonst? Ich hatte ja keine Waffe bei mir."

„*Uff, uff!* Wieder mit der Faust! War er tot?"

„Nein, denn ich wollte ihn nicht töten. Ich nahm ihn schnell auf meine Schulter und trug ihn zu meinen Apachen und den weißen Kriegern."

„Ohne daß die Comanchen dich hinderten?"

„Das konnten sie nicht, denn es geschah so rasch, daß sie keine Zeit dazu fanden. Und dann durften sie sich uns nicht nähern, weil wir sonst ihren Häuptling getötet hätten. Als er aus seiner Bewußtlosigkeit erwachte, drohte ich, ihm die Skalplocke zu nehmen, seine Medizin zu verbrennen und ihn dann aufzuhängen."

„Du wolltest seine Seele töten?"

„Ja."
„Das hat er nicht zugegeben; das hat er ganz gewiß nicht zugegeben; ich weiß es. Ich glaube zwar nicht daran; er aber ist der Ansicht aller roten Männer, daß dadurch der Geist eines Kriegers vernichtet wird."
„Du meinst, er habe es nicht zugegeben? Was hätte er dagegen tun können, wenn ich meine Absicht ausgeführt hätte?"
„Lieber hat er sich gefangengegeben!"
„Er allein?"
„Er al... *Uff, uff!* Doch nicht etwa auch alle seine Krieger mit?"
„Ja, alle!"
„War es nicht genug mit ihm allein?!"
„Nein. Ich mußte sie alle haben, das wirst du einsehen."
„Und du hast das erreicht?"
„Ja."
Da senkte er den Kopf und sagte in gedrücktem Ton: „So ist alle meine Hoffnung dahin! Selbst wenn es mir gelänge, heute von hier zu fliehen, könnte ich weder Vupa-Umugi noch seine Krieger retten."
„Nein. Erstens wüßtest du nicht, wo er zu suchen ist, und zweitens könnte dich Nale-Masiuv nicht unterstützen."
„Wo habt ihr ihn und seine Krieger?"
„Er ist mit seinen Leuten zurück zu seinem Dorf."
„*Uff!* So bist du so gütig gewesen, ihnen die Freiheit gleich wiederzugeben?"
„Nein, so gütig war ich nicht. Du wirst einsehen, daß eine solche Güte die größte Dummheit gewesen wäre, die ich hätte begehen können."
„Warum?"
„Ich hätte diesen Leuten das Versprechen abnehmen müssen, sofort umzukehren und heimzureiten."
„Sie hätten es gegeben."
„Aber nicht gehalten!"
„Du traust ihnen nicht?"
„Ich traue keinem Comanchen."
„Auch mir nicht?"
„Dir allein würde ich wahrscheinlich Glauben schenken, denn du kennst den großen, guten Manitou und weißt, daß er alle Unwahrheit und Verräterei bestraft."
„Du hast sie also nicht freigegeben und sagst dennoch, daß sie zurückgekehrt seien?"

„Als Gefangene."
„Wessen?"
„Der weißen Dragoner. Diese haben den Rückweg angetreten und sie mitgenommen."
„Gefesselt?"
„Ja."
„So werden sie sie töten!"
„Nein. Der Anführer dieser Bleichgesichter hat mir sein Wort gegeben, ihnen das Leben zu schenken."
„Wird er es halten?"
„Ja, ich bin überzeugt davon."
„So wird er sie wenigstens ausrauben!"
„Ausrauben? Was nennst du ausrauben? Gehört nicht der Besiegte mit allem, was er hat, dem Sieger?"
„Auch bei den Christen?"
„Auch bei uns, denn ihr zwingt uns, euch genauso zu behandeln, wie ihr uns behandelt. Ihr als Sieger würdet uns nicht nur unser Eigentum, sondern auch das Leben nehmen. Wenn wir euch das Leben schenken, ist das eine so große Güte, daß ihr unmöglich mehr verlangen könnt."
„Also werden die weißen Soldaten den Comanchen alles nehmen, was sie bei sich haben?"
„Die Pferde und die Waffen, ja."
„Wie sollen die roten Krieger ohne Pferde und ohne Waffen leben?"
„Das ist ihre Sache. Ihr seid es, die das Kriegsbeil ausgegraben haben; das wäre nicht geschehen, wenn ihr weder Pferde noch Gewehre hättet. Wenn wir euch beides nehmen, begehen wir keinen Raub, denn es ist unsere rechtmäßige Beute, und wir sorgen gleichzeitig dafür, daß ihr nicht so bald wieder imstande seid, den Frieden zu brechen."
„So werdet ihr wohl auch Vupa-Umugi und seinen Kriegern die Gewehre und die Pferde nehmen?"
„Wahrscheinlich."
„*Uff!* Das ist schlimm!"
„Schlimm für euch, ja; doch ihr habt es nicht anders verdient. Denk nur an dich! Wer mit jemand die Pfeife der Freundschaft und des Friedens raucht und ihm verspricht, seinen Wigwam keinem Menschen zu verraten, und dann mit einer großen Kriegerschar gezogen kommt, um ihm den Wigwam und den Leben zu nehmen, der hat mehr, weit mehr verdient, als daß er nur sein Pferd und sein Gewehr einbüßt. Das wirst du einsehen!"

Er sah es allerdings ein und sagte betrübt: „Also auch mein Gewehr und mein Pferd!"

„Nein, das nicht. Ich mag dich und betrachte mich trotz deiner Feindseligkeit noch immer als deinen Freund. Du wirst behalten, was du hast. Und auch was Vupa-Umugi und seine Indsmen betrifft, will ich sehen, ob es möglich ist, Güte walten zu lassen. Es kommt ganz darauf an, wie sie sich gegen uns verhalten."

„Wie sollen sie sich verhalten? Sie sind Krieger und werden sich wehren."

„Das wollen wir nicht wünschen. Wenn unsererseits Blut fließt, die wir keins vergießen wollen, dürft ihr auf keine Nachsicht rechnen. Ich hoffe allerdings, es wird mir gelingen, den Häuptling zu überzeugen, daß Widerstand geradezu Tollheit wäre. Ich denke, daß er meine Gründe verständiger beurteilen wird als du."

„Als ich?" fragte er verwundert.

„Ja. Ich wollte dir deine Gefangenschaft so leicht wie möglich machen und forderte nur das Versprechen, nicht zu fliehen. Du hast es mir verweigert, weil du nicht einsahst, daß deine Flucht euch nur schaden würde. Dadurch zwingst du mich, streng zu sein."

„Ich gab das Versprechen nicht, weil ich nicht wußte, was ich jetzt weiß."

„So siehst du also ein, daß du euern Kriegern nicht zu helfen vermagst?"

„Ja."

„Dann ist es noch Zeit zu diesem Versprechen."

„Ich gebe es."

„Gut! Aber denk dabei auch daran, daß du durch dein Verhalten nicht nur dir allein, sondern allen den Deinen entweder nützen oder schaden wirst. Was du tust, sei es gut oder böse, wird ihnen mit vergolten. Würdest du dein Wort brechen, käme die Strafe dafür nicht nur über dich, sondern auch über sie!"

„Ich breche es nicht!"

„Wohl! Und welche Bürgschaft bietest du mir dafür?"

Er sah mich fragend an; darum erklärte ich ihm: „Auf mein Wort kannst du dich verlassen, ich dagegen auf das Versprechen eines Roten nie."

„Würdest du Winnetou glauben?"

„Alles, aber er ist eine Ausnahme."

„Wenn du einem roten Krieger die Medizin als Pfand abnimmst, muß er jedes Versprechen halten."

„Das kann ich bei dir nicht tun, denn du glaubst nicht an die Macht der Medizin."

„So werde ich die Pfeife des Schwurs mit dir rauchen!"

„Auch das gilt mir nicht als Pfand. Du hast sie mit mir und Bloody Fox geraucht und dein Wort trotzdem gebrochen."

Da senkte er die Augen und sagte leise und betrübt: „Die Strafe, die ich von Old Shatterhand empfange, ist schwer, sie richtet sich nicht gegen meinen Körper, aber sie erfüllt meine Seele mit tiefem Schmerz."

Ich sah es ihm an, daß dieser Schmerz echt und seine Betrübnis aufrichtig war; darum antwortete ich: „Du hast gehört, daß ich mich noch immer als deinen Freund und Bruder betrachte, und so will ich jetzt einmal ausnahmsweise auf meine gewöhnliche Vorsicht verzichten und dir Glauben und Vertrauen schenken. Doch mein Herz würde sehr traurig sein, wenn ich mich abermals in dir täuschte. Wirst du fliehen, wenn ich dich jetzt freigebe?"

„Nein."

„Wirst du ohne meine Erlaubnis diese Oase verlassen?"

„Nein."

„Ich wünsche auch nicht, daß du versuchst, auf dem Weg durch den Kaktus hinaus zu deinen Comanchen zu gehen, um mit ihnen zu sprechen!"

„Ich tue es nicht. Selbst wenn sie hereinkämen, würde ich schweigen, bis ich deine Erlaubnis hätte."

„So gib mir deine Hand darauf, wie es Männer und Krieger tun, die zu stolz sind, als daß sie nach einem Vorteil trachten, der nur durch die Lüge zu erlangen ist!"

„Hier hast du die Hand! Du kannst mir glauben; sie gilt so viel, als ob ich mich selbst dir übergäbe!"

Er sah mir dabei mit einem so aufrichtigen Blick in die Augen, daß ich völlig überzeugt war, er würde mich nicht täuschen. Der Sicherheit wegen und um des Negers willen fügte ich hinzu: „Du warst zornig auf Bob?"

„Sehr."

„Wirst du dich rächen?"

„Nein. Ein roter Krieger ist zu stolz, sich an einem schwarzen Mann zu rächen. Dieser Nigger wußte nicht, was er tat. Er ahnte nicht, daß es gegen die Würde eines Häuptlings ist, ihm solche Stangen auf den Rücken zu binden."

„Ich werde dich von ihnen befreien."

Ich nahm sie ihm ab. Er streckte die steif gewordenen Glieder und ging dann mit mir hinaus ins Freie, wo die Pferde wieder zum Abend getränkt wurden. Mutter Sanna brachte uns das Essen, und als das beendet und am Wasser Ruhe eingetreten war, legten wir uns nieder, denn wir mußten morgen wieder mit der Sonne aufstehen. Schiba-bigk legte sich zwischen mich und Old Surehand, ohne daß wir das verlangten. Er wollte sich freiwillig unter unsere Aufsicht stellen und dadurch beweisen, daß er es mit seinem Versprechen ehrlich meinte.

Als wir am frühen Morgen aufgestanden waren, füllten wir alle vorhandenen Schläuche mit Wasser, versahen uns mit Proviant und ritten fort, nachdem ich von Schiba-bigk Abschied genommen hatte. Bob stand am Weg und fragte mich: „Massa Shatterhand sagen, ob Bob jungen Indianerhäuptling wieder bewachen!"

„Nein, es ist nicht nötig."

„Auch nicht wieder Stangen auf Buckel binden?"

„Nein. Er hat versprochen, nicht zu fliehen, und wird sein Versprechen halten."

Obgleich ich das mit vollster Überzeugung sagte, fiel es mir nicht ein, die nötige Vorsicht zu versäumen. Es blieben so viel Apachen draußen am Kaktusfeld, wie nötig waren, die fünfzig gefangenen Comanchen zu bewachen, und ich gab dem Anführer dieser Wächter den Befehl, auch auf Schiba-bigk mit achtzuhaben und ihn auf keinen Fall herauszulassen. Dann ritten wir fort, zweihundert Mann stark, mehr als genug, mit den Comanchen fertig zu werden. Diesmal nahmen wir natürlich auch Parker und Hawley mit.

Zunächst suchten wir die Stelle auf, an der wir gestern die fünf Apachen als Posten zurückgelassen hatten. Sie waren gleich nach Tagesgrauen so klug gewesen, nach den Comanchen auszuschauen, und hatten nach einem nur kurzen Ritt den Ort gefunden, wo diese gelagert hatten; die Naiini waren schon aufgebrochen; sie hatten es also auch heute wieder sehr eilig. Wir folgten ihnen schnell, und zwar so, daß ich sie zuweilen vor das Fernrohr bekam, ohne uns ihnen aber so weit zu nähern, daß sie erkennen konnten, ob Rote oder Weiße hinter ihnen seien, denn sie sollten uns, wie es sich von selbst versteht, für die Dragoner halten.

Es verging der ganze Tag, ohne daß etwas Erwähnenswertes geschah, als daß sich gegen Abend ein starker Wind erhob, wie er im Llano Estacado nicht selten ist. Er kam von Norden, hatte über einen großen Teil der Wüste gestrichen und war also sehr heiß. Wir hatten ihn zwar halb im Rücken, doch belästigte er uns immerhin, und zwar nicht nur durch seine Hitze, sondern noch mehr dadurch, daß er den Sand aufwirbelte und ihn uns in Augen, Ohren, Mund und Nase trieb.

„Dummer Wind!" brummte Parker mißmutig. „Brauchte jetzt nicht zu wehen, sondern konnte warten, bis wir wieder am Wasser sind. Man kann ja kaum sehen und Atem holen!"

„Räsoniert nicht, Mr. Parker!" antwortete ich. „Ich freue mich über ihn und sage Euch, daß er mir außerordentlich gelegen kommt."

„Gelegen, sagt Ihr? Wüßte wirklich keinen Grund dazu."

„Ich meine wegen Winnetou."

„Seinetwegen? Warum?"

„Seht Ihr denn nicht, daß dieser Wind, indem er den Sand in die Höhe treibt, die Spuren der Comanchen verwischt? Wir würden ihnen gar nicht folgen können, wenn die Pfähle nicht wären."

„Ja, das sehe ich allerdings; doch was hat das mit Winnetou zu tun?"

„Sehr viel, denn seine Spuren werden auch verwischt."

„Hm! Ist das nicht gleich?"

„Ganz und gar nicht, Winnetou wird durch die Pfähle bis in die Falle geleitet, nicht?"

„Yes."

„Er muß also ein Stück in das Kaktusfeld hineinreiten, in dem wir die Comanchen fangen wollen. Er darf freilich nicht drin bleiben, sondern muß wieder heraus, muß umkehren."

„Das ist selbstverständlich, denn wenn er das nicht täte, wäre er selbst gefangen. Soviel sehe ich auch ein, Sir."

„Die Folgen scheint Ihr nicht einzusehen."

„Welche Folgen?"

„Daß die Roten seine Spuren sehen und also erfahren würden, daß er umgekehrt ist. Würde das nicht ihr Mißtrauen erregen?"

„Möglich!"

„Das ist nicht nur möglich, sondern es würde unbedingt geschehen. Diese Roten sind erfahrene und schlaue Kerls, und Ihr als Westmann müßtet eigentlich die Gedanken, die sie dabei haben würden, leicht erraten."

„Na, da will ich einmal raten! Sie halten die Spuren Winnetous und seiner Apachen für die Fährte von Schiba-bigks Comanchen. Diese führt in den Kaktus hinein, kommt jedoch wieder heraus und führt seitwärts weiter. Was werden sie anderes denken, als daß Schiba-bigk sich verritten oder verirrt hat und daß der rechte Weg nicht in den Kaktus führt, sondern in die neue Richtung, die er eingeschlagen hat. Ist das so richtig, Mr. Shatterhand?"

„Ja."

„Sie werden also nicht in den Kaktus, nicht in die Falle gehen, sondern der neuen Fährte folgen. Ihr seht, Sir, daß ich nicht so dumm bin, wie Ihr dachtet, und auch etwas errate."

„Darauf brauchst du dir aber ganz und gar nichts einzubilden, alter Sam", rief ihm Jos Hawley zu.

„Meinst du? Warum denn nicht?"

„Weil du nicht von selbst auf diesen Gedanken gekommen bist. Du bist doch erst durch Mr. Shatterhand darauf gebracht worden."

„So? Mag sein. Aber darum ist es nicht nötig, daß du es unternimmst, meinen Schulmeister und Ermahner zu spielen."

„Wollte dich nur vor Überhebung bewahren!"

„Das konntest du dir ersparen, denn du bist ja selbst nicht . . ."

„Keinen Streit, Mesch'schurs!" fiel ich ein. „Der Gedanke ist da; ob er von mir oder von Mr. Parker stammt, das bleibt sich gleich. Wir müssen nur nicht bei ihm stehenbleiben, sondern weiterdenken. Die Comanchen würden also der neuen Fährte Winnetous folgen. Und wohin wird diese führen, Mr. Parker?"

„Natürlich her zu uns", antwortete er.

„Gewiß. Winnetou bleibt nicht dort, sondern sucht uns auf. Er wird sich erst seitwärts entfernen und sich dann zu den Pfählen zurückwenden; das würden sie entdecken, wenn sie hinter ihm herritten, und Ihr könnt Euch denken, wie geeignet das wäre, ihr Mißtrauen zu wecken. Das Gelingen unseres Plans stände auf dem Spiel. Da kommt nun der Wind und zerstört alle vorhandenen Spuren. Muß uns das nicht lieb sein? Ich sage Euch, daß ich mich außerordentlich darüber freue. Er bläst gerade zur rechten Zeit, als ob er ein vernünftiges Wesen wäre und die Absicht hätte, uns beizustehen. Winnetou wird ebenso froh darüber sein wie ich."

„Hm, ja!" brummte Parker wieder. Er suchte nach einer Gelegenheit, zu zeigen, daß er meine Hilfe nicht brauchte, sondern auch selbständig zu denken vermochte. „Was Ihr sagt, ist ganz gut, Mr. Shatterhand, aber nur für den Fall, daß Winnetou das Kaktusfeld schon erreicht hat, ehe sich dieser schöne Wind erhob."

„Das ist gewiß der Fall."

„So?"

„Ja. Ich möchte behaupten, daß er mit dem Einstecken der Pfähle längst fertig ist und sehr bald zu uns stoßen wird."

„Wenn er uns nur auch trifft!"

„Keine Sorge! Der Häuptling der Apachen weiß, was er zu tun hat. Es wäre geradezu ein Wunder, wenn er uns verfehlte. Übrigens möchte ich es wenigstens ein halbes Wunder nennen, daß die Comanchen so fortdauernd und vertrauensvoll hinter ihm herreiten. Mir an Stelle Vupa-Umugis wäre die Sache schon lange in hohem Grad bedenklich geworden. Euch wohl nicht, Mr. Parker?"

„Warum bedenklich, Sir?"

„Schiba-bigk kannte den Weg von den Hundert Bäumen zur Oase des Bloody Fox und hat es jedenfalls Vupa-Umugi gesagt, wie weit es dorthin ist. Nun reiten sie fort und immer fort, und die Oase zeigt sich nicht. Sie hätten sie gestern abend erreichen müssen und sind nun heute noch den ganzen Tag geritten, ohne an ihr Ziel zu gelangen. Wenn das nicht bedenklich ist, so gibt es überhaupt nichts Bedenkliches in der Welt."

„Das ist freilich richtig. Sie hätten längst anhalten sollen, um sich die Sache zu überlegen. Wahrscheinlich nehmen sie an, daß sich Schiba-bigk irrte, als er von dem Weg und von der Entfernung sprach, oder daß sie ihn nicht richtig verstanden haben."

„Wahrscheinlich ist es so; aber dazu kommt etwas anderes, was sie unaufhaltsam weitertreibt, nämlich der Durst. Sie haben seit gestern früh kein Wasser für sich und die Pferde gehabt. Wenn sie umkehren, brauchen sie volle zwei Tage, um bei den Hundert Bäumen welches zu finden. Lieber reiten sie weiter, da die Pfähle doch zur Oase führen, die in jedem Augenblick vor ihnen auftauchen kann. Daß diese meine Vermutung richtig ist, zeigt auch die Eile, die sie haben."

„Ja, sie reiten schnell und ..." Er stockte mitten in der Rede, hielt sein Pferd an, deutete mit der Hand vorwärts und fuhr dann hastig fort: „Sie sind umgekehrt! Wahrhaftig, sie haben Mißtrauen gefaßt und sind umgekehrt. Dort sind sie; dort sind sie!"

Dieser Schreckensruf lenkte unsere Aufmerksamkeit zum

Horizont vor uns, den ich in den letzten Minuten infolge unseres Gesprächs nicht beachtet hatte. Dort waren allerdings Menschen zu sehen. Ob sie sich bewegten, konnten wir mit bloßem Auge nicht erkennen. Ich nahm also mein Rohr zur Hand und richtete es auf sie. Schon nach wenigen Augenblicken konnte ich beruhigen: „Wir haben keinen Grund zu erschrecken, denn nicht die Comanchen sind es, sondern es ist Winnetou. Da seht Ihr, daß ich recht hatte, als ich sagte, daß er bald zu uns stoßen werde."

„Könnt Ihr ihn erkennen, Sir?" fragte mich Old Surehand.

„Jetzt noch nicht."

„So müssen wir dennoch vorsichtig sein!"

„Ist nicht nötig. Reiten wir weiter!"

„Wenn es nun ein Nachtrab der Comanchen wäre!"

„Der würde sich in Bewegung befinden; die Leute dort haben sich gelagert."

„Können das die Feinde nicht auch tun?"

„Ja, aber Winnetou zeigt mir, daß er es ist."

„Wieso?"

„Ihr habt hier wieder einmal Gelegenheit, den Scharfsinn und die Umsicht des Häuptlings der Apachen zu bewundern. Er hat die Comanchen in einem Bogen umritten und hat dann in ihrem Rücken angehalten, um auf uns zu warten. Natürlich sagt er sich, daß wir seine Leute leicht für Naiini halten könnten, und so hat er seinen Trupp in einer Weise plaziert, aus der wir ersehen müssen, daß er es ist. Hier habt Ihr mein Fernrohr; seht einmal durch, Mr. Surehand!"

Er tat es und sagte dann in beifälligem Ton: „Das ist allerdings schlau, sehr schlau von ihm!"

„Nun?"

„Die Leute da draußen lagern nicht eng beieinander, sondern so, daß sie die Figur eines Pfeils bilden."

„Und wohin ist die Spitze dieses Pfeils gerichtet?"

„Nicht auf uns zu, sondern nach Südosten, von uns also weg."

„Dieser Pfeil soll die Richtung angeben, in der wir zu reiten haben. Winnetou zeigt uns, daß wir ruhig und unbesorgt weiterreiten können. Sagt mir einmal aufrichtig, Mr. Surehand, ob Ihr an seiner Stelle auf diesen Gedanken gekommen wärt?"

„Ich glaube kaum. Und Ihr, Mr. Shatterhand?"

„Wenn nicht grad auf diesen, so doch auf einen ähnlichen. Es war ja ein Zeichen nötig, durch das uns Aufklärung gegeben werden mußte. Diese eigenartige Aufstellung der Apachen sagt uns jedoch nicht nur, daß wir Winnetou vor uns haben, sondern sie gibt uns außerdem die Überzeugung, daß alles so steht, wie wir es wünschen."

„Das denke ich ebenfalls, denn Winnetou würde nicht so ruhig lagern und auf uns warten, wenn irgend etwas gegen unsere Absicht gegangen wäre; es steht also alles gut. Dennoch macht mich etwas bedenklich, und ich würde gern mit Euch darüber sprechen, wenn ich wüßte, daß Ihr es mir nicht übelnehmen werdet."

„Übelnehmen? Fällt mir nicht ein! Unter Kameraden, die wir sind, hat jeder das Recht, ja sogar die Pflicht, seine Meinung auszusprechen. Und wenn Ihr mich auf einen Fehler oder eine Unterlassung aufmerksam macht, werde ich Euch nur dankbar sein."

„Mein Bedenken heißt: Wasser."

„So, also Wasser!"

„Ja, darf ich es Euch erklären?"

„Das ist nicht nötig, denn ich weiß, was Ihr meint. Wenn wir die Comanchen durch den Durst bezwingen wollen, müssen wir dafür sorgen, daß wir nicht selbst auch zu dürsten haben."

„So ist es. Nun sind wir zwar für heute mit Wasser versehen, doch es kann der ganze morgige Tag vergehen, ehe wir mit Vupa-Umugi fertig werden, und dann brauchen wir wieder einen vollen Tag, ehe wir die Oase erreichen. Für diese zwei Tage haben wir leider kein Wasser mit. Dazu kommt, daß die Comanchen es dann noch nötiger brauchen als wir."

„Ja, soviel Wasser haben wir freilich nicht mit; ich kann Euch allerdings beruhigen, wir werden trotzdem keinen Durst leiden."

„Wirklich nicht?"

„Nein. Euer Bedenken war längst im stillen bei mir behoben."

„Ah, Ihr habt an diesen Punkt gedacht?"

„O gewiß! Ich wäre ja der leichtsinnigste Mensch, wenn ich einen Plan ersänne, bei dessen Ausführung über dreihundert Menschen und Pferde im öden Llano Estacado zusammenkommen, und dabei vergäße, für das nötige Wasser zu sorgen. Habt Ihr mich wirklich für so unbedacht gehalten?"

„Nein. Aber dieses Wasser ist nur in der Oase zu finden. Oder gibt es vielleicht noch eine andere Quelle, die Ihr kennt?"

„Nein. Wir holen es aus der Oase."

„Wie? Sie ist einen Tagesritt von hier entfernt, also müssen wenigstens zwei Tage vergehen, ehe die Leute, die es holen, zurückkehren. Das ist schlimm!"

„Ihr irrt. Diese Boten würden nur die Nacht brauchen, um zur Oase zu reiten, und morgen abend wieder hier sein!"

„Das halten ihre Pferde nicht aus!"

„Ist auch nicht nötig, denn sie brauchen nicht zurückzukehren."

„Hm! Habe keine Ahnung, wie Ihr das anfangen wollt."

„Es ist sehr einfach, Sir: Wir machen das wie mit den Poststationen."

„Oh! Das ist freilich das allerbeste und allereinfachste. Daß ich nicht darauf gekommen bin!"

„Unsere Apachen haben viele Schläuche mit; dazu kommen die, die Bloody Fox gehören. Die schicken wir zur Oase, wozu gar nicht viel Leute, aber desto mehr Pferde nötig sind. Diese Leute postieren sich in gewissen Abständen auf einer Linie, die von hier zur Oase führt. Es hat also kein Mann und kein Pferd die ganze Strecke zurückzulegen, sondern nur von einem Posten zum andern. So meine ich es."

„Da habe ich Euch freilich um Verzeihung zu bitten, Sir! Ihr denkt an alles. Habt Ihr das mit Winnetou besprochen?"

„Nein, es ist darüber zwischen ihm und mir kein Wort gefallen; aber wir kennen uns und wissen, daß keiner von uns eine nötige Maßregel versäumt. – Oh, was ist das? Die Apachen haben keine Pferde! Nur Winnetou hat das seine. Ah! Könnt Ihr Euch denken warum, Mr. Surehand?"

„Nein", antwortete er.

Wir hatten während dieser Reden natürlich nicht angehalten, sondern waren weitergeritten und hatten uns den Apachen jetzt so weit genähert, daß wir sie deutlich sehen konnten. Sie hatten die Pfeilfigur aufgelöst und standen nun beisammen und sahen uns entgegen. Ihre Pferde waren nicht bei ihnen; nur der Rappe des Häuptlings war da.

„Ihr werdet jetzt zum zweitenmal erkennen, daß Eure Befürchtung keinen Grund hatte", erklärte ich Old Surehand. „Winnetou hat ebenso gesorgt, und zwar noch eher als ich. Wir beide pflegen uns in unseren Entschlüssen stets zu begegnen."

„Ihr denkt, daß er seine Pferde und Schläuche schon zur Oase geschickt hat?"

„Ja. Ihr seht, daß er nur höchstens dreißig Mann bei sich hat, und Bloody Fox ist auch nicht da. Dieser ist ganz sicher mit den übrigen zur Oase geritten, um Wasser zu holen."

„Es wäre allerdings wunderbar, wenn Winnetou denselben Gedanken wie Ihr gehabt hätte!“

„Er hat ihn gehabt, das versichere ich Euch.“

Als wir nach wenigen Minuten Winnetou und seine Leute erreichten, trat er auf mich zu und sagte: „Mein Bruder Scharlih hat mich verstanden, als er unsere Aufstellung erblickte. Ich wollte ihm sagen, daß wir keine Comanchen seien.“

„Wie weit sind sie vor uns?“ fragte ich.

„Sie ritten sehr schnell, denn sie haben Durst, werden freilich bald haltmachen müssen, denn die Sonne steht am Horizont.“

„Ja, in einer Viertelstunde wird es dunkel sein. Wie lange reitet man von hier aus bis zum Kaktusfeld?“

„Zwei Stunden.“

„So werden sie es heute nicht mehr erreichen; das ist sehr gut für uns, denn dadurch bekommen wir sie morgen bei Tag und nicht heut abend in die Falle. Die Krieger meines roten Bruders haben ihre Pferde nicht bei sich. Winnetou hat sie mit den Schläuchen zur Oase geschickt?“

„Ja. Bloody Fox, der den schnurgeraden Weg kennt, ist mit ihnen, um sie in Abständen aufzustellen und den Weg mit Stangen zu bezeichnen, die wir übrig hatten. Doch die Schläuche, die sie bei sich haben, reichen nicht aus.“

„So schicken wir die unsren nach, sobald wir lagern. Das ist es doch, was du mitberechnet hast?“

„Ja. Der Wind hat sich erhoben und meine Spur verweht; unser Plan wird also trefflich gelingen. Jetzt wollen wir weiter, um den Comanchen möglichst nahe zu bleiben, denn wenn sie morgen die Falle erreichen und in den Kaktus reiten, müssen wir so rasch hinter ihnen sein, daß sie, wenn ihr Mißtrauen erwacht, keinen Raum haben, umzukehren und zur Seite auszuweichen.“

Er stieg auf sein Pferd, und wir ritten fort. Seine Leute mußten allerdings laufen; sie hielten aber so gut mit uns Schritt, daß wir die nötige Schnelligkeit innehalten konnten. Selbst als es dann dunkel wurde, ritten wir weiter, von Pfahl zu Pfahl, bis wir uns sagten, daß wir nun anhalten müßten, wenn wir nicht auf die Feinde stoßen wollten.

Der Wind war inzwischen schwächer geworden und legte sich bald ganz. Es blieb nur so lange dunkel, bis sich die Sichel des Mondes zeigte. Vorher schon wurden die leeren Schläuche auf Pferde geladen, mit denen, als es hell geworden war, eine Anzahl der Apachen aufbrachen. Winnetou ritt mit ihnen, um sie bis zum nächsten Posten zu begleiten, dessen Standort sie nicht kannten. So war denn alles Nötige besorgt, und wir konnten schlafen, was uns sehr nötig war. Als Winnetou später zurückkehrte, legte er sich neben mich, ohne mich, der ich fest schlief, aufzuwecken. Ein anderer an seiner Stelle hätte mich gewiß geweckt, um mir die ihm nötig scheinenden Mitteilungen zu machen; er dagegen wußte, daß es zwischen uns dergleichen nicht bedurfte.

Er war, obwohl er sich später als wir niedergelegt hatte, am Morgen noch eher munter als wir. Wir hielten uns nicht mit dem Frühstück auf. Essen konnten wir unterwegs; wir tranken nur und gaben das übrige Wasser den Pferden, die freilich nicht genug bekamen. Dadurch wurden die Schläuche, die wir noch hatten, auch leer, und Winnetou schickte sie durch einige seiner Leute sogleich zurück. Er brauchte nicht mitzureiten, weil es nicht mehr dunkel war, sondern es genügte, daß er diesen Männern die genaue Richtung angab.

Nun ging es wieder fort, und zwar in einem so schnellen Tempo, daß die Fußgänger nicht mehr mit uns Schritt hielten. Ich schaute fleißig durch das Rohr und überzeugte mich bald, daß wir gestern abend den Comanchen sehr nahe gekommen waren, denn wir waren schon nach einer Viertelstunde an der Stelle, wo sie gelagert hatten, und sahen, daß sie erst kurz zuvor diesen Ort verlassen hatten.

Schon sehr bald darauf erblickte ich sie selbst. Auch Winnetou hatte sein Fernrohr zur Hand genommen. Er beobachtete sie kurze Zeit und sagte dann befriedigt: „Sie reiten sehr langsam. Sieht mein Bruder das?“

„Ja. Ihre Pferde sind von dem zweitägigen Ritt ohne Wasser ermattet.“

„Und sie selbst leiden auch Durst. Trotzdem werden sie sich lange weigern, sich uns zu ergeben.“

„Für Vupa-Umugi gibt es einen noch viel größeren Zwang als den Durst.“

„Mein Bruder meint die Medizinen des Häuptlings der Comanchen. Es war sehr gut, daß er sie mitgenommen hat, als er sich im Tal der Hasen befand. Der Sieg wird uns leicht werden und die Rückkehr dann bequem, weil Old Shatterhand die Comanchen Nale-Masiuvs gefangengenommen und den Dragonern übergeben hat.“

Das war das erste Wort, das zwischen uns darüber fiel. Daß weder Nale-Masiuv noch die Kavalleristen gekommen waren, mußte ja ganz gegen seine Erwartungen gewesen sein, dennoch hatte er mich gestern nicht gefragt. Ein anderer hätte nicht eher geruht, als bis er von mir darüber aufgeklärt worden wäre; er aber hatte nicht eine einzige Frage ausgesprochen und mit seinem unvergleichlichen Scharfsinn alles erraten, wie seine jetzigen Worte bewiesen. Diese gaben mir Gelegenheit, ihm zu erzählen, wie uns Nale-Masiuv in die Hände geraten war und wie wir uns seiner dann entledigt hatten. Am Schluß meines Berichts ließ er ein befriedigtes *„Uff!"* hören und fügte dann hinzu: „Mein Bruder hat ganz richtig gehandelt. Alle diese Roten wären uns eine Last gewesen, schon des Wassers wegen, und die weißen Reiter auch, die wir nicht brauchen, um Vupa-Umugi zu fangen. Nale-Masiuv ist durch den Verlust seiner Pferde genug bestraft und hat auch die Gewehre seiner Krieger verloren. Winnetou wird erfahren, ob der Kommandant sein Wort hält, ihnen das Leben zu lassen; hat er es gebrochen oder sich auch nur an einem oder einigen von ihnen vergriffen, so wird er es mir mit dem Leben bezahlen. *Howgh!"*

Damit war diese Angelegenheit erledigt, und auch über seine letztere Drohung brauchte ich kein Wort zu verlieren; es war ihm Ernst damit, und er führte sie sicher aus, wenn es sich später zeigte, daß der Kommandant sein Versprechen nicht gehalten hatte.

Die Entfernung bis zum Kaktusfeld, das die Comanchenfalle werden sollte, war von Winnetou auf zwei Stunden abgeschätzt worden; wir brauchten aber drei, weil die Naiini wegen der Mattigkeit der Pferde so langsam ritten. Wir blieben immer so weit hinter ihnen, daß sie uns nicht bemerkten, wir sie aber durch unsere Rohre sahen. Sie bildeten nicht eine Einzelreihe, sondern ritten breit neben- und hintereinanderher. Nach der erwähnten Dauer von drei Stunden verringerte sich plötzlich diese Breite; sie rückten zusammen und begannen, eine schmale Linie zu bilden.

„Ah, der entscheidende Augenblick ist da!" sagte ich zu Winnetou. „Sie halten nicht an; sie scheinen also keinen Verdacht zu fassen."

„Ja", sagte er, „sie sind an der schmalen Öffnung angelangt, die in das Kaktusfeld führt. Sie können dieses Feld nicht überblicken und denken, daß es nicht breit ist, weil Schiba-bigk scheinbar hindurchgeritten ist. Außer diesem Vertrauen treibt sie auch der Durst hinein. Wo Kaktus wächst, gibt es Feuchtigkeit, sie werden glauben, dahinter die Oase zu finden, denn sie wissen nicht, daß die Feuchtigkeit, die diese Pflanzen hervorgebracht hat, nur dürftig, und zwar im Boden selbst, ist."

Nach kurzer Zeit sahen auch wir den Kaktus, der in tausend und aber tausend Exemplaren den Boden bedeckte, ein Ende war weder nach vorn noch nach rechts oder links abzusehen. Ein schmaler, lichter Streifen führte hinein und bildete eine Art Weg, dessen Boden so absolut unfruchtbar sein mußte, daß nicht ein einziges Würzelchen die nötige Nahrung fand. Und gerade da, wo dieser Weg begann, hatte Winnetou eine Stange in den Boden stecken lassen, um den Comanchen zu zeigen, daß sie hier in den Kaktus einzudringen hätten.

Das hatten sie auch wirklich ohne alles Bedenken getan, und sie waren schon so weit drin, daß wir sie in der Ferne verschwinden sahen, als wir am Rande des stachligen Dickichts ankamen. Da hielten wir natürlich an und stiegen ab. Die Pferde wurden außer Schußweite hinter uns angepflockt, um im Fall eines allerdings kaum zu erwartenden Widerstands nicht verletzt zu werden, und wir nahmen eine Aufstellung, die den Weg von seiner Mündung an bis weit hinein beherrschte und von den Comanchen bei ihrer Rückkehr nicht zu durchdringen war.

Dieser Weg hatte anfangs eine Breite von vielleicht zwanzig Schritt, wurde aber schon im Bereich unserer Kugeln so schmal, daß höchstens vier oder fünf Reiter eng nebeneinander Platz hatten. Das gab, wenn die Comanchen auf den wahnsinnigen Gedanken kommen sollten, uns anzugreifen, eine Tiefe von wenigstens dreißig und eine Breite von höchstens fünf Mann, und es genügte der sechste oder fünfte Teil von uns, diesen Angriff abzuschlagen. Unsere Kugeln brauchten ja nur die Vordersten niederzustrecken, die dann einen Wall bildeten, über den die andern nicht hinweg konnten, zumal es ihnen wegen des Kaktus auch unmöglich war, nach rechts oder links auszuweichen.

So war es uns denn endlich gelungen, den Feind in die vortreffliche Falle zu locken, und wir vermochten ruhig abzuwarten, was er nun beginnen würde. Beginnen? Es gab nur eins für ihn, nämlich umzukehren, sobald er die Stelle erreichte, wo der Weg aufhörte und er nicht weiterkonnte.

Wir warteten eine Stunde, zwei Stunden und noch länger; die Comanchen kamen noch nicht. Sie waren jedenfalls am Ende des Weges nicht sogleich umgekehrt, sondern hatten angehalten, um zu beraten; aber kommen mußten sie, darüber gab es keinen Zweifel. Wir hielten also unsere Blicke gespannt auf den Punkt gerichtet, wo sie erscheinen mußten.

„Uff!" rief endlich Winnetou, indem er vorwärts deutete.

Sein scharfes Auge hatte die Nahenden eher entdeckt als wir; langsam, müde und enttäuscht zogen sie heran. Noch sahen sie uns nicht, weil wir an der Erde saßen und unsere Pferde weit draußen in der Wüste hatten. Bald jedoch stockte der lange, schmale Zug; sie hatten uns entdeckt, und wir standen auf, um uns ihnen zu zeigen.

Waren sie der Meinung gewesen, daß sie die Dragoner hinter sich hätten, so erkannten sie jetzt, daß sie sich da geirrt hatten. Sie waren so nahe, daß sie bemerkten, daß es keine Weißen, sondern Indianer waren.

„Welch ein Schreck für sie!" sagte Old Surehand, der neben mir stand.

„Schreck? Noch nicht", antwortete ich.

„Aber gewiß!"

„Nein. Es ist noch kein Schreck, sondern erst nur Staunen."

„Warum?"

„Sie können uns doch auch für die Comanchen Nale-Masiuvs halten."

„Das ist freilich wahr."

„Selbst wenn sie das tun, muß sie unsere Anwesenheit befremden, weil sie der festen Überzeugung gewesen sind, daß Nale-Masiuv die Dragoner hinter ihnen hertreibe."

„Richtig! Bin neugierig, was sie tun werden."

„Was sie tun, das weiß ich. Sie werden einen oder einige Krieger vorwärts schicken, um zu erfahren, wer wir sind. Seht ihr, da sind sie schon!"

Wir sahen, daß sich zwei von ihnen trennten und sich uns langsam näherten, nicht zu Pferd, sondern zu Fuß.

„Will mein Bruder mit mir ihnen entgegengehen?" fragte ich Winnetou.

„Ja, tun wir das", antwortete er.

Wir schritten ebenso langsam wie die Comanchen in den Kaktus hinein, ihnen entgegen. Sie sahen, daß wir ein Roter und ein Weißer waren; das machte sie stutzig; sie blieben stehen. Wir winkten ihnen zu kommen und gingen weiter; da schritten sie zögernd näher, blieben jedoch bald wieder stehen.

„Mein Bruder Shatterhand mag sprechen!" sagte Winnetou.

Er überließ es mir gewöhnlich, bei solchen Gelegenheiten das Wort zu führen. Ich rief den beiden Naiini zu: „Die Krieger der Comanchen mögen getrost näher kommen! Wir wollen mit ihnen sprechen, und es wird ihnen nichts geschehen, wenn sie nicht versuchen, ihre Waffen gegen uns zu gebrauchen."

Sie folgten meiner Aufforderung. Ich hatte sie gerufen, weil ich nicht bis hin zu ihnen gehen wollte, denn da wären wir in die Schußweite der Comanchen geraten, und das mußten wir vermeiden. Wir trafen ungefähr auf halbem Weg mit ihnen zusammen, doch traten sie nicht ganz zu uns heran.

„Vupa-Umugi, der Häuptling der Naiini-Comanchen, hat euch geschickt, zu erfahren, wer wir sind", sagte ich. „Kennt ihr mich?"

„Nein", antwortete der Ältere von ihnen, während beide ihre Augen mit scheuer Ehrfurcht auf Winnetou gerichtet hielten.

„Auch den roten Krieger nicht, der da neben mir steht?"

„*Uff!* Das ist Winnetou, der Häuptling der Apachen!"

„Und ich bin Old Shatterhand, sein weißer Freund und Bruder."

„*Uff, uff!*" riefen beide aus und betrachteten nun auch mich genau. Hatte sie schon der Anblick des Apachen bestürzt gemacht, so wuchs diese Bestürzung, als sie meinen Namen hörten; doch bemühten sie sich, das zu verbergen.

„Ihr glaubt die weißen Reiter hinter euch zu haben?" fuhr ich fort.

Ich erhielt keine Antwort.

„Und hinter diesen sollte Nale-Masiuv sein?"

„Woher weiß das Old Shatterhand?" fragte der Ältere.

„Ich weiß noch mehr; ja, ich weiß alles. Ihr wolltet die weißen Reiter ins Verderben locken und befindet euch nun selbst darin. Blickt vorwärts! Dort stehen dreihundert Krieger der Mescalero-Apachen, die ihre Gewehre bereit haben, euch bis auf den letzten Mann niederzuschießen, wenn ihr euch wehrt."

„*Uff, uff!*"

„Ihr könnt auf keinen Fall zurück und hier durch. Ihr müßt euch uns ergeben. Wenn ihr das nicht tut, werdet ihr entweder erschossen oder verschmachtet elend in dieser Kaktuswildnis, die euch keinen Ausweg bietet!"

Sie sahen einander an. Obgleich sie sich alle Mühe gaben, den Eindruck zu verheimlichen, den meine Worte auf sie machten, war es nicht zu verkennen, daß sie sich im höchsten Grad betroffen fühlten. Dann fragte der von ihnen, der bisher geantwortet hatte: „Wo sind die weißen Reiter?"

„Glaubst du, daß wir dir das sagen werden?"
„Und wo ist Nale-Masiuv?"
„Auch das sagen wir nicht. Dafür will ich dich fragen, wo Schiba-bigk mit seinen fünfzig Comanchen ist?"
„*Uff!* Schiba-bigk! Das wissen wir nicht!"
„Wir wissen es."
„Wo?"
„Jedenfalls nicht da vor euch. Ihr habt geglaubt, ihm zu folgen; er ist jedoch gar nicht vor euch her geritten."
„Warum nicht?"
„Ihr seid gewöhnliche Krieger, wir dagegen sind Häuptlinge, die nur mit Häuptlingen sprechen. Es fällt uns also nicht ein, eure Fragen zu beantworten; dennoch will ich euch einiges mitteilen, was ihr Vupa-Umugi erzählen sollt."
„Wir werden es ihm sagen."
„Ihr seid zwei Tage lang den Pfählen gefolgt, weil ihr glaubtet, Schiba-bigk zeige euch durch sie den Weg; doch nicht er, sondern Winnetou hat sie in den Sand gesteckt, um euch in die Irre zu leiten."
„*Uff!* Ist das wahr?"
„Old Shatterhand spricht stets die Wahrheit. Schiba-bigk konnte euch den Weg nicht zeigen, weil wir ihn gefangengenommen haben. Ebenso ist Nale-Masiuv mit allen seinen Kriegern gefangen; er ist in unserer Hände und in die Gewalt der weißen Reiter geraten, die wir vor ihm und vor euch warnten. Das ist es, was ihr Vupa-Umugi sagen sollt."
Er starrte mich erschrocken an und rief aus: „Das wird Vupa-Umugi nicht glauben!"
„Ob er es glaubt oder nicht, das ist uns gleich; es ist jedenfalls wahr."
„Wir wissen, daß Old Shatterhand die Wahrheit liebt; das allerdings, was er jetzt gesagt hat, will nicht in unsere Ohren. Würde er bereit sein, es dem Häuptling selbst zu sagen?"
„Ja."
„So werden wir zu Vupa-Umugi zurückkehren, um ihm das mitzuteilen."
„Tut es! Wir werden hierbleiben, um zu warten, bis er kommt."
Sie gingen, und wir setzten uns nieder. Als sie ihre Kameraden erreicht hatten, sahen wir an deren Bewegungen, welche Wirkung ihre Botschaft hervorbrachte. Die Reiter stiegen alle von ihren Pferden, auf denen sie bis jetzt sitzen geblieben wa-

ren. Nach einer Weile näherte sich uns ein einzelner; es war nicht Vupa-Umugi, sondern der Mann, mit dem wir gesprochen hatten. Als er bei uns angelangt war, teilte er uns mit: „Der Häuptling der Comanchen hat unsere Worte vernommen und will sie nicht glauben; er möchte sie aus euerm Mund hören."

„Er soll sie hören. Warum erscheint er nicht?"

„Hier ist Old Shatterhand, und hier ist Winnetou, der Häuptling der Apachen; da will Vupa-Umugi nicht allein sein."

„Gut, zwei zu zwei. Er mag noch jemand mitbringen."

„Apanatschka, der zweite Häuptling der Naiini, wird bei ihm sein."

„Wir haben nichts dagegen."

„Old Shatterhand und Winnetou haben ihre Waffen bei sich; also dürfen Vupa-Umugi und Apanatschka die ihren auch mitbringen?"

„Auch da sind wir einverstanden."

„Sie haben keine Hinterlist zu befürchten?"

„Nein."

„Und können frei zurückkehren, wenn sie mit euch gesprochen haben?"

„Ja."

„Wir werden das glauben, wenn Winnetou und Old Shatterhand es mit ihrem Wort versprechen."

„Ich verspreche es. *Howgh!*" antwortete Winnetou.

„Ich habe es schon gesagt und brauche es also nicht noch einmal zu versprechen", erklärte ich. „Was Old Shatterhand sagt, ist wie ein Schwur. Übrigens müssen Vupa-Umugi und Apanatschka sehr feige Krieger sein!"

„Sie sind die mutigsten und tapfersten des ganzen Stammes! Warum beleidigt sie Old Shatterhand, indem er sie für feig hält?"

„Weil du fragst, ob sie frei zurückkehren dürfen."

„Diese Frage wird stets getan, wenn feindliche Krieger zwischen ihren Scharen zu einer Besprechung zusammentreffen."

„Haben wir diese Frage ausgesprochen?"

„Nein", gab er verlegen zu.

„Schau hinter dich und schau vor dich hin. Dort stehen die Apachen und dort die Comanchen, wir befinden uns grad in der Mitte zwischen ihnen. Also hat keine der zwei Parteien, die hier zusammentreffen, einen Vorteil vor der andern. Wenn Vupa-Umugi und Apanatschka eine Hinterlist gegen Winnetou und mich gebrauchen wollen, so ist die Gefahr für uns genau dieselbe wie die, in der sie sich befänden, wenn wir sie betrügen wollten. Demnach haben wir nicht nach unserer Sicherheit gefragt; du aber hast unser Versprechen verlangt, daß sie frei zurückkehren dürfen. Wer ist da mutig, und wer ist feig? Hat Vupa-Umugi dir befohlen, so zu fragen?"

„Ja."

„So sag ihm, daß er sich ein Herz nehmen und zu uns kommen soll! Wir halten unser Wort und sind zu stolz, als daß wir uns an einem Comanchen vergreifen, der durch solche Fragen beweist, daß er keinen Mut besitzt."

Er ging.

„Das hat mein Bruder sehr gut gesagt", lobte mich Winnetou, der an meiner Stelle gewiß genauso gesprochen hätte.

Ich war neugierig auf Apanatschka, den zweiten Häuptling, der seinem Namen nach ein vorzüglicher Krieger sein mußte, denn das Comanchenwort Apanatschka bezeichnet einen Mann, der in allem gut und tüchtig ist.

Es dauerte nicht lange, so erschienen beide, hoch aufgerichtet und stolz wie Leute, die den Vorteil auf ihrer Seite wissen. Sie wollten uns mit dieser Haltung imponieren, was ihnen freilich nicht gelang. Ohne ein Wort zu sagen, setzten sie sich uns gegenüber und hielten, die Gewehre quer über die Knie gelegt, ihre Augen kalt auf uns gerichtet. Wir ließen uns dadurch nicht täuschen; in ihrem Innern sah es jedenfalls ganz anders aus als in ihren unbewegten Gesichtszügen, die eine Maske waren.

Aufrichtig gestanden, hatte ich in Apanatschka einen älteren Mann vermutet; er war allerdings noch jung, und ich mußte mir sagen, außer Winnetou hatte ich noch keinen so interessanten Indianer gesehen.

Er war nicht überlang, aber sehr stark und kräftig gebaut. Ich suchte vergeblich nach dem Indianertypus in seinem Gesicht; es gab da weder die etwas schief stehenden Augen noch die hervorragenden Backenknochen. Sein dunkles Haar war lang gewachsen und auf dem Scheitel zusammengebunden. Beinahe hätte ich behaupten mögen, daß es eigentlich Kraushaar und nur durch die Pflege schlicht und straff geworden war. Trotz der dunklen Farbe seines Gesichts schien es mir, als ob auf seiner Oberlippe, seinem Kinn und seinen Wangen jener eigentümliche blauschwarze Schimmer lag, den man bei stark- und dunkelbärtigen Männern bemerkt, wenn sie rasiert worden sind. Sollte dieser Apanatschka, aller Indianerart entgegen, einen so dichten Bart besitzen, daß er sich rasieren mußte? Wo nahm er die Seife her? Bekanntlich rasieren sich die Indianer nicht, sondern sie reißen sich die wenigen Barthaare, die sie haben, so lange aus, bis sie nicht wiederwachsen. Dieser Indsman war mir sehr sympathisch. Sein Gesicht machte einen Eindruck auf mich, den ich am liebsten mit dem Ausdruck „anheimelnd" bezeichnen möchte. Hatte ich ihn denn schon einmal gesehen? Gewiß nicht! Aber dann gab es unter meinen jetzigen oder früheren Bekannten ein Gesicht, das dem seinen ähnlich war. Mit der Schnelligkeit des Blitzes tauchten in meinem Innern hundert und hundert dieser Gesichter auf, doch das betreffende war nicht dabei. Es ist eigenartig, daß einem das am nächsten Liegende so oft am fernsten ist!

Wenn feindliche Häuptlinge zu einer Besprechung zusammentreffen, ist es nicht der vornehmste, der zuerst das Wort ergreift. Je höher sich einer dünkt, desto länger hüllt er sich in Schweigen. Es gilt da die Annahme, daß der zuerst zum Reden getrieben wird, der den meisten Grund hat, gute Worte zu geben. Vupa-Umugi schien die Absicht zu haben, so zu tun, als ob ihm an einer Verständigung nichts gelegen sei; er schwieg, und sein Gesicht zeigte, daß er nicht eher reden wolle, als bis er von uns angesprochen worden sei. Das konnte mir auch recht sein, denn wir hatten Zeit, viel mehr Zeit als er.

Ich richtete mein Auge auf Winnetou, und ein kurzer Blick von ihm sagte mir, daß er nicht gewillt war, die Unterredung zu beginnen. Darum wartete ich eine Weile, und als dann noch nichts erfolgte, streckte ich mich lang aus und schob meinen Arm unter den Kopf wie einer, der ruhen und gar einschlafen will. Dieses Verhalten erreichte seinen Zweck, wenn auch einstweilen nur halb, denn Vupa-Umugi warf Apanatschka einen auffordernden Blick zu, worauf dieser sagte: „Old Shatterhand und Winnetou, der Häuptling der Apachen, haben mit uns sprechen wollen."

Ich blieb liegen und antwortete nicht; auch Winnetou schwieg.

Da wiederholte Apanatschka seine Worte: „Old Shatterhand und Winnetou, der Häuptling der Apachen, haben mit uns sprechen wollen."

Er erhielt auch jetzt keine Antwort. Da wiederholte er diese Worte noch einmal.

Nun richtete ich mich langsam auf und sagte: „Was ich da

höre, wundert mich. Nicht wir haben mit euch sprechen wollen, sondern wir sind gefragt worden, ob wir nicht Vupa-Umugi das sagen wollten, was seinen Boten unglaublich erschien. Wir haben ihm erlaubt hierherzukommen, und nun sitzt er da, als ob er nichts hören wolle. Warum schweigt er und läßt Apanatschka für sich sprechen? Ist er nicht klug genug zum Reden? Er, nicht Apanatschka, hat mit uns sprechen wollen, und wenn er den Mund nicht auftut, ist es uns auch recht. Wir haben Wasser genug und Fleisch, soviel wir brauchen. Wenn er ebensoviel Zeit hat wie wir, mag er weiterschweigen!"

Ich machte Miene, mich wieder niederzulegen, und das half; denn Vupa-Umugi forderte mich auf: „Old Shatterhand mag sitzen bleiben und meine Worte hören!"

„Ich höre!" erwiderte ich kurz.

„Old Shatterhand hat behauptet, daß Nale-Masiuv mit seinen Kriegern gefangen ist?"

„Ich sagte es, und es ist wahr."

„Wo wurde er gefangen?"

„Bei den Hundert Bäumen."

„Von wem?"

„Von mir, den Kriegern der Apachen und den weißen Reitern, die sich mit uns vereinigt hatten."

„Schiba-bigk soll auch gefangen sein?"

„Er ist's."

„Von wem?"

„Von Winnetou und mir mit unsern Apachen."

„Wo?"

„Als er von den Hundert Bäumen unterwegs war, um dir durch die Pfähle den Weg zu Bloody Fox zu zeigen."

„Das glaube ich nicht."

„So glaub es nicht!"

„Beweis es!"

„Pshaw! Vupa-Umugi ist nicht der Mann, von Old Shatterhand Beweise zu verlangen!"

„Wie kannst du so hintereinander auf Schiba-bigk, auf die weißen Reiter und auf Nale-Masiuv treffen? Einen solchen Zufall gibt es nicht."

„Es war kein Zufall, sondern Berechnung."

„Berechnung? Da hättest du alles wissen müssen, was die Krieger der Comanchen zu tun beschlossen hatten!"

„Das wußte ich allerdings."

„Von wem?"

„Von dir."
„Uff! Habe ich es dir etwa gesagt?"
„Ja."
„Wann und wo?"
„Am Blauen Wasser."
„Uff! Du traust Vupa-Umugi viel Leichtgläubigkeit zu!"
„Das nicht. Was ich dir zutraue, ist Unvorsichtigkeit. Du bist geradezu blind und taub gewesen und hast es an allem fehlen lassen, was zur Ausführung eines Vorhabens, wie das eure war, gehört."
„Welches Vorhaben?"
„Deine Frage ist lächerlich! Winnetou, der Häuptling der Apachen, hat schon vor langer Zeit zwei Comanchenkrieger heimlich belauscht, die davon sprachen, daß ihr zum Llano Estacado wolltet, um Bloody Fox zu überfallen; er ist sofort zu ihm geritten, um ihn zu warnen, und hat heimgesandt, um dreihundert Krieger kommen zu lassen, dem Fox zu helfen. Du siehst diese Krieger jetzt da draußen am Kaktus stehen."
„Uff! Das war Winnetou; und was wußtest du?"
„Ich erfuhr es von ihm. Während er zu Fox ritt, ging ich zum Blauen Wasser, um euch zu beobachten und Old Surehand zu befreien. Es ist mir beides leichter geworden, als ich dachte. Als du mit deinen besten Kriegern nahe beim Ufer am Feuer saßest und von euerm Plan sprachst, lag ich zwischen dem Schilf im Wasser und hörte jedes Wort."
Er wollte einen Ruf des Grimms ausstoßen, hielt ihn jedoch zurück; es kam nur eine Art von Zischen über seine Lippen.
Ich fuhr fort: „Ich nahm dich im Wasser des Sees gefangen und gab dich am nächsten Morgen frei. Du glaubtest dann, ich sei nach Westen geritten; aber ich hatte euch überlistet und kehrte zum Rio Pecos zurück. Da saßen die zwei Krieger, die auf Nale-Masiuv warten und ihm die Furt zeigen sollten. Ich belauschte sie mit Old Surehand. Während wir das taten, kamen die zwei Boten Nale-Masiuvs, die dir sagen sollten, daß er nicht sofort eintreffen könne, weil er von den weißen Reitern angegriffen und besiegt worden sei und erst heimsenden wolle, um hundert neue Krieger herbeieilen zu lassen."
„Uff, uff!"
„Während seine zwei Boten mit deinen beiden Kriegern sprachen und ihnen den ganzen Plan erklärten, lagen wir hinter dem nächsten Busch und hörten jedes Wort."
„Old Shatterhand muß ein Liebling des bösen Geistes sein,

der ihm die Wege des Belauschens zeigt und ihn darauf beschützt!"

„Pshaw! Dann sandtest du sechs Kundschafter aus. Wir hörten ihnen zu am Wasser des Altschese-tschi, wo sie von den Apachen getötet wurden."

„Uff! Getötet! Darum sahen wir sie nicht wieder! Ihr werdet diesen Mord mit euerm Leben bezahlen!"

„Prahle nicht! Wie kannst du so albern sein, uns zu drohen! Schiba-bigk war mit zwanzig Mann gekommen, um dir den Weg zu Bloody Fox zu zeigen. Du gabst ihm noch dreißig Naiini mit, damit er bei den Hundert Bäumen Pfähle schneiden und euch durch sie den Weg zeigen solle. Ich wußte das, war noch eher im Llano als er, umringte ihn mit unsern dreihundert Apachen und nahm ihn gefangen."

„Uff! Leistete er Widerstand?"

„Ebensowenig, wie du welchen leisten wirst."

„Schweig! Wir werden kämpfen!"

„Warte es ab! Als wir ihn festhatten, ritten wir wieder zu den Hundert Bäumen. Wir entfernten die Pfähle, die er gesteckt hatte, und Winnetou steckte sie so ein, daß ihr in dieses große Kaktusfeld rittet. Ihr hattet also ihn vor euch, nicht Schiba-bigk."

„Uff!"

„Ich blieb in der Nähe der Hundert Bäume, um auf dich zu warten. Du trafst am Abend ein und zogst am Morgen weiter."

„Du weißt allerdings nicht, was für einen guten Fang wir dort gemacht haben!"

„Pshaw, den alten Wabble! Als er mit seinem Pferd zu dir gebracht wurde, steckte ich mit Old Surehand nur vier Schritt von dir entfernt im Gebüsch und vernahm wieder jedes Wort. Jetzt hast du gehört, woher ich alles weiß, nämlich von dir selbst. Früh rittet ihr fort, euerm Verderben entgegen, weil ihr an die Pfähle geglaubt habt, die doch das Werk Winnetous waren. Wir dagegen blieben dort, um auf die weißen Reiter zu warten. Sie kamen, und wir warnten sie. Als sie hörten, daß sie, statt euch zu verfolgen, selbst die Verfolgten seinen, waren sie augenblicklich bereit, sich mit uns gegen Nale-Masiuv zu vereinigen. Wir versteckten uns, und als er zu den Hundert Bäumen kam, wurde er umzingelt."

„Er hat sich gewehrt?"

„Nein."

„Uff! Er muß gekämpft haben, denn er ist kein Feigling!"

„Hinterlistig ist er. Ich ließ ihn zu einer Beratung auffordern, zu der keine Waffen mitgebracht werden durften. Er kam und hatte ein Messer bei sich versteckt. Während ich mit ihm sprach, ergriff er es, um mich zu erstechen; da schlug ich ihn nieder und nahm ihn gefangen. Er mußte einsehen, daß er verloren war. Dazu nahm ich ihm seine Medizin und drohte, sie zu verbrennen, ihn aufzuhängen und ihm die Skalplocke zu rauben. Da bat er mich um Gnade, und ich gewährte sie ihm. Er wurde mit seinen Kriegern gefangen und gefesselt."

„Wo ist er jetzt?"

„Die weißen Reiter sind mit ihm über den Rio Pecos hinüber, wo er freigelassen wird, denn ich habe ihm und seinen Kriegern das Leben geschenkt; aber ihre Pferde und Waffen müssen sie hergeben."

„Uff, uff! Weil du ihm die Medizin genommen hast, sonst hätte er sich nicht ergeben!"

„Du wirst dich ebenso ergeben wie er!"

„Nein!"

„Denn ich werde dir deine Medizin auch nehmen!"

Da ging ein schadenfrohes Lachen über sein Gesicht, und er antwortete: „Du kannst sie mir nicht nehmen."

„Warum?"

„Weil ich sie nicht bei mir habe. Vupa-Umugi besitzt nicht nur eine Medizin, sondern mehrere; er ist so klug, sie niemals mit in den Kampf zu nehmen, wo er sie leicht verlieren kann. Du erhältst sie nicht!"

„Ich habe gesagt, daß ich sie dir nehme, und was Old Shatterhand sagt, ist immer wahr; du wirst's erfahren. Nun weiter! Wir hatten es nun nur noch mit dir zu tun, füllten viele Schläuche mit Wasser und ritten hinter dir her. Du nennst dich klug, bist allerdings so dumm gewesen, Winnetou hierherzufolgen, ohne zu bemerken, daß du nicht Schiba-bigk vor dir hattest. Jetzt steckt ihr in der Falle, von drei Seiten vom Kaktus umgeben und auf der vierten von den Apachen. Willst du kämpfen?"

„Ja."

„Versuch es! Ich weiß, daß du es nicht tust. Selbst wenn ihr Sieger werden würdet, müßtet ihr verschmachten, weil ihr kein Wasser habt; aber der Sieg ist für euch unmöglich. Schau dich um! Ihr habt keinen Platz, euch auszubreiten, und seid so eingeengt, daß jede Kugel von uns mehrere Krieger von euch treffen wird. Wir haben Wasser, ihr habt keins. Wir selbst und unsere Pferde sind frisch und munter; ihr dürstet, und eure Tiere sind zum Umfallen ermattet. Überleg dir das wohl!"

„Wir werden dennoch kämpfen!"

„Nein. Du bist unvorsichtig, wahnwitzig bist du nicht."

Er senkte den Kopf und schwieg. Es verging eine lange Zeit, ohne daß er ein Wort sagte; dann fragte er in gepreßtem Ton: „Was würdet ihr beschließen, wenn wir uns euch auslieferten?"

„Wir würden euch das Leben schenken."

„Sonst nichts?"

„Nein."

„Ohne Pferde und Gewehre sind wir nichts; wir können sie nicht hergeben."

„Ihr werdet sie dennoch hergeben, wenn wir sie verlangen. Wenn wir euch das Leben lassen, ist es mehr Gnade als genug. Wärt ihr die Sieger, würde es keine Gnade für uns geben, sondern wir müßten alle am Marterpfahl sterben."

Er ballte grimmig die Hände zusammen und rief aus: „Daß dich der böse Geist ans Blaue Wasser führte! Wäre das nicht geschehen, so wäre der Plan, den wir faßten, gelungen!"

„Das ist wahr, und darum denke ich, daß es nicht ein böser, sondern ein guter Geist gewesen ist, der mich zum Blauen Wasser geführt hat. Ihr habt keine Chance, uns zu entkommen. Wenn ihr euch nicht ergebt, seid ihr verloren. Das wirst du einsehen."

„Nein, ich sehe es nicht ein!"

„So ist deine Seele von dir gewichen!"

„Ich habe sie noch. Denk daran, daß der Indianertöter, den ihr Old Wabble nennt, unser Gefangener ist!"

„Was geht der uns an?"

„Etwa nichts?"

„Gar nichts!"

„Er ist eine Geisel in unseren Händen!"

„*Pshaw!*"

„Und muß sterben, wenn ihr einem von uns etwas tut!"

„Mag er sterben! Er ist in deine Hände gefallen, weil er mir ungehorsam war, und wer mir nicht gehorcht, an dem nehme ich keinen Anteil; er hat sich von mir losgesagt."

„So bist du damit einverstanden, daß er stirbt?"

„Nein."

„Du hast das soeben gesagt!"

„So hast du mich falsch verstanden. Ich meine nur, daß ich kein Opfer bringen werde, um ihn zu retten; tötet ihr ihn jedoch, werde ich ihn blutig rächen; darauf kannst du dich verlassen. Jetzt bin ich fertig und habe dir nichts mehr zu sagen."

Ich stand auf, und Winnetou folgte meinem Beispiel. Die beiden Comanchen erhoben sich ebenfalls. Apanatschka richtete sein Auge mit einem eigentümlichen Ausdruck auf uns; das war nicht Grimm, nicht Zorn, nicht Haß; fast hätte ich es Wohlwollen nennen mögen, Wohlwollen und Ehrerbietung, wenn es deutlicher zu sehen gewesen wäre; er bemühte sich freilich, seine Gedanken und Gefühle zu verbergen. Um so deutlicher sahen wir, daß der Ärger und der Haß in Vupa-Umugi kochten. Es tobte und kämpfte in seinem Innern, und schließlich stieß er hastig hervor: „Und wir sind auch fertig!"

„Und habt uns nichts mehr zu sagen?"

„Jetzt nicht."

„Später?"

„Ich werde mit meinen Kriegern sprechen."

„So tu es schnell und versäume keine Zeit! Es könnte uns leicht die Geduld ausgehen!"

„*Pshaw!* Noch gibt es Rettungswege!"

„Keinen einzigen!"

„Mehrere!"

„Und wenn es hundert gäbe, es würde euch doch keiner etwas nützen. Wenn es nicht anders geht, brennen wir den Kaktus an."

„*Uff!*" rief er erschrocken.

„Ja, das würden wir tun, wenn es kein anderes Mittel gäbe, euch gefügig zu machen."

„Wollen Winnetou und Old Shatterhand Mordbrenner werden?"

„Laß derartige Fragen! Im Verhältnis zu euch ist ein Mordbrenner noch ein sehr guter Mensch. Also sprich mit deinen Leuten und laß es uns bald wissen, was ihr beschlossen habt!"

„Du wirst es erfahren."

Bei diesen Worten drehte er sich um und ging mit Apanatschka fort, allerdings nicht in der stolzen Haltung, in der er gekommen war. Auch wir gingen zu unsern Leuten zurück, die neugierig waren, was wir durch die Unterredung mit den beiden Häuptlingen erreicht hatten.

Natürlich ließen wir die Comanchen von jetzt an nicht mehr aus den Augen. So unsinnig ein Angriff ihrerseits gewesen wäre, mußten wir dennoch mit dieser Möglichkeit rechnen und uns zur Abwehr bereit halten. Wir konnten nur die vorderen von ihnen sehen; was hinter diesen vorging, blieb uns verborgen. Ich holte deshalb mein Pferd und ritt ein Stück, bis ich nicht mehr nur ihre Spitze, sondern ihre Seite vor mir hatte. Da sah ich, daß höchstens noch dreißig Comanchen dort standen, wo wir sie alle vermutet hatten; die andern waren fortgeritten, wieder tief in den Kaktus hinein. Ich kehrte um und meldete das Winnetou.

„Sie wollen sich mit ihren Messern durch den Kaktus arbeiten", sagte er.

„Dieser Ansicht bin ich auch. Es wird ihnen freilich nicht gelingen."

„Nein. Der verdorrte Kaktus ist kieselhart, so daß ihre Messer sehr schnell stumpf werden."

„Wir dürfen trotzdem keine Vorsicht versäumen. Ich werde noch einmal fortreiten, um sie zu beobachten."

„Mein Bruder mag das tun; nötig allerdings ist es nicht."

„Darf ich mit, Mr. Shatterhand?" fragte Parker.

„Meinetwegen."

„Und ich auch?" erkundigte sich Hawley.

„Ja, sonst aber weiter niemand. Holt eure Pferde!"

Wir ritten südwärts, bis das Kaktusfeld nach Osten eine Krümmung machte, der wir folgten. Wir jagten wohl eine ganze Stunde in dieser Richtung weiter und erreichten eine sandige Bucht, die sich tief in den Kaktuswald hineinzog. Von ihr ließen wir uns führen, bis sie zu Ende war. Ich zog das Fernrohr aus und suchte mit ihm nach den Comanchen; ich entdeckte sie als winzigkleine Punkte weit oben im Norden. Was sie taten, konnte ich nicht sehen; jedenfalls waren sie bemüht, sich mit den Messern einen Weg zu bahnen – einen Weg durch dieses unabsehbare Stacheldickicht, eine Unmöglichkeit! Wir kehrten um, natürlich auf demselben Weg, auf dem wir gekommen waren.

Als wir die erwähnte Sandbucht verlassen hatten und wieder nach Westen einbiegen wollten, war es mir, als ob sich tief im Süden etwas über den Llano bewege. Ich richtete das Rohr dorthin und sah, daß ich mich nicht geirrt hatte; es waren Reiter. Jetzt konnte ich sie noch nicht zählen; nach einiger Zeit sah ich, daß es acht waren, die vier Packpferde oder Maultiere bei sich hatten. Sie ritten nach Nordosten und mußten also an der hinteren Seite des Kaktusfeldes vorüber, an dessen vorderer Front unsere Apachen standen. Wenn sie die Comanchen sahen und ihnen behilflich waren, durch den Kaktus zu entwischen! Ich hielt das zwar für unmöglich, hatte aber gar zu oft erfahren, daß durch einen kleinen Zufall die Unmöglichkeit zur Möglichkeit wird. Ich durfte sie ihren Weg nicht fortsetzen lassen, sondern mußte sie bestimmen, mit uns zur andern Seite des Kaktus zu reiten, zumal ich jetzt bemerkte, daß vier von den acht Reitern Indianer waren.

Zu welchem Stamm gehörten sie? Das mußte ich erfahren. Wir ritten so weit nach Süden, bis wir uns in ihrer Richtung befanden, und warteten dort. Sie hatten uns nun auch gesehen, hielten eine Weile an, um sich zu besprechen, und ritten dann auf uns zu.

Unter ihnen gab es nur zwei, die mir in die Augen fielen, einer der Weißen und einer der Roten. Dieser Indianer hatte eine Adlerfeder im Schopf, was ihn als Häuptling erkennen ließ. Der Weiße war ein langer, hagerer Mensch, der zwischen fünfzig und sechzig Jahre zählte. Seine Kleidung war höchst phantastisch zusammengesetzt, halb Zivil und halb Uniform, und sonderbarerweise trug er einen langen Säbel an der Seite. Als sie uns so nahe waren, daß ich die Gesichter zu erkennen vermochte, sah ich, daß das des Weißen nicht eben vertrauenerweckend war.

Sie hielten in einiger Entfernung von uns an; der Weiße machte eine nachlässige, beinahe herablassende Bewegung mit der Hand zur Krempe seines Hutes und sagte: *„Good day,* Boys! Was treibt ihr hier in der Mitte dieser verdammten Wüste, he?“

„Wir reiten ein wenig spazieren“, antwortete ich.

„Spazieren? Eigenartiges Vergnügen! Wenn ich nicht durch den Llano müßte, würde mich kein Mensch hierherbringen. Wer und was seid ihr denn eigentlich?“

„Boys sind wir.“

„Antwortet ordentlich und treibt keinen Scherz!“

„Ihr habt uns Boys genannt, folglich werden wir wohl welche sein.“

„Unsinn! Habe keine Lust, auf solche Mucken einzugehen. Wenn man im wilden Llano jemand trifft, muß man unbedingt wissen, wer er ist.“

„Das ist richtig.“

„Schön! Ich habe euch getroffen, folglich . . . Nun?“

„Wir haben euch auch getroffen, folglich . . . Nun?“

„Hört, Ihr scheint ein sehr sonderbarer Kauz zu sein! Ich bin sonst nicht so willfährig, will aber heut einmal eine Ausnahme machen. Ihr seht mir doch wohl an, daß ich Offizier bin?"

„Möglich."

„Habt Ihr einmal von dem berühmten Douglas gehört, General Douglas, wollte ich sagen?"

„Nein."

„Was? Nicht?"

„Nein."

„So seid Ihr in der Kriegsgeschichte der Vereinigten Staaten ganz und gar unbewandert!"

„Auch möglich."

„Dieser General Douglas bin nämlich ich!"

Er warf sich bei diesen Worten gewaltig in Positur, was ein wirklicher General schwerlich tun würde.

„Schön! Freut mich, Sir!"

„Habe bei Bull Run gekämpft."

„Das macht Euch alle Ehre."

„Bei Gettysburgh, bei Harpers Ferry, bei den Chattanoogabergen und in zwanzig andern Schlachten. Bin da stets Sieger gewesen. Glaubt Ihr das?" Dabei schlug er an den Säbel, daß es nur so rasselte.

„Warum nicht?" antwortete ich.

„*Well!* Wollte es Euch geraten haben! Jetzt reite ich durch den Llano. Diese Weißen sind meine Diener und diese Indianer meine Führer; ihr Anführer ist Mba – Wolf –, der Häuptling der Chickasaws."

Ein Finger dieses Häuptlings war jedenfalls mehr wert als der ganze sogenannte General. Ich fragte ihn: „Haben die Krieger der Chickasaws das Kriegsbeil gegen einen roten Stamm ausgegraben?"

„Nein", antwortete er.

„Gegen die Apachen nicht und auch gegen die Comanchen nicht?"

„Nein."

„So steht Mba, dem Häuptling dieses friedlichen Stammes, eine große Überraschung bevor. Nämlich da oben jenseits des Kaktus befindet sich Winnetou, der Häuptling der Apachen, mit vielen Kriegern, die Vupa-Umugi, den Häuptling der Comanchen, mit seinen Leuten eingeschlossen haben und gefangennehmen wollen. Willst du das mit ansehen?"

„Ich reite hin!" antwortete er, indem seine Augen blitzten.

„Winnetou?“ fragte der „General“. „Den muß ich sehen. Natürlich reiten wir hin! Und wer seid Ihr, Sir?“

„Ich gehöre zu Winnetou; man nennt mich Old Shatterhand.“

Da machte er große Augen, betrachtete mich mit einem ganz andern Blick als bisher und sagte: „Habe viel von Euch gehört, Sir. Freut mich, Euch kennenzulernen. Hier meine Hand, die Hand eines siegreichen Generals!“

Ich gab ihm die meine, sehr zufrieden damit, daß sie freiwillig mit uns ritten. Mba sagte kein Wort, doch sah ich ihm an, daß er es für eine Ehre hielt, uns getroffen zu haben. Um so redseliger war Douglas. Er wollte alles mögliche über den gegenwärtigen Zusammenstoß der Apachen mit den Comanchen wissen, und ich erteilte ihm grad so viel Auskunft, wie unumgänglich nötig war, denn er gefiel mir nicht; er hatte ein ausgesprochenes Gaunergesicht. Als er den Namen Old Surehand hörte, stutzte er so auffällig, daß zwischen ihm und dem Genannten unbedingt etwas vorliegen mußte. Ich nahm mir vor, ihn zu beobachten.

Als wir bei unsern Apachen ankamen, wunderten sich diese nicht wenig, daß ich Gesellschaft mitbrachte, die ich mitten in der Wüste gefunden hatte und die auf einen solchen Ritt eingerichtet war, denn die Packpferde trugen volle Wasserschläuche. Ich nannte die Namen. Winnetou begrüßte Mba mit ernster Freundlichkeit, den sogenannten General allerdings höchst zurückhaltend. Old Surehand sah den letzteren verwundert an; er war erstaunt über das Äußere dieses Mannes, kannte ihn jedoch offenbar nicht. Dagegen war das Auge des angeblichen Offiziers fast ängstlich forschend auf ihn gerichtet, und die Besorgnis schien sich erst zu legen, als er sah, daß Old Surehand ihn wie einen völlig Unbekannten behandelte. Dadurch festigte sich meine Überzeugung, daß man sich vor diesem Mann zu hüten habe. Ich benutzte die nächste von ihm unbeachtete Gelegenheit, Old Surehand zu fragen: „Kennt Ihr diesen Quasi-General, Sir?“

„Nein“, antwortete er.

„Ihr seid ihm noch nicht begegnet?“

„Nein. Ich sehe ihn heute zum erstenmal.“

„Besinnt Euch, ob es wirklich so ist!“

„Ich brauche mich nicht zu besinnen; es ist wirklich so. Warum fragt Ihr mich, Sir?“

„Weil er in irgendeiner Beziehung zu Euch zu stehen scheint.“

„Wieso?"
„Er erschrak, als ich ihm Euern Namen nannte."
„Jedenfalls Täuschung!"
„Nein, ich habe es deutlich gesehen. Und vorhin hat er Euch geradezu ängstlich betrachtet."
„Wirklich?"
„Ja. Ich hatte den Eindruck, er wäre besorgt, daß Ihr Euch seiner erinnern würdet."
„Hm! Ich kenne Eure scharfen Augen, Mr. Shatterhand; in diesem Fall aber haben sie Euch irregeführt. Ich habe mit diesem Douglas nichts zu schaffen."
„Er allerdings desto mehr mit Euch, wie es scheint. Ich werde ihn weiter beobachten."
„Tut das, Sir! Ihr werdet sehen, daß ich recht habe."
Die Sonne brannte glühend heiß hernieder; es wurde Mittag und Nachmittag, ohne daß wir von den Comanchen eine Antwort erhielten. Dann bemerkten wir eine Bewegung unter ihnen, die uns verriet, daß sie jetzt wieder voll beisammen waren. Vupa-Umugi hatte eingesehen, daß es unmöglich war, einen Weg durch den Kaktus zu bahnen, und war zurückgekehrt. Es blieb ihm nun nichts weiter übrig, als eine zweite Unterredung anzubahnen. Wirklich sahen wir auch bald einen Comanchen kommen, der uns von weitem zurief, daß die beiden Häuptlinge noch einmal mit uns sprechen wollten. Wir gaben eine zustimmende Antwort und gingen zu der Stelle, an der die erste Besprechung stattgefunden hatte. Vorher nahm ich aus der Satteltasche die Medizinen, die ich aus dem Tal der Hasen mitgebracht hatte. Ich steckte sie unter den zugeknöpften Jagdrock, so daß sie nicht zu sehen waren.
Wir hatten uns kaum gesetzt, als Vupa-Umugi mit Apanatschka erschien. Sie nahmen ihre früheren Plätze uns gegenüber wieder ein und bemühten sich, so unbefangen wie möglich aufzutreten, doch war es nicht zu verkennen, daß sie voller Sorge waren. Trotzdem war das Auge Apanatschkas nicht unfreundlich auf uns gerichtet, während in dem des alten Häuptlings das Feuer des Hasses brannte.
Dieses Mal vermied es Vupa-Umugi, uns lange warten zu lassen. Er begann gleich, nachdem er sich gesetzt hatte: „Ist Old Shatterhand noch derselben Meinung, wie er vorhin war?"
„Ja", antwortete ich.
„Ich habe mit meinen Kriegern gesprochen und bin hier, ihm einen Vorschlag zu machen."

„Ich werde ihn hören."
„Wir werden die Kriegsbeile begraben und mit euch die Pfeife des Friedens rauchen."
„Schön! Ich sehe, daß du Verstand annimmst. Dieser Verstand wird dir freilich sagen, daß wir deinen Vorschlag nur unter gewissen Bedingungen annehmen."
„*Uff!* Ihr stellt Bedingungen?"
„Natürlich!"
„Die gibt es nicht!"
„Die gibt es gar wohl! Oder glaubst du, daß nach allem, was geschehen ist und was in eurer Absicht lag, du nur zu sagen brauchst, daß du uns den Frieden bietest, um wie ein Sieger abzuziehen? Das ist ein so freches Ansinnen, daß ich am liebsten unsern Kriegern befehlen möchte, die deinen sofort niederzuschießen. Ich tue es auch, sobald du mir noch einmal mit einer solchen Dummheit kommst. Nimm dich in acht!"
Ich hatte das in so erhobenem und strengem Ton gesagt, daß er verlegen die Augen senkte. Dann fragte er in einem viel weniger zuversichtlichen Ton: „Was verlangt ihr, damit wir ziehen dürfen?"
„Was ich schon gesagt habe. Wir schenken euch die Freiheit und das Leben, nehmen uns allerdings eure Pferde und Gewehre. Die andern Waffen lassen wir euch."
„Darauf kann ich nicht eingehen!"
„Gut, so sind wir fertig, und der Kampf mag beginnen!"
Ich machte Miene aufzustehen; da forderte er mich rasch auf: „Halt, bleib noch hier! Bist du wirklich so sicher und überzeugt, daß wir unterliegen?"
„Ja."
„Wir werden uns wehren!"
„Das hilft euch nichts. Wir wissen, was geschehen wird, und du glaubst doch nicht, daß auch nur einer von euch den Kampf überlebt?"
„Von euch würden auch sehr viele fallen!"
„Schwerlich! Mein Zaubergewehr reicht allein aus, euch von uns fernzuhalten. Es trägt seine Kugeln so weit, daß die euren uns nicht erreichen."
„Denk an Old Wabble, den wir bei uns haben!"
„Ich denke an ihn."
„Er wird der erste sein, der stirbt!"
„Aber nicht der letzte; ihr werdet ihm folgen. Wenn sein Blut fließt, habt ihr keine Gnade zu erwarten."

„Uff! Old Shatterhand glaubt, es mit Vupa-Umugi so wie mit Nale-Masiuv zu machen!“

„Ja, das denke ich.“

„Du hast seine Medizin gehabt und ihn so gewonnen.“

„Habe ich dir nicht gesagt, daß ich die deinen auch holen werde?“

„Das hast du gesagt; doch du bekommst sie nicht.“

„Pshaw! Nichts ist leichter, als sie zu holen. Ich weiß, wo du sie gelassen hast.“

„Wo?“

„Im Kaam-Kulano.“

„Uff!“

„Sie hängen vor deinem Zelt, nicht weit von dem Zelt, in dem der gefangene Neger angebunden ist.“

„Uff! Von wem hat das Old Shatterhand erfahren?“

„Ich habe es nicht nur erfahren, sondern mit diesen meinen Augen gesehen. Paß auf, was ich jetzt tue!“

Ich stand auf, zog das Messer und sammelte damit einen Haufen branddürren Kaktus; dann wandte ich mich wieder zu Vupa-Umugi: „Ich bin vom Altschese-tschi zum Kaam-Kulano geritten.“

„Uff!“

„Und habe von dort dreierlei mitgebracht.“

„Was?“

„Den Neger ...“

„Das ist nicht wahr!“

„Dein junges Lieblingspferd ...“

„Das glaube ich nicht!“

„Und deine Medizinen.“

„Das ist eine Lüge – ein große Lüge!“

„Old Shatterhand lügt nicht. Schau her!“

Ich öffnete meinen Jagdrock, zog die Medizinen hervor und legte sie auf den dürren Haufen. Als der Häuptling sie erblickte, schienen seine Augen aus ihren Höhlen treten zu wollen; seine Muskeln spannten sich, und ich sah, daß er im nächsten Augenblick aufspringen würde, um nach den Medizinen zu greifen; ich zog schnell den Revolver, hielt ihn ihm entgegen und drohte: „Halt, bleib sitzen! Ich habe dir Sicherheit und freie Rückkehr versprochen und werde mein Wort nicht brechen; aber diese Medizinen gehören jetzt mir, und sobald du Miene machst, dich an ihnen zu vergreifen, erschieße ich dich!“

Er sank kraftlos zusammen und sagte stöhnend: „Es – sind – meine – Medizinen, wirklich – meine Medizinen!"

„Ja, sie sind es, und du erkennst jetzt abermals, daß Old Shatterhand stets weiß, was er sagt. Ich gab dir mein Wort, dich genauso wie Nale-Masiuv zu behandeln. Sag schnell, werdet ihr euch unter den Bedingungen, die ich dir mitgeteilt habe, ergeben?"

„Nein, das – tun wir – nicht!"

„So werde ich jetzt deine Medizinen verbrennen; später nehme ich dir die Skalplocke, und dann wirst du aufgehängt. *Howgh!*"

Ich holte ein Zündholz aus der Tasche, strich es an und hielt es an den Kaktus, der gleich zu brennen begann.

„Halt! Meine Medizinen, meine Medizinen!" brüllte der Häuptling in größter Angst. „Wir ergeben uns; wir ergeben uns!"

Weil ich ihm den Revolver noch immer entgegenhielt, wagte er trotz seiner Aufregung nicht, seinen Platz zu verlassen. Ich löschte das Feuer aus und erklärte in meinem ernstesten Ton, indem ich ein zweites Zündholz nahm: „Höre, was ich dir jetzt sage! Ich habe das Feuer getötet, weil du versprichst, dich zu ergeben. Laß dir ja nicht einfallen, dieses Versprechen nicht zu halten! Bei der geringsten Weigerung von deiner Seite zünde ich das Feuer wieder an, und dann erlischt es nicht eher, als bis die Medizinen verbrannt sind. Diese Worte gelten so, als ob ich sie mit der Pfeife des Schwurs bekräftigt hätte!"

„Wir ergeben uns; wir ergeben uns!" versicherte er, vor Angst beinahe zitternd. „Erhalte ich da meine Medizinen wieder?"

„Ja."

„Wann?"

„In dem Augenblick, in dem wir euch die Freiheit wiedergeben, eher nicht. Wir werden sie bis dahin gut aufbewahren, sie aber sofort vernichten, wenn ihr einen Versuch, euch zu befreien, macht. Ich verlange folgendes von dir: Du bleibst jetzt gleich hier bei uns, lieferst deine Waffen ab und wirst gebunden. Gehst du darauf ein?"

„Ich muß; ich muß, weil du meine Medizinen hast!"

„Apanatschka kehrt zu euern Kriegern zurück und teilt ihnen mit, was du beschlossen hast. Sie legen da, wo sie jetzt sind, alle ihre Waffen ab, lassen sie dort liegen und treten dann einzeln zu uns, um so wie du gebunden zu werden. Werden sie das tun?"

„Sie tun es, denn die Medizinen ihres Häuptlings sind ihnen gradso heilig wie ihre eignen."

„Wohl! Sie werden durstig sein und Wasser bekommen, dann werden wir nach und nach auch ihre Pferde tränken und diesen Ort verlassen, um dahin zu gehen, wo mehr Wasser ist. Wenn ihr gehorsam seid und euch gut verhaltet, ist es nicht unmöglich, daß wir weniger streng sind und euch oder wenigstens einer Anzahl von euch die Pferde oder die Gewehre lassen. Du hörst, daß ich gegen dich gütiger bin, als ich gegen Nale-Masiuv war. Bist du einverstanden?"

„Ja. Ich muß mich doch fügen, um meine Medizinen und mit ihnen meine Seele zu retten."

„So mag Apanatschka jetzt gehen. Ich gebe ihm die Zeit des vierten Teils einer Stunde. Wenn dann die Krieger der Comanchen nicht einer nach dem andern waffenlos bei uns erscheinen, werden deine Medizinen verbrannt."

Der junge Häuptling stand auf, trat einen Schritt näher und sagte: „Ich habe viel von Old Shatterhand gehört. Er ist das größte aller Bleichgesichter, und niemand kann seiner Stärke und seiner Klugheit widerstehen; das haben wir auch heut erfahren. Apanatschka war sein Feind, freut sich jedoch sehr, ihn kennengelernt zu haben, und wird, wenn er leben bleibt, von jetzt an stets sein Freund und Bruder sein!"

„Leben bleiben? Das Leben ist dir ja geschenkt!"

Da richtete er sich hoch und stolz auf und antwortete: „Apanatschka ist weder ein Kind noch ein altes Weib, sondern ein Krieger; er läßt sich das Leben nicht schenken!"

„Was meinst du mit diesen Worten? Was beabsichtigst du? Was willst du tun?"

„Das wirst du nicht jetzt, sondern später erfahren."

„Willst du Widerstand leisten?"

„Nein. Ich bin dein Gefangener wie alle Krieger der Comanchen und werde weder widerstreben noch zu fliehen versuchen; doch Old Shatterhand und Winnetou sollen niemals von mir sagen, daß ich mein Leben der Angst um die Medizinen eines andern Häuptlings zu verdanken habe. Apanatschka weiß, was er sich und seinem Namen schuldig ist!"

Er drehte sich um und schritt stolz von dannen.

„Uff!" erklang es von den Lippen Winnetous.

Das war ein Ausruf der Anerkennung, ja der Bewunderung. Wenn sich der schweigsame Apache dazu hinreißen ließ, konnte er keine gewöhnliche Veranlassung haben. Auch meine

Augen waren gefangen, dem wackeren jungen Krieger zu folgen, der mich gleich beim ersten Blick angezogen hatte und nun durch sein Verhalten bewies, daß er weit über seinesgleichen stand; denn was er beabsichtigte, das ahnte ich, und das ahnte auch Winnetou.

Jetzt stand auch Vupa-Umugi auf, langsam und mühsam, als ob eine Last ihn niederdrückte. Und der Vorwurf, den er sich machen mußte, daß er, der oberste Kriegshäuptling der Naiini-Comanchen, gezwungen war, sich seinen Feinden, die er verderben wollte, ohne jede Gegenwehr zu ergeben, war auch eine Last, eine große und schwere Last für ihn, deren er vielleicht in seinem ganzen Leben nicht wieder ledig wurde. Er schritt fast wankend zwischen uns dahin, als wir zu unseren Leuten zurückkehrten, nachdem ich die Medizinen wieder an mich genommen hatte. Dort ließ er sich willig fesseln und auf die Erde legen.

Natürlich war Old Surehand der erste, dem wir das Ergebnis unserer Verhandlung mitteilten. Dann nahm mich gleich der General in Beschlag, der gehört hatte, was ich Old Surehand sagte, und mir Lobeserhebungen machen wollte, die ich kalt zurückwies. Dabei ruhten seine Augen gierig auf meinen Gewehren, was ich jetzt leider nicht beachtete, woran ich aber später anders, als mir lieb war, erinnerte wurde. Dann sagte er in gedämpften Ton: „Ich interessiere mich sehr für Euch und alle, die bei Euch sind, also auch für Mr. Surehand. Ist das sein richtiger Name?"

„Glaube es nicht", antwortete ich.

„Wie heißt er eigentlich?"

„Das weiß ich nicht."

„Seine Verhältnisse kennt Ihr?"

„Nein."

„Auch nicht, woher er stammt?"

„Auch nicht. Wenn Ihr das alles wissen wollt, gebe ich Euch einen guten Rat."

„Nun?"

„Fragt ihn selbst! Vielleicht sagt er es Euch. Mir hat er's nicht gesagt, und ich war auch nicht so neugierig, es wissen zu wollen."

Damit drehte ich mich um und ließ ihn stehen.

Nun warteten wir, ob sich die Comanchen einstellen würden. Der erste, der erschien, war nicht ein Roter, sondern ein Weißer, nämlich Old Wabble. Er kam nicht zu Fuß, sondern geritten; er hatte sich das nicht nehmen lassen. Bei mir hielt er an, sprang vom Pferd, streckte mir grüßend die Hand entgegen und rief froh und unbefangen, als ob er sich nichts vorzuwerfen habe: „*Wellcome,* Sir! Ich muß Euch die Hand drücken, daß Ihr gekommen seid. Hatte große Sorge, wie das ablaufen würde. Nun ist ja alles wieder gut; *th'is clear!*"

„Nein, das ist nicht so klar!" antwortete ich, ohne seine Hand zu nehmen. „Ich habe mit Euch nichts mehr zu tun."

„So? Ah! Warum?"

„Weil Ihr trotz Eures hohen Alters ein dummer, nichtsnutziger Boy seid, vor dem sich jeder verständige und bedachtsame Mann zu hüten hat. Geht mir aus den Augen!"

Ich ließ ihn stehen wie vorhin den General; er trat zu Old Surehand, dann zu Parker und Hawley; sie wandten sich, ohne ihm zu antworten, genauso von ihm ab wie ich. Er stand allein, bis sich der General zu ihm gesellte.

Nun folgten die Comanchen einer nach dem andern, so wie ich es verlangt hatte. Sie hatten entweder selbst die Einsicht gehabt, daß keine andere Rettung für sie sei, oder Apanatschka besaß einen solchen Einfluß auf sie, daß sie seinen Vorstellungen und Befehlen keinen Widerstand geleistet hatten. Jeder wurde, wie er kam, nach Waffen untersucht und dann gefesselt. Es gab keinen unter ihnen, bei dem etwas gefunden wurde; sie hatten alles, was als Waffe gelten konnte, abgelegt und bei den Pferden gelassen. Als sie dann so nebeneinander lagen, hundertfünfzig kühne und gewissenlose Indianer, die ausgezogen waren, zu rauben und zu morden und keinen Gegner zu schonen, wurde es uns erst richtig klar, welcher Gefahr und welchem Schicksal wir entgangen waren.

Wenn ich sage, die Comanchen lagen alle da, so ist einer von ihnen auszunehmen, nämlich Apanatschka, der sich zuletzt eingestellt hatte und auf einen Wink von mir nicht gefesselt worden war. Als die Apachen den letzten Comanchen gebunden hatten, trat der junge Häuptling zu mir und sagte: „Old Shatterhand wird nun wohl auch mich binden lassen wollen?"

„Nein", antwortete ich. „Mit dir möchte ich gern eine Ausnahme machen."

„Warum mit mir?"

„Weil ich Vertrauen zu dir habe, denn du bist nicht wie die andern Söhne der Comanchen, denen man nicht glauben darf."

„Willst du mich kennen? Du hast mich doch heute zum erstenmal gesehen!"

„Das ist wahr; und dennoch kenne ich dich. Dein Gesicht und deine Augen lügen nicht. Du sollst deine Waffen tragen und ungefesselt mit uns reiten, wenn du mir versprichst, nicht zu fliehen."

Winnetou und Old Surehand standen bei mir. Über das ernste Gesicht Apanatschkas ging ein sonnenheller Blick der Freude, doch er antwortete nicht.

„Willst du mir das versprechen?" fragte ich.

„Nein", antwortete er.

„Du hast also die Absicht zu entfliehen?"

„Nein."

„Warum weigerst du dich da, das von mir geforderte Versprechen zu geben?"

„Weil ich nicht zu fliehen brauche, denn ich werde entweder tot sein oder frei, wenn Old Shatterhand und Winnetou wirklich die echten und stolzen Krieger sind, für die ich sie halte."

„Ich errate, was du meinst, dennoch bitte ich dich, dich deutlicher auszusprechen."

„Ich werde es tun. Apanatschka ist kein feiger Mann, der sich gefangengibt, ohne nur die Hand zur Abwehr erhoben zu haben. Vupa-Umugi mag aus Angst um seine Medizinen auf alle Verteidigung verzichtet haben; von mir aber soll niemand sagen, daß ich mich fürchte. Ich bin um seinet- und um unserer Krieger willen einverstanden gewesen, daß sie sich euch ausgeliefert haben; mich dagegen habe ich ausgeschlossen. Apanatschka läßt sich weder die Freiheit noch das Leben schenken; was er hat, will er nicht der Gnade, sondern sich selbst zu verdanken haben. Ich will kämpfen!"

Das hatten wir, Winnetou und ich, erraten. Er war ein junger Mann, dem wir unsere Achtung schenken mußten. Er sah uns fragend an, und als wir ihm nicht sogleich antworteten, fügte er hinzu: „Wenn Feiglinge diese meine Worte hören, weisen sie mich ab; ich habe es jedoch mit tapferen, mit berühmten Kriegern zu tun, die mich verstehen werden."

„Ja, wir verstehen und begreifen dich", antwortete ich.

„So willigt ihr ein?"

„Ja."

„Bedenkt wohl: Das wird sehr wahrscheinlich einen von euch das Leben kosten!"

„Meinst du, daß wir weniger Mut besitzen als du?"

„Nein, ich mußte allerdings ehrlich sein und euch darauf aufmerksam machen."

„Das ist ein Beweis, daß wir uns in Apanatschka nicht geirrt haben. Er mag uns sagen, wie er sich diesen Kampf um die Freiheit und um das Leben denkt? Mit wem will er sich messen?"

„Mit dem, den er dazu bestimmt."

„Wir wollen nicht weniger ehrlich sein, als du gewesen bist. Du magst dir den aussuchen, der dein Gegner sein soll. Welche Waffe soll es sein?"

„Die, die ihr bestimmt."

„Auch das überlassen wir dir."

„Old Shatterhand ist großmütig!"

„Nein. Was ich tue und bestimme, das versteht sich von selbst. Wir sind die Sieger und kennen uns untereinander genau. Wir dürfen nicht den Vorteil beanspruchen, dir einen Gegner auszuwählen, von dem wir annehmen, daß er dir überlegen ist."

„Überlegen? Apanatschka hat bis jetzt noch keinen Feind gefunden, vor dem er gewichen ist."

„Desto besser für dich. Und die Art und Weise des Kampfes? Auch die überlassen wir dir. Wähle!"

„So wähle ich das Messer. Die beiden Gegner werden mit den linken Händen zusammengebunden und bekommen das Messer in die rechte Hand. Es geht ums Leben. Ist Old Shatterhand einverstanden?"

„Ja. Wen suchst du dir aus?"

„Würdest du zustimmen, wenn ich dich wählte?"

„Ja."

„Und Winnetou?"

„Auch ich", antwortete der Apache.

Das Gesicht des Comanchen nahm einen hochbefriedigten Ausdruck an. Er sagte: „Apanatschka ist sehr stolz darauf, daß die zwei berühmtesten Krieger des Westens bereit sind, mit ihm zu kämpfen. Würden sie ihn für feig halten, wenn er trotzdem keinen von ihnen auswählte?"

„Nein", antwortete ich. „Du hättest sicher einen guten Grund."

„Ich danke dir. Winnetou und Old Shatterhand werden für unüberwindlich gehalten, und wenn ich sie nicht wähle, mag es scheinen, als ob es mir am Mut fehle. Aber sie beide sind Männer, die mir für heilig und für unantastbar gelten; sie sind die Freunde aller roten und aller weißen Krieger und leben allen Bewohnern des Wilden Westens als Vorbilder, die ich nicht verletzen darf. Wenn einer von ihnen unter meinem Messer fiele, würde das ein Verlust sein, der nie zu ersetzen ist. Das ist der Grund, weshalb ich weder den roten noch den weißen Häuptling der Mescalero-Apachen wähle."

„So such dir einen andern aus!"

Er ließ sein Auge forschend über die Schar der Apachen, über Old Wabble, Parker und Hawley schweifen und richtete den Blick dann auf Old Surehand.

„Apanatschka ist ein Häuptling und möchte nicht mit einem gewöhnlichen Krieger kämpfen", sagte er dann. „Wer ist das Bleichgesicht, das hier bei euch steht?"

„Sein Name ist Old Surehand", antwortete ich.

„Old Surehand? Von ihm hörte ich oft sprechen. Er ist stark, gewandt und tapfer; ihn kann ich zum Gegner wählen, ohne in den Verdacht zu geraten, daß ich dabei an meinen Vorteil denke. Wird er diese meine Wahl annehmen oder zurückweisen?"

„Ich nehme sie an", antwortete Old Surehand, ohne sich einen Augenblick zu bedenken.

„Apanatschka wiederholt seine vorigen Worte, daß es um das Leben geht!"

„Dieser Worte bedarf es nicht. Ich weiß, daß so etwas kein Spiel ist. Apanatschka mag sagen, wann der Kampf stattfinden soll!"

„Ich wünsche, daß er sogleich beginne. Ist Old Shatterhand einverstanden?"

„Ja", antwortete ich.

„So habe ich eine Bitte."

„Welche?"

„Es ist bisher alles nach meiner Wahl gegangen; dafür muß ich meinem Gegner einen Vorteil bieten."

„Welchen?"

„Er mag den ersten Stich haben. Er soll mein Messer nicht eher fühlen, als bis ich das seine empfangen habe."

Da warf Old Surehand ein: „Das nehme ich nicht an! Ich bin kein Knabe, dem man Schonung bietet. Es soll keiner das Recht des Angriffs, des ersten Stichs haben. Old Shatterhand mag das Zeichen geben, und dann kann von uns beiden anfangen, wer will."

„So ist's recht", stimmte ich zu. „Es darf keiner vor dem andern etwas voraus haben. Geh, Apanatschka, und hol dein Messer!"

Er hatte seine Waffen natürlich ebenfalls da abgelegt, wo die seiner Comanchen lagen; er ging.

„Ein tüchtiger Kerl!" sagte Old Surehand. „Man muß ihn wirklich achten, und ich gestehe, daß ich ihn sogar mag. Schade, wirklich jammerschade um ihn!"

„Wieso?"

„Wenn er mich zwänge, ihn niederzustechen."

„Hm! Seid Ihr Eurer Sache so sicher?"

„Ich denke es, obgleich ich weiß, daß es der Zufall oft anders fügt, als man vorher denkt."

„Ganz richtig, und ich bitte Euch, das ja nicht außer acht zu lassen. Er ist jedenfalls sehr kräftig!"

„Was das betrifft, so denke ich, es mit ihm aufzunehmen. Oder nicht?"

„Ja, Ihr seid ja wegen Eurer Muskelkraft berühmt. Aber seht ihn dort gehen! Es federt jedes Glied, wenn er sich bewegt; er ist außerordentlich gewandt."

„Mag sein. Ich denke, es dennoch mit ihm aufzunehmen. Man hat nicht umsonst seinen guten Turn- und Fechtunterricht genossen, sich von Jugend auf geübt und sich dann unter tausend Gefahren in den *bloody grounds* herumgetrieben. Aufrichtig gestanden, meine ich, ihm überlegen zu sein, und ich werde mir vornehmen, sein Leben zu schonen."

„Was das betrifft, so müßt Ihr freilich am besten wissen, wie Ihr es haltet. Mir jedenfalls würde es leid um ihn tun, wenn er fiele."

„Um mich wohl nicht?" Er lächelte.

„Diese Frage ist natürlich überflüssig. Oder soll ich Euch extra in einer langen und begeisterten Rede erklären, was ich von Euch halte?"

„Nein, das ist freilich nicht nötig, Sir. Ich mag Euch und weiß, daß Ihr mir ebenfalls gewogen seid. Sollte mir jetzt in diesem Zweikampf etwas Menschliches geschehen, so bitte ich Euch, mich nicht allzu schnell zu vergessen, Mr. Shatterhand. Wollt Ihr das? Gebt mir Eure Hand darauf!"

„Hier ist sie, obgleich es dieser Bekräftigung nicht bedarf, Mr. Surehand."

„Und dann habe ich noch eine Bitte."

„Sprecht sie aus! Wenn ich kann, werde ich sie erfüllen."

„Sollte ich fallen, so geht nach Jefferson City am Missouri. Kennt Ihr diese Stadt?"

„Ja."

„Dort findet Ihr in der Fire Street das Bankgeschäft von Wallace und Co. Sagt Mr. Wallace Euern Namen, auf welche Weise ich meine Laufbahn hier beendet habe, und bittet ihn um Auskunft über das, was mich so oft immer und immer wieder in den Wilden Westen getrieben hat!“

„Wird er es mir mitteilen?“

„Ja, wenn ich nämlich tot bin und Ihr ihm versichert, daß Ihr in dieser Angelegenheit mein Erbe seid. Solange ich lebe, wird er freilich keinem Menschen etwas sagen.“

„Und wenn ich es erfahren habe, was soll ich dann tun?“

„Das, was Ihr wollt.“

„Es wäre mir lieber, wenn ich von Euch bestimmtere Weisungen erhielte.“

„Die mag ich Euch nicht geben, Sir. Die Angelegenheit ist nämlich sehr ungewöhnlich, und wenn Ihr die Absicht hättet, in meine Fußstapfen zu treten, ständen Euch große Mühen und Gefahren bevor.“

„Glaubt Ihr, daß ich diese scheuen würde?“

„Nein, ich kenne Euch ja. Aber ich will Euch nicht zumuten, Euer Leben an eine Sache zu setzen, die Euch fremd ist und Euch selbst in dem Fall, daß es Euch gelingt, sie zu Ende zu führen, nicht den geringsten Nutzen bringt.“

„Wer fragt nach dem Nutzen, wenn es sich um einen Dienst der Freundschaft handelt!“

„Ihr nicht, das weiß ich; dennoch verlange ich nichts von Euch. Laßt Euch also von Mr. Wallace erzählen, um was es sich handelt, und tut dann das, was Euch Euer Herz und das Andenken an mich gebieten! Um mehr bitte ich nicht, und damit mag diese Angelegenheit erledigt sein.“

Indem Old Surehand das sagte, kehrte Apanatschka zurück, mit dem Messer in der Hand. Der Zweikampf konnte also beginnen.

Es ist leicht zu denken, welche Aufregung unter den Anwesenden herrschte, als sie hörten, daß ein Messerkampf um das Leben zwischen Old Surehand und Apanatschka ausgefochten werden sollte. Die Apachen bildeten sofort einen Halbkreis um uns, und zwar so, daß die an der Erde liegenden gefesselten Comanchen das Schauspiel auch beobachten konnten.

Old Surehand entledigte sich seiner Waffen und behielt nur das Messer; dann gab er Apanatschka die Hand und sagte in freundlichem Ton zu ihm: „Ich bin der Gegner des jungen Häuptlings der Comanchen; er hat es so gewollt. Es geht Leben um Leben, Tod um Tod, doch will ich ihm, bevor ich das Messer gegen ihn erhebe, sagen, daß ich mich darauf gefreut hatte, sein Freund und Bruder zu sein. Mag die Entscheidung fallen, wie sie wolle, sie fällt zwischen Männern, die sich, würden sie nicht durch den Tod getrennt, gewiß geachtet und gemocht hätten."

„Old Surehand ist ein berühmtes Bleichgesicht", antwortete Apanatschka, „meine Seele fühlte sich zu ihm hingezogen, und wenn er fallen sollte, wird sein Name stets in meinem Herzen wohnen."

„Ich hoffe es. Nun bleibt nur noch eins auszumachen: Wenn einer von uns während des Kampfes sein Messer verliert, bekommt er es wieder?"

„Nein. Es ist seine Schuld, daß er es nicht festgehalten hat; er kann sich dann nur noch mit der Hand verteidigen. *Howgh!*"

Ihre Hände ruhten noch ineinander. Als sie jetzt so Auge in Auge standen, kam es plötzlich über mich, warum mir die Züge des Comanchen während der Unterredung bekannt vorgekommen waren; die beiden waren einander in gewisser Weise ähnlich, so daß ich mich wunderte, das nicht sofort erkannt zu haben – ein eigentümlicher Zufall, denn es konnte natürlich nichts anderes als nur Zufall sein.

Jetzt zog Winnetou einen Riemen aus der Tasche und sagte: „Meine Brüder mögen mir ihre linken Hände geben, daß ich sie binde!"

Er schlang den Riemen vierfach um die beiden Handgelenke, um sie zwar fest, aber so zu vereinigen, daß ein nötiger kleiner Spielraum blieb. Dann traten wir zurück, um ihnen für ihre Bewegungen Platz zu machen. Aller Augen waren in größter Spannung auf sie gerichtet, beide aber sahen mich an, der ich das Zeichen geben sollte.

„Jetzt – *go on!*" sagte ich.

Sofort verließen mich ihre Blicke und richteten sich aufeinander. Hätte ich Apanatschka gegenübergestanden, wäre ich gewiß ruhig und kaltblütig gewesen; so freilich schlug mir das Herz so schnell, daß ich glaubte, seine Schläge zu hören. Ich mochte Old Surehand, und das Schicksal des Comanchen war mir auch nichts weniger als gleichgültig. Wer von beiden würde Sieger sein und wer unterliegen?

Sie standen einige Minuten still und bewegungslos, die rechten Hände mit den Messer herabgesenkt. Wer wird den Arm zum ersten, blitzschnellen Stich erheben? Diese kurze

Zeit kam mir wie eine Stunde und noch länger vor. Da – Old Surehand hob den Arm, und im nächsten Moment bewegte sich der des Comanchen mit einer solchen Schnelligkeit, daß wir mit den Augen nicht zu folgen vermochten – ein metallisches Knirschen der beiden Klingen, ein dumpfer Schlag der beiden Fäuste, die zusammenstießen; beide Messer flogen durch die Luft, und beide Arme senkten sich wieder. Keiner war verletzt.

Das war ein Meisterstück von Old Surehand. Er wollte Apanatschka schonen, ihn nicht töten; das Heben seines Arms war eine Finte gewesen, durch die er den Gegner zum Stoß verleitet hatte.

„*Uff, uff, uff, uff!*" rief es im Kreis der Apachen und der Comanchen.

„Das ist nichts. Gebt ihnen die Messer wieder!" schrie Old Wabble. „Blut muß man sehen, Blut!"

Die beiden Kämpfenden ließen die Augen nicht einen Moment voneinander; dabei sagte Apanatschka: „Wünscht Old Surehand, daß wir die Messer wiederbekommen?"

„Nein", antwortete dieser. „Das würde gegen die Verabredung sein."

„Ich sprach davon, daß einem von uns das Messer entfällt; wir haben sie jedoch beide verloren."

„Das ist dasselbe. Weiter mit den Fäusten!"

„Ja, weiter!"

Wieder standen sie eine Weile still; dann versetzte der Comanche seinem Gegner einen Hieb auf den Kopf, daß es zu krachen schien, und erhielt fast in demselben Augenblick einen ebensolchen Schlag; keiner von beiden wankte.

„*Uff!*" sagte Winnetou mit gedämpfter Stimme. „Niemand von ihnen ist Old Shatterhand!"

Beide sahen ein, daß mit solchen Faustschlägen nichts zu erreichen war, und hatten sich schnell bei den Kehlen. Ich war Zeuge so manchen Zweikampfs gewesen; aber einem Ringen, wie es nun erfolgte, hatte ich noch nicht zugesehen. Sie hatten sich von dem Platz, auf dem sie standen, nicht um einen Zoll entfernt, ihre kräftigen, muskulösen Gestalten ragten wie Säulen, wie eherne Statuen aus dem Boden auf; die Füße schienen in der Erde festgewachsen zu sein; die gefesselten Hände gesenkt, hatten sie die rechten Arme erhoben und die Kehlen einander mit den Händen wie mit Zangen umklammert. So standen sie unbeweglich. Hätte ein Fotograf seinen Apparat auf sie gerichtet, das Bild wäre sicher gestochen scharf gewesen.

Jeder hatte die Absicht, dem andern den Atem zu rauben; es war ein schreckliches, weil starres und völlig bewegungsloses Würgen, bei dem es darauf ankam, welcher Hals am kräftigsten entwickelt war. Das Gesicht Old Surehands wurde röter und röter; es begann, blau anzulaufen. Das des Comanchen war dunkler gefärbt, dennoch sah man deutlich, daß es ebenfalls immer tiefere Töne annahm. Dann hörten wir ein Ächzen, ohne zu wissen, von wem es kam – ein Stöhnen, ein doppeltes Röcheln; dann begannen sie zu wanken, beide zugleich; ihre Füße hoben sich und stampften im Sand; die Beine spreizten sich, um festen Halt zu gewinnen, die steifen Körper neigten sich herüber und hinüber, vorwärts und rückwärts; es folgte ein erstickendes Gurgeln, und dann war es aus; sie stürzten um und fielen beide wie leblose Figuren steif und starr in den Sand. Da blieben sie liegen, ohne die Hände voneinander zu lassen.

Die vielen Zuschauer waren still; keiner von ihnen ließ ein Wort, einen Ruf hören; so wirkte dieser lautlose Würgekampf sogar auf diese wilden Menschen. Ich kniete mit Winnetou bei den Kämpfern nieder, um zu erfahren, wie es mit ihnen stand. Wir mußten alle Kraft anwenden, die zwei zusammengekrallten Hände von den blutunterlaufenen Hälsen zu entfernen; dann griffen wir beiden unter die Jagdhemden, um den Herzschlag zu untersuchen.

„*Uff!*" sagte Winnetou. „Apanatschka lebt noch; er ist noch nicht erwürgt."

„Und auch ich fühle den allerdings ganz leisen Puls", antwortete ich. „Sie sind bewußtlos. Warten wir, bis sie zu sich kommen."

Wir befreiten ihre Hände von den Riemen. Da trat Old Wabble zu uns und fragte: „Sind sie tot, beide tot?"

Wir antworteten nicht.

„Wenn sie etwa nicht tot, sondern nur ohnmächtig sind, so ist der Kampf natürlich nicht zu Ende, sondern muß mit den Messern von neuem begonnen werden; *th'is clear!*"

Da stand Winnetou auf, streckte den Arm aus und sagte nur das eine Wort: „Fort!"

In solchen Augenblicken war er ganz Häuptling, ganz der Mann, gegen dessen Willen es keinen Widerspruch gab. Gegen seine Augen, sein Gesicht und seine Haltung war da nicht aufzukommen. So erging es jetzt auch dem alten Cowboy; er wagte kein Wort, drehte sich um und ging brummend davon.

Nach einiger Zeit begannen sich die Bewußtlosen zu bewegen, beide griffen mit den Händen zum Hals. Old Surehand öffnete zuerst die Augen, er starrte uns wie abwesend an; dann besann er sich und stand taumelnd auf.

„Das – das – das war . . .", stammelte er.

Ich nahm ihn beim Arm, um ihn zu halten, und sagte: „Ein schreckliches Würgen! Nicht wahr?"

„Ja-aaa!" sagte er. „Meine Kehle ist – noch – halb zu!"

„So redet jetzt nicht! Könnt Ihr stehen?"

Er holte tief Atem, strengte sich gewaltig an, seine Schwäche zu überwinden, und antwortete: „Ja, ich kann. Was – ist – mit – Apanatschka? Lebt – er noch?"

„Ja, er wird gleich zu sich kommen. Seht, da öffnet er schon die Augen!"

Wir mußten dem Comanchen ebenfalls aufhelfen; er war genauso schwindelig wie sein weißer Gegner, und es verging einige Zeit, ehe beide wieder Herr ihrer Sinne und Glieder waren. Als das der Fall war, fragte mich Apanatschka: „Wer hat gesiegt?"

„Keiner", antwortete ich.

„Wer fiel zuerst um?"

„Ihr stürztet gleichzeitig."

„So müssen wir wieder beginnen. Gebt uns die Messer und bindet uns zusammen!"

Er wollte sich entfernen, um sein Messer da, wo es hingeschleudert worden war, zu holen; ich hielt ihn am Arm zurück und erklärte in bestimmtem Ton: „Halt! Der Kampf ist zu Ende und wird nicht wieder begonnen; ihr seid miteinander fertig."

„Nein!"

„Ja!"

„Es ist keiner von uns tot!"

„Wurde etwa bestimmt, daß unbedingt einer von euch beiden sterben muß?"

„Nein, aber einer muß doch Sieger sein!"

„Nimm es, wie du willst! Ihr seid entweder beide besiegt oder beide Sieger. Auf alle Fälle hast du dein Leben eingesetzt und bewiesen, daß du dir die Freiheit nicht schenken läßt."

„*Uff!* Ist das wirklich deine Ansicht?"

„Ja."

„Und wie denkt Winnetou?“

„Ganz wie mein Bruder Old Shatterhand“, antwortete der Apache. „Apanatschka, der junge Häuptling der Naiini, ist nicht ohne Kampf in unsere Hände gefallen.“

„Werden das auch alle andern sagen?“

„Wenn es Winnetou sagt, genügt das. Kein Krieger der Apachen wird eine andere Meinung haben als ich!“

„So will ich mich bescheiden. Ich bin also jetzt euer Gefangener, ohne mir einen Vorwurf machen zu müssen. Hier sind meine Hände; bindet mich so, wie alle Krieger der Comanchen gebunden sind!“

Ich sah Winnetou fragend an. Ein Blick von ihm reichte aus, zu wissen, was er dachte; darum schob ich die ausgestreckten Hände Apanatschkas zurück und sagte: „Ich habe dir schon vorhin gesagt, daß wir dich nicht fesseln, sondern dir sogar deine Waffen geben werden, wenn du uns versprichst, nicht zu fliehen. Willst du uns das versprechen?“

„Ja.“

„So hol dein Gewehr und dein Pferd!“

Er stand schon im Begriff, sich umzudrehen und fortzugehen, tat das jedoch nicht, sondern sprach: „Sogar mein Gewehr soll ich haben? Wenn ich euch nun betrüge und mein Wort nicht halte, sondern versuche, unsere Krieger zu befreien?“

„Das tust du nicht. Du bist kein Betrüger.“

„*Uff!* Old Shatterhand und Winnetou werden sehen, daß Apanatschka das Vertrauen verdient, das sie ihm schenken.“

„Wir brauchen das gar nicht erst zu erfahren. Unser Vertrauen ist sogar noch viel größer, als du denkst. Höre, was ich dir jetzt sagen werde!“

„Was?“

„Nimm dein Gewehr und alles, was du bei dir hattest; setz dich auf dein Pferd und reite fort!“

„Fortreiten?“ fragte er erstaunt.

„Ja.“

„Wohin?“

„Wohin du willst.“

„Wohin ich will? Das kann und darf ich nicht.“

„Warum nicht?“

„Weil ich euer Gefangener bin.“

„Du irrst. Du bist frei.“

„Frei . . .?!“ wiederholte er dieses Wort.

„Ja. Wir haben dir nichts zu sagen und nichts zu befehlen; du bist dein eigner Herr und kannst tun und lassen, was dir beliebt."

„Aber – aber – aber warum?" fragte er, indem er einige Schritte zurücktrat und uns mit weitgeöffneten Augen ansah.

„Weil wir wissen, daß du ohne Trug und Falschheit bist, und weil wir die Freunde und Brüder aller ehrlichen und guten Menschen sind."

„Wenn ich nun anders bin, als ihr denkt?"

„Das bist du nicht."

„Wenn ich fortreite und Krieger hole, um eure Gefangenen zu befreien?"

„Das brächte kein Mensch fertig. Unsere Gefangenen sind uns sicher. Woher solltest du solche Krieger bekommen? Woher das Wasser? Und wenn dir das alles möglich wäre, so würdest du doch keine Hand und keinen Fuß zur Befreiung Vupa-Umugis rühren, denn du hast an der Beratung teilgenommen, die ihn in unsere Hände lieferte. Du hast deine Zustimmung gegeben und wirst sie nicht zurücknehmen, weil du die Freiheit erhalten hast."

Da rötete sich sein Gesicht vor Freude und Entzücken tiefer, und es war ein wahrer Herzenston, in dem er versicherte: „Old Shatterhand und Winnetou mögen hören, was Apanatschka, der Häuptling der Comanchen, ihnen jetzt sagt! Ich bin stolz darauf, daß mir so berühmte Männer vertrauen und an mich glauben, und nie im Leben werde ich es vergessen, daß ihr mich für ohne Trug und Falschheit hieltet. Ich bin frei und kann gehen, wohin ich will; aber ich werde bei euch bleiben und, statt hinter euerm Rücken mit euern Gefangenen heimlich zu verkehren, vielmehr scharf auf sie achten und dafür sorgen, daß keiner von ihnen die Flucht ergreift. Das werde ich tun, obgleich sie meines Stammes sind."

„Wir sind überzeugt davon und werden uns jetzt mit dir niedersetzen, um mit dir das Kalumet der Freundschaft und der Brüderschaft zu rauchen."

„Das – das – wolltet ihr auch tun?"

„Ja. Oder bist du nicht bereit dazu?"

„Uff, uff! Nicht bereit! So weit es rote Männer gibt, ist kein einziger braver Krieger zu treffen, der es nicht für die größte Auszeichnung seines Lebens hielte, mit euch das Kalumet rauchen zu dürfen."

„Was wird Vupa-Umugi und was werden die andern Gefangenen dazu sagen?"

„Vupa-Umugi? Bin ich nicht ein Häuptling wie er? Habe ich gewöhnliche Krieger zu fragen, was ich tun darf und was nicht? Wer von ihnen hat das Recht, mir einen Befehl zu erteilen oder Rechenschaft von mir zu fordern? Ich werde nicht einmal Kolakekho fragen."

Kolakekho heißt „mein Vater".

„Deinen Vater? Ist er mit hier?"

„Ja."

„Wo?"

„Er liegt dort neben Vupa-Umugi."

„Ah! Seine Kleidung und sein Haarschopf sagen mir, daß er der Medizinmann der Comanchen ist?"

„Er ist's."

„Hat er ein Weib?"

„Ja, meine Mutter."

„Du wirst mein Freund und Bruder sein und dich darum nicht wundern, wenn ich dich nach deiner Mutter frage. Befindet sich deine Mutter wohl?"

„Ihr Körper ist gesund, aber ihre Seele ist nicht mehr bei ihr, sondern sie ist zum großen Manitou gegangen."

Damit wollte er sagen, daß seine Mutter irrsinnig sei. Sie war die Frau, mit der ich am Kaam-Kulano gesprochen hatte. Ich hätte sehr gern mehr über sie gehört, durfte freilich, wenn ich nicht auffallen wollte, dieses Thema nicht weiterverfolgen. Ich hätte auch keine Zeit dazu gehabt, denn jetzt näherten sich uns von Norden her eine Anzahl Reiter, die Packpferde bei sich hatten; das waren die ersten Apachen, die Wasser brachten. Die Verbindung mit der Oase war also glücklich hergestellt, und wir konnten von nun an auf eine ununterbrochene Wassersendung rechnen.

Wir waren zwar ebenfalls durstig, die Gefangenen allerdings noch weit mehr als wir, weshalb sie zuerst berücksichtigt wurden. Der Inhalt der Schläuche reichte zwar nicht weit; da jedoch unsere Leute ohne Pause tätig waren, kamen nach und nach weitere Sendungen an, mit denen wir zuletzt auch die Pferde wenigstens soweit befriedigen konnten, daß sie imstande waren, den Rückweg auszuhalten.

Nach dieser Verteilung des Wassers ging die Zeremonie des Kalumets vor sich, durch die Apanatschka uns zur immerwährenden Freundschaft verbunden wurde, und ich hatte die feste Zuversicht, daß er es nicht so wie Schiba-bigk machen würde, der mir einmal untreu geworden war.

Unser Rückweg mußte natürlich zur Oase führen, schon des Wassers wegen, das die vielen Menschen und die vielen Pferde brauchten. Vom Satttrinken konnte besonders bei den Tieren keine Rede sein, und das nötigte uns, die Rückkehr möglichst bald anzutreten; darum beschlossen wir, den Abend und die Nacht zu reiten, was auch deshalb vorzuziehen war, weil dadurch die ermattende Hitze des Tages vermieden wurde.

Die Waffen der Comanchen wurden an die Apachen verteilt, und dann brachten wir die Gefangenen auf ihre Pferde, wegen deren Ermattung der Ritt leider nur langsam vor sich ging. Doch trafen wir unterwegs auf so viel Wasser, das die armen Tiere bekamen, daß sie es bis zur Oase aushielten.

Selbstverständlich schloß sich jeder dieser Posten, sobald wir ihn erreichten, uns an, auch wurde jeder Pfahl, den wir passierten, aus der Erde gezogen und mitgenommen; denn wenn wir sie steckengelassen hätten, wären sie möglicherweise für andere Leute die Wegweiser zu Bloody Fox geworden, was vermieden werden mußte.

Der General hatte sich uns mit seinen weißen und seinen roten Begleitern angeschlossen, was nicht gut zu verhindern war, obgleich uns seine Anwesenheit nichts weniger als willkommen war. Was die Beaufsichtigung der Gefangenen unterwegs betrifft, so fiel uns diese nicht schwer, weil wir die Maßregel getroffen hatten, daß je ein Comanche zwischen zwei Apachen ritt.

Unser nächtlicher Ritt ging ganz gut vonstatten und wurde nur dann für kurze Zeit unterbrochen, wenn wir auf die uns entgegenkommenden Posten stießen, die Wasser brachten; da wurde angehalten, um es sogleich zu verteilen.

Schon damals, nach meinem Zusammentreffen mit der irrsinnigen Frau am Kaam-Kulano, hatte ich mir vorgenommen, falls ihr Mann in unsere Hände fallen sollte, den unauffälligen Versuch zu machen, etwas über sie zu erfahren. Jetzt, da wir ihn hatten, konnte ich diesen Vorsatz ausführen. Ich lenkte, als wir unterwegs waren, mein Pferd an seine Seite und fragte ihn: „Mein roter Bruder ist der Medizinmann der Naiini-Comanchen?"

„Ja", antwortete er verdrossen.

„Alle roten Männer pflegen, ehe sie einen Kriegszug beginnen, die Medizin nach dessen Ausgang zu befragen. Habt ihr das nicht getan?"

„Wir taten es."

„Was sagte die Medizin?"
„Sie sagte, daß wir siegen würden."
„So hat sie gelogen."
„Die Medizin lügt nie, denn der große Manitou spricht durch sie. Die Medizin kann das größte Glück verkünden; begehen die Krieger aber so, wie es jetzt geschehen ist, Fehler über Fehler, dann muß sich dieses Glück in Unglück verwandeln."
„Ist mein Bruder ein geborener Naiini?"
„Ja."
„Ich höre, daß er der Vater des jungen Häuptlings Apanatschka ist?"
„Apanatschka ist mein Sohn."
„Hast du noch andere Söhne?"
„Nein."
„Oder Töchter?"
„Nein."
„Lebt die Gefährtin deines Wigwams noch?"
„Sie lebt."
„Darf ich wissen, welchen Namen sie trägt?"
Er stutzte, zögerte eine Weile und antwortete dann: „Old Shatterhand ist ein berühmter Häuptling. Pflegen sich Häuptlinge um die Squaws anderer Leute zu kümmern?"
„Warum nicht?"
„Die Bleichgesichter mögen anders denken; für einen roten Krieger oder gar Häuptling schickt es sich dagegen nicht, fremder Weiber zu gedenken!"
Ich ließ mich durch diesen Verweis natürlich nicht stören und fuhr in meiner Erkundigung fort: „Ich bin eben kein roter, sondern ein weißer Krieger und habe mit Apanatschka die Pfeife der Brüderschaft geraucht. Weißt du das?"
„Ich habe es gesehen", sagte er grollend. „Apanatschka konnte etwas Besseres tun als das!"
„Hat es nicht deinen Beifall?"
„Nein."
„Er denkt anders darüber als du, und da er mein Bruder geworden ist, empfinde ich natürlich Teilnahme für alle, die ihm nahestehen, für dich, seinen Vater also, und auch für die, die er seine Mutter nennt. Es wird dich also nicht mehr wundern, daß ich gern ihren Namen hören möchte."
„Von mir wirst du ihn nicht erfahren."
„Warum nicht?"
„Ich sage ihn nicht. *Howgh!*"

Dieses Wort kündigte mir an, daß ich wirklich keine Antwort erhalten würde. War es tatsächlich nur der indianische Brauch, nicht über fremde Frauen zu sprechen, oder hatte er andere Gründe, über sein irrsinniges Weib zu schweigen? Sollte auch ich nun schweigen? Nein! Ich beobachtete sein Gesicht so scharf, wie es der schwache Mondschein erlaubte, und sagte langsam und mit Betonung: „Du bist Tibo-taka?"

Er fuhr im Sattel auf, als ob ihn eine Wespe gestochen hätte, sagte freilich nichts.

„Und sie ist Tibo-wete?"

Er antwortete nicht, hielt mir aber sein Gesicht zugewandt, auf dem der Ausdruck großer Spannung lag.

„Hast du meinen Wawa Derrick gekannt?" fuhr ich fort. Das war die Frage, die die Frau damals an mich gerichtet hatte.

„Uff!" rief er aus.

„Das ist mein Myrtle wreath!" fuhr ich mit ihren damaligen Worten fort.

„Uff, uff!" wiederholte er, und seine Augen glühten mich förmlich an. „Was sind das für Fragen?"

„Du kennst sie ebensogut wie ich."

„Wo hast du sie gehört?"

„Pshaw!"

„Von wem?"

„Pshaw!"

„Warum antwortest du mir nicht?"

„Weil ich nicht will."

„Fürchtet sich Old Shatterhand, mir Auskunft zu geben?"

„Red nicht so dumm!"

„Es ist nicht dumm. Ich habe Auskunft zu fordern!"

„Und gibst selber keine!"

„Inwiefern?"

„Hast du mir geantwortet, als ich dich vorhin nach deiner Squaw fragte?"

„Diese Squaw gehört mir und nicht dir; ich kann über sie sprechen oder schweigen, ganz wie ich will!"

„So verlang auch nicht, daß andere sprechen sollen! Wenn du von Furcht oder Angst sprichst, so bist du es wohl selbst, der sich scheut, Auskunft zu geben."

„Ich will wissen, wer dir diese sonderbaren Worte gesagt hat!"

„Du erfährst es nicht."

„Hast du sie etwa von Apanatschka gehört?"

„Nein."

„Von wem sonst?“

„Pshaw!“

Da fuhr er mich an: „Wäre ich nicht gefangen und gefesselt, so wollte ich dich zwingen, mir Rede zu stehen!“

„Pshaw! Du und mich zwingen! Ein alter Medizinmann, der die Weiber und die Kinder seines Stammes mit Hokuspokus betrügt und mit seiner Komödie fast dreihundert Krieger ins Verderben führt, will Old Shatterhand zu etwas zwingen! Wenn du nicht eben mein Gefangener wärst, mit dem ich Mitleid habe, würde ich ganz anders mit dir reden.“

„Du verhöhnst mich? Du nennst meine Zauberei Komödie? Nimm dich in acht vor mir!“

„Pshaw!“

„Und hüte dich, die Worte, die ich jetzt gehört habe, weiterzutragen!“

„Wohl weil das für dich gefährlich werden könnte?“

„Spotte nur! Es wird die Zeit kommen, wo dein Spott zur Klage und zum Jammer wird.“ Er zischte diese Worte förmlich zwischen den Zähnen hervor.

Durch diese Aufregung verriet er mir, daß das, was ich von seinem Weib gehört hatte, von Bedeutung oder vielleicht sogar sehr wichtig war.

„Elender Wurm, wie darfst du mir drohen!“ antwortete ich. „Ich brauche nur zu wollen, so zerdrücke ich dich zwischen meinen Händen! Aber reite nur weiter! Ich werde dir später sagen, seit wann du Tibo-taka bist!“

Ich hielt mein Pferd an und ließ den Zug an mir vorbeipassieren; dabei wurde ich von zweien erreicht, die, in ein angelegentliches Gespräch vertieft, nebeneinander ritten, nämlich Old Wabble und der General. Als mich der alte Cowboy sah, lenkte er sein Pferd neben das meine und sagte: „Seid Ihr noch so wütend auf mich wie am Nachmittag, oder habt Ihr Euch anders besonnen, Sir?“

„Ich denke noch genauso.“

„Was?“

„Daß Ihr ein alter leichtsinniger Bursche seid, den ich nicht mehr bei mir dulde.“

„Dulden? *All devils!* Das hat mir noch niemand gesagt! Wißt Ihr, was man unter ‚dulden‘ versteht?“

„Ja.“

„Ihr habt mich also bei Euch behalten, obgleich ich das nicht wert gewesen bin?“

„So ähnlich.“

„Das ist stark, Sir, ungeheuer stark! Ihr dürft nicht vergessen, wer und was ich gewesen bin!“

„Der König der Cowboys, *pshaw!*“

„Ist das etwa nichts?“

„Wenigstens nicht viel, zumal wenn man sich etwas darauf einbildet. Seit Ihr bei mir seid, habt Ihr nichts als Dummheiten gemacht. Ich habe Euch wiederholt gewarnt; es fruchtete jedoch nichts. Noch bei den Hundert Bäumen sagte ich Euch, daß uns eine weitere Dummheit trennen würde; trotzdem begingt Ihr schon in der nächsten Viertelstunde eine, die größer war als alle vorhergegangenen. Nun halte ich mein Wort. Schießt in Zukunft Eure Pudel wo und mit wem Ihr wollt, bei und mit mir nicht! Wir sind geschiedene Leute!“

„*Zounds!* Ist das Euer Ernst?“

„Ich denke nicht daran, mit Euch zu spaßen!“

„Als ich Vupa-Umugi belauschen wollte, habe ich es gut gemeint!“

„Wie Ihr es gemeint habt, ist mir gleich. Ihr habt mir nicht gehorcht.“

„Gehorcht? Standen wir etwa in dem Verhältnis zueinander, daß der eine zu gebieten und der andere zu gehorchen hatte?“

„Ja.“

„Davon weiß ich kein Wort! Ihr selbst habt wiederholt gesagt, daß wir alle gleiche Rechte hätten!“

„Das ist richtig. Doch wenn es so steht, daß ein bestimmter Plan gemeinschaftlich ausgeführt werden soll, hat keiner die Erlaubnis, gegen diesen Plan zu handeln.“

„Das mag sein, wie es will; Ihr wart nicht unser Kommandant und hattet nicht das Recht, mich von dem Anschleichen auszuschließen!“

„Das ist eine Ansicht, auf die ich gar nicht antworten sollte; ich will es dennoch tun, sonst denkt Ihr trotz aller Eurer Dummheiten noch, wunder wie klug Ihr gehandelt habt. Hatte mir Winnetou den Befehl über die Apachen übergeben oder nicht?“

„Ja.“

„Ich war also der Anführer?“

„Ja.“

„Und hatte also zu befehlen?“

„Den Apachen, ja, nicht mir!“

„Welch ein Unsinn! Ihr wart bei uns und hattet also gradso zu gehorchen wie sie."

„Nein!"

„Könnt Ihr denn nicht mehr denken? Was soll draus werden, wenn jeder tut, was ihm beliebt, und zwar bei Gelegenheiten, in denen es sich um das Leben handelt. Übrigens habe ich Euch nicht mitnehmen wollen; Ihr gabt aber gute Worte!"

„Hm!"

„Und ich sagte erst dann zu, als Ihr versprochen hattet, Euch nach mir zu richten. Damit erkanntet Ihr mich doch als den an, dessen Wille galt."

„Das sagt Ihr jetzt. Ihr dreht die Sache um!"

„*Well!* Ich sehe ein, daß jedes Wort vergeblich ist. Wenn jemand seine Fehler eingesteht, ist mit ihm zu reden; wer sie beschönigt, und zwar so wie jetzt Ihr, dem kann nicht mehr geholfen werden."

„Habe ich etwa Eure Hilfe verlangt?"

„Habt Ihr sie etwa nicht nötig gehabt?"

„Jetzt nicht mehr."

„Gut. Wir sind also fertig!"

„Ja, wir sind fertig! Für immer?"

„Ja."

„Das soll heißen, daß Ihr nichts mehr mit mir zu tun haben wollt?"

„Ja."

„*Well!* Lebt wohl!"

Er ritt fort, kehrte noch einmal um, neigte sich auf seinem Pferd zu mir herüber und sagte: „Wißt Ihr, warum Ihr mir den Abschied gebt?"

„Natürlich!"

„Ich weiß es auch. Es ist nicht das, was Ihr meine Dummheiten nennt, sondern etwas ganz anderes."

„Was?"

„Das fragt Ihr noch! Ich habe Euch durchschaut. Ich bin nicht nach Euerm Geschmack, weil ich nicht unter die Betbrüder gehen will. Ihr wolltet mein Hirte und ich sollte Euer Schäflein sein. Das habe ich nicht getan, und darum zieht Ihr über mich her. Ihr kennt meine Ansicht über die Religion und die Frömmigkeit. Die Frömmsten sind die Schlimmsten. Old Wabble ist kein Schäflein, das Eure Gräslein weidet. Wenn Ihr ein Lämmlein haben wollt, so sucht es Euch woanders, meinetwegen eine ganze Herde. Für solche Schafe mögt Ihr allerdings der passende Schäfer sein; ein König der Cowboys aber läßt sich weder von Euch weiden noch von Euch scheren. Das ist mein letztes Wort für Euch!"

Nun ritt er wirklich fort. War ich vorher mit ihm fertig gewesen, so war er nun mit mir fertig. Und doch tat es mir leid um ihn.

Ich gesellte mich zu Winnetou und Old Surehand, die am Ende des Zuges ritten. Apanatschka hielt sich für sich, war bald hier und bald dort und schien sich mehr als Aufseher denn als Häuptling seiner Comanchen zu betrachten. Gegen Morgen kam er zu uns, winkte mich zu sich und sagte, als wir ein wenig zurückgeblieben waren, so daß uns niemand hörte: „Ich ritt zu dem Medizinmann, der mein Vater ist. Old Shatterhand hat mit ihm gesprochen."

„Hat er es dir erzählt?"

„Er sagte es mir. Du hast ihn nach seinem Weib gefragt?"

„Ja."

„Er war sehr zornig darüber."

„Dafür kann ich nicht."

„Du hast gewußt, daß sein Weib ihn Tibo-taka und sich selbst Tibo-wete nennt?"

„Sie nennt sich Tibo-wete-elen."

„Ich weiß es. Du hast auch das vom Wawa Derrick und vom Myrtle wreath gewußt. Der Medizinmann war außer sich darüber."

„Warum? Soll niemand davon wissen?"

„Nein."

„Du weißt es auch."

„Ich bin kein Weißer, sondern ein Indianer."

„Ah! Bloß Weiße sollen es nicht wissen?"

„Ja."

„Warum das?"

„Weil diese Worte Zauberworte sind. Sie gehören zu den Geheimnissen der Medizin."

„Wirklich?"

„Ja."

„Kennst du ihre Bedeutung?"

„Nein."

„Und bist trotzdem der Sohn des Medizinmanns!"

„Er teilt auch mir seine Geheimnisse nicht mit. Er fragte, woher du diese Worte weißt. Ich konnte ihm keine Auskunft erteilen, aber ich habe ihm gesagt, daß du im Kaam-Kulano gewesen bist und von dort die Medizinen des Häuptlings geholt hast. Vielleicht hast du dort meine Mutter gesehen?"

„Allerdings."

„Und hast mit ihr gesprochen?"

„Ja."

„Sie hat dir diese Worte gesagt?"

„Ja."

„*Uff!* Das darf der Medizinmann nicht wissen."

„Warum nicht?"

„Weil er sonst meine Mutter schlägt."

„Ah!"

„Ja, er mißhandelt sie. Ein tüchtiger Krieger ist zu stolz, sich an seinem Weib zu vergreifen; er jedoch schlägt sie, sooft er diese Worte von ihr hört. Ich darf ihm also nicht sagen, daß du sie von ihr hast."

„Von wem soll ich sie sonst gehört haben?"

„Von einem unserer Krieger, der sie dir verraten hat. Alle unsere Krieger kennen diese Worte, die sie oft gehört haben."

„Hm! Sonderbar!" sagte ich nachdenklich. „Du hast die Pfeife der Brüderschaft mit mir geraucht. Glaubst du, daß ich es gut mit dir meine?"

„Ja."

„Willst du einmal aufrichtig zu mir sein?"

„Ich will."

„Liebst du deinen Vater, den Medizinmann?"

„Nein."

„Aber du liebst deine Mutter, sein Weib?"

„Sehr!"

„Liebt sie ihn?"

„Das weiß ich nicht. Sie flieht ihn, weil ihre Seele von ihr gewichen ist."

„Kennst du sie, als ihre Seele noch bei ihr war?"

„Nein. Als ich noch ein kleiner Knabe war, hatte sie sie schon verloren."

„Der Medizinmann ist ein Naiini?"

„Nein."

„Ah, so hat er mich belogen!"

„Hat er gesagt, daß er ein Naiini sei?"

„Ja."

„Es ist nicht wahr; er ist von einem andern Stamm zu den Naiini gekommen."

„Von welchem?"
„Das weiß ich nicht; er sagt es niemand."
„Verkehrt er mit weißen Männern?"
„Nur wenn er durch Zufall welche trifft."
„Hat er Freunde unter ihnen?"
„Nein."
„Paß auf, was ich dich jetzt frage! Flieht er die Bleichgesichter vielleicht?"
„Ja."
„Ich meine: Hütet er sich vor einer Begegnung mit ihnen etwa mehr als andere rote Männer?"
„Ob mehr, das weiß ich nicht."
„So denk darüber nach!"
„Besondere Angst hat er nicht vor ihnen."
„So! Ich hätte das Gegenteil gedacht."
„Warum?"
„Weil ich einen Verdacht gegen ihn hege."
„Welchen?"
„Du bist sein Sohn, und ich bitte dich, jetzt noch darüber schweigen zu dürfen. Vielleicht kommt die Zeit, in der ich es dir sage."
„Ganz wie Old Shatterhand will! Darf ich nun auch eine Bitte aussprechen?"
„Tu es!"
„Hat dir meine Mutter nicht gesagt, daß du über ihre Worte schweigen sollst!"
„Das tat sie allerdings."
„Und doch hast du zu meinem Vater davon gesprochen!"
„Weil ich annahm, daß er diese Worte kennt. Einem andern hätte ich sie nicht verraten."
„So schweig von jetzt an gegen alle Leute! Sie sind ein Geheimnis der Medizin."
„Hm! Ich spreche zwar eure Sprache; aber du mußt sie doch noch besser kennen als ich. Was taka und wete ist, das weiß ich; was hat man unter tibo zu verstehen?"
„Das kann ich dir nicht sagen."
„Ist dir dieses Wort wirklich unbekannt?"
„Ich habe es oft von der Mutter gehört, weiß allerdings nicht, was es bedeutet."
„Und elen?"
„Auch das weiß ich nicht."
„Sonderbar! Es gibt keine Sprache der roten Männer, in der

diese Worte vorkommen; doch ich muß unbedingt erfahren, welchen Sinn sie haben!"

„Du willst in die Geheimnisse der Medizin eindringen?"

„Ja, wenn das nämlich Medizin ist, was ich freilich nicht glaube."

Er schüttelte den Kopf und sagte: „Ich weiß nicht, warum sich die Seele Old Shatterhands in dieser Weise mit meinem Vater und mit meiner Mutter beschäftigt; aber ich warne ihn; er möge sich vor dem Medizinmann hüten, denn dieser hat es nicht gern, wenn man sich um ihn kümmert. Er ist in allen Künsten und Zaubereien erfahren und kann alle seine Feinde in weiter Ferne verderben, ohne daß er sie zu sehen und zu hören braucht."

„Pshaw!"

„Du glaubst es nicht?"

„Nein."

„Wenn ich es sage, darfst du es glauben. Hüte dich vor ihm und beherzige meine Bitte, diese Worte keinem Menschen mehr zu sagen!"

„Ich werde mich nach deinem Wunsch richten. Jetzt sag einmal: Lebt ihr wirklich mit den Kriegern der Chickasaws in Frieden?"

„Ja."

„Weißt du, wo sie ihre Weideplätze haben?"

„Oben am Red River."

„Der ist lang. Kannst du es nicht näher bezeichnen?"

„Da, wo der Peace-Fluß in den Red River mündet."

„Ich glaube, es ist ein kleiner Stamm?"

„Sie haben nur einige hundert Krieger und einen einzigen Häuptling."

„Das ist Mba, der sich jetzt bei uns befindet?"

„Ja."

„Was ist das für ein Mann?"

„Ein Mann wie alle Krieger, nicht größer und nicht kleiner."

„Du meinst, daß er wohl tapfer sei, aber nicht eben sehr berühmt?"

„Ja."

„Ich meinte meine Frage anders; ich hatte es auf seinen Charakter abgesehen."

„Er ist ein friedlicher Mann, was dich nicht wundern darf, weil er so wenig Krieger hat. Ich habe nie von einem Raub oder Mord oder einer Untreue durch ihn erfahren."

„Diesen Eindruck macht er auch auf mich. Kennst du ihn persönlich? Hast du ihn schon einmal gesehen?"
„Nein."
„Sprich jetzt einmal mit ihm! Ich möchte gern wissen, wer der General ist, was er treibt, wohin er will und wie er mit Mba zusammengetroffen ist."
„Ich werde es tun."
„Tu es so, daß es nicht auffällt; er soll nicht denken, daß wir es wissen wollen."
„Ich werde so mit ihm sprechen, daß er es mir erzählt, ohne daß ich ihn zu fragen brauche."
Er ritt fort und kam schon nach einer halben Stunde wieder zu mir.
„Nun, hast du etwas erfahren?" fragte ich.
„Ja. Was der General ist und was er treibt, das weiß Mba nicht. Er hat ihn und die drei Bleichgesichter unten am Wild Cherry getroffen und ihnen versprochen, sie durch den Llano Estacado zum Peace River zu führen, wo sie sich bei den Chikkasaws von dem Wüstenritt ausruhen wollen, um dann weiterzureiten."
„Wohin?"
„Das weiß ich nicht, weil er es mir auch nicht sagen konnte. Er erzählte es mir, ohne daß ich mich danach erkundigte."
„Natürlich hat ihm der General eine Belohnung versprochen?"
„Drei Gewehre und Blei und Pulver."
„Weiter hast du nichts erfahren?"
„Nein. Ich wollte nicht fragen, weil ihm das vielleicht aufgefallen wäre."
„Das war sehr richtig von dir."
„Hat mein Bruder Shatterhand einen Grund, sich nach dem General zu erkundigen?"
„Eigentlich nicht; aber er gefällt mir nicht. Und wenn ich Leute bei mir habe, denen ich nicht traue, pflege ich mich stets über ihre Verhältnisse und Absichten zu unterrichten. Das hat mir schon oft Nutzen gebracht. Ich kann dir nur raten, das stets auch zu tun."
Es war allerdings so, daß ich diesem Grundsatz manchen Vorteil zu verdanken hatte. Dieser sogenannte General ging mich zwar nichts an; es konnte mir gleichgültig sein, woher er kam und wohin er ging; aber sein Spitzbubengesicht machte mir das unmöglich, und so hatte ich diese ganz

zwecklos scheinende Erkundigung über ihn einziehen lassen. Wie wohl ich daran getan hatte, das sollte mir nur zu bald bewußt werden.

Der Morgen dämmerte, und nach wenigen Minuten war es hell. Ich ritt mit Winnetou hinter dem Zug. Vor uns ritt Old Surehand mit Apanatschka. Eben ging die Sonne auf und warf ihr Licht über diese beiden Reiter.

„Uff!“ sagte Winnetou halblaut, indem er durch eine Handbewegung meinen Blick auf die zwei lenkte.

Ich brauchte ihn nicht zu fragen, was er meinte; ich sah es auch sofort: diese Ähnlichkeit zwischen ihnen! Die Gleichheit der Gestalten, des Sitzes, der Haltung, der Bewegung! Man hätte sagen mögen, daß sie Brüder seien.

Kurze Zeit später kamen uns wieder Apachen mit Wasser entgegen; sie waren die vorletzten Posten. Wir blieben hier länger, um das Wasser zu verteilen und den Pferden eine Erholung zu gönnen. Dann ging es weiter zum letzten Posten, von dem aus wir nur noch eine Stunde zu reiten hatten.

Nun fragte es sich, wer mit zur Oase durfte, deren Lage ja geheimgehalten werden sollte. Ich ritt zu dem General hin, der sich wieder an der Seite des alten Wabble befand, und sagte: „Wir nähern uns unserem Ziel, Mr. Douglas . . .“

„General, General! Ich bin General, Sir!“ unterbrach er mich.

„Well! Was geht das mich an?“

„Euch natürlich weniger als mich; doch man pflegt jedermann den Titel zu geben, der ihm gebührt. Ihr müßt nämlich wissen, daß ich die Schlacht von Bull Run mitgemacht habe, ferner habe ich siegreich gefochten bei . . .“

„Schon gut, schon gut!“ fiel ich ein. „Das habt Ihr mir bereits gesagt, und was ich einmal gehört habe, das pflege ich mir zu merken, ohne daß man es zu wiederholen braucht. Den General lasse ich Euch gern, wenn Ihr nur mich damit verschont. Also, wir nähern uns unserem Ziel, Mr. Douglas, und werden uns nun wohl von Euch verabschieden müssen.“

„Verabschieden? Warum?“

„Weil sich vermutlich unsere Wege trennen.“

„Keineswegs. Ich muß zu den Hundert Bäumen und habe von Mr. Cutter gehört, daß auch Ihr wahrscheinlich dorthin reitet. Oder nicht?“

„Ja.“

Er hatte zum Peace River zu den Chickasaws gewollt und gab jetzt die Hundert Bäume als sein nächstes Ziel an; das fiel mir auf, brauchte freilich keinen bösen Grund zu haben. Warum sollte er seinen ursprünglichen Plan nicht ändern dürfen.

„Ihr seht also, daß wir denselben Weg haben", fuhr er fort. „Und selbst wenn das nicht der Fall wäre, müßte ich mit Euch zu der Oase reiten."

„Warum?"

„Weil ich kein Wasser mehr habe."

„Ihr hattet ja gestern volle Schläuche!"

„Heut sind sie leer. Meint Ihr, daß wir nicht auch menschliche Gefühle besitzen? Wir haben das Wasser an die Comanchen verteilt."

Später sah ich ein, daß das eine Kriegslist gewesen war, um mit zur Oase kommen zu dürfen; jetzt hätte ich ihm für seine Menschlichkeit noch meinen Dank abstatten mögen! Ich sagte: „Die Oase, von der Ihr redet, ist kein Versammlungsort für alle; ihr Besitzer pflegt nur die Leute bei sich zu haben, die er eingeladen hat."

„Das bin ich auch!"

„Eingeladen?"

„*Yes.*"

„Von wem?"

„Von Mr. Cutter, der ja der Gast von Bloody Fox ist, wie Ihr zugeben werdet."

„Ob er sich jetzt noch als solchen betrachten darf, das ist sehr die Frage; er hat auch sehr wohl gewußt, daß nicht jedermann Zutritt findet."

„Ah, wegen des schmalen Pfades, der hineinführt? Oh, da braucht Ihr mich nicht auszuschließen; dieser Weg ist kein Geheimnis für mich. Mr. Cutter hat mir ihn und die Oase sehr genau beschrieben. Die Weißen alle, die ich hier sehe, dürfen hin, und ich wüßte wirklich keinen Grund, der Euch veranlassen könnte, grad mich von der Erlaubnis auszuschließen."

Das war nun freilich wahr, und wenn Old Wabble die abermalige Dummheit begangen hatte, ihm eine genaue Beschreibung der Oase und ihres Zugangs zu geben, so war das grad so, als ob er schon selbst dort gewesen wäre, und eine Weigerung meinerseits hätte nur das, was ich vermeiden wollte, hervorgerufen. Darum sagte ich, freilich widerwillig und notgedrungen: „So will ich nichts dagegen haben, wenn Ihr Eure Schläuche dort wieder füllt; aber Eure Begleiter haltet fern!"

Von der Falle, in der wir die Comanchen gefangen hatten, bis zur Oase war es, wie schon erwähnt, ein reichlicher Tagesritt, doch da wir wegen der Schwäche der Pferde nur langsam vorwärts gekommen waren, erreichten wir die grüne Wieseninsel erst zwei Stunden nach Mittag.

Nach unserer Ankunft war das erste, dafür zu sorgen, daß uns die Gefangenen sicher waren. Sie mußten sich da lagern, wo sich die Leute Schiba-bigks schon befanden, und die Apachen schlossen einen engen, undurchdringlichen Ring um sie. Dann wurde vor allen Dingen für die Pferde gesorgt, was wir Entschar-Ko überließen, der eine Anzahl seiner Krieger dazu kommandierte, die Tiere nach und nach durch den schmalen Zugang zum Wasser zu führen und dort zu tränken. Darüber würden natürlich Stunden vergehen.

Was das Essen betrifft, so hatten sich die Comanchen sehr unzureichend mit Proviant versehen, und so waren die Apachen gezwungen, ihnen mit ihren Vorräten auszuhelfen. Da die auf diese Weise nicht so lange vorhielten, wie berechnet war, mußte der Aufenthalt bei der Oase möglichst verkürzt werden, und so wurde beschlossen, daß die Rückkehr zu den Hundert Bäumen schon morgen angetreten werden sollte.

Das lief natürlich nicht alles so glatt ab, wie ich es erzähle. Es waren dreihundert Apachen und zweihundert Comanchen versammelt, für die zu sorgen war. Da hatte jeder eine Bemerkung zu machen, eine Frage zu stellen, einen Wunsch auszusprechen, und damit wollten sie sich an niemand anders wenden als an mich oder an Winnetou. Wir kamen fast nicht zu Atem. Als wir endlich alle nach Kräften befriedigt hatten und nun auch an uns denken durften, war es Abend geworden, und es fiel mir jetzt erst ein, daß ich seit gestern keinen Schluck Wasser getrunken hatte. Für andere hatte ich gesorgt, für mich nicht. Als ich das Winnetou sagte, antwortete er lächelnd: „So mag mein Bruder schnell trinken und mir einen Schluck übriglassen, denn mich dürstet auch."

„Dich auch? Wann hast du zuletzt getrunken?"

„Gestern, als du trankst. Unsern Pferden ging es besser, um die hat sich Bloody Fox gekümmert."

Als wir das Innere der Oase betraten, brannten da zwei Feuer, die das Häuschen, den Platz vor ihm und den kleinen See beleuchteten. Auf den Bänken saßen Parker, Hawley, Fox, Old Surehand, Apanatschka, Schiba-bigk, Old Wabble und neben ihm der General. Die beiden letzteren schienen unzertrennlich zu sein. Sie hatten schon gegessen, und nun kamen Bob und Sanna, um für mich und Winnetou zu sorgen. Man hatte sich unterhalten, und der General schien zuletzt gesprochen zu haben, denn als wir uns gesetzt hatten, fuhr er fort: „Ja, das war eine lustige Gesellschaft, die wir trafen; sie hatten sich da seit vorgestern festgesetzt, um von ihrem Jagdzug auszuruhen, und wie ich hörte, wollten sie noch eine Zeitlang hier am Ort bleiben. Sie zählten fünfzehn Mann, und es gab interessante Kerls dabei, höchst interessante. Am interessantesten war mir einer, der verteufelt viel durchgemacht zu haben schien und in einem weg erzählte. Er wurde nicht müde dabei, und wenn ein Abenteuer zu Ende war, hatte er schon ein zweites und ein drittes auf der Zunge. Wenn ich mich nicht irre, nannte er sich Saddler, aber einer seiner Gefährten sagte mir im Vertrauen, daß er eigentlich Dan Etters hieß, und auch schon andere Namen geführt habe. Das war mir freilich gleich, denn es hat schon mancher Mann guten Grund gehabt, seinen Namen mit einem andern zu vertauschen, und wenn sich dieser Westmann Saddler nannte, jedoch eigentlich Dan Etters hieß, so . . ."

Er wurde unterbrochen. Old Surehand hatte sich, schon als der Name Etters zum erstenmal genannt wurde, von seinem Sitz erhoben und fragte jetzt über den Tisch herüber: „Etters, wirklich Etters?"

„*Yes,* Sir."

„Habt Ihr das richtig gehört?"

„Wüßte nicht, daß ich schlechte Ohren hätte!"

„Und auch richtig gemerkt?"

„Habe grad für Namen ein ausgezeichnetes Gedächtnis!"

„Und Dan, also Daniel, war sein Vorname?"

„Dan Etters hat er geheißen und nicht anders!"

Irrte ich mich infolge der flackernden Beleuchtung, oder war es wirklich so? Es schien mir, als ob der General seine Augen dabei mit ungewöhnlicher Spannung auf Old Surehand richtete, der sich in einer Aufregung befand, die er wohl gern beherrschen wollte, aber nicht verbergen konnte.

„Also wirklich Daniel Etters!" sagte er mit einem tiefen, schweren Seufzer. „Habt Ihr diesen Mann genau betrachtet?"

„Denke wohl", antwortete Douglas.

„Beschreib ihn mir!"

„Hm! Beschreiben? Ist Euch dieser Etters vielleicht bekannt? Steht Ihr in irgendeiner Beziehung zu ihm, Mr. Surehand?"

„Ja. Ich möchte wissen, ob der Mann, von dem Ihr sprecht, der ist, den ich meine. Darum möchte ich seine Beschreibung haben."

„Die will ich Euch gern geben, weiß allerdings nicht, wie ich es anfangen soll."

„Warum?"

„Weil es schwer ist, einen Menschen zu beschreiben, der nichts Besonderes an sich hat und genauso aussieht wie hundert andere auch."

„War er lang, kurz, dick, dünn . . .?"

„Wenn ich es sagen soll, so war er ungefähr von meiner Figur; auch das Alter könnte dasselbe sein. Im übrigen sah er, wie schon gesagt, wie andere Menschen aus, so daß ich wirklich nicht weiß, was an ihm ich noch beschreiben sollte."

„Hatte er nichts, gar nichts an sich, was auffiel?"

„Gar nichts."

„Kein besonderes Kennzeichen?"

„Nein."

„Könnt Ihr Euch auf seine Zähne besinnen?"

„Seine Zäh . . ., ah richtig, seine Zähne! Das könnte etwas sein, was zur Beschreibung gehört."

„Was, was? Laßt mich nicht so lange warten!"

„*Thunder,* scheint Ihr es eilig zu haben, Mr. Surehand! Er hatte nämlich zwei Zahnlücken."

„Wo?"

„Rechts eine und links eine."

„Oben oder unten?"

„Oben natürlich, denn Ihr werdet wahrscheinlich wissen, daß Zahnlücken im Unterkiefer nicht leicht zu sehen sind. Es fehlte hüben ein Zahn und drüben einer, was, wie ich mich nun besinne, ihm, wenn er sprach, ein eigenes Aussehen verlieh und auch Einfluß auf seine Stimme hatte, denn er zischte ein wenig, wenn er das S aussprach."

„Er ist's, er ist's; es ist der, den ich suche!" rief Old Surehand beinahe jubelnd aus.

„Was? Gesucht habt Ihr diesen Mann?"

„Und wie! Seit langen Jahren! In allen Staaten in der Savanne, im Urwald, in den Cañons der Hochlande und den Schluchten der Felsenberge! Ich bin hinter ihm her im leichten, zerbrechlichen Kanu und habe ihn gejagt über die tiefen Schneefelder der Missouriebene!"

„Gejagt habt Ihr ihn? So ist's Euer Feind?"

„Ein Feind, wie es keinen größeren gibt."

„Erlaubt, daß ich erstaune! Dieser Dan Etters schien so ungefährlich wie ein kleines Kind zu sein."

„Ein Dämon ist er, ein Teufel, wie man selbst in der Hölle keinen größeren trifft. Er hat mir vor langen Jahren meine . . .“

„Stopp, Mr. Surehand!“ fiel ich ihm ins Wort. „Ihr seid aufgeregt. Ist es nicht möglich, daß Ihr Euch in der Person irrt?“

„Nein, nein und abermals nein! Er ist der . . .“

Meine Worte hatte er nicht verstanden und sprach weiter; nun warf ich ihm einen warnenden Blick zu, der ihn zu sich brachte. Er hielt also inne, versuchte, sich zu beherrschen, und fuhr dann ruhiger fort: „Doch das gehört nicht hierher; das sind alte Sachen, die ich nicht aufrühren will.“

„Rührt sie immer auf, Mr. Surehand!“ sagte der General. „Vielleicht ist es eine Geschichte, die sich gut anhören läßt. Wollt Ihr sie nicht erzählen?“

„Sie würde nichts als langweilig sein. Also, wo habt Ihr diesen Etters getroffen? In Fort Terrel unten?“

„*Yes,* in Fort Terrel, wie ich vorhin sagte.“

„Und er will dort bleiben?“

„Denke es. Wenigstens sagte er so.“

„Wie lange?“

„Eine Woche, wenn ich recht gehört habe.“

„Und wie lange ist es her, daß Ihr mit ihm gesprochen habt?“

„Vier Tage.“

„Vier Tage!“

„Ihr sagt das so eigenartig. Wollt Ihr etwa hin?“

„Ja, ich will hin; ich muß hin!“

„Vielleicht ist er schon fort!“

„So folge ich ihm! Ich folge seiner Spur, und wenn sie sonstwohin führen sollte!“

Er fing wieder einen warnenden Blick von mir auf, setzte sich endlich nieder, fuhr sich mit der Hand übers Gesicht und schloß mit den Worten: „*Pshaw!* Oder laß ich ihn auch laufen! Er hat mich schwer gekränkt; doch was will ich machen, wenn ich ihn finde? Die Sache ist verjährt, und es würde keinen Richter geben, der sie in die Hand nehmen möchte. Sprechen wir nicht mehr davon!“

Nach einiger Zeit ging ich ins Haus; er folgte mir, und als wir allein waren, fragte er: „Warum winktet Ihr mich hinterher?“

„Weil Ihr Euch nicht so gehenlassen solltet. Ich traue diesem Quasi-General nicht.“

„Ich auch nicht; aber das hat keinen Einfluß auf meine Angelegenheit!“

„Vielleicht doch. Er beobachtete Euch so gespannt und betonte den Namen Etters so eigentümlich, als ob er ihn nur Euertwegen genannt habe."

„Daß er ihn nannte, war Zufall; davon bin ich überzeugt."

„Ich nicht. Die Absichtlichkeit war deutlich herauszuhören."

„Welche Absicht könnte diesen Mann, der mich nicht kennt, geleitet haben?"

„Er kennt Euch, Sir; er kennt Euch ganz gewiß!"

Da kam auch Apanatschka herein. Er blickte sich vorsichtig um, und als er uns allein sah, fragte er: „Meine Brüder sprachen von dem Mann, dessen Namen der General genannt hat?"

„Ja", antwortete ich.

„Ich habe den Mann gesehen, der zwei – Zahnlücken – hat."

„Ah! Wo?"

„Im Kaam-Kulano."

„Wann?"

„Vor vielen Jahren, als ich noch ein kleiner Knabe war."

„Das ist lange, sehr lange her", meinte ich enttäuscht.

„Er wurde Etters genannt."

„Wirklich? Das weißt du noch?"

„Ich habe es mir gemerkt, denn ich haßte ihn."

„Warum?"

„Er lachte über meine Mutter, die ich liebte."

„Was wollte er bei euch?"

„Das weiß ich nicht. Er wohnte im Zelt des Medizinmanns, und sooft er da war, hatte meine Mutter einen bösen Geist in sich, der alle ihre Glieder durcheinanderwarf."

Er wollte mit diesem Ausdruck wohl Krämpfe bezeichnen.

„Kannst du dich besinnen, wie deine Mutter damals aussah?"

„Sie war jung und schön."

„War ihre Farbe heller als jetzt?"

„Sie war rot wie bei allen roten Frauen."

„Dann ist die Ahnung falsch, die in mir aufsteigen wollte; aber die andere Ahnung, die ich habe, wird wohl richtig sein. Dieser Etters hat Euch aus der Zivilisation in den Westen getrieben, Mr. Surehand? Er steht in Beziehung zu den unglücklichen Ereignissen, die Euch den Glauben an Gott und das Vertrauen zu ihm genommen haben?"

„Ja", antwortete er. „Ihr habt es erraten."

„Und glaubt Ihr wirklich, daß er sich jetzt in Fort Terrel befindet?"

„Ich bin überzeugt davon."

„Ihr wollt natürlich hin?"

„Ich muß; ich muß."

„Wann?"

„Heut abend noch! Ich darf keinen Tag, keine Stunde, keinen Augenblick verlieren. Ich habe diesen Halunken hundertmal gejagt, zuweilen wochenlang, ohne ihn jemals vor die Augen zu bekommen. Ich kannte nur seinen Namen und seine Taten; gesehen habe ich ihn nie. Nun erfahre ich so plötzlich und unerwartet, wo er zu finden ist, und Ihr könnt Euch denken, daß ich da keine Minute Ruhe habe. Ich muß fort!"

„Wollen hoffen, daß Euch der General nicht belogen hat; ich traue ihm nicht."

„Überlegt Euch doch die Sache, Sir! Welche Absicht könnte er bei einer solchen Lüge haben?"

„Euch irrezuleiten."

„Nein, ich glaube jenen Worten und reite nach Fort Terrel."

„Allein?"

„Allein, ich habe keinen Begleiter."

„Ihr werdet einen haben."

„Wen?"

„Mich."

„Was? Euch?" fragte er mit frohem Erstaunen. „Ihr wollt mit?"

„Ja, wenn Ihr mit mitnehmt."

„Ob ich will! Welche Frage! Ich möchte stets nur bei und mit Euch sein, auch in gewöhnlichen Lagen, denn Ihr glaubt gar nicht, wie ich Euch mag. Und hier, wo es sich um etwas so Wichtiges handelt, um die Jagd auf ein Raubwild, das ich nie erwischen konnte, gibt mir Eure Begleitung die Sicherheit, daß Etters mir diesmal nicht entgehen wird. Wenn sich Old Shatterhand auf eine Fährte setzt, ist das Wild verloren. Also Ihr wollt mit, wirklich mit?"

„Gewiß!"

„Das ist mir geradezu eine Wonne, ein – ein . . ., was ich kaum glauben möchte. Aber Ihr seid hier nicht zu entbehren!"

„Doch! Winnetou wird alles leiten."

„Und von dem trennt Ihr Euch meinetwegen?"

„Die Trennung wird nur kurz sein. Wir suchen ihn dann gleich wieder auf. Also, ich darf mit?"

„Dürfen? Von dürfen kann gar keine Rede sein! Ich möchte Euch im Gegenteil fast kniefällig bitten mitzugehen, um mir mit Euerm Kopf und Euerm Arm beizustehen!"

Da legte ihm Apanatschka die Hand auf den Arm und sagte: „Und noch einer reitet mit."

„Wer?“

„Apanatschka, der Häuptling der Naiini-Comanchen. Weise mich nicht zurück! Ich bin dein Bruder und gehe mit dir. Ich spreche die Sprache der Bleichgesichter, habe gelernt, die verborgene Menschenfährte zu entdecken, und fürchte mich vor keinem Feind. Kann ich dir da nicht nützen? Ich habe mit dir, mit Winnetou und mit Old Shatterhand das Kalumet geraucht. Du suchst deinen Todfeind und begibst dich dabei in große Gefahr. Muß da nicht dein Bruder bei dir sein? Wäre ich dein Freund, dein Bruder, wenn ich dich allein reiten ließe?“

Es sprach eine rührende Hingabe aus seinen Worten, seinem Ton und seinen Zügen. Old Surehand antwortete nicht und sah mich fragend an. Darum nahm ich die Entscheidung in die Hand: „Unser roter Bruder Apanatschka will da etwas tun, was sein ganzer Stamm nicht gutheißen würde!“

„Was frage ich nach meinem Stamm, wenn es sich um meinen Bruder Surehand handelt! Die Söhne der Comanchen können nur hassen und vernichten; hier aber finde ich Verständnis und Milde. Die roten Männer siegen mit dem Tomahawk; ihr dagegen seid stark und unbesiegbar und überwindet alle eure Feinde mit den Waffen der Güte und Versöhnung. Wo ist es besser sein, beim Haß oder bei der Güte? Ich bin euer Bruder und reite mit euch!“

„Gut, du sollst uns begleiten. Aber wir reiten nicht heute, sondern erst morgen früh. Diese wenigen Stunden gehen uns nicht verloren; unsere Pferde müssen ausruhen und werden dann um so schneller sein.“

„Und wenn Etters dann schon fort ist?“ warf Old Surehand besorgt ein.

„So hat er seine Fährte zurückgelassen, der wir folgen werden. Sorgt Euch nicht! Wir müssen vor allen Dingen gut beritten sein. Auf meinen Rappen kann ich mich verlassen, wenn er bis früh ruhen darf, und Apanatschkas Pferd ist ebenfalls schnell und ausdauernd; ich habe es beobachtet. Wie steht es mit dem Euern, Mr. Surehand?“

„Es ist ein vortreffliches Tier, wenn auch mit Euerm Hengst nicht zu vergleichen; nur habe ich es in der letzten Zeit so anstrengen müssen, daß es mir bei den Anforderungen, die ich in den nächsten Tagen vielleicht an seine Schnelligkeit zu stellen habe, versagt.“

„*Well,* so reitet Ihr Vupa-Umugis Pferd, das wir vom Kaam-Kulano mitgebracht haben.“

„Wie? Das wollt Ihr mir leihen?"
„Leihen nicht, sondern schenken."
„Gar schenken! So ein kostbares Tier!"
„Nehmt es! Was soll ich damit tun? Vupa-Umugi bekommt es nicht wieder, und ich brauche es nicht."
Da drückte er mir die Hand und rief entzückt: „Ja, ich nehme es an! Von Euch weise ich selbst ein so großes Geschenk nicht zurück, denn ich denke, daß Ihr mir erlaubt, es einmal quittzumachen. Also wir reiten erst morgen. Und nun kommt heraus; ich muß sogleich zu meinem neuen Pferd gehen!"
„Laßt Euch draußen nichts anmerken! Am besten ist's, Ihr redet gar nicht wieder mit dem General."
Als wir hinaustraten, sah ich, daß Winnetou fehlte; er war fortgegangen, um nachzusehen, ob die Gefangenen gut bewacht würden. Er hatte seine Silberbüchse, gradso wie ich meine beiden Gewehre, auf dem Tisch liegenlassen. Nun hatte der General sie alle drei in den Händen und probierte grad an meinem Stutzen herum, um dessen Konstruktion zu untersuchen. Es lag dabei ein verlangender, ein geradezu gieriger Ausdruck in seinem Gesicht.
„Nicht wahr, Sir, das hier ist Euer Bärentöter?" fragte er, als er mich sah.
„Ja", antwortete ich kurz.
„Und das ist der berühmte Henrystutzen, von dem man soviel erzählen hört?"
„Ja, und was habt Ihr damit zu schaffen?"
„Ich wollte das Schloß öffnen und brachte es nicht fertig. Wollt Ihr mir nicht sagen, wie . . ."
„Ja, sagen will ich es Euch", fiel ich ihm in die Rede, „natürlich sagen, daß Ihr die Hände davon zu lassen habt. Das sind keine Spielsachen für einen General, der Bull Run in seinem ganzen Leben nicht gesehen hat."
„Was? Nicht gesehen? Ich sage Euch, daß . . ."
„Still! Mir macht Ihr nichts weis. Gebt her!"
Ich nahm ihm meine beiden Gewehre, als eben Winnetou zurückkehrte, dessen Büchse er noch in der Hand hatte. Der Apache erriet sofort den Zusammenhang, zog ihm die Silberbüchse weg und fuhr ihn ganz gegen seine sonstige Ruhe an: „Wie darf sich das lügnerische Bleichgesicht an dem Gewehr des Häuptlings der Apachen vergreifen! Dieses Gewehr wurde noch nie von den schmutzigen Fingern eines weißen Schurken berührt!"

„Schurke?" fuhr der General auf. „Will Winnetou dieses Wort zurücknehmen, oder . . ."

„Oder was?" donnerte ihn der Apache an.

Da wich Douglas erschrocken zurück und antwortete kleinlaut: „Man wird wohl ein Gewehr betrachten dürfen!"

„Aber nicht berühren! Winnetou legt seine Hand nicht dahin, wo die deine gelegen hat."

Er wischte mit dem herabhängenden Ende der Santillodecke, die ihm als Gürtel diente, die Büchse ab, als ob sie schmutzig geworden wäre, hielt sie mir dann hin und sagte: „Mein Bruder Old Shatterhand mag unsere Gewehre in die Stube tragen und dort an die Wand hängen, damit sie nicht wieder von solchen Händen besudelt werden!"

Damit wandte er sich ab und ging zu seinem Pferd. Ich sah noch, daß der General einen mir nicht gleich verständlichen Blick mit Old Wabble wechselte, und trug dann die Gewehre in das Häuschen, wo sie sicher hingen, denn Unberufene kamen nicht dahinein. So wenigstens dachte ich, und so hatte auch Winnetou gedacht.

Zu ihm ging ich dann, um ihm mitzuteilen, was ich mit Old Surehand besprochen hatte. Er war einverstanden und sagte: „Mein Bruder tut sehr recht daran. Mag dieser General die Wahrheit gesagt haben oder nicht, es ist gut, daß du mit Old Surehand reitest, und ich freue mich darüber, daß Apanatschka euch begleiten will. Er wird euch keine Last, sondern eine Hilfe sein. Mich trefft ihr dann in der Wohnung der Mescaleros, wohin ich auch das Pferd mitnehme, das Old Surehand bis jetzt geritten hat; er mag es sich da holen."

Hierauf sahen wir, daß der General seine Wasserschläuche füllte, wobei ihm Old Wabble behilflich war. Sie trugen sie fort, hinaus zu den Chickasaws. Wir machten uns keine Gedanken dabei, sondern nahmen es als ein Zeichen, daß Douglas morgen frühzeitig fortwollte, was uns nur lieb war.

Als Bob uns die Lager bereitet hatte, ging er in die Stube, wo er mit Sanna schlief. Wir legten uns nieder. Bloody Fox pflegte ebenfalls im Häuschen zu schlafen, zog es freilich wegen der dort herrschenden Schwüle heute vor, sich zu uns zu legen. Da die Feuer nicht mehr genährt wurden, verloschen sie bald, und wir schliefen ein.

Früh war ich der erste, der erwachte, und weckte die Gefährten. Es fiel uns nicht auf, daß der General und mit ihm Old Wabble fehlte, und ich ging mit Winnetou fort, um nach den

Gefangenen zu sehen. Wir fanden alles in Ordnung, was die Comanchen und Apachen betraf; die Chickasaws dagegen waren nicht mehr da. Als wir Entschar-Ko, der hier befehligte, nach ihnen fragten, antwortete er: „Wissen meine Brüder nicht, daß sie fort sind?"

„Nein."

„Der weiße Mann, der sich General nennt, sagte, er wolle nicht länger hierbleiben, weil Winnetou und Old Shatterhand ihn beleidigt hätten; da ritt er fort mit den Chickasaws und seinen drei Bleichgesichtern."

„Und Old Wabble?"

„Der ritt mit ihnen."

„Da ist die Freundschaft zwischen ihnen ja recht schnell groß geworden. Mögen sie fort sein, auch Old Wabble! Es ist nicht schade um sie. Sie müssen im Finstern aufgebrochen sein, denn es ist erst seit einer halben Stunde Tag!"

„Im Finstern?" fragte Entschar-Ko erstaunt. „Der Mond schien noch."

„Was? Der Mond? Heute früh?"

„Heute früh? Es war gestern abend!"

„Ah, schon gestern haben sie sich entfernt? Da haben sie es außerordentlich eilig gehabt."

„Weil ich den General beleidigt habe", bemerkte Winnetou. „Der Zorn hat sie bald darauf fortgetrieben."

Wir kehrten zum Wasser zurück, frühstückten und tränkten unsere Pferde. Inzwischen packte Bob Proviant für mich, Old Surehand und Apanatschka ein und füllte einige Wasserschläuche. Als er damit fertig war, forderte ich ihn auf, meine Gewehre zu holen.

„Gewehre?" fragte er. „Wo sein Gewehre?"

„In der Stube. Sie hängen an der Wand neben der Tür."

Er ging hinein, kam gleich darauf mit leeren Händen zurück und meldete: „Keine Gewehre drin; Masser Bob keine sehen."

„Du irrst; hast du denn gestern abend, als du schlafen gingst, sie nicht hängen sehen?"

„Masser Bob nicht hingeschaut. Jetzt keine drin, wirklich keine."

Das war höchst sonderbar! Ich ging hinein, und Winnetou kam schnell nach. Die Gewehre waren nicht da; sie fehlten alle drei. Wir waren zunächst nur bestürzt; doch diese Bestürzung verwandelte sich in Schreck, als wir die Gefährten fragten und von ihnen hörten, daß keiner von ihnen im Häuschen gewesen sei; noch hatten wir angenommen, daß jemand die Gewehre für uns geholt und draußen hingelegt habe.

„Sollte etwa . . .?“ fragte Winnetou.

Er sprach vor innerer Aufregung die Vermutung nicht aus. Ich sah trotz der Bronzefarbe seines Gesichts, daß ihm das Blut aus den Wangen gewichen war.

„Du meinst den General?“ fragte ich.

Er nickte nur.

„Dieser Halunke! Kein anderer ist's gewesen! Wie gierig er die Gewehre betrachtete! Werden gleich Klarheit haben! Bob, war jemand im Häuschen, als du dich niedergelegt hattest?“

„Massa General war da.“

„Ah! Hattest du die Tür nicht verriegelt?“

„Masser Bob nie die Tür verriegeln; sind keine Spitzbuben da.“

„Was wollte der General?“

„Kommen herein und rufen leise Masser Bob, um ihm geben einen Dollar Trinkgeld für Abendessen und Aufwarten.“

„Brannte das Licht noch?“

„Nein, weil Masser Bob und Sanna schlafen wollen.“

„Wie lange war der General in der Stube?“

„Massa General hereinkommen, rufen Masser Bob und ihm geben Dollar; dann nicht gleich wieder hinaus, weil nicht schnell Tür finden.“

„Oh, wo die war, das hat er gewußt! Er hat nur so getan, als ob er nach ihr suche, und dabei nach den Gewehren getastet. Was sagt Winnetou? Ist er derselben Meinung wie ich?“

Ich hatte noch nie gesehen, daß der Apache durch irgend etwas aus der Fassung gebracht worden war. Wir hatten uns in Lagen und Gefahren befunden, die jeden andern in die größte Aufregung versetzt hätten; er war stets ruhig geblieben, innerlich ebenso wie äußerlich. Höchstens hatte es eine kleine Bedenklichkeit oder Überraschung gegeben, die nur von mir, der ich ihn genau kannte, bemerkt worden war. Jetzt sah ich ihn zum erstenmal innerlich so aufgeregt, daß er sich Mühe geben mußte, äußerlich ruhig zu bleiben. Diese Erregung sprach sich darin aus, daß er nur leise und die Worte halb verschluckend auf meine Frage antwortete: „Mein Bruder – hat recht. Der General hat – unsere Gewehre – gestohlen.“

„Deine herrliche Silberbüchse, das teure Vermächtnis deines Vaters!“

„Er wird – er wird sie . . .“ Er konnte nicht weitersprechen;

ich sah, daß der mit aller Anstrengung niedergehaltene Grimm ihm die Fäuste ballte.

„Er wird sie wieder hergeben", vervollständigte ich seinen unbeendeten Satz. „Wir müssen den Dieben nach, und zwar sofort!"

„Ja – sofort, sofort!"

Es läßt sich denken, daß der Verlust unserer Gewehre nicht nur uns zwei als die zunächst Betroffenen berührte; die Freunde, die bei uns standen, waren noch viel aufgeregter als wir selbst. Old Surehand sagte mit vor Zorn bebender Stimme: „Dieser Diebstahl trifft auch mich sehr schwer, Mr. Shatterhand. Ihr müßt den Halunken natürlich nach und könnt nun nicht mit mir nach Fort Terrel reiten!"

„Nein, das kann ich freilich nicht."

„Und ich vermag Euch weder zu begleiten noch hier auf Euch zu warten, denn ich muß hin, ich muß hin und darf keine Stunde verlieren."

„Ich fürchte nur, daß Ihr diesen Weg umsonst macht."

„Mag sein; dennoch muß ich hin, damit ich mir später keine Vorwürfe zu machen brauche. Das werdet Ihr einsehen."

„Natürlich sehe ich das ein und will Euch nicht zureden, auf diesen Ritt zu verzichten. Ihr werdet ja nicht allein sein, denn Apanatschka begleitet Euch."

„Ja", erklärte der junge Häuptling der Comanchen. „Ich reite mit meinem Bruder Surehand, denn ich habe es versprochen und halte mein Wort. Ich muß es nun erst recht halten, weil Old Shatterhand nicht mitkommen kann."

„So will ich Euch wünschen, daß Ihr das dort gesuchte Ergebnis findet, Mr. Surehand!"

„Und ich wünsche Euch", antwortete er, „daß Euch der General nicht entwischt. Alle Teufel, wenn ich es mir so überlege, diese drei kostbaren, geradezu unersetzlichen Gewehre verloren!"

„Ich gebe sie noch lange nicht verloren."

„Nicht? Glaubt Ihr, den Dieb zu finden?"

„Ich glaube es nicht nur, sondern ich bin überzeugt davon."

„Ja, wir werden ihn finden, lebendig oder tot, und wenn er noch so weit entwiche oder sich ins Innere der Erde versteckte. Er entgeht uns nicht!" sagte Winnetou.

„Das ist gewiß", fügte ich hinzu. „Wir bekommen die Gewehre zurück, nur fragt es sich, in welchem Zustand!"

„Ja. Dieser weiße Hund versteht sie nicht zu behandeln und

kann sie leicht beschädigen oder gar unbrauchbar machen, besonders deinen Stutzen."

„Das würde er schwer, sehr schwer büßen müssen. Also, wir verfolgen ihn. Wen will mein Bruder Winnetou mitnehmen?"

„Niemand."

„Wir reiten allein?"

„Ja. Jeder andere würde uns hinderlich sein."

„Ich auch?" fragte Parker.

„Ja."

„Auch ich?" erkundigte sich Hawley.

„Auch du."

„Wir möchten gern mit!"

„Es geht nicht. Eure Pferde sind nicht so schnell wie die unsren, sie würden den Ritt nicht aushalten."

Die beiden baten, sie dennoch mitzunehmen; Winnetou aber schlug es ihnen ab, und ich mußte ihm recht geben. Nun wollten sie sich Apanatschka und Old Surehand anbieten, doch diese brauchten sie auch nicht. Es blieb ihnen nichts anderes übrig, als sich dem Transport der Comanchen anzuschließen.

Diesen hatte Winnetou leiten wollen, was nun nicht möglich war. Dableiben konnten sie auch nicht, und so besprachen wir uns kurz und wurden darüber einig, daß sie noch heute von den Apachen unter Bloody Fox' und Entschar-Kos Führung fortgeschafft werden sollten. Ich hätte gern dahin gewirkt, daß sie ihre Gewehre wiederbekamen, verzichtete allerdings darauf, weil Winnetou behauptete, daß das gefährlich sei. Sie wären, sobald sie frei waren, auf den Gedanken gekommen, die Apachen gleich wieder anzugreifen, wenigstens ihnen heimlich zu folgen und einen Überfall zu wagen. Dieser Gedanke lag schon deshalb nahe, weil Winnetou, Old Surehand und ich fehlten, vor denen sie sich am meisten fürchteten.

Wir hätten uns mit Gewehren versehen können, denn Bloody Fox besaß mehrere, die er uns anbot, und wir schlugen auch aus, zwei von den erbeuteten Flinten zu nehmen; wir verzichteten darauf, denn wir waren überzeugt, daß wir wieder zu unseren Gewehren kommen würden; was sollten wir uns da mit andern schleppen. Wir hatten unsere Messer, Revolver, Lassos und Tomahawks; das war einstweilen genug für uns.

Nun ritten wir hinaus vor das Kaktusfeld, denn es galt, die Spur des Generals auszumachen. Wie wir jetzt hörten, hatte er zu einem Apachen, der Posten gewesen war, gesagt, daß er zu den Hundert Bäumen reiten werde.

„Das ist nicht wahr; das ist eine Finte, um Euch irrezuleiten", meinte Parker. „Der General kennt den Weg dorthin ja gar nicht!"

„Aber Old Wabble ist bei ihm, der ihn nun kennt", antwortete ich.

„So glaubt Ihr, daß er wirklich dorthin ist?"

„Nein. Grade weil er das gesagt hat, wird er eine andere Richtung einschlagen."

„Und wohin?"

„Zum Peace River, wie ich vermute. Ich habe erfahren, daß er dorthin will, und er ahnt nicht, daß ich es weiß. Er will zu den Chickasaws, um sich dort auszuruhen."

„So würdet Ihr guttun, gleich dorthin zu reiten."

„Ja, aber ich darf auch keine Vorsicht versäumen. Er könnte auf einen anderen Gedanken gekommen sein, und wir müssen also auf seiner Fährte bleiben."

„Schwierige Geschichte, das, sehr schwierig!"

„Warum?"

„Weil die Gegend von hier zu den Hundert Bäumen von Fährten jetzt geradezu wimmelt. Wer da die ihre unterscheiden will, der möchte scharfe Augen haben, ja, der möchte beinahe allwissend sein."

„Ihr laßt außer acht, daß der Wind diese Spuren verweht hat. Wir werden also die Fährte der fünf Weißen und vier Chickasaws sehr deutlich sehen."

„Ah, das ist richtig! Ihr wollt also sogleich fort?"

„Ja."

„Das geht schnell und unerwartet. Ich hoffe, daß wir Euch bald einmal wieder sehen, Mr. Shatterhand. Erlaubt mir, Euch die Hand zu reichen!"

Auch Jos Hawley gab mir die seine. Er sagte in betrübtem Ton: „Könnt Ihr Euch noch auf die Geschichte besinnen, die Ihr uns da oben im Mistake-Cañon erzählt habt, Sir?"

„Ja."

„Ihr habt mir mit ihr das Herz leicht gemacht. Ich bin zu der Ansicht gekommen, daß ich mir wegen des Todes jenes Indianers nichts vorzuwerfen habe. Diese Beruhigung habt Ihr mir gegeben. Ich danke Euch, Mr. Shatterhand, und werde mich unendlich freuen, wenn sich unsere Fährten wieder einmal kreuzen!"

Es ging ans Abschiednehmen. Old Surehand zog mich von den andern fort, die seine Worte nicht hören sollten, und sagte: „Gestern abend war ich glücklich darüber, daß Ihr mit mir nach Fort Terrel wolltet; heut ist das schnell anders geworden, und Ihr könnt Euch denken, wie betrübt ich darüber bin. Ihr wißt ja, daß ich so gern stets und immer bei Euch bleiben möchte. Jetzt muß so plötzlich geschieden sein, und noch dazu aus einem solchen Grund! Ihr seid aber wirklich überzeugt, daß Ihr die Gewehre wiederbekommen werdet?"

„Ja."

„Ich wünsche es Euch von ganzem Herzen. Und ebenso herzlich wünsche ich, daß wir uns recht bald wiedertreffen!"

„Mein Wunsch ist das natürlich auch, Mr. Surehand."

„Könntet Ihr mir nicht einen Ort bestimmen?"

„Nein."

„Warum nicht?"

„Weil wir beide nicht wissen, was geschieht und welchen Ereignissen wir entgegengehen. Wer weiß, wie lange Ihr Etters verfolgen müßt und wohin Euch seine Spur führt. Ich reite nach Norden und kann auch nicht sagen, wann und wo wir den General einholen werden."

„So kehrt Ihr nicht hierher zurück?"

„Ich möchte wohl, kann allerdings nicht sagen, ob es mir möglich sein wird. Ich vermag also kein Rendezvous zu bestimmen und Ihr wahrscheinlich auch nicht."

„Nein."

„So müssen wir die Zeit und den Ort, wann und wo wir uns wiedersehen werden, dem Zufall überlassen."

„Hm, ja! Aber daß wir es ihm so ganz und gar überlassen, das ist nicht nötig. Darf ich Euch einen kleinen Wink geben?"

„Ich bitte darum."

„Ich gab Euch, ehe der Zweikampf mit Apanatschka begann, eine Adresse an. Die wißt Ihr noch?"

„Natürlich!"

„So nehmt sie als Anhalt zu einem späteren Zusammentreffen mit mir. Wenn Ihr einmal zufälligerweise nach Jefferson City, Missouri, kommt, so geht in das Bankgeschäft von Wallace und Co., wo Ihr erfahren werdet, wo ich mich zu der betreffenden Zeit befinde!"

„*Well,* das werde ich tun."

„Danke! Da muß ich aber eine Bitte aussprechen."

„Welche?"

„Forscht nicht nach meinen Verhältnissen!“

„Nein. Oder haltet Ihr mich für einen indiskreten, taktlosen und zudringlichen Menschen?“

„Ganz und gar nicht; Ihr könntet Euch allerdings nach der Anweisung verhalten, die ich Euch vor dem Zweikampf gab.“

„Die habt Ihr mir nur für den Fall Eures Todes gegeben. Ihr lebt aber noch. Ich werde nicht den geringsten Versuch machen, in Eure Geheimnisse einzudringen.“

„Danke Euch, Sir, danke! Und nun lebt wohl. Ich wünsche, daß Ihr den General bald einholt!“

„Und ich würde mich außerordentlich freuen, wenn ich später hörte, daß Ihr Euern Dan Etters glücklich erwischt habt, Mr. Surehand!“

Wir schüttelten uns herzlich die Hände. Es tat uns beiden aufrichtig leid, daß wir uns so plötzlich und auf unbestimmte Zeit trennen mußten.

Auch von Bloody Fox verabschiedete ich mich. Winnetou erteilte ihm und Entschar-Ko die nötigen Weisungen, sagte allen in seiner Weise mit kurzen Worten Lebewohl, und dann verließen wir die Oase, die der Schauplatz so drohender Ereignisse war, die für uns ein so befriedigendes Ende genommen hatten.

Unsere Pferde mußten heute schwerer tragen als gewöhnlich, weil wir ihnen Schläuche mit Wasser für zwei Tage aufgeladen hatten; denn wenn es richtig war, was wir dachten, so ritt der General nicht zu den Hundert Bäumen, sondern zu den Chickasaws, die nördlich vom Llano Estacado wohnten, und wir hatten zwei Tage durch die Wüste zu reiten. Den Weg kannten wir genau. Er ging über Helmers' Home, eine Ansiedlung, die nahe am nördlichen Rand des Llano lag und diesen Namen führte, weil der Besitzer Helmers hieß. Er war ein sehr guter Bekannter, ja ein Freund von uns. Es war vorauszusehen, daß die, die wir verfolgten, dort einkehren würden.

Es galt für uns die höchste Eile, weil sie schon gestern abend von der Oase fortgeritten waren und einen halben Tag Vorsprung vor uns hatten. Und doch mußten wir sie womöglich noch in der Wüste einholen, weil die Verfolgung später schwieriger wurde. Es gab dann Gras und Büsche, später sogar Wälder, Bäche und Flüsse, die überall Verstecke boten und dem General Gelegenheiten gaben, uns zu entwischen.

Die Fährte war leicht zu erkennen; sie führte nach Westen, also in der Richtung der Hundert Bäume; schon nach einer

Stunde bog sie freilich in einem rechten Winkel nach Norden ab. Unsere vorhin erwähnte Ansicht schien also richtig zu sein.

Wir ritten immer Galopp und ließen die Pferde nur zuweilen zum Verschnaufen in langsamen Schritt fallen. Als es zu Mittag am heißesten geworden war, hielten wir an, gaben ihnen Wasser und ließen sie eine Stunde ruhen. Dann ging es in gleicher Eile wieder weiter, bis es dunkel geworden war und wir also warten mußten. Das brachte uns in Nachteil gegen die Verfolgten, die auch des Nachts zu reiten vermochten, während wir gezwungen waren zu warten, weil wir ihre Fährte nicht mehr sahen.

Wir hätten allerdings trotzdem ebenfalls weiterreiten können, weil wir ihr wahrscheinliches Ziel kannten; es wäre immerhin ein Wagnis gewesen – vielleicht hatten sie aus irgendeinem Grund ihre Richtung plötzlich geändert. Darum hielten wir an, als die Dämmerung vorüber war. Kaum war der Mond erschienen, brachen wir wieder auf. Seine Sichel bot nur wenig Licht, und andern Westmännern wäre es wohl schwerlich möglich gewesen, bei einer so unzureichenden Beleuchtung einer Fährte zu folgen, noch dazu im Galopp; doch unsere Augen waren scharf genug, und wenn ich mich einmal irren sollte, so war das bei Winnetou völlig ausgeschlossen. Erst nach Mitternacht machten wir wieder halt, denn die braven Tiere mußten ruhen; sie bekamen wieder eine allerdings nicht zureichende Portion Wasser; dann wurden sie angepflockt, und wir hüllten uns in unsere Decken, um zu schlafen. Kaum graute der Tag, saßen wir schon wieder auf und kamen zwei Stunden später an die Stelle, wo der General mit seinen Leuten gelagert hatte. Wir blickten einander befriedigt an, denn wir hatten den halbtägigen Vorsprung bis auf diese zwei Stunden verkürzt, wenn sie nämlich auch erst am Morgen aufgebrochen waren.

Ich sagte: Wir blickten einander an; denn gesprochen wurde fast kein Wort. Winnetou war überhaupt sehr schweigsam, und wenn er – wie jetzt – einen Gedanken verfolgte, pflegte er noch viel weniger Worte als sonst zu machen.

Wir hatten den Lagerplatz der neun Reiter kaum eine halbe Stunde hinter uns, so sahen wir uns gezwungen, wieder anzuhalten, denn sie hatten ihren Ritt hier unterbrochen, und die Hufeindrücke sagten uns, daß so etwas wie eine Beratung stattgefunden haben mußte. Und diese war jedenfalls sehr lebhaft gewesen, denn die Reiter hatten ihre Pferde hin und her getrieben. Das ließ uns vermuten, daß zwischen ihnen ein Streit ausgebrochen war. Aber worüber? Das fragten wir uns. Wahrscheinlich über den ferneren Weg, über die Richtung, die heut eingehalten werden sollte.

Auf diese Vermutung kamen wir dadurch, daß sich von hier aus die Spuren teilten, was uns außerordentlich unlieb war. Keine der beiden Fährten ging geradeaus; die eine bog nach rechts und die andere nach links ab, so daß sie einen spitzen Winkel bildeten.

„*Uff!*“ sagte Winnetou enttäuscht. „Das ist schlimm!“

„Allerdings schlimm“, stimmte ich zu. „Wahrscheinlich haben sich die Roten hier von den Weißen getrennt. Welche Fährte ist die der Indianer und welche die der Weißen?“

„Wollen sehen!“

Er stieg ab, um die Spuren zu untersuchen.

„Ich bezweifle, daß wir das erkennen“, erklärte ich, und schwang mich aus dem Sattel. „Ich habe bemerkt, daß die Pferde der Weißen auch keine Eisen haben. Eine Unterscheidung zwischen ihnen und den andern Pferden ist also kaum möglich.“

Leider bestätigten sich diese meine Worte; die Hufspuren gaben uns nicht den mindesten Anhalt zu einer sicheren Bestimmung; wir waren auf ungewisse Vermutungen angewiesen, die uns weniger nutzten als vielmehr schadeten.

„Wollen den beiden Fährten ein kleines Stück folgen“, sagte Winnetou. „Vielleicht sehen wir doch etwas. Mein Bruder mag die nach rechts nehmen; ich gehe links.“

Wir taten das. Ich hatte nur das eine Ergebnis, daß ich die Zahl der Pferde entdeckte, und Winnetou erzielte das gleiche unzulängliche Resultat. Wir konnten nicht einmal aus dieser Zal auf die der Reiter schließen, weil Packpferde dabei waren. Wir standen da und sahen einander an.

„*Uff!*“ sagte Winnetou, indem er trotz der Enttäuschung, die wir fühlten, lächelte. „Hat mein Bruder Shatterhand mich schon einmal in dieser Weise dastehen sehen?“

„Nein.“

„Ich dich auch nicht? *Uff!*“

„So ganz und gar nicht zu wissen, woran wir sind, das ist uns noch nie passiert!“

„Nein, noch nie! Denken wir nach! Sollte es wirklich möglich sein, daß weder Old Shatterhand noch Winnetou auf den richtigen Gedanken kommen?“

„Ich möchte mich allerdings fast schämen! Also nachdenken! Das nächste Ende der Wüste liegt nördlich von hier, nach Helmers' Home zu, und das weiß Mba, der Häuptling der Chickasaws. Mag er nach rechts oder nach links reiten, so braucht er in beiden Fällen wenigstens einen halben Tag länger, um den Llano hinter sich zu lassen; das weiß er auch. Ich denke nicht, daß er einen solchen Umweg macht. Oder glaubst du daran?"

„Nein."

„Wenn er sich von den Weißen trennt, so hat er sich mit ihnen gestritten. Er reitet allein, weiß jedoch auch, wohin sie reiten. Dabei hat er sie über seine Richtung getäuscht, indem er von der richtigen abgewichen ist und sie sehr bald, wenn die Weißen ihn nicht mehr gesehen haben, wieder eingeschlagen hat. Wenn wir also keiner von diesen beiden Fährten folgen, sondern geradeaus reiten, werden wir unbedingt wieder auf seine Fährte stoßen."

„*Uff*, das ist richtig!"

„Dann ist die andere Fährte natürlich die, der wir zu folgen haben. Wir suchen sie auf und dürfen dann sicher sein, daß wir den General vor uns haben. Ich glaube, daß mein Bruder Winnetou mir da recht gibt."

„Es ist so, wie du sagst. Wir werden jetzt also keiner der Spuren folgen."

Wir stiegen auf und ritten weiter, geradeaus, so daß wir die beiden sich rechts und links von uns entfernenden Fährten bald nicht mehr sahen. Ich glaubte meiner Sache sicher zu sein, war aber gespannt darauf, ob sich meine Voraussetzung bewahrheiten würde. Und richtig, schon nach einer halben Stunde sahen wir die Fährte, die nach rechts geführt hatte, sich uns wieder nähern und sich dann nördlich wenden.

„*Uff!*" ließ sich Winnetou in frohem Ton hören. „Das ist also die Fährte der Chickasaws, die Helmers' Home führt."

„Und wir müssen also", fuhr ich fort, „die andere suchen, die nun auf alle Fälle die der Weißen ist."

„Ja, reiten wir links hinüber zu der andern Spur! Wenn wir das tun, werden wir uns nicht mehr irren und dann . . ."

Er hielt plötzlich im Satz inne. Er war, während er sprach, mit den Augen der Linie des Horizonts gefolgt und schien etwas gesehen zu haben, denn er griff in die Satteltasche, zog sein Fernrohr heraus und richtete es nach Norden. Schnell hatte ich das meine auch in der Hand und sah einige Pferde und Männer, die im Sand lagerten.

„Wer mag das sein?" fragte ich.

„Die Chickasaws", antwortete er.

„Warum sind sie nicht fortgeritten? Welchen Grund haben sie, dort zu sitzen?"

„*Uff!* Sie warten auf uns!"

„Möglich!" stimmte ich zu. „Mba schien ein ehrlicher Mann zu sein. Er hat erst unterwegs bemerkt, daß der General uns bestohlen hat, und ist scharfsinnig genug, sich zu sagen, daß wir den Dieb verfolgen werden. Da hat er sich von ihm getrennt. Selbst wenn die Ehrlichkeit ihm das nicht geboten hätte, würde er es aus Sorge um sich selbst getan haben. Er mußte dafür sorgen, von uns nicht für einen Mann gehalten zu werden, der mit Dieben im Einvernehmen steht und ihnen sogar seinen Schutz verleiht. So wird es sein."

„Ja, so ist's, reiten wir hin!"

Wir setzten unsere Pferde in Galopp und näherten uns den Männern schnell, daß wir sie erkannten. Ja, es war Mba, freilich nur mit zweien seiner Indianer. Sie hatten zwei Saumpferde bei sich. Wo war der vierte Chickasaw? Als uns die drei Roten erkannten, standen sie auf, legten ihre Waffen in den Sand und kamen uns entgegen. Das war ein friedliches Benehmen; dennoch nahm ich den Revolver in die Hand. Als wir sie erreichten und unsere Pferde vor ihnen parierten, sagte Mba: „Old Shatterhand mag seinen Revolver wieder in den Gürtel stecken, denn wir sind seine Freunde. Wir haben gewußt, daß er kommt, und auf ihn gewartet."

„Ah, ihr habt es gewußt?"

„Ja. Oder sind Winnetou und Old Shatterhand Krieger, die sich ihre Gewehre stehlen lassen, ohne daß sie sie sich wiederholen?"

„Das ist richtig. Wann hat Mba, der Häuptling der Chickasaws, erfahren, daß man uns bestohlen hat?"

„Erst heute früh, als der Tag anbrach."

„Wirklich nicht eher?"

„Nein. Ich spreche die Wahrheit. Würde ich auf euch gewartet haben, wenn ich euch belügen wollte oder gar den Diebstahl mitbegangen hätte?"

„Nein. Ich habe dich gleich, als ich dich sah, für einen ehrlichen Mann gehalten. Erzähle!"

„Wir stießen im Süden vor dem Llano auf die vier Bleichgesichter, und ich gab ihnen mein Versprechen, sie durch die Wüste zu führen. Da kamen wir mit euch zusammen. Ich freute mich, Old Shatterhand, Winnetou und Old Surehand zu sehen, und ahnte nicht, daß der General Böses gegen euch im

Schilde führte. Wir ritten mit euch bis zu dem Wohnsitz des Blutigen Fuchses und wollten die ganze Nacht dortbleiben, da kam der General und sagte, wir müßten schnell fort, weil er sich mit euch verfeindet habe. Wir taten ihm den Willen und ritten die ganze Nacht und den ganzen Tag ..."

„Ohne daß dein Mißtrauen erwachte?" fiel ich fragend ein. „Hegtest du gar keinen Verdacht?"

„Ich hegte welchen, und zwar gleich zu Beginn unseres Ritts, weil der General seinen Weg erst nach Westen nahm, wohin wir doch gar nicht wollten. Dann am Tag bemerkte ich ein Paket, das er vorher nicht gehabt hatte und sehr sorgfältig behandelte. Auch fiel es mir auf, daß er gar so große Eile hatte. Als wir gestern abend lagerten, richtete ich es so ein, daß mir das Paket in die Hände geriet; er entriß es mir sofort; doch hatte ich bemerkt, daß es Gewehre enthielt."

„Welche Beschaffenheit hatte das Paket?"

„Es war seine Decke, in die er die Gewehre geschlagen und mit Riemen zusammengebunden hatte. Ich wollte wissen, was für Gewehre es seien; aber die Bleichgesichter schliefen erst gegen Morgen so fest, daß ich es unbemerkt nehmen und aufbinden konnte. Ich erschrak, als ich sah, was es enthielt, denn ich wußte, daß ihr uns verfolgen würdet."

„Warum behieltest du das Paket nicht, um es uns zurückzustellen?"

„Weil wir vier rote Krieger gegen fünf weiße waren und ihr den Dieb dann nicht gefangen hättet, denn er wäre entflohen."

„Hm, ja, nämlich wenn du ihn hättest entfliehen lassen!"

„Ich hatte einen besseren Plan."

„Welchen?"

„Als wir heut ein Stück geritten waren, hielt ich an und sagte den Bleichgesichtern, daß ich die Gewehre gesehen hätte und nicht weiter mit ihnen reiten möge, weil ihr jedenfalls bald kommen würdet. Sie wurden zornig und stritten sich mit uns. Als ich bei meinem Vorsatz blieb, baten sie mich, ihnen wenigstens einen meiner Krieger als Führer zu lassen, weil sie den Weg durch den Llano nicht kennen. Ich tat ihnen diesen Willen, hatte diesem Krieger allerdings gesagt, wie er sich zu verhalten hat. Er wird euch die Diebe in die Hände führen."

„Wie das?"

„Ich ritt nur ein kleines Stück weiter und hielt dann an, um auf euch zu warten, denn ich will euch dahin bringen, wo ihr sie fangen sollt."

„Wo ist das?"

„Dort im Norden liegt am Rande des Llano Estacado die Wohnung eines weißen Mannes ..."

„Die Helmers' Home heißt", fiel ich ein.

„*Uff!* Old Shatterhand kennt diesen Ort?"

„Wir kennen ihn. Helmers ist unser Freund."

„Das ist gut, denn dorthin wird er die Weißen führen."

„Warum reitet er nicht geradeaus, sondern macht einen Umweg?"

„Damit wir eher dort sind als sie und sie ohne allen Kampf festnehmen."

„Schön! Ich sehe, daß Mba, der Häuptling der Chickasaws, ein kluger Krieger ist. Hast du freilich auch bedacht, daß es für uns Gründe gibt, dir zu mißtrauen?"

„Gibt es solche Gründe?"

„Ja. Dein Krieger kann uns die Diebe entführen, so daß wir sie nicht sehen werden!"

„Wenn du das denkst, wollen wir euch unsere Waffen ausliefern und uns selbst euch zum Pfand geben!"

„Ist nicht nötig. Wir vertrauen euch. Aber werden sich die Weißen nicht besinnen und einen andern Weg einschlagen?"

„Nein. Mein Krieger wird ihnen vor den andern Richtungen solche Angst machen, daß sie ihm gewiß folgen."

„Gut! Sind eure Pferde sehr ermüdet?"

„Sie halten es bis zu Helmers' Home aus, auch wenn wir nicht langsam reiten."

„So wollen wir keine Zeit verlieren. Wenn ich mich nicht verrechne, werden wir schon am Nachmittag dort sein. Wann werden die Weißen dort eintreffen?"

„Ich habe dem Führer befohlen, es so einzurichten, daß er Helmers' Home gegen Abend erreicht."

„Das ist sehr umsichtig gehandelt; eins will ich dich noch fragen: Was hättest du getan, wären wir jetzt nicht gekommen?"

„Gekommen wärt ihr ganz gewiß, wenn nicht jetzt, dann später. Ich wäre ohne euch zu Helmers geritten, hätte ihm alles erzählt und ihn gebeten, uns beizustehen, den Dieben die Gewehre abzunehmen. Wenn ihr dann gekommen wärt, hätten wir sie euch gegeben. Glaubt Old Shatterhand diese Worte?"

„Ich glaube sie und lobe dich dafür. Deine Ehrlichkeit wird nicht unbelohnt bleiben. Jetzt wollen wir fort. Was noch zu sagen ist, werden wir unterwegs besprechen."

Die Chickasaws stiegen auf ihre Pferde und ritten mit uns

weiter. Weil sie nicht gleichen Schritt zu halten vermochten, ging es langsamer als vorher, dennoch war der Mittag noch nicht lange vorüber, als wir schon einzelne Zeichen davon entdeckten, daß wir den Llano bald hinter uns hätten. Während nur gefiedertes Raubzeug über das Innere der Wüste streicht, sahen wir jetzt körnerfressende Vögel fliegen, und hier und da gab es eine Salbeipflanze, die zu ihrem Fortkommen nur des nächtlichen Taus bedurfte. Dann guckten einzelne Gräser aus dem Sand, die sich nach und nach zu grünen Stellen vereinigten, aus denen später ein zusammenhängender Rasen gebildet wurde. Dann kamen Büsche und Sträucher, selbst Bäume, und als wir gar das erste Maisfeld vor uns sahen, hatten wir den Llano hinter uns.

Helmers' Home wurde mehr besucht als andere Ansiedlungen in der Einsamkeit des Wilden Westens. Wer in den Llano Estacado wollte oder wer heraus kam, der pflegte hier einzukehren und auszuruhen. Darum führte Helmers stets einen Vorrat von solchen Gegenständen, die einem Westmann oder Reisenden nötig sind. Er war nicht bloß Farmer, sondern nebenbei auch Kaufmann und Wirt. Ich hatte bei ihm schon manches Glas Bier getrunken, das nach deutschem Rezept gebraut worden war.

Ein schmaler Bach, den wir erreichten, führte uns zum Haus, in dessen Nähe er vorüberfloß. Es war aus Stein gebaut – denn hier gab es wirklich Steine, trotz der Nähe der Sandwüste – und bestand nur aus dem Parterre. Vor der Tür waren unter schattigen Bäumen einige Tische und Bänke angebracht. Hinter dem Haus befanden sich der Viehhof, der Stall und die Wirtschaftsschuppen. Als wir um die Ecke bogen, stand ein Schwarzer unter der Tür. Als er uns erblickte, stutzte er einen Moment, dann tat er einen Freudensprung und brüllte mit schallender Stimme in das Haus hinein: „Massa Helmers herauskommen, gleich schnell, gleich! Massa Winnetou und Massa Shatterhand sein da!"

Dann sprang er in langen, weiten Sätzen auf uns zu, packte mich beim Arm und beim Bein und riß mich vor Freude beinahe vom Pferd herunter.

„Nur sachte, sachte, guter Herkules!" sagte ich. „Ich höre, daß Mr. Helmers zu Hause ist?"

„Massa sein da und auch Missus", antwortete er. „Da schon kommen beide gelaufen."

Ja, da erschien Helmers unter der Tür, und seine Frau zeigte sich mit strahlenden Augen hinter ihm. Die beiden Alten liebten sich außerordentlich, sie hieß Barbara; er pflegte sie nicht anders als „mein liebes Bärbchen" zu nennen.

War das eine Freude über unsere Ankunft! Das Händedrükken wollte gar nicht aufhören, und die Stimmen schallten weit hinaus ins Freie, denn alle übrigen männlichen und weiblichen Bewohner des Home waren herbeigeeilt, uns zu begrüßen. Deshalb warnte ich: „Nicht so laut, Gents! Unsere Anwesenheit muß vorerst noch verborgen bleiben."

„Verborgen? Warum?" fragte Helmers.

„Weil wir hier einige Spitzbuben fangen wollen, die nicht wissen dürfen, daß wir da sind. Ich hoffe, daß Ihr uns behilflich seid, Mr. Helmers."

„Das versteht sich von selbst. Habe ja vor allen Dingen hier am wilden Llano die Pflicht, mein Haus von solchem Gesindel frei zu halten. Wer ist's, Mr. Shatterhand?"

„Werde es Euch drin sagen. Wir müssen nämlich in die Stube, damit wir nicht gesehen werden. Herkules mag unsere Pferde in den Stall bringen und ihnen vor allen Dingen Wasser und dann tüchtig Futter geben. Nachher soll er den Stall zuschließen, weil auch die Pferde nicht gesehen werden dürfen."

„Ihr macht mich neugierig, höchst neugierig, Sir! Doch was ist das? Ihr habt eure Gewehre nicht mit?"

„Das ist ja eben die Sache! Sie sind uns gestohlen worden, und die Diebe werden hierherkommen."

„*Thunderstorm!* Das ist ja ein . . ."

„Bitte, nicht hier! Drin können wir besser darüber sprechen."

„Ja, tretet ein! Und du, mein liebes Bärbchen, mach dich schnell in die Küche und trag alles auf, was du hast; hörst du, alles, und wenn die Tische krachen!"

Ich sagte seinen Leuten schnell noch, wie sie sich zu verhalten hatten, und dann gingen wir in die Stube. Mutter Barbara tat ihr möglichstes, um die Tische „krachen" zu lassen, und während wir aßen und tranken, erzählte ich Helmers, was geschehen war. Kaum war ich fertig, sprang er auf und ging hinaus. Als er wiederkam, erklärte er uns den Grund: „Habe sogleich meinen besten Boy fortgeschickt, damit er nach den Halunken ausschaut. Er mag sie beobachten; sie könnten sich auf die Seite drücken wollen."

Er kannte Bloody Fox wie ein Vater den Sohn und war hocherfreut darüber, daß die bösen Absichten der Comanchen auf eine so gelungene Weise vereitelt worden waren. Um schnell zu sein, hatte ich meinen Bericht so kurz wie möglich gemacht und nahm mir nun jetzt erst Zeit, ausführlicher zu erzählen. Die drei Chickasaws saßen natürlich auch dabei. Wir hatten uns so plaziert, daß wir von draußen nicht gesehen wurden, selbst wenn jemand vor den kleinen, halb offenstehenden Schiebefenster stand.

Noch war ich nicht fertig, so hörten wir den Hufschlag von Pferden. Sechs Reiter stiegen draußen ab; es waren die Erwarteten. Helmers ging hinaus.

„*Good day,* Sir!“ grüßte der General. „Habt Ihr schon Gäste hier, Sir?“

„Gäste?“ antwortete Helmers. „Woher sollen die hier in diese Einsamkeit kommen?“

„*Well!* Gebt unsern Pferden Wasser und Futter und uns etwas Kräftiges zu essen nebst einer gehörigen Flasche Feuerwasser.“

„Sollt alles haben, Sir. Werdet ihr heute hierbleiben?“

„Warum fragt Ihr das?“

„Werdet mir die Frage nicht übelnehmen! Ich muß es wissen, weil ich mich als Wirt darauf einzurichten habe.“

„So! Wir werden essen und trinken und dann weiterreiten.“

„Um diese Zeit? Es wird bald Nacht sein!“

„Das ist uns gleich.“

„Kommt Ihr aus dem Estacado, Sir?“

„Fragt nicht soviel, sondern tut, was ich Euch befohlen habe!“

„Hört, Ihr scheint mir ein außerordentlich großer Herr zu sein! Werd wohl auf meinem Grund und Boden fragen dürfen! Und befehlen? Das kenne ich nicht!“

„Werdet es kennenlernen! Ich bin nämlich General, Sir, ja, General! Habe bei Bull Run gefochten, bei Fort Hatteras, bei Harpers Ferry, bei Gettysburgh und in vielen andern Schlachten, in denen ich stets Sieger gewesen bin!“

„*Good luck!* Da muß ich mich freilich beeilen, eure Befehle auszuführen! Ihr werdet sofort bedient werden, wie es solchen Herren, wie ihr seid, angemessen ist!“

Der Doppelsinn dieser Worte entging ihnen. Sie setzten sich an einen der Tische, ohne zu ahnen, was für eine Art von „Gehorsam“ ihrer wartete. Helmers trat wieder zu uns und sagte leise: „Jetzt kommt, Mesch'schurs! Ich werde euch durch die Hintertür führen. Eure Gewehre liegen eingewickelt auf dem Tisch; die ihren nehmen wir ihnen sofort weg. Das muß das erste sein, damit sie sich nicht wehren.“

„Das ist nicht nötig, Mr. Helmers“, antwortete ich, „sie werden es nicht wagen, nach ihnen zu greifen.“

Wir folgten ihm durch die Küche hinter das Haus, wo seine Leute schon standen, bewaffnet und zum Zuspringen bereit. Dann ging er durch das Haus zurück und zu ihnen hinaus. Wir hörten deutlich, was gesprochen wurde, denn der Tisch, an dem sie saßen, stand nicht sehr weit von uns.

„Ihr bringt nichts mit?" fragte der General. „Wo bleibt der Brandy? Und wer sorgt für die Pferde?"

„Geduld, Mesch'schurs! Es ist alles besorgt."

„Aber Ihr tut nichts, wie es scheint!"

„Ist auch nicht nötig, habe meine Leute dazu."

„Wir können nicht warten!" fiel Old Wabble zornig ein. „Wir sind gewohnt, schnell bedient zu werden!"

„Keine Sorge, Sir! Ihr werdet schnell bedient werden, schneller, als ihr es denkt. Darf man wissen, wohin ihr von hier reiten werdet?"

„Geht Euch das etwas an?"

„Eigentlich nicht."

„So fragt auch nicht! Was einen nichts angeht, das soll einen auch nichts angehen; *th'is clear!*"

„Ich frage nicht aus Neugier, sondern um euch zu warnen."

„Vor wem?" fragte der General.

„Vor einigen weißen Spitzbuben, die sich hier in der Nähe herumtreiben."

„Spitzbuben? Was sind es für Kerls?"

„Schufte, die es besonders auf die Gewehre anderer Leute abgesehen haben."

„Wie – was?"

„Ja, Gewehrdiebe!"

„Das – das – wäre doch sonderbar!"

„Es ist so! Erst vor zwei Tagen haben sie einen solchen Diebstahl ausgeführt."

„Vor zwei Tagen! Wo denn?"

„Im Llano. Dort haben sie die drei berühmtesten Gewehre gestohlen, die es gibt."

Ich zog meine beiden Revolver, denn der Augenblick der Überrumplung war da. Winnetou spannte die seinen ebenfalls. Wir konnten die Kerls nicht sehen, aber es war ihnen jetzt wahrscheinlich nicht sehr wohl zumute, denn die Stimme des Generals klang sehr gepreßt, als er fragte: „Welche Gewehre sind das gewesen?"

„Die Silberbüchse Winnetous und Old Shatterhands Stutzen und Bärentöter."

„Alle Teufel! Ist das wahr?“
„Sehr wahr!“
„Von wem wißt Ihr das?“
„Von den Bestohlenen selbst.“
„Also – von – Winnetou?“
„*Yes.*“
„Und – von – Old – Old Shatterhand?“
„*Yes.*“
„Da müßt – müßt Ihr mit – mit diesen beiden Männern – Männern gesprochen haben!“
Ein rascher Schritt um die Ecke, drei Sprünge weiter, und wir standen vor ihnen. Im nächsten Augenblick waren auch Helmers' Leute bei uns.
„Natürlich hat Mr. Helmers mit uns gesprochen!“ sagte ich. „Rührt euch nicht! Ihr seht alle Waffen auf euch gerichtet; sie gehen los, wenn ihr die geringste Bewegung macht!“
Der Schreck dieser Menschen war unbeschreiblich. Sie starrten uns wie Gespenster an und wagten nicht, sich zu rühren.
„Herkules, ich sagte dir, du solltest Stricke oder Riemen bringen. Hast du sie?“ fragte ich den Neger.
„Riemen sein da, ganze Menge“, antwortete er. „Hier in Händen sie haben.“
„Binde die Kerls!“
„Was? Binden?“ rief Douglas. „Einen General binden, einen General, der in zahlreichen Schlachten . . .!“
„Schweigt!“ unterbrach ich ihn. „Ihr seid der erste, der gefesselt wird, und wenn Ihr widerstrebt, schieße ich Euch auf der Stelle nieder! Gebt sofort die Hände her!“
Da wagte er keinen Widerstand; er wurde gefesselt und die andern nach ihm. Ich wandte mich an Old Wabble: „Ihr habt Euch eine saubere Gesellschaft gewählt! Eigentlich sollte ich kein Wort mit Euch sprechen; ich will mich jedoch einmal überwinden und Euch fragen: Habt Ihr Euch an dem Diebstahl beteiligt?“
„Nein“, antwortete er, indem er ein Paar Augen auf mich richtete, in denen Zorn und Haß funkelten.
„Ihr seid nicht mit im Häuschen gewesen, als die Gewehre geholt wurden?“
„Nein.“
„Ist das wahr?“ fragte ich den General.
„Ich antworte Euch kein Wort!“ erklärte er. „Wer darf es hier wagen, einen General zu verhören!“

„*Well,* so sind wir einstweilen mit Euch fertig. Wir werden Euch gar nicht verhören, denn Eure Schuld ist erwiesen. Es bleibt uns nur noch übrig, Eure Strafe zu bestimmen."

„Strafe? Wagt es, Euch an mir zu vergreifen! Ich würde mich blutig rächen, so blutig, daß ..."

Ich hörte seine Worte nicht mehr, denn ich hatte Winnetou, Helmers und dem Chickasawhäuptling gewinkt, mit mir zu kommen. Wir gingen hinter das Haus, um über die Bestrafung des Diebes zu beraten. Wir wurden schnell einig und kehrten zu den Gefangenen zurück, die inzwischen von Helmers' Leuten und den Chickasaws bewacht worden waren. Weder Winnetou noch ich wollten mit der Ausführung des Urteils etwas zu tun haben, wir hatten das dem Besitzer des Home übertragen. Er verkündete ihnen unseren Entschluß mit den Worten: „Ihr seid auf meinem Grund und Boden erwischt worden, und darum bin ich es, der euch sagt, was wir über euch bestimmt haben. Ihr bleibt alle bis morgen früh hier und werdet dann über meine Grenze geschafft. Wer sich danach wieder hier sehen läßt, wird erschossen. Der edle Gentleman, der sich für einen General ausgibt, ist der Dieb. Nach den Gesetzen des Wilden Westens wird ein solcher Diebstahl mit dem Tod bestraft; wir sind jedoch so gnädig gewesen, diese Strafe in fünfzig Hiebe umzuwandeln, denn es scheint uns, daß ..."

„Hiebe!" brüllte Douglas. „Ich werde ..."

„Nichts wirst du, Schuft!" donnerte ihn Helmers so an, daß der General schwieg. „Grad weil du Offizier sein willst, wirst du gehauen werden! Und da außer euch nur lauter Gentleman da sind, von denen keiner dieses Amt übernehmen möchte, wird dir Old Wabble diese fünfzig Hiebe geben."

„Das – das – werde ich nicht tun!" stieß der alte, einstige *king of the cowboys* hervor.

„Du wirst es tun, alter Boy, denn wir haben es so beschlossen. Wenn du dich weigerst, auf mein Kommando zuzuschlagen, oder wenn du nicht aus Leibeskräften zuschlägst, erhältst du selbst erst fünfzig Hiebe und dann eine Kugel in den Kopf. Ich scherze nicht, laß dir das gesagt sein!"

„Der, der soll mich schlagen?" rief Douglas. „Er ist ja selbst mit dabeigewesen. Ich kannte ja das Häuschen gar nicht; er hat mich hineingeführt."

So leid mir das um Old Wabble tat, bezweifelte ich nicht, daß der General die Wahrheit sagte. Also das war der Dank für die Teilnahme, Zuneigung und wiederholte Nachsicht, die ich dem Alten entgegengebracht hatte; er war aus Ärger und niedriger Rachsucht zum Dieb an mir geworden. Dennoch bestimmte Helmers: „Das geht uns jetzt nichts mehr an. Hättest du es vorhin gesagt; du wolltest dich freilich nicht verhören lassen; nun ist's zu spät! Ich habe nur noch hinzuzufügen, daß wir mit den andern nichts zu tun haben wollen; ihnen wird also nichts weiter geschehen, als daß wir sie bis morgen früh hier festhalten; da ist es Tag, und wir können uns überzeugen, daß sie sich wirklich entfernen. Die Dienste, die euch die Chickasaws geleistet haben, werden wir ihnen von dem bezahlen, was wir bei euch finden. Jetzt bindet den ehrenwerten General hier an die Eiche, macht Old Wabble die Hände frei, daß er zuschlagen kann, und schneidet da drüben von den Sträuchern einige gute Haselruten ab, die hübsch stark, doch biegsam sind! Der General soll seine Orden bekommen, allerdings nicht vorn auf die Brust!"

Ich ging mit Winnetou fort, um nicht Zeuge der Vollstrekkung dieses Urteils zu sein. Ein Ebenbild Gottes geprügelt zu sehen ist nicht jedermanns Sache. Leider gibt es Menschen, bei denen selbst eine solche Strafe ohne alle Wirkung bleibt, und hätte ich jetzt gewußt, was ich später erfuhr, wären mir selbst hundert Hiebe für diesen gott- und gewissenlosen Schurken noch viel zuwenig gewesen. Wir hörten nach unserer Rückkehr, daß Old Wabble sich zwar erst gesträubt, dann angesichts des drohenden Revolvers tüchtig zugeschlagen hatte. Anschließend wurden die Kerls miteinander so sicher eingesperrt, daß sie nicht zu fliehen vermochten.

Als man sie am andern Morgen aus ihrem Gewahrsam brachte, sahen die Gesichter des Generals und Old Wabbles blutig aus. Sie waren trotz ihrer Fesseln aneinandergeraten. Douglas hatte sich in einer unbeschreiblichen Wut darüber befunden, daß sich der Alte hatte zwingen lassen, ihm die fünfzig Hiebe zu geben. Als wir ihn jetzt losbanden, wollte er sich wieder auf ihn stürzen, und als wir ihn davon abhielten, schrie er ihm zu: „Nimm dich vor mir in acht, du Hund! Sobald ich dich treffe, bezahlst du mir diese Schläge mit dem Leben. Ich schwöre es dir mit allen Eiden zu, die man nur schwören kann!"

Das war sehr ernst gemeint; Old Wabble sah es ein und bat Helmers, ihn eher als den General fortzulassen. Er scheute sich, diese Bitte an mich oder an Winnetou zu richten; wir hielten uns von ihm fern. Sie wurde ihm gewährt. Herkules, der Neger, brachte ihn fort, und erst als hierauf eine Stunde vergangen war, wurde Douglas mit seinen drei weißen Begleitern über die Grenze geführt. In welcher Weise er von uns Abschied nahm, braucht nicht gesagt zu werden. Er floß von Drohungen und Verwünschungen förmlich über. Sein Zorn war dadurch bis zum höchsten Grad gesteigert worden, daß wir ihnen allen die Waffen und die Munition genommen und den Chickasaws als Belohnung gegeben hatten. Was Winnetou und mich betrifft, so konnten wir mit dem Ausgang unseres Rittes sehr zufrieden sein. Wir hatten unsere Gewehre wieder, die sich in demselben guten Zustand wie vorher befanden.

Als wir dann erzählend am Vormittag vor dem Haus am Tisch saßen, stand Helmers plötzlich auf, ging zu dem Baum, an dem der General gestern angebunden gewesen war, hob dort etwas vom Boden auf und sagte: „Da sah ich etwas blinken. Es ist ein goldener Ring, ein Trauring, wie es scheint. Seht ihn einmal an!"

Der Ring ging von Hand zu Hand. Ja, es war ein Trauring, und auf seiner Innenfläche sehen wir zwei Buchstaben und ein Datum eingegraben.

„Wie kommt der Ring dorthin?" fragte Frau Barbara. „Wer mag ihn verloren haben?"

„Der General", antwortete Helmers. „Seine Hand war festgebunden und hat sich, als ihn die Hiebe schmerzten, so unter den Riemen gewunden, daß der Ring abgestreift worden ist. Anders kann es nicht sein."

Wir gaben ihm recht und meinten, daß er den Ring als Andenken an den gestrigen Strafvollzug aufbewahren möge; er aber legte ihn mir in die Hand und sagte: „Was soll ich mit ihm? Er gehört mir nicht; ich komme nicht von hier fort und werde den General wohl nicht wiedersehen. Bei Euch, Mr. Shatterhand, ist es möglich, daß Ihr ihm einmal begegnet. Steckt ihn ein."

Ich hatte keinen Grund, mich zu weigern, und steckte den Ring an meinen Finger, wo er sicherer als in der Tasche war. Vorher betrachtete ich ihn genau und las: „E. B. 5. VIII. 1842". Wie wichtig dieser Ring mir und Old Surehand später werden sollte, das konnte ich jetzt nicht ahnen.